Tatlo Sila

Ernesto L. Lasafin

Ukiyoto Publishing

All global publishing rights are held by

Ukiyoto Publishing

Published in 2024

Content Copyright © Ernesto L. Lasafin

ISBN 9789367955987

All rights reserved.

No part of this publication may be reproduced, transmitted, or stored in a retrieval system, in any form by any means, electronic, mechanical, photocopying, recording or otherwise, without the prior permission of the publisher.

The moral rights of the author have been asserted.

This is a work of fiction. Names, characters, businesses, places, events, locales, and incidents are either the products of the author's imagination or used in a fictitious manner. Any resemblance to actual persons, living or dead, or actual events is purely coincidental.

This book is sold subject to the condition that it shall not by way of trade or otherwise, be lent, resold, hired out or otherwise circulated, without the publisher's prior consent, in any form of binding or cover other than that in which it is published.

www.ukiyoto.com

Pasalamat

Madamo gid nga salamat sa akon abyan nga si W. J. Manares kag sa Ukiyoto House, Philippines nga nagpanikasog agud mangin libro ining akon nga ginsulat nga istorya. Salamat man sa akon panimalay, mga himata, mga amigo kag mga amiga, kag sa akon mga kakilala, nga padayon nga nagasuporta gid sa akon mga obra.

Contents

Chapter 1	1
Chapter 2	13
Chapter 3	24
Chapter 4	33
Chapter 5	42
Chapter 6	52
Chapter 7	60
Chapter 8	68
Chapter 9	77
Chapter 10	86
Chapter 11	96
Chapter 12	106
Chapter 13	116
Chapter 14	125
Chapter 15	134
Chapter 16	144
Chapter 17	154
Chapter 18	163
Chapter 19	173
Chapter 20	182
Chapter 21	191
Chapter 22	200
Chapter 23	209
Chapter 24	218
Chapter 25	227
Chapter 26	236
Chapter 27	245

Chapter 28	254
Chapter 29	263
Chapter 30	272
Chapter 31	281
Chapter 32	290
Chapter 33	299
Chapter 34	308
Chapter 35	317
Chapter 36	326
Chapter 37	335
Chapter 38	344
Chapter 39	353
Chapter 40	362
Chapter 41	371
Chapter 42	380
About the Author	*389*

1

SA pagbaton niya sing ginakalangkagan nga diploma sa iya masulhay man nga pagtapos sang Ph.D. nga kurso, malipayon gid si Alex. Daw nadugangan kag nabug-os ang iya kalipay sang madiparahan nga ang duha niya ka tigulang nga sanday Don Virgilio Vera Cruz kag Doña Carina Clemente Vera Cruz nagtambong man sa iya pagtapos sang kurso. Kay napulo lang sila nga magagradwar, sa likuran nila ginpalingkod ang ila mga bisita.

Apang, daku gid ang kakibot ni Alex sang nasiplatan man ang duha ka matahom nga babaye nga nangin kaklase niya sa pila ka asignatura sa ila pagkolehiyo sa bantog nga Unibersidad sang Pilipinas Diliman. Nangin malapit nga mga matahom nga abyan man niya ang duha, pati sa pagtinipuntipon sa ila *club* sang mga negosyante. Sa pila ka okasyon nagbuyloganay sing masinadyahon man sila nga tatlo sadto. Nagustohan man gani ni Alex gwapa bisan morena nga si Luem, apang wala man huyog ang dalaga sa iya. Si Swannie nga mestisa Española ang naluyag kay Alex, pero wala naman sing gusto man lang ang ulitawo sa dalaga.

Karon, malala nga problema bala ang dala sang duha ka matahom na, esmarte pa gid nga mga dalaga nga iya man nangin malapit nga mga abyan? Kinayasan man si Alex, sa baylo sang kakunyag nga may nangin mga kaklase kag abyan nga nalipay man sa iya pagtapos sang Ph.D. nga kurso. Kon ang iya sadto masami nga kahampang kag kaklase sa elementarya nga si Daphne de Guzman ang ara nagtambong, magakalipay man ayhan sia

TATLO sila ka mga babaye nga tinuga sang Dios nga sang sila ipanganak may pilak nga kutsara sa ila mga baba. Natawo ang tatlo nga bisan indi man dulongan, pero ang pagkabun-ag nila sa sulod man sing tuig. Kag sa tuig man nga ina may isa man ka bata nga lalaki nga ginpanganak nga may pilak nga kutsara man sa iya baba, suno sa hulubaton nga ginapatuhoy sa mga manggaranon.

Ang tatlo ka babaye amo sanday Daphne de Guzman, nga ginatawag nga Daphne sang mga kakilala kag kaabyanan, Luisa Mathea Liberias, ukon si Luem, kag Sonya Anita Villamaestre, nga bantog man sa mga abyan nga si Swannie. Samtang, sia si Alejandro Vera Cruz, ang bida nga lalaki, hayu Alex, mangin importante bala nga tawo sa isa ka drama sang kabuhi? Hulaton na lang ni Alex ang matabu sa ulihi sa iya kabuhi. Indi niya anay pagpaligban ini.

SA katilingban sang mga manggaranon, may grupo ukon asosasyon sila sa Greater Manila Area nga ang ngalan Ilonggo nga nagasimbolo sang maayo nga pagkabigay kay ang mga katapo mga dungganon nga pamilya gikan sa mga mauswagon nga probinsya sang Negros Occidental, Iloilo kag Capiz sa Visayas ang kadamuan, kag may pila man ka Ilonggo nga pamilya sa Nueva Ecija, Pampanga kag Bulacan sa Central Luzon, Cavite, Batangas kag Laguna sa Southern Luzon nga masunson man nagatinipon ukon nagabuyloganay ang ila pamilya sa ila mga buluhaton, sosyal kag negosyo man. Sadto may akusasyon man batok sa ila klab sang *conspicuous consumption* ukon pagpatuyang sa pagkaon, pagbiste kag iban nga mga butang.

Kay magkasilingan sila kag masunson magkaupod sa paghampang sang lumpukon pa, sa ila pagbutho si Daphne nangin kaklase man ni Alex sa publiko nga elementarya

sa ila banwa sang Lambunao, Iloilo. Bangod kay si Alex lang ang nagpalista sa maestra sang iya nga ngalan, Alex man ang sinulat sang titser sa iya rekord. Sadto, wala pa ginakinahanglan ang *birth certificate* sa buluthoan. Gani, nangin Alex na lang sia kon tawgon sang tanan, nga ginkalipay man ni Alex kay malip-ot na ang iya ngalan.

Kag sing madinalag-on natapos man nila ni Daphne ang pagbutho sa elementarya nga nagapanguna si Alex kag ikaduha man si Daphne.

Sa paghayskol, si Daphne nagbalhin sa eskwelahan sang mga madre sa Dakbanwa sang Iloilo tubtob natapos niya ang kurso sa pagkamaestra. Si Alex naman nagbutho sing isa ka tuig sa hayskol sa Dakbanwa sang Iloilo, duha ka tuig sa Dakbanwa sang Cabanatuan, Nueva Ecija kag isa ka tuig man sa isa ka pribado nga hayskol sa Manila. Temprano pa abi si Alex nagbulig sa ila negosyo. Samtang ang duha ka babaye nga ang pamilya pumuluyo sa ginatawag na nga Metro-Manila nga sanday Luem kag Swannie, sa buluthoan nga para lang sa mga babaye sila nagtapos sa elementarya kag hayskol.

Bisan sadto indi gid man sila nga magkakilala nga mahirop kay kon bakasyon kag sa pagtinipuntipon lang sang mga manggaranon sila nagkilitaay kag nagbinuyloganay bilang mga mag-abyan, ang ila kapalaran nga apat daw nagbinalighot man sang sila mangin tinedyer na tubtob magkolehiyo.

Sang magsugod na sila sa paghatag sing pinasahi nga panan-awan sa pagkabalaka sa ila kapareho nga tinuga – sugod sang pagpitik na sang ila tagipusuon sa pinasahi nga pagpakamahal sang isa ka babaye sa lalaki ukon sang lalaki sa babaye, amat-amat man nga nangin malapit sila sa tagsa-tagsa. Sanday Alex, Luem kag Swannie nangin magkaklase man sa kolehiyo sa pagnegosyo sa daku kag pinakabantog nga unibersidad sang pangulohan sa pungsod nga ara sa Quezon City.

Apang, bangod estudyante pa lang masaku na sila sa negosyo sang kada pamilya, magkatuhay man ang ila patag nga ginhanasan, kag nagtapos sila sa ila kurso nga indi naghibal-anay sing tul-id. Si Alex nagpadayon sa paghanas pa gid sa mas mataas nga andana sang edukasyon sa ginatawag nga *doctorate*.

KAG tuig 1986 sang magtapos si Alex sang iya kurso. Sa pagsugod na sang palatuntonan sa pagbaton niya sang iya *diploma* sa kurso nga Doctor of Philosophy ukon Ph.D. sa malip-ot, si Alex daw nakibot man sang mabalikdan niya ang iya mga mahal nga ginikanan nga sanday Don Virgilio Vera Cruz kag Doña Carina Clemente Vera Cruz. Indi nasayran ni Alex nga nagbuko sa pagtambong man sa programa sa pagtapos sang kurso sang anak nila. Napulo lang ka tawo ang magagradwar sa kurso nga *doctorate*, gani sa likuran man sang manogtapos ginpapungko ang ila mga bisita.

"Ma, Pa, *absent* kamo sa *roll call* sa *casino*," lahog ni Alex sa mga palangga nga ginikanan. Tuhay ang nasabat sang iloy ni Alex sa iya nasambit. Nainag sing maathag dayon ni Alex ang daku nga palaligban nga nagatublag sa iya pinalangga nga iloy.

"Alex, maangkas kami sa kotse mo sa pagpauli kay nagtaksi lang kami."

Sang lawagon ang ngalan ni Alex sa pagsaka sa entablado agod batunon ang iya *diploma*, namalakpak man sing tudo ang duha ka tigulang. Pero nadiparahan man sang ulitawo nga kaupod man sa pagpamalakpak ang duha ka matahom kag bataon pa nga mga babaye sa ila tupad. Sanday Gining Luisa Mathea Liberias, alyas Luem kag Gining. Sonya Anita Villamaestre, alyas Swannie. Mabaskog na nga napamatyagan ni Alex ang palaligban nga mahimo idulot sang duha ka abyan sa iya sa palaabuton!

Samtang nasiguro man ni Alex nga may daku nga problema ang amay kag iloy nga kinahanglan nila si Alex sa pagbulig lubad sini. Sang matapos na ang pagpanghatag sang ila *diploma,* ginbilinan dayon niya sang *note* nga makadto sia sa CR kag hulaton ang iya mga ginikanan sa *parking area* agod magsaliputpot sila sa pagwa sa buluthoan. Luyag lang likawan ni Alex ang duha ka mag-abyan nga mga babaye nga nagtambong man sa gradwasyon kag naglingkod pa sa luyo sang iya mga ginikanan.

Malubha ang problema sang mag-asawa Vera Cruz. Madugay na nga tinion nga waay sila nagkilitaay nga tatlo sa kasakuon man ni Alex. Ang mag-asawa masaku man, indi sa ila negosyo kondi sa mga pasugalan ukon *casino.* Kag subong indi na kinahanglan nga mangusisa pa si Alex. Bangkarote na ang mga negosyo sang iya mga ginikanan. Kag sia ang kalubaran sang palaligban nga ina. Sadto pa nahibal-an ni Alex ang mga kautangan sang negosyo sang iya mga ginikanan sa mga De Guzman. Kag sa nabatian nga katakata gikan man sa mga katapo sang asosasyon sang mga may kwarta sa Greater Manila Area, nga suno man sa mga De Guzman si Alex ang mahatag lubad sa palaligban sa tunga sang mga pamilya De Guzman kag Vera Cruz.

Sa sulod sang bag-o nga salakyan ni Alex, una nga naghambal ang iya amay.

"Ginakasubo ko gid ang mga hitabu, Alex," pagsugod sing matawhay nga pagdagmit ni Don Virgilio nga iya amay sang daku nila nga problema. "Pero, Anak, ikaw lang ang makabawi sang aton namusingan nga kadungganan. Bangkarote na ang aton mga negosyo, Anak. Nahibal-an ko nga indi mo kinahanglan ang manggad nga mahalin sa aton negosyo. Nga mabuhi gid ikaw sing masulhay, bisan indi magsalig sa mapanoble mo nga manggad, kay ina man ang sentro sang kahanasan mo. Pero, ang amon reputasyon sang imo iloy bilang negosyante nga madinalag-on, naguba nga kasal-anan man namon. Luyag ko nga buligan mo kami mapabalik ini sa tama nga lugar sa waay pa ako magsaylo sa pihak nga kalibutan. Ang kahuy-anan namon sang imo iloy, kahuloy-an mo man."

NADUMDOMAN dayon ni Alex ang nanging pangabuhi sang ila mga ginikanan, sa ginpanugid man sang iya amay sa ila nga duha ka mag-utod. Ang mga Vera Cruz isa sa mga *buena familia* nga mga tumandok sang Dakbanwa sang Cabanatuan, Puod sang Nueva Ecija sa Central Luzon. Duna nga may huyog sa pagpasimpalad ang panganay sa lima ka mag-ulutod nga si Virgilio, gani nagsulod ini sa pagkasoldado sa *Philippine Constabulary* ukon PC sang natapos sini ang kurso sa kolehiyo. Sang waay pa ang Ikaduha nga Inaway Kalibutanon natabu, nadestino si Unang Tenyente Virgilio Vera Cruz sa puod sang Iloilo, sanglit Ilongga man ang iloy nga taga-Bacolod. Sang Kapitan na ang ranggo sa PC ni Virgilio Vera Cruz, nagpakasal man ini sa isa ka Ilongga nga pumuluyo sang Dakbanwa sang Iloilo, ang kabisera sang Puod sang Iloilo. Ang iya asawa nga si Carina katapo man sang pamilya Clemente-Rodriguez nga daku man nga *buena familia* sang Iloilo kag Negros Occidental.

Si Kapitan Virgilio Vera Cruz, bilang soldado sang *Philippine Constabulary,* nadestino sing daw permanente na sa Puod sang Iloilo tubtob natabu ang Ikaduhang Inaway Kalibutanon sang Disyembre 1941. Waay gilayon nabugayan sang anak ang bag-o nga mag-asawa nga sanday Virgilio kag Carina. Nagpabor ini sa ila pangabuhi ang wala pa sang anak sa panahon sang inaway kalibutanon.

Kay sa ila pagkalutos sa pwersa sang Hapon sang 1942, ang halos tanan nga mga katapo sang Armadong Kusog sang Pilipinas nangin gerilyero kag nagpabukid sa pagpadayon sang ila pagpakig-away kontra sa mga Hapones. Ang tropa sang mga gerilyero sa kabug-osan sang isla sang Panay sadto ginpamunoan ni Heneral Macario Peralta, Jr. Sa ila padayon nga pagpakigsumpong sa pwersa sang Hapones, ang grupo sang mga gerilyero nagpanago sa puod sang Iloilo, sa binukid nga bahin sang mga banwa sang Janiuay, Lambunao kag Calinog. Kaupod diri si Kapitan Virgilio Vera Cruz nga ang panawag sang mga kaupod Don Virgilio na sa baylo nga Kapitan sa paghinago sang iya pagkasoldado. Sa bukid sa Lambunao ang pinakakwartel ni Heneral Peralta.

Sang tuig 1944, natapos sang Ikaduhang Inaway Kalibutanon sa pag-ampo sang armadong kusog sang Hapon sa mga pwersang Amerikano.

Nagbalik si Don Virgilio upod sa asawa sa pagpuyo sa Dakbanwa sang Iloilo. Nagpadayon sa iya pagserbisyo bilang isa ka opisyal sang Armadong Kusog sang Pilipinas, pagkatapos sang iya pagpangalagad man bilang opisyal sa gerilya kag nagpamat-od sia nga magpuyo sa Iloilo. Gani masiling nga daw tunay gid sia nga Ilonggo.

"Rinita, mahal ko, diin ka bala luyag magpuyo pagkatapos sang akon pagpahuway sa katungdanan bilang soldado? Magpili ka sa tatlo: Manila, Cabanatuan, ukon Iloilo?" may udyak nga pakiana ni Don Virgilio sa asawa samtang ara sila sa puloy-an sang mga ginikanan sang asawa sa *compound* sang pamilya sa Dakbanwa sang Iloilo.

"Dapat ikaw ang magpamat-od diri sa kahapusan sang masunson nga pagbiahe mo sa pagtatap sang inyo negosyo nga mangin aton kabuhian man sa ulihi. Ina sa pagsunod sang luyag matabu sang imo mga ginikanan, Vir," mapainumuron nga sabat ni Doña Carina sa iya pinalangga nga bana nga nagatawag man sa iya nga Carinita ukon Rinita.

"Bueno, luyag ko nga kon may mga anak na kita, ang mga bata indi makalimot sa ila mga pinalangga nga mga himata diri sa Dakbanwa sang Iloilo. Ang ila lolo kag lola ara man sa Manila, pati na ang akon mga utod, gani madali lang naton sila maduaw. Luyag ko nga sa Lambunao kita magpuyo," pamat-od si Don Virgilio. Ayhan bangod sa madugay niya nga paghukmong bilang gerilyero sa nabukid nga bahin sang Lambunao upod kay Heneral Peralta, nahamut-an ni Don Virgilio ang Banwa sang Lambunao.

Tuig 1955 sang nagsugod sing may kakunyag nga pagpatindog sing daku nga puloy-an si Don Virgilio sa banwa sang Lambunao, sa puod sang Iloilo. Nangita ini sang duog nga may makuhaan sang bugana nga tubig. Kag napilian niya ang bahin sang ulo sang sapa sang baryo Bansag, sa banwa sang Lambunao. Suno sa mga nakahibalo sang lugar nga may tubig sa idalom, bastante ang tubig para sa isa ukon duha ka panimalay nga mahimo tasukan sang bomba sa tubig. Ang ulo sang sapa sang Bansag sa bahin nga daw natung-an ini subong sang merkado kag patyo sang banwa sang Lambunao.

Sang 1957, sa edad nga 34 sang asawa, pagkahuman sang ila matahom nga puloy-an, ang mag-asawa Don Virgilio kag Doña Carina Vera Cruz ginbugayan man sang panganay nga anak nga babaye nga ila ginpabunyagan sa ngalan nga Razel. Sang bunyagan si Razel sa simbahan nga katoliko sa Lambunao, puno sang bisita ang Villa Vera Cruz. Nag-abot man ang mga ginikanan ni Don Virgilio nga mapagsik pa kag isa ka laon nga utod.

"Kaugalingon nga balay lang gali ang kinahanglan agod magmabdos ka, Inday Carina," lahog sa umagad sang iloy ni Don Virgilio sa pagsampot nila sa Villa Vera Cruz sa banwa sang Lambunao, Iloilo. Ang tigulang nga babaye nga Ilongga man ginagatawan man sang yuhom sang bug-os nga kalipay ang guya.

"Ma, tani indi gid sila magdamo kay luyag ko nga duha lang ang amon mangin-anak," nasambit ni Carina sa ugangan.

"Basta batunon ninyo ang grasya sang Dios kay masarangan man ninyo sila nga saguron kag hatagan sing maayo nga buas-damlag," sugpon sang ugangan nga sige man ang yuhom-yuhom samtang nagaulit sa apo.

"Kon ako luyag ko nga apat sila, kag kon sumobra man indi man ako magreklamo. Masadya gid kaayo ang madamo," tugda ni Virgilio nga naganguringori man.

Sang sumunod nga tuig, gwapo nga lalaki nga anak ang ginbun-ag ni Doña Carina. Alejandro ang ila ginpangalan sa ikaduha nga anak, ang ngalan ginsunod man sa lolo ni Don Virgilio nga paborito gid sia sini sang buhi pa. Kapin nga madamo ang nagdulugok sa handa sang bunyag ni Alex, ang mangin tal-os nga haligi sang pamilya Vera Cruz.

Waay na nadugangan ang duha ka mga anak sang mag-asawa Don Virgilio kag Doña Carina sa indi maathag nga rason. Bisan wala natigayon ang ginhingyo ni Don Virgilio sa Makagagahom, nagpabilin man nga malinong, malipayon kag mabinungahon man ang pangabuhi sang mag-asawa nga Vera Cruz, kaupod sang ila duha ka anak.

Tubtob nagretiro si Don Virgilio pagkatapos sing malawig nga serbisyo bilang soldado sang tuig 1970. Bisan masaku si Don Virgilio sa pagbiahe sa Manila kag Nueva Ecija sa pagtatap sang ila negosyo, waay ini nalugaw-i sa iya pagbulig sa kaayuhan sang Lambunao, labi na gid kon may proyekto ang mga grupo sang *Knights of Columbus* kag *Lions Club* sa pagbulig sa nagakinahanglan. Pero, waay gid sia nakaisip man lang nga maghaboy sang iya kalo sa patag sang pulitika, bisan madamo man sia sang mga abyan nga nagaduso sa pagpatugpo sa iya nga magpapili bilang katapo sang konseho sang banwa. Malipayon na sia sa duha ka anak kag pagtatap sang ila madamo nga negosyo kaupod man sang mapinalanggaon nga asawa.

Apang isa ka indi nila ginapaabot nga hitabu ang nagdulot sing tuman nga kasubo sa duha ka tigulang sang tuig 1982. Una nga namatay ang bana ni Razel bangod sa aksidente sa iya salakyan nga sia man ang nagamaneho. Daku gid nga trahedya para sa pamilya Vera Cruz sang sumunod naman nga namatay sa iya pagpanganak ang ila panganay nga si Razel. Bangod sa trahedya, hinali man nga nagbag-o ang dalagan sang pangabuhi nanday Don Virgilio kag Doña Carina Vera Cruz. Sa kapin nga kasubo, nangin sugarol sila. Napabayaan nila ang ila mga negosyo. Kag amat-amat man ang pagpamierde sini kag sang ulihi nagkalaputo na.

Bangod sa kasaku ni Alex sa pagtuon, wala niya gilayon mabuligan ang mga ginikanan sa ila problema sa negosyo. Gani, subong indi man matakos nga kaluoy sa iya amay kag iloy ang nabatyagan ni Alex. Bangod sa pagkamatay ang iya magulang nga si Razel, daw nadulaan ang duha sing husto nga paglantaw sa ila pangabuhi. Sa paglimot sang malain nga hitabu, abi nila mahimo mahatag ini sang pagluntad nila pirme sa mga sugalan. Nagsugal agod malingaw, malimtan ang kasubo nga dulot sang kamatayon sang pinalangga nila nga si Razel. Waay sang reklamo si Alex dira, kay katulad sang iya magulang palangga man ini sia sang duha, kapin pa gid ang iya sadto lolo kag lola sang buhi pa.

NAKATUNGKAAW man si Alex gikan sa iya paghanduraw sang nagliligad sa mabungahon man nga pangabuhi sang ila pamilya sang maghambal liwat ang amay.

"Alex, suod pa bala gihapon kamo nga mag-abyan ni Daphne de Guzman?" ang amay may luyag ahaon kay Alex, samtang nagapaggwa sila sa unibersidad. Wala gilayon makasabat si Alex. Pinabayaan man anay sia sang duha ka tigulang agod mag-isip sang dapat buhaton si Alex tuhoy sa ila problema. Padayon man ang pagpadalagan ni Alex sang iya salakyan sa matawhay pa nga trapik pakadto sa isa ka bantog nga kalan-an sa pagpanyapon. Nagpadalom man sia sang iya isip sa pagtimbangtimbang sang iya pagabuhaton nga tikang.

Si Daphne ang sadto kahampang niya pirme sang bata pa sila. Anak si

Daphne sa pagkadalaga sang isa ka iloy nga disgrasyada, pero lahi man sang *buena familia* sang mga Dakbanwa sang Quezon kag Bacolod. Daw gintapok ang iloy ni Daphne sa banwa sang Lambunao, puod sang Iloilo sa puloy-an sang abyan sang pamilya. Kaupod man sang nagabusong nga dalaga ang iloy sini kag pila ka kabulig sa balay sang abyan sang pamilya nga kaiping man sang Villa Vera Cuz. Sa Lambunao man natawo si Daphne. Gani, para kay Alex ang lahog nga *first class ticket* nga naangot sa isa ka taga-Lambunao nga natabu sa bapor pa-Manila daw nag-ulamid man ini sa dalaga. Si Alex iya sa Dakbanwa sang Iloilo natawo, gani indi sia iya malahugan nga manol.

Sang ulihi bangod sa manggad, nakapamana man ang iloy ni Daphne. Pero ang anak nagpabilin sa Lambunao, upod sang iya lola kag nagbutho sa manubo nga buluthoan publiko sang banwa nga kaklase man ni Alex, tubtob matapos nila ang ika-anom nga grado. Sa hayskol nagbulagay sila ni Alex, kay sa buluthoan sang mga madre sa Dakbanwa sang Iloilo nagbutho si Daphne kag natapos niya ang kurso sa pagka-maestra sa elementarya. Kay mahuyugon ini si Daphne sa mga bata, gin-aha niya ang iya lola nga kon makatapos sia sang kurso sa pagkamanunudlo, mapatindog sila sang isa ka pribado nga buluthoan sa Lambunao para sa mga babaye.

Kag sa pagsugod sang tinion nga ang mga negosyo sang mga Vera Cruz sa Manila kag sa ila puod sang Nueva Ecija bangkarote na, si Daphne titser na sa buluthoan publiko nga elementarya sa sentro sang banwa sang Lambunao. Si Alex naman manugtapos na sang iya kurso nga *doctorate – Doctor of Philosophy in Cultural Anthropology* ukon Ph.D.

"Pa, Ma, kon ano ang naisipan ninyo nga bulig ko nga mahatag ko sa inyo, tumuron ninyo kay buligan ko kamo. Indi ko man maantos kon makita ko nga nabudlayan gid kamo nga duha," pagpasalig nga sabat ni Alex sa iya mga ginikanan.

"Pakasalan mo ang imo kahampang sadto sang magagmay pa kamo nga duha, Anak. Pakasalan mo si Daphne de Guzman kay nagpasalig sa akon ang iya lolo, lola kag iloy nga dulaon na nila ang aton kautangan sa ila kag indi na nila pagrematihon ukon butungon ang aton mga pagkabutang!" mando nga may pag-alungay sang amay.

Naurongan man si Alex, daw dahon sia nga hinali man nga nalaya. Daw masulit ang sadto panahon sang mga Katsila. Sa iya matabu liwat ang kasaysayan sa kabuhi sang tawo nga nabasa lang niya sa mga libro nga sinulat sang mga bantog nga nobelista. Ang pagminyo sadto sang mga anak, labi na gid ang mga manggaranon ginakasugtan lang sang mga ginikanan. Anak sang manggaranon nga lalaki ipakasal sa anak nga babaye sang manggaranon man nga pamilya para magdaku pa gid ang ila manggad. Waay gid nagsulod sa isip ni Alex nga matabu ang iya pagpakasal sa isa ka ginakabig niya nga *baduy* ukon *manol* nga dalaga para sa iya. Apang, ini lang ang nagaisahanon nga paagi nga maluwas ang kadungganan sang ila pamilya nga mangin imol pa sangsa ilaga, bangod sa halos adlaw-adlaw nga pagsugal sang iya mga ginikanan.

Kag nangibabaw man ang handom ni Alex nga makabulig sa iya ginikanan. Gani...

"Pa, Ma, para luwason ko ang aton pamilya sa daku nga kahuy-anan, sugot ako sa pagpakasal kay Daphne. Pero, indi kami magtulog sa isa lang ka kama bilang mag-asawa, kon indi mahulog ang akon buot sa iya. Mahulat si Daphne tubtob nga ako maghigugma man sa iya bilang tunay ko nga asawa."

Ining pagsulondan ni Alex kon magpakasal sia kay Daphne, ginpaalinton man niya sa iya mangin asawa nga si Daphne, nga nangin mahirop man nga abyan sang lumpukon pa sila.

"Daphne, mapakasal kita bangod gid lang sa kasugtanan sang aton tagsa ka mga ginikanan. Wala sang paghigugma nga nagapatunga sa aton, kay indi man kita magkahagugma. Gani bisan kasal na kita, indi kita magtulog sa isa lang ka kama. Ang tagsa sa aton may kaugalingon nga tulogan, bisan sa sulod kita sang isa ka hulot sa pagtulog. Tubtob lang ini sa ulihi, kon mapanutoan ko man ikaw nga higugmaon. Sugot ka bala?" paathag ni Alex kay Daphne nga maturisok man nga nagatulok sing mapinalanggaon sa ulitawo.

Sa bahin ni Daphne, nag-alawas gid ang kalipay sa pagpasugot, bangod sa paghigugma kay Alex nga sadto pa iya na ginbatiti sa iya dughan. Positibo ang dalaga nga maabot gid ang tinion nga pakamahalon man sia ni Alex, gani may makinot man nga yuhom nga gumataw sa iya guya.

Sang sugiran sila ni Daphne nga nagkasugtanay na sila ni Alex sa pagpakasal, nagkalipay gid ang iloy, lolo kag lola ni Daphne sa hitabu para sa dalaga nga maestra. Kasal engrande ang natabu sa Simbahan Romano Katoliko sang Lambunao. Kag daku ang punsyon, kay halos bilog nga mga pumuluyo nga taga-Poblacion Ilaya sang banwa nagdugok sa pangagda man sang duha ka pamilya.

Nagbiahe kuno abi pa-Baguio City ang duha pagkatapos sang kasal. Pagkaligad sang isa ka semana, nagpuyo sa Villa Vera Cruz ang duha nga bag-ong' kasal sa separado nga kama sa isa lang ka daku nga hulot-tulogan sa ikaduha nga panalgan sang tatlo ka panalgan nga balay nga human sa tisa.

Sa sumunod nga isa ka bulan, masunson nga si Alex nagalakat sa pagtuman sang iya mga obligasyon bilang isa ka mangin-alamon sa panalawsaw para sa ila hubon. Sang magbukas ang klase, padayon nga nagtudlo sa elementarya si Ginang Daphne de Guzman Vera Cruz. Si Alex masunson man nga wala sa luyo sang asawa sa pagatatap sang ila negosyo. Gani, indi katingalahan nga waay nagmabdos si Daphne, nga subong kilala na nga babaye sa banwa sang Lambunao.

KAG nakabawi ang mga Vera Cruz sa ila negosyo sa Manila man ukon sa ila sa Cabanatuan City. Naluwas man ang amay kag iloy ni Alex sang masinulundon kag mapinalanggaon nila nga anak. Indi lang ang duha ka tigulang ang nagkalipay sa pagbag-o sang huyop sang hangin nga pabor na sa ila pamilya, kondi pati man si Alex, nga sa iya man ang lubos nga pagpanikasog kon ngaa nakabawi man sila sa negosyo.

"Nagamit gid ni Alex sing husto ang iya tinun-an sa patag sang negosyo," masadya nga namuno sang lola ni Daphne.

"Mama, si Alex ang pinuno sang *think tank* nga ginatapuan man sang mga may abilidad nga mga negosyante. Katapu man kita sa hubon. Ang mga madinalag-on nga mga negosyante nagabantay man sang lakat sang negosyo sa bilog nga kalibutan. Kon may mga palaligban nga dulot sang mga *geopolitical development* sa diin man nga bahin sang kalibutan nga apektado ang mga negosyo diri sa Pilipinas, ang hubon nanday Alex ang nagadihon sang mga plano kag tikang nga malubad ang malain nga palaligban sa mga negosyo diri sa aton pungsod. Ang negosyo sa Pilipinas indi man makalikaw sa nagakalatabu nga problema sa diin man nga bahin sang kalibutan.

"Ang ginatawag nga *food security* palaligban gid nga daku sang mga negosyante. Ang paghatag kalubaran sa epekto sang mga risgo sa negosyo ang buluhaton sang *think tank* nga ginapamunoan ni Alex. Gani, madinalag-on man si Alex sa ila negosyo, kaupod man naton," napulong sang iloy ni Daphne nga si Doña Criselda.

"Huo, Dangdang, nakita ko man nga ang duha ka tigulang ni Alex, indi man matakos ang ila kalipay sa pagkabawi nila sang kahuy-anan sa pagkabangkarote sang ila negosyo," nagayuhom nga sabat sang lola ni Daphne.

Sa Villa Vera Cruz naman, malipayon gid si Doña Carina sa kahimtangan sang ila pamilya subong.

"Madamo gid nga salamat, Anak," nabungat sang iloy ni Alex sang magpauli si Alex kag sa buluthoan pa si Daphne. "Naluwas mo ang aton pamilya sa kahuy-anan."

"Indi kamo anay magkalipay, Ma," lahog ni Alex sa iya iloy. "Madamo pa ako sang palaligban nga basi maulamid man kamo ni Papa."

Nakadulog, nagmurahag ang mga mata, nagkunot ang agtang kag nakatulok man sing maturisok ang tigulang nga iloy kay Alex sa iya.

2

NAKIBOT man ang iya iloy sang hinambitan ni Alex nga may palaligban pa sia nga daku.

"Anak, ano nga palaligban ina? Kaupod bala si Daphne dira?" pangutana sa pagkabalaka sang iloy ni Alex.

"Ang palaligban nga ini indi lakip si Daphne diri, Ma. Mabuot kag masinulundon gid ini si Daphne, waay ako sing masiling nga malain batok sa iya," sabat ni Alex sa iya iloy. "Pero, ang asawa ko ang una nga apektado diri, kon matabu ini."

"Maayo kon amo ina. Daw nagaamat-amat na nga mahulog ang imo buot kay Daphne," tugda sang iloy nga padayon man pagyuhom-yuhom. "Pati si Papa mo malipay gid nga masayran ini. Luyag niya nga may apo man kami sa imo, luas sa anak ni anhing Nang Razel mo."

APANG ang handom sang mag-asawa Don Virgilio kag Doña Carina nga makaapo kay Alex kag Daphne, ginkutol sang magkasunod nga kamatayon sang duha sang tuig man sang 1989. Inatake sa kasing-kasing ang amay ni Alex kag namatay man sang sumunod nga adlaw! Naghingagaw kontani sa pagpauli sa Iloilo ang iloy ni Alex gikan sa Manila, pero kanselado ang lupad sang mga eroplano pa-Visayas bangod sa ulan dala sang bagyo nga ginapaabot nga nagpalain na sang panahon.

"Alex, masakay ako sa bapor pauli dira sa Iloilo," pulong sang nasub-an nga iloy sa iya anak.

"Ma, basi delikado man sa bapor ang bagyo," nagakabalaka man nga sabat ni Alex.

"Siling sang mga opisyal sang kompanya sang bapor, wala pa sang delikado ang paglayag sang bapor kay malayo pa sa Surigao ang bagyo. Sa Iloilo na ang bapor kag maka-*landfall* ang bagyo sa Surigao. Mga eroplano lang ang delikado sa pabugso-bugso nga mabaskog nga ulan," sabat sang donya sa anak.

Gani, nagsakay sa bapor man ang iloy ni Alex pauli sa Iloilo sa adlaw man sang pagkamatay sang amay. Indi pa apektado ang bapor nga mahimo managu man sa Masbate kon kon maabtan sang magbaskog nga bagyo. Waay pa naka-*landfall* sa Surigao ang bagyo. Ginpahanugotan man sang awtoridad ang paglayag sang bapor sandig sa katulad man nga mga hitabu sa pagpanakayon sang mga nagliligad nga bagyo.

Pero, naabtan man sang hinali nga pagdalagku sang mga balod tungod sa pugada nga hangin ang bapor nga ginsakyan pauli sang donya. Wala gid maluwas sa pagkatugdang ang bapor nga amo gali ang magdul-ong man sa kamatayon kay Doña Carina!

Naghingagaw man nga nagpauli gikan sa Manila ang iloy ni Daphne sa pagpakig-unong kanday Alex kag Daphne. Kinahanglan sang duha ka bag-ong mag-asawa ang mga payo sa ila problema sa tion sang ila paglalaw gikan sa may malawig na nga kag sari-sari nga kahanasan sa pangabuhi. Masunson nga daog sang pinanilagan ang tinun-an sang isa ka tinuga.

Daku kag malubha nga trahedya para kanday Alex kag Daphne ang magkasunod nga pagkamatay sang mga ginikanan ni Alex. Pero nabaton man ni Alex ang malisod nga trahedya sa iya kabuhi, kabuylog man ni Daphne. Kinahanglan ni Alex nga mapag-on nga atubangon niya sing may kaisog ang grabe nga trahedya sa iya kabuhi. Bilang lalaki matawhay kag halog sa buot nga mabaton ang daku nga kasubo gikan sa pagtaliwan sang iya pinalangga nga mga ginikanan nga ila man ilubong sing dungan.

Suno sa pagtuman sang anak sang bilin sang duha, sa sementeryo sang Lambunao man sila ginpahimoan ni Alex sang pantyon.

Sang sumunod nga bulan sang Pebrero, nagtawhay man ang pamatyag ni Alex, pero may isa ka hitabu nga wala ginpaabot sang mag-asawa Alex kag Daphne. Nagpakita bilang murto si Don Virgilio sa iya salaligan nga tsuper sa Villa Vera Cruz. Nanugiron man gilayon ang tsuper kay Alex. Ang tulotigulang na nga tsuper padayon man ini nga nagapangalagad sa pamilya. Sang nasayran ini ni Daphne, waay man sia hinadlukan, kay alas dose ukon tungang' gab-i man lang nagapakita ang murto ni Don Virgilio kag sa iya drayber man lang.

Ginhambal man sang drayber ang murto.

"Don Virgilio, ano bala ang mabulig ko kon may problema nga dapat masayran sang imo mga nabilin nga pinalangga diri sa duta?" pamangkot ni Tyo Usoy sa murto, pero waay man nagsabat ini.

"Malapit bala ang kalag ni Papa sa imo, Tyo Usoy," pamangkot ni Alex.

"Sa kilid ko lang sia, pero ang natingalahan ko amo ang tunog sang kadena nga ginaguyod sa salog, indi ko man ini nasiplatan ini kaupod sa daw garhom nga porma ni Don Virgilio. Ang nakita ko nga naaninag sa suga sa salas, amo ang kalo kag baston nga ginauyatan sang don sa magtimbang nga kamot. Wala man sia nagpalapit gid sa akon, sa baylo, ining murto madula man gilayon. "Basi ginaduaw sang don ang ila apo nga anak ni Razel nga nagabutho na sa Dakbanwa sang Iloilo."

Sadto pa nagsugot ang duha ka tigulang nga saguron nga daw bilang iloy sang bata ang tiya nga manghod sang naanhing man nga bana ni Razel. Para kay Doña Carina, maayo kon babaye ang magpadaku sa babaye nga apo. Sang ulihi, nagsugot na si Alex inakupon sang utod nga babaye sang iya amay ang bata. Ining bayaw ni Alex isa ka bataon nga balo nga wala sang anak kag nahamuot gid ang iya hinablos diri nga daw iloy lang sang bata. Padayon man nga ginahatagan ni Alex sang galastuhon ang iya hinablos. Nasiguro man ni Alex nga ang palanublion sang iya naanhing nga magulang makadto man sa hinablos niya suno sa kasugoan.

Sa primero, waay ini ginsapak ni Alex ang pagpakita sang kalag ni Don Virgilio. Pero sang ulihi, basi hadlukan man si Daphne diri, kay pirme man wala sa ila balay si Alex sa pagtuman sang iya mga katungdanan. Gani, ginsapol ni Alex si Daphne nga magbalhin sila sang puloy-an.

"Mahal ko nga Alex, didto kita magpatindog sang aton puloy-an sa lote nga aton nabakal sa Barangay Maribong," panugyan ni Daphne nga nagaudyak man.

Sa maayo nga presyo nabakal nanday Alex ang bahin sang duta sang sentral sadto sa dulonan sang Lambunao kag Calinog, Iloilo.

"Maayo matuod kon didto kita magpuyo kay mahapos para sa aton pagpalakat sang buluthoan," ugyon man ni Alex. "Pasugoran ko gilayon ang pagtukod sang aton puloy-an kadungan sa buluthoan. Kon matapos gani, ipaguba naton ining Villa Vera Cruz."

Ginpasugoran gilayon ang pagpahimo ni Alex ang ila kasarangan nga balay nga bungalow lang, pero mahimo man dugangan sang pila ka panalgan pa kon kinahanglan. Dapat mahuman ini kadungan sang eskwelahan nga ginapapasad man nila.

Sina nga gab-i, isa ka plano ang nahuman ni Alex sa iya pagpauli sa Villa Vera Cruz. Nasat-uman niya nga masubo si Daphne kon waay sia. Sang makatantan na ang ila napanyapon, ginsugo niya ang isa ka kabulig nga magkuha sang isa ka botelya sang *wine* sa nakakandado nga talagoan sang mga ilimnon ni Don Virgilio. Ginhatag ni Alex ang pungpong sang yabe sa babaye nga kabulig sa panimalay. Nagkuha si Alex sang duha ka kopita sa katingala ni Daphne. Pag-abot sang kabulig nga dala ang *wine*,

hinatag man ang botelya sa agalon kag si Alex gid ang nagbukas sang botelya. Nagapulupanihol pa nga gintagayan sini ang duha ka kopita, nga para kay Daphne ang isa. Gindaho man gilayon ni Daphne ang kopita nga gintan-ay sang bana nga waay sing nahambal, kay daw natingala gid sia sa ginabuhat ni Alex.

"Daphne, mag-inom kita para sa pagkilala sang grupo sang *Lions* sa akon nahimo para sa hubon kag sa pagkumpleto ko sang kurso nga Ph. D. Kon tawgon, *Doctor* man ako , bisan indi manugbulong sang mga balatian sang mga tawo, kondi manugdihon sang mga tikang sa kaayuhan sang kabuhian sang aton pungsod."

"Bisan ulihi na, nagapanginbulahan gid ako sa imo pagtapos sang imo kurso nga Ph.D., mahal ko," nabungat ni Daphne. Kag daw bata nga hinalukan man si Alex.

Pagkaligad sang mga dose minutos gid, naubos man ni Daphne ang unod sang iya kopita, samtang si Alex nakatatlo ka kopita na. Nagpaindi si Daphne sang tagayan liwat kontani ni Alex ang kopita sa atubang sang asawa.

Gintahod man ni Alex ang iya asawa kag sia na lang ang nag-inom sing sunod-sunod nga pagtayhong sang alak gikan sa kopita. Kag naurot gid sini ang unod sang daku nga botelya sang malahalon nga *wine* nga himo pa sa bantog nga duog sang mga ubas sa Pransia.

"Alex," sa una nga kahigayunan natawag ni Daphne sa ngalan si Alex. "Ano bala ang problema mo? Ngaa daw nagapahubog ka?"

"Daphne, waay ako sang palaligban," likaw ni Alex, pero may yuhom man nga nakita si Daphne sa iya pagtulok nga daw kuring lang nga nagabantay sa nakauklo nga ilaga.

Kag pagkaurot niya sang unod sang daku nga botelya sang *wine*, dayon nagtindog si Alex. Pero ayhan bangod sa panalagsahon man lang sia nagainom sang *wine* kag subong daw nasobrahan pa, ang ulo ni Alex daw naglingin, gani diutayan lang sia makasukamod. Kon waay sia nakahamboy gilayon sa lamesa, nag-usdang kontani sia sa salog.

Nagtindog gilayon si Daphne agod buligan ang pinalangga niya nga bana.

"Diin ka bala makadto kay agubayon ko ikaw?" tusngaw sang nabalaka nga asawa.

"Diin pa, kondi matulog na kita," tambing gilayon ni Alex.

Nagpungko ini liwat agod magtawhay ang nagulpihan nga pamatyag. Nagkalma man sia, nagyuhom sa asawa. Nakatig-ab kag daw nagtawhay man ang alingogngog nga daw nagaalimpulos sa palibot sang iya ulo. Si Daphne nakatungkaaw man...

Milagro. Matulog na kami? Madulog sa akon si Alex bilang akon bana? Mahal na bala ako ni Alex? May sabat ukon katumbas na bala ang akon pagpasulabi kag pagpalangga sa iya? Sa naisip ni Daphne naglumbayag man ang tagipusuon niya.

Kag...

Natabu gid man ang ginapaabot ni Daphne. Pero waay gid sia sing nabatian nga hinambal ni Alex, sia lang ang nakabungat sang pagpalangga sa iya bana. Pero, daw may daku man pagbag-o sa iya pamatyag. Mabuhinan na ang iya kasubo. Kon makapanganak sia mahimo malimtan ni Daphne nga wala pa sia ginahigugma ni Alex. Mawili na sia sa iya mangin anak. Kag mangin mamag-an na diutay ang iya paghulat nga higugmaon man sia ni Alex.

Malaba pa ang pisi sang iya pag-antos, tubtob magbag-o ang iya bana nga pinalangga nga iya na ginpatungdan sang pagpasulabi kag pagpakamahal sugod sang mga bata nga magagmay kag lumpukon pa sila nga duha.

Ang singkwentahon na sa panuigon nga yaya ni Daphne sadto nga si Tya Luding ang nakamay-om sa ginabatyag sang ama sang naglipas nga duha ka adlaw. Sini nga aga sang Lunes, pagbugtaw ni Daphne daw masuka naman sia. Kag daw grabe ang pag-aslom sang iya suluk-sulok subong sangsa nagligad.

"Yayay Luding, timplahan mo gani ako sang kape nga waay gatas kag kalamay," hambal ni Daphne sa iya mapinalanggaon nga yaya sugod sang isa ka bulan pa lang sia nga nabun-ag.

"Inday Daphne, indi ka mag-inom sang kape kay malain ini sa ginamabdos mo," tablaw sang yaya sa ginakabig man nga anak.

"Ano ang siling mo, Yayay Luding?" dagmit dayon ni Daphne nga nakamurahag man ang mga mata kag nakanganga man. "Nagabusong na ako?"

"Ang maayo pa magpatan-aw ka kay Doctora Gallego, agod masayran mo ang imo ginabatyag," sabat sang yaya nga may duha ka dalaga na nga mga anak.

"Tawgan mo sa telepono ang opisina sang amon prinsipal, kay maalungay ako kay Ma'am nga karon lang sa hapon masulod sa buluthoan," malipayon nga napulong ni Daphne sa iya pagkaumpaw. Natapos na ang iya pagsuka-soka. Gilayon man nga nagtuman man ang iya yaya sang ginsugo niya.

"*Good morning*, Ma'am, si Daphne Vera Cruz ini. Mahimo bala nga sa hapon na ako masulod sa buluthoan kay makonsulta pa ako kay Dra. Gallego sa akon ginabatyag? Nagalain ang akon suluk-sulok, Ma'am. Kag nagasuka-soka ako, mga tatlo ka adlaw na. Siling ni Manang Luding nagadala na ako, busa luyag ko masiguro," pag-alungay ni Daphne sang pahanugot sang ila prinsipal.

"*Congratulations*, Daphne," nasabat sang ila prinsipal. "Sige, magpatsek-ap ka gilayon kay Doctora Gallego, waay ka man klase subong nga aga."

Sa klinika ni Dra. Gallego nga isa ka *family doctor*, pero may sampat man nga kahanasan sa *obstetrics and gynecology*, gilayon nga ginpa-*frog test* sang doktora si Daphne sa iya kabulig nga *medical technologist*.

Sang sumunod nga aga…tinawgan si Daphne ni Dra. Gallego samtang nagahanda na nga maglakat ang maestra pakadto sa buluthoan nga masakay lang sa traysikol.

"*Congratulations*, Misis Vera Cruz. Positibo nga nagaumpisa ka na sa pagmabdos, Daphne. Kinahanglan magkaon ka pirme sang balanse nga pagkaon. Buhinan mo ang pagkape kag magpakatawhay lang sa imo mga hilikuton. Sundon mo gid ang imo iskedyul sa pag-*prenatal check-up* nga ginsulat ko dira sa panugyan ko sa imo."

"Madamo gid nga salamat, Doctora Gallego. Tumanon ko gid ang mga panugyan mo," malipayon nga natuaw ni Daphne sa pagpaalam sa doktora. Daw nagbalik ang iya pamatyag sang pagkasal sa ila ni Alex. Daw nagalakat lang sia sa panganod, waay nagaugdaw ang daw nagsanlab nga kalayo sang iya kalipay nga subong tunay nga babaye na sia sa bulig ni Alex.

SANG mag-abot si Alex pagkaligad sang isa ka bulan gikan sa Mindanao, malipayon gid si Daphne. Ang petsa: ikaduha ka napulo sang Oktubre sang tuig 1990.

"Nagkonsulta ako kay Dra. Gallego. Positibo ang *test* niya sa akon. May kabuhi na nga nagapitik sa akon taguankan. Mangin-*daddy* ka na, mahal ko," nasambit ni Daphne.

Nagyuhom lang si Alex. Mangin amay sia sa edad nga 30 anyos, si Daphne, 27.

"Palangga, anay ka, ano bala ang luyag mo nga panganay naton, lalaki ukon babaye bala?" may kaalikaya nga napamangkot ni Daphne kay Alex.

"Lalaki ukon babaye man, palanggaon gid naton ang bugay nga grasya sang Dios," sabat ni Alex.

Ako, grasya man ako sang aton Tagtuga, palangga mo man bala? Luyag ni Daphne ini ipamangkot sa iya bana. Pero, indi ni Daphne ginpadayon ang pagpamangkot.

Apang nasorpresa ni Alex si Daphne kay ginhalukan sia sini sa sulod sang ila hulot nga waay sang iya bana nahimo ini sadto. Kondi sa gwa sang kwarto sa pagpakita sa ila kaupod sa balay nga sila mahirop nga mag-asawa.

Nahulog na bala ang buot ni Alex sa iya? Ginahigugma na bala sia ni Alex katulad sang iya madugay na nga balatyagon sa iya bana?

Waay sia sing mapamangkutan sa sini nga bagay. Ang iya Yayay Luding indi man niya mapamangkot, bisan nga pirme ginakuhaan niya ini sang laygay sa iya pagbalik nga mangin mayordoma nanday Daphne. Iban ini nga klase sang palaligban may kaangot nga likom nga dapat sila lang ni Alex ang makalubad sa ulihi. Pero daw ano kadugay ayhan ang *ulihi* nga magaabot? Panahon lang ang makasabat sina. Ang tikang nga himuon ni Daphne amo *ang paghulat*. Bisan magalawig pa ang iya paghulat. May katapusan man ang tanan. Kag masarangan gid ni Daphne nga hulaton nga higugmaon man sia ni Alex.

Sang gab-i nga ina nagpaanod man ang duha sa ila balatyagon bilang mag-asawa sa daku man nga kalipay ni Daphne. Ini bisan waay gihapon sing nahambal si Alex nga pagpalangga sa iya. Para kay Daphne buhaton lang niya ang nagakadapat bilang asawa kag maghulat kon san-o sia higugmaon sang iya bana.

Daku ini nga problema para sa iya, pero kinahanglan magpakapag-on gid sia para sa iya mangin anak. Dapat indi sia magpalupig sa kalain sang buot, dapat indi gid sia maakig sa natabu sa iya. Ayhan ini ang iya kapalaran nga panahon lang ang magabag-o. Ang pagbag-o padulong sa iya lubos nga kalipayan. Ayhan?

NAGPAALAM si Alex kay Daphne nga malakat isa ka aga matapos sila makapamahaw.

"Daphne, basi indi ako gilayon makapauli kay may plano ang kompanya naton nga kinahanglan malakat ako sa Amerika kag magtrabaho didto sing mga isa ka bulan. Tawgan mo si Tita Fremae mo agod updan ka diri," pamilinbilin ni Alex kay Daphne nga iya man ginkalipay. Naisip man ni Alex ang iya pagmabdos. Nagakabalaka man ini sa

ila mangin anak, naisip nxi Daphne.

"Sige, mahal ko, indi mo ako pagkabalak-an kay maayo man ang akon kahimtangan. Natawgan ko na si Tita Fremae, kag mapadala sia gilayon diri sang nars nga mabulig sa akon," napulong ni Daphne samtang nagakambod man ang mga kamot sa liog ni Alex sang halukan sia sang iya bana sa iya pagpaalam.

SA paglakat ni Alex padulong sa Amerika, may nakadungan sia sa eroplano nga ayhan kadimalasan sa dagway sang matahom nga kaklase sini sadto. Sa iya nadumdoman ang apelyido sang babaye Villamaestre nga kabikahan man sang ginatangla nga pamilya, indi lang sa patag sang negosyo kondi sa pulitika man sang mainuswagon nga Dakbanwa sang Quezon sa Metropolitan Manila.

"Dr. Alex Vera Cruz! Lubos gid nga mapalaron ang adlaw nga ini para sa akon kay nagkrus liwat ang aton dalan. *After all these years I've been blowing hot and cold, burning wires to pin you down*," matunog nga namitlang sang katupad sa pulungkoan. Ini si Swannie isa ka moderno nga babaye kag kaklase niya sadtong nagabutho pa sila sa kolehiyo.

Daw indi man mapahamtang si Alex sa ila pag-updanay ni Swannie sa eroplano kay basi gamo ang tugahon sini sa kabuhi kay sadto pa nagpakita si Swannie sing tumalagsahon nga pagkawili sa iya. Karon, paano si Alex makalikaw sa mga pahito sining babaye nga maayo gid mangita sing padugi agod makapalapit sa iya?

"Kamusta ka, Alex?" pulong ni Swannie nga nagasalambod lang ang matam-is nga yuhom.

"Aba! Swannie, *hindi ka nag-iisa sa iyong magandang kapalaran*," nakibot man si Alex sa nabatian nayon sa iya likuran.

Waay makasabat gilayon si Alex, kondi dungan man sila ni Sonya Anita Villamaestre, hayu Swannie, nga nagbalikid sa nabatian nga tingog. Kag isa pa gid ka katapo man sang *buena familia* sang Manila nga taga-Bacolod nga ila man anay kaklase ang natuonan man sang ila duha nga panulokan nga nagayuhom-yuhom. Si Luisa Mathea Liberias, alyas Luem.

"Sa sini nga kahigayunan, pierde ka sa akon kay katupad ko si Alex," dayon nga nabungat ni Swannie sa abyan man nga si Luem.

"Okay, lang, Swannie. *I know, I'll have my own sweet time with Alex*," daw indi man magpapierde si Luem.

Daw magatangkas ang libog ni Alex. Duha na karon ang tunaan sang iya problema. Kon mabudlay lusotan ang isa, ang duha pa. Pareho man nga maalam ang duha kag mga batikan man sa negosyo, sa *honest business* kag ayhan masiling pati sa *monkey business*. Pareho nga makawiwili ang kamalantang nga katahom sang duha ka dalaga, tunay nga makabibihag nga mga Eba sa bisan kay sin-o man nga Adan. Pero, mag-andam, kay ang duha *wise to the ways of the world,* kon mga lalaki ang pagahambalan nga may kaangtanan sa ila pangabuhi. *Kon tuso man ang matsing malalangan man,* ina ang kinaiya nga masiling angkon man sang duha nga ini.

"Daw mapikuta ako sa atubang sang duha ka nagangurob sing makakulolba nga mga tigresa," natusngaw nga lahog ni Alex sa duha ka dalaga.

"Amo gid, gani tawgon mo na ang tanan nga mga santos nga nalista mo sa imo *pocketbook*," dagmit ni Swannie nga nagharakhak.

"Ano bala ang duag sang imo *pocketbook*, Alex?" amot nga lahog ni Luem. "Dapat lunhaw kag matabnol."

Pinahid ang yuhom sa nawong ni Alex sang punto nga nadagmit ni Luem. Madamo nga kwarta ang gintumod sang dalaga. *Green bucks* ukon dolares sa diretso kag klaro nga pulong. Indi man ini palaligban kay Alex kondi ang pagpang-awat nga buhaton sang duha ka babaye sa malip-ot nga panahon nga iya dapat hinguyangon para sa pagtapos sang iya trabaho sa duog sang mga mansanas ukon sa Amerika. Indi luyag ni Alex nga magdugay sa Amerika kay nagalangot nga daan sa nagabusong nga asawa sa Pilipinas. Pangako niya kay Daphne nga isa lang ka bulan sia nga magadugay sa Amerika. Dapat indi mapabayaan ang ila negosyo sa Pilipinas.

"Subong pa lang nagabatyag na ako sang gin-ot sa palaabuton nga inadlaw diri bisan nagasugod na ang tigtulognaw," daw may pagyagum-at nga nasambit ni Alex.

"Kondi pakalmahon sang isa man sa amon ang imo saligmato nga pagkahimtang," tugda gilayon ni Swannie. "Kalipayan namon ang makabulig kag makatabang sa mapiot nga kahimtangan sang isa ka mabinalak-on man nga abyan."

Maluluy-on nga pagtabang ukon mabaskog nga pagtum-ok sa hatay-hatay sang kasal-anan bala ang himuon sang duha sa iya? Basi lubos pa nga malubha ang kapiot sa iya pagkabuhi ang iya mabatyagan? Naisip ini ni Alex, pero waay na niya ginpabutyag ini sa duha ka babaye nga may ginaisip nga maayo para sa ila nga duha, apang ayhan malain para sa iya. Indi gid man mawilihon si Alex sa mga babaye, basta indi lang sia mapikuta, pero subong daw tinalawan pa sia. Daw indi niya mahibal-an ang paagi sa masulhay nga paggwa kon matapang sia sa pagsugot sa katusohan sang isa ka Eba. Ini bala tungod kay Daphne kag sa ila mangin-anak?

Sang makahugpa na ang ila ginsakyan nga eroplano, nagbulagay gid man sila nga tatlo. Nangita sang madayunan nga hotel si Alex. Matapos sini nagbakal sia sang bag-o nga *simcard* para sa iya *cellphone* agod indi sia matawgan sang duha ka babaye gilayon. Kon magtawhay na sia na ang matawag sa mga ini bilang abyan. Kay mabudlay na nga magsunggod ang duha, kinahanglan man ni Alex nga magpabilin nga mga abyan niya ang duha.

Sa negosyo, kinahanglan ang madamo nga mga abyan. Kapin pa nga sa duog sila bilang dumuluong nga ang Filipino dapat mag-abyanay gid kag mag-unongay. Sang ginpapundo niya ang taksi sa isa ka estasyon sang gasolina nga nagabaligya man sang mga *cellphone*, nagkililing ang iya *cellphone* samtang nagadaho pa lang sia sang *simcard*. Sin-o ayhan ang nakauna tawag sa iya, si Swannie bala ukon si Luem?

3

Si Alex madasig nga nagbalik sa sulod sang salakyan kag samtang nagalakat na ang taksi, gintawgan niya ang *miscall* nga nabaton. Si Swannie ang nagtawag.

"Swannie, madasig ka pa sa alas kwatro nga tren, siling nila sa aton."

"*Daig ng maagap ang masipag. It's the early bird that often catches the worm,* indi bala, Alex?" Waay tul-an ang dila matuod, labi na gid ang kay Swannie, daw nagaaso lang ang kable sang telepono sa tsismis sang dalaga.

"Swannie, napadunggan ka na bala sang mga *telco* sa aton nga "*top wire burner of the year*" sa bug-os nga Pilipinas?"

"Indi pa, diri sa Amerika basi pa lang," masinadyahon nga nabungat ni Sonya Anita Villamaestre kay Alex Vera Cruz. "Ari na ako sa akon *hotel*, ikaw?"

"Sa taksi pa ako, mga 10 milyas pa ang amon opisina. Sa opisina ako mauna. Dalhon na sang salakyan sang *hotel* ang akon gamit sa akon hulot. *Bye*, Swannie."

"Alex, *wait*, diin bala ang imo *hotel*?"

"Indi bala may GPS ka, Swannie? Sa The Oriental Dreamer Hotel." Gintakop ni Alex ang ginauyatan nga *cellphone*.

May nasid-ing man sia nga lusot kay Swannie, pero sa Amerika, ang mga Filipino daw mga suod nga mag-alabyan tanan sa ila pagkilitaay. Ang kilala sang isa ginapakilala man sa bag-o nga abyan nga masugata. Magkaingod lang ang mga syudad nga ginaopisinahan nila ni Swannie. Sa moderno nga katilingban kag pangabuhi sa Amerika, daw magkaiping lang ang mga duog nga sobra isa ka gatos ka kilometro kalayu sa isa kag isa. Mabudlayan sia nga likawan si Swannie.

Pasulod sa makipot nga pasilyo si Alex sang makaapat nag-*ring* liwat ang iya *cellphone*. Ang kakibot ni Alex sa pagragingring sang iya *cellphone* sang buot sia magsulod sa hulot nabuslan sang hugyaw sang daku nga kakunyag. *Ringtone* ni Luem. Kay sadto pa sa Manila nakaupod na sila sang dalaga sa isa ka ekskursyon sang nagabutho pa sila nga magkaklase sa madamo lang nga *subjects*. Pero, sadto indi subong kay Swannie nga pursigido gid si Luem nga masami nga makabuylog sini sa mga okasyon ang ulitawo. Si Alex pa gani ang nagpakita sang iya pagkawili nga makaupod si Luem.

Kag karon, basi ang huyop sang hangin nagbag-o na kay sa iban nga duog na sila. Luyag na bala sang dalaga nga makaupod sing masunson sa iya? Kag ngaa daw daku gid ang nabatyagan nga kakunyag sa pagtawag ni Luem nga waay niya ini naagyan sa ila pag-updanay ni Swannie sa madamo lang nga mga okasyon sang pagtinipuntipon? Sadto pa bala tunay na ang kahamuot nga ginpatuhoy niya kay Luem?

Kon kaisa sa kasako sang mga tinuga sa ila ginahimo nga pagpasakop sa matawag nga karera sang mga ilaga, kinahanglan man nila ang pagpanglingaw-lingaw. Tama gid kahugot ang paindis-indis sa kalibutan subong nga kon tawgon man *dog eat dog world* ang kahimtangan sang katilingban. Subong, kinahanglan gid ni Alex ang dibersyon ukon paglingawlingaw. Pero kon si Luem ang masunson niya nga makaupod may napantagan ukon namay-om si Alex nga gumontang nga matuhaw diri. Kag daku ang indi halandumon nga hitabu nga mahimo magadalahig sa iya pamilya.

"Alex, ano nakatulog ka bala? *Sorry*, kon nakadisturbo ako. Daw namag-uhan ako sa akon biahe subong," panugod nga pasakalye ni Luem.

"Okay lang, *winter* na abi subong kag *light sleeper* man ako," daw waay nagtugma ang sabat ni Alex. "Ano nasuboan ka sa imo pag-isahanon? Daw sa kadamo man sang nagauloarigay sa imo sadto, waay ka gid nakabunit sang isa?"

"Nawili abi ako sa negosyo nga ginpapanubli sa akon ni Papa, gani pati mga abyan ko sadto, waay ko na nakamusta. Katulad mo," daw nagapamalibad si Luem kon ngaa napabayaan sini ang kaugalingon nga pitik-mingaw.

"Ako, may asawa na kag ini malapit na lang manganak. Maestra sia didto sa amon banwa," hilmunon man ang udyak sang kalipay ni Alex sa palaabuton nga anak.

"Alex, maninay ako ha?" pag-aha ni Luem nga napun-an man sang hugyaw. "Luyag ko man makalibot sa Puod sang Iloilo. Basi may maayo man nga palaabuton ang amon negosyo sa inyo duog. Kag basi sa inyo duog nagahukmong ang lalaki nga magsayop sa pag-upod sa akon agod magkaduag man ang akon pangabuhi."

"Igakalipay gid sang amon pamilya ang pag-amuma sang bisita nga katulad mo," ugyon ni Alex sa daw pag-alungay ni Luem.

"Sige, kon magkadto ako sa Boracay, maagi ako sa inyo sa pagpauli agod makita ko man ang pamilya sang kaklase kag abyan ko," pangako ni Luem kay Alex bilang abyan nga Ilongga man sadto sa ila pagbutho.

"Hulaton namon ni Daphne ang pagbisita sang amon palaabuton nga Kumadre," nasabat man ni Alex, apang daw may patunda man ini sa iya nga gamo sa pamilya.

Moderno man si Luem sa iya ugali, pero may pila pa ka nahot sia nga pagka-Maria Clara nga nabilin kon pagbiste ukon moda ang pagahambalan. Kon papilion sia sa ila ni Swannie nga duha kay Luem na sia. Pero, bunayag kag tampad gid ayhan si Luem sa iya balatyagon sa iya ginpangbuy-an nga mga matinggas nga mga tinaga? Waay ayhan sang iban nga ginapunterya ukon ginatumod? Daw nagpin-ot ang tutonlan ni Alex. Daw waay sia sing nahibal-an buhaton sa atubang sang daw nagaalimpulos nga bagyo nga nagapalapit sa iya.

PAGKAAGA, alas sais y medya pa lang nagataksi na siya padulong sa ila opisina nga mga apat ka kilometro kalayu gikan sa ginadayunan nga otel. Luas sa gwardya kag dyanitor, waay pa sang empleyado sa ila opisina. Ginpangita niya ang iya latok nga masami ginahikutan sang iya katungdanan kon ara sia sa Amerika. Puno sang mga sari-sari nga dokumento kag mga papeles nga dapat niya basahon kag aksyunan kon kinahanglan. May mga dokumento nga ginapadala sa Pilipinas kon kinahanglan ang panugdaon ni Alex. Kada anom ka bulan ginasuy-aw ni Alex ang ila opisina sa New York kag sa sulod sang isa ka bulan ang mga papeles nga waay nagakinahanglan gilayon sang igtalupangod ni Alex bilang Presidente sang kompanya, ginahulat lang sa iya pag-abot sa iya pagduaw agod masayran ang kahimtangan sang ila negosyo.

Nag-abot una ang tiglikom ni Alex nga Pilipina nga may bana na kag duha ka anak, gani ginasaligan gid niya ini sa maayo nga pagpadalagan sang negosyo. Pagkatapos sang kinaandan nga pagkamustahanay, nagsugod na si Alex sa pagpamati sa iya tiglikom sa bahin sang mga nagakatabu sa ila opisina nga indi dapat sambiton sa *Summary of Events* nga ginahanda pirme sang sekretarya kag ipadala man sa Pilipinas sa iya agod sa pagpahibalo sang iya *boss* sang problema.

"Wala kita sang dalagku nga palaligban, Sir," sugod sang tiglikom. "Malapit na lang ang Paskua, gani inspirado ang tanan sa ila buluhaton. Isa lang ang pinasahi nga problema naton. May Pilipina kita nga kaupod nga nagplano tani nga mapakasal, pero may *emergency* sa ila pamilya sa Pilipinas. Ang ila galastuhon sa kasal sa bulong sang inatake niya nga amay nagkadto. Kondi, nag-*elope* na lang ang duha kag nagpakasal sing simple. Filipino man ang iya bana nga nagatrabaho sa kaingod nga kompanya."

"Tawgon mo sia kay hambalon ko," pulong ni Alex. Nagpalapit man dayon ang bag-ong kasal nga empleyada sa iya agalon.

"Maayo nga aga, Sir," respeto sang empleyada sa tag-iya sang kompanya.

"Bag-ong' kasal ka gali. *Congratulations* sa inyo nga duha."

"Pila ka na gani ka tuig diri nga magkaupod kita?" pangutana ni Alex.

"Pito ka tuig na, Sir," sabat nga may katingala man ang babaye sa pamangkot sang ila *boss* nga bag-o lang nagbisita sa ila kompanya.

"Ang imo bana tagadiin sia sa aton?"

"Kasimanwa ko man, Sir. Sa Gapan, Nueva Ecija kami."

"Maayo na bala ang amay mo?"

"Sa kaluoy sang Dios, Sir. Naka-*recover* na sia suno sa balita sang manghod ko," malipayon man nga buyagyag sang empleyada sa pagayo sang amay.

"Luyag mo bala magpauli sa aton agod maasikaso mo sing husto ang amay mo?" pangutana ni Alex sa babaye nga kapuod man sang iya mga ginikanan.

"Gusto ko gid tani nga makabuylog ko ang akon duha ka tigulang kay nagabutho pa ang nagaisahanon nga babaye nga utod ko nga waay pamilya. Ang problema ko, Sir, kwarta para sa pagpabulong sang akon amay," nasabat sang empleyada.

"Kon pila ang ginakita mo diri, hatagan man ikaw sang kompanya sang daw amo man kadaku nga sweldo kag didto ka na sa Cabanatuan madestino."

"Sugot gid ako, Sir! Salamat gid nga madamo, Sir. Ang akon bana luyag man magpauli sa aton kay may naisip man sia nga negosyo agod ang amon ginasweldo diri amon man makita didto sa aton sa Pilipinas," indi mahinagu ang lubos nga kalipay sang empleyada sa panugyan ni Alex.

"Silingon mo lang sa akon kon handa na kamo sa pagpauli sa aton."

"Sa liwat, madamo gid nga salamat, Sir. Utang namon nga pabor ini nga amon man hatagan sang daku nga balos."

Sang malumbos ang empleyada, may naglikop man kay Alex nga paghalog sang iya pamatyagan kay nakabulig sia sa palaligban sang iya kaupod sa trabaho. Daw nalimtan niya ang iya ginapaabot nga problema nga tugahon sang duha nga sanday Swannie kag Luem.

Isa pa semana ang nagligad. Naareglo na ang pagpauli sang empleyada nga mabalhin sa Pilipinas sa kompanya man sang mga Vera Cruz sa Dakbanwa sang Cabanatuan sa Nueva Ecija. Nalipay gid ang empleyada kay magasaulog sia sang Paskua upod sa iya mga pinalangga sa natawuhan nga duog sa kaugalingon nga pungsod. Matawhay man si Alex kay nakabulig sia sa tawo nga nagabulig man sing husto sa kaayuhan sang kabuhian sang mga Vera Cruz. Kag waay pa nagsugod ang iya ginakatahapan nga matabu sa iya kon ipadayon sang duha babaye ang ila plano. Ayhan masaku pa ang duha ka babaye sa ila hilikuton nga may kaangtanan sa ila negosyo. Pero, katulad sa kahimtangan sang trabaho nga ginlakat ni Alex sa Amerika, ayhan malapit na lang matapos kon ano man nga hulusayon ang ginkadto sang mga babaye sa iban nga pungsod.

Waay natabu ang ginkabalak-an ni Alex nga pagtuga sang palaligban sa iya sang duha ka dalaga nga iya man ginkabig nga mga anghel sang pagsabwag sang gamo sa mga mag-asawa. Nakapauli sia sa kaugalingon nga pungsod nga waay sing mapiot nga inagihan sa pagbiktima sang mga babaye. Ayhan sa isip lang ni Alex nga madamo ang mga babaye nga interesado sa iya. Nagpasalamat sia kay waay na sang mga babaye nga magatublag ukon magpanulay sa iya malinong nga pangabuhi kaupod ni Daphne kag sa ila mangin anak.

SADTONG tuig nga ginkasal sanday Alex kag Daphne, amo man ang tuig sang nagsundanay nga adlaw sang magsaylo sa pihak nga kinabuhi ang mag-asawa Don Virgilo kag Doña Carina Vera Cruz. Suno sa luyag ni Don Virgilio nga ginpasugtan man sang asawa, sa sementeryo sang Lambunao man sila nga duha ginpahimoan sang pantyon ni Alex.

May nagtuhaw dayon nga diutay nga problema sa Villa Vera Cruz nga dapat lubaron ni Alex. Ang pagmurto sang iya amay nga nabalahuba man kag naglapta sa bug-os nga banwa. Pagpaguba sang Villa Vera Cruz ang naisipan nga sabat sa problema ni Alex.

"Mapapasad kita gilayon sang daku nga balay sa sa malapad nga lote naton sa Barangay Maribong, kaingod man sang buluthoan," hambal ni Alex kay Daphne.

"Maresayn ako dayon sa pagtudlo kon mahuman na ang aton puloy-an sa luyo sang ginapatukod naton nga kolehiyo," maalikaya nga sabat ni Daphne kay Alex.

Ang lote nga ila patindugan sang kolehiyo mga pito ka kilometro lang gikan sa poblasyon sang Lambunao. Kulang sa tatlo ka kilometro gikan sa poblasyon sang banwa sang Calinog.

MADASIG man nga nahuman ang balay sang mag-asawa Alex kag Daphne, samtang ginahingapos naman ang buluthoan nila nga ginpapasad man. Matapos mabalhin ang ila mga pagkabutang halin sa banwa sa ila puloy-an sa Maribong, pinaguba man gilayon ni Alex ang Villa Vera Cruz.

Nag-*resign* man dayon si Daphne bilang maestra sa elementarya sa Lambunao.

Kag sa ospital man sa Lambunao nanganak si Daphne kay daw nagsayop ini sa pag-isip sang inadlaw sang iya pagmabdos. Nag-alabot man ang iya iloy, lola kag tiya nga si Fremae sang manganak si Daphne sang matibunog kag malantyog nga lalaki. Lubos gid ang kalipay sang lola ni Daphne kay nakita pa niya ang iya una nga apo sa tuhod.

"Alex, may mangin kabulig ka na sa pagpadaku sang kolehiyo nga luyag ni Daphne para sa mga babaye," muno sang lola ni Daphne kay Alex.

"Huo, Lola Sol, pero delikado ang apo mo sa tuhod nga pulolihan sang mga babaye

nga magbutho sa kolehiyo," lahog ni Alex sa lola ni Daphne.

"Indi man kasal-anan sang akon apo kon matabu ina," pangapin sang lola sa apo. "Guapo ang apo ko gani indi katingalahan kon pulungyotan sia sang mga babaye."

Nagyuhom na lang si Alex. Nakunyag man si Daphne sa sabtanay sang iya apoy kag ni Alex. Sang dason nga adlaw, ginpauli na ni Alex sa pahanugot na sang doktora ang iya mag-iloy kay may unay man nga nars nga nagatatap sa iya. Daw sa wala lang ang pagbun-ag ni Daphne kay maayo gid ang ginhimo niya nga regular nga *pre-natal check-up* kay Doctora Gallego. Gani, indi man mabudlay ang iya panganak bisan daku ang bata.

Sang sumunod nga semana, ginpabunyagan dayon nanday Daphne kag Alex ang ila anak samtang waay pa nakapauli ang lola, iloy kag tiya ni Daphne. Madamo nga mga dungganon nga padrino kag madrina ang nagtindog nga tal-os nga ginikanan sang anak nanday Daphne kag Alex.

Nasadyahan man ang lola ni Daphne nga malapit na lang magbukas ang buluthoan nga ginpatindog ni Alex kag Daphne. Kolehiyo para sa mga babaye nga gindamgo ni Daphne nga buluthoan. Ang ugangan nga babaye ni Alex, kaupod sang lola ni Daphne nga buhi pa ang naghatag sing daku nga kantidad kay Daphne agod ipatindog sang buluthoan. Waay na sang problema ang pagpahanugot sa kolehiyo kay si Alex ang presidente nga may *degree* nga Ph.D. Pero dapat may M.A. ukon *Master of Arts degree* si Daphne kay sia ang tunay nga magadumala sang kolehiyo. Si Alex anay ang nagsugod sa pagtatap sang buluthoan sa pagkahuman sang kinahanglan nga mga pasilidad sini, samtang magapadayon sa pagbutho si Daphne sa pagkuha sang *masteral* nga kurso.

DAW hinali lang nga wala na nakita sa duog ang daku nga balay nga tisa nga gintawag man sang mga taga-Lambunao nga Villa Vera Cruz sinang tuig 1989. Bangod sa pagmurto ni Don Virgilio, ang daku nga puloy-an ginpaguba ini sang iya anak nga si Alex Vera Cruz. Agod maglinong ang iya kalag, suno sa isa ka tawo nga arbularyo na *exorcist* pa kuno, si Alex naggasto sing daku man gawa nga kwarta sa pagpaguba sang balay kag pagpatraktora sang duog nga limpyo gid paagi sa *bulldozer*. Ang mga tisa nga ginpusa sang pison tubtob mangin yab-ok kag ginlapta sa sapa. Sa pag-abot sang tingulan, gindaldal sang baha ang yab-ok na nga mga tisa kag ginlapta sa kabug-osan sang sapa sang Bansag.

Ginpatampukan man ni Alex sang bag-o nga duta ang bahin sang gin-*bulldoze* nga natindugan sadto sang bilog nga balay agod kuno indi na pagmurtohan kon pahimoan liwat sang balay. Kay sang matuboan ini sang mga hilamon pagkaligad sang pila ka semana, waay na sang palatandaan nga nakaagi ini nga napatindugan sang daku nga balay nga human sa tisa.

Nabakal man ang lote dayon sang mga ulihi nga katapo sang heneresyon sang pamilya nga amo man ang nagapanag-iya sadto sa waay pa nabakal ni Don Virgilio. Ginpatindugan man ang duog nga sadto nasakop sang Villa Vera Cruz sang isa ka daku man nga puloy-an sang tag-iya sang duta. Gani wala na sang palatandaan sing nabantugan man nga sa bilog nga Banwa sang Lambunao nga may daku nga balay nga tisa sadto diri sa ulohan sang sapa sang Barangay Bansag nga Villa Vera Cruz.

Nadula man dayon ang pasuni nga nagmurto ang isa ka mabinuligon nga tawo nga anay gerilyero sang panahon sang Hapon nga nagpanagu sa binukid nga bahin sang banwa kag sang ulihi nahamut-an ang pagpuyo sa banwa sang Lambunao – si Don Virgilio Vera Cruz.

Padayon ang nabilin nga manunobli ni Don Virgilio Vera Cruz nga si Alex Vera Cruz kag ang iya pinakasalan nga babaye nga si Daphne de Guzman sa pagpuyo sa banwa sang Lambunao. Kag sa maayo nga swerte, sa una nga tuig pa lang nga pagsugod sang pagbukas sang klase, madamo na ang nagsulolod nga mga estudyante sa kolehiyo nga ginpatok sang mag-asawa Alex kag Daphne Vera Cruz. Nagsugod man si Daphne sa pagbutho sa kurso sa edukasyon agod makatapos sang *Master of Arts in Education* (M.A.Ed.). Si Alex ang nagapalakat sang kolehiyo samtang nagabutho si Daphne sa Syudad sang Iloilo.

SANG sumunod nga tuig, may nanugyan nga abyan ni Alex nga buksan ang sirado nga korporasyon sang pamilya sa mga *stockholders* agod kapin nga magadaku ang kolehiyo. Gani, napilitan si Alex sa pagsugilanon sang mga himata sang iya asawa nga buksan ang korporasyon sang pamilya kag magbaton sila sang mga *investor*.

"Alex, Daphne, ginatugyan namon sa inyo ang kolehiyo bilang kabuhian ninyo," napulong sang lola ni Daphne sa ila nga duha. "Kamo na nga duha ang kahibalo kon paano ninyo mapaumwad kag mapadaku ang buluthoan para sa akon mga apo sa tuhod. Indi na kami magpahilabot sa kita sang inyo negosyo."

"Ang maayo nga buksan ninyo nga *co-educational* man ang buluthoan, magdugang sang mga kurso kag magbaton sang mga lalaki nga estudyante," panugyan sang tiya ni Daphne nga laon.

Nasunod ang mga panugyan. May plano pa si Alex nga himuon nga unibersidad ini. May mga kurso nga *medical technology, nursing, midwifery* kag *medicine*. Madamo ang mga ginikanan nga nagpamat-od nga ang ila mga anak magbutho sa buluthoan bangod ang tanan nga mga *professor* may *graduate course* nga natapos, *doctorate* ukon *masteral degrees* man. Ang orihinal nga *Liberal Arts-Commerce* kag *Education* nga *curriculum* naglakip na subong sang *Engineering kag IT courses*. Nag-order dayon si Alex sang mga kagamitan para sa tanan nga kurso gikan sa isa ka kompanya nga tagpanagtag man sang mga *medical* kag *engineering laboratory equipment*. Magaalungay dayon sila sang *accreditation* ukon sang pagpakamaayo sang *Commission on Higher Education* (CHEd), kay nakonsulta man ang *medical health profession* kag *Department of Health*.

Si Alex ang nagpanipon sang *capital*. Madamo nga mga *investor* ang nagbakal sang *share* tungod daku nga pagsalig sa abilidad ni Alex. Kag ang isa nga nagtanyag sang dugang nga pahunan amo si Swannie Villamaestre. Daw nakibot man si Alex. Tubtob gali karon padayon sia nga ginasundan ni Swannie? Ano gid bala ang tuyo sini nga babaye?

4

MASADYA kaayo si Alex sa maayo nga mga reaksyon sang mga tawo sa ila negosyo nga buluthoan. Pero daw nagsayop sia sa pagbaton sang pahunan nga pagbakal sing daku nga *shares of stock* sang isa ka kompanya nga ginapanag-iyahan sang pamilya Villamaestre paagi kay Swannie. Mahatagan sini sing daku nga balibad kag kahigayunan nga makapalapit pirme si Swannie sa iya. Ayhan ginpadasig ni Alex ang pagpanulay sang babaye sa iya. Ini ang kabalaka nga nagsulod sa isip ni Alex. Luyag niya nga *no strings attached* ukon wala sing personal nga tuyo ang manginka-*partner* nila sa negosyo. Pero waay na sia sing mahimo nga paglikaw pa kondi maghanda na lang kon ano gid ang himuon ni Swannie sa pagtublag sang iya panimalay. Indi man sia sahi sang tawo nga madali lang mapanulay, pero iban nga klase ang pagkamapursigi ni Swannie. Kinahanglan man nanday Alex ang daku nga pahunan agod magdasig ang pag-umwad sang ila buluthoan.

May pagpati man si Alex nga magadaku ang buluthoan nga makapaindis-indis sa mga buluthoan sang gobierno kag sa mga pribado man nga unibersidad sa Rehiyon 6. Sa sentral nga bahin nga daan sang puod sang Iloilo ang banwa sang Lambunao, isa ini ka paagi nga ang mga bumulutho makalikaw sa gutok nga trapiko sa Dakbanwa sang Iloilo. Pati ang mga tagapuod sang Antique kag Aklan, luas sa Capiz, sarang gid makabutho man sa unibersidad sa Lambunao. Nabuksan na ang masulhay, bag-o kag moderno nga karsada gikan sa Antique nga nagalusot sa banwa sang Valderrama sa puod sang Antique pakadto sa Lambunao, Iloilo. Napasangkad kag napaumwad man ang turismo sa nabukid nga duog bangod sa sining binag-o nga *highway* gikan sa Antique nga naglaktod sa kabukiran sang Panay.

Isa ka manayanaya nga aga may nabaton nga tawag sa *cellphone* si Alex. Ang *ringtone* kilala gid niya nga ginapanag-iyahan sang iya anay kaklase sa unibersidad sa Manila. Si Sonya Anita Villamaestre ang nagapanawag!

"Alex, nalusotan mo kami sa Amerika... *pero, may araw ka rin*," pulong ni Swannie nga ginsundan man sang harakhak nga nagpakuriit man kay Alex.

Ari naman ang demonyita nga pareho katahom sang isa ka anghel, naisip ni Alex. Apang, may nabatyagan man sia nga awa sa manggaranon nga dalaga. Luas sa sikwahi nga pamatasan batok sa kahinhin ukon kaligdong nga dapat gawion sang tunay nga dalagang Pilipina, si Swannie nagapakita lang nga tampad sia sa iya balatyagon. Ayhan sadto pa nabatyagan na sini ni Swannie ang pagpasulabi kay Alex, kay tubtob subong waay pa kuno ini sang nobyo. Si Luem ayhan amo man. Pero si Luem sadto ang luyag ni Alex, nga ayhan indi naman namay-uman sang dalaga. Subong nakita ni Alex nga interesado na si Luem sa iya. Kon sadto dayon ginpakita ini sang dalaga sa iya, ayhan si Luem ang napangasawa niya.

Waay dayon nakasabat ang ulitawo sa tawag ni Swannie gikan sa Metro-Manila. Ang napat-od ni Alex, isa ka daku nga problema ang dala sining panawag sang babaye.

"Alex, ano ang nagakatabu dira? Ngaa daw nag-apa ka?" sunod-sunod nga pakiana ni Swannie nga may katingala. Maathag nga nabatian sang dalaga ang paglagatik sang ginatipa sing mabaskog nga makinilya nga ayhan malapit lang sa ginalingkuran ni Alex.

"May nagsinyas lang sa akon nga may bisita ako nga nagahulat," sabat ni Alex nga nagayuhomyuhom man.

"Ti, nakaawat gali ako. Alex, luyag ko lang ipahibalo sa imo nga may *stockholders'*

general assembly ang isa namon ka kompanya sa Tagaytay sa maabot nga Biernes.

Mahimo bala nga makahatag ikaw sang isa ka mensahe sang imo panan-awan sa nagaluntad karon sa patag sang negosyo?"

"Kinahanglan gid bala nga ako?"

"Mga kinse minutos lang agod ang amon mga kasosyo maglinong man kon ang ila gin-amot nga pahunan sa amon negosyo yara man sa maayo nga kamot. Ti, ano maabot ka?"

"Tawgan mo lang ako gilayon kon pat-od na ang inyo pagtinipuntipon didto sa Tagaytay. Ang isa namon ka *hotel* didto may plano man sang kasubong nga sinapol kay daw naalarma man sila sa nagakatabu sa Iraq kag diri man sa aton nga ang turismo apektado."

"May *hotel* man gali kamo sa Boracay? Bag-o ko lang nabal-an ina," pahayag ni Swannie nga daw nalipay gid sa nabatian.

"Malapit na nga mahuman, pero *minority stockholder* lang kami," pamalibad ni Alex

kay namay-om man ang kalipay ni Swannie sa nasayran.

"Salamat, Alex, manawag lang ako buas Sabado kon *all systems go* na sa amon grupo," paalam ni Swannie.

Naisip ni Alex, mabudlay likawan ang panulay ukon tentasyon sa katawuhan ni Swannie. Pero, mas malubha pa gid ang problema kon paboran niya ang gusto matabu sang babaye. Luyag lang kuno makaangkon sang anak gikan sa iya, indi ni Swannie kinahanglan ang kasal. Ang napamangkot ni Alex, kon luyag lang makaanak ni Swannie bisan waay bana, ngaa sia gid ang napili sini nga mangin amay sang luyag nga anak sini, sia nga may asawa na? Pero sia kuno ang ginahigugma ni Swannie.

Ang ginalikawan ni Alex amo ang kumplikasyon pagkatapos matabu nga manganak si Swannie nga sia ang amay. Mahimo nga ang kaso lang anay sang *support* sa anak ang mangin palaligban niya. Maskin waay *financial support* nga magahalin sa iya, bale wala ini kay Swannie. Pero basi sa ulihi matud-on na gid ni Swannie ang paglagas sa iya, kay ti naanakan na ini.

Daku nga katol sa ulo ini. Sa iya asawa nga si Daphne waay gid sia sang problema. Mahipos lang ini, simple, pero indi katulad sa naisip ni Alex sadto nga baduy ang iya asawa. Tampad lang si Daphne sa iya balatyagon. Sa subong daw natingob kay Daphne ang naluyagan ni Alex sa isa ka babaye. Ang problema sa iya, ngaa indi niya matun-an nga pasulabihon ang babaye nga tunay ang paghigugma sa iya? Mabudlay gid bala tudloan ang iya kasingkasing agod magmahal sa indi sini luyag.

Si Luem ang ginahutik sang tagipusuon ni Alex, halin pa sadto. Kag waay dayon ini natigayon nga mahangpan sia sadto ni Luem, bangod iban nga lalaki ang naluyagan sang dalaga, indi sia. Apang nagpangasawa sang iban ang naluyagan ni Luem, kag subong lang interesado ini kay Alex. Pero ara pa gid sa tunga nila si Swannie ... kag si Daphne. Naluoy man si Alex kay Daphne, nagasakripisyo ini matigayon lang nga mabaslan ang iya tunay nga paghigugma kay Alex.

Nakigkita si Alex sa isa ka Doctor of Psychiatry nga madugay na abyan man niya. Luyag lang mabal-an ni Alex kon ang palaligban nga ginaatubang niya sakop sang *psychiatry*. Kon *psychology*, mas malapad kag dalagku nga mga *issue* ang naagihan kag natun-an ni Alex.

"Daku matuod nga katol sa ulo ang imo problema, Abyan Alex," napulong sang manogbulong nga abyan. "Pero sa panan-aw ko ikaw lang ang makalubad sini, bisan masiling ko pa nga duha gid ang kinahanglan mo diri, *psychology* kag *psychiatry*.

"Abyan Rocco, bangod sa mga *commitment* ko daw mabudlay ko nga likawan ang problema nga maathag man nga nakita ko. May kalubaran ini, pero ina kon magbag-o ang akon pagginawi ukon pagkabuhi nga malayo sa akon nahamtangan subong. Halimbawa, magbalhin ako sang trabaho kag duog nga ginapuy-an nga malayo sa akon mga kakilala kag abyan. Talikdan ko ang amon mga negosyo diri."

"Matuod ina, Abyan Alex," pagsugot ni Doctor Curameng. "Daw waay ka na sang iban nga lusot."

"Sige, Abyan Rocco, tun-an ko anay ining gumontang kag kon indi ko masarangan, madangop ako sa sa imo. *I'll retain you to help me out,*" paalam ni Alex.

"All the time, Abyan Alex, what are fraternity brothers for if we can't help each other?" Mag-abyan nga mahirop ang duha samtang katapu sila isa ka *fraternity* sadto.

NAGPAULI anay si Alex kay Daphne agod basi makapahuway sa palaligban nga daw nagpatay-og man sa iya kabug-osan. Subong pa lang sia nakasugata sining klase sang problema. Pero daw nagdugang ang palaligban ni Alex sa iya pagpauli.

Yari si Daphne nga iya asawa, pero wala man niya ginahigugma. Nagpakasal sia kay Daphne agod mabuligan ang iya pamilya sa pagkatugalbong sadto sa kautangan nga tuga sang magbisyo ang amay kag iloy. Daku ang nabulig sang pagpakasal niya kay Daphne agod mabak-it sa gumontang ang ila pamilya. Pero ano ang iya ginbalos? Ngaa tubtob karon, indi niya matun-an nga higugmaon si Daphne?

Kon isipon, ano bala ang asawa? Indi bala katuwang sang isa ka bana sa pangabuhi? Ang asawa kabulig sang bana sa pagdihon sang mga tikang para sa malinong nila nga pagpanakayon sa kalalawran sang pangabuhi? Kalakip sa ila sinumpaan ang mag-unongay man sa kalipay ukon kasakit. Pero daw indi niya mahatag kay Daphne ang kalipay, kay wala niya ini ginahigugma. Basi kasakit lang ang iya mahatag kay Daphne kon magmadinalag-on man sanday Swannie kag Luem sa pagpanulay sa iya. Makaluluoy man si Daphne, nagahiguma gid sing bug-os, tampad kag bunayag sa iya, pero sia, ngaa daw indi niya matumbasan ang pagpalangga kag pagpasulabi ni Daphne sa iya.

Nagayapayapa gid si Daphne sa pagsugata kay Alex sa pagsampot niya sa ila puloy-an. Ginbutang sini sa kuna ang ginasautsaot nga anak.

"Palangga ko, nahidlaw na gid kami sang imo anak sa imo." Natuaw ni Daphne sa bana. Dayon gintuyo sini nga halukan si Alex sa pisngi. Sa baylo, ginpugos sing hugot ni Alex si Daphne kag daw nahidlaw gid nga hinalukan ang asawa sa mga bibig sing malawig sangsa kinaandan. Bisan daw indi masulhay ang pagginhawa ni Daphne sa ginhimo ni Alex, naglumbayag gid ang kasing-kasing sini sa kalipay. *Palangga na bala ako ni Alex? May tunay na nga paghigugma na bala sia nga balos sa akon?*

"Nakapamahaw ka na bala, mahal ko?" napamangkot ni Daphne sa pinalangga nga bana. "Alas otso na a."

"Waay pa gani kay waay ako gana magkaon, bisan magkape man lang sa eroplano kaina," sabat ni Alex.

Pag-agi ni Alex sa luyo sang kuna sang ila anak, nag-udyak ang bata. Nagkuha gilayon si Alex sang algodon, ginbasa sa alkohol kag ginpahiran ang iya mga kamot kag butkon. Gin-uba ang kamisadentro nga nagasando na lamang sia kag hinakwat ang nagayuhomyuhom kag naga-ugyak man nga anak nga lalaki. Sa panulok ni Alex daw nagaatubang lang sia sa salaming sang sia maglima pa lang ka bulan sugod sang sia

ginpanganak. Sa ila album madamo sang larawan si Alex sang diutay nga bata pa sia.

"Nonoy Andre, kamusta ka na, pinalangga ko nga Anak, ha?" Nag-udyak man ang bata sa pagkabati sa amay. "Daphne, kilala na ako ni Nonoy Andre."

"Palangga, nagaamat-amat sunod sa imo pangguyahon si Nonoy Andre," muno ni Daphne samtang ginapakadlaw ni Alex ang ila anak. "Makita mo *bright* gid ini sia katulad mo kay madamo nga daan sing ginpakaon nga sari-sari nga utan si Yayay Luding sa akon."

Nagyuhom lang si Alex sa asawa sa sinambit sini.

"Matuod bala ina, Nonoy Andre?" pamangkot ni Alex sa anak. Nag-udyak man ang bata. Matiuntion nagsulod man ang yaya sini agod kuhaon ang bata nga si Andre kay Alex nga iya amay.

"Sir, tion na sang pagpaligo ni Nonoy," siling sang yaya.

Nag-abot man ang nars ni Daphne kag ginbutangan sang termometro ang ilok sang bata kag nag-udyak man ini kay abi sini ginkalam man sia. Pagkaligad sang pila ka segundo, gintan-aw sang nars ang init sang lawas sang bata kag ginsiling man sa yaya nga mahimo na niya paliguan ang bata nga nagapaabot sa paghampang sa tubig nga amo ang kinaandan nga ginahimo sa pagpaligo sini.

Nagsulod sa ila hulot ang mag-asawa. Ginhukas man ni Daphne ang sapatos ni Alex. Ginpasuksokan sang sinelas ang bana nga sadto waay ginpahanugoti ini ni Alex, bisan luyag pa sang asawa ini himuon ayhan sa pagpakita sang iya tunay nga pagpalangga sa bana. Masadya man nga ginhimo ini ni Daphne. Nalipay gid sia nga ginpabay-an sia ni Alex nga ilisan sang T-shirt ang ginasuksok nga luab ukon sando nga kamiseta.

Nagtindog si Alex kag binutong sa duha ka kamot ang asawa, ginpakambod sa iya likod. Hinugot man ni Daphne ang paghakos sa pinalangga nga bana. Hinalukan man dayon ini sing hugot sa iya mga bibig ni Alex. Nag-init man ang dughan ni Daphne.

"Palangga, luyag mo…?" napakiana ni Daphne sang hugakan sia ni Alex.

"Ikaw?" balos ni Alex nga nahidlaw man sa asawa.

"Sige…" Si Daphne na ang naghalok sa iya pinalangga nga bana dayon inuba man sini ang T-shirt nga bag-o lang niya ginpasuksok kay Alex.

Kag… nagpaanod sila sa ilig sang ila balatyagon bilang mag-asawa sina nga aga.

Pagkaligad sang pila ka minutos, nagbangon si Alex. Pakadto-pakari nga naglakat-lakat ini sa sulod sang ila malapad nga hulot. Ngaa subong daw mag-abyan lang gihapon sila ni Daphne sa iya pamatyag. Kutob sang tuboan sia sang buot, mahirop gid sila ni Daphne nga magkahampang, pero waay gid nagsuhot sa iya isip nga higugmaon sia ni Daphne. Kay Alex daw mag-utod lang sila ni Daphne.

Si Alex indi sadto mawilihon nga mag-upod sa pagbiahe sang ila amay kag iloy. Si Manang Razel sini ang kauyon mag-ikog-ikog sa duha ka tigulang nga nauntat lang sang magpamana ang dalaga. Si Alex naman kuntento na sa paghampang upod ni Daphne. Indi sia palalagaw katulad sang iban nga bata nga lalaki nga iya ka-edad, bisan libre man sila maglibutlibot sa ila duog kag waay sang delikado sa mga bata. Indi man luyag magsughot ni Alex sadto sa talon nga amo ang ginhimo sang iya mga kaedad. Basta ara si Daphne malipayon na pirme si Alex sa kon ano nga hampang ang maisipan nila ni Daphne nga hikuton. Si Daphne mawilihon gid sa paghampang sa hampang sang mga lalaki. Ano pa daw lalaki man ini sa pagginawi.

Sang magtin-edyer sila nga duha ni Daphne, nagsugod sa pagbag-o ang iban nga panan-awan ni Alex sa iya abyan nga si Daphne. Baduy ang paglantaw ni Alex kay Daphne, kay daw ini kahibalo magsuksok sang bestida nga bagay sa iya. Mawilihon ini sa *slacks* ukon pantalon. Daw *tomboy*, luas sa *textbook,* waay interes magtuon ukon magbasa sang mga libro nga may unod nga mga seryuso kag madalom nga kinaalam. Pero, *bright* man sa klase si Daphne kay sang magsugod sila sa *Grade 1* magkaklase sila nga duha ni Daphne. Si Alex ang masunson nagapanguna sa ila klase kag nagapangaduha lang si Daphne. Ayhan indi natul-id ni Daphne ang ila kahimtangan nga manggaranon sila kag ginatangla sa sosyedad.

Sa malip-ot, si Daphne yano lang ang iya pagkatawo, *naïve* sa *English*, simple lang. Pero nakita man ni Alex nga bunayag man nga abyan si Daphne. Tampad man pati sa iya balatyagon. Ginhambal man sini kay Alex sadto kon ano balatyagon niya sa bahin sang ila pag-abyanay. Daku gid ang kalipay nga nadulot ni Alex sa iya bilang abyan nga siling sini indi gid malimtan. Kag para kay Daphne ang pag-abyanay nga ina ayhan ang daw palito sang posporo nga nagsindi sang pabilo sang paghigugma kay Alex.

Sang paghayskol nila nagsipak ang dalan nanday Alex kag Daphne, kay ginpabutho sa Dakbanwa sang Iloilo si Daphne sang iya lola sa kolehiyo sang mga babaye. Sa Iloilo man naghayskol si Alex sing isa ka tuig, apang waay sila nga duha nagakitaay kay *interna* si Daphne sa sulod sang buluthoan sang mga madre. Bisan telepono ginabantayan sang mga madre kon sin-o ang ila kahambal. Para kay Alex, nagdugang ang pagkamanol ni Daphne. Ang luyag abi ni Alex nga babaye, inang indi daw inosente nga daw waay sing nahibal-an sa moderno nga pangabuhi sa idalom sang binag-o nga teknolohiya.

Ang namatay nga magulang nga si 'Nang Razel ni Alex ang modelo sang babaye nga luyag ni Alex. Moderno, maalam, nagasunod sa panahon kag maabtik sa paghangop sang mga kinaalam kag kinaadman nga kinahanglan sang negosyo.

Sa pinsar subong ni Alex, maayo man ang pagkatawo ni Daphne kay bisan sila manggaranon, waay man niya ginapabugal gid ini, kay nakita man ni Alex nga maluluy-on man si Daphne sa mga imol. Madamo man sang nabuligan ang pamilya sini nga waay ikasarang sa pagbutho. Sa subong madamo ang mga *scholar* sa ila buluthoan nga personal nga ginasakdag ni Daphne. Sa subong luyag ni Daphne nga makabulig sa mga waay ikasarang sa pag-angkon sang nagaigo nga paghanas kag edukasyon agod mag-umwad man ang pangabuhi. Bisan indi gid magganansya sing daku ang buluthoan indi niya luyag nga pataasan ang mga balayran sang bumulutho.

Daw ginaitik man si Daphne sa tagsa ka pagtulok sing maturisok ni Alex sa iya. Ayhan nagasugod na si Alex sa paghatag sa iya sang nagakadapat nga pagtamod sa nga dala sang tunay kag bunayag nga paghigugma.

"Ako bala ang isa sa mga ginapadaluman mo sang imo isip, palangga ko nga Alex?" malulo nga pangutana ni Daphne sa iya hinigugma nga sige ang pakadto-pakari sa ila hulot nga kon sa atubang na sia ni Daphne ginatulok man sini ang asawa nga daw may luyag ipamangkot. Waay nagsabat si Alex kondi nagyuhom ini sa iya mapinalanggaon nga asawa. Bisan may kamatuoran ang pakut-pakot ni Daphne, indi luyag ni Alex nga madugangan ang pag-antos sang asawa kon ituad sini ang kamatuoran nga iya nabatyagan tubtob subong patuhoy sa asawa. Bangod waay nagsabat si Alex sa pakiana ni Daphne, hinay-hinay man ining babaye nga naggwa sa ila hulot.

Bisan waay sang sabat si Alex sa pamangkot ni Daphne, malipayon gid ini nga nagkadto sa ila *study den* kay may gina-obra sia nga report nga iya inogsumite sa isa ka *professor* niya nga nagapahayag sang panghunahona kon paano mahimo sang administrasyon sang kolehiyo nga mabuligan nga mapataas ang *academic proficiency* sang isa ka manunudlo sa ila kolehiyo. Luyag kontani ni Daphne nga kuhaon para diri ang mahimo mapanugyan ni Alex, pero daw madamo ang iya bana sang palaligban sa iban nila nga negosyo, gani indi na lang niya pagdugangan pa ang ginaisip ni Alex nga nagapagamo man sa iya. Makahulat sia sa sabat ni Alex sang iya pamangkot tubtob nagapabilin nga may pagpalangga sa iya bana ang iya kasing-kasing.

Nagatamwa sing makadali sa hulot sang anak si Daphne. Dungan sa pagsid-ing sa ila anak nga nagakatulog sang hinali ini nga naggaab! Subong lang nabatian ni Daphne ang ginhimo sang anak. Nakibot nga halos dungan sila sang yaya nga nagdangat sa luyo sang kuna. Ang yaya, nagabantay lang sa gwa malapit sa ganhaan agod indi matublag ang bata samtang nagakatulog kon may iban nga ginabuhat ang yaya. Ano bala ang natabu sa iya anak?

5

NABALAKA gid si Daphne sa masakit nga paghibi sang anak.

"Delsa, pirme bala ginahimo ni Nonoy Andre ang paghibi katulad sini subong?" pangutana ni Daphne sa yaya sang anak, samtang ginaalsa ang anak agod tan-awon kon basi nakagat ini sang subay ukon magagmay nga sapat-sapat.

"Inday, karon ko lang nabatian ang subong nga paghibi sini," sabat sang yaya nga daw kinulbaan. Indi luyag ni Daphne nga *Ma'am* ang itawag sa iya sang iya mga kabulig. Si Yayay Luding, Inday Daphne lang ang panawag man sa iya.

Madasig nga nagpalapit ang nars ni Daphne sa ila nga may bitbit man nga *thermometer, stethoscope* kag *digital sphygmomanometer.*

"Waay man sang subay nga nagkagat sa iya," muno ni Daphne pagkatapos nga nahublasan ang anak. Sang butangan sang nars sang termometro ang ilok, ang bata nag-udyak man sa kakalam. Nahuwasan man ang iloy, samtang ginadun-an man sang nars sang *stethoscope* sa dughan, sa likod ang bata agod pamati-an ang kibo sang korason kag huni sang baga. Padayon man ang kulokadlaw sini sa ginahimo sang nars sa iya.

"Inday, waay man sia sang hilanat ukon indi kinaandan nga pagpitik sang pulso kag hagrak sa baga," napulong sang nars nga may sugpon man nga pagpakut-pakot. "Nagdamgo lang ayhan ang bata nga waay naton ginsapak."

"Nonoy Andre, ngaa naghibi ka?" si Daphne gid ang nagpasuksok sang bag-ong' plansa nga kamiseta sa anak. Ginpapungko niya ining anak sa kuna, apang ginbuyotan sia sang anak. Inalsa ni Daphne ang anak, ginkungkong kag ginsautsaot. Nag-udyak man ang bata. Ginlantaw man sang yaya ang napagkit nga pahanumdom sa dingding.

"Inday Daphne, timplahan ko na sia sang gatas," muno sang yaya.

"Indi na kay patakmuon ko na sia sa akon. Madamo pa ang gatas ko." Basta ara lang sia sa ila balay pirme niya ginapasuso sa iya ang iya anak kay ang gatas sang iloy may sangkap nga magamit sang lawas sang bata nga panguntra sa balatian.

Sang maggwa na sa hulot ang nars kag yaya, nagbalik sa isip ni Daphne ang pagwawaw sang anak. Nagadamgo man bala sang kalahadlukan nga hitabu ang isa ka lapsag? Kon mga tigulang ang pamatian, palaagyan kuno ang lapsag sang pinasahi nga mensahe gikan sa aton Tagtuga kay anghel ini. Pero indi lang naton mahangpan ang buot silingon sang luyag ipabalo sa aton.

Nagkililing ang telepono. Ginsabat ini ni Yayay Luding ni Daphne. Si Tya Luding ang ginasaligan ni Daphne halin sadto sa ila puloy-an sang magtin-edyer na ini.

"Toto Alex, ikaw ang kinahanglan sa telepono," panawag ni Tya Luding kay Alex nga masaku man sa iya ginahikot samtang kaatubang sa daku nga lamesa ang mga tangkas sang mga papeles. Wala nasayri ni Alex ang natabu sa anak kay sa hulot ini nga malayo sa tulogan sang bata kag naka-*double wall* pa.

Medyo nakibot si Alex bisan ginapaabot man niya ang mga tawag sa iya sa telepono nga may kahilabtanan sa ila negosyo. Pirme man nagatalawag ang mga tawo nga ginasaligan niya sa ila negosyo kon may mga bagay nga dapat konsultahon sia sang iya mga alagad. Karon, daw indi handa si Alex sa pagsabat sa telepono sa mga palaligban nga mahimo tugahon sang iya pagpakighambal sa sin-o man sa iya mga kaupod sa trabaho. Naggwa man dayon sa hulot si Alex.

"Ara na ako, Yayay Luding," hambal ni Alex nga nag-ilog man sa asawa sa iya mapinalanggaon nga panawag kay Tya Luding.

SANG malapit na lang si Alex sa nahamtangan sang telepono sa ila kadak-an, nagdulog sia. Si Swannie ini, kag umpisa na ini sang iya ginakahadlukan nga gamo sa pamilya. Ginhakwat ni Alex ang hunghongan sang telepono gikan sa diutay nga latok. Husto gid ang iya pagmay-om, si Sonya Anita Villamaestre alias Swannie ang nagapanawag. Sa waay pa sing may nabungat si Alex, pero nabatyagan ayhan ni Swannie nga nauyatan na ni Alex ang telepono nagsugod man ini sa paghambal.

"Alex, kamusta ka na? Waay dayon ako nakatawag sa imo kay nag-abot ang isa ka New Yorker nga EO sang isa ka kompanya nga *importer* sang amon produkto. Nag-*business date* kami sa Tagaytay," pasakalye dayon ni Swannie kay Alex sa telepono, ayhan para mahisa ukon mangimon ang ulihi sa iya panugiron sa ila abi *date* sang mataas nga opisyal sa pagpatuman sang hilikuton sang isa kompanya sa Amerika.

Nag-igham si Alex, daw nagapanagadsad kon ano ang maayo nga matugda sa hinambal ni Swannie.

"Ano'ng bag-o nga negosyo ang nahambalan ninyo?" daw sayop ang iya nabungat.

"Ah, no, no! Of course, you ought not to let me in on your trade secret. Sorry."

Makadali nga may nagluntad nga kalinong sa tunga nila ni Swannie. Nag-igham liwat si Alex. Sang magtingog liwat ang babaye sa pihak nga ukbong sang telepono, daw namalibad man ini.

"Alex, waay gid man kami sing pat-od nga topiko sa negosyo nga nahambalan, luas sa kinaandan nga pagkamustahanay sa bahin sang pangabuhi, ang kahimtangan sa aton palibot kag sang kalibutan subong. Nasambit ko man ang katulad sang mga *liberation movement* ukon rebelyon nga nagatublag man sa mga tawo nga ara sa negosyo," panugid ni Swannie.

"Anay ka, may balita ako nga ginapasugoran na sang inyo grupo ang daku nga proyekto sa Anilao Beach, sa banwa sang Mabini sa puod sang Batangas, katulad man sang nagakatabu sa Boracay sa Malay, Aklan. May plano man kami sa Sicogon sa banwa sang Carles, sa puod sang Iloilo. Naligaran na abi sang Boracay ang Sicogon nga nagbantog nga *tourists' destination* sang '60s tubtob '80s," panugid ni Alex.

"Kag sa san-o gid bala mahuman ang inyo *hotel-resort* sa Boracay, Alex?" muno ni Swannie. Nakum-an si Alex, napaktan niya ang sunod nga himuon ni Swannie, ang pagpangita sang paagi nga makakadto sa Boracay agod maatubang si Alex sing personal nga duha lamang sila!

Ayhan delikado kon agdahon ni Alex sa pagtinipuntipon nila sa *opening salvo* sa *promotion* sang otel si Swannie. Basi mabalahuba pa ang paglagas ni Swannie sa iya.

"Alex, ara ka pa?" Nabatian man ni Swannie nga ginpulot man ang telepono, pagkaligad nga daw may nagkalas nga papel sia nga nabatian.

"Alex, Alex! Hello?"

"Ari pa ako, Swannie. May telegrama lang ako nga ginbaton," sabat ni Alex. Pero samtang nagapirma sia sa pagbaton sang telegrama, problema nga mahimo tugahon ni Swannie ang unod sang isip ni Alex. Sadto pa sang nagabutho pa sila iya na nasayran ini – ang abilidad ni Swannie sa pagpaamag ukon pagbihag sa mga lalaki.

Pero sa karon, may kumplikasyon na ang pagkahimtang nila. May asawa na si Alex. Pat-od nga eskandalo ang masunod nga esena sa ila ni Swannie. Kon nakalusot sia sang nagligad nga bulan samtang didto sila sa Amerika, paano ayhan sia makalikaw sa babaye sa maabot pa nga mga inadlaw? Kon maghimo ang isa ka tawo sang ginamos, indi niya mahimo nga matago ang baho sini. Maalisngaw gid bisan diin ini taguon.

"A, ang amon ginapapasad nga otel ang luyag mo mahibal-an kon san-o matapos?"

balik ni Alex sa pamangkot ni Swannie. "Enero subong, pwede sa Mayo suno sa akon panan-aw sa kadasig sang pag-obra sang amon kontraktor."

"Halos kadungan gali sang ginapatindog nga *resort-hotel* sang amon kompanya sa Anilao," tugda gilayon ni Swannie nga daw indi luyag maunahan sang iban ang iya pagpanugid kay Alex.

"May pilian gali ang mga turista kon diin sila mauna bisita. Sa Anilao ukon sa Boracay," sabat ni Alex nga daw waay nasiguro kon ano ang ibungat sa pagsugpon sang sinambit ni Swannie.

"Alex, kon sa akon lang indi pagpili sang kaladtuan ang problema sang mga turista. Pareho nga maluyagan nila nga magbisita sa duha ka duog depende sa kamag-an sini sa ila bulsa."

"Husto inang' pangmay-umon mo, Swannie. May kinaiya nga katahom ang duha ka duog, katulad sang duha ka magayon nga mga dalaga sa pagbihag sa mga turista. Katulad ninyo nga duha ni Luem."

"Daw sintunado ang pamulatik mo kay may kaagaw pa ako," nagkadlaw man si Swannie sa nasambit ni Alex.

Waay na nagsugpon si Alex sa napulong ni Swannie. Sa isip gihapon sini ang maabot nga palaligban kon magkitaay sila sang babaye sing personal sa isa ka duog nga silahanon lang nga duha. Pat-od nga daku nga problema tugahon sini. Gani, subong pa lang ang tanan nga tikang sa paglikaw dapat mapahamtang na sini agod usuyon. Kon indi gid man sia makalikaw, ang tikang sa pagpahaganhagan sang epekto sang eskandalo nga masunod diri ang dapat nga balayon na niya. Kinahanglan waay sing madason nga esena sa hukmanan.

"Sige, Alex. Manawag lang ako gilayon kon handa na gid ang amon paghiwat sang *general assembly* sang amon mga *stockholder* kag sang mga nagapamuhonan sa amon kompanya. Madamo gid nga salamat sa tinion mo sa pagtatap sa akon," paalam ni Swannie.

"Bye…" natuaw lang ni Alex, dayon gintakop ang telepono nga daw nagabutan sang isa ka tunok ang pamatyag.

Dayon nagginhawa sia sang malawig. Ang pamatyag ni Alex nga daw naglangoy lang sia sa dagat sang tunga sa kilometro nga masami niya ginbuhat sadto sang nagabutho pa sia sa Manila. Masami sila sadto sa Matabungcay Beach sa pagpaliwaliwa. Kag pirme sila naga-*target shooting* gamit sang sari-sari nga armas luthang sa pribado nga *resort* sang iya kaklase kag suod nga abyan nga Batangueño nga taga-Nasugbu, Batangas. Ang iya abyan anak sang may asyenda nga mga ginikanan didto kag malapad man ang ila plantasyon sang katubohan, luas pa sa kalubihan. Subong daw nalimtan na ni Alex ang ginkawilihan nga pag-*target shooting*. Kag waay na gid sia makapasakop sa *national competition* sang isa ka *gun club* nga iya ginatapuan.

"Mahal ko, indi bala siling mo waay ka pa nakapamahaw?" daw nakibot sia kay Daphne. "Handa na ang imo pagkaon."

Nagsugod sa pagkaon si Alex samtang mapinalanggaon nga nagatabungaw man si Daphne sa iya atubang.

"Daw nabatian ko man nga nagsiyagit si Nonoy Andre?" napangutana ni Alex. "Waay ako nagpalapit sa inyo kay nag-udyak man ini dayon. Abi ko, ginaulit mo lang, kag nagsinggit man ang anak naton sa kalipay."

"Abi namon sang iya yaya kinagat sia sang subay, gin-usisa ko man kag dayon ginhublasan ko sia, waay man kami sing nakit-an nga labhag sa iya bilog nga lawas. Basi, nagdamgo lang. Indi bala siling sang mga tigulang ang bata nagadamgo man kay ginapaagihan sila sang Dios sang mensahe para sa aton?"

"Karon ko lang nabatian ina, a," sabat ni Alex sa asawa. "Paano naton mahibal-an kon ano ang gindamgo sang lapsag kay indi man sia makapanugid sa aton?"

"Kon waay kuno naghibi ang lapsag sing malawig pagkatapos siyagit maayo ang gindamgo pabor sa aton," paathag man ni Daphne. "Amo ina ang nabatian ko sa mga tigulang. Sandig sa nagakatabu sa aton mamay-om naton ang mensahe sang aton Tagtuga. Magadaku ayhan ang aton kolehiyo para sa dugang nga pagpangalagad naton sa mga kabataan, basi amo ina ang buot silingon."

"Kontani dila sang anghel man ang ara sa imo, agod manginlubos ang imo kalipay sa imo dalamguhanon nga makabulig sa mga kabataan agod mangin maayo kag mapuslanon sila nga banwahanon para sa aton pungsod," nabungat ni Alex nga nagpalumbayag man sang kasingkasing ni Daphne. May kabilinggan man ako kay Alex. Bilidhon man ako nga tinuga para sa iya, malipayon nga nahimulongon ni Daphne sa kaugalingon.

Sa iya daku nga kakunyag, si Daphne naghalok dayon kay Alex sa pag-undang kag pagtindog sang bana.

"Luyag mo bala nga may manghod gilayon si Nonoy Andre?" lahog ni Alex sa asawa. Nagyuhom lang kag kinusi ni Daphne si Alex sa ibabaw sang siko.

"Mahal ko, sugod gali sa madason nga Lunes kinahanglan magpirme na ako sa Dakbanwa sang Iloilo kay kinahanglan ko nga manalawsaw sa mga librerya sa bahin sang akon *thesis*. Dalhon ko si Nonoy Andre upod sang nars kag yaya sa Iloilo. Sa otel kami mapuyo, didto sa *beach* nayon. Para makalikaw kami sa sobra nga *pollution*."

"Updon mo ang aton tsuper agod mahapos ang paglibulibot mo sa syudad," panugyan ni Alex. Kag nalipay man si Tyo Usoy sang hambalon sia ni Daphne nga maupod sa Dakbanwa sang Iloilo. Sa Villa de Arevalo nagapuyo ang pamilya sang iya umagad. Malipay sini ang iya anak kag tatlo ka apo sa pagpuyo ni Tyo Usoy sa ila bisan makadali lang.

Sa isa ka otel sa Sto. Niño Sur, sa distrito sang Villa de Arevalo si Daphne nagarkila sang isa ka *suite* sang otel nga puy-an nila nga apat tubtob matapos ang iya pagbutho. Sa Sta. Cruz lang nagapuyo ang pamilya sang anak ni Tyo Usoy gani malapit lang sa otel nga ginadayunan nanday Daphne. Masakay lang ang tigulang sa dyep pakadto sa otel agod madul-ong kag masugat si Daphne gikan sa West Visayas State University sa distrito sang La Paz.

Samtang waay pa natapos ni Daphne ang iya pagbutho, kon maglakat si Alex, ginatugyan lang sini sa abyan nga isa ka *Doctor of Education* nga *Professor sa Education* kag *Humanities* nga mga kurso ang pagpalakat sang buluthoan. Isa ka *senior* nga *Dean sang College of Education* ini si Dr. Melecio Millado.

"Kumpadre Mel, maabot na ang aton mga kagamitan para sa aton laboratoryo para sa mga kurso nga *Medical Technology, Nursing, Midwifery, Dentistry* kag *Medicine*. Ipadul-ong diri sang ahente ang mga ini. Kon waay ako, batunon mo ang tanan nga *delivery* kay buksan lang naton kon mag-abot ako agod indi ka maawat sa imo pagtudlo," napulong ni Alex sa iya ginasaligan nga kumpare man sa anak nga si Andre.

"Areglado, 'Pare Alex. Natapos na sa iya pagsulat sang *thesis* ang akon anak nga

babaye nga masabad kay kon kaisa nagsalig lang sa akon. Sa Marso mag-*graduate* na

sia sa *West Visayas State University*," pasalig man sang kumpare. "Ang bati ko si Mare

Daphne didto man nagbutho sa WVSU."

"Huo, 'Pare Mel, sa bahin na gani sia sang *thesis writing* subong, gani gindala man

niya ang imo ihado didto sa dakbanwa," panugid ni Alex sa kumpare. "Kay mga isa ako ka semana na madula diri, ikaw anay ang mahibalo sa pagpadalagan sang aton

negosyo."

"Sige, 'Pare Alex. *Good luck*," paalam man ni Dr. Millado sa iya Kumpare Alex.

NAGLAKAT si Alex pa-Manila sang adlaw sang Huwebes

pagkatapos natawgan si Daphne sa otel. Pat-od nga madayon ang pagtinipuntipon nanday Swannie, gintawag ini ni Swannie kay Alex. Indi mahimo nga paindi-an ni Alex si Swannie kay katungdanan ni Alex kaupod sang *think tank* ang pag-alagad sa mga kaupod sa grupo sa negosyo.

Gikan sa *airport* sa Manila, nagtaksi si Alex pakadto sa Tagaytay kay sulosobra lang 50 kilometro pakadto sa amo nga syudad gikan sa Manila. Hiwaton ang pagsinapol sang mga *stockholders* sang isa ka kompanya nanday Swannie sa isa ka daku nga hotel sa Dakbanwa sang Tagaytay sa Cavite. Ang mga otel sa Tagaytay nagalumpagi man sa mataas nga duog kag ang mga bisita diri maathag nga masiplatan man nila ang matahom nga Taal Lake kag Taal Volcano sa tunga sang daku nga linaw nga sakop

sang puod sang Batangas. May *Palace in the Sky* pa si Unang Ginang Imelda Marcos nga ginpatindog sadto diri sa duog. Isa na ini ka pribado nga balay kalingawan.

"Daw sa langit ka lang matuod kon diri ka sa duog nga ini sang Tagaytay," pasunod man ni Alex sa obserbasyon sang isa ka abyan, pagkatapos sang sinapol. Amo man ang pagpalapit ni Swannie sa duha.

"Swannie, nagtawag sa akon ang amon kaupod sa amon kompanya sa Bataan. Kinahanglan maabtan ko ang *directors' meeting* sa mga alas sais sa hapon sa Limay, Bataan. May importante nga hambalan ang grupo. Gani, mauna na ako sa inyo," paalam ni Alex kay Swannie kag sa mga kaupod sini. "Sugaton ako sang *helicopter* sa Makati."

"Madamo gid nga salamat, Alex. Tubtob sa madason nga kahigayunan," paalam ni Swannie kay Alex nga ang sa isip ang nagabalingaso nga handom. *May adlaw ka gid sa akon, Alex.*

Sa subong waay pa sang iban nga kakilala nila nga nakasat-om nga daw desperada gid si Swannie. Likom pa ini kag ayhan si Luem Liberias lang kag si Alex ang nakahibalo sa sini nga bagay. Indi man pwede nga kay Luem magikan ang bug-os nga kamatuoran kay mabalik man ini sa iya bangod amo-amo man sila ni Swannie. Daw desperado gid nga masolo si Alex sa mga rason kag balibad nga sila lang nga duha ang nakahibalo. Basta ang tagsa-tagsa sa ila nagapangita gid sang paagi kon paano nila masiod ukon matugalbong si Alex. *The better woman may win the game.*

Sa pag-abot ni Alex sa ila opisina sa Makati, waay pa ang ila *helicopter* kay nagpa-Baguio pa ini. Amo ini ang rason nga nagtaksi na lang si Alex pa-Cavite kay wala ang *helicopter* kag nagsugat ini sang *majority stockholder* nila sa Dakbanwa sang Baguio.

Samtang nagapasulod si Alex sa isa edipisyo sa Salcedo sa Makati nga opisina nga nahamtangan sang isa nila ka *import-export* nga negosyo, nagring ang iya *cellphone*. Si Luem. Daw nagtumbo sang *jumpshot* ang iya kasingkasing sa *ringtone* ni Luem.

"Alex, adlaw ko subong kay pagkatapos sang halos isa ka tuig natawgan ko gid man ikaw," nagakadlaw nga napulong ni Luem. "Ginhatag man ni Swannie ang bag-o mo nga *number*. May pagka-detektib man si Swannie kay nahibal-an ang imo numero nga madugay ko na ginapangitaan paagi kon paano ko ikaw makontak."

"*At least, sports* gid si Swannie. Sa pensar niya siguro: *May the best girl win*. Kon ako sa iya himakasan ko nga masolo ang isa ka tinuga nga ginapasulabi ko. Indi ko gid paghatagan sing katiting ang akon kahigayunan ang akon karibal. *All is fair in love and war*."

"Amo gid. Pero si Swannie, matuod kag tampad gid nga abyan. Kakumpetensya ako

pero ginpaboran man niya," nagkadlaw liwat si Luem sing may daku nga kakunyag. "Ari ako sa Edsa. Sa Guadalupe. Masakay lang ako sa bus pakadto sa Olongapo. Daw nahidlaw man ako magsakay sa bus," sambit ni Luem kay Alex.

Daw nakibot man si Alex sa hinambal ni Luem. Mapadulong sa Olongapo ang dalaga nga iya ginahigugma. Nagaduda si Alex. Maayo ukon malain bala ang iya ginaisip nga plano nga iupod si Luem sa ila *helicopter*?

"Luem, subong ari ako sa amon opisina sa Makati. Pakadto man ako sa Limay, Bataan. May sinapol ang amon hunta direktiba didto. Kag sugaton ako sang *helicopter*. Mag-angkas ka na lang sa amon. Ako lang nga isa ang pasahero."

"Ha? Matuod ka!" daku ang kakunyag ni Luem nga daw indi makapati sa iya kapalaran sa sina nga adlaw.

6

NAKUNYAG gid si Luem sa pangagda ni Alex nga magbuylog sa iya sa pagsakay sa *helicopter* nga sila lang nga duha ang pasahero sini kag ang duha ka piloto. Daku gid ang kalipay ni Luem sa sini nga bahin sang iya kinabuhi. Sa ila paindis-indis ni Swannie sa pagbihag kay Alex, si Luem ang nakabentaha sa sini nga sambuwa.

Ayhan pareho sanday Luem kag Swannie sang abilidad sa pagpaniktik kon paano nagpakasal si Alex sa isa ka babaye nga indi sini ka-*type*. Ang asawa ni Alex, gikan man sa *buena familia* sang Dakbanwa sang Quezon. Kon manggad ang tan-awon, ang pamilya ni Daphne katulad man kamanggaran sa mga pamilya sang duha. Pero ining asawa ni Alex indi katulad nila nga duha ni Swannie nga masiling nga pirme nagapaligo sa makasililaw nga kasanag sang katilingban, sa tinaga ni Alex, baduy ini si Daphne. Ini nahinambitan man ni Alex sa duha sa ila pagsugilanon sa bahin sang ila nga mga *crush* ukon masiling nga pirme nangin kaupod sa ila pagdalagku. Sa ila kahimtangan nga ini subong, nagasulod man sa isip ni Luem nga daw indi man husto ang ila ginabuhat nga duha ni Swannie. Kon *old-fashioned* si Daphne, may kinamatarong na bala sila nga agawan ining makaluluoy man nga babaye sang iya kalipayan?

"Ma'am, ari na kita sa Salcedo Village," gikan sa iya madalom nga pagbinagbinag sa mga hitabu, nakibot si Luem sa nabungat sang tsuper sang taksi.

"Sakto ang duog. Dira mo ipara sa atubang sang tatlo ka tawo nga nagasugilanon," gintanyagan ni Luem sang duha ka gatos pisos nga papelon ang tsuper sa siento-singko nga ginapakita sang taksimetro nga balayran. "Ari, husto na bala ini?"

"Areglado gid, Ma'am, salamat."

Sang makapanaog si Luem sa taksi.

"Maayong' hapon, mga ginuo," bugno ni Luem sa tatlo nga

nagasugilanon sa alagyan pasulod sa edipisyo nga nahamtangan sang opisina nanday Alex. Ang isa sa tatlo masunson man niya nakita nga kaupod ni Alex, gani nga nangatahuran man si Luem diri.

"Maayo nga hapon man, Ma'am. Makadto ka bala sa opisina ni Dr. Vera Cruz, Ma'am?" pakiana sang lalaki nga ayhan nakilal-an sia.

"Huo, maayo kay napaktan mo kon diin ako mabisita."

"Nagbilin sia nga kon mag-abot ka silingon ko lang magdayon ka. Dira lang sia sa opisina sang *appointments secretary* mahulat sa imo sa *first floor.*"

Nadumdoman na ni Luem, piloto sa *helicopter* ang nagsabat sa iya paghatag katahuran.

"Salamat gid."

Kag hinayhinay man nga nagtikang si Luem pasulod sa balay-palatikangan para magbuylog kay Alex. Kag malayo pa nakita man gilayon sini ni Alex ang nagapadulong sa iya nga dalaga. May kahambal ini nga may edad na nga babaye nga isa sa mga *vice

president* sang ila kompanya.

"Mercy, ini gali ang akon abyan nga si Miss Luem Liberias, sang Liberias Group of Companies," pakilala ni Alex sa ila kaupod sa negosyo.

"Luem, sia si Mercedita Cerebron, isa sang amon mga batikan sa *export trading.*" Nagkamustahanay man ang duha kag nagpaalam man dayon si Mercy sa ila nga duha. Gin-atubang man gilayon ni Luem si Alex pagkaligad nga makapungko na sia.

"Ano bala ang natabu sa salakyan mo? Ngaa nga ma-*bus* ka lang pakadto sa Olongapo?" ang naisipan ni Alex nga pamangkot bilang bugno kay Luem.

"Ginpailisan sang tsuper ang langis sang makina. Kay ma-*weekend* man lang ako didto sa manghod ko, siguro eksayting kon magsakay ako sa bus, katulad sang ginbuhat namon sadto sang akon grupo sang estudyante pa kita. Apason lang ako sang akon tsuper didto sa Olongapo sa Domingo sing hapon," panugid ni Luem kay Alex. "Ikaw, Alex, siling ni Swannie sa Iloilo ka pa? Gali kay aga ka pa sa Tagaytay."

"Naagdahan ako ni Swannie sa ila *stockholders' assembly* nga maghatag sang panugdaon sa kahimtangan sang negosyo sa bilog nga kalibutan nga apektado sang sari-sari nga kagamo nga ginadulot sang mga *liberation movement* ukon rebelyon. Ginakatahapan ini sang mga negosyante," saysay ni Alex sa iya ginhimo sa pagbulig sa mga abyan sa negosyo.

"Isa sa mga katungdanan ko suno sa hilikuton sa idalom sang mando sang amon talapuanan ang pagbulig sa pagpaluntad sang ginahangad sang tanan nga kalinong sa pagnegosyo. Ang katuyoan sang amon grupo amo ang paghibalo sang mga duog nga may pamahog sa katawhayan sang pagpalakat sang negosyo. Kinahanglan mahibal-an sing masunson sang isa ka negosyante ang mga duog nga matawhay ang pagpalakat sang negosyo. Ginatudloan man namon ang mga negosyante sang ila dapat buhaton agod masunson sila nga mabuligan sang mga nagapatuman sang sekyuridad sang pungsod kon diin may negosyo sila."

"Alex, diri sa aton may kinagamo man, kag turismo gid apektado diri. Kay kadamuan sang mga ginabiktima sang mga bandido, amo ang mga turista kag mga negosyante nga nagabakasyon diri sa aton. Gina-*kidnap* ang mga bisita kag ipatubos sing daku nga kantidad sang *ransom money*," tugda ni Luem sa panaysayon ni Alex. "Ano bala ang napanugyan sang inyo hubon sa grupo nanday Swannie."

"Siling ko bisan diin indi madula ang kinagamo gani pilion lang nila ang lugar nga maayo ang seguridad kag matawhay."

"Amo gali sina kalubha ang aton problema bilang negosyante," natugda ni Luem.

Nag-abot man dayon ang *helicopter* nga pagasakyan ni Alex pakadto sa Bataan kaupod man ni Luem.

Daku gid nga kalipay ang naghari sa kasingkasing ni Luem sina nga hapon nga kabuylog niya sa Alex sa paglupad sang sakayan hangin padulong sa Bataan. Waay pa ang dalaga sing pinasahi nga inagihan katulad karon. Pat-od na niya nga sia si Luem daw nalipasan sang panahon. Pero indi matuod nga wala sia sing nabihag nga lalaki, kondi waay niya ginasapak ang pila nga nagpakita man sang interes sa iya sining mga nagliligad nga tinuig. Subong pat-od na niya nga nagahigugma gid sia kay Alex. Bisan ulihi na ang tanan kay may asawa na si Alex.

Waay man sia sing mabasol kay sadto nagpakita man si Alex sang iya pagpasulabi sa iya. Waay niya ini ginhatagan sang kabilinggan kay tuhay nga tinuga ang ginahutik sang iya tagipusuon. Katulad man bala sia ni Swannie? Bangod may asawa na si Alex, indi luyag ni Swannie nga gub-on ang pamilya sini. Husto na para kay Swannie nga hatagan sia ni Alex sang isa ka anak. Sia bala si Luem, amo man bala ang iya luyag?

"Kadalom sang ginaisip mo," bungkag ni Alex sa indi pagtingog ni Luem. "Magahod bala para sa imo ang tunog sang elisi, gani waay ka tinimuktimok?" napakiana ni Alex.

Tinakod dayon ni Luem ang *headset* nga bag-o lang niya ginhukas bangod nagsab-it diri ang pila ka nahot sang iya buhok. Gin-*off* ni Alex ang *intercom* nga pakadto sa piloto agod indi sila mabatian nga duha ni Luem sa ila paghambalanay.

"Alex, madamo ako sang pamangkot nga waay sang sabat. Kag sa paglipas sang ginutlo daw hinayhinay man nga nagadamo ang akon palamangkutanon kon ano ang magakalatabu sa ulihi nga mga tinion," nabungat ni Luem. "Daku gid ang akon kakunyag nga makabuylog ka, Alex, bisan makadali lang. Daw malambot ko na ang langit, apang tama ini ka kalayu sa akon subong. Makahuloya, pero akuon ko na, Alex. Nagahigugma ako gihapon sa imo, Alex! Amo ina ang problema nga mahimo mangin palaligban mo man," may nagtulo nga pila ka bantok nga luha kay Luem, kag waay ini nalipod kay Alex. "Apang ayhan amo ina ang akon kapalaran."

"*The feeling is mutual...* madugay ko na nga ginakabig nga daku nga palaligban ining aton kahimtangan. Sadto pa ako naghigugma sa imo, Luem. Nasiguro ko ina, kag waay ko man ikaw ginabasol sa indi mo pagsapak sang balatyagon ko sa imo. Natabu lang nga may natuga nga daku nga palaligban sa akon pamilya nga kinahanglan ko nga magsakripisyo. Gani patawaron mo ako."

"Waay ka sing nahimo nga kasal-anan sa akon, Alex. Silingon na lang naton, ini ang badlit sang aton palad. Ang magsakripisyo para sa aton pagpalangga sa aton mahal sa kabuhi. Lamang dapat paghandaan naton ang mga palaabuton nga mga hitabu nga magahatag man sa aton sang daku nga palaligban pati na sa aton pamilya."

"Husto ka, Luem. Kinahanglan nga likawan naton nga matabu ang indi dapat. Pero nagakahulogan man ina nga ginadaya naton ang aton kaugalingon. Ako, daw indi na ako makahibalo sa dapat ko tindugan," dugang ni Alex. "Ang naisip ko nga dapat ako magpalayu diri sa aton, apang daku nga problema ang tugahon sini. Ang amon negosyo, ang kabuhian sang pamilya, paano?"

"Daku matuod nga palaligban naton ina. Kag indi mahimo nga indi magbangdayanay

ang aton dalan. Sa aton ginalagawan magakrus gid ang aton banas sing masunson."

"Kag mahimo nga may matabu nga aton pagahinulsolan sa ulihi," pasugot man ni Luem sa napulong ni Alex.

Sa indi hungod nauyatan ni Alex ang wala nga kamot ni Luem. Hinugot man ni Luem sing mainanggaon sang iya mga tudlo ang tuo nga kamot ni Alex. Indi luyag ni Luem nga buy-an ang kamot sang hinigugma.

"Alex," hutik ni Luem. "Wala na gid bala kita sang kinamatarong nga maghigugma sa isa kag isa?"

"Wala. Kay ang paghigugmaanay nga ina ginadilian man sa idalom sang kasugoan sang Diyos kag sang tawo. Luas lamang kon luyag naton magpakasala," dagmit ni Alex.

"Kon sa ulihi hinulsolan man naton ang aton kasal-anan, indi bala patawaron man kita sang Dios?"

"Ang mga kasal-anan lang nga indi naton gintuyo ukon ginhungod nga buhaton, Luem."

"Daw sayop ka dira, Alex. Indi bala nga natubos na kita ni Ginuong Hesukristo sa iya

pagpakamatay sa krus?"

"Pero, makunsad man liwat ang Dios sa paghukom sa mga buhi kag minatay. Basi kon ang nahilway lang sa sala paagi sa pagpalansang sang aton Ginuo sa krus amo ang iya pinili nga mga tawo."

"Basta himakasan lang naton nga indi maghimo sing hungod sang mga kasal-anan ayhan mapatawad gid kita sang aton Makagagahom," binuy-an ni Alex ang kamot ni Luem.

Pag-abot nila sa Limay, nanaog ang duha. Ang tuyo ni Alex nga ipadul-ong niya sa Dakbanwa sang Olongapo nga malapit na lang si Luem. Waay na ini nadayon kay pinabalik man ni Alex sa Manila ang *helicopter* sang ila kompanya. Daw waay sa isip ni Alex nga ginbitbit sini ang bag ni Luem upod man sa iya bag pakadto sa mga *cottage* nga palahuwayan sang mga VIP nga may talatapon sa ila pabrika sang mga ginapadala nila sa luas sang pungsod nga mga kagamitan sa puloy-an. Sunodsunoran man si Luem sa iya. Daw pareho sila nga waay sa ila kaugalingon, bangod sa palaligban nga dala sang ila paghigugma sa isa kag isa.

"Sir, may bisita ka gali?" pamangkot sang *caretaker* sang *cottages* sang kompanya nga ang luyag silingon kon kinahanglan nga magkatuhay sila sang kwarto.

"A, isa lang kami ka *cottage*," maabtik nga daw alungay nga hambal ni Alex samtang ara sila sa balkonahe sang kamalig. Nangilay man dayon ang sisentahon na nga manogtatap sang mga *cottage* nga sirbe puloy-an man sang iban nga mga trabahador nga waay asawa.

Namuragmoragan man si Luem. Pero nagalinagumba lang ang bilog nga dughan.

"Alex, siling mo likawan naton nga magkasala. Ipadul-ong mo ako sa inyo salakyan subong na agod indi na maglala ang imo palaligban!"

Binutong ni Alex sa butkon si Luem pasulod sa kwarto. Sa kakibot man sang dalaga, waay man ini nakapamatok. Ginpugos man sia dayon ni Alex. Waay man nagpamatok si Luem sang halukan ini sia sang lalaki. Ayhan kapin nga hinugot sang dalaga ang pagburambod kay Alex. Subong lang niya nabatyagan ang pagpalangga kay Alex nga daw nagaalawas sa iya dughan. Dapat nga tampad sia sa iya balatyagon kay Alex.

Sang maglayuay ang ila mga bibig, hinakwat ni Alex si Luem kag pahigdaon sa kama. Nasikaran man dayon ni Luem ang iya *semi-high heels* nga sapatos, samtang madasig man nga nauba ni Alex ang iya *long sleeve* nga kamisadentro.

"Alex, indi bala siling mo indi kita dapat hungod nga magpakasala, pero ano ang ginahimo mo subong?"

"Basta, ginahigugma ko gid ikaw, Luem," tambing ni Alex. "Siling mo indi mo man madaya ang imo kaugalingon sa imo pagpasulabi sa akon? Luem, may kinamatarong man kita sa aton pagpalanggaanay, bisan ini batok sa kasugoan sang Dios."

Sa ulihi nga sinambit ni Alex, waay na sang tingog nga nagkawas sa bibig ni Luem kay natakpan ini sang mga bibig man ni Alex. Bangod sa balatyagon nga madugay na nahuban sa iya dughan nga nagaharahara man, indi mapat-od ni Luem kon ang pagkubakoba sang iya kasingkasing tuga sang pangduhadoha nga sila nga duha nagahimo sing daku nga kasalanan. Ini ayhan bunga sang kapin nga kakunyag kay ang madugay na nga nabilanggo sa iya dughan nga balatyagon sang bunayag nga paghigugma kay Alex nahatagan sang katumanan nga ipabatyag ini sa pinalangga. Pareho mabaskog ang dagubdob sang ila dughan ni Alex nga nagapaalinton sang ila pagpalangga sa tagsa-tagsa.

Pagkaligad sang pila ka minutos, si Luem nakabatyag sang pagkanay sang kahapo nga subong lang naagihan, pero ginbahulay man sia bisan nagasagana man ang malamig nga hangin gikan sa *air-con* sang *cottage*. Katulad lang sia sang bata nga nagbatyag sang kahuya sa atubang sang iya maestra kag mga kaklase kay waay niya nasabat ang maestra. Dayon nagpisngo man nga nagkalataktak man ang iya mga luha. Hinugakom niya ang katupad nga ulonan, dayon lisu sa paghapa kag ginsubsob sa madamol pero mahumok nga ulonan ang guya.

Ginbutang ni Alex ang ginauyatan nga duha ka tasa sang kape sa isa ka lamesita sang natalupangdan nga nagahapaon si Luem kag nagahibi. May habol man ini tubtob

sa iya liog nga daw nagabatyag sang kapin nga katugnaw.

"Luem, mahal ko, ano bala ang nagakatabu sa imo?" mapinalanggaon man nga ginhulohapulas ni Alex ang buhok ni Luem. "Naghinulsol ka bala sa aton ginhimo nga pagpakatampad sa aton balatyagon?"

Dugang nga pagpisngo lang ang nabatian ni Alex gikan kay Luem.

Gikan sa paghapa, naglisu kag naghakos ang dalaga kay Alex nga padayon ang paghibi.

"Ano bala, palangga ko nga Luem? Karon ka pa naghibi pagkatapos nga napatunayan naton nga bunayag ang aton paghigugmaanay?"

"Ginakunsiensya lang ako, mahal ko. Tudok matuod sa aton kasingkasing ang aton paghigumaanay, apang puno man ini sang palaligban nga pat-od makahalit gid sa kalinong sang aton tagsa ka pamilya."

"Natabok na naton ang taytay nga aton man sinunog, indi na kita mahimo magbalik pa sa aton ginhalinan. Kinahanglan atubangon na lang naton kag lubaron ang aton palaligban sa paagi nga aton masarangan. Maabot gid ang adlaw nga mahangpan man kita sang tanan nga nagaulikid sa aton," panugyan ni Alex nga daw waay man sang naisipan nga tama nga paagi sa paglubad sang gintuga nila nga problema nga duha ni Luem.

7

DAKU ang kabalaka ni Luem sa natabu nga pagkalimot nila ni Alex. Wala gid sila nagdahomdahom nga malab-ot nila ini nga kahimtangan.

"Paano ang mga tinuga sa palibot naton nga magbatyag sang kalain sang buot kag kahuy-anan kon mabalahuba nga namusingan ang kadungganan sang aton tagsa ka pamilya sining natabu sa aton karon?"

"Ihanda lang naton ang aton kaugalingon nga mangin katulad sang tatlo ka amu ukon tatlo ka matsing nga waay sing nakita, nabatian kag napulong nga kalaot, siling nila. *The three monkeys who were supposed to be wise, who see no evil, hear no evil and speak no evil.* Indi bala madamo man ang subong sini nga ara sa aton katilingban?"

"Ginpanubo mo naman ang kategorya naton, pero sige na lang gani, kapalaran man naton ini nga dapat batunon," nabungat ni Luem nga ang guya larawan sang kasulob-on sang ayhan paghinulsol nga indi niya nabatuan sing husto ang sulay ukon pagganyat sa iya sang panulay.

"Pero, anay ka, mahal ko. Pano kon magmabdos ako?" pakiana liwat ni Luem kay Alex.

"Indi bala bag-o lang kamo nagtukod sang sanga sang inyo *export-import company* sa Alberta, Canada? Kon may delikado nga mamay-uman ang imo pagdala, didto ka anay tubtob mabun-ag mo ang aton anak," panugyan ni Alex sa kahagugma samtang nagainom sila sang kape. "Kon magpuyo ka didto sang mga anom ka bulan, indi gid man katingalahan. Pero, indi nila diri masat-uman ang imo pagbusong nga waay bana. Pagkatapos mo manganak, mag-*birth control pills* ka na agod indi ka na liwat magmabdos."

"Kon mag-*pills* ako agod indi magbusong, kondi pwede na ako sa iban," lahog ni Luem kay Alex.

"Sa imo lang ina. Kon indi ko masayran, okay lang siguro sa akon."

"Okay lang kuno. Pero, *tulak ng bibig kabig ng dibdib,* kon sa Tagalog," nagkadlaw si Luem sa iya paglahog kay Alex. "Mahal ko, indi ko ina mahimo, luas lang kon lipong

ako nga lugoson."

Daw naumpawan man si Luem sa iya kahangawa sang napanugyan ni Alex, gani hinakos sini si Alex kag halukan bilang ayhan pagpasalamat sa daw lubad sang iya palaligban.

"Basi luyag mo nga kapid ang imo panganay?" masadya nga lahog man ni Alex kay Luem. Waay nagsabat si Luem kondi kinamburan man si Alex nga daw man-og kag natumba sila nga duha sa mahumok nga kutson sang kama. Kag binagyo dayon sila kag inanod liwat sang lambas sang nagaharahara nila nga balatyagon.

Alas sais y medya na kag makabugtaw sila sa pagkatulog sing mga duha ka oras.

Pag-awhag ni Alex sa balkonahe sang may rehas man nga kamalig, iya nakita nga napatigayon na sang *caretaker* ang ila panyapon nga duha.

Madulom na ang palibot kay wala masindihi ang suga, bangod waay man sing nagaluntad sa pila ka *cottage*. Ang pasilyo lang ang may suga kay sa tuo nga kilid sini higad dagat na. *Shorts* kag *t-shirt* ni Alex ang ginsuksok ni Luem. Waay sing dala si Luem nga ilislan pangbalay kay waay sia sang salakyan pakadto kontani sa iya manghod nga nakapamana sang isa ka Zambaleño sa Olongapo.

"Naunahan ko si Swannie, mahal ko," nadumdoman ni Luem nga daw lahog kay

Alex samtang nagapanyapon sila. Nakatungkaaw man si Alex kag naguntat sa

pagpulot sang *drumstick*.

"Seryuso ka bala sa nabungat mo? May kumpetensya bala kamo nga ginkasugtan ni Swannie?" napanganga man si Alex sa hinambal ni Luem.

"Indi bala sadtong nagabutho pa kita nga iya ginpakita nga interesado gid sia sa imo?"

"Ang tanan ko nga masarangan himuon akon buhaton agod makalikaw sa iya. Mabudlay na kon matabu kami, daw ginbunggo ko lang ang ulo ko sa pader."

"Palangga ko nga Alex, mahal mo gid man bala ako sugod pa sang magkaklase kita nga tatlo? Kon sadto pa ako nagpati sa imo, ayhan ako ang pinakasalan mo," namitlang nga may pagkanugon ni Luem sa natabu sa ila.

"Indi mo man mabasol ang imo kaugalingon, mahal ko. Indi pa nagsanto ang aton balatyagon sadto. May ginpitik ang imo kasingkasing nga iban. Basi subong amo ka pa sina. *First love never dies*, siling nila. *You simply fell back on me, when all did not go well for and your heartthrob.*"

"Sayop ina, *crush* ko lang siguro atong nangaluyag sa akon bilang tin-edyer. Sang ulihi, nahatagan ko na ikaw tani sang espesyal nga atensyon, pero indi ako makasal-ot kay Swannie. Pirme abi kamo magkabuylog ni Swannie, kag daw ginakusi man akon tagipusuon kon makita ko kamo. Pero, daw nadula man ang imo interes sa akon bangod ayhan sa imo kasakuon. Indi namon ikaw na-*blow-out* sa imo *graduation* sa Ph.D., kay nagalikaw ka sa amon ni Swannie. Nabasahan na lang namon nga ginkasal ka sa inyo banwa kay Daphne de Guzman. Alex, mahal ko, nagtulo gid ang akon mga luha sa pagkanugon ayhan sa aton paghigugma. Subong naangkon ko man ikaw pero may kasalo. Kag waay ako sang kinamatarong nga mangin-akon ikaw sing lubos."

"Indi lang kita siguro magkapalad, mahal ko," masubo man nga nasambit ni Alex.

"Nagapati ako nga biktima lang kita sang medyo mapait nga kamatuoran. Ayhan dulot man sang kapalaran nga may natuga nga daku nga palaligban sa amon pamilya. Kadungganan sang akon ginikanan ang nangibabaw, anak ako nga nagapalangga man sa akon mga ginikanan."

"Waay ka sang pagsayop nga nahimo mahal ko. Subong may ara na kag kita nga duha magkaupod pa. Tubtob san-o ayhan kita magtigpasaw sa hatay-hatay ukon kumonoy sang kasal-anan?"

"Mahal ko, waay sang sabat sa pamangkot mo. Kon magpabilin kita nga tampad sa aton balatyagon, padayon kita nga makasala. May naisip ako, pero nagakahulogan ini nga madamo ang masakitan, indi lang sang buot kondi pati sang bug-os nila nga kalawasan kag kalag. Magpalayu kita diri sa aton pungsod kag magluntad sa iban nga pungsod nga waay sing madamo nga makakilala sa aton. Masarangan ayhan naton ina sa ngalan sang paghigugma?" pakiana ni Alex kay Luem. Sa bahin ko, may anak kami nga mahimo maakig sa akon sa pag-ampin sa iloy nga akon ginpigos bangod sa pagpatumbaya. Indi kabuhian ang problema sang makaluluoy ko nga asawa, kondi ang pagkapaslaw sa iya bunayag nga paghigugma nga dapat balusan man sang iya hinigugma."

"Matuod ina, makaluluoy gid kami nga mga babaye. Kon ang amon paghigugma daw trapiko nga *one-way*, wala sing nagasugata – ang buot silingon waay sing balos gikan sa amon hinigugma, nagapangasubo gid kami. Waay gid kami sing mahimo bangod pagsupak ukon paglalis sa aton kagawian kon kami ang mangaluyag sa lalaki, sikwahi para sa kahinhinan nga nagakadapat sa isa ka babaye. Ina ang aton kaugalian bilang Filipino."

"Pero sa moderno nga katilingban, pwede na mangaluyag ang babaye sa lalaki," sabat ni Alex sa nasambit ni Luem.

"Amat-amat naman kita nga nagamoderno, indi bala? Halimbawa kami ni Swannie."

"Ngaa ginpahayagan mo bala ako sang imo paghigugma?" tambing ni Alex.

"Ginpabati-batian lang nga kuno abi lahog lang."

"Si Swannie ang naghambal sa akon, pero waay ko ginsabat," sugid ni Alex.

"'Ga, ano ang ginsiling sa imo ni Swannie? Ha?"

"Oy, nangimon…"

"Indi a, luyag ko lang mabal-an kay ginsugoran mo nga isugid man sa akon!"

"Gusto ni Swannie nga may anak sia sa akon. Bilang handumanan kuno sang iya lubos kag tampad nga paghigugma sa akon!"

"Kon amo nabaton man ni Swannie, katulad ko, nga indi sia mapalaron sa imo hamili nga paghigugma. Ti, ano, 'Ga, nagsugot ka man bala sa iya? Nagtabuay man bala kamo sa otel?" padusdos gid ni Luem.

"Aha, subong nagapangimon ka gid…" lahog ang ginsabat ni Alex sa pakiana ni Luem.

"Mahal ko, mabug-at lang diutay ang akon pamatyag kay duha gid ang kasalo ko sa paghigugma mo," natuad ni Luem. "Pero, dapat masadya ako kay indi lang ako ang tinuga nga interesado man sa imo, indi bala?"

"Sa panan-aw mo, mahatagan ayhan kita sang kahigayunan nga mag-updanay sing malawig?"

"Mahimo gid naton ina sa ulihi, Alex. Mahal ko gid ikaw kag indi ako luyag nga madula ka sa akon."

PAGKAAGA. Namahaw ang duha kag ginpadul-ong ni Alex si Luem sa ila salakyan

sa Dakbanwa sang Olongapo. Sina nga adlaw magasugod ang hinunanon sang hunta direktib sang ila kompanya sa Bataan. Importante gid ang pagtambong ni Alex bangod dapat mahangpan sang tanan ang mga hitabu sa bug-os nga kalibutan nga may

kahilabtanan man sa kalinong kag katawhay sang madinalag-on nga negosyo.

Pag-abot sang udto, libre man dayon si Alex kay nasanagan man ang ila mga kapitalista sa mga nagakatabu sa negosyo. Ang madason nila nga paghinun-anon ginatalana sa pagkatapos sang tatlo ka bulan, agod ang mga kapitalista indi maulihi sa mga hitabu nga may labot sa negosyo, labi na gid sa mga magamo nga duog.

Sa baylo nga magpauli sa Iloilo, sa Olongapo City sa Zambales nagpadulong si Alex gikan sa Limay, Bataan. Nagsakay lang si Alex sa pangpasahero nga bus. Ang iya balibad nga luyag man niya magpanghangaw-hangaw sa mga *resort* sa pagdugang sang iya ihibalo sa nagakatabu sa sini nga mga sahi sang buluhaton nga may kahilabtanan sa turismo. Sa Dinalupihan, Bataan, nanaog si Alex sa sinakyan nga bus sa bantog nga Barangay Layac Junction kon diin diri sa barangay Layac ang *marker* sang *World War II First Line of Defense*. Gikan diri nagbus si Alex pakadto sa Dakbanwa sang Olongapo.

Sa Olonngapo nagsakay si Alex sa taksi pakadto sa Barangay East Bajacbajac nga ginsiling ni Luem may puloy-an ang iya manghod. Tinawgan niya si Luem sa iya *cellphone*. Nakibot man si Luem nga ginmatuod ni Alex nga kadtuan sia balay sang iya manghod. Waay ginalaumi ni Luem ang ginahambal sang pinalangga nga apason sia.

"'Ga, ari ako sa isa ka *mall*. Nagbakal ako sang dugang nga regalo ko sa akon mga hinablos ang iban nga indi nila kaadlawan ginasukot man ako sang mga ini sang regalo," malipayon nga panugid ni Luem kay Alex.

Nagliku ang taksi sang silingon ni Alex nga mahapit sia sa *mall*. Nagabantay na sang bakante nga taksi si Luem sa iya pagpauli sa balay sang manghod sang magsampot ang taksi nga ginasakyan ni Alex.

"Bayaran mo na lang ang taksi, 'Ga," muno ni Luem kay Alex.

May pasahero man dayon ang taksi nga sinakyan ni Alex. Kag nakibot si Alex sang hakson kag halukan nga daw madugay na nga waay sila nagkitaay. Pero dayon man nga nadumdoman ni Alex ang duog. Kinaandan na lang ang ginawi ni Luem diri sini nga syudad, gani ginpasugtan man niya sang kahidlaw sa pinalangga.

"Mag-*hotel* na kita, "'Ga," hutik ni Luem kay Alex.

"Paano... ang imo regalo?" napangutana ni Alex.

"Ano ang ginahimo sang *messengerial companies* dira sa kanto?" tambing ni Luem kay Alex.

Ginbitbit ni Alex ang duha ka bag sang binaklan ni Luem pakadto sa malapit nga opisina sang LBC. Naghimo sing malip-ot nga sulat si Luem para sa manghod kag gintapik man ini sa kahon sang mga regalo nga ipadul-ong sa balay sang manghod.

"Alas onse na, manyaga na kita dira sa pihak nga restawran kag magkadto sa otel," siling ni Alex sa iya hinigugma nga dalaga. "Nagkape lang ako kaina kay waay ako gana nga magkaon."

"Basi magasagod ka sang *ulcer* sa ginahimo mo," muno ni Luem.

"Balatian sang mga negosyante ina, indi bala?"

"Huo, siling nila kon daw ano ikaw ka madinalag-on sa imo negosyo, amo man ina kalala sang imo *ulcer*. Pero, waay man ako nagapati dira," dugang ni Luem. "Ang isa ko ka lolo nga madinalag-on sa negosyo, waay man na-*ulcer* tubtob namatay. Pero ang isa nga indi negosyante kondi *professor* nga katulad mo nag-*ulcer* kag nangin *cancerous* pa. Pero sobra man 80 anyos ang iya edad kag nagtaliwan."

Nanyaga sila sa isa ka restawran nga may pila lang ka tawo nga nagakaon, pero daw indi makakaon sing maayo si Luem. Malipayon nga nagayuhom-yuhom ini nga nagahimutad sa iya pinalangga nga si Alex. Daw subong lang niya nakita ang lalaki nga ginhalaran niya sang daw indi mapatihan nga pagkaulay nga babaye sa edad nga 32. Si Alex nga may asawa pa. Bangod nagutom ayhan sige ang kaon ni Alex.

"Basi ikaw ang magsagod sang *ulcer*, 'Ga," balik nga muno ni Alex kay Luem.

Sang… hinali nagmurahag ang mga mata ni Luem, dayon nagsubsob ini sa lamesa!

Waay sang pangalibutan si Luem sang balutbuton ini ni Alex! Lungayngay nga gin-alay-ay ni Alex ang pinalangga. Maayo lang kay sang magsubsob ini sa lamesa sang kalan-an, umigo anay sa bag ang guya kag indi sa mabaskog nga plato sa iya atubang. Waay sing nakita nga samad sa nawong ni Luem. Ayhan sa pagtupa sang guya ni Luem sa bag nga indi man tama ka tig-a ang unod, nabuhinan ang pwersa sang pagmumo sini sa kahoy nga lamesa.

"Weyter! Weyter! Palihog magtawag kamo sang ambulansya! Dalhon naton sa ospital ining babaye nga nadulaan sang pangalibutan!" nasinggit ni Alex sa naglabay nga weyter. Tumawag man dayon sa telepono ang weyter sa ospital nga malapit lang sa ila nahamtangan.

May nag-abot man dayon nga ambulansya sang *medical center* sang Dakbanwa sang Olongapo. Ginbutang si Luem sa isa ka *stretcher* nga may upod nga *oxygen tank* nga gamay kag ginkarga sa ambulansya agod dalhon sa ospital. Duha ka nars ang nagbuylog kay Luem sa sulod sang ambulansya. Sa unahan ginpasakay si Alex.

Sa *emergency room*, ginlibutan sang tatlo ka mga espesyalista nga doktor si Luem. Sang pasigahan sang lente nga suga ang mga mata ni Luem, nakabugtaw ini nga daw nakibot sa iya katulogon.

"Doktor, todo gid ang kasakit sang akon ulo!" natikab man ni Luem. "Gani, nadulaan ako sang pangalibutan." Tinawag sang isa doktor ang *OR nurse* nga naghimos sang *medical records* ni Luem, napagkit na sini ang *blood pressure*, *body temperature*, *pulse and heart beats* kag *lung situation* nga normal tanan.

"Miss Sierra, tawgon mo ang attendant. Dalhon sa *MRI room* ang pasyente, mando sang puno nga doktor sang grupo. Madasig nga nagabot ang *attendant* kag upod sa nars paagi sa stretcher may rueda, gindala nila si Luem sa *Magnetic Resonance Imaging room*. Diri sa MRI mahibal-an paagi sa *brain scan* katulad man sang *CT scan* ukon *computer tomography scan* kon may balatian ang tawo sa utok.

Si Alex anay ang ginhambal sang doktor kay sia ang nagdul-ong sa ospital sang pasyente. Nangaku man si Alex nga sia na lang ang makahibalo nga magsugid sa mga himata sang pasyente sang resulta sang pag-eksamin sang kahimtangan sang pasyente.

"Mr. Vera Cruz, nakita sa *CT scan* nga may tumor sa utok ang pasyente," paathag sang isa ka *neuro-oncologist* sandig sa resulta sang MRI. Bangod may *seizure* ukon pagkalipong nga natabu sa pasyente, mahimo nga malala na ang iya *brain tumor*. Kon ma-*biopsy* ini mahibal-an sang doktor nga *pathologist* kon *malignant* ini, nga ang buot silingon madasig ang paglapta (*metastasis*) sang indi kinaandan nga pagtubo sang *cells*. Ang *biopsy* mahimo lang kon operasyon ang kinahanglan nga paagi sa pagbulong sang *tumor*. Mahimo ang *biopsy* nga indi pagpihakon ang bagol. Buhoan sing diutay nga maigu lang ang daw dagom kadaku nga instrumento sa pagkuha sing diutay nga *tissue* sang utok agod maeksamin ini sang *pathologist* kag *oncologist* kon ining diutay nga bahin sang utok *malignant*. *Cancer* ini kon tawgon sa kinaandan nga termino."

Nagpadayon sa iya pagpaathag kay Alex ang doktor.

"Sa panan-aw ko may delikado na ang *tumor* sang imo abyan. Kay kon ang isa ka pasyente nagakalipong na grabe na ang *tumor* bilang *cancer*. Pero, kon mataas ang ginatawag nga *immunity* ukon panguntra sang isa ka tinuga sa balatian, magalawig man ang iya kabuhi. Kalabanan sa mga may amo sini nga balatian mga lima lang ka tuig kalawig ang kabuhi. Suno sa rekord, tatlo sa napulo nga biktima sang *brain cancer* ang nagadugay sing mga lima ka tuig."

"Ano ang panugyan mo sa pagbulong sa pasyente, Doktor?" pangutana ni Alex nga nagbatyag sing tuman nga kasubo.

8

GINPAATHAG sang doktor kay Alex ang paagi sa pagbulong kay Luem.

"Ang pagbulong diri pwede sa tatlo ka paagi, operasyon ukon *surgery*, *radiation therapy* kag subong man *chemotherapy*. Dapat ang bana, mga ginikanan sining babaye kon single pa sia ang mahimo magpamat-od kon anong' klase nga pagbulong ang himuon sa pasyente."

"Sa Quezon City nagapuyo ang pamilya sang pasyente, ang mga ginikanan ang buot ko silingon," sugpon ni Alex sa hinambal sang doktor.

Pero tinawgan man ni Luem ang manghod kag bangod sa pagkahayanghag man sini nagkadto man gilayon sa ospital. Si Luem mismo ang nagsiling sa manghod nga may *brain cancer* sia, bisan waay pa napagwa ang resulta sang MRI *scan*. Waay man mapunggi sang manghod ang magpilisnguon sa iya nabatian gikan sa pinalangga man nga magulang.

"Pero, Manang Luem, paano mo nabal-an nga kanser ang balatian mo? Ginsugid na bala sa imo sang doktor?" indi mapahamtang nga napakiana sang manghod nga si Dulce nga ang bana taga-Olongapo City.

"Tumor sa utok ang suspetsa sang doktor nga sa indi hungod nahambal sang isa ka doktor sa iya kaupod sa akon luyo nga abi nila lipong pa gihapon ako," paathag ni Luem sa manghod. "Basi karon dugay-dogay mapat-od sang resulta sang *scan* sang makina ang ginabatyag ko."

Bangod kay tatlo na ang mga anak sang manghod, kag ang duha sa *kinder* pa lang kag isa lang ang ila kabulig, ginpapauli dayon ni Luem ang iloy sang tatlo niya ka hinablos nga puro lalaki. Sa Domingo ang *Grade 1* nga panganay magasaulog sang iya kaadlawan, matingala ang mga bata kon ngaa waay ang Tita Luem nila.

"Alex, mahal ko, grabe na ang balatian ko nga *tumor* sa utok kay nagakadulaan na ako sang pangalibutan," pautwas ni Luem kay Alex, pagkalumbos sang manghod kag sa waay pa sing nahambal si Alex.

"'Ga, paano mo nabal-an nga *tumor* sa utok ang imo ginabatyag?" Waay kahibalo si Luem nga nahambal na sang manogbulong si Alex.

"Nabatian ko sa nabungat sang nars kay abi niya lipong pa ako sang pamangkuton sang kaupod sini. Kag grabe na kay nabasahan ko man nga kon nagakalipong na ang may *tumor* sa utok, malubha na ang iya *cancer*." Diretso nga nahambal ini ni Luem kay Alex.

"Magduha ka tuig na nga daw kaduha tagsa ka semana nagbatyag ako sang grabe

nga sakit sang ulo. Sadto siling sang doktor *migraine headache* lang kag daw nabulong man ini. Basta naobserbahan ko nga kon nakapoy ako sing sobra ukon sobra ang kakunyag, nagasakit man dayon ang ulo ko umpisa sa hapon." May daw kasutil nga nagyuhom-yuhom man si Luem kay Alex sa bahin sang sinambit nga kakunyag.

"Kon amo waay ka nahadlok nga mamatay?"

"Nahadlok man, e. Pero, kay pagbuot man ini sang Dios, batunon na lang naton.

Ang ginakasubo ko lang nga subong pa kita nagkasala sa paglapas sa mga sugo sang aton Makagagahom," masubo nga nabungat ni Luem.

Gin-uyatan man ni Alex ang isa ka kamot ni Luem nga waay natakdan sang magagmay nga *plastic* tubo kag *dextrose* kag hinayhinay nga ginpisil-pisil man ini.

"Tawo lamang kita nga kon kaisa indi man naton malikawan ang mga tentasyon, labi na gid sang aton balatyagon sa hangkat sang unod," napulong na lang ni Alex agod basi mabuhinan ang kasubo nga nagadugang pabug-at sa ginabatyag ni Luem. "Pero, ayhan mamag-an lang ang silot sa aton kay nangintampad lang kita sa aton tunay nga balatyagon. Mapatawad man kita sang Dios naton nga maluloy-on sa naga-antos man katulad naton."

"Kontani inang ginsiling mo ang matabu, agod malipayon man ako nga magpiyong sang akon mga mata nga magbiya sa sining' kalibutan. Mahal ko, mamatay ako nga balon ang tunay mo nga paghigugma sa tawohanon ko nga lawas kag kalag."

"May kaluoy gid ang Dios, indi ka pa pagbawion gilayon tubtob may mabulig ka pa sa iban nga mga tawo," pagkalamay ni Alex kay Luem.

"Waay man ako sang nabuligan luas sa pamilya ko," sabat ni Luem nga may lahog nga sugpon. "Ikaw lang ang nabuligan ko agod makasala sa paglapas sang sugo sang Dios."

Waay na nagsabat si Alex.

"Labay man akon, mahal ko. Mabalik man karon dugay-dogay ang manghod ko kay pabantayan niya anay sa tiya nga laon sang iya bana ang mga bata. Mapinalanggaon gid sa iya mga apo ining tiya, gani mahimo ka na makapauli anay sa Bataan," panugyan ni Luem kay Alex. "Hulaton lang namon sang manghod ko ang resulta sang *scan*."

Sang mga alas singko na ang takna nag-abot ang manghod ni Luem. Naglakat man

pauli si Alex sa ila pabrika sa Limay, Bataan. May isa ka problema sa pabrika nga nagakinahanglan sang iya bulig agod malubad ini.

Nalumbos lang si Alex kag mag-abot ang mag-asawa nga mga ginikanan ni Luem nga pareho nga manog-otsenta ang edad, pero mapagsik pa ang duha nga ini daw mga singkwentahon lang kon maghulag. Taga-Bacolod ining mag-asawa nga mga pumuluyo sang Quezon City. Ang mag-asawa natawgan gilayon sang manghod ni Luem, gani waay man nag-usik sang panahon ang duha sa pagsapupo sang ila pinalangga nga anak. Tatlo lang nga lunsay babaye ang mga anak sang mag-asawa. Panganay si Luem, ikaduha ang babaye nga asawa sang pumuluyo sang Olongapo kag ang ikatlo kaupod man ni Luem sa ila pagpadalagan sang ila daku man nga negosyo. Luas kay Luem kag sa manghod sini nga may bana, indi pa nakilala ni Alex ang mga himata sang iya pinalangga.

Gintawag sang nars sa sugo sang doktor ang mga ginikanan ni Luem agod sugiran sang balatian sang anak. Hinali nga daw nag-eklipse lang ang adlaw sa bilog nga Dakbanwa sang Olongapo sang nasayran sang duha ka tigulang ang resulta sang MRI *test*. Pat-od ang nahambal sa mag-asawa nga mga ginikanan ni Luem sang *oncologist* ukon doktor nga espeyalista sa *cancer* nga ang indikasyon sang makina pat-od nga

brain tumor ang balatian ni Luem.

Nagpulopisngo dayon ang iloy ni Luem kay nahangpan man sini nga ang *malignant tumor, cancer* sini ang buot silingon. Ang amay sini gilayon man nga naumpawan sa iya kahayanghag. Sugiran nila si Luem sang iya masakit. May salig gid ang tigulang nga lalaki sa ila panganay nga mahangpan sini ang daku nga delikado sa iya kabuhi. Kag nagapati ang tigulang nga mabaton sang iya anak ang kamatuoran nga pila na lang ka tuig ang iya pagluntad diri sa dutang' luhaan.

"Luem, Anak, nagasalig gid ako sa imo nga ang tanan nga problema naton sa aton negosyo masarangan mo nga mahatagan sang kalubaran," umpisa sang amay.

"Si Papa bala, madugay mo na ginsalig sa akon kag sa inyo agot ang aton negosyo,

indi bala?" sabat ni Luem nga kuno indi niya naintiendihan ang buot nga padulongan

sang sugilanon sang tigulang.

"Indi ina ang akon buot silingon, kondi ang aton palaligban subong sa bahin mo," daw nagalagkot man ang tutonlan sang tigulang. Maabtik nga kinuhaan sang ikaduha nga anak ang amay sang tubig sa lamesa sang pasyente kag naglag-ok man dayon ang ila amay nga nag-igham pa.

"Luem, ginpatawag kami sang imo doktor agod sugiran kon ano ang ginabatyag mo," sugpon sang amay ni Luem.

"Papa, sa pamatyag ko nakahanda na ako sa ano man nga matabu sa akon pagbalatian. Gani, indi kamo ni Mama magkatahap kon ano ang naisip ninyo nga ihambal sa akon. *Brain cancer* ang ginabatyag ko, bisan waay pa ako nasugiran sang doktor. Ang pagkadula sang akon pangalibutan tuga na ini sang bahin sang *tumor* nga daw nagatum-ok sa utok ko, suno sa akon man nabasahan. Busa handa naman ako sa pagbaton sang kagustohan sang Dios. Ang problema ko lang subong, Papa kag Mama, kon paano ko mapangayuan sang patawad sa Dios ang mga kasal-anan nga nabuhat ko," daw mahibi si Luem.

"Malubha bala ang mga kasal-anan nga imo nahimo, Anak ko?" pamangkot man sang iloy ni Luem nga dayon ginhulohapolas sang mapilanggaon ang abaga sang nagahigda nga anak.

"Mama, Papa, sugiran ko ugaling kamo kon magtulotawhay ang magamo naton nga kaisipan bangod sa ginabatyag ko nga balatian," tambing ni Luem sa pamangkot sang iloy. "Hulaton na lang naton ang panugyan sang mga doktor kon paano nila bulngon ang akon balatian agod madugangan pa sing diutay ang akon kabuhi diri sa duta. Kon isandig naton sa mga inagihan sang mga nagbatyag sining *brain cancer*, tatlo sa napulo nga nag-antos sa sini nga balatian ang naglawig sang lima pa ka tuig ang kabuhi nila diri sa duta sugod sang pagkatukib sang ila ginabatyag."

Waay na sing gintugda ang duha ka tigulang sa nasabat ni Luem.

"Papa, Mama, nakamerienda bala kamo sining' hapon?" pamangkot ni Luem sa duha ka pinalangga man nga mga ginikanan.

"Ambot kay Mama mo, kon mangape sia. Pero ako, daw waay ako gana," nabungat sang amay ni Luem.

"Pa, Ma, kuhaan ko kamo sang pamahaw nga kape kag *sandwich* sa *canteen* sang ospital," panugyan sang manghod ni Luem nga may bana.

"Indi ka na magpabudlay, makadto na lang kami ni Mama mo sa *canteen*, agod makapamili kami sang luyag namon kaunon." Kag naglakat ang duha ka tigulang. Alas

singko na, gani pwede na sila manyapon.

Nagsampot naman ang doktor ni Luem.

"Miss Liberias, ano ang pamatyag mo subong? Nagalingin pa bala ang ulo mo?"

"Doktor, daw pinahid ang sakit sang akon ulo sa bulong ninyo nga ginhatag sa akon.   Pwede bala ako makagwa? Kaadlawan sang isa ka hinablos ko nga *Grade I* buas," daw nagaalungay si Luem sa doktor sa iya hinambal.

"Pwede gid, kag kon ako ang masunod, ang maayo pa sa isa ka daku nga ospital sa Metro-Manila ikaw magpatan-aw liwat para sa *second opinion*," pasugot sang doktor nga espesyalista sa *cancer* ukon *oncologist*.

"Salamat gid, Doktor," kag nagtalikod dayon ang doktor sa pagbalik sa iya opisina.

"Dulce, ari ang *ATM card* ko, lantawa ang *billing* sang ospital sa akon kag kuhaan

mo sang kantidad sa ATM dira sa pasilyo sang ospital malapit sa gwardya," pulong ni

Luem sa manghod.

Madasig man nga nagtuman sang sugo sang magulang si Dulce. Nag-*withdraw* si Dulce sang 20 mil pesos bangod kay nagdangat sa 15 mil ang balayran sa ospital. Pagkabayad ni Dulce, ginpaggwa na si Luem sang ospital. Daw sa wala lang sing natabu kay Luem. Waay na gani niya ginbasa ang *diagnosis* sang mga manogbulong kaupod sa iya *medical record* nga ginhatag sang nars sa ila. Nagsulod ang mag-utod sa *canteen* sa pagbuylog sa ila mga ginikanan.

"Gin-*release* ka na bala sang ospital, Anak?" bugno gilayon sang amay kay Luem.

"Huo, Papa. Nagpanugyan ang doktor sang *second opinion* sa *diagnosis* nila sa balatian ko. Tatlo ang ginapilian ko nga daku nga mga ospital sa Metro-Manila. Kon kinahanglan nga may ikatlo nga *opinion*, buhaton naton, Papa, Mama," namuno ni Luem kag nagtangu-tango man ang duha ka tigulang.

"Mabuylog anay kita sa kaadlawan sang inyo apo nga si Kevin buas kag ugaling magpauli sa Quezon City," sugpon ni Luem. "Mahimo nga indi magsakit ang ulo ko buas nga Domingo, kay *birthday* sang akon hinablos."

"Ay, huo, nalimtan ko ang kaadlawan sang aton una nga apo," pabati sang iloy nanday Luem sa ila amay.

"Ako man, nagatigulang na matuod kita," sabat man sang amay nila.

"Medyo naatraso lang ang pagtawag ko sa inyo nga magbuylog kamo sa amon sa pagsaulog sang kaadlawan ni Kevin, Mama, Papa," sambit ni Luem. "Nakapamakal na gani ako sang mga regalo ko sa tatlo ka mga apo ninyo. Nagkitaay kami sang abyan ko diri sa Olongapo, kag nagakaon gid kami sa isa ka restawran sang madulaan ako sang pangalibutan. Sa maayo nga palad nadala gilayon ako sa ospital nga ginsugat sang ambulansya nga pinatawag man sang akon abyan."

"Tatlo gid sila nga ginbaklan mo sang regalo," yuhom-yuhom sang iloy ni Luem. "Kon amo para sa tatlo man ang amon baklon."

"Huo, Mama, kay indi magpasupil ang duha nga si Manong Kevin lang nila ang baklan ko sang mga regalo. Ti, nagsugot man ako kay talagsa man lang kami sining mga hinablos ko magkilitaay."

"Dulce, ari ang kwarta, baklan mo ang mga anak mo sang mga regalo namon nga luas sa hampanganan, magbakal ka man sang bagay nga ila mapuslan sa ila pagbutho ukon pagtuon. Pati mga bag-o nga panapton kag sapatos."

Dali-dali man nga naglakat si Dulce sa *mall* sa pagbakal sang mga regalo para sa iya tatlo ka anak nga mga lalaki. Pina-*gift wrap* bilang regalo sang ila lolo kag lola ang iya pinamakal nga mga hampanganan, *shorts*, t-*shirts* kag uso nga mga *rubber shoes*.

Samtang ginahulat nila si Dulce gintawgan ni Luem si Alex sa *landline* agod indi sia

mabatian sang iya mga ginikanan kay sa *cubicle* ang telepono.

"Naggwa na ako sa ospital. Suno kay Dulce, kumpirmado nga *brain cancer* ang *findings* sang mga doktor. Indi ko na gani ginbasa ang mga papeles, kondi si Dulce lang kag ginsiling sa akon ang rekomendasyon sang doktor," saysay ni Luem sa iya palangga nga si Alex. "Basi sa iban naman nga ospital ako mapatsek-ap para sa *second opinion* kon ano gid ang akon balatian. Gani indi ka na lang anay magbalik diri sa Olongapo kay saulogon pa namon ang kaadlawan sang akon hinablos nga si Kevin buas upod sang iya lolo kag lola."

"Sige, 'Ga, pahibal-on mo lang ako kon san-o ka mapatsek-ap para sa *second*

opinion sa imo ginabatyag sa Lunes kay ara dayon ako sa luyo mo," dagmit ni Alex sa

hinigugma nga tinuga nga may daku nga problema.

"Ano, ihayag mo sa akon mga ginikanan ang aton kaangtanan?" may diutay nga kalisang nga nabungat ni Luem. "Kag basi magtabuay kamo ni Swannie sa pagduaw sa akon?"

"'Ga, relaks lang, indi pa subong. Ang isa ka klasmit sadto kag abyan man sa patag sang negosyo indi bala mahimo nga magduaw sa isa abyan ukon kakilala nga ara sa ospital? Sa bahin ni Swannie, pat-od nga kalimtan anay ni Swannie sing makadali ang iya handom. Mahulat man ina sia sang maayo nga panahon, indi pa subong."

Daw nahuwasan man si Luem. Indi pa sia luyag nga mahibal-an sang iloy kag amay ang iya daku nga kasal-anan nga mahimo makadulot sang indi nagakaangay nga butang sa kadungganan sang ila pamilya.

Kon namay-om ni Dulce ang kaangtanan sang iya magulang kay Alex, indi man siguro magpanugid ini sa ila mga ginikanan nga indi niya mahibal-an kay nasayran man ni Luem nga palangga man sia ni Dulce. Si Luem ang nagbulig kay Dulce agod ini pahanugotan sang duha ka tigulang sa pagpamana sang isa ka taga-Zambales nga nobyo sadto sang manghod nga indi nauyonan sang iloy nila. Kilala man ni Dulce si Alex kay masunson man ang ulitawo nagakadto sa ila opisina sadto sang kaupod pa sila ni Luem nga nagapadalagan sang ila negosyo. Apat na ka tuig ang lumigad kag tatlo na ang iya mga anak.

Pero, nahibal-an man ni Dulce nga may asawa na si Alex kay nabalhag man sa pamihak para sa balita pangkatilingban ukon *society pages* ang kasal nila ni Daphne de Guzman. Ayhan waay ini natalupangdan sang ila amay sa iya pagbasa sang balita. Abyan man sang pamilya Liberias ang mga De Guzman katulad sang mga Vera Cruz kag Villamaestre. Ang ila iloy waay na nagabasa sang mga pamantalaan kondi mga libro lang. Ang mga pamantalaan indi na manami basahon ang balita kay lunsay na lang *scam*, katulad abi sadto sang kaso Stonehill... kon indi krimen kag pulitika ang unod.

"Malipayon gid ako sa aton pagsaulog sang kaadlawan sang aton apo," namuno sing mahinay sang iloy ni Luem sa iya amay.

"Sang una waay ka gid luyag sa amay sang tatlo ka bata, subong daw indi ka na magpauli," sabat sang amay ni Luem.

"Hinaya lang kay basi mabatian ka sang aton umagad," tablaw sang tigulang nga babaye sa tigulang nga lalaki. Kay nabatian ni Luem ang sabtanay sang ila mga ginikanan, nakayuhom man sia. Sa iya tani luyag gid makaapo ang iya iloy. Kag pabor ini sa iya anay nobyo nga waay man ni Luem nabaton sa kabangdanan nga sia Lang ang nakahibalo. Kay Alex na abi natuon ang pagpasulabi ni Luem.

9

KON namay-om ni Dulce ang kaangtanan sang iya magulang kay Alex, indi man siguro magpanugid ini sa ila mga ginikanan nga indi niya mahibal-an kay nasayran man ni Luem nga palangga man sia ni Dulce. Si Luem ang nagbulig kay Dulce agod ini pahanugotan sang duha ka tigulang sa pagpamana sang isa ka taga-Zambales nga nobyo sadto sang manghod nga indi nauyonan sang iloy nila. Kilala man ni Dulce si Alex kay masunson man ang ulitawo nagakadto sa ila opisina sadto sang kaupod pa sila ni Luem nga nagapadalagan sang ila negosyo.

Pero, nahibal-an man ni Dulce nga may asawa na si Alex kay nabalhag man sa pamihak para sa balita pangkatilingban ukon *society pages* ang kasal nila ni Daphne de Guzman. Ayhan waay ini natalupangdan sang ila amay sa iya pagbasa sang balita. Abyan man sang pamilya Liberias ang mga De Guzman katulad sang mga Vera Cruz kag Villamaestre. Ang ila iloy waay na nagabasa sang mga pamantalaan kondi mga libro lang. Ang mga pamantalaan indi na manami basahon ang balita kay lunsay na lang *scam*, kon indi krimen kag pulitika ang unod.

"Malipayon gid ako sa aton pagsaulog sang kaadlawan sang aton apo," namuno sing mahinay sang iloy ni Luem sa iya bana.

"Sang una waay ka gid luyag sa amay sang tatlo ka bata, subong daw indi ka na magpauli," sabat sang amay ni Luem.

"Hinaya lang kay basi mabatian ka sang aton umagad," tablaw sang tigulang nga babaye sa tigulang nga lalaki. Kay nabatian ni Luem ang sabtanay sang ila mga ginikanan, nakayuhom man sia. Sa iya tani luyag gid makaapo ang iya iloy. Kag pabor ini sa iya anay nobyo nga waay man ni Luem nabaton sa kabangdanan nga sia lang ang nakahibalo. Kay Alex na abi natuon ang pagpasulabi ni Luem sa mga lalaki nga sadto waay gid niya ginhatagi sang igtalupangod.

Nagpauli man ang tatlo sa Metro-Manila. Kaupod sa si Luem sa kotse sang ila mga

ginikanan kag madiretso sila sa ospital. Una nga ginpapauli ni Luem ang iya tsuper agod silingon sa iya manghod nga si Nica nga handaan ini sia sang mga ilislan para sa ospital.

"Papa, Mama, sa ospital sang UST ang luyag ko nga pakonsultahan sang *second opinion*. May *oncologist* ako nga kilala sa sining ospital nga mga sitentahon na gani masangkad na ang iya eksperiensya sa pagbulong sang *brain cancer*," pabutyag ni Luem sa iya mga ginikanan.

"Ikaw ang masunod, Anak," mapinalanggaon nga sabat sang iloy sa iya panganay.

"Si Dr. Cabernos ang ginatumod mo, Anak. Nangin doktor man ini sang abyan ko nga si Pare Val Villaceran kag tubtob subong buhi pa ini si 'Pare Val nga may *throat cancer* sadto," natugda sang amay ni Luem.

"May isa pa gid ka taga-Bacolod man nga *oncologist* sa UST. Ini si Dr. Queenie Zonrique, kaklase ko sadto sa hayskol sa UNO-R, pero madugay na nga waay kami

nagkitaay," sal-ot man sang iloy ni Luem. "Madugay man ini si Queenie sa Iloilo kay

taga-Dakbanwa sang Iloilo ang iya bana nga doktor man."

"Duha gid sila nga konsultahon naton, Anak," sugpon sang amay ni Luem. "May

kaluoy gid sina ang Dios nga magaayo ka."

Alas tres na sa hapon sila nakadangat sa Manila kag nagdiretso man dayon sila sa

UST. Si Dra. Zonrique ang naabtan nila nga ara sa ospital. Sina nga aga, si Dr.

Cabernos may pasyente nga gin-operahan sa Manila Doctors' Hospital.

"Sa buas Lunes ang pagbalik sa trabaho ni Dr. Cabernos, kay pagkatapos sang operasyon nga iya ginhimo, mapahuway anay ina," panugid ni Dra. Zonrique sa duha ka mga ginikanan ni Luem.

Ginbasa ni Dra. Zonrique ang *findings* sang mga doktor sa

Olongapo Medical Center. Gin-eksamin si Luem. Dayon iya ginpatawag ang duha ka tigulang sa iya hulot nga malayo sa kama ni Luem.

"Indi pa masiguro kon *Stage 1* pa lang ang *brain cancer* sang inyo anak kay *biopsy* ang kinahanglan agod mapat-od ini," pahayag sang doktora sa mga ginikanan ni Luem. "Pero ang pat-od diri nga apektado na sang daw pagtum-ok sang *intercranial pressure* ang pag-andar sang utok sang pasyente, ano pa kon kaisa nagakadula man sing makadali ang iya pangalibutan kon magsakit ang iya ulo. Kag ining ulihi sini nga pagkalipong ang pinakamalawig. Ginbulobanta sang mga doktor sa Olongapo nga 15 minutos gid. Kinahanglan pa gid ang iban nga paagi sang pag-eksamin sa iya. Kon san-o hambalan pa namon nga mga *oncologist* diri nga amon kagrupo. Maayo gid ang *reaction* sang pasyente sa bulong nga gindapat sang mga doktor didto sa Olongapo."

"Doktora, ginaalungay namon sa inyo nga himuon gid ninyo ang tanan nga inyo masarangan sa pagbulong sa amon anak. Handa man kami magbayad sing nagakaigu sa inyo daku nga bulig agod mapalawig pa ang kabuhi sining' amon anak," maluha-loha ang iloy ni Luem nga daw nagapakiluoy para sa pinalangga.

"Saligan gid ninyo nga himuon namon ang tanan nga amon masarangan bilang manogbulong. Sa Dios kita mag-alungay sang bugana nga kaluoy agod hatagan pa sing malawig nga kabuhi ang inyo anak," natambing sang doktora sa iloy ni Luem.

"Anay ka. Indi bala magkaklase kita sa hayskol sa UNO-R? Ikaw si Evangeline Manzan, nadumdoman ko na. Kamusta ka, Vangie?" Nagbesobeso ang sadto suod nga mag-abyan man.

"Queenie, magpakatlo pa lang kita, indi bala? Magpakaduha ang akon amay kag ang imo iloy nga Manzan man. May sugpon nga *Kat* gani ang tawganay naton, Kat Queenie, pero mas mahirop bilang mag-abyan kita sangsa maghimata."

"Huo, kita lang ang nagtawganay sing subong sa *campus* sadto, Kat Vangie," sabat man sang doktora. "Balo na ako kag may duha ka anak nga mga lalaki kag apat mga apo nga lunsay tin-edyer na, lalaki kag babaye tagsa ka duha ko ka anak. Ikaw?"

"Tatlo ang akon mga anak, lunsay babaye. Panganay ko ining pasyente kag ang ikaduha pa lang ang may bana. May tatlo man kami ka apo nga lalaki tanan, pero *Grade 1* pa lang ang kamagulangan. Nawili abi ako sa negosyo kag 35 na ang edad ko sang nagpamana, gani tatlo lang akon kabataan. Ining si Luem 33 na kag daw wala pa sang nobyo," sabat nga panugiron man sang iloy ni Luem. Wala sang nabal-an sa likom sang anak kag ni Alex ang iloy. "Labay man ang akon, abi ko sa Iloilo pa kamo, Kat Queenie, ulihi lang kag nasayran ko nga nag-*specialist* ka gali sa *cancer*."

"Ang akon bana namatay sa *cancer*, gani ginhimakasan ko nga magpakabatid sa *cancer*, kay basi makabulig man ako sa iban nga dungguon sang kanser," dugang sang

abyan sang iloy ni Luem.

"Kabay nga mabuligan mo gid ang akon anak, Kat Queenie," daw mahibi ang sabat

sa abyan sang iloy ni Luem.

"Kat Vangie, saligan mo gid nga himuon ko gid ang tanan nga akon masarangan,

kay sinumpaan namon ina. Pero pag-alungay sa aton Makagagahom nga palawigon pa

ang kabuhi sang imo pinalangga nga si Luem."

"Subong pa lang nagapasalamat gid kami sa imo, Doktora," natingog lang sang

amay ni Luem nga si Eliseo Liberias.

"Tawga lang ako nga Kat Queenie, 'Nong Ely, este, 'Katlo Ely gali. Suod gid kami

nga mag-abyan sadto sang imo asawa, luas nga magkadugo man kami," panugyan ni

Dra. Queenie sa bana sang abyan.

"Naghambal ang anak namon nga pasyente nga mahimo pa nga maglawig sang lima ka tuig ang iya kabuhi. Sa imo panan-aw, Doktora… a, Kat Queenie gali, ayhan magalawig pa sing kapin sa lima ka tuig ang kabuhi ni Luem?"

"'Katlo Ely, posible ina kay temprano pa man natukiban ang iya balatian. May mga nagbalatian sa kanser nga naglawig man ang ila kabuhi, bangod sa pagbulong paagi sa *radiation therapy* kag *chemotherapy*. Siling nila, kita nga *tawo ang nagaalungay pero ang Dios ang nagabuhay*. Busa, ipangamuyo lang naton nga mauntat ang paglapnag sang tumor sa utok ni Luem," dugang nga panugyan sang doktora.

"Madamo na ang nagkalatabu nga ginatawag man naton nga *milagro*. Ang isa ka may kanser nabuhi sang kapin nga malawig sangsa termino base sa tiliman-an sang iya balatian nga nagapakita sang kalala sa mga doktor. Kag sandig sa mga datos nga natun-an sang mga eksperto, mga lima ka tuig lang ang kinaandan nga kalawig sang kabuhi sang biktima sang *brain cancer* sa Amerika. Kag tatlo sa napulo lang ang naglawig sang lima ka tuig ang kabuhi sugod sang natukiban ang iya balatian sa utok. Pero, diri sa aton, may pasyente kami nga nagdugay sang kinse pa ka tuig ang kabuhi sugod sang natukiban ang iya *brain cancer*. Ang ginapatihan nila nga may milagro nga natabu sa pasyente kay may *remission* ukon pagkupos sang *tumor*."

Gintawag sa *intercom* si Dr. Queenie Zonrique, gani nagpaalam ini sa mag-asawa nga Liberias.

"Kabay pa nga matabu man ang milagro kay Luem," kutib sang amay sang pasyente nga nabatian man sang asawa.

"Updan naton si Luem sa pag-*pilgrimage* sa *The Sanctuary of Our Lady of Lourdes*, sa Lourdes, France kag sa *The Shrine of Our Lady of Fatima* sa Fatima, Portugal," panugyan gilayon sang iloy ni Luem.

"Sa Lourdes, France, makadto kita sa Simbahan ni St. Bernadette Soubirous. Nagapati ako nga makabulig kay Luem ang milagroso nga tubig diri sa Shrine of Our Lady of Lourdes, ang tuboran nga subong *grotto* na kon diin nagpakita sa madamo nga kahigayunan si Virgin Mary kay Bernadette sa isa ka kweba," pahayag sang iloy ni Luem.

"Mamangkot kita sa mga doktor kon mahimo pa makapanglugayawan si Luem nga wala sing malain nga epekto sa iya balatian," sugpon man sang amay sang dalaga nga panganay samtang nagapadulong ang mag-asawa sa hulot sang anak.

Bag-o lang natapos ang pagsugilanon ni Luem kay Alex kay

gintawgan niya ang iya pinalangga nga tinuga sang magbukas ang ganhaan sa iya hulot.

"Luem, Anak, kamusta ang pamatyag mo?" bugno sang iloy kag Luem nga daw bag-o lang nag-abot sa pagduaw sa iya.

"Mama, Papa, waay man sang masakit nga bahin sang lawas ako nga ginabatyag, luas sa diutay nga sakit sa ulo nga daw naandan ko na," napulong ni Luem nga nagayuhom-yuhom man bangod bag-o lang nakatawag sa iya pinalangga nga si Alex.

Kag si Swannie ang ginpamangkot ni Luem kay Alex kon nakatawag liwat sa iya.

Plano nga tawgan ni Alex si Swannie apang waay ini nadayon kay si Luem nagtawag sa iya sa waay pa sia naka-*dial* kay Swannie. Naghambal man ang dalaga nga sia na matawag sa amiga agod sugiran nga sa ospital sia.

Pero, iban ang pakot ni Alex sa ginpanugyan ni Luem. Nagapangimon ini kay Swannie. Kinaandan lang ina sa nagahigugma. Kag maayo lang nga waay nabasa sang mga ginikanan ni Luem ang rekord sa pagkahunong ni Luem sa ospital sa Olongapo kay napagkit didto nga isa ka Alex Vera Cruz ang nagdul-ong sang pasyente sa ospital. Sa pagdali man ni Alex waay niya napapanas ini sa *nurse* sa *admission desk*. Kon nabasa sang mga tigulang daku kontani nga problema nila ni Luem kay mahapos pa sa *1 plus 1* nga mamay-om nila ang natabu sa ila anak.

Matiun-tion pa, nagsulod liwat si Dra. Zonrique sa kwarto ni Luem, kay ayhan luyag sini ipadayon ang ila pagsugilanon sang iya man himata nga iloy sang pasyente.

"Kat Queenie, mahimo bala nga mag-*pilgrimage* kami sang anak ko sa Lourdes, France kag sa Fatima, Portugal? Basi, may milagro nga matabu kay Luem kag indi sia gilayon pagbawion sang aton Tagtuga," sugata pakatlo nga si Vangie sa doktora samtang nagalingkod ini sa sofa sa sulod sang daku nga hulot nga ginpaluntaran nila kay Luem. "Waay pa man sia sing ginabatyag nga masakit nga bahin sang lawas suno sa iya, luas sa daw kinaandan nga sumpong sang sakit sang ulo."

"Bag-o nga bulong agod indi niya mabatyagan sing kapin ang daw pagtum-ok sang presyon sa iya utok nga dulot sang kapin nga kakunyag kag kasadya. Pagbalik ninyo sa Makati Medical Center na kamo kay may kagrupo kami nga bag-o didto."

Daw nakibot si Luem sa nabatian gikan sa doktora, ang pagkatukib sang iya balatian sa utok ukon ang pagkalipong bunga sang ila ginbuhat ni Alex nga subong pa lang niya naagihan. Kapin nga kalipay sa ila romansa sang iya hinigugma! Luyag bala sang iya Tagtuga nga dapat indi na madugangan ang ila kasal-anan batok kasugoan nga dapat nila sundon ni Alex? Ina bala ang rason kon ngaa ginhatagan sia sang Dios sang malubha nga balatian? Mapurnada ang ila paghigugmaanay kon amo, mabale wala ang ila pagpangahas nga mangintampad sa ila balatyagon. Madamo sang pag-upang sa luyag nila ang matabu nga duha ni Alex.

Indi sila nga duha ni Alex angay kag takos sa paghigugma nga ila man madugay na nga ginhuban sa ila dughan, labi na gid si Alex. May kalag nga likom nga nagabakho bangod sa ila ginabuhat nga duha. Ano bala ang kalubaran sining gumontang nila karon ni Alex? Naluoy gid si Luem sa iya hinigugma nga si Alex. Ano bala ang nagahulat nga kapalaran sang iya palangga nga si Alex kon magpaalam na sia sa sining dutang' luhaan? Ang iya kamatayon bala ang makahatag sang nagakaigu nga lubad sa ila problema ni Alex? *In death, there is rest*, siling sang baganihan nga si Dr. Jose Rizal. Kamatayon bala niya ang sabat sa madamo nga pamangkot nga nagalikop sa kapin pa nga nagamakot nga kalayo sang kagamo sang ila paghigugmaanay ni Alex?

Madugay na nga daw nalimtan ni Luem ang pagpangamuyo. Nagasimba man sia, pero iban ang pangamuyo sa simbahan nga nabugtawan niya. Bangod waay pa ini sia sing malala nga problema, daw kinaandan lang ang iya balatyagon sa iya ginabuhat nga pagpangamuyo sa sulod sang simbahan. Subong ang bilog niya nga lawas, ayhan pati ang bilog nga kalag daw nagapasingkal sang iya balatyagon sa iya pag-alungay sa Dios nga ilikaw sia sa tanan nga katalagman. Bunayag man ang iya paghinulsol sa nahimo nga sala.

"Anak, kon luyag mo magrosaryo, ari ang rosarito nga ginhatag sa akon sang abyan ko nga si Sister Daphne," nahambal sang iloy kay Luem. Katukaya pa sang madre ang asawa ni Alex. Nakayuhom si Luem, pero indi niya masiling kon ngaa.

"Salamat gid, Mama. Ini matuod ang kinahanglan ko buhaton

subong."

"Ipahanda ko na sa aton abogado ang tanan nga kinahanglanon nga papeles agod makalakat kita pa-Europe sa masunod nga bulan. Isa na lang ka semana, Oktubre na. Duha kita ka semana nga malibot sa mga balaan nga duog sa France kag sa Portugal.

Sa waay pa mag-Todos Los Santos, makapauli man kita," sambit sang iloy ni Luem.

Malakat sila sa Europe? Hinali nga daw nakabatyag sang daku nga kasubo si Luem bangod ayhan masobra sa isa ka bulan nga indi sila magkitaay ni Alex. Paano bala ining iya kahimtangan? Nagahinulsol sia sa ila ginbuhat ni Alex nga pagpakasala, pero hapaw lang bala kay luyag man niya nga indi sila magbulagay ni Alex? Pero, indi man kasal-anan ang maghigugma, indi bala?

Magamo gid ang kaisipan ni Luem. Daw nagadamo ang mga pamangkot nga nagatuhaw sa iya isip sangsa kalubaran sang palaligban nila ni Alex. Apang kon daku nga problema para sa iya ang natabu sa ila ni Alex, naisip man ni Luem nga kapin nga mabug-at ang gumontang nga ini para sa iya ginapalangga nga lalaki.

Naggwa ang iloy ni Luem gikan sa iya hulot pagkatapos nadaho ni Luem ang rosarito, gani tinawgan sini si Alex.

"Alex, mahal ko. Luyag ni Mama nga mag-*pilgrimage* kami sa France kag Portugal sa masunod nga bulan," panugid ni Luem kay Alex paagi sa iya *cellphone* sang ini nagaisahanon lang sa iya hulot sa ospital.

"Maayo gid ina, basi may milagro man nga mag-ayo ka dayon sa imo ginabatyag, palangga ko. Kondi magalawig ka pa diri sa kalibutan."

"Kag magatalangkas pa gid ang aton kasal-anan diri sa dutang' luhaan, 'Ga. Ayhan husto si Dr.Jose Rizal, sa kamatayon ang tunay nga pagpahuway. Kamatayon ko ang kalubaran sang aton daku nga gumontang, gani itugyan na lang naton sa Dios ang tanan, mahal ko," may pisngo nga nagsunod sa ulihi nga mga tinaga ni Luem. "Daw mabudlay mo ako papatihon nga may nagakatabu nga milagro sa kabuhi naton bilang tawo."

"Magpakatawhay ka lang, mahal ko. Kay ang tanan nga palaligban may kalubaran."

"Huo, basi husto ka man, 'Ga. Pero sa bahin naton, daw maila nga pispis ang sabat sa akon mga pamangkot kon ngaa natabu ini sa aton. Luas sa pagpatunay sang hitabu nga ang kalibutan naton dutang' luhaan, ano bala ang kahulogan ukon kapuslanan sa aton kabuhi sang pag-antos?"

"*Suffering fortifies our body and soul.* Ina ang siling sang mga *philosopher*. Ang pag-antos ang nagapapag-on sang lawas kag kalag sang mga tawo, agod mangin handa sila sa paghugyaw sa kapin nga kalipay sa kahimayaan sang Dios sa Langit," sabat ni Alex kay Luem.

"Daw nagsayop ka sa trabaho nga imo ginsudlan, 'Ga. Siguro dungganon kag balaanon ikaw nga alagad sang Dios kon waay ka nagsayop," lahog ni Luem.

"Ina ang dapat. Indi naton pagkalimtan ang maglahog kag magkadlaw kay panakot man ini sang mapuslanon nga panan-awan sa aton papel nga buluhaton sa sining kalibutan," sugpon ni Alex nga may kanayanaya sa iya tingog.

Kon may nadugang pa nga mga tinaga si Alex, indi na ini nabatian ni Luem, bangod daw may tumalagsahon nga balatyagon ang naglikop sa dalaga nga nagpatuhaw man sang madamo nga pamangkutanon. Ano bala ini si Alex? Ngaa naghigugma sia sa lalaki pagkatapos sang malawig nga tinion nga waay ini sadto ginsapak? Kag natabu pa ini sang indi na si Alex hilway nga magpalangga man sa iya kay may asawa kag anak na ini? Sa indi hungod, nagpaalam sia kay Alex kag gintakop ang iya *cellphone.*

Hinali nga daw nagmag-an ang pamatyagan ni Luem. Waay na sia sang nabatyagan nga sakit sa iya ulo. Nagpamat-od sia na indi na niya pag-isipon ang gumontang nga nagapatunga sa ila ni Alex. Ayhan mahimo na niya kalimtan si Alex ang sadto abyan kag kaklase niya sa kolehiyo sang nagabutho pa sila. Naluoy man sia sa asawa sini. Abyan man sang pamilya nila ang mga De Guzman, bisan waay sila nagkilalahay ni Daphne.

Nagayuhom-yuhom man nga nag-ulhot si Swannie sa indi naghaop nga sira sang ganhaan sa kwarto ni Luem. Nagtindog man si Luem kag ginbeso-beso si Swannie.

10

"*K*AMUSTA ka, 'Miga Luem?" ang daw sayop nga nabungat ni Swannie sa isa ka pasyente sa ospital nga iya man abyan. Ginpalingkod ni Luem si Swannie.

"Madugay na nga waay kita nagkitaay. Ang katapusan naton nga pagsugat-anay amo ang aton pagsakay sa eroplano nga sinakyan man ni Alex padulong sa Amerika. Pagkatapos sadto waay man kita nagsugat-anay sa Amerika. Bisan si Alex nga ginhandom man naton nga ma-*date*... daw sili kag luwag lang kita nga magdugay kag magtabuay," ang nasabat ni Luem nga kon sa karay-a nga pulong malayo man sa tigi. Daw may tuhay nga butang ang iya ginatumod sa bahin sang ila pag-abyanay.

"'Miga Luem, bisita sang amon kompanya sa Tagaytay sang Biyernes sang aga si Alex. Naghatag sia sang payo sa amon mga *stockholder* nga naalarma man sa gamo nga ginatuga sang mga *liberation movement*, labi na gid sang Al-Qaeda."

Si Luem daw ginapaimon sini ni Swannie. *Magkaribal* sila ni Luem sa paghigugma ni Alex, indi man siguro malain ang ginbuhat ni Swannie. Gusto lang ni Swannie magbunit man sang impormasyon kon nagakitaay si Luem kag si Alex. Kag sa panan-aw niya daw waay sang masakit ang iya abyan.

Sa isip ni Luem, nalutos niya si Swannie sa ila paindis-indis, pero waay ini nahibal-i sang abyan.

"Ti, ano nag-*date* bala kamo ni Alex pagkatapos sang inyo pagsinapol?" kuno abi daw nagapangimon si Luem.

"Nagadali sia kay may yukot nga diutay ang ila pabrika sa banwa sang Limay, sa Bataan nga dapat niya kuno plansahon gilayon. Kag masaku man kami," lusot ni Swannie sa indi madinalag-on niya nga plano.

"A, amo gali ang rason nga waay dayon nakapauli si Alex sa Iloilo," daw bawion ni Luem ang iya hinambal. Paano niya nahibal-an nga waay dayon nakapauli si Alex sa Iloilo? Maayo lang kay daw waay sing ideya si Swannie sa natabu sa ila ni Alex. Waay kahanasan si Swannie sang trabaho sang *intel*, sang pang-espiya? Nagpasalamat si Luem nga waay sang tsismoso ukon tsismosa sa guban ni Alex, gani nagapabilin nga likom ang ila kabuhi ni Alex sa mga malapit nga abyan.

Sa pagsampot ni Nica nga madamo sang dala nga pagkaon nga prutas kay mga tinapay, *sandwich spread* kag *orange juice*, nagahanda na si Swannie sa paglakat.

"Maayong' aga, 'Nang Swannie," pag-abi-abi ni Nica sa abyan sang iya magulang. Abyan man ni Nica ang kamanghuran nga utod ni Swannie kay magkaklase sila sadto.

"Maayong' aga man, Nica. 'Miga Luem mabalik lang ako karon dugaydogay. Sibawon ko lang sila sa amon opisina kay waay ako nakahapit kondi diretso ako diri sa imo agod mabisita man ang abyan."

"Bye, 'Miga Luem. Bye, Nica," kag dayon gwa na ni Swannie.

Matiun-tion pa nagtamwa man si Alex sa ganhaan nga waay nakahaop. Gin-abi-abi man sia ni Nica. Ginpalapitan man ni Alex si Luem kag kamustahon kuno abi.

"Manang, waay sang puto-*cheese* sa ginbaklan ko sang *sandwich spread* kag tinapay. Waay man ako sang naagyan nga manogbalut. Malakat ako kay mabakal man ako sang *ice cream*. Gamay na lang ang *ice cream*." Paborito ni Luem ang puto-*cheese*, balut kag *ice cream*.

"A, huo, waay ako gana nga manyapon kagab-i. Sang alas nwebe na pagkatapos ko paligo, ginutom ako, diutayan ko lang natunga ang isa ka *gallon* nga *ice cream*."

"Maayo ka iya, 'Nang, kay waay ka gatambok bisan isa ka *gallon* pa nga *ice cream* ang uboson mo. Ako tunga sa *gallon* man ukon isa ka *cup*, malobo dayon ako."

Sang gamay ka abi ginalon gid ang gin-udakan mo, ano pa daw bande ka. Naanad ang imo lawas nga kon sumobra diutay ang matam-is nga makaon mo, nagatambok ka dayon. Siling nila ginapabay-an ikaw sa kusina.

"Ako kagab-i sang gin-udakan ko ang *ice cream*, nag-*enjoy* gid ako nga daw bata, nga nagakahadlok nga mabugtawan ako sang duha ka tigulang nga mahamuok gid ang tulog. Kinapoy sila sa pagsaulog sang *birthday* sang apo sa Olongapo kahapon."

"Pero, pagdangat sa balay kaina, nagsagad hinibi si Mama. Sang pamangkuton sia ni Papa kon ngaa subong lang sia naghibi, ginhimunggan kuno niya ang paghibi sa atubang mo, Manang. Naluoy gid kuno sia sa imo kay waay ka man nobyo, pagkatapos waay ka sang ibilin nga apo sa iya," panugiron ni Nica. Nagkadlaw man ang duha sa ginbuhat sang iloy nila. Pati si Alex nagkadlaw man.

Pagkalumbos ni Nica, siniradhan ni Luem ang ganhaan kag ginhalukan sing daw paayaw-ayaw si Alex.

Sang mag-untat sila…

"Ginkibot mo ako, 'Ga, daw isa ka bulan kag indi isa ka adlaw nga naghidlawanay kita," namuno ni Alex.

"Mahal ko gid ikaw, palangga ko nga Alex, bisan indi ka mangin akon sing lubos. Bisan nagasalo lang ako sa imo paghigugma, indi na bale, basta indi mo lang ako malimtan," natikab ni Luem sa hinigugma.

"Tuhay sa imo naisipan ang kahulogan sang imo ginbuhat, palangga ko. Daw nagapaalam ka na sa akon."

"Basi nga indi ka luyag nga halukan ko ikaw kay nagahulat si Swannie sa imo," nasambit ni Luem nga daw nagapangimon.

"Oy, nagapangimon. Si Swannie, sugod sang Biernes sang udto, waay na kami nagkitaay. Waay man sia nakatawag sa akon kahapon."

"Bag-o lang nalumbos si Swannie gikan diri sang pasampot ka," sugpon ni Luem.

"Dapat nasugata mo sia paggwa sa ospital."

"May nasugata ako sa gwa sang ospital nga salakyan gikan diri nga ginamaneho sang babaye. Indi ko namasnahan nga si Swannie ato," sabat ni Alex.

"Kuno abi waay mo nakilala, pero si Swannie, mahimo bala nga indi ka sini nga nadiparahan nga halos ikaw lang pirme ang ginaisip? Nagduaw sia diri langkoy pamunit sang ihibalo kon nagbuylog man ikaw sa akon sa Olongapo."

"Relaks ka lang, 'Ga, kay waay ka gid rason nga mangimon kay

Swannie. Maagi sia anay sa ibabaw sang akon bangkay bag-o niya mahimo ang iya luyag," pakadlaw ni Alex kay Luem.

"Hoy, abi mo anay kon sin-ong' santo santito. Isa ka pangilay lang ni Swannie nagakadasma na sia sa pagpalapit sa dalaga," tambing ni Luem.

"Sobra ka naman, 'Ga. Kontani indi mo na maisip sa imo tudlo ang amon mga anak ni Swannie kon ginhimo ko ina sadto pa sang daw ginlikawan mo ako sing masunson."

"Ngaa nagsayop gid ako sa akon pagtan-aw sa aton sitwasyon? Kontani kondi buraw ko ikaw kag waay kaagaw…"

"Badlit man sang palad naton ang natabu, waay na kita sing mahimo nga magbalik pa ini sa aton," panghayhay ni Alex.

"'Ga, paano kon magmabdos ako? Mamangkot gali ako kay Doctora Zonrique kon indi maapektuhan sang *cancer* ang akon mangin anak."

"Ngaa nasiguro mo bala nga naduktan ka?"

"Sining Biernes ang akon ginapaabot nga *monthly period*. Kon maglisa man ini isa lang ka adlaw, ina magduha ka tuig nga akon naagihan. Maabante sang isa ukon maulihi man sang isa. Tubtob subong waay pa nag-abot," paathag ni Luem kay Alex.

"*The only regular matter in a woman's period is its irregularity…* Pero, kon husto ikaw, may anak ka man nga ibilin sa iya lola," may kasadya man si Alex.

May nanawag kay Alex gikan sa ila Makati *office*. May *delivery* sang mga galamiton para sa buluthoan nanday Daphne kag Alex sa Iloilo agod mapahanugotan ini sang *Commission on Higher Education* (CHEd) para mangin unibersidad. Nagtalang ining' pagpadala kay dapat diretso sa Iloilo kag indi na mag-agi sa Makati, suno sa ila kasugtanan.

"May tawag ka… si Swannie ina," muno ni Luem sang mabatian ang *ringtone* sang *cellphone* ni Alex. Nagapangimon ining iya pinalangga, naisip ni Alex.

"'Ga, may diutay nga problema nga nagtuhaw sa amon opisina bag-o lang. Ang bag-o nga manedyer sang kompanya nga nagabaligya sa amon sang kagamitan ang nagsayop kay nagsimpon ang mga kahon sang makina kag laboratoryo nga para sa Makati kag Iloilo. Sa Makati man na-*deliver* ang dapat diretso sa Iloilo kag ginbaton man sang Makati. Indi magpasupil ang lokal nga opisina sang *supplier* nga i-*deliver* sa Iloilo nga sa ila gastos, kay amon na nabaton kuno diri sa Makati. Kon kinahanglan ang kaso sa korte ako lang ang makadesisyon diri. Gani, tan-awon ko ang natabu sa opisina. Mabalik lang ako karon."

Naggwa gilayon si Alex gikan sa hulot pakadto sa ila opisina nga malapit man sa ospital nga ginaluntaran ni Luem.

"Bye..." tingog ni Luem nga nagakasubo samtang nagapagwa si Alex sa ganhaan.

Isa lang ka tawag ni Alex sa New York, nagsugot man nga ang ila *supplier* nga sila ang masabat sa kagastuhanan kay opisina sa Makati ang nagsayop sa pagsunod sang kontrata. Pero, kinahanglan magpauli sa Iloilo si Alex agod masayran niya dayon kon ang kinahanglan nila nga kagamitan para sa buluthoan ang nadul-ong sa Iloilo.

SANG nalumbos na si Alex, nadumdoman ni Luem ang hinambal sang isa doktor didto sa Olongapo kay Alex nga *hemorrhagic stroke* ang isa ka kabangdanan sang pagkadula sang pangalibutan sang pasyente nga may *brain tumor* nga tuga sang *intercranial pressure* sa utok sini. Pero indi man nila ini mapat-od sing husto.

Sa kabilugan, ang *stroke* ginatuga man sang kapin kataas nga presyon sang dugo sa makipot man nga alagyan sini. Isa man ka kabangdanan sang pagtaas sang presyon amo ang kapin nga kakunyag sang isa ka tinuga. Ang ila ginhimo ni Alex nagdulot sang kapin nga kakunyag kay Luem, kapin pa nga subong lang niya ini naagihan.

Kon amo indi dapat sila magkita ni Alex. Basi ini ang kalubaran sang ila palaligban.

Apang paano bala ina? Masugot ayhan ang mga ginikanan sini nga magpuyo si

Luem sa Canada kag didto ibun-ag ang iya anak, suno man sa panugyan ni Alex? Subong pa nga may balatian sia nga basi ikamatay niya gilayon? Paano niya ituad sa duha ka tigulang ang ila nabuhat nga kasal-anan ni Alex?

Para sa katawhayan sang iya isip, nagpamat-od si Luem nga mangayo sang bulig

sang Birhen Maria. Ma-rosaryo sia nga sadto pa niya ini nahimo, pero sang magtin-edyer ini nalimtan niya ang magpangamuyo paagi sa rosaryo.

"Nica, kon mag-abot ang panyaga ko, ipaplastar lang sa lamesa kag indi mo ako

pagtublagon sang mga isa ka oras."

"Huo, 'Nang," matulog siguro si Manang Luem niya, napensar ni Nica. Ginbutong niya ang kurtina sa kilid sang kama sang utod nga nagatakop sa iya paghigda kon luyag sini magtulog. Nagbalik man dayon si Nica sa paghigda sa sofa kag ginpadayon ang ginabasa nga *romantic novel.*

Matawhay nga natapos ang pagrosaryo ni Luem. Pagbangon niya kag pagkawahig sang kurtina, nasimhutan ni Luem ang kahumot sang manok nga sinabawan nga may dahon sang katumbal.

"Nica, daw mahumot ang panyaga ko," muno ni Luem sa manghod.

"Tinolang manok nga inorder mo sa restawran didto sa eskina, 'Nang. Gindul-ong man dayon diri." Binuksan ni Nica ang piambrera agod ihuwad sa yahong ang tinolang manok.

"Indi na pag-ihuwad, para daw nagapiknik kita sa pagkaon naton," hambal ni Luem sa manghod. "Sang una nag-*enjoy* gid ako magkaon sa *school* kon may balon kami nga pagkaon sa piambrera. Kon magkaon gani kami, ginatabog ko ang akon yaya palayu kay luyag ako sini hungitan sa sugo man ni Mama. Pero, *Grade* 3 na ako kag nahuya ako sa iban ko nga kaklase nga waay man yaya. Ginabantayan man kami sang isa ka madre."

"Ti, ngaa ako, waay sang yaya nga nagahungit sa akon sang magbutho ako?" napamangkot ni Nica.

"Sa UP Manila ka abi nag-*Grade* 1, waay ginatugotan ang yaya kay may matrona man nga nagaasikaso sa inyo. Pag-*Grade* 2, *teacher* lang ninyo ang nagalibot sa kada klase nga nagakaon. Pagkatapos sang *nap* ninyo, isa lang ka oras ang klase ninyo kag magpauli," sabat ni Luem.

"*High School* na kag nag-*enjoy* ako sa pagbutho," dugang ni Nica. "Manang, masadya gid sa hayskol. Madamo lang sang *crush* ko, pirme pa kami nagaaway kag nagabugnohanay man dayon pagkatapos sang amiga ko bangod sa *crush*."

"'Nang, si Fremont ang *crush* ko sang 4th year na kami nga waay man nag-untat sa pagpalapit sa akon tubtob nga nangaluyag sang *college* na kami. Madamo abi ang *subjects* nga magkaklase kami nga daw sa hayskol lang," panugid ni Nica sa iya magulang.

Daw nahisa si Luem sa manghod. Ayhan sia si Luem, suplada kay waay gid sia nakanobyo sa hayskol samtang ang mga kaklase niya nagaisip sang nobyo sa ila mga tudlo. Waay man sia sang *it's you they're talking about*. Sa *college* na siya gin-arigayan sang mga sulog. Isa na diri si Alex, pero isa lang ang iya nahamut-an nga waay man gani niya ini diretso nga nasabat, tubtob nga daw nasiod ining lalaki sang isa man sang kaklase nila.

Si Alex ang pirme niya ginalikawan sadto. Luyag man niya nga kaupod si Alex, pero kinahanglan kaupod man si Swannie. Si Swannie nga abyan ang ginatugpo niya kay Alex. Pero daw indi man interesado si Alex kay Swannie. Mas maputi ini si Swannie sangsa iya, pero sia ang naluyagan ni Alex. Sa kay Alex, mas esmarte kuno si Luem sangsa kay Swannie. Nabatian niya ina sa abyan man nga lalaki ni Alex. Pero, daw waay man si Luem sing nabatyagan sadto para kay Alex, kondi sining' ulihi na lang – ulihi na ang tanan kay nagpakasal na si Alex sa indi niya ginahigugma.

Pagkatapos kaon sang mag-utod ginhimos man dayon ni Nica ang ila mga gamit.

Matiun-tion pa tinuyo na ang manghod ni Luem bangod sa iya ginabasa. Naghambal ini nga matulog anay sia kay alas kwatro pa lang nagbugtaw sina nga aga. Ginpalapitan ini ni Luem si Nica agod masiguro kon mahamuok na ini.

Waay sing gin-usik nga tinion si Luem. Naggwa sia kag nagtawag ini dayon kay Alex.

"'Ga, ari na ako sa *airport* pauli sa Iloilo," nadagmit ni Alex. "Nakakuha man ako gilayon sang tiket kag natalana ang akon lupad pa-Iloilo sa alas dies. Mabalik man ako sa Biernes agod makabuylog ko ikaw."

"Mahal ko, may maayo ako nga balita nga pat-od malipay ka gid. Pero, buas pa naton mapat-od kay bag-o lang ako nagpa-*frog test*. Tawgan ko gilayon ikaw kon mabaton ko na ang positibo nga resulta," masadya gid ang tingog ni Luem sa iya panugiron kay Alex. "Sige, malipayon kag luas sa katalagman nga pagbiahe, mahal ko." "Bye, palangga ko," tambing ni Alex. "Maggwa na kami sa *boarding gate. See you soon.*" Ginsirado ni Luem ang iya *cellphone* samtang nagapasulod na sia sa iya hulot.

Pero, waay anay si Luem nagsulod sa iya hulot. Tinawgan naman sia ni Swannie.

"'Miga Luem, buas na ako sa aga mabalik dira. May importante ako nga ihambal sa imo."

"Indi mo bala mahambal subong, ari ako sa gwa sang akon hulot."

"Buas na lang agod mabal-an man sang iban mo nga upod dira."

"Sige, ari lang ako, 'Miga Swannie." Nagsulod man dayon si Luem sa iya hulot.

Sinugata si Luem sang iya manghod.

"'Nang, nanawag si Papa sa akon *cellphone*," dagmit ni Nica. "May ginpakiana sia nga dapat indi mo kuno dapat mabatian."

"Ti, ngaa ginsugid mo sa akon?" nagakadlaw nga sabat-pangutana ni Luem.

"Kay dapat si 'Nang Dulce ang ginpamangkot ni Papa. Indi anay, sin-o nga abyan mo ang nagdul-ong sa imo sa ospital didto sa Olongapo?"

"Ina bala ang pamangkot ni Papa?" nakibot si Luem. Ang iya likom daw mabisto sang amay.

"Nica, tan-awa ang kopya sang *medical chart* ko dira!" may kahayanghag nga nabungat ni Luem sa manghod.

"'Nang, si 'Nong Alex?"

"Nica, dali panason mo, panason mo!" daw tinaranta si Luem.

Nalimtan gid niya ining sitwasyon nga mahimo matukiban sang amay ang iya likom sa indi oras.

"*Xeroxed* lang ini, Manang. Pwede naton ipa-*xerox* liwat didto sa kanto. Sa punta ang ngalan ni 'Nong Alex. Takpan kag ipa-*xerox* liwat indi na mahibal-an," dalidali man nga naglakat si Nica. Gintakpan sang gingunting nga papel ang ngalan ni Alex kag ginpatypan niya sang sa punta sang *…patient taken to hospital assisted by a friend*. *A friend* sa baylo sang *Alex Vera Cruz*. Nakatig-ab man si Nica, sa iya pamatyag daw sia ang may mabaton nga silot gikan sa ila amay.

"Paano kon mamangkot si Papa kay 'Nang Dulce?"

"Tawgan mo si Manang Dulce mo," panugyan ni Luem nga daw ginapamahulay.

Tinawgan man dayon ni Nica ang iya magulang sa Olongapo.

"'Nang Ken, si Nek ini," daw naumpawan na si Nica kay ila hayu nga binatabata ang nagamit sini. Ang Ken, halin sa *candy*. Ang balos naman sang magulang, Nek sa baylo nga Nic halin sa Nica. "Hambalon ka ni 'Nang Luem."

"Hello, 'Nang Luem, anong' problema?" natingala man si Dulce sa duha ka utod nga daw daku gid ang problema.

"Nagpamangkot bala si Papa sa imo kon sin-o ang nagdul-ong sa akon sa ospital dira sa Olongapo?"

"Wala ko pagsugiri, kondi siling ko isa ka abyan ang nagbulig sa imo. Wala bala napagkit sa *medical chart* mo? Kag wala bala nabasa sang duha ka tigulang ang *chart*?

"Waay, kay nagpamangkot gani si Papa paagi kay Nica, may suspetsa siguro nga si Alex ang nagbulig sa akon. Maayo ini sa *economic spying* si Papa, basi indi lang sa negosyo kondi pati diri sa sini nga bagay maayo man sia maniktik."

"'Nang Luem, daw daku gid ang imo problema sa bahin nga ini. Mamay-uman ko sa tingog mo," tambing ni Dulce.

"*Psychology expert* ka na, Dulce. Husto ka, indi lang balatian ang palaligban ko." "Daku bala ang posibilidad nga magmabdos ikaw bangod sa natabu sa tunga ninyo ni 'Nong Alex? Ini bala ang dugang mo nga palaligban, 'Nang?"

"Pakot mo gid ang problema ko. May *brain cancer* na ako, mahuy-an pa ang pamilya naton!" panghayhay ni Luem.

11

PAT-OD nga mahuy-an ang ila pamilya sa pagmabdos ni Luem nga waay bana, napinsar man ni Nica. Pero hingalagan lang daw may nagbag-o sa nabatyagan sang iya magulang, pagkatapos sang ila sugilanon ni Dulce sa telepono. Sa katingala sang dalaga nga manghod, daku man nga kalipay ang nabatyagan ni Luem nga ayhan magabunga ang ila paghigugmaanay ni Alex.

May nagsuhot man nga mayo nga kaisipan kay Luem. Dayon may naisip sia nga lusot sa iya daku nga gumontang. Sundon niya ang panugyan ni Alex. Magapabulong sia sa Amerika, didto magpuyo sa Canada nga kuno abi personal nga magadumala sang bag-o nga sanga sang ila kompanya didto sa Alberta, Canada kag didto ibun-ag ang iya mangin anak!

Nakita ni Luem nga nagsulod sa CR ang iya iloy, samtang naglakat pauli si Nica. Ang iya naman amay kampante sa pagbasa sang pamantalaan sa pusod nayon sang mahalwag man nga hulot sang hospital nga daw *suite* lang kon sa otel.

"Papa, mapahangin-hangin anay ako diri sa gwa sa natural kag mas lab-as nga hangin," paalam ni Luem sa amay nga ayhan nabatian man sang iloy.

"Sige," ang nasabat lang sang amay ni Luem.

Sa *Ob-Gyne Deparment* sang ospital si Luem nagsulod sa waay pa nagtawag kay

Alex. Sa maayo nga palad, sa klinika ang iya abyan nga doktora nga Bacolodnon man.

"Hello, 'Miga Luem, *"long time no see* kita, a. *Now, sinaw…"* lahog sang klasmit.

"'Miga Carla, may problema ako kag ikaw lang ang makahatag kalubaran sini," umpisa ni Luem nga pasakalye sa abyan.

"Ano mapatan-aw ka kon nagamabdos ikaw?" lahog dayon nga

pamangkot sang kaklase man kag nanginsuod nga abyan ni Luem sa hasykol. "Kamusta ka na, Miga Luem? Sugod sang magbulagay kita sa hayskol subong lang kita nagkit-anay."

"Ari, may maayo kag malain nga balita ako. May panagopnop ako nga naduktan ako

kag luyag ko nga mapat-od ini. Ang malain, pagkatapos na sang imo *test*, isugid ko sa imo. *Please allow me to enjoy my euphoria for the moment.*"

"Tubtob karon, sutil ka pa gihapon, 'Miga Luem," dugang nga lahog ni Carla. "Sige, lingkod diri kay interbyuhon ko ikaw."

"I-*frog test* mo ako dayon, kay naggwa lang ako sa kwarto sang ospital agod kuno magpahangin-hangin," daw nagaalungay si Luem sa abyan.

"Aba, sutil ka gid matuod, kon nagamabdos ikaw indi mo pag-ihulog ha? Masunggod ako nga abyan mo kon buhaton mo ina." Nabal-an man sang abyan nga doktora nga waay bana si Luem. Ayhan puno ang *society page* sang mga pamantalaan sang mga balita sa bahin sini kon ginkasal ini si Luem.

"Indi ko gid ina mahimo, 'Miga Carla. Daku nga kalipayan para sa akon kon mapat-od naton nga nagabusong ako bisan waay bana. Mabal-an mo lang karon dugay-dogay kay isugid ko ang tanan sa imo. Magpakaduha pa lang kita, indi bala?"

"Huo, gani nabalaka gid ako sa imo. Sugoran na naton ang imo *test*. Ara ang amon CR. May *bedpan* dira. Butangan mo sang imo *urine* ining botelya. Alas siete y medya subong, sa mga alas tres ukon alas kwatro karon sa hapon mahibal-an na naton kon nagamabdos ka, 'Miga Luem.'"

Nagsulod man dayon si Luem sa CR dala ang diutay nga botelya. Pagkagwa sini sa CR, ginhatag gilayon ni Luem ang botelya nga may unod na sa kabulig sang doktora nga bag-o nag-abot. Manayanaya gihapon ang guya ni Luem.

"Idul-ong ko karon sa hapon ang resulta sa imo kwarto sa Room 33," napulong ni Carla. "May resulta na ang *frog test* pagkaligad sang mga walo ka oras."

"Madamo gid nga salamat, 'Miga Carla, paabuton ko gid ikaw agod makasugilanon man kita sing husto. Dayon mabal-an mo man ang malain nga balita, 'Miga."

Naggwa gilayon si Luem kay may tatlo na ka babaye man nga nagsulod sa klinika sang doktora.

"Sa diin ka bala nagkadto, Anak," napakiana sang nabalaka nga iloy. "Ginpangita ko ikaw sa gwa kay basi malipong ka naman, pero siling sang gwardya didto sa may hagdan pakadto sa *car park*, waay ka man nakagwa kondi si Nica lang ang nag-agi pakadto sa iya salakyan nga napagkit sa iya *logbook*."

"Si Mama, bala, indi ka na magpakulba nga madulaan ako pangalibutan liwat. May mga espesyalista na nga nagabulong sa akon. Kon atakehon ako liwat indi na sa ospital ang inyo pagadalhan sa akon," pabutyag ni Luem nga daw lahog sa iya iloy. "Naagyan ako sang imo hinablos sa pakaisa nga si Carla, Mama. Nagsugilanon kami sa iya klinika, halin abi sang amon paghayskol subong lang kami nagkitaay."

"A, si Carla nga anak ni Tita Gracia mo nga pakaisa namon."

"*Ob-Gyne specialist* sia diri sa ospital, Mama. Ginakamusta man niya kamo ni Papa, kag sanday Dulce kag Nica," malipayon nga sinambit ni Luem sa iloy.

"Agdahon mo sia sa kaadlawan mo, Anak, para magkilitaay man kita kag makasugilanon."

"Sa kaadlawan ni Nica, agdahon naton sia. Kay sa akon kaadlawan, ayhan sa Fatima, Portugal na kita," sal-ot dayon ni Luem sa iloy.

"Ay, huo gali no? Malakat kita gilayon sa una nga kahigayunan nga mapakamaayo ang aton panglakaton," ginbalikid sang iloy ni Luem ang iya bana. "Ano bala ang siling ni Mike sa aton mga papeles, Ely?"

"Sa Lunes masayran na naton kon san-o kita nga tatlo makalakat," sabat man sang amay sang dalaga nga waay nagtulok sa asawa kay padayon ang iya pagbasa sang isa pa gid ka pamantalaan.

Naglisu sa pagtulok kay Luem ang iloy.

"Nanugid kuno si Nica sa imo sang akon paghinibi sa pag-abot namon sa balay?" napangutana sang iloy kay Luem.

"Huo, Mama, gani nagkinadlaw man kami nga duha,"

ginulohapulas ni Luem ang likod sang iya iloy kag pahutik nga nagpadayon sa paghambal. "Ugaling mo na mahibal-an, Mama. Indi pa subong. Kon patay na ako, madula man ang kalain sang imo buot.

"Hulaton mo lang, Mama," ginsiguro ni Luem nga indi sia mabatian sang amay. "Ang kamatuoran indi gid matago."

"Paktakon ina, Anak. Pero, *woman and mother sense*, ayhan husto ang akon panagopnop," balos nga hutik man sang iloy. "Si Alex, ano?"

Binantok nga mga luha nga nanaligdig sa nawong ni Luem. Kag maayo kay waay sing pagpisngo nga nabatian ang amay kay nakatalikod si Luem sa iya, sa pamusod ini sang hulot nga mga lima ka metros kalayu sa mag-iloy.

"Patawaron mo ako, Mama. Pero, mahal ko gid si Alex. Sugiran ko ugaling ikaw kon duha lang kita kon paano nagpakasal si Alex sa iya asawa subong. Basta, ipangaku mo sa akon nga palanggaon mo gid ang anak namon, katulad sang pagpalangga mo sa akon."

"May sekreto kamo sang imo anak, Vangie, ano?" nabungat sang amay ni Luem nga

waay man natublag sa iya pulongkoan. Dalidali man nga ginpahiran ni Luem ang iya luha sang daku nga tualya nga iya man ginauyatan kay nagaplano ini nga maligo. Kagab-i pa ini naligo bangod daw nainitan sia sa kagamo sang iya isip.

"Siempre, likom sang mga babaye," daw sa waay lang nga namitlang sang iloy ni Luem ang kamatuoran. Waay na nagtingog pa ang amay ni Luem.

Matiun-tion pa, nakibot sanday Luem kag ang duha ka tigulang sang magsulod nga nagasundanay sanday Alex kag Swannie nga nagayuhom-yuhom man. Dungan man sila nga nangatahuran, labi na gid sa duha ka tigulang.

Ginpalingkod man sanday Alex kag Swannie sang iloy ni Luem. Samtang ang iya amay padayon nga nagatamod sa pamantalaan nga ginabasa.

"Sige, magsugilanon lang kamo dira nga mga mag-abyan kay mahanda ako sang aton pangpalamig," napulong sang iloy ni Luem. Magsitenta na ang edad sang iloy nanday Luem, pero bataon pa ini kon tulokon kag mapagsik pa kaayo.

"Alex, ari ka man? Abi ko naglupad ka na pauli sa Iloilo?" bugno gilayon ni Luem sa hinigugma samtang ginasaylosaylo man ang panulok sini sa duha nila ni Swannie. Si Luem daw may seryuso nga pamangkot kay Swannie bangod daw nagapangimon sia kay kaupod ni Alex si Swannie.

"'Miga Luem, daw sili kag luwag lang matuod kita sa aton pagkitaay subong. Kag adlaw ko subong kay nagtabuay kami ni Alex kag nagdungan pakadto diri," natugda gilayon ni Swannie. Nagtabuay sa dalan ukon sa kwarto, daw luyag ni Luem ipamangkot ini sa abyan.

"Nakansela ang amon *flight* bangod sa *engine trouble* sang manog-*taxi* na tani ini kahapon. Nailisan man tani ang *engine* gilayon, pero piloto naman ang may *emergency*, naospital ang anak. Alas tres pa karon sa hapon ang gintalana nga lupad sang akon sakyan nga eroplano. Nag-opisina dayon ako kahapon, gani waay ko nabal-an nga naglupad man ang eroplano sang alas otso sa gab-i na," sabat ni Alex kay Luem.

Samtang kaatubang ni Luem sanday Alex kag Swannie, puno sang kaimon ang iya dughan. Dapat bala sia mangimon sa abyan nga dalaga? Indi dapat kay waay man niya ginapanag-iyahan sing lubos ang paghigugma ni Alex. Sia man ang nagsabat sang iya pamangkot.

Hingalagan naghuni man ang *cellphone* sang amay Luem nga nasulod sa *briefcase*.

"Ely, ang *cellphone* mo," pulong sang iloy ni Luem.

"Sabta kay ara ka dira malapit, si Mike ina," mahinay nga hambal sang amay ni Luem nga ang ginatumod amo ang ila abogado nga si Mike Navijas.

"Nang Vangie, maayong' aga, si Mike ini. Siling sang *travel agency*, sa Huebes, pwede na kamo kalakat nga tatlo."

"*Thank you* gid, Mike," ginsirado sang iloy ni Luem ang *cellphone*.

"Sa Huebes, mahimo na kita makalakat nga tatlo. Ipahanda ko na ang aton panapton kay Nedy," hambal sang iloy kay Luem.

"Magdala ka lang sang pila ka panid, Mama. Kay matugnaw na didto subong, didto lang kita mabakal sang pangtugnaw nga bayu," tugda ni Luem sa iloy.

"Ipangamuyo ko gid nga mag-ayo ka, Luem," natikab ni Swannie sa pagkabati nga madayon na ang pag-*pilgrimage* sang iya abyan sa Lourdes, France.

"Dapat ipangamuyo mo gid nga mag-ayo ang akon balatian kag maluas ako sa kamatayon agod indi ka madulaan sang kakumpetensya ukon kaagaw sa atensyon sang mga lalaki," lahog ni Luem kay Swannie. "Indi bala siling nila: *You conquer without glory if you conquer without danger.*" Kag nagkinadlaw man sila nga tatlo.

Sa subong nga pamatyag ni Luem, waay na sia nabatyagan nga daw malain batok kay Swannie. Pero, bag-o lang daku gid ang iya pagpangduhadoha nga may ginaplano nga indi maayo si Swannie kay Alex kon indi man natapos na ini. Nagtabuay na ang duha sa otel.

"Basi ma-*cancel* naman ang imo *flight* karon sa hapon," namuno ni Luem kay Alex.

"Kondi may dumoloaw ka liwat diri," balos ni Alex. "Indi bala dapat amo ini ang mag-abyan?" Nagyuhom man si Luem pero may gindugang sia.

"Kon ako sa imo, makuha na ako sang hulot sa otel didto sa *airport* kon maatraso ang paglupad sang eroplano pa-Iloilo nga sakyan ko," daw panugyan nga napulong ni Luem kay Alex. "Kondi madali lang nga masayran ko kon may maglupad nga eroplano tal-os sa naatraso."

Ginhatagan mo ako sang idea, naisip ni Swannie sa hinambal sang abyan nga si Luem. Namarasmasan man ni Luem nga basi malain nga bungahon sang iya nasambit kay Alex, nga nabatian man ni Swannie.

Dungan nga may nagtawag kanday Alex kag Swannie sang mga alas onse na. Si Alex, *long distance* gikan sa Iloilo. Kay Swannie tawag gikan sa opisina nga may importante nga bisita sa *office*.

"Alex, mahal ko, si Daphne ini. Gindul-ong na diri gikan sa Dakbanwa sang Iloilo ang mga kagamitan para sa aton buluthoan. Pero, COD kuno. Indi magpatubaling ang nagdul-ong diri nga indi sila pagbayran," sumbong ni Daphne sa bana.

"Karon dugaydogay ara na ako. Pirmahan mo ang *delivery*, pero i-*stamp* mo sa mga papeles ang *without prejudice to the recovery of delivery*

payment thru the courts,"
panugyan ni Alex kay Daphne. Tinawgan ni Alex ang opisina sang *supplier* sa Makati.

Samtang masaku pa si Alex sa iya paghambal sa gwa sang hulot ni Luem, si Swannie nagpaalam naman sa duha ka tigulang kag kay Luem. Si Alex indi pa

maglakat kay natawgan naman niya ang ila opisina. Hapon pa ang iya biahe pa-Iloilo.

"Mauna na ako sa imo, Alex. May VIP kuno ako nga bisita sa *office*. *Won't you wish me good riddance?"*

"Ikaw ang nagsiling sina, waay sing nagatabog sa imo."

Pinasiblungan ni Swannie si Alex. Nagkalot lang sang ulo nga nagyuhom si Alex. Dapat indi niya pagpaakigon si Swannie. Kay para sa dalaga kapin pa gid nga panghangkat ini sa iya kon ginatami-tami sia sang isa ka lalaki. Kay delikado sia sa dalaga, basi mag-*kamikaze* ini si Swannie kag indi man sia makaatras. Lalaki sia. Dugang nga daku nga problema. Sang tiempo bilang *teenager* nanday Alex, *kamikaze* ang panawag nila sa daw *pakawala* nga babaye sa ila grupo. Daw lahog lang ini, pero madamo sa ila ang nabiktima diri. Gani ginpakasal sila sang mga ginikanan nga kontani indi pa oras.

PAGKAHAPON ginbalik man sang ahente sang *supplier* sa Iloilo ang tseke nga ginbayad ni Daphne sa *delivery* sang kagamitan.

Sang tawgan ni Swannie si Alex, sa Lambunao na ini sang iya ginsabat ang dalaga.

Nakalisik naman si Alex kay Swannie.

"Alex, siling mo alas tres ang lupad mo pa-Iloilo. Ala una pa lang, a... paano ka nakaabot sa Iloilo?" pakiana ni Swannie.

"Naglupad. Indi bala sumolonod ako ni Tenyente Gimo diri sa Iloilo?" lahog ni Alex

kay nalipay gid sia nga daw sili sia nga nakapuslot sa mga kamot ni Swannie. Gin-agda sia sa pag-angkas sa eroplano sang iya kumpare nga may daku nga asyenda kagnegosyo sa Dakbanwa sang Passi, gani temprano pa nakapauli si Alex kag ginpadul-ong pa sia sang iya kumpare sa Lambunao.

    Nagapagot si Swannie. Maabot gid ang adlaw nga mangin iya si Alex. Ginabawi man ini sang: *Ngaa ang luyag mo gid ang may asawa?* Daw sukna man ini sang iya konsiensya. Basta tampad kag bunayag lang sia sa iya balatyagon. Si Alex ang ginapitik sang iya kasingkasing, ayhan katulad man ni Luem. Malipay na sia kon may anak na ini kay Alex. Katulad man ni Luem? Pero, ang iban nga mga katapo sang ila pamilya malipay man ayhan?

    Pero, para kay Alex, daku nga disgrasya kon matabu sila ni Swannie. Mas daku ang

pamilya ni Swannie. Pito sila ka mag-ulotod, tatlo ka lalaki kag apat ka babaye. Si Swannie ang ikaduha sa pito. Masarangan ni Alex atubangon ang magatampad sa pagsukna sa iya sayop nga nahimo nga perhuwisyo sa pamilya Villamaestre. Paano ang indi magtampad sa iya, daku ini nga problema? Ambot kon naisip man ni Swannieini.

    Halos magkaedad man sanday Alex, Luem kag Swannie kay magkaklase sila sa kolehiyo, pero indi sa hayskol. Sa mga buluthoan para sa mga babaye nag-agi ang kalabanan sang nangin kaklase ni Alex sa kolehiyo, labi na gid sanday Luem kag Swannie nga mga katapo buena pamilya. Karon ngaa si Alex gid ang naluyagan sang duha kay kadamo man dira nga mga lalaki nga pwede nila mangin nobyo? Waay siguro sang sabat sa pamangkot nga ina, bisan si Swannie pa ang pamangkuton.

    Kay Luem, may nakita nga lusot si Alex. Indi mahuy-an ang pamilya ni Luem. Luason sa kahuy-anan ang pamilya Liberias kon sa Canada magpuyo si Luem. Ina kon mabuhi sia sing madugay. Kon madisgrasya si Luem, *adopted* nga bata ang maabot sa Pilipinas. Isa ka Liberias nga kahitsura sang Vera Cruz.

    "Kon mabuhi ang anak naton kag indi maapektahan sang kanser ko, ipauli ni Mama ang iya apo nga *adoptado*. Ang anak naton ang magapalaba sang kabuhi sa duha ka tigulang kay makita nila ako sa ila apo," nasambit ni Luem kay Alex. "Samtang ari pa ako sa dutang' luhaan, padayunon bala naton ang aton ginadilian nga paghigugma sa isa kag isa? Padayunon bala naton ang pagpakasala, mahal ko?"

    "Mahal ko, luyag mo bala nga untatan naton ang aton

pagpalanggaanay nga duha? Kon mahimo naton ina, madula bala tanan ang aton problema, ang aton kalisod?" pakiana ni Alex sa iya pinalangga.

"Malubha gid ang pagtilaw sang Dios sa aton nga duha, ina ang hambal sang abyan ni Mama nga madre. Ang panugyan lang ni Sister Daphne sa akon bunayag nga pag-alungay sang kapatawaran sa aton Tagtuga," panghayhay ni Luem.

"Katukaya pa sang pinakasalan ko ang madre. Ginpamangkot ka bala ni Sister

Daphne kon may asawa na ako?"

"Si Mama ang nagpanugiron sa iya sang palaligban ko. Posible nga nahibal-an na tanan ni Sister Daphne ang natabu sa aton."

"Anay ka, waay bala sang tsismosa nga madre?" nakayuhom man si Alex sa lahog.

"Pamangkuton ko si Mama sa bahin nga ina, kay waay ako sing nahibal-an nga subong bisan ako luyag ko man magmadre kon milagrohan ako nga mag-ayo."

"Liwaton ko, kon ina ang naisipan mo ang kalubaran sang aton problema, sugot ako agod ayhan maluas kita sa pagpakasala," nasugpon ni Alex.

NAGLAKAT padulong sa Europe sa pag-*pilgrimage* sanday Luem kag ang iya amay kag iloy. Duha lang ka lugar sa Europe ang ila kadtuan. Sa Lourdes, France kag sa Fatima, Portugal. Pagkatapos sina mahapit sila sa Middle East, labi na gid sa duog nga ginpuy-an sadto sang aton Ginuong Jesukristo, ang Dios nga nangintawo agod masagop ang mga makasasala sa duta.

Sa Pilipinas, waay anay nagpa-Manila si Alex, kay maayo man ang pagpadalagan sang kompanya sa idalom sang bag-o nagbulos nga nga manedyer sa nagretiro na. Areglado man ang sa Bataan, Baguio, Cabanatuan kag Amerika. Ila man ni Daphne natigayon ang tanan nga dokumento nga ginakinahanglan sang CHEd. Kag ang ila kolehiyo sa Lambunao, Iloilo isa na ka unibersidad. Natapos na ang *Master's degree*, gani masulhay na ang ila *partnership* ni Alex. Si Daphne na ang mamuno sang unibersidad nila, ang Vera Cruz University.

Nag-ring ang ila telepono.

"Alex, si Swannie ini. Ari ako sa Boracay, sa inyo otel *on official business*!" Daw namungol si Alex sa nabatian sa telepono samtang nagakape sia sa ila kadak-an.

12

"**A**NO, ngaa ara ka sa Boracay, Swannie?" Maayo lang kay waay nabuy-an ni Alex ang ila telepono nga ara sa hulot balatunan sa iya kakibot sa aga pa kaayo nga panawag ni Swannie.

"Indi mo bala nabatian? *Official business trip* ini, Alex."

Official business ukon *monkey business*? Sa nabatian gikan kay Swannie, si Alex daw balhason, samtang alas sais pa lang sa aga sang ikaduha na nga bulan sang apat ka bulan nga *-ber months*. Pagkaligad sang pila gutlo, nakatingog liwat si Alex.

"Ano ang kaangtanan sinang *business trip* mo sa amon kag sa amon otel ka pa nagluntad?" natusngaw nga pangutana ni Alex.

"Makatilingala bala kon ngaa ari ako sa Boracay kag sa inyo otel pa? Indi bala mag-abyan kita sa madamo nga bagay, gani diri ako sa inyo otel nagkuha sang kwarto?"

Nadumdoman dayon ni Alex, waay sini pag-isugid kay Swannie ang gindalian nga *opening salvo* sang ila otel. Ini para ihanda sa mga turista nga masugod bisita sa pungsod sa pamuno man sang panahon sang Paskua. Pero napasayod man ini sa mga radyo, telebisyon kag pahayagan pagkatapos na sang pagbukas sang otel. Iban ang estilo sang ila PR manedyer, pagkatapos na buksan ang otel kag ibantala ini.

"Abyan kag kaaway man pati sa negosyo," nasabat ni Alex.

"May diutay nga pagyubit ang nasambit mo, pero *okay* lang. *No harm done*," may yuhom pa gihapon sa nawong ni Swannie. "Alex, bag-o lang napahayag ang *dividends* sa amon mga kapitalista pati ganansya sang isa namon ka kompanya. Kag maayo nga balita, luyag sang mga dalagku namon nga kapitalista nga ipaligid, i-*invest* ini sa bag-o nga mga otel."

"Ano, luyag mo nga sa amon kamo mabuylog? Pero, indi ako makapahilabot sa bagay nga ina agod mapaboran kamo. Sa nasiling ko, minorya lang ang amon hubon diri," may paglikaw nga pulong ni Alex kay Swannie. "Pero, tan-awon ko kon ano ang mabulig ko sa imo, Swannie."

"Alex, indi ako ang ginabuligan mo, kondi ang inyo bag-o nga negosyo," dagmit sa gilayon ni Swannie nga may diutay nga pagkaugot kay Alex. Pero naumpawan man dayon ini.

"Alex, ang balita ko unibersidad na ang kolehiyo ninyo ni Daphne," sugpon ni Swannie.

"Koreksyon, ang aton unibersidad, *minority stockholder* diri ang inyo grupo, a."

Nadumdoman man ni Alex, nagsayop gid sia sa pagbaton sang tanyag ni Swannie nga kapital sa ila negosyo nga buluthoan. Isa ka kadena ukon pisi ini nga ginbutang niya sa iya liog kag amat-amat nga magakuga sa iya. Kag indi pa nahibal-an ni Alex nga pamilya Villamaestre lang ang nagapanag-iya sang kwarta nga ginbakal ni Swannie sang sang *shares of stock* sa ila negosyo ni Daphne. Sa sini nga kahigayunan may kinamatarong ang mga Villamaestre nga makapahilabot sa ila ni Daphne.

"Alex, ara ka pa dira? Daw nautod ang linya sang telepono, a."

"Swannie, may dapat pa bala nga hambalan kita," sa indi hungod napamangkot ni Alex sa dalaga.

"Madamo, Alex, diretsuhon ko na ikaw. Wala si Luem, pabor sa akon ang panahon subong, indi bala, Alex?"

"Anong buot mo silingon, indi ko ikaw mahangpan, Swannie," sabat ni Alex sa dalaga.

"Maayo kay indi mo ako mahangpan sa telepono. Kondi makakadto ako dira sa inyo duog," malipayon gid ang tingog sang dalaga nga daw ginkakibot ni Alex.

"Indi ka na magkadto diri kay karon sa hapon, agyon ako diri sang amon *helicopter* gikan sa Bacolod pakadto dira. May sinapol ang mga direktor sang amon otel dira kag kaupod ako sa pagtuman sang akon katungdanan sa mando sang amon grupo."

"A, huo. Ikaw ang puno sang *think tank* ninyo, indi bala? Luyag ka man gani ipaagda sa akon sang hunta direktiba sang isa namon ka korporasyon didto sa Davao,"

Daw nagdugang ang katol sang ulo ni Alex, sa Boracay, madali lang niya likawan si Swannie, sa Davao, mabudlayan sia.

"Kasan-o bala ginbuko ina sang kagrupo ninyo?" pamangkot ni Alex kay luyag niya masiguro kon plano pa lang ini Swannie. *Bright* gid abi ini si Swannie, bisan indi lang maayo maniktik sang likom sang iban niya nga mga abyan.

"Sining' nagligad lang nga pila ka adlaw. Gintawag lang ining tikang nila nga pagabuhaton sa akon sang amon presidente," paathag ni Swannie.

"Ano kuno ang topiko nga dapat namon hambalan?"

"Ti, kondi luyag nila pamatian ang imo panugdaon sa nagakatabu subong, labi na sa Mindanao."

Duda si Alex, si Swannie lang ang nagapahito sini. Kag ayhan mabuylog lang ang mga katapu sang hunta direktiba kay ang pamilya Villamaestre ang may daku nga kapital sa ila korporasyon sa Davao.

"Ti, ngaa kuno nagapangidnap pa sila kon may bulig gikan sa gwa sang pungsod ining mga rebelde?" pamangkot ni Alex kay Swannie.

"Kulang kuno ang bulig sa ila."

"Umpisa Lunes tubtob Sabado sa madason nga semana waay ako sang alatipanon

nga paghatag sang akon panugdaon sa mga negosyante. Sa Domingo may *forum* ang mga estudyante sang *political science* sa UP. Gin-agda nila ako," pulong ni Alex kay Swannie.

Daw nagdugang ang kasadya ni Swannie nga mamay-om sa iya tingog.

"Kon amo sa Biernes na naton e-iskedyul, para may oras ka sa Sabado magpauli sa pamilya mo," daw si Swannie ang nagapamat-od. Nakayuhom si Alex.

Umpisa ini sang bag-o nga gamo sa iya kabuhi. Pero daw nakahanda si Alex. Indi na sia magpalagyo. *Let it be over and done with.* Basi maglain pa ang iya ulo sa kapin nga pagpanumdom kon paano likawan ang pursigido nga dalaga.

Pagkatapos sang ila malaba nga sugilanon sa telepono, namahaw na ang mag-asawa Alex kag Daphne. Malipayon gid si Daphne sina man nga aga.

"Nahimos ko na ang imo mga gamit para sa duha ka adlaw nga pagtulog mo sa Boracay, mahal ko," sambit ni Daphne kay Alex.

"Daw may buot ka silingon sa imo paggamit sang tinaga nga *pagtulog* sa Boracay,"

muno ni Alex sa asawa.

"Ay, matuod no, kon inang' naisip mo ang kahulogan sang *pagtulog*, pwes indi ko ina gintuyo, 'Ga. Basta ina ang tinaga nga nagsulod sa isip ko kay ang Boracay duog-palahuwayan, bakasyunan kag panglingawlingawan, indi bala?" sabat sing tampad ni Daphne sa bana. "Kon magdaku si Andre nga mahimo na naton ibiahe, makadto kita sa Boracay kaupod niya, ha, mahal ko?" daw nagaalungay si Daphne kay Alex.

"Kon nagalakat na sia mahimo gid naton sia ipamasyar didto," sabat ni Alex nga daw ang anak lang nila ang luyag ibakasyon ni Alex. Pero, waay gid ina diperensya kay Daphne, siempre kaupod sia, kag ayhan kapin nga malipay sia sa Boracay. Sang dalaga pa sia sa Puerto Galera sila nagbakasyon sing tatlo ka beses upod sang iya Lola nga indi malimtan ni Daphne. Kaupod man niya ang isa niya ka manghod sa iloy nga babaye man nga si Ritzy.

Waay na sang nadugang pa si Alex, kondi matawhay nga nagpadayon sa pagkaon ang duha. Matiun-tion pa nabatian nila ang udyak sang ila anak. Kon aga sa mga alas sais ang takna ginadala sang yaya ang ila anak sa gwa sang balay agod masilakan sang adlaw si Andre sang mga singko minutos kag pagkatapos paliguan. Paglabay sang yaya kag ni Andre sa may ganhaan sang kalan-an daw nagyapayapa ang bata sang nasiplatan ang amay.

"Delsa, dalha diri sa amon si Nonoy Andre," si Daphne ang una nakatingog liwat.

Pagpalapit nila kay Alex, ayhan luyag sang bata nga kuhaon sia sang amay.

"Nonoy Andre, paligu ka didto anay kag magkadto kay Daddy, kay nagakaon pa kami, ha," nahambal ni Daphne sa anak. Nag-ingos nga daw gusto maghibi ang bata kay waay sia gindaho. Nagtindog si Alex kag ginhalukan ang anak, kag nag-udyak man ang bata sang bugnohon sang amay.

"Nonoy Andre, sige paligo ka na didto, ha?" natikab ni Alex.

Gin-uyatan man sang yaya ang kamot nga tuo ni Andre kag…"Babay, Daddy, Mommy. Maligo na ako."

"'Ga, daw *Daddy's boy* ini si Nonoy Andre, luyag niya pirme nga malapit sa imo. Panalagsahon ka lang niya abi makita, pero kilala ka gid niya nga iya amay," nasambit ni Daphne sa bana.

"Pabayaan mo kay kon nagabutho na sia, kada Sabado malagaw kami diri sa aton," napulong ni Alex. "Mamunit kami didto sa daku nga pasakaan naton sang tilapia kag pantat."

ALAS dos pa lang sina nga Sabado, naghugpa na ang *helicopter* sang kompanya nanday Alex sa malapad nga *parade ground* sang unibersidad. Kaupod nga nanaog ang tunay nga balo na kag indi na *balo-buhi* nga lola ni Andre, ang iloy ni Daphne nga gintagu sa Lambunao sang pamilya de Guzman. *Golf cart* ang ginsugat ni Daphne sa iya pinalangga nga iloy gikan sa *parade ground*.

"Mom, ngaa waay ka nagpaabiso nga makadto ka diri sa amon? Nakapanyaga ka na bala?" pamangkot ni Daphne sa iloy.

"Indi ka na magpalibog sa akon. Sa Bacolod lang ako naghalin kay may problema sa binilin nga kompanya sang imo *step-father*," panugid sang iloy ni Daphne.

Hinali ang pagkamatay sang *step-father* ni Daphne. Atake sa korason nga madugay na sini nga ginabatyag. Sa Bacolod man ini ginlubong kay himata man ini sang mga pamilya sang iloy ni Alex nga Clemente. Si Alex lang ang nagtambong sa lubong kay sa ika-siam nga bulan sa iya pagmabdos si Daphne sang namatay ang padrasto. Pero, sugod sadto waay na sang nagapuyo nga lima ka *half-brothers* kag duha ka *half-sisters* ni Daphne sa Bacolod, kay nabalalhin sila sa Makati. Ang mga lalaki tapos tanan ila kurso kag sila man ang nagapadalagan sang ila negosyo kaupod pa gid ang isa ka babaye nga utod. Ang isa nga kinagot nga babaye nagabutho pa.

"Nahidlaw gid ako sa akon apo," nabungat sang iloy ni Daphne kag ginsautsaot dayon ang apo kay Daphne. "Nonoy Andre, nahidlaw gid si Lola sa imo, nahidlaw ka man sa akon?" Nagaudyak man ang bata, gani indi man masukob ang kalipay sang lola ni Andre nga sige gihapon ang saut-saot kay Andre.

"Mommy, waay ka bala ginakapoy? Mameryenda kita anay, may ginpaluto ako nga *banana cue*," pangagda ni Daphne sa iloy.

"Karon lang ako dugay-dogay," sige ang saut-saot sang lola sa iya apo.

"Walo kami nga ginsaut-saot mo… Waay ka pa tinak-an?"

"Iban ang apo sa anak. Kon kaisa sa apo ginabawi ang kakulangan sang isa ka iloy sa anak… 49 pa lang ako, Anak, mabaskog pa ang akon mga tuhod."

Sang nag-agi si Alex agod magpaalam sa anak.

"Mom, magadugay ka bala diri sa amon? Nagaudyak gid si Nonoy Andre sa imo. Sa Martes sang hapon ang balik ko. Babay, Nonoy Andre," kag ginhalukan man ni Alex ang anak. Pagkatapos si Daphne, kag naglakat na sia pakadto sa *helicopter*.

Alas kwatro, sa Boracay na sanday Alex. Sa pag-agi nila sa ibabaw sang ila otel, namasnahan man dayon ni Alex si Swannie nga nagahilay-hilay sa atubang sang otel kay waay na sang silak sang adlaw sa ila nahamtangan. Sa *golf course* naghugpa ang *helicopter* kay madamo nga mga tawo sa higad-baybayon kag mga *beach*. Ginsugat man sang salakyan sang otel si Alex. Naglupad dayon ang *helicopter* pauli sa Manila.

Nagsaliputpot kontani si Alex pakadto sa likod sang otel, pero didto sa *serving hut* si Swannie nga nagapili sang mainom nga malamig kag *salad*. Waay nakaluas si Alex sa mala-agila nga mga mata ni Swannie.

"Alex, ara ka na gali?" siagit ni Swannie.

"Ano sa pamatyag mo, si Alex bala ako nga nag-abot?" daw hungod nga may yaguta sa napakiana ni Alex sa dalaga.

"Si Alex bala, luyag mo nga magsunggod ako sa imo?" nabalos ni

Swannie.

"Labing' maayo, para waay na ako sang problema," tambing ni Alex.

"Sige, Alex, hulaton ko ikaw diri, ha?" alungay ni Swannie kay Alex. Ang dalaga daw nagapakitluoy, gani natandog man si Alex.

"Sige, madali lang ako." Nagtalikod man dayon si Alex. Waay man sing nakabati sa

ila pagsabtanay luas sa empleyada sang otel nga nagatatap sang mga *refreshments* sa kilid sang *beachside* sang otel. Waay pa ang iban nga parukyano sang otel nakagwa sa ila kwarto kondi si Swannie pa lang sa iya kalangkag sa pag-abot ni Alex.

Naka-*shorts* si Alex sang iya pagtamwa sa luyo sang *refreshment hut* agod mag-order sang malamig nga mainom. Nakilala sia sang empleyada.

"Maayong' hapon, Sir Alex. May *meeting* bala kamo buas?" pamangkot sang babaye nga empleyada.

"Huo, gani kinahanglan mga apat kamo diri nga mag-asikaso sang aton *refreshment hut*. Madugaydogay pa mapuno na ining *beach* sa mga bisita."

"Sir, manog-abot man ang mga upod ko."

Nagtindog man si Swannie kag ginsugata si Alex. Sa baylo sang besobeso, si Alex

hinalukan ni Swannie sa iya mga bibig. Nakatalikod ang empleyada gani waay sini nakita ang duha.

Nakibot si Alex sa ginhimo ni Swannie nga karon pa lang sini naagihan sa mga kamot sang dalaga. Bisan madugay na sini nahibal-an nga nagahigugma ang dalaga sa iya indi pa sia nahalukan ni Swannie. Desperada na bala ang dalaga? Ang edad sini sa pagbulobanta ni Alex mga 32 na. Gintulotimbang man ini ni Alex, tampad lang si Swannie sa iya ginahuban sa dughan nga balatyagon para kay Alex. Nasugid na ini sang dalaga sa iya. Ambot kon ngaa nga subong may kaawa na sia sa dalaga. Kon

basehan ang paglahugay sang duha nanday Luem kag Swannie sadto nga nabatian ni

Alex, ulay pa gihapon si Swannie, katulad ni Luem nga napatunayan na ni Alex.

Si Swannie kag si Daphne, magkatulad kon amo. Bunayag nga nagahigugma sila kay Alex, pero indi mabalusan ni Alex ang ginabatyag sang duha kay si Luem ang ginapitik sang iya kasingkasing. Pero ngaa subong sina ang natabu? Waay sang sabat si Alex sa iya pamangkot.

Pinatawag si Alex sang ila presidente sang korporasyon sa Boracay nga bag-o lang nagsampot. Taga-Kalibo lang ining negosyante nga abyan man ni Alex. Abogado ini nga maayo man ang iya pagpanabang sa Manila.

"Swannie, dira ka lang anay kay may ipamangkot lang kuno ang amon presidente.

Ang amon mga papeles ako ang nagauyat, gani dapat kuhaon ko pa ini sa akon hulot agod mapakita sa iya."

"Hulaton ko ikaw, palangga," hutik ni Swannie kay Alex

Nadugayan si Alex. Nagsulod si Swannie sa otel agod pangitaon si Alex. Pero mahimo nga sa sulod sila sang isa ka hulot. Nasugata kuno sila sang isa ka empleyado nga apat sila ka mga lalaki nga nagsulod sa isa ka hulot kag ang tatlo may ginabitbit nga mga dokumento. Pero indi matudlo sang empleyado ang hulot kay waay na sila didto sa hulot nga nakit-an sini primero nga ginsudlan sang apat. Nagdiretso si Swannie sa *bar* sang otel kay basi didto ang mga lalaki nga kaupod ni Alex.

Sang nasayran sang dalaga nga waay man didto ang iya ginapangita, nag-order sia sang isa gid ka botelya sang *Cabernet Sauvignon* nga nagabili sing duha ka libo ka pesos. Tilawan kontani sang dalaga nga mag-inom sang mas malahalon pa gid, pero basi mataas ang *spirits* ukon *alcohol* sini nga gikan man sa ubas kag mahubog sia. Ang ila gin-inom sang iya sadto barkada nga mga babaye ordinaryo lang ang *spirits*. Indi gani sia gusto mag-inom sang *Fundador* nga *brandy*. Ang iya karon imnon mas mataas kay sa gin-inom nila sadto.

Bangod nagaisahanon kag halos natunga niya ang isa ka botelya nahubog gid si Swannie.

"Ma'am, diin ang imo kwarto kay agubayon ko ikaw pakadto

didto," napulong sang isa ka babaye nga *waitress* sa otel. Ginhatag man ni Swannie ang yabe sang iya kwarto. Ginbitbit niya ang botelya agod dal-on sa iya hulot. Isa pa gid ka empleyada nga babaye man ang nagbulig agubay kay Swannie nga bitbit pa ang botelya. Kinuha sang isa ka babaye ang botelya kay Swannic agod sia ang magdala sini sa sulod sang hulot.

Pagbalik sang duha ka babaye sa *bar* amo man ang pag-abot ni Alex. Pinamangkot sini ang duha ka babaye nga kilala man sia bilang isa sa mga tag-iya sang otel.

"May nakita bala kamo nga dalaga nga nag-inom diri nga nagaisahanon?"

"Huo, Sir. Bag-o lang namon sia gindul-ong sa Room 33," sabat sang isa ka babaye.

"*Thank you*," kag nagtalikod na si Alex agod dalidali nga magkadto sa Room 33, samtang nagahutikay man ang duha ka babaye.

"Nagtsismis naman kamo," sablaw sang *bar tender* nga ayhan malapit na lang mag-edad 50 sa duha *waitress*.

"Nagapanglingaw-lingaw lang kami, 'Nong Apen," sabat man sang isa kag nabulagay man sila agod magbalik man sa ila trabaho.

Binuksan ni Alex ang waay nakakandado nga ganhaan sa hulot ni Swannie. Sa sulod sang banyo si Swannie nga nakasuksok pa sang sapatos nga indi pang-*beach*.

"Hello, 'Ga... ara na gali... ikaw." Nagtikang ini paggwa sa banyo pero nakatapak man ini sang *tissue paper* nga nalukot kag basa. Gani, nadanlog ang dalaga kag maayo lang nakakapyot ang hubog sa ganhaan sang nga ginatulod sa *roller* sa pagbukas kag pagsirado sini. Amat-amat man nga daw ginatulod ni Swannie ang sira, busa hinay-hinay ang iya pag-usdang sa salog. Waay gid nahingagaw nga sal-on ini ni Alex.

"Ngaa nagpahubog ka?" napakiana ni Alex sa dalaga samtang gindapit ini agod patindugon. Pero mabug-at ang hubog, natumba sila ni Alex nga duha sa salog.

"Ginbayaanmo ako sa kalisod... indi bala? Aba...nagatiyog ang hulot...!

13

PAGKATUMBA nila ni Alex nga nagmuno pa ang dalaga nga nagatiyog ang hulot, si Swannie gilayon nakatulog man nga nagakayaon sa kilid sang ganhaan sang banyo sa sobra nga nga kahulogbon. Nagbangon kag namat-od man si Alex nga indi na anay pagtublagon si Swannie agod maumpawan ini gilayon. Kinuhaan sia ni Alex sang *throw pillow* agod paunlan. Kinuha ang isa ka *blanket* sa kama para habulan si Swannie kay ang hubog madali tugnawan kag waay nabatak ang *zipper* sang *shorts* sini.

Binulsa ni Alex ang yabe sa hulot ni Swannie, agod makasulod sia sa hulot sang dalaga kon naumpawan na ini. Ginsab-itan man niya sang *Don't Disturb* ang *doorknob* sa ganhaan sang hulot ni Swannie. Nagdiresto sia sa *dining hall* agod magkaon sang panyapon.

Pagkatapos niya panyapon naligo sia kay mag-ilis sang *shorts* kag sang puti nga T-*shirt* nga waay kwelyo. Si Alex nagpahanginhangin anay sa gwa sang mga isa ka oras. Sang ulihi, nadumdoman sini si Swannie. Basi nakabugtaw na ini nga ginagutom, kag nahuya lang magkadto sa *dining hall* bangod sa iya pagpahubog.

Nanuktok si Alex sa hulot ni Swannie. Waay sing tinimuktimok. Ginbuksan ni Alex ang ganhaan. Tulog pa gihapon ang dalaga sa salog. Ginhakwat ni Alex si Swannie kag pinahigda sa kama. Ginkay-o ang habol. Naggwa liwat si Alex kag nagkadto sa *dining hall*. Ginsugo ang isa ka *waitress* nga dalhan sang pagkaon sa *food cart* ang Room 33. Ang babaye nga nag-agubay kay Swannie ang nagdul-ong sang pagkaon, pagkatapos ihatag sa iya ni Alex ang yabe sang kwarto.

"Nakabugtaw na bala ang babaye sa Room 33?" pangutana ni Alex sa *waitress* sa pagbalik sini sa kalan-an.

"Waay pa, Sir. Mahamuok pa ang tulog. Nahubog abi," sabat sang *waitress*, dayon man hatag kay Alex sang yabe sa Room 33.

"May kaupod bala sia nga nag-inom."

"Waay, Sir. Isa lang sia kag natunga niya ang isa ka litro nga botelya.

Gin-agubay namon sang upod ko nga *waitress* sang magsubsob na sia sa lamesa."

"Salamat sa inyo pagbulig, ha? Ari tungaa ninyo sang imo upod," ginhatagan ni Alex sang isa ka gatos ang *waitress* kag ginbaton man sini.

Nagsulod liwat si Alex sa kwarto ni Swannie. Ginpangita ni Alex ang botelya sang gin-inom sang dalaga. Nakita niya ini sa *drawer* sa kilid sang lababo. Mataas ang *spirits* sang *brandy* nga Cabernet Sauvignon ang ininom ni Swannie. Kag kapin sa tunga ang nainom sini. Bisan si Alex, sigurado nga mahubog man sia sa amo kadamo sang nalaok ni Swannie nga alak. Si Alex nakakita sang baso kag gintigisan sing katunga ini gikan sa *brandy* nga nabilin ni Swannie. Daw Fundador man kaisog.

Ayhan nabatian ni Swannie ang lagting sang pagsantik sang baso sa botelya sang

si Alex, gani nag-igong ini kag daw nagtig-ab. Ginpalapitan sia ni Alex, kag nagmurahag ang mata ni Swannie sa paghimutad kay Alex.

"Sin-o ka? Luyag mo ako lugoson ano? Indi ka magpalapit sa akon! Masinggit ako! Tab…" natakpan man gilayon ni Alex ang baba ni Swannie. Inuyog sini ni Alex ang dalaga sing makapila, kag dayon nanumbalik man ang iya tadlong nga kaisipan.

"Alex, palangga ko!" nasinggit sini dayon hakos kay Alex. Sang ulihi naggurahab ini.

"Naano ka, ngaa daw bata ka? Hubog ka pa bala?" Daw waay sang nahibal-an nga

buhaton si Alex. Nagatindugon lang sia sa atubang sang dalaga.

Nanaog si Swannie sa kama kag naghakos kay Alex liwat samtang ginapahiran ang

luha sa T-shirt ni Alex. "Nahibal-an mo bala nga mahal ko gid ikaw? Ha, Alex?"

"Ginhambal mo na ina sa akon sadto pa," sabat ni Alex kay Swannie. "Ti, ngaa

nagpahubog ikaw kag waay ka naghulat sa akon?"

"Waay mo ako ginsapak…ano abi, indi ko na nahibal-an kon ano ang buhaton ko."

"Desidido ka bala nga magsulod diri sa daku nga problema? Ukon waay mo maisip nga daku ang mangin problema naton nga mahimo maulamid ang imo pamilya?"

"Luyag ko lang mangintampad kag bunayag sa balatyagon ko nga sadto pa nagdulot sang pagbakho sa akon."

"Bisan pa nagalalis na ikaw sang maayo nga pamatasan sang isa ka mahinhin kag maligdong nga babaye?"

"Ikaw man lang ang nakahibalo sina. Sa mga abyan ko, malahog lang ako para sa ila, gani kon makita nila kita sadto nga magkaupod waay man sila nagmalisya sa aton nga duha."

"Pero nasayran mo man nga si Luem ang akon ginahigugma sadto pa. Ngaa daw ginapakanubo mo gid ang imo kaugalingon sa akon?"

"Kasal-anan ko bala ina kon ikaw ang ginapitik sang akon kasing-kasing?" daw mahibi na si Swannie.

"May asawa na ako, Swannie."

"Kag nasayran ko man nga nagaantos ka sa imo kahimtangan, kag ari ako nga nagahigugma sa imo kag nagasimpatiya. Nabal-an ko man nga waay mo ginahigugma ang imo asawa."

"Busa, luyag mo nga ikaw ang higugmaon ko?"

"Indi ko gid man ginahandom ina kay sa akon pagpati si Luem ang unod sang imo tagipusuon kag mabudlay ina bag-uhon. Mahatagan mo lang ako sang imo diutay nga pag-ulikid, husto na sa akon. Kon may anak kita nga palanggaon ko tal-os sa imo, ayhan magalinong na ako, mahal ko."

"Paano ang kadungganan sang imo pamilya? Masugot bala sila nga *mapigos* ang pinalangga nga kadugo? Indi lang ang akon pamilya ang maguba, kapin pa nga mangin kahuy-anan sang mga himata mo ang aton buhaton."

"Luyag ko lamang mag-ambit sang kalipayan, bisan indi ini lubos mangin akon, Alex. Kon may anak na ako sa imo, magatawhay na ang isip ko. Didto ako mapuyo sa malayo, sa Australia agod indi ako makita sang mga may mapintas nga baba sa aton katilingban. Alex, mahal ko, madugay ko na nga nabaton ining kapalaran ko."

Matuyom nga halok dayon ang ginpaambit ni Alex kay Swannie.

"'Ga, nabal-an mo bala nga palangga ko gid ikaw, Alex Vera Cruz, bisan ako indi mo mahal?" hinubog pa abi ni Swannie.

"Huo, Sonya Anita Villamaestre," lahog man ni Alex.

Tungod nag-init na sing kapin kag lubos ang ila tawuhanon nga balatyagon, waay nila masagang ang madasig nga pagpanglambas sini sa ila nga duha ni Swannie. Hinakwat man dayon ni Alex ang dalaga kag ginpahigda sa kama. Dalidali man nga ginsab-it ni Alex ang *Don't Disturb* sa *doorknob* sang ganhaan. Pagbalik niya handa na si Swannie, pero nangulombot ini sang habol.

"Gusto mo sang *suspense*, ha? Ari mo ay," initik anay ni Alex ang dalaga kag nagtalangkaw man ini nga dayon man gintakpan ni Alex ang mga bibig sini sang iya man mga bibig. Mainit man kaayo si Swannie, nagaharahara, apang nakibot gid si Alex nga ulay pa ining babaye bisan 33 na ang edad. Tunay gid ang paghigugma ni Swannie

sa iya. Karon lang nagpati si Alex, bisan kapila na silingon ini sa iya ni Swannie sadto.

Daw nagdugang ang awa ni Alex kay Swannie. Ngaa indi si Swannie ang babaye nga

ginhigugma ni Alex!? Kapin nga matahom si Swannie kay Luem. Mestisahon ini si Swannie, samtang si Luem may dugo ni Datu Marikudo. *Kayumangging kaligatan* kon sa Tagalog pa. Mas matahom pa si Daphne kay Luem, pero si Luem ang ginapitik sang dughan ni Alex. Ang paghigugma makatilingala. Indi ini mapaathag ni Alex.

Nasulit pa sang pila ka kahigayunan ang pagtigay sang duha sang ila balatyagon sina nga gab-i. Kag lubos gid ang kalipay ni Swannie nga bisan indi sini naangkon sing bug-os si Alex natigayon man sini nga pabatyagon ang iya hinigugma sang iya tunay pagpalangga nga ini kon sa trapiko pa *one-way* lang.

TATLO ka gab-i ang daw pulot-gata nga natabu sa ila ni Swannie. Natigayon ang tinutuyo ni Swannie sa Boracay nga magbuylog sa negosyo nga *hotel-resorts* sang grupo ni Alex. Labaw sa tanan, sa handom ni Swannie nga masolo ang atensyon ni

Alex, nagmadinalag-on man ang dalaga diri. Tatlo gid ka gab-i kag tatlo man ka adlaw nga nag-upod ang duha sa isa ka kwarto sang otel nga karon ginapanag-iyahan na sang ila duha ka magkabuylog nga grupo.

"Alex, nahibal-an mo bala nga nagpalumbaanay kami ni Luem sa pag-agda sa imo sa kama? Naghambal si Luem sa akon nga luyag man niya nga maanakan mo man sia katulad ko, kay may pinakasalan ka na nga iban. Nalutos ko bala si Luem sa amon paindis-indis?"

Nakibot si Alex. Daw indi niya mahimo nga hambalan ang ila paghigugmaanay ni Luem, kapin pa nga si Swannie ang kasugilanon. Indi lahug-lahog ang iya paghigugma kay Luem. Kaupod sang iya paghigugma ang daku nga kaawa sa iya pinalangga nga si Luem. May *brain cancer* ini nga waay nasayri ni Swannie kay ginlikom pa sang pamilya ang indi maayo nga kapalaran sang anak nga si Luem. Indi luyag si Alex nga hambalan nila ni Swannie ang bahin ni Luem sa ila sugilanon sa kabuhi nga tatlo.

"Alex, mahal ko, waay ka nagsabat. Indi ka bala luyag nga hambalan naton ang abyan ko man nga si Luem?" nasugpon ni Swannie sa hambal nga ginsabat ni Alex.

"Hulaton mo lang nga makapauli na ang imo abyan gikan sa pag-*pilgrimage tour* kay sugiran ko ikaw sang natabu sa amon."

"*Suspense* ina, a. Daw indi ako makahulat, pero para sa aton pag-abyanay, hulaton ko gid ina kag pamatian gid gikan sa imo, mahal ko," nabungat ni Swannie sa paathag ni Alex.

"Nalipay ka bala sa natabu sa aton, Swannie? May katumanan na ang imo handom, ayhan magalinong na sing makadali ang aton kahimtangan. Apang, ang pamatyag ko iban, Swannie. Indi magdugay ang imo kalipay kay buslan ini sang daku nga palaligban, sang gumontang nga magapasakit sang aton ulo, indi lang para sa aton nga duha, kay diri malakip ang bug-os mo nga pamilya. Labaw pa gid diri, ako may katalagman man sa kabuhi nga atubangon, amo ina ang rason sang paglikaw ko sa inyo nga duha ni Luem. Kay sugod sadtong ulihi naton nga pag-updanay sa eroplano pa-Amerika, akon man ginpangamuyo nga kontani makakita ang tagsa sa inyo nga duha ni Luem sang inyo man mahimo higugmaon kag halaran sang inyo pag-ulikid. Pero, napaslawan kita nga tatlo. Ginapangamuyo ko nga indi mangin malubha nga trahedya sang drama sa aton sugilanon sa kabuhi nga tatlo, ukon ayhan apat lakip si Daphne nga akon asawa."

Paghibi lang nasabat ni Swannie sa pagsalupsop sing tudok sa iya kabug-osan sang mga nabuy-an ni Alex nga mga tinaga patuhoy sa ila kasal-anan nga nabuhat sa mata sang Dios kag sang tawo.

"Indi ko masiling nga sayop ang inyo ginhimo ni Luem nga paglalis sang kinaandan nga pamatasan nga dapat sundon ninyo nga mga babaye. Ang pagsikway sang kahinhin kag kaligdong sang isa ka babaye nga Pilipina nga ginbandera ni Maria Clara sang panahon sang aton pungsodnon nga baganihan nga si Dr. Jose Rizal. Ang pagsunod sa binag-o ukon moderno nga pagginawi, daw napakaaga pa kaayo para sa mga Filipino. Indi pa bagay sa aton katilingban nga Oriental kondi ini pwede lang sa mga pungsod nga Occidental," padayon ni Alex.

"Pero, waay na ako sing mahimo nga pagbag-o sa akon kag sa aton pagkahimtang, kay nagsayop na kita nga tatlo, nakasala sa aton Tagtuga. Kinahanglan paghandaan na lang naton ini, labi na ako nga magapangatubang sa katalagman batok sa akon kabuhi. Kinahanglan sa waay pa magbusyad ang imo tiyan, magsugod ka na puyo sa Australia ukon diin man nga bahin sang kalibutan nga indi gid madamo ang mga Filipino nga nagapuloyo.

"Si Luem may plano na nga magpuyo sa Canada, kay sa pamatyag sini naduktan sia gilayon kag dayon nagpositibo na sa *frog test* suno sa iya manghod nga nagsugid sa akon sa sugo man ni Luem. Kag may isa pa gid ka rason nga dapat mapabilin sa pagpuyo si Luem sa Amerika. Ina ugaling mo na mahibal-an."

"Napat-od ko nga pamatukan sang akon pamilya ang pagluntad ko sing madugay sa iban nga duog, piliton ko nga himuon ina para sa proteksyon man nila batok sa kahuy-anan," natugda gid man sang ulihi ni Swannie.

"Ina lang ang nagaisahanon nga kalubaran sang palaligban sa kahuy-anan sang inyo pamilya nga duha ni Luem. Ako isahanon nga magdihon sang akon pagpangapin sang akon kaluwasan sa tikang nga pagtimalos sa akon sang imo pamilya sa *pagpigos* ko sa imo kag *paglapas* ko sang imo kinamatarong bilang tawo. Waay ka sing mabulig diri kag isa lang ang mahapos nga kalubaran sa problema ko. Ang paghikog nga isa ka daku nga kasalanan sa aton Dios. Sa bahin mo, Swannie, bisan buhaton mo ang magpakamatay, indi ini makabulig luwas ina sa akon kondi magapalubha pa gid sang akon kasal-anan sa katilingban. Nahangpan mo bala, Swannie?"

Sa pasikto ni Alex, nagtunog man ang pagwawaw ni Swannie. Kag ginpakalma man dayon sia ni Alex.

"Swannie, indi ka maghibi kay kinahanglan makadihon kita sang imo lusot sa mapin-ot mo nga sitwasyon. Kinahanglan patawhayon mo ang imo isip kay ara na ang daku nga problema, dapat naton nga pangitaan sang kalubaran, kag diri kinahanglan ang natipon naton nga mga kinaalam kag kahanasan."

Naglisu sa tuo si Alex kag ginbutong si Swannie palapit sa iya dayon ginhalukan man ini nga nagburambod man ang dalaga sa iya. Kinahanglan magkalma ang dalaga kag pagpaanod sa ila tawuhanon nga balatyagon ang sabat nga naisipan ni Alex nga magpalinong sa ila nga duha.

Pag-abot sang Martes nga adlaw, gikan sa Boracay aga pa ang duha nagtabok pakadto sa Caticlan. Diretso ang duha sa *airport* sa Caticlan kay may *round-trip ticket* sa eroplano si Swannie sa isa ka kompanya sang eroplano nga biahe Caticlan-Manila. Bangod sa indi maayo nga panahon sa Manila, kanselado ang lupad sang magagmay nga mga eroplano nga nagahugpa sa ginatawag nga Godofredo Ramos Airport sa Barangay Caticlan, Malay, Aklan.

Sa *Kalibo International Airport* lang may lupad sang mga dalagku nga eroplano.

Ginpahibalo dayon sanday Swannie nga didto sia mahimo makasakay sa eroplano. Magkaupod man sanday Alex kag Swannie nga nagpa-Kalibo gikan sa Caticlan sakaysa depasahero nga *van*. Apang sa Kalibo, suspendido man ang lupad sang udto na gani, napilitan magkuha sang akomodasyon sa otel si Swannie. Suno sa PAG-ASA, indi pa masiguro kon san-o mabalik ang normal nga paglupad sang mga eroplano. Ginupdan gihapon sia ni Alex kay nangaku man ini nga indi niya pag-ibilin si Swannie nga nagaisahanon sa Kalibo. Sa bahin ni Swannie, bisan pila ka adlaw nga waay lupad ang mga eroplano, basta kaupod niya si Alex, indi gid sia magreklamo.

"'Ga, basta upod kita, wala ako labot kon ano man ang nagakatabu sa palibot naton," malipayon nga nabungat ni Swannie, daw may siga ang mga mata sini bisan nagaamat dulom ang langit nga daw ginalamon man sang malain nga panahon.

"Kasutil mo gid, maayo kay nahangpan ka man sang imo iloy," natikab ni Alex sa namuno ni Swannie.

"A, si Mama, sang buhi pa ang pahanumdom masunson sa akon nga kon luyag ko nga mangin malipayon, dapat tampad kag bunayag ako sa akon balatyagon. Indi bala ina ang ginabuhat ko?"

"Husto, waay mo ginadaya ang imo kaugalingon, pero ang ginbuhat mo suno bala sa gawi sang maugdang, mahinhin kag Diosnon nga dalaga?"

"Ako na ang nagpahayag sa imo sang akon paghigugma, amo bala ina ang buot mo silingon? Wala na ako sang naisip pa nga maayo ko nga buhaton agod mangin tampad sa akon nabatyagan para sa imo. Kay siling nila tuboan lang sang uhong ang mga tuhod ko, maayo kon sambiton mo sa akon ang bahin dira sa luyag ko matabu sa aton nga duha. Tuhay nga babaye ang naluyagan mo, si Luem, nga abyan ko man. Indi ko mahimo nga *agawon* sia sa imo. Kon matabu man ina, dapat sa paagi nga *level playing field,* patas ang kahigayunan nga waay dayaan agod madehado ang isa. *May the best girl win*, siling nila."

"Kag si Luem ang *best girl?*"

"Huo, kag ina sa imo paghukom, sa sugo sang pitik sang imo kasingkasing. Ti, ano pa ang akon mahimo? Kondi maghandom na lang nga mabahinan mo man ako sang imo pag-ulikid, sang imo kabug-osan paagi sa anak nga ihatag mo sa akon. Ayhan subong mangin kamatuoran na inang handom ko. Magkatulad man kami ni Luem sa kapalaran, luyag man sia bahinan sang imo kasugpon sang imo pagkatawo."

"Waay bala ninyo nasayran nga kasaypanan ang paagi agod maagom ninyo ang inyo handom?"

"Nasayran man nga sayop, pero wala man sing iban nga paagi agod maangkon namon ang kalipayan nga ginadamgo namon. Karon, idingot mo bala ina sa amon nga duha ni Luem?"

"Napilitan na ninyo ako, kag dapat atubangon ko na lang ang malain nga epekto sang aton pagpakasala sa katilingban man kag sa aton Dios."

"Madamo gid nga salamat sa imo pagpabor sa akon luyag nga mapabatyag ko sa imo ang akon paghigugma. Kay nahimo ko na ina lubos man ang akon nga kalipay bisan makadali lang. Ayhan ining akon kalipay masugponan kon ibun-ag ko na ang aton anak," daw indi mahiom ang mga bibig ni Swannie nga padayon ang pagyuhom-yuhom.

"Daw indi man ako makapati sa natabu sa aton. Tatlo gid kamo nga nagahigugma sing tampad kag bunayag sa akon. Pero para sa akon daku ini nga trahedya sa akon kabuhi."

"Daw madalom ina kag indi ko mahangpan," daw subong lang nabatian ang tinaga nga trahedya.

Bangod sa malain nga tiempo, sanday Swannie kag Alex lang ang nagasugilanon sa isa ka bahin sang bukas nga kalann-an sa idalom sang otel. Matiun-tion pa may nag-abot nga isa ka bataon nga lalaki kag nagpalapit sa ila lamesa. Maayo man nga sahi sang tawo, matinlo man nga panapton ang ginasuksok sining tinedyer sa atubang nila nga duha. Sang hinali nagbunot ini sang paltik nga .22. "Kinahanglan ko ang kinientos pesos," natusngaw sang lalaki sa duha, labi na gid kay Swannie.

Nakibot si Swannie, sa kilid niya ang lalaki nga may ginapatumtom nga luthang sa iya. Subong pa lang nakaagi si Swannie sang *hold-up*. Isa ka libo ang nabunot ni Alex sa iya pitaka nga gilayon gintan-ay sa tinedyer.

"Ari, husto na bala ini?" napamangkot ni Alex. Sang hinali... lumopok ang diutay nga pusil!

14

NAPITIK sing indi hungod sang isa ka tinedyer ang diutay nga 22 kalibre nga luthang sa nagakurogkurog sini nga kamot kag naglupok. Natabu ang paglupok samtang nagadaho ang solterito sang isa ka libo ka pesos nga gintanyag ni Alex. Umigo sing kibyas ang diutay nga bala sang armas sa tuo nga braso tadlong sa ilok sa bahin sang abaga ni Swannie nga naglapos man sa iya likuran. Nakasugahaw ang dalaga sa waay pa sini nabatyagan ang kasakit sang iya pilas.

Nagdalagan dayon palayu ang tinedyer, kag nagkinarankaran man ang pila ka parukyano sang otel. Natawgan man gilayon sang gwardya ang igtalupangod sang tsuper sang van *sang* otel. Dinapit ni Alex si Swannie agod pasakyon sa *van* pakadto sa ospital. Paagi sa wala nga kamot, si Swannie tinakpan sini ang iya pilas nga nagadugo na. Nasugata nila nga nagapasulod ang *in-house doctor* sang otel kag pinara ini sang drayber sang *van*.

"Doktor, may naluthangan nga kliyente sang otel nga babaye nga naigo sa ibabaw nga bahin sang tuo nga braso tadlong sa ilok," panugid sang tsuper.

"Diin ang babaye nga napilasan?" pakiana sang doktor.

"Ari sa sulod sang *van* kay dalhon namon kontani sa ospital."

Nanaog sa iya salakyan ang doktor agod usisaon ang dalaga nga napilasan. Amo man ang pagsampot sang nars sang otel nga may dala nga *medical kit*. Sa tadlong sang ilok sa idalom sang *joint* sang *clavicle kag arm bone* ni Swannie ang iya pilas nga sulosobra lang tunga sa pulgada kalaba kag unod lang sini ang nasamad, suno sa doktor.

Ginburambudan ini sang doktor sang *tourniquet* sa ilok sa pagpauntat sang pagdugo. Ginlimpyuhan sang nars ang pilas kag sang nagtugon na ang pagdugo, ginplasteran ini. Gin-indieksyonan sang doktor sang bulong si Swannie nga panguntra sa impeksyon. Kag maayo naman ang pamatyag ni Swannie, waay na lang sila nagdayon sa ospital.

"Nadakpan man namon ang bata nga *addict*," panugid sang pulis kanday Swannie kag Alex kag gin-uli kay Alex ang isa ka libo. "Kinahanglan lang namon ang inyo *affidavit* para masaylo namon sia sa kustodya sang DSWD. Ini pa man lang ang una niya nga kaso, luas sa *illegal possession of firearm*."

"Salamat kag waay na kami sang testiguhan nga kaso diri sa Kalibo kay pumuluyo kami sang Manila."

Naglakat na ang mga pulis sang matigayon sang isa nila ka upod nga mapirmahan kanday Swannie kag Alex ang *print-out* sang *affidavit* nga ila ginhimo sa *computer* sang otel. Gindayaw man ni Alex ang kadasig sang pagtuman sang mga pulis sang ila sinumpaan nga katungdanan.

Pagkapanyapon nila ginhagad na ni Alex si Swannie sa ila hulot kay nagabaskog na ang hangin. Lakip ang Northern Panay sa signal numero uno sang bagyo.

"Dapat indi ka magpatugnaw sa hangin kay magasakit inang pilas mo. Kag indi mo paghukson sa *sling* ukon sakbay para madali mag-ayo kon indi ma-*stretch* ukon ma-*twist* kag maunyat ang imo unod sa braso," payo ni Alex kay Swannie.

"Kondi isa lang ka kamot ang ihakos ko sa imo," lahog ni Swannie kag nagkadlaw man si Alex.

"Basi magdugo ang pilas mo, sa pihak nga kama na ako mahigda."

"Alex, mahal ko, siling sang doktor indi man ining pilas ko magdugo kon indi ko lang paggamiton ang tuo nga kamot sa pagbitbit sang mabug-at. Idingot mo bala sa akon ang akon kalipayan sa ulihi nga adlaw sang aton pag-upod?" daw bata si Swannie nga nagapangayu sang dulse. Waay nagsabat si Alex kondi hinalukan lang ang dalaga.

"Alex, mahal ko, may nadumdoman ako, dapat sang Biernes ukon Sabado pa ang akon *monthly period*. Martes na subong a, pero waay pa. 'Ga, naduktan na ako," malipayon nga natig-ik ni Swannie kay Alex. Dungan gid sila sa adlaw ni Luem! Indi *superstitious* si Alex, *Ph.D., Doctor of Philosphy* ang kurso nga iya natapos, pero ayhan indi lang natabuan nga sa pareho nga adlaw sila nagsugod sa pagmabdos. Waay nagtugda si Alex, kondi dayon sini gwa sa ila hulot.

"'Ga, diin ka makadto, indi ka bala luyag nga magbusong ako karon nga daan?" Indi na nabatian ni Alex ang ulihi nga hambal ni Swannie. Malayo na sia sa iya man paglakat sing madasig nga abi sang makakita sa iya may luyag ini hingabutan. Nagsunod man si Swannie kay Alex, pero waay na niya inabutan ang lalaki, kon diin nagsuhot indi niya mapaktan. Daw may naglumos sa iya kasingkasing nga indi sini nahibal-an kon ano. Luyag niya maghibi.

Sa pagtindugon ni Swannie malapit sa ganhaan sang ila hulot, natuonan sang iya panulok nga buron na sa luha si Alex nga dalidali gid padulong sa iya kag maathag niya nga naaninaw nga nagayuhomyuhom man ining iya palangga.

"Swannie, dali ka," sa tatlo ka tikang nalab-ot ni Alex si Swannie kag inuyatan ang wala nga kamot kag butongon ang daw nagapaganot nga dalaga.

"*Ob-Gyne doctor* man ang *family physician* sining *hotel*, Swannie. Magpa-*frog test* ka kay buas sa aga mabal-an na naton ang resulta kon nagamabdos ka," nagaudyak man nga napulong ni Alex.

Pinahiran ni Swannie ang iya luha kag karon lang natalupangdan ni Alex nga naghibi ang dalaga.

"Ngaa naghibi ka naman?"

"Ginbayaan ko mo ako sa hulot nga waay hulohambal. Abi ko naakig ka sa akon nahambal sa imo."

"Sori gid, kay sa kalipay ko nga may katingala man, naisip ko nga dapat ipa-*frog test* ikaw kon nagabusong ka na. Namangkot ako sa doktor kon sin-o ang mapanugyan sini nga *Ob-Gyne* nga aton hingyoon ang bulig. Kag sa maayo nga swerte ang doktor diri sang otel, nahanas man sa *Obstetrics and Gynecology* nga sanga sang medisina. Gani, subong nga daan i-*frog test* niya ikaw," hinalukan ni Alex sa guya si Swannie nga naumpawan man kag nagayuhom-yuhom man sa daku nga kalipay.

"Indi ko na ikaw pag-interbyuhon agod indi kita maatraso. Ara ang garapa, butangan mo ina sang imo *urine* dira sa sulod sang banyo. May *bed pan* dira nga gamiton mo,"

direksyon sang doktor kay Swannie kag sinundan man sia ni Alex sa sulod sang banyo.

Natapos gilayon ni Swannie ang sugo sang doktor kag ginhatag man gilayon ang garapa sa *med-tech* nga nagauyat man sang paka. Ginindyeksyon man dayon sang *med-tech* ang bahin sang unod sang garapa sa paka kag ginbutang liwat sa kurong ini.

Pagkatapos nila bayaran ang *med-tech* nga amo man nagatatap sang ila *records* sa klinika, naglakat na ang duha pabalik sa ila hulot nga nagaagbayanay. Malipayon gid si Swannie nga daw positibo ang resulta sang *frog test* sa iya.

"*I believe this calls for a celebration,*" nabungat ni Alex. "*How about another bottle of*

Cabernet Sauvignon...no, wait, just a good wine for you. Pregnant women must not drink alcoholic drinks, okay? Doctor's order. But a shot or two of a Novellino won't hurt."

"Ikaw ang bahala, nag-inom lang ako kay ginbayaan mo ako. Ambot kon ngaa kapin

nga nasuboan gid ako sang nagaisahanon na nga nagahulat sa pagbalik mo. Indi na maliwat ato," daw nagapaathag si Swannie sa nahimo nga sobra nga pag-inom sang alak.

Nag-order si Alex sang baratuhon nga *wine* nga manubo man ang *spirits* kag nag-*shot* man si Swannie.

Waay nila naubos dayon ang *wine* kay laban ang halok ni Swannie kay Alex sangsa iya paglag-ok sang *wine*. Gani sang mag-init na sila nga duha, ginkalimtan na nila ang *wine*. Ginpadayon nila ang ila selebrasyon sa iban nga paagi nga ginkalipay gid ni Swannie.

Matiun-tion pa…

"Alex, 'Ga, ano bala ang nabatian ko nga katingalahan sa *coincidence* nga nasambit mo sa bahin sang amon bulanan nga deyt ni Luem? Dungan bala nga Biernes hasta Domingo ang pag-abot sang iya man ni Luem?

"Kon patihon ko ang ginsugid niya sa akon," sabat ni Alex. "Dungan kamo nga nagapaabot. Pero una sia sang isa ka bulan nga nagmabdos sangsa imo kon positibo ang imo resulta buas."

"Basi kon laban ang imo nga mga *gene* sa duha ka mga anak mo sa amon ni Luem, mahimo nga parehas sa imo ang ila hitsura. Basi amo ina ang buot silingon," ang napautwas man ni Swannie nga haumhaom.

"Pero kon babaye ang kay Luem, morena ukon kayumanggi ang pamanit. Lahog man ni Luem sadto sa akon, Lolo niya si Datu Marikudo nga tumandok nga Ati diri sa amon sa Panay," lahog ni Alex kay Swannie.

"Ilonggo ka gali, 'Ga, nalimtan ko ina. Ang lolo ko sa amay siling ni Daddy nagdaku sa Sipalay, Negros Occidental, kondi may lahi man ako nga Ilonggo."

"Nakakadto ka na bala sa Sipalay? *Mining community* ini gani daku man nga syudad."

"Indi pa gani, bisan ginhandom ko man ina sadto."

"Kon luyag mo magbakasyon didto, may tiya ako nakapamana didto kag daku ang ila puloy-an. Malapit man ini sa mga *beach resort* didto kay bale sa tunga-tonga sila sa *coastal area* sang banwa."

"Kontani waay lang sing daku nga problema nga maabot sa aton, agod pwede ako nga magbakasyon didto sa duog sang lolo ko," sambit ni Swannie.

Sina nga gab-i waay gid man nagdugang ang kabaskog ang hangin kag madasig man ang bagyo nga nagtbok nayon sa bagatnan sang Luzon kag sa punta na ini sang Palawan, pero mahinay lang ang hangin. Kanselado pa ang lupad sang mga eroplano pa-Manila gikan sa iban nga duog bangod sa mabaskog nga ulan kag baha sa kabilugan sang Luzon, labi na sa Metropolitan Manila. Na-*divert* man ang masulod nga *international flight*. May duha ka eroplano nga naghugpa sa Kalibo gikan Australia kag Korea. Madulom pa ang kahawaan sa ibabaw sa Manila. Suno sa PAGASA mahimo nga magaayo na ang panahon sa hapon sang Mierkoles.

Aga pa naghimos sanday Alex kag Swannie agod mamahaw. Pagkatapos kaon nila duha man sila nga nagtika sa klinika sang doktor. Nars ang naabtan sang duha sa klinika. Kag may kasadya man nga ginbalita sang nars nga positibo ang resulta, samtang iya pa ginapangita ang rekord sang resulta nga ayhan natagu sang *med-tech* sa isa ka *drawer*.

"Ari, ari na ang kopya sang rekord sa *frog test* mo, Ma'am. Positibo, madamo gid ang naitlog sang paka," kag hinatag sang nagayuhom man nga nars ang papel kay Swannie. Nag-alawas man dayon ang kalipay ni Swannie sa iya dughan sa nabatian.

"Malapit na lang maangkon ko ang akon ginahandom nga anak!" kag sang pagtalikod sang nars, hinakos man ni Swannie si Alex kag halukan sing makaduha.

"Ang pilas mo, basi magdugo," nabungat lang ni Alex kay nagatukod man sa tiyan ni Alex ang kamot ni Swannie nga nasab-it sang *sling* sa liog sini. Nagbalik ang nars sa pagtan-aw sang pilas ni Swannie.

"Ma'am, maglingkod ka anay kay ilisan ko ang benda sang imo pilas," hambal sang nars sa luyag magtumbo-tombo nga si Swannie.

"Ma'am, *congratulations!* Madugay bala nga ginhandom mo ang anak? Kami sang bana ko, pito gid ka tuig ang paghulat namon kag makahuman sang isa. Pero karon, lima na sila," masadya nga panugid sang nars nga ayhan kaedad man ni Swannie.

"Abogado ang akon bana kag sia subong ang *provincial administrator* sa amon puod."

"Maayo gid ang imo kapalaran. Kamo nga mag-asawa may maayo nga trabaho, gani masaguran gid ninyo ang inyo mga anak. Indi katulad sadtong *addict* nga solterito. Waay siguro sang ikasarang sa pagpabutho sa iya ang iya mga ginikanan, gani nangin biktima sia sang mga durogista."

"Misis, madamo gid nga salamat."

Natapos sang nars ang *dressing* sang pilas ni Swannie. Nagbalik dayon ang duha sa ila hulot. Kon waay pilas si Swannie siguro nga nagtumbo-tumbo na ini sa kalipay.

"Daw indi mag-ugdaw ang kapin nga kalipay ko kay ang akon madugay na nga handom nga makaanak nagbunga na. Bisan nga indi ko man maangkon sing lubos ang akon hinigugma," nasambit ni Swannie kay Alex.

Waay nagsugpon si Alex sa nabungat ni Swannie. Madalom ang iya isip.

"Ngaa daw nag-apa ka, 'Ga? Indi ka bala masadya kay napahalipay mo ang babaye nga nagahigugma gid sing bunayag sa imo?" Ginhalukan dayon ni Swannie si Alex. "Ini siguro ang ginahulat mo," liwat nga hinalukan sang dalaga si Alex, ginhutikan nga dapat may kasugpon ang ila selebrasyon. Ang handom ni Swannie may katumanan na.

"Naisip mo bala, Swannie nga sa waay pa natapos ang duha ka tuig tatlo na ang akon panganay? Dapat bilang lalaki ipabugal ko ini, pero, para sa akon daku ini nga gumontang nga makaguba sang akon matawhay kag mabungahon nga pangabuhi."

"Wala ka sang kasal-anan, Alex. Kami nga duha ni Luem ang may daku nga kasal-anan sa Dios kag sa pareho namon nga tawo. Ayhan patawaron man kami sang aton Tagtuga. Indi man namon kasal-anan nga ginhatagan niya kami sining klaseng' kapalaran." Kag inulan sang abak-abak nga halok ni Swannie si Alex sa iya guya.

Daw naumpawan si Alex sa ginbuhat ni Swannie.

"Wala sing mahimo nga pagpamatok ang maluming nga kabalyero sa kapagsik kag kakisay sang nagaharahara nga paghigugma sang isa ka dama," may lahog nga pulong ni Alex. Nagkisdong si Swannie, pero hinalukan may dayon sia ni Alex sa mga bibig sing wala untat kag daw indi man makaginhawa sa pagpamatok ang dalaga. Kag liwat ang duha nagsalo sa pagsagamsam sang kalipay nga madulot sang nagadabadaba nga balatyagon nila para sa isa kag isa.

Umolan man dayon sing tuman kabaskog nga ginasamayan pa sang makakilibot nga kilat kag makatilingil nga daguob nayon sa bahin sang Antique. Daw ginatulod palayu ang *thunderstorms* sang daw ginabubo lang nga pag-ulan. Daw nagpundo ang sentro sang bagyo sa norte sang isla sang Palawan kag nagdulot ini sang malapad nga pag-ulan sa norte sang Panay, Romblon, Masbate kag Mindoro.

Alas nwebe pa lang sa aga, pero nakatulog na sing mahamuok ang duha. Waay sing paglaom nga magtilha ang panahon sa hapon nga ina. Sang alas onse na naligo si Alex, samtang si Swannie naggamit lang sa laba kara sa pagtinlo sang iya kaugalingon bangod sa iya pilas.

Nagring ang *cellphone* ni Alex. Si Daphne ang nagapanawag.

"Ari ako sa otel sa Kalibo. Indi ka lang magpalibog. Waay sang biahe ang mga bus pakadto sa Dakbanwa sang Iloilo kay indi magkatabok sa Passi kag sa pila ka banwa diri sa Aklan kag dira man sa Capiz. Grabe ang baha. Para sigurado, buas na ako mapauli. Ari man ang mga kaupdanan ko sa kompanya," pagbinutig ni Alex."Kamusta kamo dira?"

"Waay nagbaskog ang hangin diri, gani sige man ang amon klase. Ari si Andre, ipalapit ko sa iya dulonggan ang *cellphone* ko."

"Nonoy Andre, Anak, kamusta ka. Si Daddy nabagyuhan. Magpakabuot ka lang, ha? Bye, Nonoy Andre," nag-udyak man si Andre sa pagkabati sang iya ngalan.

"Daphne, wala ka bala sang problema dira?"

"May ara, 'Ga. *I miss you*," natusngaw ni Daphne.

"Buas, ara na ako." Gintakop ni Alex ang iya *phone*.

"Nahisa gid ako kay Daphne, kay ginpakasalan mo sia. Bisan indi mo ako mahal, kon ako sa lugar Daphne malipay gid siguro ako."

"Ara ka naman, ipaathag ko bala liwat kon ngaa nakasal kami? Si Luem, waay gani sang reklamo. Nahangpan niya nga may kasal-anan man sia sa natabu. Kon sadto pa ginhigugma na niya ako kontani sia ang asawa ko. Pero suno sa siling mo kapalaran man naton ina, gani waay sing may kasal-anan kon ngaa nagsubong sina ang aton pagkahimtang.

"Nagahulat man si Daphne nga higugmaon ko sia. Ako nagahulat man nga matabu ina, pero ayhan sa ulihi nga panahon magabag-o sa aton ang tanan para sa aton man kaayuhan."

"Nabaton ko na nga waay ako sang hulaton. Si Luem ang pwede maghulat. Basi
may diborsyo sa ulihi diri sa aton, magabag-o gid ang tanan."

Sang... hingalagan lang.

"*Attention, Attention. Paging the attention of Miss Sonya Anita Villamaestre. Emergency telephone call for you at the check-in counter. Thank you.*"

"Alex, 'Ga, may *emergency call* para sa akon, diri ka lang anay kay sabton ko."

Dali-dali man nga nagkadto sa *check-in desk* ang dalaga. Ginhatag man sa iya ang telepono sang otel sang isa ka empleyada.

"Hello!?"

"Miss Sonya Anita Villamaestre? Ma'am?

"Yes, speaking."

"The Colonel wants to talk to you, Ma'am."

"Connect me to him, please."

"Swannie, ano inang' nabalitaan ko nga ara ka dira sa Boracay, kaupod sang imo nobyo nga may asawa na?" diretso nga pangusisa sang magulang ni Swannie nga katapo sang Philippine Army.

"Manong Rodin, sin-o naman ang tsismoso nga naghatag sang sayop nga impormasyon nga ina?"

"Swannie, sabta anay ang pamangkot ko," pulong sang magulang ni Swannie nga si Col. Rodindo Villamaestre, kabulig nga hepe sang MIG ukon *Military Intelligence Group* nga bahin sang *Intelligence Service Armed Forces of the Philippines* (ISAFP).

"'Nong, matuod nga nagkadto ako sa Boracay kay nag-*invest* ako sang kwarta sang mga *stockholder* sang isa naton ka kompanya nga luyag magbuylog negosyo nga *hotel-resorts* nanday Dr. Alex Vera Cruz. Kita na subong ang *minority stockholders* sang isa ka *hotel-resorts* sa Boracay. Naka-*tie-up* na subong ining *hotel* sa aton man *hotel* sa Anilao. 'Nong, mag-*retire* ka na abi kag ikaw ang magdumala sang aton mga negosyo. Maluya na si Papa."

"Swannie, indi mo gani ako pagtudloan sang buhaton ko, ha! Kag mag-andam ka! Kay daw ginapahamak mo ang kadungganan sang pamilya Villamaestre!"

15

"A NO'NG buot mo silingon, Manong, nga mag-andam ako?" nakibot nga napakiana ni Swannie sa magulang kay ginpaandaman man sia sini.

"*Bright* ka, Swannie, indi ka na gani mag-inarte dira, ha? Indi ka magpaaluy-aloy. Basi, waay mo nahibal-i nga may ideya ako sang imo ginabuhat. Nga daw pakahuy-an mo ang aton pamilya, daw ikaw pa ang nagapangaluyag sa lalaki!"

Daw diutay nga bomba ang naglupok sa kilid ni Swannie! Ginpatiktikan kag padayon nga ginapatiktikan sia sang iya magulang sa iya mga ahente kag soldado? Hinali nga nagtulolamos ang mga luha ni Swannie. May kamatuoran ang ginhambal sang iya magulang. Waay na sing nasugpon si Swannie kondi pisngo sang isa ka nakibon kag indi makalikaw sa pagkaipit sa pamusod. Pero, ulihi na ang tanan, ang paghigugma matuod, makatilingala suno man sa iya hinigugma nga si Alex.

"Swannie, ngaa waay ka na nagasabat? Matuod ang hinambal ko, ano?" ginpasikto sia sang magulang.

Ginpahiran ni Swannie ang iya luha. Subong, kinahanglan nga magpakatawhay sia sa pag-atubang sa palaligban nga sia man ang nagpilit nga matuga.

"Dira na kita sa balay magsugilanon, 'Nong. Kinahanglan ko ang bulig ninyo tanan nga mga utod ko. Ina kon palangga ninyo ako bilang utod ninyo. Ukon nagaulikid man kamo sa akon. Indi ninyo anay pagsugiran ang nagaisahanon na nga Papa naton sang mabug-at ko palaligban. Kay basi ang iya paborito nga Baby Girl sadto amo pa ang mangin mitsa sang iya pagpaalam sa dutang' luhaan. Maayo si Mama kay indi na sini mahimo masaksihan pa ang pag-antos sang anak man nga paborito."

"Sige, Swannie, hulaton ka sang bug-os nga pamilya diri sa aton puloy-an," kalmado na ang magulang sang dalaga. Mabulig na ini sa iya, sa kaayuhan sang ila pamilya. Indi basta-basta nga masikway si

Swannie sang iya mga utod, bisan daku ang iya kasal-anan sa pamilya. Sang nagsugod nga magbatyag ang iya iloy sang *diabetes* nga madasig nga naglala, waay na sang panahon ang ila amay sa pag-asikaso sang ila negosyo kag sang pulitika. Sa baylo, ang pagtatap na lang sa nagabalatian nga asawa ang ginbuhosan niya sang iya panahon. Manogtapos na si Swannie sang iya kurso sang naglala ang balatian sang pinalangga nila nga iloy. Gani, si Swannie nga bag-o nakatapos sang iya kurso sa kolehiyo ang nagtal-os sa ila amay. Pagkatapos sang duha ka tuig nga pag-antos nagtaliwan man ang iya iloy.

"Anak, palangga, ikaw na ang magbulos sa akon sa pagtatap sang aton kabuhian. Indi ko man masaligan si Manong Rodin mo kay luyag gid sini ipadayon ang iya

pagsoldado," isa ka aga ginhambal si Swannie sang iya amay.

"Papa, indi ka magpalibog nga indi matatapan ang aton kabuhian," ginhulohapulas man ni Swannie ang abaga kag likod sang amay. "Ginpabutho mo ako agod mangin handa sa pagtal-os sa inyo nga duha ni Mama sa pagpalakat sang aton negosyo."

Gani, lab-as pa gikan sa pagbutho sa kolehiyo sa kurso nga *Bachelor of Science in Business Administration, major in Economics*, ginpangabaga na sang dalaga ang buluhaton sang duha ka tawo. Sadto ang amay kag iloy nila ang nagapalakat sang ila negosyo. Kag kapin nga napadaku ni Swannie ang sari-sari nga mga negosyo nila.

Mapinalanggaon gid si Swannie sa iya mga utod. Ang tanan nga pangayuon sang mga utod sa iya, ginahatag niya basta maghimakas nga makatapos sang ila kurso ang kada isa. Ang apat ka mga manghod nga nagabutho may kotse nga kaugalingon pati ang hayskol pa nga agot nila nga si Merly. Ginpailisan man gani ni Swannie ang *antique* na nga kotse sang magulang nga soldado. Ang tin-edyer na nga anak nga lalaki ni Rodin, palangga man ni Swannie kag ginbaklan man niya ining hinablos sang bag-o nga salakyan. Tatlo lang ang anak nanday Rodin kag sang asawa nga si Mina. Si Mina manedyer man sang isa ka kompanya nanday Swannie. Ang duha ka babaye nga hinablos sini kay Rodin, hayskol pa lang ang magulang kag ang kinagot *Grade VII*.

Pero ining duha nagaupod lang sa isa ka salakyan nga ginbakal man sang ila tiya nga si Swannie, nga gintawag man nila nga *the best auntie in the whole world.*

Subong duha na ang kabulig ni Swannie sa pagpalakat sang ila negosyo, sanday Ramie kag Gigi. Pareho nga *engineer* ang duha, si Ramie, *civil engineer* kag si Gigi, *mechanical engineer*. Si Ramie ang puno sang ila negosyo nga *construction,* samtang si Gigi ang nagadumala sang pila ka planta nga nagadelata sang isda nga sardinas sa Zamboanga City. Manogtapos na man sanday Carrie kag Zeny sang ila kurso. *Bachelor of Science in Business Administration* (BSBA) si Carrie kag *major in Economics* man. Si Zeny naman *BSBA in Accountancy* kag nagarepaso pa para sa *CPA board exam.*

Gani, mamag-an na ang trabaho ni Swannie. Nahatagan man sia sang kahigayunan sa pagdagyang. Apang ang *best sister* kag *best auntie* may daku nga palaligban karon.

HUWEBES na sang aga nakapauli si Swannie sa Manila. Sa iya pag-abot, ginpatawag dayon si Swannie sang amay sa kakibot man sang dalaga. Nasayran na bala sang ila amay nga may mabug-at sia nga gumontang?

"Swannie, pinalangga ko nga Anak, nalipay gid ako pagpalakat mo sang aton negosyo. Ang tanan naton nga ginsudlan nga negosyo, mainuswagon kag madinalag-on gid. Ayhan ipiyong ko ang akon mga mata nga waay sang paghinulsol sa pagpadaku namon sa inyo nga anom ka mag-ulotod. Malipayon gid ako nga makabuylog si Mama ninyo, bangod madinalag-on gid ang amon pag-asawahay nga nakapadaku sang modelo nga mga kabataan sa kapisan kag kaayuhan sa dungganon nga paagi. Kontani luyag ko pa madalu ang apo ko sa imo, pero nagahulat na si Mama mo."

"Papa, magalawig ka pa, kinahanglan pa namon ikaw!" Ginhakos ni Swannie ang amay nga padayon man ginpulopikpik sang amay ang likod sang pinalangga nga Baby Girl.

"Kapoy na gid ako, Anak. Kapahuwayan nga dayon ang kinahanglan ko… Aba, alas onse na, nagutom na ako." Gintulod ni Swannie ang *wheel chair* sang amay pakadto sa iya hulot sa pagtomar sang mga bulong nga ginreseta sang doktor.

"Anak, kon ako ang masunod indi na ako mag-inom sang bulong. Nagapalawig lang ini sang akon pag-antos," napulong sang tigulang kay

Swannie. Waay nagsabat si Swannie kondi gintan-ay ang duha ka tabletas sa amay kag ang baso nga may tubig.

"Diri ka lang anay sa hulot mo, Papa, kay kuhaan ko ikaw sang pagkaon."

Madasig nga nakabalik man si Swannie. Ginhungitan sini ang amay, pero pagkatapos sang apat ka kutsara, nag-ulong-ulong man ini. Pagkainom sang tubig, ginpahigda sia ni Swannie sa iya kama. Daw nagin-utan ang tigulang, gani pinataasan ni Swannie ang lamig sang *aircon*. Matiun-tion pa tulog na ang tigulang. Naggwa dayon si Swannie kay indi mapunggan ang pag-agay sang binantok nga mga luha nga kaina pa niya ginapunggan. Ambot kon sa kaluoy sa kahimtangan sang tigulang ukon bangodsa iya problema ukon sa duha man, nga luyag niya nga magwawaw.

Natulogan man si Swannie pagkapanyaga kag alas tres na ini nakabugtaw. Dayon man sulod sang dalaga sa hulot sang amay. Sa una pa lang nga pagtulok ni Swannie waay gihapon tinimuk-timok ang amay. Ayhan mahamuok gid ang katulogon sang hapon nga ina. Sang hikapon sang dalaga ang kamot sang amay, matugnaw ini, basi kon nasobrahan ang katugnaw sang *aircon*. Pinisga ni Swannie ang pulso sang amay, waay sia sing nabatyagan.

"Dali tawgon ninyo si Dr. Calasanz!" nasinggit ni Swannie. Nagdalidali ang isa ka kabulig nila sa pagtelepono sa puloy-an sang ila kaingod nga doktor nga suod man nga abyan sang pamilya.

Manoglakat na si Dr. Calasanz, pero nagsiling man dayon ini nga tan-awon niya ang kahimtangan sang abyan. Diretso sa kwarto ang doktor, dinun-an sang *stethoscope* ang dughan sang tigulang. Waay sia sang nabatian, sa ibabaw sang tagipusuon naman gintungtong liwat sang doktor ang punta sang *stethoscope*, hinikap ang pulso, waay sang kibo nga nabatyagan. Ginbuksan ang mata kag pasigahan sang lente, waay reaksyon. Nag-ulong-ulong ang doktor. Ang termometro sa ilok sang tigulang waay naghulag ang duag pula nga *mercury*.

Gin-uyatan niya ang isa ka kamot ni Swannie. *"I'm sorry, Swannie, your Papa has joined your Mama about thirty minutes ago."*

Hinakos may dayon ni Swannie ang waay na sang kabuhi nga amay nga todo gid ang paggurahab. Kaina sang udto lang nagsugilanon pa sila. Nagapaalam na gali ang tigulang sa iya. Nag-alabot dayon ang tanan niya nga utod gikan sa pag-opisina nga tinawgan man sang ila mayordoma. Pati ang tatlo ka hinablos ara man.

Tinawgan man dayon ni Swannie si Alex. Maatraso ang pagsugilanon sang mag-ulotod sa bahin sang problema ni Swannie. Dapat kalma lang anay si Alex. Pero, waay nagsugot ang dalaga nga maduaw si Alex sa haya sang iya amay.

"Sa diin subong ang imo amay?" pamangkot ni Alex.

"Ginahimos sa punerarya ang iya bangkay. Buas pa kuno dalhon diri sa balay. 'Ga, Alex, nasugid ko bala sa imo nga ginpatiktikan ako sang akon magulang nga ako ang nagapangaluyag sa lalaki kag ikaw ina? Indi ka na lang magduaw sa haya ni Papa kay basi maakig si 'Nong Rodin kag pakahuy-an ka. Kondi daku nga eskandalo. Maayo kon makapaumod ka, kon indi, may iban ayhan nga matabu nga mabutang sa delikado ang kabuhi mo. Indi ko luyag nga mamatay ka gilayon, 'Ga."

"Basta dayunon mo ang imo plano nga didto magpirme sa Australia tubtob nga imo ipanganak ang aton panganay."

"Aton panganay? Ano luyag mo nga may manghod ang mangin anak ko? Sobra na ayhan ina. Daw indi na ako sang dugang nga problema." Kuno abi nagapaindi na sia.

"Kon indi ka waay ko man ikaw ginapilit," tambing ni Alex. "Kon luyag mo indi na ako magpakita sa imo. Indi man ako luyag madugangan ang kasal-anan ko."

"Kon wala na kita sa negosyo, pwede gid nga indi na kita magsugataay. Pero sa karon, masunson man gihapon nga magkrus ang aton dalan. Mga duha, tatlo ka tuig mahimo ako magpuyo sa Australia sa pagpalapnag sang amon negosyo. Kon kapin pa dira madamo ang matingala kag magtaas sang kilay sa mga abyan kag kakilala ko. Mahimo matukiban pa ang aton likom," dugang ni Swannie.

"Sa bahin ko, indi ako mahimo nga magpuyo sa iban nga duog sing madugay man.

Buluthoan ang daku nga negosyo nga masunson nagakinahanglan sang akon igtalupangod," paathag man ni Alex.

SANG sumunod nga adlaw, nakabaton si Alex sang malip-ot nga

sulat gikan kay

Luem. Ginbalita ni Luem nga nakakadto na sila Lourdes sa France kag sa Fatima sa

Portugal. Nag-agi ang tatlo sa Roma. Sa maayo nga swerte, nakabaton ang tatlo sang bendisyon sang Papa. Sang matapos ang ila hugot kag mainit nga pangamuyo, si Luem naghambal sa iya duha ka tigulang nga indi na tanto ang pagsakit sang iya ulo. Pero panalagsahon nga nagasukasuka sia.

"Daw naatraso ina sa imo, dapat didto pa kita sa Pilipinas, nagsukasuka ka na," nasambit sang iloy. Waay nila nga duha nga mag-iloy pag-isugid sa amay ni Luem ang ang ila likom nga pagmabdos ni Luem. Pagkatapos na sang pagsugod Luem puyo sa Canada kag ugaling sugiran agod ipahibalo sa amay ni Luem ang natabu sa ila anak.

"Ang masunod namon nga kadtuan amo ang Middle East ukon Tungang' Sidlangan.

Maduaw kami sa mga balaan nga duog sa kadutaan sa Israel, Syria kag Palestina," panugid ni Luem kay Alex.

SA Rome, Italy, sumakay ang tatlo upod sang iban nga turista sa eroplano nga gin-arkilahan ukon *chartered flight* sang *travel agency* sa Paris nga naghugpa sa *Ben Gurion International Airport* sa Tel Aviv, sa pungsod sang Israel. Gikan sa *airport*, nagpadulong sila sa syudad sang Haifa. Naghotel sila sa Haifa kag gikan diri sila nagpadulong sa Nazareth pagkapanyaga.

Sa balaan nga syudad Nazareth, nasaksihan nila ang prusisyon sang mga tumoluo sang nanuhaytohay nga mga pagtuluohan katulad sang *Jewish, Muslim, Christian, Roman Catholic, Eastern Orthodox, Baha'i,* kag iban pa. Ini pagpakita sang pagpasuyon lang sa paagi sang kada isa nga tumoluo ukon *religious tolerance.*

"Matalupangdan nga ang Nazareth ang kuna sang Kristyanismo, kay diri ginpahayag

sang anghel Gabriel kay Maria ang mensahe nga magapanamkon sia paagi sa gahom sang Espiritu Santo. Diri ang aton Ginuong Dios nangintawo kag nagdaku sa dagway ni Jesus. Ang Nazareth isa man ka syudad sang relihiyon, pagtuo, sang pagkabalaan kag espiritwalismo.

Manggaranon man ini sa kasaysayan, arkyulohiya, kultora kag may makalulomay nga kaanyag sa Tungang' Sidlangan," panaysayon sang ila giya.

"Kontani may panahon kita nga maobserbahan gid ang mga pagginawi diri sang mga tawo nga nagikan sa magkatuhay nga mga duog," natuaw man ni Tya Vangie.

Sang dumason nga aga, gikan sa Nazareth, nagpadulong sila duog sa panghigaron sang *Dead Sea*.

"Ang mga maragtason nga lugar sa higad sang *Dead Sea* ang bisitahon naton," pahayag sang ila manunoytoy.

"Kahibalo bala kamo nga *Dead Sea* ukon Patay nga Dagat ang ngalan sini kay waay sing tanom ukon hayop-dagat nga nagakabuhi diri bangod sa iya sobra nga katayam ukon kaalat sang tubig? Kag sa kadamo sang asin sa tubig indi man maglugdang ang magalangoy diri? Suno sa panalawsaw sang mga eksperto, ang dagat nga ini ang pinakamanubo nga duog sang kalibutan. Ang kalsada ukon *highway* diri 393 ka metros man ini sa idalom sang lebel ukon kataas sang dagat (*sea level*).

"Ginadaligdigan ukon ginagibwangan ang *Dead Sea* sang tubig sang suba sang Jordan, apang waay man mabuhinan ang katayam sini, bisan pa nga ginhambal sadto sa isa ka propeta nga mabasa sa Biblia, sa Ezekiel 47:1-10, nga *mapuno ini sang mga isda nga epekto sang tubig nga magahalin sa templo nga magatayon sa dagat kag magabuhin sang katayam sini.*

"Sa sugbohan nayon nga bahin sang *Dead Sea*, ara ang En-Gedi, ang *oasis* sa

tunga sang disyerto ukon duog nga may tubig gikan sa tuboran. Kag ang palibot sining' *oasis* ginapuy-an sang madamo nga mga tawo, hayop kag sari-sari nga tanom. Makita man naton diri sa nasugbohan nga bahin sining' dagat ang kweba sang Qumran nga ginhimo nga librerya sang Biblia. Sa kweba sang Qumran ginatago ang bahin sang daan nga testamento nga ginatawag man nga *Dead Sea Scrolls*. Kag sa palibot man Makita ang simbolo sang katapusan nga pagpamatok sang Israelinhon ukon Jews sa gahom sang mga mapiguson nga soldado sang emperador sang Roma, ang kota sang Masada," padayon sang ila manunoytoy.

"Matuod bala nga makabulong sa palanakit sa lawas ang tubig

sa *Dead Sea*?" pangusisa ni Tya Vangie.

"Matuod ina, Ma'am," sabat sang ila giya. "Pati hangin sa ibabaw sang dagat,

makapaayo sa pagginhawa sang tawo. Kon maglangoy ka mahapos lang kay indi ka malugdang sa tubig bangod sa asin."

"Kon amo may tiempo kami nga maligo," masadya nga natuaw man ni Tya Vangie.

"Makapaligo gid kamo kay sa higad sang dagat ang *hotel* nga dalayunan."

"Madamo nga mapuslanon nga mga bagay ang makuha sa *Dead Sea*, katulad sang mga sangkap sa mga bulong nga *herbal*. Sa *Dead Sea* man gani sadto ginkuha sang mga taga-Ehipto ang mga sangkap sa embalsamasyon sang ila mga patay nga ginatawag nga *mummies*.

"Waay gid bala bisan mga magagmay nga sapatsapat nga nagakabuhi sa *Dead Sea*?" Nagaduhadoha ang amay ni Luem kay ini daw nagahimutig sang nasambit sa Biblia nga ginsiling man sa ila sang ila manunoytoy.

"May kahigayunan gid ikaw nga mapamatud-an ina kay maligo man ayhan kita sa *Dead Sea*," natugda ni Tya Vangie sa pamangkot sang bana sa ila giya.

Isa ka oras kag tunga nga dalagan sang bus sang nabasahan na nila ang *Welcome*

to Jerusalem. Nagdulog ang bus sa atubang sang moderno nga *hotel*.

"Manyaga na kita sa waay pa kita makabisita sa mga balaan nga duog diri sa

Jerusalem kag mga malapit nga duog nga luyag ninyo bisitahan. Basi magaluntad kita sang tatlo ukon apat ka adlaw diri para makadtuan naton ang tanan nga balaan nga lugar nga sadto nasambit na sa Biblia," dugang nga pahayag sang ila manunoytoy.

Nanyaga sila sa kalan-an sang *hotel* kag didto naka-*order* sang pagkaon nga lutong' Pilipino sanday Luem. Pwede maka-*order* sang pagkaon sang tagsa nila ka pungsod ang magdayon diri sa *hotel* nga para gid sa pangayaw nga mga turista.

"Ano ang pwede makita sa idalom sang dagat? May mga dakaldakal sang aspalto

pa nga nagagwa halin sa idalom, luas sa daw bukal nga asin. Hasta subong may makuha man nga *potash* para sa paghimo abono kag iban nga produkto," padayon sang giya.

. "May makuha man sa idalom sang tubig nga sangkap para sa paghimo sang bulong nga *herbal*, *cosmetics* kag sangkap nga pangpatahom sa lawas sang tawo."

"Kon katahom ang pagahambalan, kag ikaayong lawas, makabulig man sa aton ang

bug-os nga pagkabunayag pirme sa isa kag isa. Sa aton pagpakig-upod sa pareho naton nga tawo, kinahanglan nga wala kita sing ginahimo nga paglimbong diri," amot ni Tya Vangie.

Nauntat ang ila sinugilanon sang makita nila ang bag-o lang nagdulog nga bus sa atubang sang *hotel*. Madasig nagpalapit sa grupo ang ila manunoytoy.

"Malakat na kita subong. Mga duha ka oras nga naulihi kita sa aton paglibot diri sa

sakop lang sang Jerusalem," hambal sang ila giya. "Pero sa waay pa magdulom

makumpleto man naton ang aton pagbisita sa mga duog diri sa palibot sang Dakbanwa

sang Jerusalem.

"Ang mga duog nga kaladtuan naton subong amo ang *Old City* nga bahin sang Dakbanwa sang Jerusalem sa sidlangan. Ang nasugbohan amo ang bag-o nga bahin sang Jerusalem kag diri ining otel nga aton dalayunan. Sa *old city*, makita naton ang nabilin nga mga bahin sang nagkalaguba nga simbahan, ang daan nga templo sang Jerusalem kag moske nga Al-Aqsa."

Gikan sa duog sang mga guba nga simbahan kag moske, nagpadulong naman ang grupo sa mataas nga bahin sang Jerusalem nga amo ang *Mount of Olives*.

Bangod kay nahinalpan na sang adlaw ang grupo, nasaksihan

nila ang madamo nga dagway sang mga daan nga mga estatwa kag monumento sa mga edipisyo nga guba. Ang iban nga may huyog sa arte, matahom ang sari-sari nga landong. May pila ka turista nga mahinadlukon sa dulom, kag nagpulonsok man sa ila padayon nga pagtamod sa ila palibot. Isa ka daku nga ilaga ang nag-abiabi sa mga bisita ang naglukso gikan kilid sa guba nga simbahan kag tumopa sa isa ka babaye nga nagsugahaw sing matunog!

16

NAGKINARANKARAN man dayon ang mga turista. Nakasunggo ang ulo sang isa ka babaye nga ayhan dalaga pa sa bahin sang ganhaan sang guba nga simbahan. May isa pa gid ka tulotigulang nga babaye nga nahulog sa tatlo ka halintang nga guba nga hagdanan kag nagsal-ot nga daw naipit ang tiil sa duha ka natumba nga haligi. Natawgan man nila gilayon ang mga lalaki kag babaye nga nagatatap sang *shrine*. Napalos man ang tiil sang babaye kag nabulong. Nakalakat man ini kay waay man sing nabali ukon natipalo nga bahin ang iya tiil.

Sang areglado na ang tanan nagpadayon sa pagpanaysayon ang manunoytoy sang mga turista.

"Sa *Mount of Olives* makit-an man naton diri ang mga daan nga sementeryo nga ara ang pantyon ni Absalom, mga daan man nga simbahan, Gethsemane, ang Simbahan ni Maria Magdalena nga iya sang grupo nga ang relihiyon *Russian Orthodox*, nga katoliko man, apang iban ang ila seremonyas kag wala sila nagakilala sang Papa sang *Roman Catholic* sa Vatican. Kag ginapatihan nga ang *Church of the Holy Sepulchre* ukon Santo Sepulcro, amo ang duog sang pantyon ni Jesukristo.

"Ginasigahom man nila nga ang bakulod Golgotha kon sa diin ginlansang sa krus ang aton Ginuo nga si Jesus diri man makita, lamang indi gid mapat-od ang duog. Sa sur pa gid sang sinambit nga lugar ang *City of David* kon sa diin may nakutkotan diri nga *Hezekiah Tunnel*.

"Sa nasugbohan sang bag-o nga bahin sang syudad sang Jerusalem, yara ang maduagon nga arkitektura sang simbahan sang *German Temple Society*, *Mount Zion* nga palahuwayan ni Haring David, kag ang *Mount Scopus* kon sa diin nagatindog ang *Hebrew University* nga 2,710 ka tapak kataas sa lebel tubig-dagat. Gikan sa kilid sang unibersidad makita man ang matahom nga talan-awon sang bilog nga Jerusalem, ang *Temple Mount* kag ang *Dead Sea*."

Samtang sang sa *Hebrew University* ang grupo, nagkagat na ang dulom sa *Mount Scopus*, gani nagbalik ang grupo sa ila *hotel*.

"Buas sa aga, mabalhin naman kita sang dalayunan sa En-Gedi kay makadto kita sa Qumran, Masada kag sa higad-dagat sang *Dead Sea*," pahibalo sang ila manunoytoy.

Pag-abot sa *hotel*, nagpahuway anay ang tatlo kag naghulohigda sa waay pa ang

panyapon. Ang iban nga mga bataon nila nga mga kaupod sige ang inestorya sa gwa.

"Magtomar na kita gilayon sang aton bulong para sa mataas nga presyon. Ako daw nakabatyag man sang kakapoy, basi medyo mataas lang aton presyon sang dugo." Kinuha ni Tya Vangie ang duha ka baso nga ara sa lababo sa ila kwarto, agod isalod sa

gripo. Kag naglumoy sing isa ka tableta nga iya ginapasundan sang tunga sa baso nga tubig. Ginbutangan sang tubig ang isa ka baso kag gindala sa iya bana kaupod sang isa ka tableta sang bulong man sang iya bana nga si Tyo Ely.

"Papa, Mama, mabalhin naman kita sang dalayunan sa isa ka *hotel* didto sa En-Gedi para mas malapit kita sa Dead *Sea* kag sa kweba sang Qumran kag Masada. Ambot kon luyag ninyo nga duha nga maligo sa *Dead Sea* kay maayo kuno nga bulong sa palanakit sang lawas ang kapin katayam sang tubig-dagat sini," pulong ni Luem sa iya mga ginikanan.

"Luas sa *waterfall*, makita man naton ang mga sapat nga tumandok diri sa disyerto kag diri nagainom sang tubig sa *oasis* nga ginahingalanan nga En-Gedi," sugpon ni Luem.

Pag-abot sang alas singko y medya nanawag na ang ila giya nga handa na ang ila panyapon.

"Kinahanglan nga aga pa kita buas kay mabalhin kita sa *hotel* didto sa En-Gedi. Ang *Dead Sea*, ang kweba Qumran kag ang Masada nga kaladtuan naton malapit lang sa *hotel*, para indi kita mag-usik sang tiempo sa malawig nga pagbiahe," pahibalo sang ila manunoytoy. "Ang luyag maligo sa matayam nga tubig sang *Dead Sea*, maghanda na kamo sang ilislan sa pagpaligo."

Nanyapon ang grupo. Pagkatapos nila panyapon, nagsugilanon man ang tatlo.

"Padayon nga daw nagamag-an ang mabug-at ko nga ulo. Maligo kita sa Dead Sea kay sa pagbanta ko makabulig gid ini sa aton," pulong ni Luem.

Sang sumunod nga adlaw, aga pa handa na sila sa pagmahaw.

"Mama, Papa, maayo gid ang bulong sang doktor nga bag-o. Talagsa na lang nagasakit ang akon ulo. Kon magsakit man, indi gid tanto kalubha katulad sang una," namuno ni Luem sa iya iloy kag amay.

"Magpasalamat kita sa Dios kay ginapamatian niya ang aton pag-alungay sa iya," masadya nga nasugpon ni Tya Vangie sa nabungat sang anak.

"Mama, Papa, bisan lima na lang ka tuig ang ilawig sang kabuhi ko, basta indi magsakit sing malubha ang pamatyagan ko, batunon ko na kon ina gid man ang kapalaran ko," natikab ni Luem. Ini bangod sa iya kahimtangan nga indi man sia mahimo pakasalan sang lalaki nga nagahigugma gid sa iya kag ginahigugma man niya sing lubos kag bunayag. Basta magdakudako lang ang iya anak nga ibilin sini kay Nica. Nangako na si Nica nga palanggaon gid niya ang iya hinablos nga daw iya lang anak.

"Pasalamatan gid naton ang aton Tagtuga sing daku kon mabuhi ka pa sing malawig," tugda liwat ni Tya Vangie.

Nautod ang paghinambalanay sang tatlo kay nag-umpisa na ang dalagan sang bus nga ila ginsakyan sa paglibot sang grupo sa En-Gedi. Nasaksihan sang grupo nga nagapanglugayawan ang makatalanhaga nga paraiso sa tunga sang disyerto nga nagatamwa sa *Dead Sea*, ang patay nga dagat. Aspaltado ang matinlo nga dalan kag sa magtimbang nga higad sini may mga berde nga talan-awon nga ginabug-osan sang mga palma kag mga kahoy nga magapa kay madabong ang mga madahon nga sanga.

"Bangod kay mabudlay ang lalakton pakadto sa mga kweba sang Qumran, indi na kita magpadulong didto, kondi makuntento na lang kita nga maglantaw sa bukid kon sa diin yara ang mga kweba nga didto nasapwan ang mga sinulat sadto sang mga propeta nga bahin sang Biblia," pagpamat-od sang ila manunoytoy. Kapin nga interesado ang mga turista sa *Dead Sea*, labi na gid ang tatlo nga luyag maligo agod ayhan mabulong kag mag-ayo ang ila ginabatyag nga pagpalanakit sang kalawasan.

"Sa waay pa kamo magpautaw-otaw sa matayam kaayo nga tubig sang *Dead Sea*, didto kita anay masaka sa Masada paagi sa *cable car*," panugyan sang ila giya. "Mataas man ang lugar nga Masada gani makita gikan didto ang matahom nga palibot, lakip na ang *Dead Sea*.

"Ang Masada amo ang kota sang mga tumandok sadto sa ila pagpakigaway sa mga

soldado sang Roma. Madamo ang namatay diri nga *Zealots*, ang iban naghikog sangsa mapatay sila sang mabangis nga mga kamot sang mapiguson nga mga soldado sang Roma. Malibang gid kamo sa mga matahom nga talan-awon. Ang kota sang Masada ginapalibutan sang matag-as nga pader nga may mga tore. Matag-as kag tama ka tindugon ang mga pil-as sa palibot. Lakip nga makita sa Masada amo ang puloy-an sang mga soldado, bodega, kag talaguan armas sang mga soldado sadto.

"Makita man diri sa Masada ang guba nga bahin sang palasyo ni Haring' Herodes, pati ang daku nga awang sa pagtipon sang tubig-ulan nga mahimo madangat paagi sa madamo nga hagdan.

"Gikan sa Masada, halandumon ang inyo makita nga mga matahom nga talan-awon sa palibot sang *Dead Sea*. Ang *Dead Sea* ang pinakamadalom sa mga pinakamatayam nga dagat; ang duta sa palibot sini ang pinakamanubo nga duog sa kalibutan, gani diri man sa *West Bank* ang pinakamanubo nga *highway* sa kalibutan.

"Dugang pa, ang dagat nga ini ang pinakamalapad nga *spa* para sa panit sang tawo.

Ang maligo diri nagaayo ang mga masakit sa ila panit kag mga tul-an," hingapos sang ila manunoytoy.

"Tatlo ka *cable car* ang kinahanglan nga sakyan naton pasaka sa Masada," panugyan sang ila giya.

Masulhay nga nakaabot ang *cable car* sa ibabaw sang Masada. Nagpadayon ang ila manunoytoy sa iya pagpaathag sa grupo. Nawili ang mga bisita sa paglantaw sa palibot gikan sa bulobungyod sang bukid sang Masada. Ang mga otel, ang pinakamanubo nga *highway* kag ang *Dead Sea*.

Nanaog ang grupo gikan sa Masada paagi man sa *cable car* agod magpadulong sa baybayon sang *Dead Sea*.

Sang nagahanda na ang grupo sa pagpautaw-otaw sa masyado ka tayam nga dagat sa bilog nga kalibutan, masinadyahon nga nagbayluhanay sang sugilanon ang duha ka tigulang.

"Mama, Papa, nalipay gid ako kay nakaduaw man kita nga tatlo sa mga balaan nga duog. Ayhan sa pagsaylo naton sa pihak nga kinabuhi, indi kita masiling sang aton Ginuo nga nagkulang kita sa aton katungdanan sa pagdayaw sa Iya."

"Ako nagapasalamat gid sa ginbugay nga grasya sang aton Makagagahom nga nakadangat ako diri sa duog nga sadto ginpuy-an ni Jesukristo, ang Dios nga

nangintawo sa pagtubos sa aton sa kasal-anan agod makasulod kita sa Iya ginharian

sa langit," nasambit ni Tya Vangie.

Waay na nagtugda si Tyo Ely nga nagapabilin nga mahipuson sa ila pagbiahe.

Nagsuksok man sila sang ila pangpaligo. Halos dulongan man sila nga tatlo nga nagtinigpasaw sa matayam nga tubig. Daw goma sila nga indi malugdang sa tubig.

"Sa pamatyag ko daw hinali nga nadula ang kasakit nga ginaantos ko sa akon likod," muno gilayon ni Tya Vangie.

"Kadasig na man nga nag-ayo ang ginabatyag mo nga kasakit sang imo likod, Vangie," tugda ni Tyo Ely nga may dala nga paglahog sa asawa.

"Papa, ako man daw kapin nga nagmag-an ang akon pamatyag."

"Basi pa lang nga magaayo ang imo balatian, Anak," nasugpon ni Tyo Ely. "Basta indi lang kita magdula sang aton paglaom. May kaluoy gid sina ang Dios."

"Huo man, Ely. Daw nadugangan man ang akon kapagsik dulot sang matayam nga tubig. Kon sa aton na kita, maligo na ako

pirme sa dagat agod maghaganhagan man
ang palanakit sa akon lawas."

Ang grupo sang turista nagbalik gilayon sa *hotel*.

"Sa madason na nga adlaw ang inyo natalana nga paglupad gikan sa Tel Aviv pauli sa tagsa ninyo ka pungsod. Indi kamo dulongan sa paglupad, kay suno ini sa biahe sang eroplano. Kon may luyag kamo maathagan, maayo pa ipamangkot ninyo subong

na," panugyan sa ila manunoytoy.

"Gikan diri sa diin ang *stopover* sang mapauli sa Pilipinas?" pamangkot ni Tya Vangie.

"Diretso sa Bangkok, sa pungsod Thailand ang inyo pagasakyan nga eroplano.
Gikan sa Bangkok, masakay naman kamo sa eroplanong' Pakistani pakadto sa Manila.

Good luck at *happy trip* na lang sa inyo," sabat sang ila giya.

PAGKAPANYAGA sang Lunes, nagpaalamay sa iban nila nga mga kaupod ang turista. Nagsakay na ang tatlo sa eroplano sang Israeli Airline sa pagpauli sa Pilipinas. Sa eroplanong' may apat ka makina kag makasakay sang malapit sa tatlo ka gatos ka pasahero nga *Boeing 747* nga diretso sa syudad sang Bangkok, sa pungsod Thailand nakasakay ang tatlo. Gikan sa Bangkok, Thailand, masakay naman sila sa eroplano nga magahugpa sa Manila, sa *Ninoy Aquino International Airport*.

Mahamuok ang katulogon sang duha ka mag-iloy samtang sa sulod sang matulotugnaw nga eroplano. Si Tyo Ely ang waay gindapuan sang katuyo. Sige ang pamati niya sang musika sa *headphone* nga gintakod sa duha ka dulonggan. Malinong sa sulod sang eroplano kay matanlas kag tayuyon ang paglupad sini.

Samtang sa ibabaw na sang puod sang India ang *jetliner* nga may apat ka makina,

may pagpangilat kag pagpanagoob ukon *thunderstorm* nga naagyan ini. Gikan sa iya ginapungkoan sa tuo nayon nga pakpak sang eroplano nakita gid ni Tyo Ely ang pag-igo sang kilat sang isa sa duha ka makina sa tuo nga pakpak sang eroplano nga ila ginsakyan. Ang ikaduha sa duha ka makina nga malapit sa natuo nga punta sang pakpak kumirab sa dulom.

"Abaw, nagkirab kag napalong ang kalayo sa makina, nag-untat gwa ang aso nga kaina lang maathag nga nakita ko tagsa magkilat, nga ginsundan man dayon sang pagpanagoob upod sa ulan!" may kakibot nga natuaw ni Tyo Ely sa kaugalingon.

"*May I have your attention! Please fasten your seat belts!*" wangal sang *public address* sang eroplano sang tingog sang babaye nga ginkakibot sang mga pasahero luas kay Tyo Ely, samtang nakasindi ang *warning sign* nga *Fasten Your Seat Belts*. "*The captain would like to inform everyone that we are going to land at* Santa Cruz, India *for the repair of the water system of the aircraft. This would take only an hour. Please fasten your seatbelts throughout our stay at the airport until our take off. You may resume your sleep. Thank you.*"

"*Water system* ka 'to," daw hutik nga muno ni Tyo Ely sa kaugalingon.

Nag-*landing* sa Santa Cruz, India ang eroplano. Kag sang nagdulog na ini, nakita man sang pila nga ara sa bintana malapit sa pakpak ang pag-ilis sang isa ka makina sang eroplano. Sang matakod na ining makina nakita man ni Tyo Ely nga nag-andar na ini. Waay na niya ginsugiran ang iya asawa sa matuod nga natabu sa eroplano. Padayon nga nagasiga ang *Fasten Your Seat Belts*. Gani, padayon man si Tya Vangie sa iya pagpangamuyo. Matiun-tion pa naglupad na ang eroplano padulong sa *Don Mueang International Airport* sa Bangkok, Thailand.

Alas siete na sa aga naghugpa sila sa Bangkok, Thailand ang eroplano nga sinakyan sang tatlo. Gilayon nga ginpasaylo ang mga pasahero nga magapadulong sa Pilipinas sa eroplano nga nagahulat sa *tarmac*. Kaingod man ini sang isa ka daku nga eroplano nga may nagasalaka na nga pasahero.

"Si Mother Teresa! Si Mother Teresa!" nakilal-an ni Tya Vangie ang bantog nga

madre sang Calcutta (Kolkata), India nga si Mother Teresa, nga nagabitbit sang diutay nga karton sang iya panapton. "Ely, luyag ko tani mangamusta sa iya."

"Vangie, indi ka na makalusot sa nagaginutok lang nga

nagatilipon nga mga

pasahero didto sa pihak nga eroplano sa palibot sang madre," tabla ni Tyo Ely. Isa ka gwardya ang nagpabalik kay Tya Vangie sa luyo sang eroplano nga ila pagasakyan pauli sa Pilipinas.

Natandaan ini ni Tya Vangie si Mother Teresa kay nagbisita ini sa Tondo, Manila. Didto ang grupo nga CWL ni Tya Vangie sa *orphanage* ukon asilo nga ginbisitahan ni Mother Teresa, nga ginhayu-an na nila sadto nga *The Living Saint*. Matiun-tion pa nagsaka na ang madre sa eroplano nga ayhan padulong sa India.

Nagsaka man sanday Tya Vangie sa eroplano kag hinayhinay nga naghatag ang pila ka *stewardess* sang pagmwestra kon paano gamiton sang mga pasahero ang mga *life saver* sa eroplano. Gintakod ni Tya Vamgie ang *seat belt* sa bulig ni Luem. Gikan sa iya bulsa ginkuot dayon ang iya rosarito kag nag-umpisa na ini sa pagpangamuyo, samtang naga-*taxi* na eroplano agod mag-*takeoff*. Waay sing nagtingog sa tatlo kondi nagpadayon sila sa pagpiyong sang ila mga tubtob magdulot sang pamahaw ang mga *steward* kag *stewardess*.

"Vangie, makahang ang kan-on bangod sa paminta," hambal ni Tyo Ely sa asawa.

"Miss, may pagkaon bala kamo nga *western style*? Indi ako luyag sang makahang, mahimo mo bala islan ini sing indi makahang?" pakiana langkoy palihog ni Tya Vangie sa *stewardess*.

Gindalhan sia sang *stewardess* sang tinapay kag keso kag naghambal ini nga naubosan sila sang pagkaon nga indi makahang. Gintilawan niya ang paa sang manok nga abi niya adobo, grabe man sa kakahang ini. Ginpasa ni Tya Vangie ang manok kay Tyo Ely. Tinapay, keso kag kape ang ginpamahaw sini, kay pati ang kan-on grabe man kakahang. Pakistani nga pagkaon ang gindulot sa ila kay eroplano nga taga-Pakistan ang ila ginsakyan nga eroplano padulong sa Pilipinas.

"SALAMAT sa Dios, kay ari na kita sa Pilipinas, nakapauli nga waay sing sablag," tuaw ni Tya Vangie samtang nagabantay na sila sa pag-ulhot sang ila bagahe sa *conveyor belt* sa paglibutlibot sining makina.

"Basi nasal-an sang iban nga pasahero ang akon maleta nga nagaunod sang akon natipon nga mga relikya kag bulong *herbal* nga tumandok sang Middle East nga nagikan sa mga duog nga aton nabisitahan?" natikab ni Tya Vangie nga indi mapahamtang.

"Relaks ka lang, Vangie, kay pagbalik sang makina, ara na ang imo maleta," paumpaw ni Tyo Ely sa asawa.

Nakaginhawa sing masulhay si Tya Vangie kay sa pagsapol sang *conveyor belt*, nakita na niya ang numero sang maleta nga pareho sang numero nga iya ginauyatan. Gintungtong ni Tyo Ely ang apat ka maleta sa kalargahan nga kariton kag gintulak pakadto sa *counter* nga may mga *inspector* sang *Immigration* kag *Customs*.

Pagkatapos nga napirmahan na ang ila mga papeles, naggwa na sila sa lugar nga hulolatan sang *taxi*. Si Nica ang una nakakita sa pagsampot sang tatlo. Si Dulce kaupod sang iya mga retaso, nga medyo masabad kay mga lalaki naulihi kay Nica sa pagdangat sa NAIA. Pagkakita sang mga bata sa ila lolo, lola kag palangga nga tiya, malipayon nga nagdinalagan ang mga ini pakadto sa nag-alabot.

"Tita Luem, Lolo Ely, Lola Vangie, ang amon regalo?" sugata sang mga bata sa tatlo nga nag-abot.

"Sa balay na ninyo mabaton ang inyo regalo. Kapoy sanday Lolo, Lola kag Tita Luem. *Kiss* kamo anay sa ila para may regalo kamo," saway ni Dulce sa mga anak.

Nagbesa man dayon ang tatlo ka bata sa ila lolo kag lola kag naghalok man sa ila Tita Luem. Mag-alas onse na ang oras sang makasakay sila sa taksi kay waay nagsugat ang drayber sang duha ka tigulang. Ang drayber ni Luem, nalimtan ang natalana nga pag-abot sang tatlo. Ang kotse naman ni Nica na-*flat* kag ginbilin niya sa isa ka gasolinahan nga waay pa sing manogkay-o. Nagtaksi si Nica pakadto sa *airport* nga sumunod man sanday Dulce kag tatlo ka mga anak. Waay nadala sini ang iya salakyan kay nasabaran ini magmaneho sa Manila nga gutok ang trapiko. Nagsakay lang sa bus sanday Dulce kag mga anak gikan sa Olongapo.

Samtang sa taksi pauli, nagreklamo si Luem kay Nica sang

kasakit sang iya ulo!

17

NAGDIRETSO sila sa ospital kay daw indi maagwantahan ni Luem ang sakit sang iya ulo. Pagsampot nila sa ospital, nagtawhay naman ang iya pamatyag sa katingala man ni Luem. Daw nadula man ang sakit sang iya ulo sa pag-atubang pa lang sa doktor nga pakatlo sang iya iloy – si Dra. Queenie Zonrique.

Sang usisaon si Luem sang iya doktora naghambal ang dalaga nga naatraso ang pag-inom sini sang bulong sina nga aga.

"Alas otso ko nadumdoman ang pag-inom sang bulong samtang nagalupad na kami sa eroplano, Tita Queenie," natuad ni Luem sa doktora nga sa una nga kahigayunan natawag niya nga tiya. "Subong, daw pinahid ang sakit sang akon ulo."

"Mahimo nga ginasip-on man ikaw gikan sa tugnaw sa eroplano. May *sinusitis* pa abi ikaw. Sa liwat gani, kon ang masakit sa imo diri sa dungan-dongan, mag-inom ka sang bulong sa imo *sinusitis*. Pwede ka na makapauli kay daw madamo ang nagahulat sa imo. Sa Sabado ka na magbalik kay tsek-apon ko naman kon nagadaku ang *tumor* mo," payo ni Dra. Zonrique kay Luem.

"Sige, Tita Queenie, mabalik lang ako sa Sabado. *Thank you*," paalam ni Luem.

Nakaginhawa man sang masulhay ang duha ka tigulang kag nagsakay sila sa duha ka kotse nila nga nagsugat sa ila sa ospital. Basi, *sinusitis* lang matuod ang ginbatyag ni Luem. Bangod kay ala una na ang oras, nadula man ang sakit sang iya ulo. Ang tatlo ka mga hinablos ni Luem nagkalipay man, kay mabaton na nila ang ila regalo gikan sa France nga dala sang tatlo nga ila lolo, lola kag tiya.

Pagsampot nila sa balay, ginpabuksan man gilayon ni Lolo Ely sang mga bata ang maleta nga may unod nga regalo nila kag *herbal* nga bulong sang ila Lola Vangie. Masadya sa ila pagginahod ang mga bata. Naghambal pa ang ikaduha nga kon sia lang, luyag sini magpuyo sa balay sang ila lolo kag lola. Nagsulod man sa isip ni Luem nga kon may anak sia, ayhan malipay gid sia pagsagod diri kay pirme lang niya ayhan makita sa hitsura sang iya anak ang hinigugma nga si Alex.

Nagsulod sa iya hulot si Luem pagkatapos sia halukan liwat sa tatlo ka bata sa pagpasalamat sa iya sa mga regalo nga ila nga tatlo nabuksan na. Dayon man niya tinawgan si Alex. Sa Makati si Alex. Kon kahambal ni Luem si Alex, daw waay sia ginabatyag nga balatian.

"Kon sa Alberta, Canada ka magpuyo tubtob nga makapanganak ka, may *oncologist* didto nga babaye nga abyan sang amon pamilya. Kaklase ko sia sa hayskol sadto sa Cabanatuan sang magbutho ako didto sa natawuhan sang akon amay sing duha ka tuig," malipayon nga balita ni Alex sa hinigugma.

Nakibot si Luem, basi nangin-*crush* ni Alex ang babaye kag waay lang nadayon ang ila paghigugmaanay kay nagbalhin sa Manila si Alex? Nagapangimon bala sia? Pilit nga ginsikway ni Luem ang nagsuhot sa iya isip. Pero sa iya pagsabat kay Alex tuhay ang iya nasambit.

"Nobya mo bala ang doktora sa Canada?" may kusmod sa tingog ni Luem.

"'Ga, naano ka? Ngaa maimon ka na?" natingala man si Alex sa nahambal sang kahagugma.

"Basta ina ang pamatyag ko. May isa pa gid ka tinuga nga nagaagaw sa imo sa akon tampad nga paghigugma sa imo. Indi lang si Daphne ang kaagaw ko."

"Subong indi mo kaagaw si Daphne. Asawa ko sia nga nagahulat man nga higugmaon ko agod matumbasan ang iya tampad nga paghigugma sa akon."

"Ti, ngaa nga daw madali mo lang nakontak ang abyan mo sa Canada? Siguro Masunson man kamo nga nagahambalanay kay sadto magnobyo man kamo."

"Palangga ko nga Luem, ano bala ang nagakatabu sa imo? Ngaa bingit ka na? Indi mo matuod ako maangkon sing lubos. Pero, mahal ko nga Luem, ikaw lang ang palangga ko, waay na sang iban, nahangpan mo bala ina?"

"Basta luyag ko akon lang ikaw, ang paghigugma mo," dugang ni Luem nga nasambit nga daw mahibi nga nahisa sa kahampang sang iya paborito nga abyan.

"Liwaton ko, sugod sang una naton nga pagkitaay sa kolehiyo, palangga ko, ikaw lang ang ginapitik sang akon kasingkasing. Ikaw lang ang luyag ko nga kabuylog sing masunson kay ikaw lang ang akon ginapalangga, bisan wala mo gilayon mabalusan ina. Gani, magpakalinong ka, kay waay ka sang kaagaw sa akon dughan."

"May pamatyag man ako nga indi na ako magdugay, mahal ko nga Alex. Pero, kon akon mabun-ag ang bunga sang aton paghigugmaanay, masayran nga palanggaon mo sia katulad sang imo anak sa legal nga asawa, napat-od ko nga malipayon man ako nga magpiyong sang akon mga mata."

That explains her being a cry baby now, muno ni Alex sa kaugalingon. Si Luem nga iya man pinalangga nagakadulaan na sang paglaom nga mag-ayo pa sa iya ginabatyag nga balatian. Nahayanghag man si Alex. Paano niya mabuligan ang iya kahagugma nga mapahalipay sa malip-ot nga tinion nga magapabilin ini sa ibabaw sang dutang' luhaan.

"Indi ka mangduhadoha sa mga bagay nga ina, 'Ga. Kay ang tanan nga palangga mo, ang mga ginaulikdan mo, mahal man sila sa akon. Ina kon halog sa buot nga pahanugotan ako sang imo mga himata. Labi pa sa aton palaabuton nga anak."

"Kon mahangpan man nila ako, nasiguro ko man nga indi nila pag-idingot sa aton anak ang imo pagpalangga. Kag ila man kita patawaron sa aton kasaypanan nga duha nga natuga nga nanginpalaligban man nila."

"Kinahanglan magkitaay kita agod magsugilanon sing personal. May *semi-tinted* nga

salakyan ang abyan ko. Ipasugat ko ikaw gikan sa *mall* sa Edsa agod dalhon ka sang tsuper sa akon ginadayunan nga otel nga malapit lang sa Guadalupe."

"Sige," udyak man sang dalaga. "Waay kuno sing daku nga epekto sa akon subong ang aton pagdaluay nga duha, hambal sang tiya ko nga akon *oncologist*. Ang akon kanser indi pa *metastasized*, gani waay pa ako sing ginabatyag nga sakit sa lawas luas sa ulo."

"Kasutil mo gid, 'Ga. Pati ina naisip mo."

"Pagpakita lang sang aton pagpalanggaanay ang aton buhaton, indi bala?"

Sang sumunod nga aga, likom sa iya pamilya naglakat si Luem. Si Nica kag ang ila amay nga si Ely ang nag-opisina sinang Biernes nga adlaw. Gikan sa *mall*, nagtawag si Luem sa iya iloy.

"Mama, ari ako sa *mall* sa Edsa. Daw manami ang isa ka sine nga nagagwa diri. Malantaw ako para malingaw," panugid ni Luem sa iloy.

"Upod mo si Alex, ano?" malulo man nga napakiana sang iloy nga nakahangop gid sa pinalangga nga anak. "Sige, ikaw ang kahibalo dira sa imo kaugalingon. Kon diin ka malipayon, didto ka. Nahangpan ko gid ikaw, anak," nabungat sang mapinalanggaon nga iloy kay Luem.

"Salamat gid, Mama. Indi ko gid malimtan ang pinasahi mo nga pagpalangga."

Nagtulo man dayon ang mga luha sang iloynon nga pag-ulikid. Naawa gid ini sa

anak. Kon mahimo pa lang nga ibalhin sa iya ang kanser sang iya anak, batunon gid niya. Mapabilin lang ang kabuhi sang iya anak tubtob magtigulang man ini. Kontani mahimo ina ibugay sa iya sang Dios.

Aga pa natulogan ang tigulang nga si Tya Vangie gikan sa iya paghibi bangod sa indi maayo nga kapalaran sang anak. Waay man sia gintublag sang mga kabulig kay mahamuok ang katulogon sini sa kulompyo sa ila *den*.

Sang udto nag-abot man ang tigulang nga lalaki gikan sa opisina. Ginpangita man sini dayon ang asawa sa pagbalita nga ang isa ka hinablos nga lalaki sang iya asawa nga nagtanyag sa pagbuylog sa ila kompanya, ginbaton gilayon ni Tyo Ely ini. Naghanas man ini sa bantog nga mga *business college* sa Amerika. Ang hinablos ni Tya Vangie ang magatal-os kay Luem bilang pangkabilugan nga manedyer sang ila daku man nga *group of companies*. Pati si Luem, malipay man diri sa ginhimo sang iya papa. Madumdoman sang duha ka tigulang nga si Luem ang kapin nga nagpadaku sang ila mga kompanya. Subong mahimo nga ipadayon sang iya pakaisa sa iloy ang madinalag-on nga pagpalakat sang ila negosyo.

Pero, sa katingala sang amay, waay sing Luem nga nagpauli sina nga hapon sang adlaw nga Biernes.

"Vangie, diin bala nagkadto ang imo anak?" pangutana ni Tyo Ely sa asawa.

"Naglantaw ato sang sine agod makapanglingawlingaw sang aga. Kag nagtawag sa akon nga makadto kuno sia bunyag sang anak sang iya suod nga abyan sa isa *subdivision* nga bag-o sa Fort Bonifacio. Basi nawili man didto kay mga kaklase niya ang mga maninay sa bunyag kuno." Paghinago man sang iloy sa tunay nga nahamtangan ni Luem.

"Maayo na gid bala ang pamatyag sang anak nga sige na ang lagaw?"

"Nabatian mo man ang hambal ni Kat Queenie nga basta ang pag-inom niya sang bulong kontra sa iya tumor indi lang pagpabuyanboyanan indi na sia malipong. Katulad sang hayblad, dapat regular ang pag-inom niya sang bulong kag pamatyagan man kon basi *sinusitis* ang nagapasakit sang iya ulo," dugang nga paathag ni Tya Vangie sa kahimtangan sang anak.

"Indi ka magsiling nga daw nagahingalit si Luem, sa waay pa maglala ang iya ginabatyag."

"Kabay nga indi mangin matuod inang' naisipan mo, Ely. Magtatlo na ka bulan

sugod sang una nga dungguon sia sang mga kinse minutos nga pagkalipong. Ti, daw waay naman naliwat pa. Basi magaayo pa ang aton anak," natikab liwat ni Tya Vangie.

"Kag daw nagtambok sia kay daw naglapad man ang iya magtimbang nga kilid, nasat-uman mo man bala ini, Vangie?"

Daw nakibot si Tya Vangie. Waay niya namuno ini nga problema kay Luem. Sa iya kalipay nga basi ginmilagruhan man si Luem, waay nasugid sa anak ang maathag sini ang ginbag-o sang lawas sang nagamabdos. Karon, namay-uman na sang amay.

"Basi matuod nga nagtmbok sia kay nakapahuway sia sa trabaho," pasunod ni Tya Vangie sa napulong sang bana.

Pati si Alex, nahalawhaw man nga daw nagamat-amat dula ang kamalantang nga panglawason ni Luem. Ang siling nila nga *body to kill.*

"'Ga, indi ka na *slender.* Ang maayo pa sapulon mo na sila sa inyo nga kinahanglan mo tan-awon ang mga palaligban sang inyo kompanya sa Canada, suno sa akon ginpanugyan sa imo sadto. Magatatlo ka bulan na gali pagkatapos sang natabu sa Limay," bungkag ni Alex sang kalinong nga nagluntad ila tunga sang makadali samtang nagapanyapon sila ni Luem.

"Ginatabog mo na bala ako kay nagtawag man si Swannie sa imo?"

"Ara ka naman, mahal ko. Ngaa daw nagbingit ikaw, waay ka bala sang salig sa akon nga ikaw lang ginapalangga ko?"

"Ang tunay nga nagahigugma maimon man," balos ni Luem nga may upod nga kadlaw. "Kon sa bagay abyan ko man si Swannie."

"Kon abyan mo, kondi indi na ako magpalagyo sa iya? Ina bala ang buot mo silingon?"

"Basta indi ko lang makita ukon masayran, waay ako reklamo. Mapauli anay ako pagkahanhan naton. Basi magsuspetsa si Papa," pulong ni Luem samtang pasulod sila sa hulot. Pero daw man-og nga magkal man ini sa pagburambod kag paghalok kay Alex.

"Luyag mo sang isa pa?" lahog ni Alex.

Waay nagsabat ang dalaga, pero, sige lang ang buyot kay Alex nga ayhan sa pamatyag sini amo na ang katapusan nila nga pagkitaay sa waay pa ini nagsaylo sa pihak nga kinabuhi. Hinakwat ni Alex ang dalaga kag pahigdaon sa kama. Kag liwat sila nga nagpaanod sa baha sang ila balatyagon sa daku gid nga kalipay ni Luem.

Sa pag-abot sang alas sais y medya, nagtawag na sang taksi si Alex. Kag nagaisahanon nga naggwa si Luem sa otel sa pagsakay sa salakyan.

SINA nga gab-i sang Biernes, sa pag-abot ni Luem sa ila puloy-an, ginpakita sa iya ni Nica ang mensahe gikan sa kompanya sa Canada nga may diutay nga yukot sa ila palakat sang pag-*import* ukon pagpasulod sang tuna gikan sa pungsod Japan. Gina-usisa sang pangulohan sang Canada ang kontaminasyon sang produkto sang Hapon, kag may paandam sila nga nabaton gikan sa gikan sa Ministry of Trade and Commerce sang Canada.

"Nica, ikaw ang magapa-Canada, kay si Manang mo, basi mabudlayan na," hambal sang ila amay.

"Indi bala bag-o lang kita nagbiahe nga tatlo, waay man sing ginbatyag si Luem tubtob kita nakapauli, luas sa *sinusitis*. Siling ni Katlo Queenie, kinaandan nga sakit sa *sinus cavity* ang ginbatyag ni Luem sa pagbaylu-baylo sang klima," tugda gilayon ni Tya Vangie. Ini na ang panugod nga tikang para maluas ang pamilya sa kahuy-anan, dulot sang pagbusong ni Luem nga waay bana.

May dapat sila taguon nga likom indi lang kay Tyo Ely kondi sa mga kakilala kag himata man nila. Subong sa ila panimalay, si Tyo Ely lang ang ginlikman sing tuyo ni Tya Vangie. Basi kon malain ang matabu sa bana kon masayran ang kamatuoran sang kahimtangan ni Luem.

"Papa, si 'Nang Luem ang nakaintyende sing husto sa palaligban didto. Indi bala naglakat kami nga duha sadto kag ako ang ginpakadto mo sa Canada kag si 'Nang Luem sa California? Nagkinahanglan nga pasilabtan gid ni 'Nang Luem, kay indi namon mahusay ang problema, gani nagdayon man sia didto sa Canada. Ti, Papa, basi subong man sina ang matabu, ang maayo si Mama na lang ang mag-upod kay Manang kay luyag man ni Mama nga makapa-Canada liwat. Kag may hinablos didto nga doktora man si Mama nga *oncologist*. Mahimo gid nga mapalapitan nila ini sa pagbulig kay 'Nang Luem," panugyan ni Nica sa amay.

Waay nagtugda si Dulce, kay wala man sia sing mabulig sa problema sang ila kompanya kag pamilya. Kapin pa, masaku man ini sa pagtatap sang mga anak kag

pagtudlo sa ila sa Dakbanwang Olongapo. May negosyo man sila sang iya bana.

Bangod ginpulolihan sang tatlo, nagsugot man ang tigulang nga lalaki nga si Luem ang makadto sa Canada. Nahuwasan man ang mga mag-iloy, Tya Vangie, Luem kag Nica sa problema sang pamilya dulot sang pagmabdos ni Luem. Waay naman problema ang pagpalakat sang bilog nga hubon sang ila kompanya, kay may pakaisa man si Luem nga nagtal-os bag-o lang sa iya.

"Tawgan mo si *Atty*. Navijas liwat, Nica," sugo sang amay kay Nica. "Ipaareglo mo dayon kay Mike ang papeles sa pagpanglakaton nanday Mama kag 'Nang Luem mo."

Gilayon nga gintuman man ni Nica ang mando sang amay. Nagpasalig man si *Atty*. Navijas kay Nica nga makalakat ang iya iloy kag utod sa sulod sang apat ka adlaw.

Padayon ang pagpanglingaw-lingaw ni Luem sa mga *mall* kuno. Pero, *mall* nga may ngalan nga *Malayog Falls and Rapids Hotel* sa Edsa ang ginakadtuan ni Luem nga ginaluntaran ni Alex kon sa Metro-Manila ini. Waay man nagduda ang iya amay kay daw nagahingalit lang si Luem sang pagpahuway kay pagwili man sang kaugalingon. Sa madamo lang nga kabangdanan, lakip na diri ang paghugot ni Tyo Ely sa paglagaw sang anak sang nagabutho pa ini si Luem, kapin na sa napulo ka tuig sugod sang makatapos ini sa kolehiyo nga lunsay na lang trabaho ang ginabuhosan sang iya panahon. Kag napadaku man ni Luem ang ila negosyo. Kapin pa ayhan sa lalaki nga anak nga waay ginbugay sa ila ang nabuhat ni Luem para sa iya pamilya. Daw mahibi man si Tyo Ely sa naabtan sang anak nga pagbalatian sang *cancer*. Pero, ayhan pagbuot man ina sang Dios, kon ano ang luyag sang Tagtuga masunod ini, indi ang kagustohan sang tinuga.

Lumigad ang lima ka adlaw, sa masunod nga Lunes, malupad na ang mag-iloy pakadto sa Amerika. Isa ka adlaw gid ang pagpaalam ni Luem kay Alex sa ila hulonan ukon kilitaan sa Edsa.

"Mahal ko, indi ka bala mahimo magkadto sa Canada sa pagbisita man sa amon? Mga pito ka bulan lang, mahimo na man kami ni Mama makapauli diri. Walo ka bulan ang nahambal ko kay Papa nga manglugayawan kami sa Amerika ni Mama. Ang mga duog nga nakadtuan nanday Papa kag Mama sadto ang ginhingyo niya nga kadtuan namon. Luyag gid ni Papa maglibutlibot ako sa bilog nga Amerika, ayhan sa katapusan nga tinion sang akon pagdugay diri sa kalibutan naton nga luhaan."

"Mahimo gid nga magpa-Amerika man ako sang pila ka bulan. Nasayran na ni Daphne ang natabu sa aton. Pero, waay man sia sing nahambal nga malain kay nagasimpatiya man sia sa natabu sa imo.

Ayhan sa likom nga tinion, nagatalangison man ini kay tubtob subong nagahulat man sia gihapon sang akon paghigugma. Namay-uman man niya nga ikaw ang ginahigugma ko. Kag ayhan bangod man sa awa sa imo, waay man sia naghupot sang kaakig sa imo, palangga ko."

"Maabtik man ang mga maniniktik sang pamilya ni Daphne sa imo," nasabat lang ni Luem sa nasambit n Alex. "Soldado man ang imo amay, indi bala? Kay waay ka nagsoldado kag pagtuon sang mga buluhaton ukon pag-umwad sang tawo ang imo trabaho, mahimo nga interesado sa imo ang gobierno."

"Mag-abyan man ang inyo pamilya, pwede gid nga madasig ang pagsaylusaylo sang balita pangpamilya. Sa akon sitwasyon, pati militar may nagapaniktik sa akon sandig sa akon trabaho nga pagbusisi sang mga gamo sa palibot sang kalibutan kay ipasa ini sa mga hubon nga negosyante man ukon kabataan. Kon grupo sang kabataan ang akon kasapol, *teach-in* ang butangbotang sang mga taga-gobierno sa akon. Pag-agda sa kabataan sa pagsikway sang demokrasya kag pagsuporta sang sosyalista nga pagginahom. Ina ang *mind-set* ukon pensada sang militar batok sa akon. Pero, bangod waay man sila sang palasandigan nga pamatuod ukon ebidensya, indi man nila mapat-od kon makawala ukon *leftist* ako nga ayhan isa sa mga likom nga manriribok ni Joma diri sa aton pungsod."

NAGLUPAD sanday Luem kag ang iya iloy pakadto sa Amerika sang sumunod nga adlaw. Si Alex naman naglupad pa-Iloilo sa pagbuylog sa tinuga nga nagahigugma gid sa iya sing lubos kag bunayag. Si Daphne, nga madugay na nga nagahulat man sang katumbas nga balos nga paghigugma ni Alex sa iya.

Nagapasampot pa lang si Alex sa *arrival area* sang hulogpaan sang eroplano sa Cabatuan, Iloilo, nakita kag nakilala na sia sang unipormado nga mga soldado.

18

GINPALAPITAN sang isa ka buy-onan nga tawo si Alex samtang nagalakat ini padulong sa duog nga ginapwestuhan sang mga bag sang nagaalabot nga sumalakay sang mga eroplano nga naghulogpa sa Iloilo gikan sa sari-sari nga duog sang pungsod.

"Dr. Alex Vera Cruz, mag-upod ka sa akon sa amon *headquarters* kay may athagon lang kami sa imo nga isa ka bagay," nabungat sang tawo. Ang tawo indi masiling nga isa ka katapo sang militar kay malaba man ang buhok kag daku ang tiyan.

Tatlo ka sari-sari nga *van* ang sinakyan sang grupo sang walo ka tawo nga nagpilit kay Alex nga maupod sa ila. Gikan sa *airport* sa Cabatuan, Iloilo naglaktod sila sa banwa sang San Miguel, nga kaiping man sang Cabatuan, Oton kag Alimodian, Iloilo.

Pag-abot nila sa isa ka banwa sa nabukid nga bahin sang sur sang Iloilo, nagdulog ang tatlo ka salakyan sa kilid sang isa ka balay nga may duha ka panalgan. Daku man ini nga puloy-an sa isa ka kaumhan nga malapit na sa kunsaran sang bukid. Ang barangay nagalayu lang sa banwa sang Tubungan sang pito ka kilometro. Kaumhan ang duog nga madamo sang mga talon kag mga lungasog. Nagkaladula man ang unipormado nga mga tawo nga indi nasiguro ni Alex kon sila mga soldado.

Diretso sa ibabaw nga panalgan ang buy-onan nga lalaki kag si Alex. Gin-amuma man si Alex sang isa ka matahom man nga babaye nga sa panulok sini mga napulo gid ka tuig ang diperensya sang edad nila. Gindaho man ni Alex ang *pineapple juice* nga gintanyag sini. Inuhaw man ini kay mga 60 kilometros man ginlagtas nila tubtob sa nabukid nga minuro sang isa ka banwa.

"A, ari na gali si Konsehal," kag nagtalikod man ang babaye dala ang plato nga gintungtongan sang baso sang *juice*.

"Mahimo ko bala mahibal-an kon ngaa gin-*kidnap* ninyo ako?"

sugata ni Alex sa tawo nga nagpalapit kag nag-agda sa iya sa *airport*.

"Si Kernel Rodindo Villamaestre nga abyan ko ang may luyag sini kay gusto ka niya nga sugilanunon sa isa problema," paathag sang konsehal kay Alex. Maathag pa sa silak sang udtong' adlaw bisan indi na pagdugangan sang tambok ang iya panugiron kay Alex. Ginpakuha sia sang magulang ni Swannie nga kabulig nga hepe sang *Military Intelligence Group* (MIG) sang Armadong Kusog sang Pilipinas.

"Abyan ka bala sang pamilya Villamaestre?" pakiana ni Alex sa buyonan.

"Indi, kakilala ko lang si Colonel Rodin," sabat sang konsehal. "Nakapuyo ako sing lima ka tuig sa Murcia, Negros Occidental. Bale *asset* ako sang hubon ni Koronel Rodin."

Nagtangutango man si Alex.

"Diin bala ang imo, *boss*?" pamangkot gilayon ni Alex. Waay nagsabat ang tambok kay nag-*ring* ang *cellphone* sini. Maathag man ang *signal* didto kay mataas ang lugar.

Nanaog dayon ang konsehal kag nakatindog man si Alex sa pag-awhag sa isa ka

bintana sa iya kilid. Nagakinarankaran ang kaina lang mga nakauniporme. Indi gali soldado ang mga ini kay subong lunsay naka-*shorts* sila pero armado. Nasiplatan ni Alex ang madamo nga mga BDA *camouflage* ukon *battle dress attire* sang mga soldado sa isa ka katre nga makit-an paagi sa isa ka bintana sang kamalig sa luyo sang duha panalgan nga puloy-an kon diin si Alex nahamtang.

"Konsehal, suno sa aton duha ka upod nga nagpabilin didto sa sityo Santol, mga rebelde ang nag-agi sang nakalumbos lang kita didto."

"Sa diin kuno padulong ang mga rebelde? Madamo bala sila?"

"Konsehal, dira sa pihak nga barangay kag mga 15 sila sa duha ka grupo."

Matiun-tion pa may nagsigabong nga ginsundan sang pagpaarak sang *armalite* sa pamati ni Alex. Malapit lang.

Nag-isip sing makadali si Alex. Delikado sia diri. Nag-ulhot sa ganhaan ang babaye nga kaina lang nagtanyag sa iya sang *juice*.

"Sir! Sir! Dali sa kusina sa idalom, delikado kita diri kon may engkwentro nga magpatunga sa hubon ni Konsehal kag sang mga pulis!" siagit sang babaye.

"May natabu na bala nga engkwentro diri?"

"Waay pa, Sir. Ginbaton ko sa pag-arkila diri ang grupo ni Konsehal kay abi ko mga soldado ang nakauniporme nga ginabuligan ni Konsehal."

"Diin bala nga duog konsehal atong buy-onan nga tawo?" pakiana ni Alex.

"Konsehal kuno sang barangay didto sa ubos nga katambi man namon. May kilala man ako nga kaapeyido niya, gani nagsalig man ako nga soldado ang iya mga upod."

Nakita ni Alex ang .45 kalibre nga armas sa ibabaw sang diutay nga lamesa didto sa kilid sang kusina. Armas ni Konsehal? Kinasa ini Alex, may karga kag nahulog ang bala. Ginpagwa ni Alex ang magasin, gintum-ok, puno sang bala. Ginkarga ang isa kag ginkasa. Gin-*lock* ang *safety* kag ginbulsa sa iya dyaket nga may bulotangan sang armas nga .45 kalibre.

Nakabati liwat sila sang lupok, malapit lang. Nagbinurot man pagkatapos sang matunog nga lupok. Nanago sila sa likom nga daw *air raid shelter* sang puloy-an. Pero naggwa si Alex kay indi maathag ang lupok nga mabatian nga nagaantad man sang pila ka dupa sa balay. Sang ulihi nagtinong. Nag-awhag si Alex. Nakita niya ang konsehal nga daw napilasan sa butkon, pero ginabitbit pa gihapon sini ang *baby armalite*.

"Dr. Vera Cruz, maggwa kamo dira kay basi abutan kita sang mga rebelde! Malagyo kita didto sa pihak nga barangay!" singgit sang konsehal.

Sang hingalagan lang, may nag-ulhot man nga may *armalite* kag gintaya sa likod ni Konsehal. Pinalukpan sia ni Alex. Nagtingkaya ini, nagtigab kag naglinong man dayon. Maayo pa gihapon sia mag-*target*. Asintado pa gihapon, naisip ni Alex. May isa ka tawo nga sumunod. Nakalisu na si Konsehal kag halos dungan sila nga nagpalupok.Tumba man ang may *armalite* nga may *M203 grenade launcher* pa.

Madali nga nag-untat ang linupok sa ubos sang pukatod. Waay sing naglagas pa kay Konsehal, gani pinalapitan nila ang duha ka bangkay. Puro bala sang .45 ang umigo sa ulo sang duha, ang isa sa ibabaw sang mata nga tuo, samtang ang isa idalom sang dulonggan man nga tuo. Waay pa nagpas-aw kay Alex ang pagka-asintado bisan mga tatlo na ka tuig nga waay nakapasakop sa *shooting tournament* sang iya grupo.

May apat ka pulis nga nag-abot, kilala sang babaye ang isa kay himata niya ini. Nagakurokurog nga ginsaysay sang babaye sa mga pulis ang natabu, kag ginpabayaan sia ni Alex nga sia ang magsabat sa pangusisa sang mga pulis. Nag-abot ang isa ka *platoon* nga mga katapo sang Philippine Army nga naulihi diutay kay nakaeskapo na ang mga rebelde padulong sa bukid. Kay sila ang may daku nga salakyan, sila ang nagkuha sang mga bangkay sang duha ka rebelde nga naluthangan ni Alex.

Gindakop sang grupo sang Army ang konsehal kay sa ila ang *warrant of arrest* ginhatag sang isa ka hukom sa pag-alungay man sang bulig sang Philippine Army sa *area* nga sila ang nakasakop batok sa mga rebelde. Kay kon rebelde na gani ang problema, kabulig lang sang mga soldado ang mga pulis. Katungdanan sang mga soldado ang maglagas sa mga rebelde.

Pero subong may ginalagas man ang mga pulis nga samong ukon mga *illegal* nga hubon. Ang hubon ni Konsehal ang ginatuyo sang mga pulis. Apang nakasulod sila sa *blocking force* sang mga rebelde, kay may tuyo man ang mga rebelde kontra sa hubon sang konsehal nga daw kumpetensya nila sa ginaangkon nga teritoryo sang mga rebelde. Maayo man kay waay sing napilasan sa pulis kay daw nag-*panic* ang *blocking force* sang mga rebelde.

"Sindikato ang nagkuha sa imo, Dr. Vera Cruz," bugno kay Alex sang pulis nga nadestino man sadto sa Lambunao, Iloilo sa waay pa ini nadestino sa iya banwa sa Tubungan, Iloilo. Bilang imbestigador sang pulis, si *Senior Police Officer 1* Edcel Narig nakilala man si Alex. "Belib gid kami sa imo, dapat mahatagan ka liwat sang *permit to carry firearm outside of residence*."

"Ginatrabaho ko na ina, agod makapasakop naman ako sa *shootfest* naton sa December," pabutyag ni Alex.

"Kag makapangapin sing husto sa nagahingabot man sa imo."

Ginpasakay si Alex sang pulis sa ila *back-to-back patrol truck* pakadto sa Leon, Iloilo.

Nasimhutan man sang taga-*radio* kag TV ang hitabu. Kag bangod *asset* sang hubon malapit sa magulang ni Swannie nga si Rodin ang nadakpan nga konsehal, nagkalma anay ining kabulig nga hepe sang MIG sa iya plano nga pagsilot kay Alex bangod sa ginhimo sini kay Swannie nga manghod sini. Si Swannie sa sini nga tinion didto na sa Canberra sa Australia. Dayon nga mapuyo man sa Dakbanwa sang Sydney, Australia kay didto ang isa nila ka kompanya. Gani, waay na nabalitaan nanday Luem kag Swannie ang natabu kay Alex.

Nakapauli man si Alex sa Lambunao, pagkatapos nga nakahimo sia sang tul-id nga panaksihon paagi sa isa ka *affidavit* nga ginkinahanglan sang pulis sa Leon, Iloilo. Alas kwatro sa hapon sina man nga adlaw, ginpahapit si Alex sa *helicopter* nga nagpauli sa Dingle, Iloilo gikan sa pagbulig sa mga Army didto sa sur nga bahin sang Iloilo sa paglighot sang mga rebelde. Abyan man ni Alex ang isa ka piloto kay pareho sila nga katapo sang *gun club* sa kampo sang Army sa Jamindan, Capiz.

GINSUGAT gid ni Daphne si Alex sa gikan sa tunga sang *parade ground* sang buluthoan pagkahugpa sang *helicopter*. Gin-*text* man ni Alex ang iya asawa nga nakasakay sia *helicopter* sang militar. Tama ka pula ang mata ni Daphne nga nagpalangharok pa bangod sa daw waay untat nga paghibi.

"Toto Alex, indi ko malugpayan si Inday Daphne sa daw waay untat nga paghibi bangod sa natabu sa imo nga ginsundan man namon sa balita sa radyo kag TV," panugid ni Yayay Luding ni Daphne kay Alex. "Ano pa, sige man pasutil ni Nonoy Andre, kay waay na nadalo ni Inday Daphne ang anak sini." "Daphne, kon oras ko na, bisan sin-o sa aton waay na sang mahimo pa. Ang Dios nakasayod man nga palangga mo gid ako. Pero ano man ang malain nga matabu sa akon pagbuot man ina sang aton Tagtuga, nga dapat mo batunon sing halog sa imo dughan para indi ikaw kapin nga mabudlayan sa imo balatyagon kag sa pagpadaku sang anak naton. Ang aton anak ang hatagan mo sing daku nga pag-ulikid kag pagpalangga. Sia ang tunay nga magapalangga sa imo," pagkalamay ni Alex sa balatyagon sang asawa.

May kabalaka man si Alex sa iya, indi man luyag nga mag-antos sia sa kalain sang buot. Pero, magkatuhay ang paghigugma kag pagkabalaka ukon pag-ulikid.

May daku man nga duda si Daphne sa iya panan-awan sa ila kahimtangan bilang mag-asawa ni Alex. Tinaga bala ukon buluhaton sang isa ka tawo ang nagapatunay sang iya paghigugma? Sa pagkamatuod, ano bala ang balasehan sang kalipayan sang isa ka tinuga sang Dios? Indi masabat ini Daphne nga waay sing magpayo sa iya, pero karon, sin-o ang dapat niya pangayuan sang laygay? Ang iya iloy? Ang iya lola nga nagakabuhi pa? Naagyan sang iloy ni Daphne ang bahin sang kabuhi nga matawag ini sia nga *lost soul*, bangod sa *depression* nga dulot sang napaslawan nga paghigugma. Si Daphne ang bunga sining' napaslaw nga paghigugma sang iya iloy. Subong, may kinaalam ukon kinaadman na bala ang iya iloy sa paglaygay sa iya sa bahin sang tama ka personal nga gumontang?

"Yayay Luding, may inagihan ka bala nga naghigugma ka sa isa ka tawo nga waay ka niya ginsapak?"

"Madamo man ako sang *crush* sang tinedyer man ako, Inday Daphne. Bisan waay man ako ginsapak, wala ako sing ginbuhat nga daw pagpangakig sa akon palibot ukon pagsunggod man nga waay sang ginatumod. Inday Daphne, para sa akon may mga butang nga mahimo pilian naton sa aton pag-angkon sang aton tinutoyo. Ano bala ang kahulogan sa imo sang paghigugma? Ang pagpasulabi bala paghigugma? Ang pag-ulikid? Ang kabalaka?" nagginhawa anay sing malawig si Yayay Luding ni Daphne.

"Inday Daphne, ang paghigugma isa ka balatyagon sang kasulhayan para sa akon. Kon nakita ko nga nagaulikid ang isa ka tinuga kag ginahatagan man ako pagtahod kag pagpakigbagay, mahimo na ini nga paumwaron sang duha ka tinuga bilang isa ka sandigan sang pagpalangga sa tagsa-tagsa."

Waay sing nasamputan nga maathag ang paghambalanay nanday Daphne kag sang iya anay yaya nga ila na salaligan karon sa ila panimalay ni Alex. Nagsenyas si Yayay Luding nga mabalik sa iya ginahikot dungan tindog sini sa paglakat.

SANG hinali nagring ang telepono sa lamesa sa kilid nayon ni Daphne nga nagpapisik man sa iya sa kakibot. Nagsuhot man dayon sa isip ni Daphne nga daw nagnerbiyosa sia bangod lang sa pagka-*kidnap* kay Alex. Ginpabayaan anay niya nga mag-ring ang telepono sing katatlo. Sang alsahon niya kag mag-*hello* daku apang malagday nga tingog ang nabatian ni Daphne.

"Maayong' aga, Misis. Abyan ako ni Alex. Mahimo ko bala sia mahambal?"

"Madali lang, kay sa banyo pa sia nagapaligo. A, ari na sia nagapadulong diri."

Si Alex nagapaggwa sa ila hulot nga dala si Nonoy Andre nga nagaudyak man sa pagsugilanon sang amay sa iya nga ginasautsaot pa. Daw naurongan man si Daphne sa pagtulok sa mag-amay nga malipayon gid ang duha.

"Ako ang ginatawgan?" nakutib ni Alex sing mahinay sa asawa. Nagtangutango lang si Daphne. Kag gindaho si Nonoy Andre. Naguntat man ang udyak sang bata.

"Hi, 'Pare Edvic, *long time no see, a*."

"'Pare Alex, ikaw abi waay na gid nakapasakop sa *shootfest* sang aton hubon."

"Huo man, mga tatlo ka tuig na."

Si Edgardo Vicente nga kaklase ni Alex sa hayskol sing duha ka tuig isa na subong ka *Police Senior Superintendent* sa *Philippine National Police*. Ka-*batch* ukon *Mistah* sini si Colonel Rodindo Villamaestre sa *Philippine Military Academy*. Nagbalhin sa pulis si Major Vicente, nangin isa ka Chief Inspector sa PNP sang nangin *national police* ang bilog nga bahin man sang *MetroCom* ukon *Metropolitan Command* sang PC-INP sadto.

"'Pare Alex, ginapangita ka sang imo ihado nga anom na ka tuig. Siling ko indi ka lang magkalangkag kay damuon gid ni Ninong Alex mo ang imo regalo."

"Huo gali, sugod sadtong bunyagan sia waay gid kita nagsugatanay. Sa Mindanao ka man abi nadestino," nasabat ni Alex. "Silingon mo lang dayon sa ihado ko nga maghulat lang sia kay mapuno gid ang taksi sang iya regalo gikan sa akon."

"'Pare Alex, ginpa-*kidnap* ka gali ni Rodin?" pakiana ni Edvic sa kumpare. "May atraso ka bala sa iya?"

"Daku kag grabe ang perwisyo nga natuga ko, 'Pare," tambing ni Alex. "Isugid ko sa imo kon duha lang kita sa pagpamasyar ko dira sa inyo para sa akon ihado. May anak man ako nga mag-isa ka tuig na, lalaki. Diri sa Lambunao, Iloilo kami subong nagapuyo. May unibersidad man kami diri nga ginpatindog sang akon asawa nga kabikahan sang mga De Guzman. De Guzman ang imo iloy, indi bala? Mahimo nga himata ninyo ang akon asawa."

"A, huo, 'Pare Alex. Ang imo ugangan nga gintapok dira sa Lambunao, kilala ko. Magpakaduha pa lang sila ni Nanay. Kag imo asawa mag-*third cousin* kami. Malayo na diutay ang amon pagparyentihanay."

"Isugid ko man sa imo, kon paano kami nag-asawahay sang inyo himata."

"'Pare Alex, nagtawag ako sa imo kay bag-o lang ako nagpungko bilang hepe sang isa bahin sang *Criminal Investigation and Detection Group*. Waay ko pa nasiguro, pero may plano nga temporaryo nga ihatag sa akon ang Western Visayas. Sa waay pa ina natabu, misyon nga patiktikan man ang kabulig nga hepe sang MIG nga *mistah* ko. Nagkanta ang puno sang hubon nga napaslawan nga magpaatubang sa imo kay Rodin. Subong *suspect* pa lang sia sa ginbuhat sa imo, 'Pare."

"Kon amo dapat gid ako mag-andam, 'Pare Edvic?"

"Husto gid, 'Pare Alex. Kon ako sa imo, mag-empleyo ka sang mga *security guards* sa imo buluthoan nga makabato sa grupo nga ginaplano ni Rodin nga magkidnap liwat sa imo. Mga nagsihay nga *ex-ranger scout* ang kalabanan sang mga tawo ni Rodin. May ara man ako nga subong nga grupo, ginagamit namon ang mga ini nga mga *asset*. Ihatag ko sa imo ang duha agod hanason ang mga gwardya mo dira. Kinahanglan mo man ang mga armas nga *high powered*."

Daw nasalim-ukan si Alex sa panugyan sang iya kumpare. Nagabalingaso man bala nga inaway ang iya nasudlan? Kag basi madamo ang madalahig nga kabuhi diri, upod na ang iya pamilya.

"Sige, 'Pare Alex. Tun-an mo ang imo kahimtangan subong. Manawag lang ako liwat sa imo. Maumpisa na ang amon *debriefing* sang isa namon ka *operations* nga natapos na." Nagpaalam ang kumpare ni Alex, samtang daw nagakaurongan si Alex bangod buluthoan ang nagasulod sa isip ni Alex. Dapat waay sang mga estudyante nga madalahig sa *crossfire* kon may engkwentro sa sulod sang *campus*.

Tinawag ni Alex si Tya Luding.

"Yayay Luding, indi bala may magulang ikaw nga *foreman* sa pagpatindog sang mga balay? Hambalon mo sia kon interesado sa pagtrabaho para sa akon."

"Huo, Toto Alex, isa sia sa mga *foreman* sa pagpasad sang unibersidad, a. Subong daw nagbakasyon sia. Kadtuan ko bala sia subong na?"

"Sige, agod maghambalanay kami dayon."

Sang hapon nga ina, nag-abot man ang magulang nga lalaki ni Tya Luding nga hanas nga *foreman* sa sari-sari nga konstruksyon.

"Yayay Luding, kuhaan mo gani kami sang *beer* nga mainom."

"'Nong Sidring, mahimo kita sang *air raid shelter* sa idalom sang amon balay kag sa daku man namon nga opisina sa buluthoan. May mga tawo ka bala nga aton masaligan nga indi magbuyagyag sang aton likom nga buhaton?" pamuno ni Alex sa pagpahibalo sang iya plano nga pangbato sa sindikato ni Rodin.

"Ano, ngaa kinahanglan naton ang *air raid shelter*?" diutayan lang masinggit ni Daphne ang iya pagkakibot sang namitlang nga plano ni Alex. "May inaway kalibutanon na bala nga matabu?"

"Daphne, kalma ka lang. Paghanda lang naton ini. Indi bala gin-*kidnap* na ako nga naluwas lang sang mga awtoridad? May kasubong pa nga katalagman nga matabu sa akon kag madalahig kamo sang aton anak," Naathagan man si Daphne gani naglingkod man ini sa kilid ni Alex. Nagragingring ang telepono. Si Edvic ang sa pihak nga linya.

"'Pare Alex, magpanago anay kamo. May maabot dira nga kahubon ni Rodin!"

19

NAKAYASAN man si Alex sa nabatian gikan sa iya Kumpareng' Edvic nga gubaton sila sang pila ka katapo sang sindikato nga ginbayaran ni Rodin.

"'Pare Alex, napulo ka tawo sang isa ka sindikato ang makuha sa imo dira sa buluthoan ninyo. Sa nasiling ko na mga *ranger scouts* sadto ang kalabanan sang mga katapo sang sindikato kag hanas nga mga tinawo sang *special forces*. Pati siguro ang mga SWAT sang PNP mabudlayan sa paglutos sa ila. *Forewarned is being forearmed also*, 'Pare Alex. Gani isipon mo gid sing husto ang mga tikang mo sa pagpangapin sang imo kaugalingon kag indi mag-*panicky* sa buhaton mo nga pagbato sa ila. Kon ako na tani ang hepe sang CIDG dira sa Western Visayas, matira ang matibay sa tunga namon sang akon *mistah* nga si Rodin. Waay pa napasugtan sang Police Director General sang PNP ang akon *designation*," hingapos sang Kumpare Edvic ni Alex.

Kinahanglan magpanago anay sanday Daphne kag ang ila anak, kaupod ni Tya Luding, ang yaya sang ila anak kag ang nars nga nagapangalagad para kay Daphne kag sa anak sini.

Kinadtuan ni Alex ang Dean sa kolehiyo sang College of Arts and Sciences nga si Dr. Melecio Millado nga masunson nagatal-os sa iya sa paghikot sang katungdanan sang Presidente sang Don Virgilio Vera Cruz University nga ginpalip-ot sa Vera Cruz University ukon VCU. Sapulon ni Alex ang kumpare nga isa sa duha ka Vice Presidents kag Acting Dean sang College of Arts and Sciences sa mga tikang nga ila buhaton agod malikaw nga madalahig ang mga estudyante kon may linupok nga matabu sa sulod sang *campus*.

"'Pare Alex, didto sa balay manago sanday 'Mare Daphne kag ang imo anak. Duha lang kami sang asawa ko nga nagapuyo," tanyag ni 'Pare Mel ni Alex.

Daku man ang balay nanday 'Pare Mel ni Alex. May pamilya na tanan ang ila tatlo ka anak nga babaye nanday Dr. Millado kag Tya Binyang, may kaugalingon nga balay ang tatlo, pati na ang bag-o lang nakatapos sang *Master's degree*.

"Maayo pa matuod, 'Pare Mel," pasugot ni Alex.

Ang balay ni Dr. Millado malapit lang sa simbahan sang Romano Katoliko nga pila lang ka balay ang igutlan. Sa likod sini kilid sang banglid paubos, sa unhan pa gid may suba. Makita sang ara sa sulod ang nagataklad nga mga tawo sa alagyan pasaka nga maagi sa magtimbang nga kilid sang balay. Mabudlayan ang may tuyo magsulod nga mga tawo sa balay nga indi masiplatan, kay sa atubang malapad ang *lawn* katambi man sang karsada. Sa pihak lang sang karsada ang plasa, kag ang munisipyo nagaatubang sa plasa. Gani, indi gid magsuspetsa ang umalagi nga mga tawo nga diri nagahukmong ang pamilya ni Dr. Alex Vera Cruz. Hilway sanday Daphne diri.

May duha man ka gwardya nga mabantay sa balay ni Dr. Millado. Kapin pa si Alex man lang ang kinahanglan makuha sang grupo. Pero, basi kon indi nila maasi-asi si Alex. Mahimo nila ipaagi sa pag-*hostage* sa mga mahal sa kabuhi sini agod mapilitan ini nga mag-upod sa ila.

"May posibilidad gid nga amo ina ang buhaton nila, 'Pare Alex," hambal sang Hepe sang Pulis sang banwa kay Alex nga iya man kumpare. "Ipauloaligmat ko sa amon patrol sanday 'Mare Daphne."

"Salamat gid, Tsip, este 'Pare. Mas mahapos pa gid nga mabungkag sang PNP ang mga sindikato katulad sining' mabiktima sa akon kon may patrol nga masunson

mabataw-bataw sa amon buluthoan. Ipahanas ko gani ang amon *security force* agod

makapangalagad sing husto kag indi man malutos sang mga malain gihhawa."

Nagpabulig si Alex sa salakyan kag trabahador sang unibersidad sa pagdul-ong kanday Daphne sa puloy-an nanday Dr. Millado. Nalipay gid sa pagbulig kanday Alex ang asawa ni Dr. Millado nga retirado na nga maestra nga kaupod man sadto anay ni Daphne sa *central school* sang banwa.

SANG sumunod nga adlaw, may nag-abot nga tatlo ka tawo nga kuno mga *salesman* sang libro sakay sa isa ka *van*. Nagsuspetsa gilayon sanday Alex kag ang kumpare nga si Dr. Millado sang naghambal ang isa nga luyag nila mahambal ang Presidente sang VCU. Indi pa kilala sang tatlo si Alex. Kon ang katuyoan sang tatlo ka tawo amo ang pagbaligya sang libro, ngaa tatlo gid sila dayon nga makadto sa isa ka lang ka buluthoan? Indi man sila pwede nga mag-inagaway sa pagtanyag sang ila ibalaligya. Waay nanday Alex ginatugotan ang nagabaligya sang libro nga magkadto diretso sa mga bumulutho. Sa *librarian* lang sila ginapaatubang nanday Alex sa *conference hall*. Subong ang luyag nila hambalon amo ang Presidente sang VCU. Ginbilin ni Alex ang tatlo sa opisina ni Dr. Millado. Tumawag gilayon si Alex sa mga pulis kag nag-abot man dayon ang duha ka imbestigador. Matiuntion pa nagsulod sa opisina ni Alex ang tatlo kaupod man si Dr. Millado. Naggwa man dayon si Dr. Millado sang nasiplatan ang duha ka pulis nga nagsampot sa *main gate*. Malapit lang ang opisina sang administrador sa mayor nga ganhaan sang unibersidad

Nalinglingan sang isa ka sekyu ang unod sang *van*. Indi man libro, kondi ang isa ka trapal nga manipis natabon sa ila karga sa likod nagakorte sang armas nga malaba. Ayhan gintulogan sang kuring ukon idu man ang ibabaw sang trapal gani masnahon nga armas ang ginatabunan sang trapal. Pinalapitan sang sekyu ang isa ka pulis kag gintudlo ang nakit-an.

"Tsip, sa pagtan-aw ko mga armas ang natabunan sang trapal," senyas sang sekyu sa imbestigador nga pulis.

"Tama ka, Cacho. Tatlo ka malaba nga mga armas kag sigurado nga *high-powered*."

Waay ayhan nakita sang tatlo ang natabu sa ila karga sa likod. Ginsenyasan sang pulis ang iya upod, ginhutikan man ang tatlo ka sekyu sang isa ka pulis nga maghanda sila. Nagpwesto sa likod sang *van* ang tatlo ka sekyu.

Kaupod sang tatlo nga kuno mga *salesman*, si Alex naggwa sa iya opisina padulong ginaparkingan sang *van* nga malapit man sa pwesto sang mga sekyu sa *main gate*. Gin-usisa man sang isa ka pulis ang mga may kurbata nga *salesman*, kon mahimo makita ang ila I.D. Nagbalik si Dr. Millado sa iya opisina kay ara na man si Alex nga magaatubang sa mga pulis.

Daw nag-*panic* ang tatlo, kay naggabot sang *pistol* ang una nga ginpasikto sang pulis kag ang duha nagtinguha sa pag-agaw sang armas sang duha man ka sekyu. Nagatakilid ang pulis nga ginatayaan kag ang nagataya, sa wala ni Alex ang *salesman,* sa tuo ang pulis.

Madasig nga nagabot ni Alex ang iya paborito nga .45 kag tiniro *point-blank* ang *salesman.* Inigo sa tuo nga abaga ang tawo nga nagtaya sa pulis nga nagaantad lang sa iya sang duha ka metros. Dayon nabuy-an sang *salesman* ang armas, nagtiyog ini kag natumba. Maabtik nga nakasa sang duha ka sekyu ang ila armas nga ginhandom agawon sang duha man ka tawo nga *salesman* kuno. Ang isa nga maagaw sang iya armas ginpalukpan sang sekyu ang tiil, samtang ang isa sumunod man nga nagpalupok sa ikatlo nga *salesman.* Ang ikatlo nga *salesman* sa hawak inigo sang bala sang *shotgun* kag sumubsob man ini. Samtang ang ikaduha nga waay naigo nagbakyaw man sang duha ka kamot.

Ang pulis sa likod sang *van* nga nagabutingting sang iya kamera, naglibot pa dungan gabot man sang iya armas, pero natapos na ang tatlo ka lupok kay sa ulohan nayon sang *van* ang natabu nga pagtayaay kag paglupok man sang mga armas. Ang duha kag gwardya sa likod nga *gate* nga malayo sa *main gate* nakatugpa man dayon bangod man sa nabatian nga linupok sa atubang sang buluthoan.

Sa pagkabati nila sang tatlo ka lupok, ang mga estudyante gilayon man nga nagkinarankaran, nagginuwa sa mga kwarto kag nagdinalagan sa pasilyo. May mga nagsiniagit, naghinibi kag nagginahod man nga daw nagapatabang. May mga propesora man nga babaye nga ginnerbyos sa nabatian nga linupok. Nagpalanaog ang ara sa ibabaw nga mga manunudlo kag estudyante kag nagginutok sa mga hagdan. Ang iban nga tipo UZI nag-amat-amat man palapit sa *main* gate. Sa sitwasyon nga ini basi may makadasma kag matapakan sang iban, busa kinuha ni Dr.Millado ang iya *megaphone.*

"*Everybody, please be calm and stay put wherever you are. Do not panic! Repeat: Do not panic! The situation is under control by the police! There is no danger to your life and limbs. So, go back to your classrooms.*"

Bangod kay malinong, bation ang halos makabulungol nga anunsyo ni Dr. Millado sa mga duog sa *campus* nga mabatian man ang lupok. Nagkalma man dayon ang mga estudyante kag mga manunudlo nila.

May nag-abot man nga ambulansya kag gindala ang duha nga napilasan sa ospital. DOA ukon *dead on arrival* ang isa nga na-*shotgun* kag ang isa nga naluthangan ni Alex buhi kay sa maayo nga palad waay napilasan ang iya baga kag kasingkasing kondi daw nabagrasan lang tul-an sa abaga. Kibyas palikod sini ang bala nga umigo sa abaga. Ginbantayan ini sang isa ka pulis sa ospital samtang ginabulong sang mga doktor.

Binuksan sang pulis ang likod sang *van* nga handa man ang iya *camera*. Nagpalapit man sanday Alex kag Dr. Millado sa *van* kag ila man nakita ang isa ka Galil, AK 47 kag Armalite upod sang nasari-sari man nga mga bala. Samtang ginkuhaan sang larawan sang pulis ang mga armas, nagtambong man ang naposasan nga salesman kuno nga waay samad bangod sa tiil lang pinalukpan sang sekyu agod indi maagaw ang armas.

"Magbalik anay kamo sa inyo pwesto kay basi may kaupod sila nga nagasunod. Napulo kuno ang katapo sang panong nga makadto diri, suno sa akon tiliman-an," mando ni Alex sa duha ka sekyu sang *main gate* nga kaangot sa *highway*. Isa ka *patrol truck* nga puno sang pulis ang nag-abot bangod sa nabatian sang mga tawo sa palibot nga mga lupok sa buluthoan kag ayhan sila ang nagtawag sa munisipyo.

Gindala sang mga pulis ang isa nga gindakop nga waay naluthangan agod mausisa sing matul-id kon ngaa may ara sila sa ila salakyan nga tatlo ka malagba nga armas kag madamo nga bala. Ginkumpiskar man ang mga ini sang pulis pati ang *van*. Si Alex nag-upod sa mga pulis sa munisipyo sa pagbulig sa mga pulis kag ginbilinan ang duha ka sekyu nga magkadto sa munisipyo pagkatapos sang ila turno sa pagbantay sa *gate* agod maghimo sang ila pahayag ukon apidabit sa natabu nga pagsulod sang tatlo ka mga *salesman* kuno.

Pagkalumbos ang mga pulis, naglinong man, nagbalalik man ang mga propesor kag

mga estudyante sa ila kwarto. Ang mga waay klase nagtinumpok-tumpok man sa puno

sang mga kahoy nga may mga pulungkoan man, nagpaindis-indis sa pag-inestorya kag paghatag sang ila panugdaon parte sa natabu.

Sa *headquarters* sang pulis, nagmando man ang Hepe sang Pulis nga magbutang sang duha ka *checkpoint* sa bahin sang karsada sa magtimbang nga pasulod sa banwa. Sugo man ini sang *Provincial Director* sang *Iloilo Provincial Police Office*. Ang tanan nga salakyan dapat usisaon sang mga pulis sa *checkpoint* kon may armas nga dala. May mga kaupod pa ang grupo nga dapat madakop.

Gikan sa munisipyo ginkadtuan anay ni Alex ang iya pamilya sa balay ni Dr. Millado. Nag-udyak dayon ang ila anak sa pagkakita sa amay, samtang si Daphne nagpula naman ang mga mata sa paghibi sa natabu sa buluthoan kay Alex. Nagapamahid pa gani si Daphne sang iya luha sa pagsampot ni Alex kay sugod sang nabatian sa radyo ang balita sa natabu sa sa sulod sang VCU, nag-umpisa man sa paghibi ini. Maabtik gid abi ang radyo sa pagdala sang balita kay may pumuluyo man nga nagatawag sa mga estasyon sang radyo kon daku nga balita nga matabu sa ila duog nga ginatampuyokan man dayon sang mga *reporter* sang radyo kag telebisyon.

"Daphne, nasiling ko na nga indi ka sagad hibi kon may malain nga nagakatabu sa

aton. Paano ka na makalikaw sa delikado nga pamahog sa imo kaugalingon kag sa aton anak kon indi ka na makaisip sing husto sang imo pagabuhaton?"

"Indi mo gid makuha ini sa amon nga mga babaye nga indi magpatulo sang luha sa malain nga nagakatabu sa amon palibot," sabat ni Daphne sa bana.

"Ang buot ko silingon haganhagan lang paghibi nga pwede ka pa gihapon maghimo sang imo kinaandan nga buluhaton."

SANG sumunod nga adlaw tumawag naman si 'Pare Edvic ni Alex.

"'Pare Alex, may duha ka *good news* kag isa ka *bad news* ako para sa imo," daw nakita lang ni Alex nga nagayuhom gid ang iya kumpare sa paghambal sa *landline* nga telepono.

"Ako na ang Hepe sang CIDG sa Western Visayas. Basi maka-*star* man ako dira sa aton duog. Siguro sa Bacolod na kami mapuyo sang akon pamilya sa madason nga bulan." Ang isa ka *star* bilang ranggo nagakahulogan nga *Brigadier General* sa *Armed Forces of the Philippines*, *Police Chief Superintendent* sa *Philippine National Police*.

"Ang *bad news*, 'Pare Alex, nabisto sang pamilya kag mga himata ni

Mistah Rodin ang natabu sa inyo sang manghod nga si Swannie. Akig sa imo ang abyan mo man sadto sa aton *gun club* nga si Colonel Rodindo Villamaestre. Sa Sydney, Australia na nagapuyo ang imo nobya, indi bala?

"Ang ikaduha nga *good news*, sa imbestigasyon, nasambit sang isa ka tawo sang sindikato nga si Mistah ko ang nagkontrata sa ila grupo agod patyon ka, bangod sa kasal-anan mo batok sa ila pamilya. Ang balibalita diri ma-*resign* sa militar ang *mistah* ko kag magnegosyo na lang sa waay pa sia madutlan sang iya kaso sa paggamit sang mga katapo sang sindikato sa iya mga proyekto. Kalabanan sang mga *operations* nga ginpamunoan niya indi awtorisado ukon *waay bendisyon* sang Hepe sang Armadong Kusog sang Pilipinas ukon *Chief of Staff, Armed Forces of the Philippines*.

"Sigurado nga indi na sia magtuyo nga patyon ka paagi sa paggamit sang sindikato. Waay na sia pwersa sa pagpilit sa mga sindikato nga waay man niya ginbayran. Kag ang pag-ako niya nga matuod ang natabu nga pagpakuha niya sa imo, mapilitan man sia mag-ako sa indi maayo nga natabu sa manghod nga si Swannie bilang rason sang iya katuyoan. Ini makapalain pa gid sang reputasyon sang ila pamilya sa mata sang ila mga himata kag mga abyan. Kon ako ang pamangkuton mo, indi na sia magpangahas nga tublagon ka kay kada magtinguha sia nga timalusan ka kapin nga mabalahuba ang kahuy-anan sang pamilya. Anay nga mga himata pa lang nila ang nakahibalo, pati iban nga tawo masayran ini." Natapos man ang malawig nga panugiron sang kumpare nga pulis ni Alex.

"Salamat nga madamo gid, 'Pare Edvic, sa mapuslanon gid sa kabuhi ko nga mga balita. May daku nga utang ako sa imo. Kon magkitaay kita ugaling mo matul-id ang mga hitabu nga akon inagihan," pasalamat ni Alex sa kumpare.

SANG dumason nga adlaw nag-abot na ang mga materyal nga galamiton sa paghimo sang ila *air raid shelter* kag sekreto nga *instant quarters* ukon hulot sa *conference hall* sang VCU agod luntaran sang pamilya ni Alex sa panahon sang emerhensya subong sang natabu nga pagpa-*kidnap* kontani sa iya. Ang *conference hall* katambi man sang malapad opisina ni Alex. Duha ang *shelter* nga gusto ni Alex himuon, isa sa idalom sang ila puloy-an kag ang ikaduha sa idalom sang opisina niya.

"Ibungat lang kay himuon namon kon ano ang naluyagan mo, 'To Alex," pasalig ni Tyo Sidring kay Alex. "Buas sugoran na namon ang paghimo sang *shelter* sa idalom sang balay ninyo suno sa plano nga gindesinyo sang Architecture Department sang VCU."

"Sige, ipaulihi na naton ang likom nga hulot sa *conference hall*, sunod sa *shelter* sa idalom sang opisina sang administrador sang unibersidad."

Ginpabalik ni Alex sanday Daphne sa ila puloy-an nga ara lang sa kilid sa likod nayon sang mayor nga edipisyo sang unibersidad. Indi gid man makaapekto sa ila anak ang pagkutkot sa idalom sang kusina sang *shelter*. Ang pagsamusamo sang semento kag balas malayo man sa balay. *Truck-mounted concrete mixer* ang magalabugay sang gamiton sa pagkongkreta sang *shelter* kag idul-ong agod ibuhos sa idalom sang balay. Si Daphne ang daw nahuwasan sing husto sa problema nga nagdapo sa ila pamilya. Bangod waay naglakat si Alex sa sulod sang duha ka semana, nalipay gid si Daphne sa pirme niya nasaksihan nga kasadya sang ila anak kon kabuylog ang amay. Kon ano ka malipayon ang iya anak daw amo man si Daphne. Padayon man ini sa paghikot sang iya katungdanan sa unibersidad, lakip na ang pagtudlo sang pila ka asignatura nga iya gid naluyagan nga buhaton.

Sang gab-i sang pagbalhin nila sa iya puloy-an gikan sa pagpanago…

"'Ga, nalipay gid ako nga waay na kita 'damo nga palaligban," napulong ni Daphne pagkatapos man nila anggaanay bilang mag-asawa. "Matalunsay man ang dalagan sang aton negosyo diri, pati na ang sa Luzon kag Metro-Manila. Masaligan gid ang mga tawo nga kinuha mo sa pagpalakat sang aton negosyo."

"Gani, indi ka sagad pangimon kag mag-ugtas. Dapat magpasalamat ka sa Dios nga may anak ka nga nasiguro ko nga magapalangga sa aton."

"Indi mo makuha sa akon ang pagpangimon kay mahal ko gid ikaw, palangga ko nga Alex. Sugod sang lumpukon pa kita, ikaw lang kahampang ko nga nalipay gid ako nga makabuylog bisan adlaw-adlaw pa."

"Huo, belib na ako dira. Gani, hulaton mo lang tubtob nga

maangkon mo ako sing lubos."

Nakayuhom man si Daphne, ayhan indi tama kalayu ang paghulat nila nga duha

man ni Alex nga maghigugmaanay sila sing lubos. Matambingan man ang iya pagpalangga kay Alex. Nakunyag gid si Daphne sa palaabuton.

Nagbangon si Alex kay nagkililing man ang ila telepono sing makaapat na. Kapoy gid siguro ang yaya kag nars kag ayhan pati si Tya Luding sa ila pag-areglo sang mga kagamitan sa ila pagbalik sa ila puloy-an. Waay sa ila sang nakabati sa telepono. Si Tya Luding bag-o gid nahamuokan kay masunson nga alas 10 na ini nagasugod tulog.

Ginhakwat ni Alex ang telepono kag ginsundan man sang iya pag-*hello*.

"'Nong Alex, si Ritzy ini!" may kakayas ang tingog sang manghod ni Daphne. "Si Mommy na-*stroke*! Gindala namon sia sa Makati Medical Center. Ibalita mo lang kay Manang Daphne gilayon. Kaina pa sang udto natabu, pero waay kami nakatawag dira gilayon kay daw nagsalangisag ako. *Conscious* kag *stable* na ang *condition* niya, pero indi pa namon mahambal kay naka-*oxygen* ini sa ICU."

"Ari si Manang mo, sia ang imo sugiran agod indi maggurahab sangsa kon ako ang magbalita sa iya," sabat ni Alex dayon hatag kay Daphne sang telepono.

"Ano? Grabe si Mommy?" nagtululagay man dayon ang luha ni Daphne.

20

NAKAHIBI sing lakas si Daphne sang masayran nga na-*stroke* ang iya iloy.

"Manang Daphne, magpakatawhay ka lang kay siling sang doktor, sa *conscious* kag *stable condition* man sia. Pagkaligad sang dose oras kon mag-epekto ang mga bulong nga gintambal sa iya mahimo na sia mahambal namon. Basi buas amon na sia maestorya. Ang ulihi nga nabatian namon nga sinambit ni Mommy, nalipay gid sia sa iya pagkadto dira sa inyo kag sa pagsaut-saot sa iya apo sa imo," pakalma ni Ritzy.

"Tatlo gid ka adlaw sia diri sa amon kag nagbalik liwat sa Bacolod. Waay sia sing iban nga ginbuhat kay nawili gid sia sa akon anak nga si Andre, Ritzy."

"Manang, ginlahog ko man gani sia nga basi sa madason nga tuig may apo man sia sa akon. Apo niya nga tunay kuno kay kita mga iloy iya mga anak. Ang anak nanday Philip kag sang iya asawa, indi kuno tunay nga apo ni Mommy kay basi indi ang anak niya nga si Philip ang amay sang bata. Nagkinadlaw man gani kami ni Myra sa hinambal sang aton iloy."

"Buas, maabot ako dira nga dala si Andre. Ayhan madali nga mag-ayo si Mommy kon ara si Andre. Paabuton lang ninyo kami. Basi makasakay man kami dayon sa eroplano buas," paalam ni Daphne kay Ritzy.

Nadumdoman man ni Daphne ang iya amay, kay sang dalaga na sia ginsugid man sang iloy ini sa iya. Patay na man ini kag sa Amerika pa kay didto man ini nagpuyo nga *single* tubtob manigulang. Mas magulang ang iya amay sa iya iloy. Waay man sia sing malain nga balatyagon sa amay. Pero kay waay sila nagkitaay, natingob man sa iloy ang pagpalangga sini ni Daphne sa mga ginikanan.

Aga pa si Alex, nagpa-*airport* sa Cabatuan sa pagkuha sang *ticket* para sa apat nga nagalakip sang bata nga waay pa isa ka tuig.

Nakatigayon man sia nga nakakuha sang mga ticket pero sa hapon nga lupad sang eroplano sang isa ka kumboyahan.

Pagsampot ni Alex, nagtawag gilayon si Daphne sa iya manghod.

"Alas singko y medya sa hapon ang amon lupad pakadto dira. Ipasugat mo kami nga apat sa inyo salakyan. Dala ko siempre si Andre. Sugiran mo sini si Mommy," nasambit ni Daphne sa iya manghod nga si Myra.

"Nahambal na namon si Mommy. Sa panulok ko *mild* lang ang iya atake kag ina ginpamatud-an man sang doktor. Ang edad ni Mommy 49 pa lang. Nadisgrasya sia nga 17 pa lang gali ang iya edad," muno ni Myra nga daw indi maisip kon malipay sia ukon masub-an. "Natingala ako nga daw estrikto gid sia akon kay kalog kuno ako. Basi kuno sundon ko ang iya inagihan nga waay man niya ginsugid sa akon luas nga binayaan sia sang iya sadto nobyo, bangod indi kauyon sa iya ang pamilya sini."

"Huo, kay 32 na ako subong. Si Mommy *emotionally devastated* gid sa natabu sa iya kag sa iya nobyo. Sobra gid ang pagpangasubo sa natabu sa iya bilang bugtong nga anak sang aton lolo nga namatay man bangod sa aksidente. Si Lola Aquilina namana man gilayon. Gani, nakita man ini ni Mommy kag amo man ang iya ginhimo. Ang kinatuhay lang nga sia daw balo-buhi, samtang si Lola Kiling, tunay nga balo. Maayo lang kay siling ni Lola waay si Mommy nakaisip sing malain kag nagpakamatay. Pagkatapos ginpadayon man ni Mommy ang iya kurso kag nakatapos bilang panganay. Napadaku man niya ang aton kabuhian. Sa bulig pa gid sang inyo amay, malipayon man si Mommy. *So, she deserves a longer life*. Pero, indi kita ang nagabuot sina kondi ang aton Tagtuga," pabutyag ni Daphne sa manghod.

"Sugot naman gani sia nga magminyo na ako. Paunahon ko lang kuno si 'Nang

Ritzy. Sa Disyembre mapakasal si 'Nang Ritzy kag sa madason nga tuig na ako."

"Manang Daphne, kon makaisip si Mommy nga mamana liwat, pasugtan bala naton?" pakiana ni Myra.

"Ano nga klase sang pamangkot ina? Nasambit bala nga luyag pa ni Mommy nga mamana liwat?"

"May balo kuno nga interesado sa iya nga manggaranon nga taga-Bacolod man. Kag sugot diri ang lima ka lalaki nga mga utod ko kag *half-brothers* mo man. Himata man ini sang asawa ni Lyndon ang lalaki nga agot naton kay Mommy."

"Ano ang ulihi nga sinambit ni Mommy sa bahin sang iya pagpamana liwat?" dugang nga pakiana ni Daphne sa iya *half-sister*.

"Waay na sia sang namuno liwat nga nabatian ko parte diri."

"Kon igakalipay ni Mommy ang pagpamana liwat, indi ako magpamatok sa iya. Kon diin sia malipayon ara ang akon suporta," panghingapos nga nabungat ni Daphne.

SANG hapon na, gindul-ong ni Alex ang iya mag-iloy sa Iloilo Airport sa banwa sang Cabatuan, Iloilo. Masulhay nga naglupad ang eroplano nga sinakyan nanday Daphne, Andre, nars kag sang yaya sang bata. Sa Manila Domestic Airport, ginsugat sanday Daphne sang manghod nga si Myra sa isa ka *van*. Diretso sila sa ospital. Nakagwa na ang ila Mommy Criselda sa *Intensive Care Unit* kag puwede na sia duawon sa isa ka pribado nga hulot nga daw *suite* sang otel kadaku. Madasig nga nakasulod sa kwarto sanday Daphne nga sia gid ang nagasal-ay sa anak agod makita sang iya iloy.

Si Andre nag-ugyak man sa pagkasiplat sa iya Lola Dangdang nga iya na nakilala. Ginpapungko man ni Daphne si Andre sa luyo sang iloy kag padayon man ang pagkulokadlaw sang bata sa pagsugilanon sang iya lola sa iya kag paghalok sa iya kamot. Bisan nagdulom na waay gihapon tinuyo si Andre kag nakatulog man ini sa waay nagsakay sa eroplano tubtob nanaog sila pag-abot sa *airport terminal* sa Manila. Sa *van* padulong sa ospital, ginpadede man ini Daphne sa iya.

"Nonoy Andre, indi ko pa ikaw mahimo isautsaot," bugno sang lola sa apo kay Daphne. Sige man pag-udyak sang bata kon halukan sia sang lola sa kamot. May tatlo pa ka apo man si Lola Dangdang nila nga nagaduaw man, pero magtatlo ukon apat ka tuig na ang mga ini, gani si Andre ang paborito sang ila lola nga daluon.

Daw *hotel* na para kay Daphne kag kay Andre upod sang iya yaya kay sa sulod sang duha ka adlaw ara sila sa luyo sang lola sang bata.

SAMTANG sa Iloilo kay malinong naman sa palibot sang buluthoan kag sang bilog nga banwa, daw waay na sang delikado nga maabot sa kabuhi ni Alex. Kon patihon ang iya Kumpareng' Edvic, indi sa pag-*kidnap* kondi sa iban naman nga padihot itimalos ni Colonel Rodindo Villamaestre ang namusingan nga dungog sang pamilya Villamaestre. Ang pagmusing dulot sang sayop nga nabuhat ni Alex kag sang iya manghod nga si Swannie ukon Sonya Anita Villamaestre, indi mahimo nga palusoton sini ni Rodin nga indi mahimalos ang malain nga natabu sa manghod.

Pilit nga ginsuksok man ni Alex sa iya isip nga waay na sang katalagman karon ang pagluntad niya sa Metro-Manila. Madalikat anay sia sa Manila sa pagduaw man sang nagaisahanon niya nga ugangan. Ginhingyo ni Alex ang iya kumpare nga si Dr. Millado nga sia anay ang mahibalo sa pagpalakat sang VCU.

"Mel, 'Pare, ikaw anay ang mahibalo diri sa VCU. Na-*stroke* ang akon ugangan.

Nauna na didto sanday 'Mare Daphne mo. Maapas ako buas didto sa Manila, kay sibawon ko man ang mga palaligban didto sang amon kaupod sa negosyo. Basi kon may dalagku kag masangkad man sila nga gumontang didto nga nagakinahanglan sang akon pagpamat-od agod malubad.

"Areglado, 'Pare Alex. Basta waay na sing matabu nga daw pamahog sa aton seguridad katulad sang bag-o lang nag-agi, waay naman sing daku kita ng problema diri sa VCU. Tulotan-awon ko man ang ginapahimo mo nga palaamulyahan kon may emerhensya," pasalig sang iya Kumpare Mel.

Nagpa-Metro-Manila si Alex sang sumunod nga adlaw. Kinahanglan masibaw man niya ang ila mga kompanya kon may dalagku kag masangkad nga palaligban nga dapat niya pahilabtan agod mahatagan kalubaran, labi nga gid ang ila *export-import* nga negosyo.

Nagduaw gilayon si Alex sa iya ugangan sa ospital pag-abot sa Makati.

"Mommy, magapabilin anay sanday Daphne kag si Andre sa imo luyo tubtob mag-ayo ka sing lubos," panugyan ni Alex sa iya ugangan nga luyag niya tawgon nga *Crisie* sa baylo sang Dangdang ining iya nagaisahanon na lang kay balo na nga ugangan.

Kwarta nga daku ang ginhatag sini kay Daphne para ipatindog sang

Vera Cruz University. Ginhingyo ni Alex sa ugangan sadto nga De Guzman Foundation University ang ipangalan sa ila buluthoan pero kay Vera Cruz ang apelyido sang iya kuno mga apo kay Daphne, dapat sa ngalan sang Lolo nila nga si Don Virgilio, bilang padungog sa amay ni Alex, isa sa mga baganihan sang Ikaduhang Inaway Kalibutanon. Palangga gid sang iya ugangan si Daphne, bisan ini anak niya sa indi hungod nga pagpakasala. Gani, nahamut-an sini si Alex nga kahampang man sang anak nga si Daphne sa ila pagdaku sa Lambunao bilang mga *teenager*.

"Madamo gid nga salamat, Alex. Sa pamatyag ko magaayo gid ako sing lubos bangod kay Nonoy Andre."

"Mommy, ano abi kon sa amon ka na lang magpuyo pagkatapos nga nag-ayo ikaw? Siling sang doktor, indi ka na sagad palibog sa negosyo, kondi maglingawlingaw ka na lang. Ara man ang pito mo ka mga anak nga dapat mapalakat sang inyo sari-sari nga negosyo. Ayhan magalawig ka pa, Mommy. Kon matak-an ikaw sa balay, mahimo ka man magtudlo sa VCU agod may dugang ikaw nga kalingawan nga sadto ginkawilihan mo man. Kon indi gani, magbakasyon ikaw sing masunson sa Boracay kag sa mga anak mo," dugang nga panugyan ni Alex sa ugangan.

"Ay, matuod no? Kon magtudlo ako sa mga bata, malayo pa ako sa Alzheimer's Disease sang sa magsakit ang akon ulo ko sa mga palaligban sang negosyo," pasugot ni Lola Dangdang ni Nonoy Andre sa amay sini.

Sang adlaw man pagkatapos bisita ni Alex sa ugangan, gin-ugpot sini ang ila opisina nga pinakadaku sa Makati, bilang *home office* sang *Vera Cruz Group of Companies*. May na-*email* nga *proposal* ang kompanya sang mga Villamaestre sa Sidney, Australia nga si Alex ang dapat mag-akto diri kon batunon niya ang tanyag nga *partnership* sa *import*-export business sa balibad nga *diversification*. Indi lang human na mga produkto ang ilakip nila sa ila transaksyon, kondi pati na sang *raw materials* para man sa ila pabrika nga pasaron sa Australia.

Ang tanyag padihot man ni Swannie ini agod makakita sang rason nga makontak si Alex, ang iya pinalangga. Daw indi makapat-od si Alex kon ano'ng iya buhaton. Ang tunay nga paghigugma matuod, katulad sang kay Swannie, daw igi nga nagakamang, siling nila. *Matiyaga* kon sa Tagalog. Mapailubon kag mahimud-uson man.

Si Swannie waay nahibal-an ang natabu sa iya pinalangga, napat-od ni Alex ini. Ang padihot sang iya magulang nga soldado nga iya sadto ginhambal sa iya pamahog sa manghod, pero indi man nahangpan ni Swannie. Kinahanglan mahibal-an ini sang dalaga, pero nagaduha-doha man si Alex nga basi makaapekto ini sa relasyon sang magpamilya Villamaestre kag makapalain sa pagmabdos ni Swannie sang ila anak. Isipon anay ni Alex sing husto ang dapat niya buhaton nga pagpahibalo kay Swannie sa natabu nga pagtinguha sang iya magulang nga matimalusan sia. Ining pagtimalos ayhan para matubos ang namusingan nga kadungganan sang pamilya Villlamaestre. Mahimo nga basulon ni Swannie ang iya kaugalingon kag maghimo ini sang indi maayo nga tikang. Indi luyag si Alex nga madalahig ang bata nga ginabusong sang dalaga nga waay man kasal-anan.

Ginsapol ni Alex ang ila hunta direktiba sa bahin sang *proposal* sang Villamaestre Group of Companies. Para kon indi luyag sang mga katapo sang ila *board of directors* ining tanyag ni Swannie, may lusot si Alex nga balibad sa dalaga agod ang palaabuton nga dalagang' iloy indi magsunggod kay basi delikado ini sa iya ginamabdos.

"May *proposal* diri ang Villamaestre Group of Companies sa bahin sang Sydney, Australia nga nagatanyag sa aton sang *partnership* ukon *merger* sang aton *export-import business*," panugod ni Alex sa iya mga kaatubang nga mga katapo sang ila hunta direktiba. Ginpaathag ni Alex ang mga bentaha kag disbentaha sang ila nga pagtingob sang negosyo; bale gindagmit ni Alex nga laban ang disbentaha sa ila, pero ginbilang nila nga nag-*devil's advocate* lang si Alex sa pagdagmit sang disbentaha.

Kag sa baylo nga pamatukan sang *board of directors* ang tanyag, *unanimous* ukon bug-os ang pagpahanugot nila kay Alex nga batunon ang tanyag sang kompanya nanday Swannie sa Australia. Waay sing mahimo si Alex, kay sa panulok sang iya mga kaupod sa negosyo, kahigayunan ini nga indi dapat palampason sa kaayuhan sang ila kompanya.

"Karon, sin-o sa inyo ang luyag magkadto sa Sydney, Australia agod plansahon ang mga detalye sining' bag-o nga ginsudlan naton nga negosyo?" pakiana ni Alex sa mga kaupod.

"Ikaw ang dapat kay ikaw ang may mas malapad nga tinaipan kag pinanilagan sa sini nga sahi sang negosyo," panugyan sang isa ka abyan ni Alex nga daku man ang pahunan sa ila negosyo.

Waay sing mahimo si Alex, kondi sundon ang panugyan sang iya grupo nga wala pa sang ideya sa problema ni Alex kag sang mataas nga pinuno sang kompanya sang mga Villamaestre sa Australia nga si Sonya Anita Villamaestre alyas Swannie.

Kon sugiran ni Alex ang iya mga kaupod nga luyag niya likawan ang problema niya kay Swannie, nagaduda si Alex nga indi sia pagsuportahon sang iya kagrupo. Para sa ila pisu nga gamay ang palaligban ni Alex kon mga babaye ang pagahambalan. *Doctor of Philosophy*, indi masarangan nga likawan ang babaye nga waay man sia interes diri?

Daw indi man gani makapati si Alex sa natabu sa iya kabuhi. Napatunayan ni Alex nga daku nga gumontang lang para sa iya ang mga babaye. Pero, ayhan demalas lang siya nga ang mga inagihan nagdulot sing daku man katalagman sa iya kabuhi. Kon natabu sa iban nga lalaki ini, mahimo nga daku nga kadalag-an para sa ila pagkalalaki nga ila man ipabugal. Pero, iban si Alex, indi sia mahingaliton. Sa mga nakilala kay Alex iban ang panan-aw nila diri, negosyo ang kabangdanan sa nagakatabu sa kabuhi ni Alex.

Waay nasayran sang mga kaupod ni Alex ang iya relasyon kay Swannie. Si Alex indi man gani makapati nga tatlo gid ka babaye ang tampad kag bunayag nga nagahigugma sa iya. Pero dapat mauntat na ang pagpakasala nila ni Swannie.

Pero luyag man sini masayran ang kahimtangan sang dalaga nga nagabusong sang ila palaabuton nga anak. Ang pagsugot ni Alex nga magkadto sa Australia para bala sa palaabuton nga anak nila ukon sa iloy sini nga daw iya man ginakaawaan? Luas sa mga magpamilya Villamaestre kag si Luem, sa pagbulobanta ni Alex waay sing nakatulid sa natabu sa ila ni Swannie sa Boracay. Gilayon ginsabat ni Alex si Swannie paagi sa *email* kag ginsugiran nga ginbaton nila ang tanyag ni Swannie. Sa maabot nga Enero may makadto sa Australia nga magaareglo sang ila mga kasugtanan sa *partnership, merger* ukon pagsimpon sang ila *import-export* business sa Australia lang.

"Alex, mahal ko, luyag nga ikaw ang magkadto diri, nahidlaw na gid ako sa imo," nabungat sa *long distance* ni Swannie kay Alex. Waay dayon nakasabat si Alex kay Swannie. Daw kaatubang lang ni Alex si Swannie nga malipayon gid sa pagyuhom sa iya kadalag-an kay ginbaton ni Alex ang iya tanyag nga *partnership* sa negosyo.

Sa ila paghambalanay pilit nga nagapanigal-ot sa isip ni Alex kag napat-od man sini ang mga nagapalibot sa iya nga katalagman gikan sa kaakig sang panganay nga katapo sang pamilya Villamaestre nga soldado. Sa subong nagkalma anay si Rodin tungod nagapangatubang pa ini sang kaugalingon nga kaso sa ila *headquarters*. Dapat bala nga ipahibalo niya ini kay Swannie? Sa waay pa mag-*resign* si Rodin, dapat masayran sang manghod ang iya ginbuhat nga pagpa-*kidnap* kay Alex.

"Waay ka bala sang problema sa imo pagmabdos?" nasabat ni Alex nga daw nagalikaw sa ginpunteriya ni Swannie.

"'Ga, waay man kay pirme man ako nagapatsek-ap sa doktor diri. Ang problema ko amo ang kasubo nga nabatyagan ko kon gab-i," indi luyag ni Swannie bag-uhon ang ila ginahambalan ni Alex.

"Dapat indi ka magpangasubo kay makapalain ina sa bata. Tan-awa bala, natuman mo man ang imo handom, ang imo pamat-od nga ayhan mag-usoy sang banas sang isa ka *single parent*. Para sa akon, luyag mo lang nga tampad kag bunayag ka sa imo balatyagon kay dira magagikan ang imo kalipayan. Ginpanumdom mo man sa malawig nga panahon ang imo ginbuhat. Kag kon ano ang natabu sa aton, kagustohan man ina sang Tagtuga naton. Waay kita sing mahimo agod bag-uhon ina. Sa nasiling ko na natabok na naton ang taytay, kag ginsunog man naton," daw pagkalamay ni Alex kay Swannie.

"Basta, palangga ko gid ikaw, mahal ko nga Alex. Ayhan magahaganhagan man ang akon kamingaw kon mabun-ag ko na ang aton anak. Madali na lang ang Paskua, ayhan magakalipay man ako diri kay may mga palagwaon man nga malantaw ako sa mga teatro kag telebisyon. Madamo man nga Filipino nga mga abyan ko, ang pirme nagaagda sa akon sa ila puloy-an kon may handa sila para sa kaabyanan, ang aton kinaugali nga daw waay man nila malimtan. Halos tanan nga mga *beach resorts* diri sa nasakupan sang Dakbanwa sang Sydney nakadtuan ko na kag nawili man ako kaupod sang iban nga kapungsod naton."

"Maayo gid inang nagakatabu sa imo subong. Kontani makakita ka man sang imo higugmaon kag updon sa imo paglagtas sang matunok nga banas sang kabuhi."

"Lakip man ina sa akon pangamuyo, kag kaupod ka dira nga amo man kontani ang matabu sa imo, mahal ko. Para sa imo, ayhan makabatyag man ikaw sang tunay nga pagpalangga sa imo asawa subong."

Sa pamatyag ni Alex, daw nagaamat-amat na magsanag ang tanan kay Swannie. Nagakanugon lang si Alex nga para sa iya, ulihi na ang danyag sang bulan gikan sa lambunawon nga siga sini, kay sia napalibutan sang katalagman nga dulot sang mga nagliligad nga panahon sa ila pagpakigbato sa hangkat man sang kabuhi.

KAG isa ka aga, kaundan sang balita ang pagpahalin sa serbisyo sang isa ka mataas nga ranggo nga soldado. Kay sa baylo nga mag-*resign* ukon kinabubut-on nga maghalin sa serbisyo, sia nagpili nga ipakigbato ang iya madamo nga kaso nga paglapas sang pagsulondan nga dapat tumanon kag tus-unon sang isa ka soldado.

Waay sing paghinulsol nga nabungat si Koronel Rodindo Villamaestre sang basahon sa iya ang pamatbat sang *Summary Court-Martial* sa pagpahalin sa iya sa Armadong Kusog sang Pilipinas.

Naisip gilayon gilayon ni Alex, ini na ang pamuno sang daku nga katalagman sa iya!

Sin-o ayhan ang mga maulamid diri?! Ina ang dapat padaluman ni Alex nga buhaton.

21

ANG pagpahalin kay Colonel Rodindo Villamaestre sa serbisyo sa Armadong Kusog sang Pilipinas nagtuga man sang kumplikado nga gumontang sa kabuhi ni Alex kag sang iya pamilya. Ginatagaliog si Alex sang katahap kag kabalaka sa mga malain nga tikang nga mahimo hikuton sang *agrabyado* nga tawo katulad ni Rodindo Villamaestre; nga ayhan nagakalam gid ang mga kamot sa pagtimalos sa iya ginabilang nga mga mortal nga kaaway. Sa bahin ni Alex, ang iya pagpangapin sang iya pamilya sa katalagman sang pagtimalos sa iya ni Rodin ang kapin nga ginapaligban. Tumawag gilayon si Alex sa iya Kumpareng' Edvic agod magtawhay man ang iya huna-hona sa iya pagabuhaton sa bulig sang mahirop nga abyan.

"'Pare Edvic, si 'Pare Alex mo ining' nagatamyaw sa imo subong. Ano ang balita sa bahin sang imo pagpungko bilang Hepe sang Unit sang CIDG diri sa Rehiyon 6?"

"'Pare Alex, husto gid ang tiempo sa pagpanawag mo," malipayon nga napulong sang iya kumpare. "Kahapon pa ako nagsugod sa akon buluhaton bilang Hepe sang *Criminal Investigation and Detection Unit Western Visayas*. Sa Lunes, ara na ako dira sa Bacolod City kay didto anay ako maopisina, tubtob maareglo ko ang problema sang pagbalhin sang akon pamilya kag samtang ginakay-o man dira sa nasakupan sang Kampo Delgado ang amon *headquarters*, sa luyo man sang *headquarters* sang PDEA ukon *Philippine Drug Enforcement Agency*. Buligan ko ikaw dayon sa imo karon daku nga gumontang. Nahangpan ko man ang mga katalagman sa imo pamilya nga ginapangatubang mo subong. Daku nga problema ining abyan naton bangod sa kahanasan nga mahimo niya gamiton batok sa imo pamilya."

"Huo, 'Pare Edvic. Nahuy-an ang aton abyan sa pagpahalin sa iya sa serbisyo militar. Naghimo sang siod para sa liog nga sia man ang amat-amat nga ginkuga sini; ang aton abyan nagtuga sang *milagro* sa pagpalakat sang isa ka hubon militar kag waay nagsunod sa SOP sang organisasyon. Waay sia nagsunod sa bahin sang *chain of command* bisan nasayran man sini nga may kapin nga mataas pa gid nga awtoridad sangsa iya sa pagtuman sang militar ang ila katungdanan. Ginbale wala niya ini tanan. Sa sibilyan nga pulong, ang abyan naton nagpalusot, kon sia nagmadinalag-on man sa iya paagi kag kon may katumanan ang ila misyon nangin baganihan sia. Pero, nalugaw-an sia, bangod madamo man nga nadalahig kag nadaldal sa indi husto nga tikang sini bilang isa ka pinuno."

"Husto gid ang pagbulobanta mo sa natabu sa aton abyan, 'Pare Alex. Ang mga reklamo sang mga waay kasal-anan niya nga mga sumolunod batok sa sayop nga iya gintuga ginpasabat kay Rodin. Ang resulta, ginpahalin sia sa serbisyo kay nagpalusot pa gid sia bisan nahangpan man niya nga takilid sia sa kaso. Luyag ipakita sang aton abyan nga maisog sia, waay nagaatras sa iya mga kasumpong. Ang iya trabaho ukon empleyo sa militar indi gid man niya kinahanglan ini kay manggaranon man sila. Pagkawili lang sa pasimpalad kag ang balani sang uniporme ang nagbihag sa aton abyan gikan sa negosyo. Kag karon, sa iya man kaakig sa natabu nga pagpahalin sa iya sa serbisyo, kinahanglan makatimalos sia sa kay kon sin-o man nga ginabilang niya nga may atraso sa iya. Para sa iya, halos tanan na lang batok kuno sa iya, labi na gid ikaw, 'Pare Alex, nga nagmusing sa kadungganan sang pamilya Villamaestre paagi sa iya manghod nga si Sonya Anita Vllamaestre.

"Sa nabaton ko nga impormasyon, nagkalma man anay si Rodin. Gin-asikaso ang ila negosyo. Indi na ini matatapan sang iya manghod nga si Swannie kay iya man ini ginpapanago sa Australia, indi bala? Kag sining ulihi ginpadalhan ang ila opisina sa Sydney sang isa ka tawo nga tampad sa iya sa pagtuman sang luyag sini matabu. Ang pagpadayon sa pagpaniktik sa nagakatabu sa manghod. Basi magsayop nga magkadto ikaw didto sa Australia, malambot ka gid sang iya malaba nga mga kamot."

"Gani, 'Pare Edvic, pahanason ko si Kumare Daphne mo sa pag-uyat sang armas nga nagalupok agod mapangapinan man sini ang iya kaugalingon, bisan waay ako. Basi nga kinahanglan nga manago man ako. Agod hanason si 'Mare Daphne mo, mapahimo ako sang *firing range* diri nga sa akon pagtilaw indi mabatian sa bahin sang *campus* nga may klase ang lupok sang .45. Kon bation man, mahinay ukon matanop na. Sa malapad nga *campus* sang amon buluthoan, may duog nga madamo sang mga kahoy kag tanom. Manubo ini sangsa lebel sang kabilugan nga *campus*. Diri may pasakaan man kami nga ginapabuaran namon sang pantat, tilapia kag haluan."

'"Pare Alex, may sumsoman gali kita nga pantat sa akon pagkadto dira?"'

"Areglado, 'Pare Edvic, malipay ka gid kon kauyon ka sang pantat kag haluan. Pati ang *Nile Tilapia* namon matambok man. Kon kaisa, nalingaw gid ako magpamunit sang pantat sa adlaw nga indi ako masaku."

"Ang problema mo pahanugot sang PNP sa imo *firing range* nga ginaplano. Kon waay peligro nga basi kadtuan kamo sang mga abyan naton sa bukid kag kuhaon ang inyo mga armas kag bala, waay gid atraso ina, 'Pare Alex. Mapasugot man ang Hepe sang Pulis dira sa inyo banwa. Ako ang mahambal sa ila kon ara na ako sa Kampo Delgado, pagkatapos masiguro naton nga indi mabalani sa pagpalapit sa inyo ang mga tagagwa."

Nalipay gid si Alex sa nabatian gikan sa iya Kumpareng' Edvic. Sa iya pag-atubang sa katalagman sa iya kabuhi kag sang iya pamilya, may kadampig na sia nga kagrupo kag suod nga abyan sadto sa ila buluthoan. Kumpare pa niya ini kay ihado niya ang panganay nga anak ni 'Pare Edvic sini. Ang mga Vicente pumuluyo sang Dakbanwang' Bacolod. Kabikahan ining pamilya sang iya Kumpareng' Edvic sang mga Clemente-Rodriguez sang Iloilo kag Bacolod nga kadugo sang iloy ni Alex.

TATLO ka bulan ang lumigad, nahuman na ang *air raid shelter* nga ginpahimo ni Alex sa idalom sang ila balay. Ginsiguro nanday Alex ang pinakahaligi sang balay katulad gid sang nagapahamtang lang sila sang panalgan sa idalom ukon *basement*.

Pulido kag nagasunod sa *engineering standard* agod indi matublag ang balay sa ibabaw. *Basement* man ini kon tawgon. Daw unang panalgan lang ang kalapad, may duha ka hulot tulogan, kusina kag hulot balatunan, luas sa banyo.

"Ang madason naton nga himuon amo ang kumbinasyon nga *air raid shelter* kag likom nga hulot sa idalom kag sa katambi sang opisina mo, Toto Alex," paathag ni Tyo Sidring kay Alex. "Ang likom nga hulot sa kilid sang opisina kag sang bahin sang mahalwag nga *conference hall* nga katambi man sang opisina. Dingding nga maulhot paibabaw sa salog sang malapad nga salapulan nga mahalin sa idalom ang magabug-os sang hulot. Kon makumpleto ang malapad nga hulot sang bahin sang salapulan daw panalgan man sang balay nga may kinaandan nga kinahanglanon nga mga hulot para puy-an man sang mga tawo."

"Sige, 'Nong Sidring, kon ano nga mga *motor* kag iban pa nga kagamitan para sa pagpasaka kag pagpaidalom sang mga dingding mabakal kita gilayon. Samtang, nagaobra kamo padayon man ang paghanas nanday Daphne, lakip na ang amon nga kumpare nga si Dr. Mel Millado sa pagluthang gamit ang sari-sari nga malip-ot nga armas kag riple sa *firing range* sang VCU. Nasayran mo ang natabu gani dapat gid nga maghanda kami diri sa sulod sang buluthoan. Pati ang gwardya nga empleyado sang VCU pahanason man namon sa pagtiro sing asintado.

"Ang delikado lang naton kon mangahas ang mga tagagwa nga magpalapit diri sa aton agod ayhan pangayuon ang mga armas kag mga bala nga amon gamiton, 'Nong Sidring. Malapit kamo nayon sa mga barangay sang Cayan Este, Poong kag Lanot. Nabatian mo bala kon masunson nga nagaagi man didto ang mga rebelde?" pamangkot ni Alex kay Tyo Sidring. "Pati diri sa Cabudian, Dueñas, waay may kuno sang nagalabay diri."

"Sining' ulihi nga mga binulan, waay na kuno sang mga tagagwa nga nagpangayo sang bulig nga pagkaon gikan sa mga pumuluyo. Madamo na abi nga mga RPA-ABB anay nga mga pumuluyo diri sa mga barangay nga kon kaisa nagabato man sa ila anay mga kaupod. Maayo gid ang pag-*surrender* sang mga katapo sang RPA-ABB kay may kadampig na ang pangulohan sa pagpapas sining mga komunista."

"Maayo kon amo, indi na magdingot ang Hepe sang Pulis naton diri sa banwa sa pagpasugot sa akon *firing range* kag pagpasulusoy-aw man sang iya mga tawo sa amon paghanas agod indi magpalapit diri ang mga rebelde," nabungat ni Alex sa nasayran gikan kay Tyo Sidring.

SANG sumunod nga semana, nag-abot man sang Sabado si 'Pare Edvic ni Alex sa pagbisita man sa iya. Nangako man ini nga ipahanas niya sa *intelligence gathering* kaupod sa mga pulis nga mga bag-uhanon ang mga gwardya sang VCU.

"'Pare Alex, kinahanglan mahibal-an man sang mga *security guard* ninyo kon daw ano ka daku ang risgo nga mahimo sang isa ka tawo nga masulod sa buluthoan nga ila ginabantayan," sa atubang sang tasa sang kape nabuksan gilayon sang Hepe sang CIDG Rehiyon 6 ang sa bahin sang hitabu nga pagpangahas sa pagkidnap kay Alex.

"Kon *security risk* ang isa ka tawo, makita man sang nahanas diri sa pabinagbinag sini sandig sa obserbasyon ukon panan-aw sa panghulag kag paghambal sang tawo. Ang tawo nga kinaandan kon may ginaisip nga daw indi maayo ukon indi santo sa layi ukn regulasyon mahimo nga daw nagalisi ini sa paglantaw man sang mahimo matabu sa iya. Ang tawo nga nagasuksok sang halog sa kinaandan nga bayu, mahimo may ginatago sa iya lawas, gani kon rekisahon sia, kinahanglan duha ka gwardya ang mapatigayon sini. Kapkapan sia sang isa samtang ang isa nagabantay sa malayo nga nahanda man ang armas."

"Sang pagbukas namon sang amon buluthoan, ang una nga mga gwardya gintawag ko na ang ila atensyon, kay kon may magsulod, sila mismo ang nagapalapit sa tawo nga daw uyugon man nila ang kamot sa pagkamusta sa bisita. Gani sang makakita ako sang *pointers* sa *internet* sa bahin sang hinambal mo, ginhatagan ko sila sang ginlubad ko sa pulong naton nga kopya. Pero, kon sa akon man, kinahanglan ang dugang nila nga ihibalo gikan gid sa mga naghimo sini sing aktwal. Kay basi kon may natabu nga pagpuisay ukon pag-agaw sang armas, kondi dapat mahibal-an gid nila kon paano ini nalupig sang gwardya kag nadakop ang nagpangahas, 'Pare Edvic."

"Husto gid ang imo ginhimo, 'Pare Alex."

"'Pare Edvic, mamunit kita sang pantat kay indi gid ako masaku subong. Mapadul-ong lang kita pagkaon sa panyaga didto sa payag sa pasakaan namon. Masugba kita sang pantat, hagaron man naton nga mamunit ang duha ka upod mo nga pulis. Kon

luyag mo mapadul-ong man kita gilayon sang *beer* ukon *whiskey* sa amon kamalig

didto." Nagsakay gilayon ang duha sa *golf cart*.

"Ti, 'Pare Alex, diin ang bunit mo?"

"Didto na sa kamalig ang amon mga gamit. May duha ka gwardya man nga malapit didto kay may *emergency gate* man kami didto. Kag may dyanitor nga nagatatap man sang duog." Nagsakay man ang duha ka pulis sa isa pa gid ka *golf cart*.

"May *golf cart* kamo, Pare Alex?"

"Huo, kay may *mini-course* ako nga may apat man ka *holes* didto nayon sa kilid sa amon pasakaan nga patindugan ko man sang *firing range*. Walo ka ektarya kalapad ining amon *campus* nga madugayan ka sa paglakat palibot."

Nawili gid sila nga apat sa ila pagpamunit kay pagkaligad sang isa ka oras kag tunga madamo na ang ila nahulik, gani nagsugod man sila sugba sang nabunit nila nga sari-sari, may pantat, haluan kag tilapia sa isa lang ka kahon-kahon nga separado ini sa iban nga nga kinahon. Agod kon may nagabuto, indi makaon sang dalagku. Kag kon may matang-tang nga magluya, ginadakop man agod sud-anon sang nagatatap nga dyanitor sang ila *mini-forest* kag *mini-golf course*. Dies metros gikan sa payag suba na.

"Ngaa nakaisip ka man sang buluthoan nga bahin sang imo negosyo, 'Pare Alex? Para sa akon daku gid ang mabulig ninyo sa aton pungsod sa paghatag sang husto kag nagakaigo nga edukasyon sa mga kasimanwa naton. Ang inyo tikang makabulig gid sing daku sa aton mga imol nga banwahanon. Ginpalapit ninyo sa ila ang kahigayunan nga mahanas agod manginhanda sila sa ila obligasyon o responsabilidad sa pag-atubang sang hangkat sang kabuhi," namuno sang kumpare ni Alex nga hepe sang CIDG 6.

"Si 'Mare Daphne mo ang nagdamgo sining buluthoan para sa mga babaye diri sa amon distrito," panugid ni Alex sa kumpare. "Pero, siling namon, labing' maayo pa gid kon *co-educational* ang buluthoan kay kapin nga madamo ang makabutho sa manubo lang nga kagastuhanan. Gani, ginhimakasan ko gilayon nga buhaton nga unibersidad nga nagatanyag man sang kurso nga medisina. Nakita mo man nga daku nga ospital nga pribado sa ubos sang Poblacion. Kag may maayo man nga *highway* gikan sa Antique lapos diri. Sa mga nagabatyag sang kagutok sa Dakbanwa sang Iloilo, sila diri na nagapaamulya. Pati taga-Capiz, kag gikan sa pila ka banwa man sang Aklan."

"'Pare Alex, daku gid ang benepisyo kag kaayuhan sa aton ekonomiya sang *dispersal* ukon pagpalapta sang negosyo sa probinsya. Malikawan ang kagutok, polusyon kag magahaganhagan ang kriminalidad sa sentro sa mga dakbanwa nga waay kahigayunan nga maglapad ang teritoryo sa paghatag lugar sa nagadaku nga populasyon diri. Padayon abi nga madamo ang nagabalhin sa sentro sang mga daku nga syudad gikan sa kaumhan kay diri lang sila makakuha sang empleyo nga makakita man ang mga kubos sang sinentimos. Ang aton mga lider sadto kulang ang nahibal-an sa *urban planning* nga dapat sa daw *balloon* lang nga pagdamo sang pumuluyo sa mga sentro sang negosyo."

"Ang pagginutok sang mga tawo sa syudad ang rason nga ginbalhin sang pangulohan ang hulogpaan sang eroplano sa mga banwa sang Cabatuan kag Santa Barbara. Nagadaku man ang Pavia kay kalabanan sang negosyo kag pagbrika nga bag-o diri ginapaatindog. Ang indi maayo kay sa pagdamo sang tawo, kinahanglan man ang mga puloy-an. Busa sa kaiping nga mga banwa sang Dakbanwa sang Iloilo ang mga humayan kag bakante nga duta nangin *subdivision* para puy-an sang mga tawo. Gani ginakulang kita sa bugas kay pati mga *irrigated* nga talamnan balalayan na.

"May *blueprint* ukon plano na ang amon grupo nga ipakita sa NEDA para mabuligan

fast track ukon pagpadasig ang *dispersal* kag pagbalhin gikan sa matawo nga duog katulad sang mga syudad sang mga negosyo nga indi maapektuhan sing kapin sang problema sa transportasyon. Ang mga banwa diri sa probinsya namon nagakinahanglan nga magplano sila sang negosyo sa ila mga duog para sa mga pumuluyo man nila agod indi na ang mga ini magkadto sa syudad para mabuhi. Amo ina kon ngaa nagpati ako nga ang amon buluthoan diri sa probinsya magadaku, 'Pare Edvic."

"Pagretiro ko sa serbisyo sa edad nga 56, 'Pare Alex, pwede ako magtudlo diri upod sa inyo."

"*All the time*, 'Pare Edvic. Sa *engineering* kag ROTC ikaw kon luyag mo."

"Nakalampuwas man ako sa board sang *Civil Engineering* nga waay ko magamit ang akon lisensya bilang *Engineer* kay pulis na ako sa pagkuha ko sang *board exam*. Kon sa *Corps of Engineers* ako sang militar, sa *engineering construction* ako kag napuslan ko ang akon lisensya, 'Pare Alex."

"'Pare Edvic, indi lang sa *engineering* ukon *security* ikaw mapuslan sa pagtudlo. Pati sa pagpaumwad sang aton ekonomiya, pwede ka gid."

"*Master in National Security Administration* gikan sa *National Defense College* ako, 'Pare Alex. Basi mapuslan ko na ini kon magtudlo ako. Sa amon gintun-an ang mayor nga kabalak-an naton sa *security* amo ang *food security* sang isa ka duog. Kon ang pagkaon kag iban pa nga kinahanglanon sang mga tawo bastante kag nagaigo, matawhay kag malinong man ang ila pagginawi. Busa malinong man ang duog kag ang mga tawo nga diutay lang ang kakulangan sa ila pangabuhi, indi na magpagamo sa pagbaton kag pag-ili-ili man sang handom nga makuha lang nila sa magamo nga paagi nga nagagamit man sang pakusog nga kakahas. Madula sa tunga naton nga mga banwahanon nga nagabatiti sang idealismo nga ginatampukan man sang mga plano nga bayluhan ukon ilisan ang aton demokrasya agod mangin-sosyalista ang gobierno ukon pagginahom."

"'Pare Edvic, sa nagakatabu subong nga madamo ang nasari-sari nga mga pagtuluohan, madamo ang nagatuhaw nga mga hubon nga nagagamit sang kusog agod matigayon ang ila tinutoyo, daku gid ang palaligban sang kalibutan. Makabihag atensyon diri ang panong nga nga nabilog sang may huyog sa Islam nga mga Moro ukon Muslim. Pinasahi diri ang Al Qaeda ni Osama Bin Laden, isa ka manggaranon nga Saudi. Sining ulihi diri sa aton sa Mindanao nagtuhaw man ang Abu Sayyaf nga suportado man sang Jema'ah Islamiya (JI) sang Indonesia. Ang JI amo ang hanas nga kaupod sang grupo sang Al Qaeda. *Kidnapping for Ransom* ang isa ka paagi nila agod mapadayon ang ila hilikuton sa pagpatigayon sang katuyoan man sang Al Qaeda. Gani diri sa aton sa Pilipinas, madamo na nga mga turista kag negosyante ang mga biktima sang pagtaban agod ipagawad sa daku nga kantidad sang kwarta."

"Husto gid ang imo plano nga pahanason si 'Mare Daphne sa paggamit sang armas luthang, 'Pare Alex. Indi naton mapulong kon may mga *kidnappers* nga magpaamulya diri. Suno sa amon pagpaniktik, madamo nga mga taga-Iloilo ang katapo man sang *Kidnap for Ransom* ukon *KFR syndicate*."

Ginpadul-ongan sila ni Daphne sang panyaga ila kabulig sa balay. Manamit man ang mga linuto kay ginautitid man ni Tya Luding ang iya balo man nga manghod nga amo ang ila *cook*.

"'Pare Alex, kanamit sang tinola nga manok, adobo nga manok kag baboy, linaga nga karne nga may repolyo kag inasluman sang alubihod. Puno gid ang tiyan ko kay madamo nga daan ang nakaon ko sang sumsoman naton nga pantat nga sinugba."

"Indi man magsakit ang tiyan mo kay anad ka man sa pangabuhi soldado. Kon kaisa ginagutoman kag kon makaabot sa kampo busog naman kaayo, 'Pare Edvic."

"Husto gid ina, Pare Alex. Pero, sa subong indi na ako magutoman."

Nagapahuway-howay kontani sila sang magring ang *cellphone* ni 'Pare Edvic ni Alex. Ginsabat man dayon ining tawag gikan sa ila upod sa Kampo Delgado.

"'Pare Alex, buas human na kuno ang amon *headquarters*. Mabalhin na kami sa Lunes. Didto na gani kuno sa ginakay-o nga bilding ang amon mga kagamitan nga handa na ipahamtang sa amon opisina sa Lunes."

Samtang pabalik na sa balay nanday Alex ang magkumpare sakay sa *golf cart*, lima

ka lupok sang .45 kalibre nga armas ang ila nabatian. Mga isa ka gatos lang ka metros ang ginhalinan sang lupok sa pagbulobanta man sang duha. Daw halin lang sa mga panimalay malapit sa kilid sang VCU ang nag-asud-asod nga mga lupok!

22

ANG asud-asod nga lupok sa nasakupan pa sang duog nga ginatindugan sang Vera Cruz University nakaabot man dayon sa mga pulis, una sang banwa sang Calinog, kag may nahanguyos nga tawo nga nagtelepono sa pulis sang Lambunao. Sa dulonan sang banwa sang Calinog kag Lambunao ang Barangay Maribong kon sa diin ara ang VCU, pero ini ara sa teritoryo sang Lambunao. Isa ka *patrol squad* sang pulis sang Calinog nagtugpa sa duog kon diin ang pagbarak sang luthang nabatian sang mga pumuluyo sa palibot. Matiun-tion nagtugpa man ang pulis sang Lambunao, gani ginhatag na sang pulis sang Calinog ang pag-imbistigar sini.

Naabtan pa sang pulis sang Lambunao ang barangay kapitan sang Maribong nga nagapaligo sa tubig gikan sa *hose* sa atubang sang iya balay. Napuno ini sang lutak sang iya talamnan kay nagtupa sa danaw nga madalom man ang lunang. Gikan sa *highway*, sa likod sang VCU nayon ang duog sang kapitan sa ubos sang *airstrip*.

Gin-atubang dayon sang Barangay Kapitan ang Hepe sang Pulis sang Lambunao.

"Ano bala ang natabu sa inyo diri, Kapitan Landrizo?" pangutana sang hepe.

"Tsip, nasugata ko samtang nagalakat ako sa kahon sang akon talamnan ang isa ka idu nga ginalagas sang duha ka tanod nga kuno idu-buang. Kon kaisa daw mabato man ang idu sa duha ka tanod nga kon balikdon sila sini dayon man nila atras palagyo. Kay masugata ko gid ang kuno idu-buang, pinalukpan ko ini. Pero waay ako nakabalanse sa pagtindog gani nahulog ako sa lunang nga waay nalugaki ang gatilyo sang .45 kag nagbarak man ini paidalom sa lunang. Kadungan man ang idu nga nakibot sa lupok. Waay man makapugong ang duha ka tanod nga nagkinadlaw man sa natabu sa akon, nagtaghol man dayon ang idu kay indi man gali ini buang."

"Waay man gali sang malain nga natabu, ti, malakat na kami pabalik sa opisina," waay na sing dugang nga pagpangusisa ang Hepe sang Pulis nga nag-upod sa iya grupo sa pagsiguro kon ano ang ang natabu. May santo nga awtorisasyon si Kapitan Landrizo sa iya armas kag aksidente ang natabu.

Nagsulod dayon sila sa VCU sa pagsugilanon kay Police Senior Superintendent Edgardo Vicente, ang Hepe sang CIDG Rehiyon 6. Ini sa bahin sang plano ni Alex nga halanasan sa pagtiro sing asintado sang mga gwardya sang VCU kag mga kaupod ni Alex sa buluthoan.

"Sir, suno sa amon *intel,* waay na sang grupo sang rebelde nga naga-*operate* sa mga barangay sa sidlangan nga bahin sang Lambunao. Ang taga-Badiangan kag sa bahin sang Pototan kag Dingle-Dueñas nga mga grupo daw nagbuylog didto sa bukid sang Lambunao, Calinog. Madamo na abi sang anay mga katapo sang ginbungkag na nga RPA-ABB, sa duog nga malinong nga nagapangabuhi," panugiron sang Hepe sang Pulis.

"'Pare Alex, waay man gali atraso sa imo plano nga *firing range*. Ang nabasa ko nga

ginpasa sa akon nga ulihi nga report sang ginbuslan ko, daw nagtilipon sa bahin sang Southwestern, Northeastern kag Northwestern Panay ang mga rebelde. Nagin-utan sila diri sa Southeastern Panay kag Guimaras Province. Diri na kinahanglan magbilog sang aton operasyon sa sugbohan nga bahin sang Lambunao." Ginbalikid ni 'Pare Edvic ni Alex ang Hepe sang Pulis sa Lambunao.

"Husto gid ina, Sir. Ti, Sir, 'Pare Alex, basi may nagahulat nga may kinahanglan man sa akon, malakat na kami pabalik sa munisipyo," paalam ni Tsip Compas.

"Salamat, gid, 'Pare Mar," tambing ni Alex.

"'Pare Alex, alas dos na gali. Mahingagaw ako anay sa Kampo Delgado kay basi

indi pa natipon ang tanan namon nga mga kagamitan sa gwa sang amon bag-o nga opisina kag basi masalisihan ang bantay diri. Isa lang kuno ang nabilin didto nga nagtawag sa akon," paalam man ni 'Pare Edvic niya kay Alex.

"Sige, 'Pare Edvic, balik ka lang diri dayon kay luyag ko mangayam naman kita didto sa talon malapit sa INCA kon waay na delikado."

Gintapos man ni Alex ang iya buluhaton nga iya gilayon natigayon kag nagpauli sa ila puloy-an. Pero, iya nasugata si 'Pare Mel Millado niya paggwa ni Alex gikan sa iya opisina.

"Masulod ka tani sa opisina ko?" bugno niya sa Kumpare Mel sini.

"'Pare Alex, ano bala atong linupok kaina didto sa aton likuran?"

"A, si Barangay Kapitan Landrizo, ini nahulog sa kahon sa pagsugata sang idu-buang kuno nga ginlagas sang duha ka tanod agod patyon. Ginpalukpan niya sang iya .45 ang idu nga nagapadulong sa iya nga nagalaway kuno kay buang ini, pero ini sia nakadalin-as kag nahulog sa danaw gikan sa kahon. Napisga niya sing diretso ang gatilyo kondi nagbarak man ang iya armas paidalom sa lunang. Nahulog man ang idu kag nagkinadlaw man ang tanod dungan taghol man sang idu nga indi man gali buang," saysay ni Alex sa iya kumpare.

"'Pare Mel, waay naman kuno mga rebelde diri sa Eastern Panay, gani waay kita daku nga delikado sa ila luwas sang mahalin sa aton sugbohan. Sakop kita sang Sidlangan nga Panay lakip ang San Enrique, Passi, Dueñas, kag Dingle sa mga matawhay na nga duog gikan pamahog sang mga rebelde. Sa nabukid nga duog na lang sang Maayon, Capiz kag Balasan, Iloilo sa norte ang magamo bangod sa paghukmong sang mga rebelde sa mga duog nga ini."

"Haganhagan na gali ang katalagman para sa aton gikan sa nagsihay naton nga mga kasimanwa," tugda ni Dr. Millado.

"Matuod ina, 'Pare Mel, gani mahamuokan man ako sa pagtulog sugod subong." Nagpauli si Alex sa ila kag nagdayon man si Kumpare Mel sini sa iya salakyan sa pakadto man sa bahin sang Kalye Burgos sa poblasyon sang Lambunao.

DAW dibuenas ang hapon kay nakatawag si Luem kay Alex gikan sa Canada.

"'Ga, nadumdoman mo bala nga maanom na ka bulan ang tiyan ko," daw nagaalawas ang kalipay sa tingog sang nagamabdos nga dalaga nga may *tumor* sa sulod sang ulo nga naangot man sa utok. "Suno sa *ultrasound* lalaki ang ginabusong ko nga anak naton. Duha na ang mga anak mo nga lalaki kon mabun-ag ko ining anak naton. Duha na ang Vera Cruz nga manunobli ni Dr. Alex Vera Cruz. Mahal, paano gali ang abyan ko nga si Swannie? Kon husto ang panugid mo sa akon, 5 ka bulan na ang pagmabdos sini nga mahimo man makit-an sang doktor sa *ultrasound*."

"Palangga, waay ko pa napamangkot si Swannie sa bahin nga ina. May problema pa ako nga ginapangitaan kalubaran diri. Sining' nagligad nga mga semana madamo nga makakulonyag nga hitabu ang akon inagihan," sabat ni Alex.

"Makalulonyag bala ukon makahalanguyos? Makakulonyag bala sa imo ang diutayan lang ikaw napatay?"

"Ano bala ang ginahambal mo, 'Ga?"

"Ginsugiran ako ni Nica sang nabasahan niya sa pamantalaan dira ang natabu sa imo nga padihot sang magulang ni Swannie. Ngaa waay mo ginsugid sa akon, daw maakig ako sa imo? Luyag ko nga may amay nga magapalangga sa akon anak bisan wala na sang iloy nga matawag sa iya pagdaku," may pisngo ang ulihi nga nasambit ni Luem. "Sugod subong indi ka na makabutig sa akon, nag-*subscribe* ako sang pamantalaan dira sa aton nga ginadul-ong man diri sa amon. Kon kaisa ginabuksan ko man sa *internet* kag pamatian ang radyo dira sa Iloilo bisan indi ko gid tadlong nga mahangpan ang Ilonggo. Gani nagapatudlo man ako sang Hiligaynon nga pulong naton kay waay ko ina naisip sadto nga kinahanglan batid man ako maghambal sang pulong naton dira."

"*Sorry* gid, 'Ga. Waay ko ikaw pagsugiri kay basi kon makapalain sa imo kag sa pagmabdos mo sang aton anak ang indi maayo nga balita."

"Mas malain kon masayran ko gikan sa iban ang natabu sa imo."

"Suliton ko liwat, indi ka na sagad pangimon kay nahibal-an mo man nga ikaw lang ang palangga ko. Luyag ko man kontani nga masunson kita nga magkabuylog sa aton paglandas sang peligro nga unay sa kabuhi. Pero, ining' aton inagihan ayhan kapalaran nga dapat gid naton batunon sing halog sa aton dughan kay ina ang ginhatag sa aton sang aton Makagagahom sa katuyoan nga Sia lang ang nakasayod. Indi bala lakip sa pangamuyo naton: *Thy will be done on earth as it is in heaven*…? Gani waay kita sang kinamatarong nga indi naton pagkilalahon kag batunon ang pagbuot kag gahom sang aton Tagtuga, mahal ko."

"Nabal-an mo bala ang imo abyan nga si Swannie, didto na

nagapuyo sa Sydney, Australia, palangga ko nga Luem?"

"Ina pa gid ang isa nga dapat ginsugid mo sa akon. Ginapaabot ko man nga ina man ang buhaton ni Swannie – ang manago sa mata sang mga makatol ang dila nga ginakalipay ang pagtsismis sa malain nga kapalaran nga nadangatan sang iban."

"Daw gindimalas gid ako nga tatlo gid ka mga inanak ni Eba ang naghigugma man sa akon sing bunayag kag indi ko matumbasan ang ila pag-ulikid sa akon. Sa baylo kahanguyos kag kangidlis ang naagom nila gikan sa akon," panghayhay ni Alex.

"Mahal, indi mo kasal-anan ang imo nabuhat kay amo ina ang ginapangayo sang kahigayunan. Naglikaw ka, apang kapin nga naglain ang naabtan sang waay ka na sing mahimo, suno man sa imo, kondi batunon ini bilang kapalaran mo. Katulad sang bulan, duha ang nawong sang kapalaran. Masanag kag madulom. Ang tanan nagahandom sang kasanag, pero may kasanag man ang bulan nga siling nila lambunawon ukon maluspad kag maluspi. Siguro nga amo ina ang sahi sang kapalaran ang naangkon naton, palangga ko nga Alex. Ang lubos nga ginakasub-an ko lang nga indi ko mapat-od kon ano ang maabtan sang ginikas sa akon lawas kag kalag nga ibilin ko sa inyo."

"Indi ka magpalibog dira sa mangin-anak naton kay palanggaon ko gid inang dugo sang aton dugo nga bunga sang aton himpit kag bunayag nga paghigugmaanay. Imo gid ini nga saligan nga ang mga mahal mo palanggaon ko gid bisan wala ka na, mahal ko," pasalig ni Alex sa hinigugma.

Waay na natalupangdan ni Alex nga matunog ang iya tingog sa kalipay nga sila ni Luem nakahambalanay. Nabatian man tanan sang mapinalanggaon nga asawa nga sige man ang pisngo ayhan sa kaluoy sa katulad sini nga babaye kag indi sa pangimon. Nabaton naman ni Daphne nga ang ginahigugma sang iya bana indi sia, pero maabot gid ang adlaw nga kon si Alex para sa iya matabu gid nga tumbasan man sang iya bana ang iya himpit kag tampad nga pagpalangga diri. Ina ayhan kagustohan man sang

Tagtuga niya, kag sia pirme nga nakahanda sa paghulat sa pag-abot sang lubos nga malipayon nga tinion sa iya kabuhi. Sa iya nakasal si Alex, kag tubtob magkaupod sila sa idalom sang isa lang ka bubong nga nagapangabuhi, daku ang iya paglaom nga higugmaon man sia ni Alex katulad sang iya pagpalangga sini sa iya bana.

Nasugiran man si Daphne ni Alex sa bahin nila ni Swannie. May nabatyagan man nga kaawa sa dalaga ang asawa ni Alex, pero ayhan labi nga daku ang simpatiya sini ni Daphne kay Luem sangsa kay Swannie. Si Luem may balatian nga ayhan ikamatay niya gilayon. Madulaan sang hinigugma ang iya bana. Kag patas na ang kahimtangan nila ni Swannie sa paghigugma ni Alex. Pareho sila ni Swannie nga nagahigugma kay Alex, pero mas mataas ang puntos ni Daphne nga malutos niya ang dalaga kay kasal sa iya si Alex. Gani, waay sia sing dapat kahadlukan nga maagaw ni Swannie si Alex, naisip ni Daphne. Pero, mabudlay buyokon ang kasingkasing kon sin-o ang iya maluyagan. Siling nila ang pagpitik sang tagipusuon nagasandig sa kalag indi sa isip. Pero kon mahimo magbuylog ang isip sa kalag sa paghatag kabuhi kag espiritu sa tawo, mapag-on ang paghigugma nga matuga. Daw nabudlayan man si Daphne nga hangpon kon husto ini.

Apang waay nagakahubas ang paglaom ni Daphne nga maghigugmaanay man sing putli kag bunayag sila nga duha ni Alex. Kaubay sang kabuhi ang paglaom, ina man ang pagpati ni Daphne.

"'Ga, paano na si Luem?" bugno sang asawa sa iya sang maggwa si Alex sa kalan-an nga nagapangape.

"Alas singko na nagapangape ka pa, amo gali ina nga indi ka dayon makatulog sa gab-i," ginlikaw ni Alex ang ila pagahambalan.

"Natulogan ako dayon kaina pag-abot ko diri gikan sa klase ko. 'Di anay ka, ngaa daw ginalikaw mo ang pangamusta ko kay Luem? Abyan ko man si Luem, a. Sang nagabutho pa ako, didto ako naghanas sa pagtudlo ukon *practice teaching* sa Bacolod kag nagkilalahay man kami paagi sa akon abyan nga abyan man niya sadto. Gikan sa Canada, nakatawag sia diri sa akon kag nanugid sia nga may natabu sa inyo nga duha. Ginsugiran man niya ako nga may kanser sia sa utok, kag indi na sia magdugay. Nangako man ako sa iya nga palanggaon ko gid ang inyo anak katulad nga akon lang ini," maluha-loha nga nasambit ni Daphne kay Alex.

"Waay ka nagapangimon?"

"Kaawa kag indi kaimon ang nabatyagan ko, mahal ko."

"Abi, tuslokon ko ang ilong mo, kon indi ka mamisok, matuod ang hinambal mo," binatabata nga lahog ni Alex kay Daphne.

"Sige. Mapiyong man ako kondi indi ako makapamisok," kag nagkinadlaw man sila nga duha.

"Waay ako nagapangimon, daw nahisa lang ako nga nagahigugmaanay gid kamo sing bunayag kag himpit nga duha. Pero, mahal ko, makahulat ako nga imo man ako palanggaon, higugmaon katulad sang nabatyagan ko para sa imo," nadayunan nga nagtululo ang mga luha ni Daphne sa tasa sang ginainom nga kape.

"Ang kape mo, magaalat ina," dayon man tindog ni Alex kay naghibi si Nonoy

Andre sa salas. Kinadtuan ini ni Alex kag gindaho gikan sa yaya. Naumpawan man dayon ang bata kag gindala ni Alex sa kumedor sa atubang sang iya iloy.

"Ara si Mommy, o," sambit ni Alex sa anak. Nag-udyak man si Andre sa pagkakita sang iloy. Ginpahid ni Daphne ang iya luha, nagyuhom kag ginbugno man ang iya anak.

"Nonoy Andre, dugay-dogay may manghod ka na, indi lang isa kondi tatlo kamo dayon nga mga anak ko," nagtindog si Daphne kag ginkalam sa dulonggan si Nonoy Andre. Nagyapayapa man ang bata sa iloy.

"Madali lang, Nonoy Andre, mailis lang ako sang *T-shirt* kay madede ka sa akon."

Nagsunod man si Alex sa asawa diretso sa ila kwarto. Nag-ilis gilayon s Daphne sang iya ginasuksok kag nag-*T-shirt* ini. Gindaho dayon si Nonoy Andre gikan kay Alex.

Samtang nagkililing liwat ang telepono sa salas.

Basi si Swannie, naisip ni Alex, ang ginalikawan niya nga makasugilanon liwat. Pero, mahimud-uson gid si Swannie. Bisan malayo si Alex sa iya basta masugilanon lang niya ini, kuntento na sia. Kag si Swannie matuod ang nagatawag.

Pagkaptapos sang ila kinaandan nga bayluhanay sang panamyaw, si Alex ang nagsugod sa panugiron kay Swannie.

"Nagtawag si Luem kag iya ka man ginakamusta gikan sa Canada," sugod ni Alex.

"Nagbag-o siguro ang iya telepono nga ginhatag sa akon ni Nica. Kon indi gani, ako ang nagsala sa pag-*dial* sang iya numero. Kamusta na ang mahal mo, 'Ga?"

"OK lang si Luem, ugaling tubtob subong waay pa masiguro kon *malignant* ang iya *tumor*. Nagahulat pa ang iya *oncologist* sang bag-o nga makina nga madali lang magbuho ukon mag-*drill* sa ulo. Sa madason pa nga semana, aton na mabal-an ang resulta, siling niya kon *malignant* may 5 ka tuig pa sia nga mabuhi, kay subong hagan-hagan man ang pagsakit sang iya ulo. Mahimo nga may *remission* ukon pag-untat sang pagdaku sang bukol nga nagaangot sa utok sini."

"Maayo kon amo, magalawig pa ang kabuhi sang aton abyan nga pinalangga mo."

"Indi ka bala nahisa ukon naimon?" pamangkot ni Alex.

"Nahisa indi, kondi naawa gid ako kay Luem. Sia ayhan ang pinakadimalas sa mga abyan ko. Naghigugma sa imo nga ulihi na ang tanan. Kon sa bagay sia ukon ang iya kapalaran ang may kasal-anan diri. Kon ginbaslan sini ang imo paghigugma gilayon, ayhan waay sing indi maayo nga natabu sa imo. Indi ko pa ikaw naguyod sa aton duha nga pagpakasala."

"Indi husto ina, Swannie, ako kag ang akon kapalaran ang dapat basulon. Waay sang swerte nga namatay ang akon magulang nga babaye. Kag nagsayop ang akon mga ginikanan sa pagliklaw sa daku nga kasulob-on sa pagtaliwan sang ila anak nga panganay. Pagsugal ang naisip nga paamulyahan sang akon amay kag iloy agod malingaw. Kag naputo ang ila negosyo nga duha sa sige-sige nga pagsugal sa *casino*. Gani, pati ako nadalahig, napilitan nga magpakasal sa indi ko naluyagan nga tinuga."

"Huo, no... pati kami ni Luem nadalahig. Daku man nga kadimalason ang nagdapo sa amon. Ang kay Luem, ulihi na kag nabatyagan sini nga nagahigugma man sia sa imo. Kag ako dala ayhan sang daku nga kaawa sa imo nga nagsingkal man ang balatyagon ko para sa imo, kag naghimo man sang mga tikang agod magkasala kita nga duha. Kag pagkatapos nahuy-an pa ang amon pamilya. Daw matuod ang siling nila, sa Tagalog. O, *pag-ibig na makapangyarihan, 'pag pumasok sa puso ninuman, hahamakin pati kamatayan.*"

"Basi matuod man ina, apang kita nga mga tawo ginhatagan man sang buot sang Dios kag hilway kita sa aton pagbuot kon ano ang aton himuon. Pero ang aton ginabuot nga hikuton waay nagalalis sa maayo nga buhat kag pamatasan, waay nagalapas sang kasugoan sang Dios kag sang tawo," paathag ni Alex kay Swannie.

"Alex, madali lang. May nag-abot diri nga babayeng' Pinay nga luyag ako mahambal.

Manawag lang ako liwat sa imo karon dugay-dogay," kag gintakop sini ang telepono.

Inatubang dayon ni Swannie ang babaye nga kaupod man ang abyan ni 'Nong Rodin niya nga ginpadala sa Sydney agod bantayan ang iya mga hulag kag hilikuton.

"Ano ang kinahanglan mo sa akon," bugno nga diretso ni Swannie sa babaye.

"Ikaw ang may igaalungay sa akon," matawhay man ang paningog sang babaye pero daw kulang sa nagakaigo nga respeto. "Ginsugo ako diri sang imo magulang nga ikaw buligan ko sa isa ka tama ka mapuslanon nga imo pagabuhaton sa pagluwas sa daku nga kahuy-anan sang inyo pamilya," tapat gid sa punto nga nabungat sang babaye.

"Ano ang buot mo silingon sa pagabuhaton ko nga mapuslanon gid agod mapaiway sa daku nga kahuloy-an sang amon pamilya?"

"Ihulog ukon ipa-*abort* mo ang imo ginamabdos nga bata!" sabat sang babaye.

23

TINULOK ni Swannie halin sa ibabaw paidalom ang babaye nga bag-o lang may nabungat sa iya nga daw mando man sa iya palamatin-an. Bisan ginsugo pa ining babaye sang iya magulang nga si Rodin, indi sia dapat bastos nga ang panulok sa iya daw kinaandan nga pobre sa kalye. Kay ang sugo nga iya tumanon kabaylo ayhan sang linibo nga kwarta – ihulog ukon i-*abort* ang iya ginabusong nga bata.

"Ano bala ang trabaho mo sa aton sa Pilipinas?" malamig pa ang tingog ni Swannie.

"*Registered midwife* sa Silang, Cavite," pasapayan nga nabungat sang babaye.

"*Registered midwife* ka lang gali. Ang panggiho mo daw anak ka ni Pangulong' Bill Clinton sang Amerika. Tandaan mo nga bisita ka lang diri sa Australia. Kon magtawag ako sang pulis diri kag patupatoan ko ikaw sang pagpangawat sang kwarta, pat-od nga mabilanggo ka kag indi na makabalik sa Pilipinas. Gani, hinay-hinay ka lang kay daw langaw ka nga nagatungtong sa karabaw, abi mo karabaw ka man. Pila gid bala ka libo ang ginbayad sa imo ni 'Nong Rodin? Kay doblehan ko, indi ka lang magsulod diri nga daw imo ang katunga sang Australia."

"Ma'am! *Sorry* gid, Ma'am! Patawaron mo ako, Ma'am," natikab sang babaye nga natalupangdan man ang daku niya nga pagsayop.

"Maathag sa imo pagginawi nga waay ka man nagatahod bisan sa nagsugo sa imo nga magulang ko. Nagsugot ka lang nga tumanon mo nga buhaton ang sugo kay ginabayaran ini sa imo sing daku nga kantidad sang kwarta. Indi ako matingala kon peke ang imo lisensya sa pagka-*midwife* kag kuto ikaw sang isa sa mga duog sa Manila nga puloy-an sang mga *squatter*. *Guard*, usisaon mo gani ang mga papeles sining babaye, labi na gid ang iya lisensya sa pagka-*midwife*." Ginlaaw ni Swannie ang gwardya sa gwa kag nagpalapit man dayon ini.

"Ma'am, maluoy ka sa akon, Ma'am. Indi lang ako pag-ipabilanggo diri, papauli-a lang ako sa Pilipinas, Ma'am," nagsugod na hibi ang babaye. "Maluhod pa ako sa atubang mo, Ma'am!"

Nagtalikod lang ang lalaki nga maniniktik nga ginbayaran man ni Rodin, bilang empleyado sang kompanya, waay nagtugda kag padayon man kuno abi sa iya trabaho nga hinatag ni Swannie. Sa opisina nga ina ni Swannie may *receiving area* para sa mga bisita. Ini ang daw dulonan sa mga lamesa sang kaupod. Kon manubo lang ang tingog sang ila hambal mabudlay mabatian sang masaku man sa iya trabaho. Pero, kon luyag ni Swannie nga indi sia makita sang mga tawo sa gwa may mga dingding nga kristal nga sa pagtum-ok sini sang buton sa kilid sang iya lamesa, mangin kwarto ang bahin kon diin ari ang opisina ni Swannie. Kag pwede sia nga indi makita sa sulod kon tum-okan man niya ang buton para sa kurtina.

Si Swannie tumawag gilayon sa Pilipinas kay Alex.

"Nautod ang aton sugilanon kay may babaye nga nag-abot diri nga ginsugo ni 'Nong Rodin nga buligan ako sa pag-*abort* sang ginamabdos ko nga anak naton. Rudnila Lacortez ang ngalan, *midwife* nga taga Silang, Cavite kuno, pero duda ang gwardya namon diri nga Pinoy man nga peke ang lisensya sang babaye kag basi pati ngalan sini indi tunay nga iya," sumbong ni Swannie kay Alex.

"Ano ang kumpleto nga ngalan nga ginpakilala sa inyo? Kon mahimo ang ngalan sa iya lisensya sa pagka-*midwife* ang ipasa mo sa akon. Dali lang...Makuha lang ako sang *ballpen* kay isulat ko kag itawag sa *Bureau of Immigration* kon may naggwa sa Pilipinas nga babaye nga ang ngalan amo ang ginpakilala sa inyo. Kon indi peke ang ginagamit nga ngalan sang babaye. May kumpleto man nga lista ang *National Statistics Office* sang *PRC-registered professional groups* diri kag bag-o lang natapos ini. Pwede ma-*access* ang *website* nila sa *internet*," pulong ni Alex kay Swannie. "Pero, ako na ang mangita diri sang ngalan sinang babaye kag kon waay gani sa *official* nga listahan sang mga *professional midwife*, ipadakop naton sia pagpauli diri sa CIDG. Abyan ko ang Hepe sang CIDG Region 6 diri, gani madali lang ina sia maka-*coordinate* sa Manila.

"Kon ano ang resulta sang akon pagpangita diri sa *internet* sa bahin sang legalidad sang lisensya sang babaye, tawgan ko lang ikaw dira. Sa madason nga bulan pa ako mahimo makakadto dira. Bye, Swannie."

"*Bye, see you here,* mahal, tsup!"

DUHA na ka ayhan dalagku nga tikang ang ginhimo ni Rodin Villamaestre sa pagluwas sang ila pamilya sa daku nga kahuloy-an. Una ang pagpadala sang maniniktik sa buluhaton ni Swannie, ang ikaduha *midwife* nga magabulig hulog ukon *abort* sang lapsag nga ginamabdos ni Swannie. Kag ang ikatlo mahimo nga may kahilabtanan kay Alex Vera Cruz, ang amay sang lapsag ni Swannie.

Sa sini nga pagkahimtang, naisip ni Alex nga ang iya pamilya pat-od nga mabutang man sa makatalagam nga sitwasyon bangod sa iya.

"Daphne, kinahanglan maghanas ka sa pag-uyat sang armas nga nagalupok para mapangapinan mo ang imo kaugalingon kon wala ako sa luyo mo kag sang aton anak. May palanaguan kita nga nahuman na pero kon sa gwa ikaw kag may delikado sa mga armado nga magkadto diri sa aton may pangbato ikaw," nabungat ni Alex nga plano sa asawa. "Sa .45 kag .38 nga *handguns* ikaw dapat nga asintado sa pagluthang."

"Sadto ko pa kontani luyag ipanugyan ina sa imo pero masaku man kita sa aton buluthoan. Subong mahimo na kay daw tayuyon naman ang dalagan sang aton unibersidad," maabtik man nga natugda ni Daphne sa ginpanugyan ni Alex. "'Ga, nagapati man ako nga bisan mamatay kita sa mga kamot sang tampalasan kag malain nga mga tawo, basta nakapatas kita indi kapin ina nga batyagon sang aton ginbilin nga pinalangga."

Naisip ni Alex, maisog man gali ang iya asawa, ugaling daw madali lang ini nga magbatyag sang kalain sang buot kag magpatulo gilayon sang luha.

"Ginapaobra na ni 'Nong Sidring ang aton *target range* kay natapos na ang kwarto nga likom naton nga palanagoan nga kaiping sang aton opisina kag ang *shelter* sa idalom sini. Kon may katalagman sa aton puloy-an, tawgan lang naton ang ara sa balay, halimbawa ang yaya kag ang aton anak, manaog sila sa *air raid shelter* kag maglapos diri sa aton sa opisina. Dapat may nabilin sa balay nga tawo agod ipahibalo sa nagapangita sa aton nga waay kita kay naglakat sa kon diin nga pwede naton kadtoan kaupod sang aton anak."

"Ipangamuyo gid naton sing masunson nga ilikaw kita sang Dios sa katalagman," sugpon ni Daphne.

"Pero may obligasyon man kita nga dapat pangapinan naton ang aton kabuhi kag lawas, indi lang kita magsalig sa pangamuyo. *God, it seems, will help only those who help themselves.* Nagapati ka man bala dira?"

"Huo. Pero, kon ginaupdan sang tampad, bunayag kag masingkal nga pag-alungay buligan gid kita sang Dios. Sa akon naagyan, ginpangamuyo ko gid pirme nga ikaw ang akon manginbana, kag ginbugay ina sang Dios sa akon, indi bala?" gintulok ni Daphne sing mapinalanggaon si Alex, pero ginlikaw ni Alex ang iya panulok.

"Ang pangamuyo ko karon amo nga higugmaon mo man ako, mahal ko, katulad sang pagpalangga ko sa imo."

Nagragingring ang telepono sa ila kadak-an. Ginsabat ini sang yaya sang ila anak.

"Inday Daphne, ikaw ang luyag hambalon," natuaw sang kabulig nga nagsabat sa tawag sa telepono.

Nagtindog man si Daphne, nag-*hello* kag nangatahuran sa telepono.

"Misis, pamatian mo ako sing maayo. Handa ka na bala?"

"Indi anay ka. Sin-o ka bala, waay mo pa nahambal ang imo ngalan?" ginsinyasan man dayon ni Daphne si Alex agod pamatian sa ila *extension* sa sulod sang ila hulot ang nagahambal nga tawo sa telepono.

"Indi na kinahanglan mabal-an mo kon sin-o ako. Ginsugo lang ako nga tawgan ka. Sugod subong, indi ka magsagad lakat sa malayo kay may makadto dira nga tawo sa inyo buluthoan sa indi lang mapaktan nga adlaw. Kon ano ang iya kinahanglan, sa iya mo na lang ina ipamangkot." *Click.* Ginsiradhan man sang tawo ang telepono.

Nagkadto dayon si Alex sa salas kag gintawgan ang kumpadre sini nga bag-o lang nagpungko nga hepe sang CIDG Region 6.

"'Pare Edvic, madisturbo ko ikaw anay. May nagtawag diri sa amon balay kay 'Mare Daphne mo. Ari ang numero sang telepono nga nakuha ko sa *caller ID* sang amon telepono," diretso nga hambal ni Alex sa iya Kumpareng' Edvic.

"'Pare Alex, daw ginaproblema mo gid ang tawag," pakalma kay

Alex sang iya kumpare. "Ano bala ang mensahe?"

"Makadto diri sa amon ang tawo nga nagtawag sa indi lang mapaktan nga adlaw, kag kon luyag ni 'Mare Daphne mo mabal-an kon ano ang iya kinahanglan, ipamangkot lang kuno sa iya sa pagkadto niya diri."

"'Pare Alex, daw indi maayo matuod ang buot silingon sang paghambalanay nanday 'Mare Daphne kag sang tawo. Hulaton mo kay tawgan ko. Lokal nga numero ini, madali naton ini mapa-*trace*."

Nagdayal si 'Pare Edvic ni Alex.

"Hello, Sir. *Pay telephone* ining tinawgan mo. Indi namon ginakilala ang tawo nga magagamit sang akon telepono," sabat sang tinawgan sang Hepe sang CIDG 6.

"Waay ka nagasugid sing husto. Dugay-dogay ara na ang upod ko agod tan-awon kon matuod ang imo ginahambal."

Matawhay nga hambal ang nabuy-an sang kumpare ni Alex, pero daw nahanguyos ang tawo.

"Sir, Kapehan ini, ako ang tag-iya."

"Kapehan ukon bar, may mabaskog nga musika ako nga nabatian a."

"Kapehan kag *bar*, sir. *Atlantic, Indian & Pacific Oceans Videoke Bar.*"

"Ngaa waay ang Antarctic?"

"Pigado ako sa *geography* sang nagabutho ako, Sir." May lahog ang sabat.

"Nagabutig ka naman, pero, sige na lang. Ano mo ang mga Villamaestre?"

"Sir, indi ko ina sila kilala, kay Bacolod man ang ginhalinan sina nila."

"Nagpakadlaw ka, kon indi mo sila kilala, paano mo nahibal-an nga taga-Bacolod ang kabikahan nila?"

"Villamaestre ang tag-iya sang *building* nga nahamtangan sang *videoke bar*, Sir."

Kumpirmado, mga kaupod sa grupo ni Rodin ang kahambal ni

Edvic kag ang tawo nga nagtawag kay Daphne.

"'Pare Alex, mga kaupod ni Rodin sa grupo nga ayhan sindikato nga iya kontrolado ang tawo nga nagtawag dira sa inyo kay 'Mare Daphne kag ang nagsabat sang tawag ko sa telepono nga ang numero ginhatag mo sa akon."

"'Pare Edvic, sugod subong ano ang maayo namon nga buhaton diri luas sa pagpanghanda sa pag-*welcome* sa nangako nga maabot diri sa pagbisita sa amon?"

"Ano pa kondi, amumahon ninyo sang *fanfare* kag *fireworks*... tan-ta-ra-ran, *bang*! *bang*! *bang*!" lahog ni 'Pare Edvic ni Alex. "'Pare, padalhan ko kamo dira sang duha ka *sharpshooter* namon. Baklan mo si 'Mare Daphne sang *Kevlar armored vest* kag hanason man sa pagsuksok sini sa *firing range*."

"Mabakal kita sang *armored vest* kag *jacket* nga pwede butangan sang armas para sa imo, Daphne," sambit ni Alex sa asawa.

Nagpahimo gilayon sang manipis nga dyaket si Daphne nga iya isampaw sa *bulletproof vest*. May bulsa man ang dyaket para sa *snub-nosed* nga .38 nga *revolver*. Ang isa pa nga bulsa para sa .45 nga *pistol*. Kinahanglan maanad sia sa pagsuksok sang *vest* agod indi kapin nga magbatyag sang kagin-ot sa tagsa ka paggamit sini.

Nagpaproseso dayon sang papeles si Alex sa pagbakal, pagpalisensya kag pagpa-*issue* sang pahanugot sa pagdala sang malip-ot nga pusil sa gwa sang puloy-an para kay Daphne. *Snub-nosed* nga *Smith & Wesson* .367 *Magnum* para dalhon ni Daphne sa iya bag. Kag isa ka Colt .45 para sa iya pagpangapin sa kaugalingon kon ara sia sa balay kay may bisita nga may tuyo nga malain.

Sang sumunod nga adlaw si 'Pare Edvic na ni Alex ang nagtawag sa iya.

"'Pare Alex, ginapatiktikan ko subong ang *AIPO videoke bar* diri sa Calaparan, Villa de Arevalo, Dakbanwang Iloilo. Sa idalom sang tatlo ka panalgan nga balay ining *bar* nga ginapanag-iyahan sang mga Villamaestre. Sigurado namon nga ang tawuhan nga mga lalaki diri sa *bar* nahanas nga mga soldado anay sa *army rangers*. Isa pa lang ang nakumpirma namon nga *scout ranger* anay," panugid ni 'Pare Edvic sa iya kumpare nga ginkakibot man ni Alex.

"'Pare Edvic, delikado gid matuod kami diri sa Lambunao. Mga 50 kilometros lang kami kalayu gikan sa Villa de Arevalo kon diin ara ang mga hubon ni Rodin. Gani, kinahanglan ko gid ang bulig mo kaupod sang mga pulis diri," may pag-alungay ang tingog ni Alex.

"Indi ka magpalibog, 'Pare Alex. *Kayangkaya* naton ina sila. Kon hanas kag sagad ina sila sa pangawat, kawatan man ang ila kasumpong," lahog ni 'Pare Edvic sini kay Alex.

"Saligan gid namon ni 'Mare Daphne mo ang imo abilidad kag sang mga tawo mo, nga pisu lang ang inyo mga kasumpong, 'Pare Edvic. Kamo ang kampihan sang Dios kay ang inyo tinutoyo amo ang kaayuhan sang mas madamo nga tinuga. Samtang sila nga may malain nga katuyoan sa ila pareho, indi mangin madinalag-on," tambing ni Alex.

"Kita ang ampinan sang Dios kay ang buluhaton kag ginahimo naton sugod sadto tubtob sa karon para sa kadamuan nga banwahanon sa idalom sang makiangay-angayon nga katilingban, 'Pare Alex."

"'Pare Edvic, matawag lang ako liwat sa imo kay nag-*ring* ang akon *cellphone*."

"Sige, ako ang manawag sa imo kon ano ang nagsunod nga esena sa *AIPO bar*, 'Pare Alex."

Si Daphne ang nagtawag kay Alex.

"'Ga, ari ako sa balay. Nanawag si Mommy. Naplatan sang duha ka goma ang

sinakyan nila nga *passenger van* sa plaza na sa atubang sang munisipyo sang Lambunao. Sugaton ko sia," may kakunyag nga daw nahayanghag man si Daphne. Upod sa ila tsuper naglakat si Daphne sa pagsugat sa iloy.

"Mommy, ngaa waay ka nagtawag nga makadto ka diri sa amon, kontani nasug-alaw ko ikaw sa *airport*. Indi ka pa mabudlayan sa pagsulosaylo sa salakyan," nasambit ni Daphne sa iloy pagkatapos sang ila pagbesobeso kag paghaksanay nga duha.

"Nakasakay ko si Mrs. Millado sa eroplano kag madamo sia sang dala para sa mga apo, indi kami mag-igo sa isa ka taksi. Natabuan nga may nagdul-ong sa *airport* nga *van* nga kilala ni Mrs. Millado ang tsuper sang *van* nga biahe Calinog. Nagsakay na kami pauli diri.

"Indi ka na magpalibog kay siling sang doktor ko, *brand new* na ako nga babaye kag pwede gid ako magnobyo," lahog sang balo na nga iloy ni Daphne.

"Ano, Mommy, luyag mo pa mamana?" daw nasalim-ukan si Daphne.

"Pamangkot bala ina ukon pagpamatok?" tambing sang iloy sa anak. "Ginalahog ka lang, a. Kon sa bagay, 49 pa lang ako, indi bala 32 pa lang subong ang edad mo? May mga kakilala ako nga 60 na namana pa sila. Ti, daw maayo man ang pangisaykisay nila."

"Matuod, Mommy, kay nagpahuway ka sa pag-abaga sang aton negosyo, nag-ayo ang imo lawas, kamalantang ka pa gihapon, Mommy, sexy pa. Nag-*beauty saloon* ka bala, Mommy?"

"Waay, a. Basta nagpamat-od lang ako nga mawili sa mga apo ko. Si Minyang man gihapon ang naga-*trim* sang akon buhok, naga-*manicure* kag *pedicure,* kag kon kaisa nagamasahe sa akon. Waay na gani ako naga-*make up*, kay daw na-*allergic* ako."

"Mapirme ka na bala diri sa amon, Mommy?"

"Di anay ka, ikaw ang dapat mag-*beauty saloon* kay daw nagatambok ka?"

"Indi ini tambok, Mommy, kondi ikaduha mo nga apo sa akon. Nakapa-*pre-natal* na ako kay Doctora Gallego kag maayo man ang akon pagmabdos."

"A, maayo kay magaduha na gali ang akon apo sa imo? Mawili gid ako diri sa inyo. Kon daw maayo para sa akon, matudlo ako. Siling sang doktor ko maayo gid kon ma-eksersays pirme ang utok ko, indi ako ma-Alzheimer's. Nasayran mo bala nga si Lolo ko na-Alzheimer's? Waay man natukiban nga pat-od nga mapanubli ining balatian, pero indi man kuno masiguro nga indi kita magbalatian sini. Madamo na abi sang palaligban ang mga tawo subong, gani nagabalatian man ang utok."

"Nagakalipay gid si Nonoy Andre sa pag-abot mo, Mommy,"

nabungat ni Daphne sa iloy sa ila pagdangat sa ila puloy-an. Nagabantay man ang yaya kag ang apo sa lola sa kadak-an sang balay. Pagkakita sa lola, nagyapayapa gid ang apo nga nagaugyak man.

"Nonoy Andre, nahidlaw ka gid kay Lola? Hulat anay kay mahugas lang ako sang kamot kag butkon ko, ha?" Padayon man ang udyak kag kumpasan sang kamot sang bata. Nanghaplas pa sang *rubbing alcohol* si Lola Dangdang ni Andre kag gindaho gikan sa yaya ang apo.

"Mommy, waay ka pa gani nakapahuway, ginkugos mo na si Nonoy Andre," muno ni

Daphne sa iloy.

"Nagakadula dayon ang kakapoy kag palang-alay sang akon mga butkon kag tiil kay

Nonoy Andre," sabat ni Lola Dangdang ni Andre.

Matiun-tion pa nagsampot man si Alex gikan sa opisina.

"Kamusta ka, Mommy," pangatahuran ni Alex sa ugangan.

"Lubos nga maayo na ang pamatyag ko, kapin pa nga upod ko na si Nonoy Andre."

Ginsautsaot man dayon sang lola ang apo kag sige man ang udyak sang bata.

Nag-ilis si Alex sang pangbalay nga panapot kag nag-atubang dayon sa maglola. Ginasugilanon sang lola ang apo nga nagakadlaw man.

"Nonoy Andre, diri na ako pirme sa luyo mo, luyag mo bala?" Nag-udyak man ang apo nga daw nakahangop man sa ginhambal sang lola.

Sang hingalagan, nagkiriring ang telepono sa isa ka pamusod sang kadak-an.

"'Pare Alex, si 'Pare Edvic mo ini, daw indi maayo ang balita. Ang abyan naton nga si Rodin nasiplatan sa *AIPO videoke bar* sang duha ka kaupod namon!"

24

ANG hari-hari sang Villamaestre Group of Companies ari sa Dakbanwa sang Iloilo?

Determinado gid si Rodin sa pagbawi sang kahuloy-an nga iya personal nga natuga nga nakaapekto man sa pamilya Villamaestre. Ini ayhan iya mahimo sa paagi nga ilikaw sini ang kaugalingon sa igtalupangod sang mga himata kag kakilala. Gamiton niya nga paagi ang natabu sa iya manghod. Ang tawo nga nagpabusong sa iya manghod dapat iya timalusan ini. May kahanguyos nga naglukop kay Alex sa pagkabati sini sa iya Kumpareng' Edvic tungod kay Daphne kag sa anak nga si Andre. Kon sia lang, indi ini problema kay Alex.

"Napat-od na ninyo bala inang' inyo natipon nga detalye sa plano ni Rodin, 'Pare Edvic?" pangutana ni Alex sa ginpanugid sang kumpare.

"Nakuhaan pa sia sang larawan sa malayo sang upod namon, ginapatan-aw ko pa sa *Crimelab* kon santo ini sa larawan nga nabantala sa diaryo. Kay posible man nga maskara nga himo sang isa ka *prosthetic makeup artist*, para madaya kita kag mag-*panic*. Naalarma man ang Provincial Director sa sindikato nga ginapamunoan ni Rodin suno sa mga kaupdanan sadto sa MIG. Ginatrabaho man sang City Police agod mabungkag ang sindikato sa ila teritoryo. Subong may *coordinated checkpoints* na pasulod dira sa inyo banwa kag sa banwa sang Dingle. Ang problema na lang ang mahalin sa Kalibo ukon Roxas City nga maagi sa Passi City kag sa banwa sang Calinog. Paalertuhon mo lang imo mga gwardya, Pare Alex. Maghanda lang kamo pirme."

"Sige, 'Pare Edvic, sundon gid namon ang tanan nga panugyan mo. Sugoran na namon ni 'Mare Daphne mo ang paghanda batok sa pamahog nga katalagman sa amon pamilya."

Nagsugod sa paghanas sa paggamit sang luthang si Daphne agod mangin asintado sa pagtiro sa kaaway kon kinahanglan. Sina nga aga sang Sabado, maayo gid ang resulta sang paghanas ni Daphne bisan indi gid madamo nga mga bala ang iya nagamit. Bangod kay naga-*pilates* kag *yoga*, waay man nagbatyag si Daphne sang ano man nga kakapoy ukon palanakit sang bahin sang iya lawas bangod sa paghanas. Suliton nila ang paghanas sa hapon sang Domingo. Pag-abot sang Lunes, iya tilawan ang pagluthang sa nagahulag nga *target* nga mahimo daw larawan sang iya kaaway. Tun-an man niya ang pagtiro nga sia man nagahulag, magkuob ukon magligid nga dungan sa pagpalupok sa *target* nga nagahulag man.

"Daw paghanas militar lang ang ginhimo mo, Daphne," muno man dayon ni Alex sa iya pagbantay man sang progreso sang paghanas sang asawa.

"Huo, belib ako sa abilidad ni Misis sa pag-*tumbling* kag pagligid," tugda man sang nagatudlo nga isa ka babaye nga katapo sang CIDG. "Nahimo man sang asawa mo sing husto nga waay reklamo ang gintudlo ko sa iya."

"Belib man ako sa asawa ko nga indi man gali ini bingit, bisan madali lang sia magpatulo sang iya luha sa malain nga nagakatabu sa iya," dugang man ni Alex.

Waay nagsabat si Daphne kondi nagyuhom lang sa nahambal sang bana.

"Amo gid ina kami nga mga babaye, madali magpakita sang ginabatyag nga kasubo ukon kalain sang buot paagi sa pagluha agod ayhan ang amon nagapug-ok kag tama ka singkal nga balatyagon sa amon dughan makasungaw para mahuwasan. Bisan sa kalipay man, nagatulo man ang amon luha dayon," pahayag sang babaye nga katapo sang CIDG kaangot sa napulong ni Alex.

Sa duha gid ka klase nga armas naghanas si Daphne. Sa *snub-nosed* nga .38 gid sia nabatid kay mamag-an ini kag suno sa iya *trainer* ini ang iya mabutang sa iya bag gani nga diri gid sia dapat magsalig. Makabig man si Daphne nga eksperto man sa *pistol* nga .45 kag 9 mm, pero dapat sa .38 lang sia magsalig, ini ang mahapos niya dalhon sa iya bag bisan diin sia magkadto.

"Dr. Vera Cruz, panalagsahon na lang nga paghanas bilang *refresher* ang himuon ni Ginang Vera Cruz para masagad gid sa tama nga reaksyon sa emerhensya nga sitwasyon nga waay man naton ginapaabot. Mareport anay ako sa amon *headquarters*," paalam sang babaye nga pulis kay Alex.

"Madamo gid nga salamat, SPO4 Madriña, manyaga kita sa balay ugaling ikaw magpasyudad," sabat ni Alex.

Sa waay pa naglakat para magbantay sang salakyan ang babaye nga pulis, may kahon sang regalo nga ginhatag sa iya sini si Daphne.

PAGKATAPOS sang iya paghanas, nagpa-*pre-natal* sia liwat sa iya doktora, waay man sang malain nga natabu sa iya ginamabdos nga *baby* kay magaduha ka bulan pa lang ang iya pagbusong sini.

"Ti, ano ang resulta sang pagpatsek-ap mo kay Doctora Gallego?" pamangkot sang iloy ni Daphne.

"Mommy, waay man sang epekto sa lapsag ang pagligidligid ko sa akon paghanas para mag-asintado sa pagluthang, suno kay Doctora Gallego," panugid ni Daphne

"Maayo kon amo, basta kon ano buhaton mo nga kasubong sang ginhimo mo nga

paghanas, ikonsulta mo sa imo doktor kay nagamabdos ka. Agod kon may diperensya, mahatagan gilayon sang solusyon," payo sang iloy sa anak.

"Mommy, kon luyag mo maghanas sa pagluthang, tudloan ko ikaw," natuaw ni Daphne nga panugyan sa iloy. "Maupod kita dayon sa pagpangayam nanday Alex."

"Huo, no? Maayo man nga kalingawan ang panugyan mo. Pero makonsulta anayako sa doktor sa bahin nga ina."

"Kag Mommy, may isa ka *professor* nga babaye nga nag-*maternity leave*. Ari ang *records* sang kabataan ginhatag niya sa akon kay siling ko ako ang magatal-os sa iya. Basi luyag mo nga maglingaw-lingaw na sa pagtudlo subong nga daan. *Business management* sa Commerce Department. Alas nwebe ang klase, Lunes, Mierkoles kag Biernes."

"Sige, para mabaid man ang utok ko sa pagtudlo," pasugot sang iloy. "Kon malipay ako sa pagtudlo sa mga bata, malayo ako sa *Alzheimer's Disease* kag indi man ako magluya gilayon."

Naglipas ang pila ka semana nga waay sing indi kinaandan nga hitabu sa kabuhi ni Alex. Nagpa-Manila sia kay daw nagbalik man si Rodin sa iya trabaho bilang bag-o nga hepe sang negosyo sang pamilya Villamaestre. Basi, madamo ang problema sang ila negosyo sadto waay nagakatabu sa idalom sang dumalahan ni Swannie.

Kag husto ang pagmulomay-om ni Alex kay pag-abot sini sa Manila, may mataas nga pinuno sang isa ka kompanya sang Villamaestre nga biktima sang *hold-up*, nga suno sa pulis *hold-up me* ini sang ila imbestigahan. Napasuni sa mga tinipuntipon sang mga negosyante nga daw naggwa nga ginkadlawan sang iban nga mga abyan si Rodin. Ang anay ikaduha nga pinuno sang *Military Intelligence Group* (MIG) sang Armadong Kusog sang Pilipinas naisahan sang isa ka empleyado lang sang iya ginadumalahan nga Villamaestre Group of Companies. Gani, sing makadali ayhan nalimtan ni Rodin ang iya pagtimalos kay Alex.

Pero, nagsayop si Alex sa iya paghangop sa natabu, kay sia ang ginpabangdan ni Rodin nga nagpalapnag sang balita. Masunson si Alex ginakuhaan sang panugdaon sa nagakatabu sa kalibutan sang negosyo sang halos tanan nga grupo sang mga negosyante bilang pinuno sang *think tank* sang kabilugan nga asosasyon ukon pederasyon sang mga negosyante.

"'Pare Alex, suno sa pinakaulihi nga natiktikan sang CIDG, ikaw kuno ang ginhalinan

sang pasuni nga ginhikayan sang mga abyan kag pareho nga negosyante si Rodin nga *pipitsugin* sa bahin sang pagdumala sang negosyo kay nalusotan sia sang isa ka ahaw lang nga empleyado," pagsaysay ni 'Pare Edvic ni Alex.

"Ang iya anay nga mga tawo nga ara pa sa serbisyo kag naakig man sa iya ang nagpasuni sina. Isa sa iya mga malapit sa iya sadto nga tawo utod sang isa namon ka manedyer ang nagpanugid sa akon," paathag ni Alex sa iya kumpare nga hepe sang CIDG 6.

"Gani, doblehan mo ang imo pagpangandam, kay nagdoble man ang kaakig ni Rodin sa imo. Indi ka anay magpasayang-sayang, ipaiway anay ang pagkadto mo sa Australia kay natunogan na ni Rodin ang biahe mo. May ginpadala sia nga dugang nga mga tawo nga ayhan maga-*ambush* sa imo didto sa Sydney, Australia."

Nagdaku ang palaligban ni Alex. Paano niya sugiran sang kamatuoran ang iya mga kaupod sa negosyo nga daw naghimbon kag nagpasugot sa pagpakig-upod sa *import-export business* sang mga Villamaestre sa Australia? Kag si Swannie? Kapin nga mabalahuba ang natabu sa ila ni Swannie kag magdugang pa gid ang kaakig ni Rodin sa iya kon masayran sang madamo ang pagmabdos sang manghod ni Rodin nga waay bana. Sa subong mga himata lang sang Villamaestre ang nakasayod sa matuod nga kahimtangan ni Swannie.

Isa ka adlaw, may *long distance* gikan sa kompanya nanday Alex sa Amerika nga si Alex lang ang kinahanglan nga mahusay sa isa ka problema.

"'Pare Edvic, daw masaku pa si Rodin sa iya palaligban agod makahimo sang tikang sa pagtimalos sa akon sang naglubha niya nga kaakig. May problema man ang amon kompanya Amerika nga ako ang dapat maglubad. Ano sa imo, kon malakat anay ako? Ang problema ko nga mabayaan ko si 'Mare Daphne mo kag basi sia ang gamiton ni Rodin agod mapikuta ako sini," panugid ni Alex sa kumpare sang iya problema sa asawa, anak kag ugangan kon waay sia.

"Pwede ka gid maglakat, 'Pare Alex," sabat sang iya 'Pare Edvic. "Determinado man ang mga *director* sang Provincial Police kag ang Iloilo City Police nga mabungkag ang sindikato ni Rodin, gani buligan man namon sila. Dugangan ko ang mga tawo ko nga nagabulig dira sa Lambunao Police agod masulosuy-aw pirme ang VCU. Indi ka lang magdugay sa Amerika."

"Isa ka semana, 'Pare Edvic, pwede siguro," daw nagaalungay si Alex.

"Basta, indi mo lang pagpasobrahan dira. Tuhay na kon ikaw ara sa luyo sang imo pamilya. Pati ako kampante man." Waay nasayri ni Edvic sing husto ang natabu sa iya kumpare kag sa nobya sini anay nga nagapanago man didto sa Canada.

NAGLAKAT si Alex pa-Amerika kadungan sang empleyado nga iya ginsaligan sa

Sydney, Australia agod kumpirmahon ang ginkasugtan sa pagbuyloganay sa *export - import business* sang mga kompanya sang Vera

Cruz kag Villamaestre.

Sa California sa Amerika, naareglo man dayon ni Alex ang problema, gani may panahon sia nga magkadto sa Canada agod makabuylog ang iya pinalangga nga si Luem sa Alberta, Canada.

"'Ga, ngaa waay ka nagtawag sa akon nga makadto ka diri? Kondi napasugat ko ikaw sa *airport*," sugata ni Luem kay Alex, matapos ang may kapin nga kahidlaw nga paghalukay.

"Indi ka bala nalipay nga bisan paano nakabuylog ko ikaw, palangga ko? Basi magsuspetsa ako nga may iban ka na nga ginahigugma. Kon sa bagay masunson ko ina ginapangamuyo," nasambit ni Alex kay Luem. "Ina para nga may mag-ulikid pirme sa imo kay indi ko gid ina mahimo, luas sa panalagsahon naton nga pagkitaay nga nalikupan man sang pagpakasala."

"Indi ka na magpalibog sina nga bagay, kay sa liwat silingon ko sa imo nga indi na man ako magdugay diri kalibutan. Husto na para sa akon nga magpiyong sang akon mga mata nga balon ang imo paghigugma kag kasigurohan nga may magapalangga man sang tinuga nga ginikas sa akon lawas," hibubon-ot ni Luem.

"Mahal ko, indi ka pa magtaliwan, ari ako nga nagapalangga gid sa imo kag sa aton mangin anak." Si Alex.

"Kon indi ko man lang ikaw maangkon sing lubos, maayo pa nga magsaylo na lang ako sa pihak nga kinabuhi. Nakumpirma na nga indi *malignant* sa subong ang akon *tumor*. Pero nagaduda man ako nga indi ini mag-ayo sa *surgery* ukon pagkuha sini paagi sa operasyon, basi maglubha pa, suno sa nabasa ko nga may pareho nga kaso sa akon, isa lang ang padulongan sang akon daku nga *tumor* sa utok. *Malignancy and eventual death*.

"*Cancer* pa gihapon ang tawag sini bisan indi pa *malignant* ukon waay pa naglapta sa iban nga bahin sang akon lawas. Ang kinatuhay lang diri ang kalabaon sa idugay ko diri sa aton dutang' luhaan. Sa akon mahimo nga kapin sa lima ka tuig kutob sang matukiban ang akon *tumor*. Gani, madugay pa ako nga mag-antos sa aton karon kahimtangan. Basi kon mga napulo ka tuig, daw indi ko na ina masarangan nga indi maglain ang isip ko."

"Indi ka mag-isip sina, mahal ko, nga utason mo ang imo kabuhi, kinahanglan ka pa sang anak naton kag ako, magakasubo gid ako kon waay ka na," panghayhay ni Alex.

"Kinahanglan batunon naton ang bugay sang Dios, mag-antos kita kay amo ina ang aton kapalaran. Aton ipangamuyo man nga indi gid pagpatam-an kita sa aton pag-antos kag hatagan sang ikasangkol agod aton malampuwasan ang pag-antos," payo ni Alex.

Daw naumpawan man si Luem. Nagpasabak sia dayon kay Alex dungan kambod man sang duha ka kamot sa liog ni Alex. Duha lang sila sa kadak-an ni Luem kay masaku sa pagluto ang iloy sini kay nagpa-*laundry* ang ila bulig nga Pinay, gani hinakwat man ni Alex ang pinalangga, gindala sa iya hulot kag ginpahigda sa kama.

Nabulong man sang ila pagdaloay ang ila kahidlaw sa tagsatagsa sa sulod sang mga duha ka bulan nga waay sila nagkitaay nga duha.

"Kontani bisan malip-ot na lang ang igadugay ko diri sa dutang' luhaan, kita pirme nga magkabuylog agod masunson ang aton pag-anggaanay para may katumanan gid ang aton paghigugma sa tagsatagsa," may lahog nga mitlang ni Luem sa hinigugma.

"Sin-o bala ang indi maluyag dira sa sinambit mo? Pero, *you can't have your cake and eat it too*. Madamo ang bugay sa aton sang Dios, pero indi naton makuha ukon mabaton tanan ang aton ginaalungay, kay siling nila, sa tawo ang pag-alungay pero sa Dios ang pagbugay. Sa liwat, ini ang aton pangamuyo: *Thy will be done on earth as it is in Heaven*. Kon ano ang pamat-od sang Dios, Sia ang masunod. Bilangon naton ina nga aton kapalaran nga waay kita sing mahimo sa pagbag-o sina," dugang ni Alex.

Natapos ang apat ka adlaw nga pagluntad ni Alex sa Alberta, Canada kabuylog si Luem. Masubo nga nagpaalamay ang magkahagugma sang Domingo nga ina.

"Alex, mahal ko, may nabatyagan ako nga katalagman nga nagahulat sa imo sini nga Domingo," napulong ni Luem. "Sa Martes, daw waay."

"Masaligan bala inang haum-haom mo mo, 'Ga? Basi gusto mo lang nga madugayan ako sa imo luyo, kay luyag mo pa nga masundan ang panganay naton," lahog ni Alex kay Luem.

"Ngaa ikaw, indi ka gusto? Basi indi mo ako palangga, isiling lang dayon… *and you're free of your commitment.*"

"Nagsunggod dayon," hinalukan man ni Alex sa atubang sa iya iloy si Luem.

"Nahibal-an mo naman kon pila ka tuig ang paglagas-lagas ko sa imo, pero indi lang kita nagkapalad nga duha. Ulihi na kag natukiban mo nga ako gali ang imo ginahigugma."

"Ti, sige, paalam liwat." Kag naghalukay ang magkahagugma.

NASAYRAN ni Rodin nga sa Amerika sa baylo sang Australia nagkadto si Alex. Gani, ginpapauli niya ang lima ka tawo pati ang nagapaniktik sa buluhaton ni Swannie nga empleyado. Ang tikang nga ginplano nga sa *airport* sa Iloilo nila tikmaon si Alex. Pero, natuki man sang grupo n Edvic ang ang plano nga pagkidnap nila kay Alex sa pag-abot sini sa Iloilo Airport.

"Swannie, papaulia ang ginpakadto ko dira nga empleyado kay natapos na ang iya misyon dira sang pagpanalawsaw agod mapamatud-an ang report sang binuslan mo nga manedyer," nasambit ni Rodin.

"Pati ang apat nga ginpakadto mo man diri," sabat ni Swannie.

Nakibot man si Rodin sa natambing sang manghod. Paano niya nahibal-an nga ginpadala niya ang apat nga matuod nga nasiplatan ni Swannie nga nagpakighambal sa empleyado nga ginpadala niya sa pagpaniktik kay Swannie. Pero waay na niya ginpadayon ang ila paghambalanay ni Swannie.

Sa Manila isa ka empleyado ni Alex ang kapareho niya kabukod kag katag-as ang ginpasakay ni Alex gikan sa Manila pakadto sa Iloilo. Empleyado ini ni Alex sa iya negosyo sa Nueva Ecija. Natabuan nga soltero pa ini gani nga luyag man sini nga makabisita sing libre sa Iloilo. Ginsunod man sang duha ka tinawo ni Edvic anay nga nagpabilin sa Manila ini agod ila makilala ang magakidnap diri, kag maka-*coordinate* sila sa CIDG Rehiyon 6, mahimo madakpan nila ang mga *kidnapper* nga sinugo ni Rodin. Basi mabungkag man nila ang sindikato ni Rodin.

Bangod daku ang pagsalig sang lima ka tawo sa ila abilidad, sila nga lima nga nagalakip sang drayber sang ila *get-away car* ang nagsulod sa *arrival area*. Nahatagan sing kahigayunan ang lima ka mga tawo ni Edvic nga kuhaan sang *ignition coil* ang kotse nga pagasakyan sa pagpalagyo sang anom ka tawo, lakip ang ginakidnap.

Sa paghulat sa pag-abot sang anom, nanago dayon ang lima ka tawo sang CIDG 6 sa kilid sang mga salakyan nga nagaparking. Pagkatapos sang pulopasiplat sa palibot sang lima, ginpasakay nila sa SUV ang tawo nga abi nila si Alex kag ginbutangan sang maskara ang nawong. Nagsaliputpot ang duha ka katapo sang CIDG Manila nga kasakay sa eroplano sang kilidnapon sa pagbulig sa CIDG 6 nga lima ka tawo. Sang indi mag-andar ang makina sang SUV, naakig ang lider, apang sa isa ka pisok, napalibutan na sang pito ka katapo sang CIDG ang apat nga ara sa gwa sang SUV.

"Ibakyaw ang inyo mga kamot, mga pulis kami. Arestado kamo nga lima!"

Waay sing nahimo ang lima kay kon nagsayop sila, pat-od ang ila kamatayon sa mga kamot sang 7 nga mga taga-CIDG 6. Nadisarmahan kag naposasan man dayon ang lima ka katapo sang sindikato sang mga taga-CIDG. Ang gin-*kidnap* pinasakay sang mga pulis sa *van* agod dalhon sa Kampo Delgado sa *headquarters* sang CIDG 6.

Si Alex sa Kalibo Airport naghugpa, kag nagtawag dayon sa iya Kumpareng' Edvic.

"'Pare Alex, nagapasulod na ang imo *double* kag ang mga kaupod ko. Sige, 'Pare, tawgan ko lang ikaw kon ano ang resulta sang amon pagpangusisa."

Sa Kalibo Airport, si Alex ginpalapitan sang nakauniporme sang BDA nga ayhan soldado kay may nataklos man nga *sidearm*. Nakibot man si Alex, soldado bala ini?

"Dr. Alex Vera Cruz, mag-upod ka sa amon salakyan!"

25

"DAW nakibot ka gid, 'Pare Alex," dugang nga nabungat sang soldado samtang ginhukas ang iya *sunglasses*. "Ayhan, sa banta ko daw may daku nga katalagman ikaw nga ginapangatubang karon. Indi mo gilayon ako nakilala."

"Major Sampera! Ikaw gali, 'Pare Eric," namuno ni Alex nga may paaman nga pagkadlaw sa abyan nga piloto sang *helicopter* sang militar. "Sa pagkakita ko sa imo, abi ko basi rebelde ka ukon katapo sang sindikato nga nagapanago lang sa uniporme."

"Matuod gali nga daku gid ang gumontang mo, 'Pare Alex. Pabalik na kami sa Dingle sang nasiplatan ko ikaw sa pagpanaog mo sa eroplano gikan sa Manila. Ginmay-om ko dayon nga may personal nga problema ka kay diri ka nag-agi sa Kalibo. May gindul-ong kami nga isa ka opisyal gikan sa Malacañang nga nagdalikat sa pagbisita sang proyekto nga pagkaayo sang *irrigation dam* sa Moroboro, sa Dingle, Iloilo. May hapitan ang opisyal nga himata diri sa Kalibo, gani gindul-ong namon sia sa amon pagkadto man sa isa ka misyon sa Libertad, Antique."

"Pakot mo gid, 'Pare Eric, ginapakidnap ako sang anay ikaduha nga hepe sang MIG nga si Colonel Rodindo Villamaestre nga abyan mo man sa aton *gun club*," panugiron ni

Alex sa kumpare nga taga-Davao pero Ilonggo man ang kabikahan.

"Indi na ako magpamangkot kon ano ang kabangdanan sang pagpakidnap sa imo sang aton abyan. Mahimo nga *business competition* ukon personal. Daw luyag magbawi sang aton abyan sang iya kahuloy-an sa pagpahalin sa iya sa serbisyo," pakut-pakot ni Major Sampera sa nagakatabu sa iya kumpare.

"Malubha pa dira sa pakot mo. Personal nga katuyoan ang nagasugo sang aton abyan sa pagtimalos sa akon. Luyag niya nga bawion ang kahuloy-an sang pamilya Villamaestre bangod sa iya mga kasaypanan nga nahimo samtang ara sa sulod sang militar. May isa pa gid ka bagay nga dapat ikahuya gid sang pamilya. Pero, sa ginabuhat niya nga pagtimalos kapin nga madugangan ang huya sang pamilya kay mabalahuba ang subong indi pa nasayran sang publiko luas sa ila suod nga mga himata," pabutyag ni Alex sa kumpare nga soldado.

"'Pare Alex, indi na ako magpahilabot sa sina nga bahin sang problema mo. Pero kon ano ang mabulig ko sa pagpahaganhagan sang epekto sang katalagman sa imo kag sa imo pamilya, ako nakahanda man nga bahinan ka sang akon ikasarang sa pagpakalma man sa imo," pangako sang abyan ni Alex.

"Salamat gid, 'Pare Eric. Kamusta lang sa akon ihado kag kay 'Mare Pearl."

May nagpalapit dayon sa ila nga kapitan ang ranggo nga naka-*flying suit* bilang piloto. Nagsaludo ini kay Major Sampera.

"Sir, nadul-ong na sang duha ka upod naton ang VIP nga aton pasahero sa puloy-an sang iya himata. Pat-od na nga indi kita madayon pakadto sa Libertad, Antique. Mahimo na kita nga magpauli sa Dingle kay siling sang *radio operator* sang pulis sa Libertad sa aton *detachment* diri na-*postpone* ang hinun-anon sa ila duog. Waay man nakaabot ang bisita nila sa Libertad nga *cabinet official* nga magadiretso kontani sa Dakbanwa sang Iloilo sa pag-inagurar sang isa ka proyekto sang DSWD didto," pabutyag sang kapitan.

"Okay. 'Pare Alex, ihapit namon ikaw sa Lambunao kay may agihan man kami nga opisyal sa banwa sang Janiuay nga makadto man sa Passi City. Temprano pa ini nga paglinyahanay sa eleksyon sang mga pulitiko diri sa aton, gani masaku man ang amon grupo," pahayag sang ni Major Sampera sa iya kumpare. "Daw nagkalma ang mga rebelde diri sa sugbohan sang Panay, pero mga pulitiko naman ang nagahatag sang kasaku sa amon."

"Kon amo waay sang dugang nga katalagman nga magikan sa mga rebelde nga basi pangayoan sang bulig sang grupo ni Rodin agod ila ako masikop," natugda gilayon ni Alex sa sinambit sang kumpare. "Sa amon sa Lambunao, pati na sa Calinog kag Tapaz sa Capiz, madamo abi sa hanay sang rebelde nga samong nga mga tulisan. Nagahulat man sang tsansa nga makakwarta gikan sa iban nga grupo sang mga kriminal. Ang pila ka grupo nga natiktikan man sang CIDG sa mga binukid nga barangay sang Lambunao kag Calinog. Ini nga mga hubon nagahatag man sang problema sa mga pumuluyo sa ila pagpangayu sang mga amot para kuno sa kawsa sang pagbag-o sang katilingban. Kon kaisa, waay man sang mahimo ang mga tawo nga mga tumandok kondi magbulig sa ila. Dugang ini nga problema sang militar sa ila kampanya batok sa rebelyon sa duog."

"Husto ina, 'Pare Alex. Bisan sa norte sang Panay, nabatyagan man ina sang mga pumuluyo. May mga *gun-for-hire* pa gani nga nagtuhaw diri para sa eleksyon sa madason nga tuig," tambing sang kumpare ni Alex nga piloto.

Matawhay nga naglanding ang *helicopter* sang militar nga naghapit kay Alex sa

campus sang VCU. Ginkakibot naman ini Daphne kay abi sini may mga rebelde nga ginapangita ang militar kag naggamit man sila sang *helicopter* sa paglagas sa mga ini.

Basi kon ara lang sa palibot ang hubon sang mga rebelde nga nagatipon sang amot sang mga pumuluyo sa ila kuno kawsa nga ginapakigbato sa tropa sang pangulohan.

SANG nasiplatan ni Daphne si Alex nga nagpanaog sa *helicopter* sang militar, gilayon man nga nahuwasan ini sa kagin-ot nga iya nabatyagan bangod sa naisip nga pagluntad sang mga rebelde sa ila palibot. Ginsugat man dayon ni Daphne sa *golf cart* si Alex nga mga duha ka semana nga waay sila nagkitaay kay nagpa-Amerika ang iya bana nga ginpinsar niya nga nagpa-Australia.

Pagkalumbos sang *helicopter*...

"'Ga, kinayasan gid ako kay abi ko nakidnap ka na," Nanaog gid sa Daphne sa *golf cart* kag halukan ang ginakahidlawan man nga bana.

"Indi bala nagtwag man ako sa imo nga makadto ako sa California kay may problema ang aton negosyo didto nga kinahanglan aregluhon ko? Waay na gani ako nag-agi sa New York, ok sila ila didto," sabat ni Alex nga daw nagkalma man sa iya nabatyagan nga kapaang nga dulot sang katalagman nga ginaatubang sang iya pamilya. Halos tatlo ka pilo ang kagin-ot nga nagalikop kay Alex dala man sang mabaris nga panahon nga tuga sang *climate change*, nga subong daku na nga problema sang kalibutan.

"Abi ko nagkadto ka man sa Sydney, Australia kag didto ka nakidnap kay ginsugid mo man sang akon ang plano sang abyan mo sadto nga si Rodin Villamaestre."

"Wala ako nagpadayon sa pagpa-Australia kay nagpatal-os ako. Daku ang madula sa aton kon padayon nga problemahon sang aton negosyo sa Amerika ang pagdumili sa pagpasulod sang gobierno didto sang iban naton nga ginabaligya didto sa ila bangod indi ini maathag sa aton lisensya kag permiso sa negosyo. Naareglo man namon dayon kag subong sige na ang tayuyon nga pagpasulod sang aton kompanya didto sang mga produkto nga mabakal sa mga pumuluyo, tumandok man ukon dumuluong."

"Nagkita man kamo ni Luem didto, e," nabungat ni Daphne nga waay nagatulok kay

Alex kondi sa *golf cart*.

"Ara ka naman. Siling ko indi ka na sagad pangimon, pero daw ginapabudlayan mo gid ang imo kaugalingon. Tubtob subong indi mo man gihapon mabaton sing halog sa buot ang aton nangin kapalaran."

"Indi gid ina mahimo madula sa akon, kay kinaandan sa babaye ang mabinatyagon

kag lakip diri ang pangimon kay ginahigugma ko gid ikaw, mahal ko nga Alex," pautwas nga maluha-loha ni Daphne sa iya bana.

"Kon ginapalangga mo ako, tani hangpon mo na lang nga nagalikaw man ako nga

mangimon ka sa akon, pero indi ako mahimo nga manago agod ikaw lang ang atipanon ko bangod sa aton negosyo."

"Sige, kay waay man ako pili-an kondi ang maghulat, hulaton ko, kay malaba pa man ang pisi sang akon pag-antos, nga imo man ako higugmaon sa pagtambing man sang pagpalangga ko sa imo, mahal ko."

Ginpadalagan ni Alex ang *golf cart* kag ila nadangat sing matawhay ang ugsaran sang ila puloy-an. Bag-o lang nakabugtaw ang ila anak nga ginauyatan man sang yaya sang magsaka ang mag-asawa sa tatlo ka halintang nga hagdan sang ila balay.

"Nonoy Andre, ari na si Daddy," bugno ni Alex sa anak nga nagtumbo-tumbo man sa sabak sang yaya sa iya pagyapa-yapa nga hakwaton sia sang amay. "Hulat ka lang anay kay mabaho pa si Daddy, ha? Maligo pa anay si Daddy, ha?"

Nagyambi man dayon ang bata nga daw matiyabaw ini sa paghibi kay waay sia gindaho sang iya amay, gani kumoha si Daphne sang *alcohol* agod ihaplas ni Alex sa iya mga butkon kag kamot kay indi na makahulat ang anak. Pagkatapos makahaplas sang *alcohol* kag makapanrapo sang mga butkon kag kamot, si Alex gindaho man sini ang anak gikan sa yaya. Nag-udyak man gilayon ang bata sa kahidlaw sa amay.

Naumpawan man si Daphne sa pagsaksi sang mag-amay nga malipayon gid kag ini ginkasadya man sini sing lubos. Makadali nga nalimtan ang pagpangimon kay Alex ni Daphne. Gikan sa buluthoan, nag-abot man si Lola Dangdang ni Andre kag daw waay pilian ang bata kon kay sin-o sia mapaangga.

"Alex, maayo kay waay ka man gali ginkidnap. Nabudlayan gid ako sa pagkalamay kay Daphne agod indi sagad sang hinibi sa iya palaligban sa imo. Siling ko, daw indi ka luyag mahamulag sa bana mo. Sa liwat sunodsunora kon diin makadto, ibilin mo lang si Nonoy Andre sa akon, kalipay ko lang, lahog ko. Pero, indi man sia magsugot," kag nagkadlaw man ang lola ni Nonoy Andre sang mag-ansyas ang bata sa pagpadaho sa iya Lola Dangdang.

Nagsulod dayon ang mag-asawa sa ila hulot kag ginpabayaan ni Alex nga hubaran ni Daphne ini sang sapatos kag medyas. Sunod ang kamisadentro kag kamiseta sang bana ang gin-uba sang asawa. Pati pantalon sini, ginhuksan ni Daphne sang paha kag ginluslos paidalom.

"Daw hari lang ako ba," sunlog ni Alex sa asawa. "Pero, basi lain ang imo tinutuyo. Maligo anay ako," dayon tindog ni Alex pagkapasuksok ni Daphne sang sinelas sa iya agod magsulod sa ila banyo.

"Luku-luko, ginapangalagaran ko lang ikaw, kon ano nga malain ang ginaisip mo, 'Ga. Sa liwat gani, bahala ka na." Pero nagasunod man ini sa likod ni Alex. Dayon binalikid ni Alex ang asawa kag guyoron ini pasulod sa banyo.

"Mabasa ang bayu ko, 'Ga," pamatok ni Daphne.

"Kadamo sang bayu mo, kondi palabhan mo ang nabasa." Pinugos dayon ni Alex si

Daphne kag pinadag-ayan man sang halok. Amat-amat man nga ginuba ni Daphne ang iya bayu. Hinay-hinay man nga ginsiradhan ni Alex ang banyo, hinakwat si Daphne kag ginpahamtang sa *bathtub*.

Matiun-tion pa... sang daw waay na sang nagahuni nga *shower* sang banyo, si Tya Luding nanawag na nga handa na ang latok sang panyaga nila.

Dungan man nga naggwa ang mag-asawa kag naabtan nila si Mommy Dangdang ni Daphne nga nagapungko na sa iya lugar sa punta sang lamesa. Sa luyo sang lola sa *stroller* si Nonoy Andre nga nag-udyak sa pagkakita sang iloy kag amay sa ila pagpungko sa atubang sa pagkaon.

Nagtindog dayon ang iloy ni Daphne agod sugoran ang ila pagpasalamat sa Dios sa bugay nga grasya nga subong ila igalipay nga batunon. Nag-udyak man si Andre sa nabatian gikan sa iya Lola Dangdang kay abi sini ginapatuhoy sa iya. Daw matindog man si Andre sa iya *stroller* samtang nagakaon ang iya lola, amay kag iloy.

"Luyag mo man magkaon, Nonoy Andre?" Kag kumoha ang lola sang kutsarita, ginsandok sa sabaw kag ginhuyop man ang unod sini kag ihungit sa apo. Ang bata nasagamsaman man ang ginhungit sa iya kag daw nagpangayo liwat ini sa lola sang ikaduha. Ginhungitan liwat sang lola ang apo.

"Husto lang anay ina kay basi, mamag-uhan ang imo tiyan," ginhungitan man dayon sang lola sang tubig ang apo kag sige man ang yuhom-yuhom sang bata. Sang ulihi, nakabatyag man sang katuyo kag nanghuy-ab ang bata gani kinuha sia sa *stroller* sang yaya.

"Babay, Nonoy Andre. Tulog 'to anay kay masugilanon naman kita sa pagbugtaw mo, ha?" pulong sang lola sa apo. Ginhatagan sang bibiron nga may gatas sang yaya kag ginbutang sa kuna sa kaugalingon nga hulot sang bata.

HALOS makatapos si Alex sa pagsepilyo sang iya ngipon sang magragingring ang ila telepono sa kumedor. Dali-dali nga kinadtuan ni

Alex ang telepono agod sabton.

"'Pare Alex, nakapanyaga ka na bala? Kami waay pa kay nagpa-Bacolod si 'Mare Celine mo sa pagbisita man sa mga bata nga ginabantayan man sang ila lola. Sa madason nga Hunyo, pabalhinon ko sila diri sa Iloilo sa ila pagbutho. Madugayan ako siguro diri sa Visayas, luas lang kon kaluoyan man ako nga mahugpaan sang bituon nga mahulog gikan sa langit ang akon duha ka abaga. Kontani diri ako maretiro sa aton duog kay apat na lang ka tuig 56 na ako."

"Kondi, tilawan naton nga ikaw ang magbulos nga hepe sang PNP Region 6. Eleksyon na sa masunod nga tuig," panugyan ni Alex.

"Matuod no? Kabay nga mabuligan ako ninyo kaupod sang imo grupo nga mga negosyante, 'Pare Alex," natuaw man ni 'Pare Edvic ni Alex sa kalipay.

"May abyan ako sa Malacañang nga madalagan sa pagka-senador kay malapit ini sa Pangulo. Naghingyo na ini sang bulig sa iya sang amon hubon. Gani, pwede gid naton mapadali ang imo bituon kay *deserving* man ikaw. Ang balita namon nga kadungan mo man kontani ang aton abyan nga si Rodin kon waay sia nadalukan sang poder sa serbisyo kag nagsayop sia," paathag ni Alex sa iya kumpare.

"Kon amo, 'Pare Alex, inspirado gid ako subong sa pagsugid sa imo nga nagtuad na ang puno sang grupo sang sindikato. Ining panong ginasagod man ni Rodin sa pagbulig sa iya sa pagtimalos sa imo kag sa kay kon sin-o man nga may atraso sa iya. Pero waay man natigayon sang grupo ni Rodin ang pagtimalos sa imo kag sa kay kon sin-o man nga iya ginatuyo nga halitan. Sa karon waay sing nagakaigo nga kaligunan nga pamatuod nga si Rodin ang nagplano sa pagpakidnap sa imo didto sa sur sang puod sang Iloilo. Gani, indi pa naton mapaarestos si Rodin. Nakapuslot sa pulis didto sa sur ang barangay konsehal nga nagpadihot sang nalugaw-an nga pagkidnap sa imo.

Kon madakpan sia liwat, may diutay nga kapag-unan ang ebidensya batok kay Rodin kag ma-*corroborate* ang mga panaksihon sini sa panaksihon sang tag-iya sang *AIPO videoke bar* sa Calaparan, Arevalo, Iloilo City."

"Pero, 'Pare Edvic, bangod mainit batok sa iya ang mga awtoridad, indi ayhan magkalma ini?"

"Mahimo, pero kon sige-sige ang amon pagpaniktik kontra sa iya, kapin nga magaisog ini. Waay ini nagaatras sa inaway. Kag ayhan may ginaluto sia nga iban nga putahe sa iya ginaplano nga pagtimalos, 'Pare Alex," pagmay-om ni 'Pare Edvic.

" Hulat anay, 'Pare Edvic, nasugid ko bala sa imo ang ginpadala nga *midwife* ni Rodin sa Sydney, Australia agod buligan ang iya manghod nga ihulog ang amon anak ni Swannie nga iya subong ginamabdos?" nadumdoman ni Alex nga ginpangako niya kay Swannie ang pagpangita sa *internet* kon indi peke ang ngalan sang *midwife* pati na ang lisensya. Waay niya ini natigayon bangod sa iban nga problema ni Alex.

"Nalimtan mo isambit sa akon ina, 'Pare Alex. Ano bala ang ngalan sang *midwife* kay ipapangita ko sa amon diri empleyada nga batid sa *computer*?"

"Rudnila Lacortez, 'Pare Edvic. Ina ang tinawag sa akon ni Swannie. Kag masobra isa ka semana nga iya natawag ini sa akon. Subong akig na si Swannie siguro sa akon."

"Ditas, Ditas! Indi bala sang sa Manila ka kahapon, gin-aresto ninyo kabulig sang taga-BI ang isa ka babaye nga Rudnila Lacortez ang ngalan nga nag-abot gikan sa Australia?" pangutana ni 'Pare Edvic ni Alex sa isa nila ka kaupod nga babaye.

"Ay, Sir, huo, nadumdoman ko na, didto sia na-*detain* sa Bureau of Immigration. Peke man ang iya lisensya," sabat sang ginpamangkot.

"Mag-*email* ka karon nga daan sa pagpangayo sang kopya sang ila rekord sang imbestigasyon kag *disposition* sa iya mga kaso nga ginapangatubang," mando ni 'Pare Edvic ni Alex sa kaupod nga kahapon lang nag-abot gikan sa Metro-Manila.

"'Pare Alex, *detain* na sa BI ang babaye kay gin-*endorse* man kuno sia sang *Interpol* sa Australia diri sa aton. Dapat mabal-an naton kon ano nga mga kaso ang iya subong ginapangatubang. Pero, malayo nga igatudlo sang babaye si Rodin sa pagsugo diri kay waay man natigayon ang iya buluhaton. Kag mahimo nga waay pa sia nabayaran, luas sa *ticket* kag *pocket money*. Pabantayan namon ang abogado nga matabang sa babaye, agod basi makuhaan namon sang impormasyon sa kuneksyon ni Rodin sa babaye. Mabulubodlay ini nga kaso kay dapat ang mangin biktima tani sang *abortion* ang magtestigo diri."

"Mapabulig ako kontani sa amon abogado kon paano nga makuhaan si Swannie sang iya panaksihon nga indi sia kinahanglan magpauli diri sa Pilipinas. Siguro may mga panaksihon sia sa rekord sang kapulisan sa Australia kaupod man sang *Interpol*," tugda man ni Alex sa kumpare.

"Mangayo kita sang *records* sang mga kaso sang babaye sa *Interpol*, 'Pare Alex. Nagahatag man sila sang *records* paagi sa *diplomatic pouch* kon may husto nga *request* sa aton Department of Foreign Affairs pakadto sa pangulohan sang Australia."

Nagtawag man si Alex kay Swannie. Pagkatapos sang malawig nga pagpaathag ni Alex sa kabangdanan sang iya indi pagkadto sa Australia, nadula man ang pagsunggod ni Swannie sa iya pinalangga nga si Alex. Nagsugot man ini sa paghatag sang dugang nga *deposition* sa bulig sang abogado sa kaso sang babaye nga mapa-*abort* kontani sang bata nga iya ginabusong.

Nangusisa ang abogado nanday Alex sa *Immigration* sa Manila sa kaso sang peke nga *midwife*, pero luas sa paghatag sa ila sang kopya sang papeles nga makabig na nga *public records* sa kaso, wala sing mahimo ang abogado nga pagpahilabot kay indi man biktima sang peke nga *midwife* si Alex. Sa malip-ot, waay labot si Alex bilang banwahanon kay indi man ini naperwisyo sang babaye.

Gintawgan man ni Alex si Swannie sa Australia, apang wala na ini sa iya opisina.

"Gindul-ong sang mga kaopisina namon si Ma'am Swannie sa hospital!" panugid sang gwardya nga Pinoy sa telepono kay Alex, kay sia na lang ang tawo sa opisina.

"Ngaa ano bala ang ginbatyag sang inyo *boss*?"

26

NAKUM-AN man si Alex sa nabatian nga dinala sang mga kaupod si Swannie sa isa ka ospital sa Sydney, Australia. Waay na sing nadugang nga pamangkot si Alex sa gwardya sang opisina ni Swannie, bisan madamo kontani sang luyag masayran sa bahin sang dalaga nga malapit na lang mangin iloy sang ila anak.

Ano bala ang balatian ni Swannie? Mabutang bala sa katalagman ang iya kabuhi kag ang kabuhi sang ila mangin anak nga ginamabdos sang dalaga? Daw ginatagaliog man si Alex sa bag-o lang nasayran nga nagtuhaw ang dugang nga problema sa tunga nila ni Swannie? Padayon nga nagatalangkas ang iya palaligban.

Hapon na, pero padayon ang pagpamahulay ni Alex sa iya *air-conditioned* man nga opisina. Daw naumpawan si Alex sa indi pagkahim-os sang nagsabat sa telepono ang iya Kumpareng' Edvic nga iya tinawgan.

"'Pare Edvic, nagtawag ako sa Manila kay mapaupod ako tani sa amon abogado sa pagkuha man sang mga dokumento nga rekord sang kaso sang *midwife* sa *Bureau of Immigration*. Pero, suno sa amon abogado waay kami sang mabulig kay Swannie, kay waay man kuno ako naperwisyo sang babaye nga ginbayran ni Rodin sa pag-*abort* sang bata nga ginamabdos sang iya manghod," panugid ni Alex sa kumpare.

"Itugyan na lang naton sa mga awtoridad sa Manila ang pagsunod sang kaso sang *midwife* nga peke," sambit ni 'Pare Edvic ni Alex ni iya. "Ma-*coordinate* lang kita pirme sa Manila kon ano na ang maabtan sa palaligban mo sa abyan naton nga si Rodin."

"Sige, 'Pare Edvic, matawag lang ako liwat sa imo kon ano ang masunod nga esena sa akon kabuhi nga mahilabtan man ikaw," paalam ni Alex sa kumpare.

ANG igtalupangod ni Alex sa Sydney, Australia naman natumod kay luyag gid sini mapat-od kon luwas na si Swannie kag ang ginabusong sini nga lapsag. Nanawag *long distance* si Alex sa opisina ni Swannie.

"Sir, sa ospital pa si Ma'am. Ginapat-od pa sa laboratoryo sang ospital kon ano nga klase sang bulong ukon *chemical* ang nasal-an nga nainom ni Ma'am. Nasayran na lang namon nga sia nadulaan sang pangalibutan pagkatapos sini nainom ang bulong nga gikan man sa iya bag, dayon naglingin man ang iya ulo kag nagsuloka sa opisina.

"Ako ang iya sekretarya kag magakuha na kontani ako sang inogdikta niya nga sulat sang magreklamo sang tuman nga kasakit sang ulo. Nagsuloka man dayon kag nalipong. Gani, gintawag ko ang iya tsuper agod dalhon sia sa ospital. May nakatawag man sa ospital kag may nagresponde man gilayon nga ambulansya," pahayag sang sekretarya ni Swannie kay Alex.

"Ano ang siling sa inyo sang mga doktor kon ano ang ginbatyag ni Ma'am ninyo nga nadulaan sia sang animo?" sal-ot nga pamangkot ni Alex sa panaysayon sang tiglikom ni Swannie nga Pinay man.

"Mahimo nga *poisoning* ang natabu kay Ma'am, siling sang doktor sa amon. Gani subong ari sa amon opisina ang isa ka *team* sang Sydney District Police sa pag-usisa diri sa amon. Bag-o lang ako natapos sa pagsabat sang ila pamangkot. Ginpabuksan man sa akon ang bulotangan sang amon pang-emerhensya nga bulong sa sulod sa *first aid box* sa opisina ni Ma'am. Pagkahilo ang ginasunod sang pulis nga kabangdanan sang pagkadula sang pangalibutan sang amon ama. Ang malain sini kami tanan diri *suspect* sa pagbutang sang bulong ukon *chemical* sa iya tubig nga ilimnon sa paghilosa iya," dugang nga pabutyag sang tiglikom ni Swannie kay Alex.

"Nakatawag na bala ang magulang nga lalaki ni Ma'am ninyo?" pangutana ni Alex.

"Sir, ikaw pa lang ang una nga nakatawag gikan sa aton pungsod. Ang bali-balita diri nga makadto kuno si Sir Rodin sa Australia sa pagbisita man sa amon, bilang bag-o namon nga hepe sa bilog nga kompanya," paaman nga nabungat sang sekretarya.

"Sa subong kamusta na ang pamatyag ni Ma'am ninyo?" sunod nga pakiana ni Alex.

"Sir, bag-o man lang ako ni Ma'am ginpabalik diri sa opisina agod magsabat sang mga pagpangusisa. Siling sang doktor, waay naman delikado ang iya kahimtangan. Kinahanglan nga makapahuway anay sia agod manumbalik ang iya kapagsik para sa iya ginamabdos nga lapsag. Basi mapabilin pa sang tatlo ka adlaw si Ma'am sa ospital, suno sa doktor, kay obserbahan pa nila ang epekto sang hilo sa lapsag sa taguangkan sini," panugid pa nga dugang sang tiglikom ni Swannie.

Napangamuyo man ni Alex gilayon nga waay lang sing malain nga epekto sa ila anak ni Swannie ang hilo nga nainom sang dalaga nga ayhan ginbutang sa iya ilimnon nga tubig sang luyag maghalit sa iya. Ang iya suspetsa nga ang peke nga *midwife* ang nagbutang sini sa pagtimalos man sa iya.

Husto si Alex sa iya pangduha-doha nga ang *midwife* nga ginbayaran ni Rodin ang nagbutang sang hilo sa ilimnon nga tubig ni Swannie. Nakuha sang mga pulis sa Sydney ang *fingerprint* sang *midwife* sa botelya sang tubig ni Swannie nga santo gid sa ila nakuha nga marka sang mga tudlo sini sang dakpon sia agod pabalikon sa Pilipinas.

Gintawag man dayon ini sang Interpol sa ila katumbas nga hubon sa Pilipinas ang dugang krimen nga dapat sabton sang peke nga *midwife* nga amo ang *attempted murder* kay Swannie.

Naalarma dayon si Alex. Mahimo nga ipapatay ni Rodin ang babaye nga katapo sang iya sindikato kay sigurado nga kon pisa-pisahon ini mahimo nga itudlo niya ang iya amo nga si Rodin.

"'Pare Edvic, mahimo bala mabal-an sang mga kaupod mo sa CIDG kon sa diin na nagapanago si Rodin?" pakiana ni Alex sa iya kumpare.

"Dira ka nagsayop, 'Pare Alex. Indi ang klase sang *mistah* ko ang manago sa diutay lang nga bagay. Ang himuon sini nga nasiguro ko, pahipuson tubtob san-o ang babaye."

"Maluwas pa bala ninyo ang *midwife* sa kamatayon?" dugang ni Alex.

"Nakapyansa ang babaye. Sa pakut-pakot ko si Rodin man ang nagpiyansa diri. Gani kon luyag mo masalbar ang babaye sa kampo ni Rodin kita maatake, kag daw imposible ini kay *suicide* ang gwa kon ipilit naton ina. Sa karon, handa pa ang hubon ni Rodin, pero ayhan sa pila ka adlaw magarelaks man ini sila. Pero, posible nga indi na naton masayran kon diin na ang babaye nga ayhan nagsulod sa tugalbong nga magatapos sang iya kabuhi. Nakuha mo bala, 'Pare Alex?"

"Maathag, 'Pare Edvic. Kon ginplastaran ni Swannie sang akusasyon sa Australia babaye, mahimo nga mabilanggo sia didto. Pero mabalahuba man ang kahimtangan ni Swannie kag pati ako madalahig. Pero, nasiguro ko man nga waay nagsugo si Rodin sa *midwife* nga hiluan ang iya manghod. Husto ka, 'Pare Edvic. Gani, *dead men tell no tales*. Ina ang matabu sa babaye."

Sang sumunod nga semana, natapos na ang pagpahuway ni Swannie sa ospital. Maayo naman ang iya pamatyag. Suno sa mga doktor waay man epekto sa iya ginabusong nga lapsag ang hilo kay indi gid ini makapatay gilayon kondi maparalisa anay ang makainom sing madamo. Kag mga duha lang ka kutsara ang nainom ni Swannie. Sa banta sang mga doktor bangod sa kakapoy kag kalain sang buot sa madamo nga libog nalipong ini sia. Sa pagpanuka sang nagamabdos na napagwa man sini ang daku nga bahin sang hilo, busa waay naapektuhan ang lapsag sa taguankan.

Luyag gid kontani ni Alex nga makit-an personal ang kahimtangan ni Swannie kag sang ginabusong nga palaabuton nga anak nila. Daw nagadoble ang kaawa ni Alex sa naabtan sang dalaga, nga waay man sing dapat basulon kondi ang kapalaran sini ukon pangabuhi nga ginbugay man sang Dios.

Indi man makalikaw si Swannie sa iya ayhan malaot nga swerte. Nagsayop sia sa iya pagpakabunayag kag pakigtampad sa iya balatyagon. Sia naghandom nga makaanak bisan waay bana kay daw gindingot man sa iya ang pagminyo. Sayop pa gid nga dugang ang pagpati niya nga anak gikan sa iya pinalangga ang makapahalipay sa iya sa iya pagtigulang. Kay nagatalangkas man gali nga palaligban ang dulot sang iya handom nga nasandig sa tunay kag bunayag nga balatyagon. Pero, indi na nila ni Alex mapabalik ang nagligad. Suno sa hambalanon sang iban, natabok na nila ang tulay kag ginsunog man nila ini, busa indi na sila makabalik sa ila ginhalinan.

"Swannie, kamusta ka na?" nakalusot gid man si Alex sa pagpanawag kay Swannie sa iya opisina.

"'Ga, abi ko katapusan ko na. Sang manumbalik ang akon animo gikan sa hinali nga pagkalipong, ang lapsag nga ginabusong ko dayon ang nagsulod sa akon isip. Dapat masugponan pa ang akon kabuhi agod mahatagan man sang kinamatarong ang lapsag nga mabuhi diri sa ibabaw sang duta sa pagtuman sang katungdanan nga ipahikot sa iya sang iya Tagtuga. Kag dapat gid kita magpasalamat para sa iya sa Dios kay waay man sia naapektuhan sang hilo," napulong ni Swannie kay Alex kag daw ginatamdan lang sini ang dalaga nga ayhan mahimo tawgon nga *single parent* nga indi man mahakop ang yuhom.

"Swannie, luyag ko gid kontani nga magkitaay kita agod masugid ko sa imo sing diretso nga mapatihan mo ang nagakatabu sa aton nga gumontang sa kabuhi. Pero, nagapati ka bala nga ang tanan may katapusan? Umalagi lang kita sa kalibutan. Ako nagpamat-od nga kon mahimo indi ako makalapas sang ginapatuman nga kasugoan sang aton Makagagahom kag makasala batok diri. Apang bangod tawo lamang kita indi gid naton lubos nga malikawan ang pagpakasala, kay may kahigayunan gid nga masulay ukon masugyot kita sang yawa. Busa himakasan gid naton nga indi makabuhat sing madamo kag malubha nga kasal-anan katulad sang natabu sa aton. Mahimo ayhan naton ina?"

Waay nagsabat si Swannie. Naisip man ni Alex nga sayop ang tion sang pag-aha sa ayhan pagpauntat sang ila kaangtanan niya sa dalaga nga nagamabdos sang ila anak nga palaabuton. Bag-o lang nakalampuwas si Swannie sa malala nga krisis sa iya kabuhi. Karon, daw gindugangan pa ini ni Alex sa baylo nga buhinan ang pag-antos sang dalaga sang kahul-anan sa iya karon ginatabok nga suba sang kabuhi.

"Swannie, daw waay mo ako nahangpan, kay waay ka nagsabat. Ang buot ko silingon ari man gihapon ako nga imo dangpan kon kinahanglan. Sa subong, ang tinuga nga magapaisog sa imo sa pagpakig-away batok sa mga nagapagamo sang imo pangabuhi ang imo kinahanglan. Nabasa kag ayhan natun-an mo man nga ang pangabuhi indi kama nga napunihan sang mga nagapaindis-indis sa katahom nga mga rosas. Ang kabuhi daw sugal man, madaog kag mapierde man ikaw. *Life is a gamble. You lose some and win some.* Indi naton masiguro ang aton kadalag-an pirme. Pero sa kalutosan ikaw dapat magkuha sang leksyon ukon tulon-an nga imo bag-uhon ang imo paagi agod sa madason ikaw magamadinalag-on sa imo nga pagpakig-away.

"Paano bala ang akon sermon, Swannie? Pasado bala ako?" lahog ni Alex agod ayhan maumpawan man ang dalaga nga nagabusong sang ila anak.

"Napakadlaw mo gid ako, mahal ko. Pero, bisan anhon ko, maghimo ka man sang pinakamalain nga buhat batok sa akon, palanggaon ko pa gihapon ikaw. Ina ang ginadikta sang kasingkasing ko. Basi kinahanglan ko ang *psychiatric treatment,* pabayaan mo kay buhaton ko ina pagkatapos ko nga ibun-ag ang aton anak. Indi man ako luyag nga magdalahig sa kalainan sang iban nga mga tawo, labi na gid kon maumid ang palaabuton naton nga anak," nasambit nga masulhay ni Swannie kay Alex nga waay na sang pagsunggod.

"Hulaton mo lang kay kon mag-ugdaw na ang nagabalingaso nga kahimtangan ko

diri, malusot lang ako dira sa imo agod makita kag mahambal ang iloy sang akon anak."

"Bisan indi mo ako pagsugiran, sa inagihan ko diri sini lang nga bulan, tuman ukon sampat na nga mamay-om ko ang nagakatabu dira sa aton sa Pilipinas nga patuga sang akon magulang. Kon sa bagay wala ako sang kinamatarong nga pamatbatan ukon kondenahon sia. Kay siling nila, ang katulad naton subong sang bulan, may masanag kag madulom nga bahin. *We're just like the moon having a bright side, with a dark side we never show to anyone, at least, we try not let anyone see our dark side. Qualify that with: some insist on trying to unravel our dark side and consign us to dishonor.* Abilidad sang tsismosa nga ibandera sa iban ang aton ginamos.

"Ang pangamuyo nga may kilalahon nga amay ang aton anak kon wala na ako. *Bye...bye, love.*"

Indi na problema kay Alex ang pagsugid kay Swannie sang ginahimo sang iya magulang nga si Rodin sa pagtimalus agod batakon ang kadungganan sang pamilya Villamaestre.

SANG hapon na, si 'Pare Edvic ni Alex tumawag sa iya sa telepono.

"'Pare Alex, may medyo malain nga balita ako para sa imo. Ang *midwife* nga peke katapo gid man gali sang sindikato nga ginasuporta ni Rodin.

Kagrupo man ini sang mga manogpatay-tawo sang sindikato sa droga nga nabungkag na. Tuhay naman nga bisyo ang ila opisyo subong. Nasugata man ini sang isa naton ka pulis nga pakaisa sining peke nga *midwife*. Pinsar sang pulis nagbag-o na ining iya pakaisa kay gikan na ini sa *correctional* kag na-*pardon*. Sang magbulagay na sila ginhambalan sang babaye ang pakaisa nga ang misyon niya ikaw. Ginpakitaan sang babaye ang akon tawo nga pulis sang *pistolized sub-machine* nga *MAC-10 Ingram* nga may *suppressor* nga nasulod sa *backpack*, upod sang ilislan nga mga *underwear*. Nakibot gid ang pulis sa iya pakaisa, pero waay sia sang mahimo kay nahinalian man ini sia."

"Sayop ang aton pagmay-om nga ipapatay sia ni Rodin sa iya kapaslawan sa iya

misyon nga pagpa-*abort* sang ginabusong sang iya manghod," tambing gilayon ni Alex sa kumpare. "May larawan ka bala sang babaye agod mahimo naton makilala sa guya kon masugata naton?"

"May ari. Kuha ini sang pag-abot sang babaye gikan sa Sydney, Australia. Tan-awa bala, matahom sia. Indi ka makaisip nga *killer* ini katulad sang *crime ladies* sang Amerika sadto. Ang misyon sa pagpatay sa imo milyon man ang pangganyat. Pero, diri man nagsayop si Rodin. Indi pa lubos nga nakilala ang mga tawo, ginahatagan na sini sing sensitibo nga misyon. Katulad sining babaye, ayhan maswerte ini kay indi pa napurohan sang awtoridad. Pero, waay ini sila nagaenkwentro sa pulis nga daw nagabato. Hanas ini sila sa *hide and seek*. Maabot ang adlaw nga kulaboson sang kwarta si Rodin, tapos ini sia sa iya mga tawo. Kag delikado sia sa *mutiny*. Daw militar ang iya pagdumala sa iya mga tawo, siling sang amon DPA. Babaye nga *errand girl*, *runner* ni Rodin ang amon DPA (*deep penetration agent*). Nasugata mo na ini sia."

"Ang *midwife* ang dapat makilala ko, 'Pare Edvic." panugyan ni Alex.

"Waay ka bala nahadlok mag-atubang sa iya, 'Pare Alex? Ipahagad ko sa *nightclub* ang *midwife* upod sa amon DPA. Maluyagon ini sia mag-*night club*. Siempre madamo sang kwarta, kon luyag mo mag-*night clubbing* kita sa Quezon City, sa isa ka *night* club didto nga ginapanag-iyahan sang abyan ko nga retirado na nga pulis koronel man. Libre pa kita. Kag sadto diri pirme ang *midwife* naga-*night clubbing*. Nag-untat lang ini sang mabilanggo. Subong balik na man sa *dati*."

"Sige, sa Manila ako sa Domingo. Indi bala nga sa Sabado kamo may despedida sa maretiro ninyo nga hepe, 'Pare Edvic?" pakiana ni Alex sa kumpare.

"Husto-husto gid, 'Pare Alex. Sa Lunes pa sa aga ang amon pagsinugilanon sang amon bag-o nga Hepe sang CIDG. Pagkatapos balik-Iloilo City na," masadya si Edvic.

"Sa Mierkoles pa ang pagpauli ko kay mapa-Nueva Ecija pa ako. Madiretso man ako sa Baguio kag sa Bataan."

Nagpaalamay ang duha ka magkumpare. Si Edvic naimbitahan sa kaadlawan sang iya ka abyan nga koronel sa pulis nga nagapangalagad sa PNP Region 6 bilang *Assistant* ukon *Deputy Regional Director*.

NANAWAG liwat si Alex kay Swannie. Daku gid ang kalipay sang dalaga nga palaabuton nga iloy sang anak nga babaye ni Alex. Nagsalot sa isip ni Alex ang madulot nga problema kon magdinalaga ang ila anak ni Swannie. Pat-od nga matahom ini nga babaye nga maugot kag manubli man sang katahom sang iloy. Kontani indi sini sundon ang dalan nga ginlagtas sang iloy. A, may kaugalingon man nga kapalaran ang iya anak, indi ini magsunod sa inagihan sang iloy.

"*Hello…Hello*, 'Ga, daw nag-apa ka pagkatapos sang imo pag-*hello* sa akon. Ano bala ang natabu dira sa inyo?"

"Wala, wala… may nadumdoman lang ako," nasabat ni Alex.

"A, si Luem ang nadumdoman mo, husto bala ang pakot ko?" arangkada man ni Swannie nga kuno abi nahisa man sa abyan nga ginahigugma gid sang iya pinalangga nga Alex.

"Naisip ko lang kon *teenager* na ang aton anak, basi makakita away ang iya mga magulang nga duha ka lalaki. Matahom sigurado ang anak naton gani, madamo ang mga ulitawo nga mauloarigay man sa iya."

"Kanami man sang naisipan mo, 'Ga. Ang anak naton nga gwapa ang tampok sang mga pagtinipuntipon sang mga *teenager*. Kontani mapagsik pa ako sina kay bakason ko nga makatambong gid ako pirme kon maghara sa mga kapiestahan ang aton anak. Siempre, indi mo pagpabayaan nga indi mag-Reyna sa Kapiestahan ni Nuestra Señora de la Candelaria sa Jaro ang anak naton, 'Ga Alex, indi bala?"

"Saligan mo gid ina, Swannie. Basta buhi lang ako, palanggaon ko gid ang aton anak katulad sang pagpalangga mo," masadya nga pasalig ni Alex kay Swannie nga ginkalipay gid sang lubos sang dalaga. Daw waay na sia palaligban nga ginaabaga.

"Ang ginakahadlukan ko nga matabu nga basi kon maipit ang akon magulang sa tunga sang pag-away sang awtoridad kag sang mga sindikato. Ang sindikato padayon nga nagahingalit man sa amon kwarta nga gikan sa amon madinalag-on nga negosyo. Ang tanan nga manggad sang amon kompanya bunga sang akon kinabudlayan, kay si 'Nong Rodin daw nagharayharay sia anay sa iya pagsoldado. Pero subong sia lang ang nagakamasa sang ginpundar ko sa balibad nga pagbawi sang amon kadungganan."

Para kay Alex, daw pagpigos ini kay Swannie nga may kahilabtanan man sia.

"Kon mabun-ag ko na ang aton anak, may lubad man sa palaligban nga kahuy-anan sang pamilya. Mahapos lang kontani paggwaon nga adoptibo ko ang bata, kay waay man sang nagapahilabot sa iya sa Australia, indi katulad sa Pilipinas. Pero kon maurot ni 'Nong Rodin gasto ang kwarta sang kompanya sa iya malain nga paagi sa pagbawi sang namusingan nga kadungganan sang amon pamilya mas magadaku ang kahuloy-an sang pamilya Villamaestre nga resulta sini. 'Ga, indi man lipod sa imo nga ang amon kompanya madinalag-on man sa pagdumala ko," may kasubo si Swannie sa natuaw.

"Ako ang may daku nga problema subong. Paano ko ikaw mabuligan?" Si Alex.

27

PADAYON ang hambalanay nanday Alex kag Swannie paagi sa *long distance call*.

"Daku matuod nga problema sang kompanya ninyo kon maubos ang inyo kwarta. Kon ako ang magbulobanta, mga 10 milyones lang may nagasto na si Rodin sa iya pagpamakal sang galamiton sang sindikato nga ginapamunoan niya sing likom. Gina-*monitor* man sang CIDG ang mga *purchase orders* sang inyo kompanya nga daw indi man para sa negosyo ninyo. Pati ang ginapangalagaran niya nga MIG sadto sige man ang pagbantay nila sang hilikuton sang imo magulang," pabutyag ni Alex kay Swannie.

Daw nahuwasan man si Alex sa nahangpan kay Swannie nga sige man gali ang pagsunod niya sang nagakatabu sa Pilipinas, labi na gid sa negosyo sa pagdumala sang iya magulang nga si Rodin. Nasundan man sini ang mga hilikuton sang magulang sa handom nga itimalos ang kahuloy-an sang pamilya sa natabu sa dalaga kag sa kaugalingon man sang magulang sa paagi nga si Swannie lang ang nakahibalo.

"'Ga, kon mabun-ag ko na ang aton anak, i-*take over* ko ang bilog nga Villamaestre Group of Companies. Bahala na kon magkasuhay kami sang magulang ko, sa akon gid madampig ang mga kaupod namon nga *investors*. Kon indi, sila ang mag-*take over*. Pero kon matabu ini kapin nga daku nga kahuloy-an sa pamilya Villamaestre ang tugahon kon madulaan sang pagsalig sa amon ang mga kapitalista namon. Sa karon, daw bulag lang si 'Nong Rodin kay luyag gid bawion ang kahuy-anan nga iya personal nga nabuhat. Pero, sin-o ang timalusan niya? Ang iya mga tawo anay nga waay man sang kasal-anan kay sia nga puno ang nagsayop?" nadagmit ni Swannie kay Alex sa daku nga gumontang sa ila pamilya.

"Swannie, ang nakita ko nga solusyon nga indi makapahilabot si 'Nong Rodin mo sa pagdumala sang inyo kompanya kon mabilanggo ini. Pero ina ayhan madugay pa matabu. Madamo sang *delaying tactics* ang mga ara sa likod sa pagpatuman sang kasugoan, labi na gid ang mga abogado basta may kwarta ang akusado, madugayan pa kag mapapanaugan sang pamatbat ang iya kaso. Sa imo bahin, apat pa ka bulan kag mahimo na ikaw nga makapanumbalik sa diri sa aton. Malawig pa nga tion ina nga magaranatsa ukon makamasaan ang inyo kwarta," dugang ni Alex.

"Kag makaaksyon lang ang mga hunta direktiba ninyo kon may *audit* nga himuon sa pagkatapos pa sang tuig. Malawig nga panahon ina agod maurot ang inyo kwarta nga inyo ginagamit agod mapadayon ang inyo negosyo. Basi madalahig man ang inyo mga *investment* sa iban nga kompanya labi na gid ang sa luas sang pungsod, Swannie."

"Ina man ang ginakahadlukan ko. Sulatan ko sang paandam si 'Nong Rodin nga indi pirmado nga daw may nagamaniobra sang amon *stocks* sa *trading*, pero kuno abi magikan sa mga *shareholders* namon, pero naisip ko man nga basi ikaw ang iya pabangdan. Magadugang ang iya kaakig sa imo, mahal," dugang nga nadagmit sang dalaga kay Alex.

"Maayo ina, agod indi gid kapin nga mag-asab sa pagkamasa sang kwarta sang inyo kompanya ang imo magulang," kumporme ni Alex sa plano ni Swannie. "Indi ka magkatahap nga madalahig ako kag ang amon negosyo. Kinaandan lang ina kay daw ako ang ginabilang ni Rodin nga numero uno nga kaaway, indi lang sa natabu sa aton kondi ayhan pati sa negosyo."

Natapos ang ila pagsugilanon sa telepono kag daw maathag na kay Alex nga indi gid man naapektuhan ang palaabuton nga iloy sang ila babaye nga anak sang malain nga mga hitabu sa kabuhi sini.

Napinsar man ni Alex nga ayhan ang anak nga ini ni Swannie ang magabawi sang kadungganan sang iya iloy nga biktima sang malain nga swerte. Sa mga maayo nga pagabuhaton sang ila anak mahimo nga kalimtan sang mga tawo ang nahimo ni Swannie nga kasaypanan, ang pangpangahas sini sang dalaga nga indi pagdayaon ang iya kaugalingon nga balatyagon sa paghigugma kay Alex. Kag naghandom man ang dalaga sang anak bisan waay bana, basta si Alex ang amay.

Pinili sang dalaga nga lapason ang mga ginatawag nga *social conventions* ukon pagsulondan nga ginakaisahan sang mga katapo sang katilingban. Nangin tampad kag bunayag sia sa iya balatyagon bisan batok ini sa kahinhinan, kaligdong ukon kaugdang nga dapat pinasahi nga kagawian sang mga babaye nga Pilipina. Ang aton katilingban indi pa magbaton sang kagawian kag pamatasan sang mga Sugbohanon, katulad sang Amerikano nga ang mga babaye may kinamatarong nga magpahayag sa mga lalaki sang ila paghigugma. Gani, ang nahimo ni Swannie isa ka paglapas sang kagawian nga Pilipina. Ini dapat gid nga pakamalauton sang aton katilingban, kay ini daku nga kahuloy-an indi lang sang pamilya kondi sang mga kababayenhan nga Pilipina.

MAKADALI nga napahid sa isip ni Alex ang iya ginaisip tuhoy kay Swannie sang nagkiriring liwat ang telepono. Si 'Pare Edvic ni Alex ang nagapanawag.

"'Pare Alex, daw masaku ka gid, pero importante ini nga maaksyunan gilayon naton. Nagbag-o sang estratehiya matuod si Rodin, ang *mistah* ko kag abyan man naton sadto. Suno sa amon nakalap nga buko sini, mga tatlo ka babaye sa pagpamuno sang *midwife* ang gamiton sini ni Rodin kontra sa imo," pamuno sang kumpare ni Alex.

"Nanawag ako kay Swannie sa Australia kay daw nagatalangkas man ang sala ko,

'Pare Edvic. Ginakunsiensya na ako sa nagakatabu sa mga abyan ko bangod sa akon. Maayo na man ang manghod ni Rodin, pagkatapos nga naospital bangod sa *poisoning* nga ginhimo sang *midwife*. Maayo kay kulang-kolang sa duha ka kutsara lang bale ang nainom ni Swannie nga tubig nga may hilo nga nasuka man sini ang iban. Napat-od sang pulis sang Australia nga ang *midwife* nga peke ang nagbutang sang hilo sa baso sang ilimnon nga tubig ni Swannie. May nabilin ini nga nga marka sa baso sang iya mga tudlo nga nagtugma sa *fingerprint* nga nakuha sang pulis-Australia sang maaresto ang babaye kag gin-*deport* sa Pilipinas. Pero ayhan waay ini malakip sa detalye sang dokumento sang Interpol nga ginpadala sa aton kapulisan."

"Waay ka na problema sa manghod, pero grabe naman ang magahalin sa iya magulang. Indi pa napat-od sang amon DPA ini, pero duha gid ka milyon ka pesos ang bili sang imo ulo para sa tatlo ka mga babaye nga maga-*ambush* sa imo sa sini nga mga inadlaw, 'Pare Alex."

"Kon amo, 'Pare Edvic, dapat indi ako magpa-Manila anay tubtob matapos ang Paskua. Mabudlay na nga i-*happy-happy* sang tatlo ang kamatayon ko," lahog ni Alex.

"Ano bala ang plano sang manghod sang *mistah* ko sa bahin sang iya magulang nga nagadumala subong sang ila korporasyon?" pangutana sang kumpare ni Alex. "Dapat mapahalin sia sa pagdumala sini kay kon indi basi magdugang ang kahuloy-an sang pamilya Villamaestre kon mabangkarote ang ila negosyo. Sigurado nga ikaw ang kabangdanan sang daku kademalason nga natuga sa ila pamilya, 'Pare Alex."

"Ina man ang ginakadlukan ko nga pasuni nga pagbuhaton ni Rodin, malikaw Lang sa iya ang igtalulopangod sang iya mga abyan kag kakilala."

"Pakot mo gid, 'Pare Alex. Wala na sang iban nga maukpan sang nagabalingaso

nga kaakig sang aton sadto abyan kondi ikaw," daw pasanyog man sang kumpare ni Alex sa iya nasambit nga pagbulobanta. Waay nagsabat si Alex sa kumpare.

"'Pare Alex, paghandaan man naton kay basi maisipan sang tatlo ka babaye sa pagpamuno sang *midwife* nga gubaton ka diri sa imo teritoryo. Pabantayan ko liwat ang *AIPO videoke bar*. Kon magkadto diri sa aton sa Iloilo ang tatlo ka babaye, indi mahimo nga indi ina pagsundan ni Rodin para masiguro ang buhaton sang mga babaye. Sa imo natumod ang igtalupangod subong sang akon *mistah*. Sa AIPO ang mahimo nga liwat luntaran sini kay ila man ang bilding sining diutay nga otel. Kag abi sini ni Rodin waay namon natiktikan ang iya presensya sadto sa amo nga establisimento."

"Kinahanglan ko bala ang *private army*, 'Pare Edvic, para sa pagpangapin sa amon pamilya?" daw lahog nga napamangkot ni Alex sa kumpare.

"May ginaalungay subong ang asosasyon sang mga *security guards* nga hanason libre sang gobierno ang mga sekyu sa dapat nila himuon sa ila trabaho, lakip ang *crime prevention* kag *detection*. Makabulig sila sa mga pulis sa pagsolbar sang mga krimen nga magaluntad sa bahin sang negosyo, labi na gid sa mga lugar nga masunson madamo ang mga tawo. Sa mga *mall*, buluthoan kag mga duog nga ginapamasyaran man sang mga pumuluyo," pahayag sang kumpare ni Alex.

"Para sa imo, 'Pare Alex, kon Sabado, pakadtuon ko dira ang akon nahanas sa *intelligence gathering* nga duha ka tawo. Basta bahala ka na sa ila diutay nga pakunswelo," panugyan ni 'Pare Edvic ni Alex.

"Subong nga daan, nagapasalamat gid ako sa imo, 'Pare Edvic, kay nadumdoman mo ina para sa akon. Ako ang mahibalo sa pagpakunswelo sa mga tawo mo. Bale ang akon mga sekyu diri, empleyado tanan sang amon buluthoan. Daku gid ang bentaha sa amon kon mga hanas ini sila sa trabaho sang pulis. *Crime prevention* ang dapat nga tumuron nila pirme kay buluthoan ini kag mahimo nga madamo diri ang mangahas magbaligya sang ginadumilian nga droga.

"Sa akon pagbulobanta kon makasulod ang droga diri sa amon buluthoan, mabudlayan kami magtpana sini. Pero kon mahanas ang amon gwardya sa pag-usisa sing husto diri sa mga mangahas magpasulod sang droga, ang mga *pusher* ang mabudlayan kay madali man sila madakpan," tambing man ni Alex dungan ang pasalamat sa panugyan nga bulig sang kumpare.

Gintuman gid sang Kumpareng' Edvic ni Alex ang iya pangako. Nalipay man ang mga gwardya nanday Alex sa ila buluthoan. Dugang nga seguridad man ini para kay Alex gikan sa pamahog ni Rodin nga pagtimalos sa iya. Duha man ka tawo sang CIDG ang ginpwesto ni Edvic sa kabulig sang diutay nga *beach resort* sa atubang sang *AIPO videoke bar* sa Calaparan sa Villa. Pero, lumipas ang duha ka semana nga waay sing indi kinaandan nga hitabu sa *AIPO videoke bar*. Bangod nangin duha ang isa lang anay ka trabahador sa *beach resort*. Gintilawan ining solterito nga himuon nila nga kabulig sa bantay sa bag-uhanon nga guya nga masiplatan sini sa pihak sang karsada. Padayon man ang pagsulosuy-aw sang duha ka taga-CIDG sa *AIPO videoke bar*.

"Mga 'Migs, may tatlo ka matahom nga babaye nga nag-abot bilang serbidora sa *bar* dira sa pihak. Panggab-i siguro sila kay sa adlaw daw waay sila, pag-alas singko ukon alas sais ko sila nasiplatan," panugid sang solterito sa duha ka pulis sang CIDG 6.

"Salamat gid, ari ang pangdulse mo," lahog sang isa ka pulis. Kag naglakat ang duha, nagsakay sa dyep sa ulounhan sang bar pabalik sa ila opisina.

"Sir, husto ang Manila, tatlo sila ka matahom nga babaye ang nag-abot, pero sa subong nagalibot sila diri sa syudad ukon basi nag-*recon* man sila sa Lambunao."

"Kamo, nasiplatan man ninyo sila nga tatlo?"

"Wala, Sir, pero ginpakita namon ang larawan isa-isa sa *asset* naton. Suno sa solterito, sila gid ang nasiplatan niya sa bar sa pihak lang sang karsada sa ila atubang. Sang ulihi binantayan gid niya sang wala na sila bisita sa *resort*. Mga gwapa abi, ang isa daw may edad na," report sang sarhento nga ginhatagan ni Edvic sang misyon.

"I-*alert* ko si Dr. Vera Cruz parte diri. Para masiguro naton, balikan ninyo karon sa alas otso sa gab-i para makasiguro kita."

"Huo, Sir, makanta kami sa sulod para amon gid mapat-od kon sila na nga tatlo ang ara sa *AIPO*."

Tinawgan man dayon si Alex sang iya kumpare.

"'Pare Alex, mag-uloaligmat na kamo dira kay ari na sa Iloilo ang ang tatlo ka matahom nga babaye nga mabisita dira sa inyo buluthoan. Makadto ako dira buas kay ako gid ang ma-*brief* sang imo mga gwardya sa ila pagabuhaton kon may tatlo ka mga matahom nga babaye nga daw kamalamalahan nga ang ila panghulag bilang babaye," pangako ni 'Pare Edvic ni Alex.

"Kon amo, pwede na ako magpa-Manila kay ari na sila, waay na delikado didto. Isa ka adlaw lang ako sa Manila. Sa pamatyag ko indi ina sila magpangahas sa pagsulod sa amon buluthoan bangod sa natabu sa tatlo ka *salesman* sadto," daw nahuwasan si Alex sa makahalawathawat nga paghulat. "Mahimo nga nagapati man si Rodin nga handa kita kay nabal-an man sini nga ari ka diri sa Iloilo, 'Pare Edvic. Kon waay na gid man sang iban nga paagi nga masikop ako, mangahas na ina sila sa pagsulod diri sa VCU. Ano sa imo, 'Pare Edvic, husto bala ang haum-haom ko?"

"Waay ka gid nagsayop,'Pare Alex. Buas kon malakat ka pasundan ko ikaw sa malayo sang mga *detective* para kon may magpalapit sa imo mapat-od sang grupo nga indi ini kaaway. Basi, may maniniktik man si Rodin sa *airport* sa pagkuha mo sang *ticket* para sa hapon nga lupad, kondi delikado ka."

"May abyan ako sa *airport* nga makuha sang akon *ticket* para sa aga nga lupad. Tawgan ko lang sia karon dugay-dogay. Empleyado ini sia sang CAAP, gani pwede gid niya ako masingit bisan waay abanse nga *ticket*," panugid ni Alex sa kumpare. "Alas sais pa lang didto na ako sa *terminal* sa *airport* buas."

"Tawgan mo ako dayon sa waay ka pa makakadto sa *airport* sa pagpauli mo, 'Pare Alex, agod aton masiguro kon may *welcome* para sa imo. Pat-od ang imo *send-off* sa *airport* sa Manila, gutok didto agod ila himuon ang pag-*kidnap* sa imo. Luyag abi kuno nga masilutan sing husto ni Rodin, gani indi ka kuno dayon pag-ipapatay."

"'Pare Edvic, nagbag-o gali sia sang paagi sa pagtimalos sa akon, iya anay ako sugilanunon. Maayo kay magaarelughanay kami bag-o niya ako ipapatay. Dala ko pirme ang akon *bulletproof vest*, 'Pare Edvic kag ang .45. Pat-od ko nga makapatas gid ako sa kaaway ko kon indi nila ako maunahan sing patraidor kag indi ko pa tion nga magpaalam sa aton kalibutan."

"Dapat ang doble nga paghalong, tatlo nga daan ka mga inosente nga anghel ang magakalipay kon buhi ikaw pirme, siling mo. Ang isa basi, madulaan pa sang iloy."

"Amo gid, gani indi pa gilayon ako pagbawion sang Dios. Sige, 'Pare Edvic, wilihon lang ninyo ang tatlo ka matahom nga dalaga nga ari diri bisita sa aton dakbanwa."

Sang matapos ang ila pagsugilanon sang iya kumpare, nagsulod si Alex sa ila hulot nga ginhapitan anay ang nagakatulog nila nga anak sa kaugalingon nga kwarto.

Naabtan niya si Daphne nga waay tinimuktimok nga nagahigda.

"Daphne, naano ka? Ngaa waay ka nabaklan sang paborito mo nga tinapay sa pagpauli sang imo iloy gikan sa merkado?"

"Masakit ang tiyan ko, kaina pa. Ikaduha nga balik ko na sa banyo, pero padayon gihapon sa pagsakit, 'Ga."

"Ano pa ang ginahulat mo, dali na kay makadto kita sa ospital."

Nagsulod man si Tya Luding sa bukas nga ganhaan. May dala sia nga bulong kay Daphne nga bag-o lang sini nabakal sa tiangge sa tabok sang *highway*. Bulong sa sakit tiyan nga mabakal man sa botika *over-the-counter*. Gintomar man ini ni Daphne, kag nag-ilis sang bayu.

Daw nadula man ang sakit sang tiyan ni Daphne, pero maayo gid kon mapatsek-ap sia sa ospital. Kay sang nagpa-*pre-natal* sia, nagsiling si Doctora Gallego nga kon magsakit ang tiyan sini, diretso dapat sia sa ospital. Pero, subong nagapati si Daphne nga *indigestion* lang ang iya ginabatyag. Madamo abi sia nakaon nga *Indian mango* nga dala ni Tya Luding gikan sa ila.

Sa ospital, *indigestion* lang matuod ang nabatyagan ni Daphne kag napat-od man ini sang doktor, gani nagpauli man dayon ang mag-asawa.

"Daw isa man ka basket ang dala ni Yayay Luding mo nga *Indian mango*, waay mo naubos kaon, haw?" lahog ni Alex sa asawa.

Hinampak si Alex ni Daphne sang mahinay sa abaga.

"Talagsa lang abi ako nakakaon sang paborito ko nga kaunon sang una. Indi bala,

nga sadtong bata pa kita upod man kita nga duha sa pagsaka sa puno sang inyo mangga?" si Daphne ginhanduraw pa ang nagligad nila ni Alex bilang bata.

"Kag nagsuksok ka pa sang *shorts* kag *underwear* nga halog sa imo paa. Kondi nalinglingan ko man ikaw kag naakig ka man sa akon... Sala ko bala ina kay daw daramhak ka?" tugda ni Alex kay Daphne kag tatlo gid ka mahinay nga hampak ang pinatilaw sini sa abaga sang bana.

Nalipay man ini si Alex sa ila inagihan ni Daphne bilang bata sila nga magkaedad kag pirme magkaupod sa paghampang. Subong, napamangkot man ni Alex kon ngaa daw mabudlay gid niya higugmaon si Daphne nga waay man sang malain sa pagkababaye sang asawa, luas lang nga simple lang ini sia sa iya kaugalingon. May ginahigugma si Alex nga iban, mabudlay ini dulaon sa iya dughan bisan indi na ini hilway sa pagpalangga sa iya. Kasal na sia kay Daphne, ini dapat ang iya higugmaon.

Pero, makahulat si Daphne kay palangga gid sia sini. Kag sia man nagahulat sa pag-abot sang adlaw nga higugmaon man niya si Daphne. Apang, ano bala kalawig *ang paghulat* sang duha? Mabudlay matuod tudloan ang kasingkasing sa paghigugma. Kay basta nga ang balatyagon nga ini masulod lang sa dughan sang isa ka tinuga kag magpapitik sang iya tagipusuon patuhoy sa hinigugma.

Pagsampot nila sa ila puloy-an nagahibi ang ila anak kay may ginkadtuan ang iya Lola Dangdang. Sang makita sang bata ang amay, nag-udyak man dayon ini, gani dinaho man sia dayon ni Alex.

"Nonoy Andre, ngaa naghibi ka? Wala bala si Lola mo?" Padayon man ang udyak sang bata nga nagatumbo-tumbo man sa sabak sang amay. Nag-agi ang iloy pero waay sia ginsapak sang anak.

"Nonoy Andre, waay ka nahidlaw kay Mommy?" Nagbalikid man ini sa iloy nga nagkuha sang tubig sa may lababo nga gin-impunan sini sang malamig gikan sa *refrigerator*. Sang makita sang bata ang baso sang tubig, nagyapayapa man ini.

"Nonoy Andre, mainom ka sang tubig?" nabungat ni Alex nga pamangkot sa anak.

Ginpalapit man ni Daphne ang baso sa anak sa baba sang bata kag nag-inom man ini nga halos natunga ang baso.

"Ay, waay ko matuod napainom sang tubig kay sang naubos dede ang gatas sa bibiron, naglingas ini kag naghibi ini dayon nga daw nagapangita sa inyo," napulong sang yaya. "Naglakat man abi si Lola niya."

"Nagasugod na abi nga magpalangga sa mga tawo sa iya palibot si Nonoy Andre," daw nagpaathag si Alex. "Gani, kon wala kami, pangitaon mo gid dayon si Lola, ano, Nonoy Andre?" Nag-udyak man ini. Basta ara lang ang isa sa ila nga tatlo daw waay reklamo ang bata.

Nagragingring ang ila telepono. Gindaho ni Daphne kay Alex ang ila anak kay siling sang yaya si Alex ang ginatawgan.

"'Pare Alex, kumpirmado, ari man sa Iloilo si Rodin!" dagmit sang kumpare ni Alex.

28

DAW nakibot man si Alex sa iya nabatian gikan sa iya kumpare sa telepono nga si Rodin nagkari gid sa Iloilo. Pero, iya man ini ginapaabot nga si Rodin magakalipay gid kon masaksihan sini si Alex sa iya paglagabong gikan sa ginalingkuran nga mataas nga pedestal ukon pwesto kon ipaanggid sa naabtan ni Rodin subong.

"'Pare Edvic, ano sa pamatyag mo, ipapatay gid ayhan ako ni Rodin? Sang una, sang bag-o pa lang niya nasayran ang natabu sa amon sang iya manghod, suno sa akon abyan nga tawo man niya nga soldado, nakabungat gid kuno nga kamatayon ko ang makapadula sang iya kaakig sa akon kag sa manghod. Pero, subong inang tawo niya nga abyan ko nga may suod man abyan sa mga malapit nga salaligan ni Rodin, naghambal kuno nga hinayhinay lang ang iya himuon nga pagtimalos sa akon."

"May bag-o kami nga napangalap parte diri sa pagtimalos ni Rodin sa imo, 'Pare Alex. Ang iya katuyoan amo nga kapin nga mahuy-an ka lang. Mabale wala ang imo pagpanghanda batok sa iya. Maggwa nga mas maabilidad sia kay sa imo, gani pabudlayan ka gid kuno sing husto. Manghod man lang kuno niya nga si Swannie ang belib gid sa imo. Pero daw indi man sia luyag nga madulaan sang amay ang iya palaabuton nga hinablos."

"Kon amo indi gid man *sadistic* si Mistah mo, 'Pare Edvic. May nabilin pa man nga pagkadisente kag *compassion* ukon pasunaid sa iya konsiensya."

"Pero, maayo kon makontrol pa niya ang mga *killer* nga ginbayaran batok sa akon. Kon mapikuta ang mga babaye, patyon gid nila ang ila kaatubang sa pagluthanganay kay nahanas man sila sa pagpatay. Indi kalakip sa ila bokabularyo ang tinaga nga *ampo*. Kon indi man tuyo nga patyon ako, ngaa *Uzi* kag *M-10 Ingram (MAC-10)* ang gin-armas niya sa mga babaye nga iya ginsugo batok sa akon, 'Pare Edvic? Mabulogbugat ang *Ingram* kon may *suppressor* ukon *silencer* para sa babaye."

"Basi mga babaye man ang naghingyo nga amo ina ang ila gamiton sa kasigurohan sang ila misyon nga pagdula sang tunok sa matanlas nga dalan ni Rodin. Agod mapat-od nga makabawi sia sang iya kapaslawan, nagbakal man ini dayon sang Uzi kag Ingram nga ginamit ang kwarta sang ila kompanya, 'Pare Alex. Kag ayhan sadto luyag gid niya nga madula ka sa iya dalan. Apang naglamig sia karon.

"Pero, basi matiktikan man sang MIG kon diin na ang mga armas. Nahibal-an man ina nila nga pribado nga sakayan dagat ukon eroplano ang ginsakyan sang mga babaye dala ang *high-powered* nga mga armas. Waay ko pa nakumpirma sa akon abyan sa MIG nga ari sa Dakbanwa sang Iloilo ang mga armas nga ginbakal sang ila anay amo nga si Rodin. Basi mabulabog man ang amon *operation*."

"Amo ina kon kaisa ang kulang sa aton, koordinasyon kag pagbinuligay sa pagtapna

sang krimen, 'Pare Edvic," waay nahawiran ni Alex ang iya indi nauyonan sa ginahimo sang mga ara sa awtoridad. Ang hisaay, ang iya-iya nga padugi bisan dapat sila nga magbuligay sa pagtuman sang ila obligasyon para sa banwa.

"*Police matter* ini, 'Pare Alex. Kon kinahanglan namon ang bulig nila, alungayon pa ina namon. Ang malain kay kon kaupod namon sila, daw luyag nila nga sila na ang sundon sa amon pagabuhaton. Kon may kahilabtanan sa *insurgency* ukon *rebellion*, ila sang MIG nga obligasyon ina, kabulig lang kami nila kay kami ang mas nakahibalo sang pasikutsikot sa duog nga pugad sang mga rebelde. Magkaupod ukon *joint operation* kami sa mga *high profile crimes*, katulad sang *smuggling*, *kidnapping for ransom*, *high jacking*, *spying* kag *treason*.

"'Pare Alex, buas sugoran na naton ang paghanas sang imo mga *security guard*."

"Traynta ka tawo gid ang akon sekyu. Amon gid ini nga mga empleyado, indi sila halin sa *agency*. Gani masaligan ko gid nga protektahan nila sing husto ang ginakuhaan nila sang kabuhian. Unahon naton anay ang kinse, kag isunod ang katunga. May klase pa subong gani, dapat kumpleto ang amon gwardya sa palibot. Pero, basi matiktikan sang grupo ni Rodin ang ginabuhat naton kag hingalitan nila nga magsulod diri kag ayhan kuhaon ako agod masilutan sang hinayhinay ni Rodin. Kulang man ang tawo sang amon pulis, ano abi kon mangayo kita sang suporta sang Philippine Army nga may kampo sa banwa sang Calinog nga kaiping man namon, 'Pare Edvic?"

"Madugay pa ina nga proseso paagi sa Iloilo Provincial Police Office,'Pare Alex. May lima ako ka tawo nga idugang ko dira sa imo gwardya. Ari ang ginakahadlukan ko, basi nga magbutang sila sang mga *decoy* nga kuno abi madamo sila nga makuha sa imo dira sa VCU. Kag dapat laptahon ang mga pulis sa pagbantay sa duog nga kuno abi ila agyan sa pag-atake sa VCU. Kondi diutay ang kasumpong sang mga babaye nga mabilin sa pagbantay sa inyo dira sa buluthoan."

Lumipas ang isa ka semana, waay na nasiplatan liwat si Rodin sa *AIPO videoke bar* sa Calaparan, Villa de Arevalo, Iloilo City. Siling sang kumpare ni Alex, basi nasal-an lang si Rodin sang duha niya ka tawo. Gani ginpasiguro sini kay Alex nga pirme man si Rodin sa opisina sang ila negosyo sa Makati. Pati ang mga babaye nga may misyon batok kay Alex, waay na man gani nasiplatan sang mga kaupod ni 'Pare Edvic ni Alex. Pero, waay man nakit-an ini sa grupo ni Rodin didto sa Manila.

Dapat indi magpatumbaya si Alex pagbilang nga nabutang sa katalagman ang iya kahilwayan ukon basi pa ang iya kabuhi. Nagahulat lang ang tatlo ka babaye sang maayo nga tiempo. Tayming ang kinahanglan sa isa ka delikado nga misyon katulad sang *kidnapping* kag pagpatay. Mahimo nga nagapalamiglamig lang tatlo ka babaye.

Pero kay indi nila madala ang armas sa malayo nga indi sila matiktikan, mahimo nga diri lang sa palibot sang dakbanwa sang Iloilo ang tatlo ka babaye nagalibut-libot nga nagagamit man sang pagpakunokuno agod indi makilal-an kag matukiban ang ila katuyoan sa pagbisita man sa Dakbanwa sang Iloilo. Mahimo nga didto man ang mga babaye sa sur sang puod sang Iloilo, kay taga sur sang puod sang Iloilo ang Konsehal sa barangay nga una ginkontrata ni Rodin sa pagkidnap kay Alex.

"'Pare Alex, pwede ka man magkadto sa Dakbanwa sang Iloilo kon may importante nga hilikuton diri sa syudad," pabutyag sang Kumpareng' Edvic ni Alex. "Indi mo lang pagkalimtan ang imo *bulletproof vest* kag *pistol*. Patiktikan ko man ang mga duog nga imo ginabuko mo agihan kon sa panan-aw naton may delikado sa imo kaladtuan para makasiguro kita. Ara man sa imo ang kopya sang *full-body shot* nga larawan sang tatlo ka babaye. Madali sila makilala sa ila estilo sa pagbiste. Pirme *rugged, maong pants rubber shoes* kag bisan lunsay gwapa pero waay man nagapanghusay buhok kay nagasuksok man *baseball cap*. Dapat indi lang kamo anay mamasyar ni 'Mare Daphne nga magkaupod."

Sa opisina naabtan ni Daphne si Alex nga bag-o lang nakatelepono sa iya kumpare nga hepe sang CIDG 6.

Ginpakita man ni Alex ang mga larawan kay Daphne, ginsulod sa *printer* sang iya *computer* agod may kopya sia para sa mga *security guard* sang VCU. Ginpadakuan pa ni Alex ang mga larawan agod ipaskil sa *bulletin board* sa luyo sang *main gate* ang larawan sang tatlo ka babaye nga *wanted* kag may padya nga tunga sa milyon kada isa.

"Indi lang kita anay dapat mag-upod sa paglakatlakat sa Dakbanwa sang Iloilo, Daphne. Kon may kaladtuan ikaw, pirme mo man dalhon ang imo armas kag *bulletproof vest* sa imo salakyan kag kinahanglan madasig ka magsuksok sang imo *vest* kon may katalagman," pahibalo ni Alex sa asawa.

"Kon may kadtuan ako sa poblasyon, isuksok ko na ang akon *bulletproof vest* kay

daw naanaran ko na ini nga waay na ako nainitan sa pamatyag ko basta aga pa kag madali lang ako sa gwa sang salakyan. Kon sa sulod ako sang salakyan, bisan indi todo ang *aircon, okay* na sa akon kon suksok ko ang akon *vest* kag *jacket*," sabat ni Daphne sa bana sa iya ginapanugyan.

Sa Manila, sang sumunod nga semana, may hubon nga nangahas mag-atake sang palanaguan sang hubon ni Rodin. Kakumpetensya nga sindikato kay naglakbangay sang teritoryo, gani kinahanglan areglohon ini sa pagdula sang isa ka grupo bilang sablag sa tagsa ka hubon. Natabuan gid si Rodin didto sa *hideout* sang mga tinawo, gani isa sia sa napilasan sing malubha. Sa maayo nga palad, tuhay nga ospital ang gindalhan sa iya sangsa iya pito ka tawo nga napilasan man sing malubha. Waay sia nadakpan nga bilang puno sang sindikato. Ang iya balibad nga napilasan sia sa dughan bangod aksidente nga naglupok ang armas samtang iya ginabutang ang .45 niya sa *drawer* sang iya lamesa.

Waay sing nagtestigo batok sa iya nga kaupod sia nga napilasan sa ila *gang war*, nakalusot si Rodin sa mga awtoridad. May nag-apin man sa iya nga pulis nga iya man abyan nga indi kaupod ini si Rodin sa madamo nga napilasan, gani waay na sia paghingabuta sang anay mga kaupod niya sa MIG kag sang mga pulis nga nag-imbestiga sa amo nga hitabu.

"Pare Alex, naumpawan man ang imo abyan nga si Rodin sa iya madamo nga pilas, pero ikaw ang naukpan sang bag-o nga kaakig ni Rodin, bangod sa iya pagkapilas sing malubha sa ila kaaway nga sindikato. Ipapatay ka naman niya kay ginapabangdan niya ikaw ang *financier* sa pihak nga sindikato kontra sa ila. Kay sang mag-engkwentro ang duha ka grupo nagsinggit ang isa ka kaaway nila nga indi lang si Rodin ang may kwarta para sa pagdumala sang sindikato. Sila man may amo nga kapin nga manggaranon nga kaaway nanday Rodin. Mas madamo pa ang kwarta kag negosyo sangsa pamilya ni Rodin," panugid ni 'Pare Edvic ni Alex sa iya.

"Ang buot silingon sang nagpamahog nga sindikato amo ang pamilya Vera Cruz-De

Guzman nga nagbuyloganay sa negosyo kag ginapatihan sa Makati nga kapin nga manggaranon pa sa mga Villamaestre," dugang ni 'Pare Edvic niya kay Alex.

"Kon amo, 'Pare Edvic, daw gin-*frame up* ako sang mga kaaway ni Rodin sa ila *bluff* nga ginpahayag." Nagyuhom si Alex. Ginhatagan sia nila sang ideya sa paggamit sang ngipon batok sa ngipon nga sahi sang paglutosay sang pwersa.

Awayon niya ang grupo ni Rodin sing husto. Masuporta man sia sang isa ka sindikato agod tapuson na ang ila pag-away ni Rodin. Kapin nga maayo kon madula na ang mga katalagman nga nagadalahig man sa iya pamilya. Ang problema ni Alex, basi mapahamak man sila nga duha ni Rodin. Pero, ginbawi man ini ni Alex, sin-o sa ila ang dapat madula sa kalibutan? Kon kaayuhan para sa mga tawo ang sandigan, ang Tagtuga pasulabihon ayhan nga mabilin si Alex kay kapin nga madamo pa ini sang mga tinuga sang Dios nga mabuligan sangsa kay Rodin? Indi sia ang makapat-od sini, kondi magaalungay na lang sila sang iya pamilya nga tapuson sang Makagagahom ang ila pag-away ni Rodin sa matawhay nga paagi.

NAGLAKAT padulong sa Manila si Alex agod suy-awon man ang

ila negosyo sa bilog nga norte sang Metro-Manila. Pero may ikaduha nga importante nga buko si Alex sa iya pagkadto sa Manila. Luyag niya nga makakuha sang ihibalo gikan mismo sa baba sang kabayo, kon sa mga hulubaton pa.

Likom sa ihibalo sang iya Kumpareng' Edvic, nagsugod si Alex sa pagbalay sang iya plano agod sugataon si Rodin sa atubangay, waay sang atrasan nga inaway. Iya tambingan ang ginabuhat ni Rodin. Mapabulig man sia sa sindikato sa pangpangapin sa iya kaugalingon. Waay ayhan si Alex sang salabton sa iya paghingalit sa paggamit sang mga tawo kag pagbuhis sang ila kabuhi nga daw soldado sa personal nga katuyoan? Paggamit sang pila ka kabuhi sang mga hurong kag maton nga katapo sang sindikato sa pagtuga sang krimen, sa katuyoan nga maluwas sa kamatayon ang mga tinuga nga kapin nga mapuslanon sangsa mga katapo sang hubon nga masiling mga kriminal. Indi man siguro daku nga kasal-anan ini sa Dios kag sa tawo.

Isa ka lehitimo nga lider sang trabahador nga iya nabuligan sa kaso sini nga lehitimo man bilang aktibo nga katapu kag opisyal sang unyon nga may kuneksyon man sa *underground*. Ang lider sang unyon nga ini naakusahan sang militar nga sumulunod sang mga rebelde. Kon kaisa ang grupo nga legal nga may kinamatarong nga indi ginahatagan igtalupangod sang kapital ukon negosyante, nagapatigayon sang pagbulig sa iban nga hubon sa ila pag-away sa ila kinamatarong sa legal nga paagi, apang kon kaisa nagagamit man kakahas sa pagsulong sang ila kawsa. Sa sini nga pagkahimtang nagpangatubang sang kaso si Tyo Enyong nga *sedition* kag *rebellion*. Naluwas ining lider sang unyon sa paghikot ni Alex sang pagpangapin sa iya. Kag si anay Koronel Villamaestre ang ginpasuni nga naghimo sang tikang sa pagsumbong kay Tyo Enyong.

"Manong Enyong, may grupo bala nga aton masaligan sa pagtapna sang kalakasan sang isa ka sindikato nga nagaharihari diri sa Manila sa idalom sang pagpamuno ni anay Koronel Villamaestre?" una nga pangutana ni Alex sa iya nangin-abyan nga madamo sang mga kakilala kag abyan man sa mga tawo nga nagapalanagu sa malaba nga mga kamot sang kasugoan.

"Kon may husto nga pakonsuelo sa ila pagtusmog sa katalagman, may sindikato ako nga mapalapitan, basta daw lehitimo ang aton tinutoyo," sabat sang ginpamangkot nga lider sang unyon.

"Ang masupog nga sindikato nga ginapamunoan sang isa anay ka napahalin sa pag-abuso sa poder interesado sa pagpatay sa akon kag paghalit sa amon negosyo, labi na gid sang amon buluthoan nga Vera Cruz University sa Lambunao, Iloilo. Kilala mo man si Rodin Villamaestre, sia ang *financier* sang sindikato nga nagahulat lang sang tayming agod masikop ako kag ila masilutan," panugid ni Alex kay Tyo Enyong.

"Kahigayunan ko na gali ini nga bisan paano makatimalos man ako kay Rodin

Villamaestre," malipayon nga natusngaw ni Tyo Enyong.

"Tawgan ko ikaw sa telepono, kon makasugilanon na kami sang pinuno sang sindikato ni Rodin, Alex."

"Kinahanglan indi sa telepono ang paghambalanay naton. Kon makatawag ka sa akon maghanda ka dayon kay ipasugat ko ikaw sa amon tsuper sang opisina agod maghambalanay kita sing likom, Manong Enyong," pamat-od ni Alex kag nagbulagay man dayon ang mag-abyan.

Nakatigayon sa paghambal si Tyo Enyong sa iya abyan nga puno man sang isa ka sindikato. Bukas-palad nga ginbaton sang lider sang sindikato ang kahigayunan nga makakwarta naman sila agod may isugpon sa ila ginhawa. Kapin pa nga si Vera Cruz ang tawo nga mabayad sa ila.

Nalipay gid si Alex sa resulta sang paghambalanay nanday Tyo Enyong kag sang iya abyan nga lider sang sindikato nga interesado man sa paglutos sang sindikato ni Rodin Villamaestre.

"Pulo-pigado na ang bulsa sang sindikato sang abyan ko, gani gilayon sila nga nagsugot sa gintanyag naton sa ila nga mag-alagad sila sa imo hubon, Alex," panugid ni Tyo Enyong sa iya nautangan sing daku nga kabubut-on.

"Maayo gid gali ang resulta sang imo misyon, 'Nong Enyong."

"Bisan sa diutay nga paagi luyag ko man ikaw matagubalosan sa imo pagbulig sa akon, Alex. Kag tsansa ko na ini nga makatimalos man kay Rodin, bangod sa patu-pato nga akusasyon batok sa akon," nagayuhom-yuhom gid si Tyo Enyong sa atubang ni Alex sa ila pagsugilanon.

Nagsulod dayon sa opisina ang duha nga sanday Tyo Enyong kag Alex. Sa opisina sang ila tesorera, nagpahimo gilayon si Alex sang mga papeles sa paggamit sang *cash* nga waay pa madeposito sa bangko sa semana nga ina. Ginhatag man dayon ang kwarta kay Tyo Enyong nga pauna nga kinahanglan sang sindikato batok sa sindikato ni Rodin sa kasadya man ni Tyo Enyong.

Bangod natapos man ni Alex ang mahidlawon nga pangamusta sa iya mga tawo sa bahin sang dalagan sang ila negosyo, naghimos dayon ini sa pagpauli sa Iloilo.

"'Nong Enyong, manawag lang ako sa imo *landline* sa paghisayod sang progreso sang aton likom nga buluhaton," pagpaalam sa telepono ni Alex kay Tyo Enyong.

"Basi karon sa hapon may mabatian na kita sa radyo kag mabasa sa hapunan nga pamantalaan, sa bahin sang panugod nga engkwentro sang mga sindikato," nasambit ni Tyo Enyong kay Alex.

Nakibot man si Alex, kon matuod ang ginhambal ni Tyo Enyong sa iya, ayhan daku ang problema ni Alex sa iya pag-abot sa Iloilo. Basi kon ang tatlo ka babaye nga ginsugo ni Rodin sa pag-atake sa iya, maisipan nila nga maunahan ang engkwentro sang duha ka magkaaway nga sindikato.

"'Pare Edvic," gilayon nanawag si Alex sa iya kumpare. "Ano na bala ang balita sa tatlo ka *sexy* nga mga *killer*?"

"Hulat anay, 'Pare Alex, may malain nga impormasyon ako nga nabaton gikan sa Manila nga isa ka sindikato ang nagpahayag kay Rodin sang *all-out war* batok sa ila. Nagsabat man dayon si Rodin sang pag-*call* sa hangkat. Ginpabutyag man ni Rodin gilayon nga ikaw ang sa likod sining sindikato nga maga-engkwentro sa ila. Ara sa *evening news* kag sa *TV-radio* man. May maabot nga duha ka imbestigador gikan sa Manila sa pagsiguro sang kamatuoran nga may tatlo ka babaye nga ginmanduan si Rodin sa pagpatay sa imo. Nasiguro ko nga MIG ang nagpasa sang report sa nagakatabu diri sa Iloilo sa Department of Interior & Local Government kag maabtik nag-aksyon man gilayon ang Director General sang Philippine National Police. Ipatawag nila ako sa Manila sa pagpaathag diri. Indi luyag sang mga ara sa ibabaw nga madalahig ang mga sibilyan, labi na gid ang bumulutho sa inyo away ni Rodin."

"Indi bala nga dapat magpanagu anay ako, 'Pare Edvic? Ayhan indi pag-atakihon sang tatlo ka babaye ang akon balay kag opisina kon masayran nila nga wala ako. Kag mahapos sa inyo sa awtoridad nga pangapinan ang akon pamilya kag buluthoan kon wala ako."

"Daw maayo matuod nga tikang ina para sa aton pagpangapin sa imo kag sa imo pamilya, 'Pare Alex. Diin ang panugyan mo nga duog nga mahimo imo panaguan diri sa aton agod gilayon man nga makabulig ka kon kinahanglan sa imo pamilya?"

"Diri lang ako managu sa idalom sang opisina ko. May *air-raid shelter* kami sa idalom sang amon opisina nga nagasugpon man sa isa pa sa idalom sang amon balay.

Pero, pwede nga gabulagay o separado man ang duha kay kon masiradhan ang *tunnel* nga nagaangot sa duha, indi mabal-an kay duta man ang makita nga takop."

"Waay ko ina nasayri, 'Pare Alex, kondi ang sa idalom lang sang imo balay,"

sabat sang kumpare. "Sige, ipasuni ko nga likom ka nga naggwa sa Pilipinas paagi sa aton *southern backdoor* ukon Mindanao. Indi masiguro kon sa Singapore, Malaysia ukon Australia ikaw nagkadto."

Nakibot man si Rodin sa pagkadula ni Alex. Sa Australia bala si Alex nagkadto?

29

DAKU nga paktakon para kay Rodin ang hinali nga balita nga pagkadula ni Alex. Tunok nga matalom si Alex Vera Cruz sa iya ginausoy nga dalan sa karon. Luyag niya nga mawala ang iya kaaway sa dalan sini pabalik sa masulhay nga pangabuhi nga bug-os ang dungog. Pero, gusto man sini itimalos ang sayop nga ginhimo ni Alex sa iya manghod nga si Swannie kag ipabatyag kay Alex ang kangitngit nga iya inagihan bilang soldado.

"Indi maayo para sa aton hubon nga indi naton masilutan si Vera Cruz," muno ni Rodin nga may pagpagot sa iya salaligan nga waay napilasan, matapos ibalita sang isa ka kaupod ang nabatian nila nga pagkadula ni Alex Vera Cruz. "Kinahanglan makita ko si Vera Cruz nga daw mabugtoan sang ginhawa sa kangitngit bangod nalugaw-an sia sing daku nga mapangapinan ang kaugalingon kag kinamatarong, lakip na diri ang sa iya sang mga mahal sa kabuhi sini."

"Kon makidnap namon ang kaaway mo, ano bala ang plano mo nga himuon sa iya, Boss?"

"Indi ka na sagad pamangkot, hikuta na lang ang ginasugo ko sa imo," matawhay nga sabat ni Rodin. "Indi anay ka, luyag mo bala magkadto sa Sydney, Australia? Ang ginsugo ko sadto, napaslawan nga daw waay sing nahibal-an sa pagahimuon."

"Ano bala ang himuon ko sa Sydney? Boss, basi waay may ako sing mahimo didto kondi pagbakasyon lang."

"Abi ko *bright* ka, indi katulad ni Greg nga kon nagaisahanon, talawit gali kaayo."

"Diri na lang ako, Boss. Basi sobra pa ako kay Greg. Kondi kanugon lang ang gasto mo. Ano bala ang buhaton ko didto?"

"Kondi pangitaon mo didto si Vera Cruz kag kidnapon."

"Ako lang nga isahanon ang makidnap kay Vera Cruz? Mahimo ko bala ina?" ang salaligan ni Rodin nakanganga man.

"Nagaisahanon man sia a. Pag-abot didto, sugilanunon mo ang mga *security guard* nga mga Pinoy. Kay empleyado sila sang amon kompanya halin man diri, mabulig ina sila sa imo. Padalhan ko ikaw sang sulat nga ginamandoan ko sila nga buligan ka sa pagkidnap kay Vera Cruz. Mga 90 porsiyento nga didto ang kaaway naton. Kon inyo na makidnap si Vera Cruz, mag-arkila kamo sang daku nga *speedboat* sang mga taga-Papua nga mga *illegal* man didto. Ang *speedboat* ang inyo sakyan pauli diri. Padalhan ko ikaw sang tseke nga *Amerikan Express*. Bayaran mo ang katunga sa arkila sang *speedboat*, ang katunga sa Pilipinas na ang bayad."

"Boss, amo na iya ang masanag pa sa silak sang udtong' adlaw," sabat sang salaligan. "Ang madulom, masarangan ayhan sang isa ka *speedboat* ang pugada sa tunga dagat? Basi yate ang buot mo silingon nga sakyan namon pauli diri sa Pilipinas?"

"Yate man ukon *speedboat*, basta makapauli kamo sa Pilipinas nga kaupod si Vera Cruz. Maghanda ka na para buas, para makalupad ka gilayon," may mga yuhom nganag-alawas sa bibig ni Rodin.

Samtang si Alex nagapanagu sa idalom sang iya opisina, natukiban sini nga indi niya masarangan ang pag-isahanon. Indi pa natabu sa bilog nga kinabuhi ni Alex ang pagpanagu nga isahanon, bisan ang katuyoan sini kaluwasan sang kaugalingon kag sang pamilya sa pat-od nga katalagman. Ang katalagman sa kabuhi nga kaugalingon kag sang iya asawa kag anak sa kapintas sang isa ka soldado anay nga subong mahimo na tawgon nga bantog nga hepe sang isa ka sindikato sang kalautan.

Tumawag gilayon sa telepono si Alex sa iya kumpare nga hepe sang CIDG 6. Agod bisan sila mabatian sa telepono sang ila mga kaaway, may kodigo sila nga ginamit. Pati ang mga duog nga mahimo kadtuan ni Alex, may iban nga ngalan. Ang Mindanao, Formosa kag ang Luzon naman Celebes.

"Bangod kay daw masaku ang mga banog sa pagdagit sang mga pisu diri sa aton minuro, tan-awon ko anay kon ano ang sitwasyon sa Formosa ukon Taiwan. Mahimo man nga ako ang mabisita didto sa sulod sang duha ako ka adlaw agod ang tatay nga dapay mag-ayo na sa iya sip-on agod basi magbulig sa pagpandagit, 'Pare.'"

"Daku ka naman nga tulabong nga masaligan gid sa imo pagpangita sang imo man pisu nga tulabong, 'Pare. Halong lang," sabat ni Kumpareng' Edvic ni Alex.

MAGAMIT sang *prosthetic mask* si Alex kag maggwa sa pagsugod sang dulom sa palibot agod magpa-Kalibo, sa puod sang Aklan. Masakay sia sa diutay nga eroplano nga nagalulan lang sang 30 ka pasahero nga nagabiahe Kalibo kag Zamboanga. Sa *Zamboanga International Airport* sa Zamboanga City, mataksi sia pakadto sa Davao City kay may biahe nga Davao padulong sa Sydney, Australia.

"Daphne, mapa-Manila ako sing likom. May dapat ako nga plansahon sa aton pagbuyloganay sa negosyo sang kompanya sa Sydney sang mga Villamaestre," paalam ni Alex sa asawa. "Kag basi madayon man ako pa-Australia, kay may daku nga risgo nga mabangkarote na ang negosyo sang mga Villamaestre sa idalom ni Rodin."

"Kag luyag mo man mabal-an gid ang nagakatabu kay Swannie kag sa inyo anak nga palaabuton," sugpon ni Daphne.

Waay nagdugang si Alex kay matuod ang nahambal sang asawa. Babaye ang mangin anak ni Swannie, suno sa *ultrasound test*. Ang dalaga nga malapit na lang mangin-iloy may daku man nga palaligban sa ila negosyo. Nangako man si Daphne kay Alex nga buligan niya padaku ang anak nila ni Swannie kon may matabu man nga indi na masaguran sang iloy ang iya anak sa ano man nga rason, katulad man sang napangaku ni Daphne mismo kay Luem nga palanggaon man niya ang anak bilang iya anak. Dalayawon man si Daphne, pero san-o pa ayhan sia higugmaon sini ni Alex.

Naisip man ini ni Alex pirme.

Ang Villamaestre Group of Companies nagakinahanglan sang bulig ni Alex sa bahin ang ila negosyo sa idalom sang pagdumala ni Rodin. Nagsugod na nga maghinutikay ang mga kasosyo nila sa ila daku man nga negosyo, bangod sa indi maayo nga pagpalakat ni Rodin. Pero dapat ma-*audit* anay kag ugaling makaplastar sang reklamo ang kapitalista sa Villamaestre Group of Companies. Kag bahin sang trabaho sang ila pangkabilugan nga asosasyon ukon pederasyon ang pagbulig sa mga negosyo nga may pamahog sang pagkabangkarote ukon *bankcruptcy*. Si Alex ang nagapanguna nga katapo sang ila *think tank* sa bahin sang mga risgo sa negosyo. Ang *think tank* ang may obligasyon sa pagbulig sa paglikaw sa pagkabangkarote sang mga negosyo nga may madamo nga kapierdihan.

Nakibot man si Swannie sa pag-abot ni Alex sa Australia. Nauna sang isa ka adlaw ang isa ka tawo nga ginsugo kuno sang magulang ni Swannie nga kamustahon sia kag ang ila negosyo sa Sydney sa katingala man ni Swannie. Sa isa lang ka pamangkot ni Swannie, napat-od niya nga waay man sang nahibal-an ang tawo nga nag-abot sa ila negosyo kay soldado nga kabo lang ang ranggo sini sang ara ini sa Army. May misyon ini sa pagpaniktik sa iya kag daku man nga kahangawa niya sang manawag si Alex gikan sa isa ka hotel sa iya. Indi dapat magkadto si Alex sa opisina nanday Swannie.

Pero, daw indi man kampante si Swannie nga indi sia pagsundan sang sunoy nga ginapatiktik sang iya magulang sa iya, kaupod man sang isa sa apat ka sekyu nga empleyado man sang kompanya nanday Swannie. Maabtik nga nasugiran ni Swannie si

Alex sang iya problema. Daw maawat pa ang kahidlaw sang dalaga sa hinigugma.

"Ang solusyon ko sa problema sa aton pagkitaay amo ini. Magpaalam ka sa opisina ninyo nga makadto ka sa isa ka suki ninyo sa ginaangkat nga produkto naton sa Pilipinas sa syudad sang Perth. Maglakat ka sa mga alas sais sa aga. Indi bala naka-*schedule* ka gid man nga mabisita sa ila," panugyan ni Alex kay Swannie.

"Huo, "Ga. Pero indi pa subong sa masunod pa nga semana kon maareglo na naton ang aton diutay nga problema kay sakop sila sini," pagpang-alang-alang ni Swannie.

"Kondi silingon mo nga subong na. Matawag kita sa *agency* sa pag-*hire* sang isa ka *midwife* nga magaubay sa imo gikan dira sa inyo opisina. Indi bala nga kinahanglan mo na nga maglakat-lakat sa pag-ehersisyo para sa anak naton? Himuon naton nga tiktik ining *midwife* sa pagbantay man sang kon sin-o man ang magpangahas nga hayag nga sundan kamo. Kinahanglan ipakilala mo ining *midwife* sa tawo nga nag-abot kag sa *security guard* mo dira sa opisina. Ang wala dira nga gwardya, ipakita gikan sa *file* mo sang larawan sang apat ka gwardya, agod matandaan niya kag malikawan ninyo kon nagasunod sila sa inyo suno sa sugo ni Rodin."

"Pwede gid ina. Belib na ako sa imo, "Ga. Daog mo pa ang mga detektib."

"Sa imo lang ako *nagpalpak*. Ano pa nagkasala kita, subong may dugang pa," si Alex nagkadlaw man sa iya nabungat kay Swannie.

Nag-abot ang *midwife* nga ginpadala sang isa ka *lying-in clinic and health services agency* nga nagasabat man sang kinahanglan sang mga pumuluyo sang pribado nga narses kag lisensyado nga komadrona ukon *midwife*. Sa maayo nga palad Pilipina ang nagkadto kay Swannie sa iya opisina. Nagsugtanay dayon sila sa bayranay kag may *bonus* pa ang *midwife* kon waay sing makapaniktik sa pagtabuay ni Alex kag ni Swannie.

"Lory siling mo ang ngalan mo, tagadiin ka sa aton?" pakiana ni Swannie sa *midwife*.

"Sa Dumaguete City, Ma'am," sabat sang komadrona.

"Cebuano ang hambal ninyo. Taga-Manila ako, pero hanas man ako sa Ilonggo kag Cebuano."

"Pareho kita, Ma'am. Ang una nga ama ko Ilonggo. Yaya, tubtob nagdaku ang ginbantayan ko. Nagbutho ako sa *midwifery*, nakatapos kag nakapasar man sa pasinawan. Nabaton ako dayon diri sa Sydney sang magkinahanglan sila sang mga yaya. Nagyaya anay ako tubtob nga nagkuha man ako sang pasinawan diri kag nakapasar man ako. *Australian citizen* na ako, Ma'am," panugid sang komadrona.

"Ginaproseso pa ang akon *application* sa *citizenship* diri. Basi sa December pa mahibal-an ang resulta."

"Sigurado ako nga mapasugtan man sang Australia ang imo *citizenship*, Ma'am."

Ginpabalhin ni Swannie sa iya *apartment* si Lory sa atubang nga hulot sang ginaluntaran ni Swannie. Madali lang niya tawgon ini. Subong indi na tanto nga masuboan si Swannie kay alisto ang komadrona sa pagpalapit sa iya kon iya tum-okan ang *buzzer* sa pagtawag diri, daw empleyado na ni Swannie ang *midwife*.

Kon manganak na si Swannie, luyag man ni Lory nga magyaya sa bata, kay may huyog man ini sa bata bangod balo na ini nga waay anak. Kapin nga luyag ni Lory nga mangin pirme sa luyo sang bata.

""Ga, wala na ako sang problema sa yaya, kay luyag naman ni Lory nga magyaya sia. Basta kuno Pilipina ang lahi, *okay* gid sa iya. Sa isa ka Australiano nga amo, nadalahig ini sa kaso sang mag-asawa nga nagdiborsyo kag nadulaan sia obra sing mga anom ka bulan. Nabangkarote man ang mag-asawa nga nagdiborsyo. Ano pa nagdanghos man ini kag nagsalig lang sa bulig sang gobierno kag sang *agency* samtang sige ang kaso sang mga amo. Indi man sia makabalhin sa iban nga trabaho kay nagbulig ini sa ama kag pati sia akusado sa *kidnapping* sang anak sang mag-asawa nga ginpaatubang sa iya sang bana. Bangod sa ila kaso, napabayaan sang mag-asawa ang ila negosyo kag nabangkarote, gani waay masweluhi si Lory," panugid ni Swannie.

"Kon amo sigurado nga luwas sa mapintas nga yaya ang aton palaabuton nga anak," natugda ni Alex kay Swannie sa telepono.

Nakadangat ang duha sa hotel nga daw waay man sang may nagsunod sa ila taksi nga ginsakyan. Masunson pagbulobalikid man nanday Swannie kag Lory sa katingala man ayhan sang tsuper sa taksi.

Daw dalaganon ni Swannie ang pagpalapit kay Alex mga iya gid ginakahidlawan, pero mabulobug-at na ang iya tiyan. Ayhan daw pato sia kon magdalagan.

"Daku na gali ang imo tiyan, Swannie. Waay ka gid abi nagapadala sang larawan mo sa akon," napulong ni Alex samtang nagapalapit si Swannie sa iya.

""Ga, kondi indi mo lang ako pagpuguson sing hugot. Waay ako nagsulat sa imo kay mangimon pa si Daphne sa imo...," samtang ginapadag-ayan man si Alex sang mga matam-is nga halok.

Nabulong gid ang daku nga kahidlaw ni Swannie sa hinigugma nga si Alex. Daku gid ang kalipay sang dalaga nga malapit na lang manginiloy. Sa ila pagdaluay ni Alex nalimtan ni Swannie sing makadali ang ginapangatubang nga katalagman nga mga kaso batok sa Villamaestre Group of Companies nga mahimo ipasabat sa ila sang ila mga kapitalista.

Ang ginapaligban man ni Swannie amo ang matuga nga epekto

sang gamo sa ila negosyo sa iya magulang nga si Rodin. Sia ang basulon sang ila kaupdanan sa negosyo nga mahimo mapaidalom sa makatalagam nga pagkabangkarote. Magadoble ang pamasulanon ni Rodin sa iya konsyensya. Kag ayhan sa baylo nga maghinulsol sa mga kasaypanan nga nabuhat, magadugang ang kabaris sini sa mga tawo nga iya ginapanagupnop kag ginapatihan nga mga kaaway. Naluoy man si Swannie sa iya magulang, apang wala sia sing mahimo sa subong kay sia man nakaamot sing daku sa ginaproblema sang magulang nga daw pagkatampalas sang pamilya Villamaestre. Para kay Swannie, daku nga trahedya ang kabuhi sang tawo.

"Swannie, kon magpabilin ka sa pagpuyo diri sa Australia indi mo masyado matum-ok paidalom ang inyo pamilya, luas lamang sa malapit nga mga himata nga nakasayod sa kapalaran nga natabu sa imo," panugyan ni Alex kay Swannie.

"Ginahatagan ko man sang mabug-at nga pagtimbangtimbang ina. Pero akon ayhan masarangan ang mahamulag sa akon pinalangga nga anak?"

Naisip ni Swannie indi malain ang maghigugma sa tawo nga waay nagahigugma sa imo kon indi lang ini minyo. Sa bahin ni Swannie may asawa si Alex. Kag nabal-an man ni Swannie ang kasal ni Alex sa asawa. Ano abi kon pagkatapos niya panganak, ihatag niya sa amay ang pagpadaku sining anak nga ang amay si Alex Vera Cruz? Ayhan iya man masarangan ang mahamulag sa anak kon masiguro nga indi man ini nanday Alex kag Daphne pagpatumbayaan suno man sa iya pangako kay Swannie ni Daphne.

"Sakripisyo para sa kalinungan sang amon pamilya, "Ga. Ina ang buhaton ko sa bulig ninyo ni Daphne. Kon mahimo na ang magsakay sa eroplano ang aton lapsag, ipadala ko gilayon sia inyo ni Daphne sa Pilipinas kaupod sang iya yaya nga si Lory.

Ayhan masugot si Manong Rodin diri. Kondi indi mabalahuba sa Pilipinas nga may anak si Sonya Anita Villamaestre."

"Areglado gid ina, *minus one* ang sakit sang ulo, gani mahimo ka na magbubo sang imo pagtalupangod sa makatalagam nga paandam nga dapat aksyunan agod imo maaklihis sa pagkabangkarote ang inyo negosyo," dagmit ni Alex bilang panugyan sang isa ka katapo sang *think tank* sang mga negosyante.

"Kon amo, "Ga, makitaay man kita gihapon?"

"Amo ina ang indi maayo sa imo, waay pa gani nag-ugdaw ang sakit sang imo buot, luyag mo naman nga madugangan pa."

"Indi ko kasalanan ina, mahal ko. Kasal-anan ini sang akon kasing-kasing nga ikaw ang ginahalinan sang iya pagpitik," nagakadlaw man nga pabutyag ni Swannie.

"OK, ara na ako. Pero ikaw man ang nagsiling nga sakripisyo, pag-antos ang buhaton mo para sa kalinungan sang pamilya Villamaestre. Kag dapat indi na ako mabasulan sa matabu sa imo."

"Dapat matuod nga maglinong ang pamilya Villamaestre kaupod sang amon negosyo agod padayon nga mabawi ang kadungganan nga namusingan sang epekto sang kasaypanan ni Manong Rodin kag sang kasaypanan ko man."

"Maayo, daw mamalakpak na ako sa imo subong. Pero hulaton mo nga mabuhatan naton sing mahapos nga proseso kag paagi agod ilikaw ang nagatika nga katalagman sa inyo negosyo. Kon mahimo naton ini nga indi mo na ako pagpanulayon agod madugangan ang aton kasal-anan sa Dios, mahimo ko na ikaw palakpakan. Kon indi, dapat magbiya na ako sa akon trabaho sa *think tank* sang grupo sang mga negosyante."

"Kinahanglan mo gid bala nga mag-*resign* bangod sa akon?" may kasubo man si Swannie. Indi na niya makita si Alex. Waay na sia sang balibad sa paghambal diri.

"Kon ina ang kinahanglan agod madula ang sitwasyon nga ako ang han-an sang imo magulang kon malain ang matabu sa imo, dapat amo ina ang buhaton ko."

""Ga Alex, waay sing malain nga matabu sa akon nga waay ka sang kahilabtanan. Tandaan mo ina, mahal ko. Daw mabudlay tudloan ang kasing-kasing sang iya higugmaon, gani indi malayo nga may malubha pa nga trahedya ang magaabot sa kabuhi ko. Ina kon wala ka na. Nahangpan mo bala ako? Pero kon ina ang kapalaran ko, waay man kita sing mahimo, kondi batunon."

"Daw madalom ang ulihi mo nga namitlang. Pero indi ko na paghimulatan nga masayran ang detalye. Husto na sa akon nga handa ikaw magsakripisyo para kadungganan sang pamilya Villamaestre. Kag indi na kita magsinabad sa pangabuhi sang iban nga malapit man sa aton."

"'Ga, ini ang panugod nga pagpaalam ko. Mangin pinal ini matapos ko ipadala sa inyo ni Daphne ang aton anak," waay napunggan ni Swannie ang pagtulo sang pila ka bantok niya nga luha.

"Karon, Swannie, dapat bala naton sugoran na ang pagpahamtang sang mga palaligban sang inyo negosyo agod isa-isa man naton nga mahatagan sang sulusyon nga posible sa subong nga kahimtangan?" pakiana ni Alex sa nagakasubo nga Swannie. Ginhakos anay ni Alex si Swannie agod maumpawan ini. Nagburambod man si Swannie sang mga butkon kay Alex kag ginpaligoan ang minamahal sang halok. Nadula dayon ang kasubo sa guya ni Swannie. Kinahanglan ni Swannie ang pagdaloay liwat nila ni Alex agud mabuhinan ang mga ilisipon nga nagapasakit sang iya ulo. Gikan sa luyo sang sopa sa ila hulot sa hotel hinakwat ni Alex ang nagabusong nga dalaga kag pahigdaon sa kama.

SAMTANG… sa opisina nanday Swannie sa Sydney, malinong ang mga empleyado sa pagpadayon sang ila hilikuton.

Sang hinali…nanawag si Rodin sa tawo nga ginpadala niya sa Sydney.

"Ara si Vera Cruz dira, kon indi ninyo sia malutos kag madakop, indi na kamo magbalik sa Pilipinas! Kon magbato sia, patya na lang ninyo!"

Daw mabaskog nga bomba ang nabatian sang tawo nga ginsugo ni Rodin sa pagkidnap kay Alex sa Australia!

30

NAPUN-AN sang kapin nga kabaris nga daw diutay nga bomba man ang nabatian sang salaligan nga tawag sa telepono ni Rodin, daku gid nga gumontang ang gintuga sini para sa iya. Katalagman nga mabilanggu ini sia sa duog nga sia isa ka dumuluong, kag mahimo nga magtigulang sia sa prisuhan kon makapatay sia sang tawo sa iban nga pungsod.

"Boss, may daku ako nga pangduha-doha nga indi namon masarangan nga kidnapon si Vera Cruz. Waay kahanasan ang mga kaupod ko diri sa subong sini nga trabaho. Indi ko pa kabisado ang pasikut-sikot diri," nabungat sang salaligan sa kakibot sang ila gilayon himuon sa kay Vera Cruz kon magbato ini sa ila.

"Ngaa daw nagmango ka na? Indi ka na katulad sadto nga pisu lang sa imo ang tanan, basta pagtaban sa isa ka tawo ang trabaho," nagtawhay si Rodin, nagkalma ini. "Kondi mangita ka sang mga tawo dira nga balabag man ang tinai. May kwarta ka dira a, pero daw waay ka sang utok nga katulad sang ginpakita mo diri sa aton."

"A, matuod no? Nakatapak lang ako sa Australia, nadula na ang abilidad ko sadto anay," nagkadlaw man ang salaligan ni Rodin.

Gintuman dayon sang salaligan ang sugo sang ila nagapurugiot nga *boss*. Upod sang isa ka *off-duty* nga sekyu, nagkadto sila sa isa ka duog sa isa ka bahin sang baybayon malapit man sa pier sang Sydney nga may mga magagmay nga *housing* para sa mga dumuluong nga nagatrabaho sa Australia.

"Diri sini nga bahin sang *residential area* ang mga dumuluong nga may trabaho diri sa Australia," sugid sang sekyu sa salaligan sang ila amo sa Pilipinas. "May abyan ako diri nga Pinoy kag Indonesian nga naga-*extra* man sa mga *illegal* nga buluhaton kon waay trabaho sa pagtukod sang mga pamalay ukon pagkay-o sang mga may guba na."

"Masaligan bala naton ang duha nga ini nga mabulig sa aton sa *kidnapping*?" pangutana sang salaligan ni Rodin.

"Pulis ining' Indonesian sadto sa ila pungsod, pero nag-entra man sa pagpuslot sang

mga kontrabando, napahalin sa serbisyo kag nag-upod sa grupo sang mga *illegal* kag daw gindestino sa Australia," paathag sang sekyu.

"Kon amo daku ang tsansa naton nga makakuha sang madasig nga salakyan sa pagpalagyo upod sang aton kilidnapon?"

"Tsiken lang ina sa ila nga duha, masami nga ini ang trabaho nila, magbulig sa mga grupo nga KFR ukon *Kidnap For Ransom*. Mga dumuluong man ang ginakidnap diri. Mga turista ukon manggaranon sa ila duog nga nagapanglugayawan diri sa Australia," dugang sang sekyu.

Nahuman gilayon ang ila plano. Ang duha ka karpintero nga mga dumuluong ang mabulig sa ila sa pagmaneho sang salakyan nga ila gamiton sa pagdul-ong kay Alex sa isa ka nagahulat nga *speedboat*.

"Idul-ong sang *speedboat* sa isa sa mga yate kamo nga duha ni Alex," dagmit sang Pinoy nga upod sang Indonesian. Ang yate ang magadul-ong sa na-*kidnapped* nga si

Alex kag sa salaligan ni Rodin sa pinakamalapit nga bahin sang Mindanao gikan diri sa

Sydney ukon sa isa pa gid ka yate nga ara sa tunga sang dagat nagapanagu.

"Paano kon may maglagas sa amon sa *speedboat* pa lang nga awtoridad sang Australia ukon sa una nga yate?"

"Ipasa naman sang yate sa isa ka moro kumpit nga ang makina *volvo* agod indi maabutan sang nagalagas nga pulis sakay sa *speedboat*," pasiguro sang Filipino sa salaligan ni Rodin.

"Ang problema kon diin nga duog naton kidnapon ang biktima agod sa duta pa lang indi kita maabtan sang nagalagas nga pulis."

"Sa *highway* pakadto sa *airport* naton bantayan ang biktima ang kilidnapon nga si Alex," panugyan sang Indonesian sa salaligan ni Rodin. "Kinahanglan duha kita nga mabantay samtang magkaupod ang sekyu nga drayber kag Pinoy nga *buddy-buddy* ko. Ang isa amo ang magbantay sa pagwa sa hotel sang biktima, sundan ninyo kag itawag ninyo sa radyo sa amon kon sa diin na kamo nga bahin sang *highway*."

"Areglado," sabat sang sekyu nga drayber.

Sa pagkaaga sang ikatlo nga adlaw ni Alex sa Sydney, naghimos na ini sa pagpauli nga waay nagpaalam kay Swannie sa ila opisina kay nabal-an naman ni Swannie nga mapauli na si Alex. Waay man nila nahangpan nga ang misyon sang salaligan ni Rodin amo ang pagkidnap kay Alex. May panagupnop si Alex, pero waay sia nagapati nga sa Australia sia kidnapon sang grupo ni Rodin.

Sa ika-7 sa aga ginplano sang apat ang pagtaban kay Alex agod ilulan sa isa ka *speedboat* pakadto sa isa ka yate nga nagautaw-otaw sa tunga sang dagat. Alas nwebe y medya ang lupad sang eroplano nga sakyan ni Alex padulong sa Davao City.

Alas sais pa lang, ang duha ka *gangster*, nga ang isa Indonesian kag ang isa Pinoy nga salaligan ni Rodin, nagbantay na kay Alex sa iya paggwa sa *highway* agod magkadto sa *airport*. Egsakto nga alas-7 gid naggwa si Alex sa *hotel* kag nagsakay sa isa ka taksi nga nagailidas lang sa *parking area* sang otel. Sinundan man sia sang duha ka Pinoy nga mga anom lang ka salakyan ang ila igutlan. Sige ang panawag kag hambal sa ginauyatan nga radyo ang *gangster* nga Pinoy. Masnahon man ang tawo sa sulod sang salakyan nga nagasunod sa ila sa pagbulobalikid ni Alex. Naghanda sia, ginsuksok ang *bulletproof vest*. Nakibot man ang Australiano nga tsuper sang taksi sa ginhimo ni Alex.

"*What! Why do you wear that vest? Are you going to battle?*"

"*Keep on driving, mister. It's none of your business! Just duck when they fire on us.*"

"*Stupid! It's my damn business, too. You're my fare, and this is Australia.*" Waay naggamit sang *expression* nga *bloke* ukon *bloody hell* ang Australiano, kay Filipino si Alex. Gintum-ok sang Australiano sa salog ang *pedal* sang gasolina. Nagbutyog ang salakyan.

Apang samtang paliko sila nga apat na lang ka kilometro ang distansya sa *airport*, ginpara sila sang isa ka Filipino nga waay man armas.

"*Please stop the car, mister,*" pulong ni Alex sa taksi drayber nga Australiano. "*They're my friends. And here's your money,*" gintan-ayan niya sang duha ka *Australian hundred bill* ang tsuper. Ginbaton man man sang Australiano ang kwarta ni Alex nga daw nagakatol man ang ulo.

"Mga pare, indi ako armado, Maupod na ako sing matawhay sa inyo." Nanaog sia sa taksi kay ginhaboy ang iya bag sa sulod sang salakyan sang Indonesian kag Pinoy.

"Maayo gid nga tikang ang imo ginbuhat, Alex," nabungat sang salaligan ni Rodin.

"Kilala ko ikaw kag indi man ako kauyon nga may madisgrasya sa aton. Nadeposito ko na sa *Interpol* ang akon armas. Bahala na sila magpadala sa Pilipinas."

Pagkalumbos sang taksi, pinasibad sang Indonesian ang salakyan nga V-8 ang

makina, kag waay na sila naabtan sang duha ka Filipino nga nagsunod sa ila.

Diretso ang tatlo upod si Alex sa isa *speedboat* sa higad sang baybayon. Matiun-tion pa nag-abot man ang duha ka Pinoy. Si Alex ang nagbalikid sa Pinoy nga sekyu.

"Sugiran mo lang si Ma'am ninyo kon ano ang husto nga natabu."

Ang apat nagsaka gilayon sa *speedboat* kag nagsibad man ini. Sa kilid sang yate.

"Mabalhin kita sa yate," siling sang salaligan ni Rodin.

Hinali nga may naglagas nga *speedboat* sang awtoridad sang Australia nga daw malambot na sila. Waay sing gin-uyang nga tinion si Alex. Gulpe nga inagaw niya ang .45 nga pistola sang salaligan ni Rodin, pinalupok sing tatlo ka beses sa sakayan sang magkaupod nga mga pulis kag *coast guard*. Naigu ni Alex ang prowa ukon *bow* sang sakayan dagat nga nagapalapit sa ila malapit sa lebel sang tubig kag daku ang guhak ayhan tuga sang duha ka bala umigo sing magkaingod. Waay pa nagbag-o ang pangamot ni Alex sa paggamit sang .45. Bangod sa matag-as kag dalagku ang mga balod, nagsugod ang madasig nga pagdamo ang tubig sa sakayan sang awtoridad sang Australia. Samtang ginasag-a nila manu-mano agod buligan ang bomba sang tubig napilitan nga magbalik sa ginhalinan ang sakayan sang pulis.

"Nakaginnhawa man ako kay asintado ka gali magtiro sang .45, Alex," daw sayop nga natikab sang salaligan ni Rodin.

"Paano karon, akon na ining' armas mo," kay waay man reklamo ang salaligan ni Rodin nga nagpakilala dayon nga si Boy Menor, kag hinatag pa ang duha ka magasin nga bala sang .45 kay Alex.

Sige naman ang sibad sang puti nga yate kaupod sila nga apat. May nasiplatan nga duha ka tawo si Alex. Ayhan anom lang nga pasahero sang yate. Mahimo niya malutos ang apat gilayon kon ma-*neutralize* niya ang salaligan ni Rodin. Ining salaligan lang ni Rodin ang asintado sa pagluthang. Ina ang nabalitaan ni Alex.

"Ano, Boy? Luyag mo bala mangalagad sa akon?" pangutana dayon ni Alex. "Waay ka gid sing maayo nga palaabuton kay Rodin."

Wala gilayon nakasabat kay Alex si Boy Menor.

Sa tunga-tonga sang dagat may yate nga nagahulat sa sa ila. Nagbalhin ang apat

diri. Si Alex, ang salaligan ni Rodin, ang Indonesian kag ang kaupod nga panday nga Filipino. Ang duha ka sekyu nagbalik na pa-Sydney sa una nga yate.

"Diretso na kita sa baybayon sang Davao, masarangan bala sang karga nga gatong sang yate nga madangat ang Davao?" pamangkot sang salaligan ni Rodin.

"Bisan mapa-Boracay pa kita gikan sa Davao," sabat sang Filipino nga upod nanday Alex nga nagsakay sa yate, matapos sigurohon ang unod nga *diesel* sang mga *drum*.

"Sir, *boss*, kaupod ko na si Alex sa yate," panugid sang salaligan kay Rodin.

"*Good work*. Hulaton ninyo dira ang eroplano nga lima lang ang makasakay, ini ang sakyan ninyo ni Vera Cruz padulong sa Kalibo. Gikan sa Kalibo mapa-Manila na kamo pagkatapos karga sang gatong sang eroplano." Instruksyon sang *boss* sa salaligan.

Sa waay pa makapalayag ang yate may duha ka *speedboat* nga nagpundo sa magtimbang kilid sini. Daw nakibot si Alex, may tatlo ka tawo sa tagsa ka *speedboat*. Nagsaka gilayon ang duha ka mga ayhan lider sang duha ka hubon halin sa duha ka *speedboat*.

"Boy Menor, indi ka na magpamatok sa amon nga magkaupod kita nga magdala sa kinidnap ninyo kay Rodin. Kami ang iya ginsugo kay daw namalibad ka man nga indi mo masarangan ang pagkidnap. Ti, ginpaapas niya kami, kag naulihi kami sing diutay.

Natigayon mo man gali ang pagkidnap," pahayag sang isa sa duha ka lider.

Waay nagsabat si Boy Menor kondi si Alex ang nagsabat.

"Indi kamo mag-inagaway sa *ransom money* kay ako ang kahibalo sang bahin ninyo," pabutyag ni Alex sa lider nga nagsaka nga ang iya tuyo, kapin nga magbinangig ang mga tawo ni Rodin sa *ransom money*.

"Ikaw ang kinidnap, waay ka sang kinamatarong nga pahilabtan ang pagtulonga namon sang *ransom money*, kay indi si Boss interesado diri," pabutyag sang lider.

"Ngaa waay ako labot kay sa akon mahalin ang inyo *ransom money*," si Alex.

Tuhay ang paghangop sang isa ka lider. Si Alex may dala nga isa ka milyon pesos! Suno sa ila *boss* nga si Rodin, isa ka milyon ka pesos ang ipagawad nila kay Alex. Sa hinali, naisip sang lider nga tsansa na ini niya nga makapanag-iya sang isa ka milyon ka pisos kon mapatay niya si Alex, si Boy Menor kag ang lima sini ka kaupod sa duha ka *speedboat*. Madasig nga naggabot sang iya armas ang lider, pero naunahan sia ni Alex nga napurohan sa ulo. Kay sa kilid ini sang yate diretso ini sa tubig matapos naigu ni Alex. Gumunot man ang ikaduha, halos dungan sila ni Alex sa ikaduha nga pagpalupok sini. Tuo nga abaga ang tinumod ni Alex, nahulog man ini sa dagat sa sipa sang .45. Tumangla ang duha sa *speedboat* sa pihak sa tuo sang yate kag nagpalupok man. Nakapaipli si Alex, waay sia naigu.

Ayhan napigado ang duha sa *speedboat* sa wala sang yate kay may ginauyatan nga *pistolized Uzi* si Boy Menor nga nagakuob-kuob palapit sa ila. Kinambyo sang isa ang naka-*neutral* nga *speedboat* kag pinasibad ini palayo. Nagsunod man ang sinakyan sang lider nga napatay ni Alex. Ayhan patay man ang isa pa ka lider nga inigu ni Alex sa abaga. Kag pinasibad man sang duha ka kaupod sang naluthangan ni Alex. Mahimo nga napasakay man sang duha ang duha nila ka upod nga nasamaran, nga ayhan patay man kay waay man sila sang nakita nga mga bangkay sa tubig sa kilid sang yate.

"Boy Menor, luyag mo bala makakwarta sing daku?" pakiana ni Alex nga dayon pinasundan sang isa pa. "Pero, ini ang ikaduha ko nga pamangkot. Gusto mo bala nga mauntat na si Rodin sa iya bisyo? Maabot gid ang adlaw nga ipapatay ka man ni Rodin, kay daw naglain ang ulo sini sugod sang mapahalin ini sa serbisyo militar. Ang mga salaligan sadto ni Rodin naumpisahan na pamatay sini. Ang nagtestigo batok sa iya nga barangay konsehal sa Iloilo sa pagpakidnap sa akon, patay na. May isa pa gid ka sarhento nga nahulog sa dagat gikan sa bapor kag nalumos, ginsuspetsohan man sang pulis si Rodin sa kamatayon sining salaligan man sini sadto."

"Sir Alex, waay ko nasayran ina. Kon matuod ang imo pagmay-om sa pagahiwaton ni Rodin, mabulig na ako sa imo agod aton mapatay si Rodin," sabat ni Boy Menor.

"Pagbalik mo sa Manila, magsugod ka sa pagkalap sang mga tawo nga naatraso ni Rodin. Ipabalita naton nga nag-engkwentro kamo sang anom ka tawo nga ginpabulig ni Rodin sa imo agod kidnapon ako. Sigurado indi dayon magpasayang-sayang ang apat nga nabilin kay Rodin kay napaslawan sila. Ikaw, tawgan mo si Rodin kag silingon indi ka na magpangalagad sa iya. Kapoy ka na sa paghikot sang krimen. Ikaw ang lider sang sindikato nga pundaron naton batok kay Rodin. Ang misyon sang aton sindikato nga mauntat ang grupo ni Rodin. Mabulobudlay ini. Pero kon ma-*neutralize* naton si Rodin kag madula sa patag sang mga *illegal*, kamo nga mga tawo ko hatagan ko kamo trabaho sa mga kompanya namon, para makapangabuhi kamo sing matarong. Waay kamo sing *pending* nga kasal-anan sa korte. Kon may ara kwartahon naton ang tawo nga matestigo batok sa inyo."

"Mapasalamat gid ako sing daku sa imo, Sir Alex, kon mahatagan mo kami sang trabaho nga disente sa inyo kompanya padulong sa amon pagbag-o sang pangabuhi."

"Matabo gid ina kon mapauntat naton ang pag-abuso ni Rodin nga nagaguba man sang negosyo. Madamo sang mga negosyante ang mabulig sa aton," pasalig ni Alex.

APANG, samtang nawili sanday Alex kag Boy Menor sa

pagsugilanon man sa duha nga tripulante nga Pinoy sang yate, waay nila nadiparahan ang isa ka yate nga malapit na sa ila. May nagautaw-otaw nga nga *boarding party* ang yate nga may bandera nga iya sang isa ka pungsod sa Pasipiko, nga isa ka diutay nga kaharian.

"Kalma ka lang, Sir Alex, kay ako ang bahala. *Routine inspection* lang ang ginabuhat sang pungsod kay ara kita sa ila kadagatan," pabutyag ni Boy Menor kay Alex. Ginlibot ang ila yate sang *coast guard* sang diutay nga ginharian sang Kurai, nga kaupod man sang madamo lang nga mga pulo sang New Zealand. Ginsulod man nila ang halos tanan nga hilit sang yate sa idalom.

"Ano bala ang nabatian namon nga linupok nga naghalin diri?" pangusisa sang katapo sang pulis nga Pinoy sang Kurai.

"May nangahas nga mga kawatan sa amon, pero nalagyo man sila sang amon batuan," pabutyag ni Boy Menor kag waay man sing nakit-an nga ebidensya sang krimen. Bisan ang dugo sa kilid sang yate dinala sa malayo sang mga balod. Nagbalik na ang grupo sang *coast guard* sang Kurai sa ila sakayan.

"Boy Menor, mabalhin kita sa *speedboat* pakadto sa Davao agod madali naton makit-an ang nagalagas sa aton nga mga kaupod mo nga dugang nga ginpabantay ni Rodin sa aton. Sa subong, kay ayhan nakareport na ang tripulante sang eroplano nga nagsugat sa aton, mahimo nga may naalerto ni si Rodin nga magapangita sa aton."

Naghanda na sanday Alex kag Boy Menor sa pagbalhin sa *speedboat* sang madiparahan nila nga malapit na sa ila ang *patrol ship* sang *coast guard* sang Kurai.

Naglisu si Alex sa tuo, nga nasiplatan niya nga nagapamaypay gikan sa VIP *open lounge deck* sang sakayan sang pulis Kurai. Matahom nga babaye, *suntanned,* marikulkol, kamalantang, kag nadumdoman ni Alex si Luem. Kon dugangan sing duha ka pulgada ini pwede nga si Luem na sia sa malayo nga distansya. Ano na ayhan ang nagatabu sa iya mahal nga si Luem didto sa Canada?

Sang hambalon ni Boy Menor nga ginaimbitahan sila ni Alex sang prinsesa sang Kurai, daku gid ang kakibot ni Alex. Pat-od ni Alex nga maatraso ang iya plano batok kay Rodin, pero basi kaluwasan man sang tanan sa katalagman kon maatraso si Rodin sa pagpangita sa ila ni Boy

Menor.

Sa subong waay pa sing alas si Rodin sa pag-*blackmail* sa mga kaupod niya anay sa awtoridad agod mabug-os ni Rodin ang pila ka sindikato nga tingubon agod daku ang iya pwersa kontra kanday Alex. Kon daku nga kusog sang mga sampaton nga ilegalista ang hubon ni Rodin, takilid si Alex. Pero nagapati man si Alex nga kapin nga si Boy Menor maimpluwensya sa pagtipon sang mga katapo sang sindikato nga may dumot kay Rodin sa iya pag-abuso sa ila sadto. Kinahanglan maunahan nanday Alex kag Boy Menor si Rodin.

Gani, nangayo sang pabor si Alex sa pulis sang Kurai nga maghambalanay anay sila ni Boy Menor. Mauna si Boy Menor sa duog kon diin pirme sia nagalagaw sadto sa pagpanipon sang mga tawo agod ila malutos ang nagahangkat kay Rodin. Likom nga hinatagan ni Alex halos tunga sa milyon nga *cash* kag tseke si Boy Menor agod magtipon sang mga tawo nga maupod nila batok kay Rodin. Samtang ginapalighot sila ni Rodin, si Boy Menor lang ang manipon mga tawo sa bulig ni Tyo Enyong ang líder sang mga mamumugon kag ni Tyo Kadoy nga lider sang mga militante nga kabataan.

Dayon, nag-upod si Alex sa mga pulis sang pungsod Kurai sa pagsabat sa pangagda sang prinsesa. Natun-an man ni Alex nga madamo pa nga magagmay nga mga pungsod sa Pasipiko nga may mga pagginawi sadto pa nga ginapatuman sang ila tribu nga ginasunod pa nila tubtob subong. Isa na diri ang pagpangagda sang prinsesa sang diutay nga kaharian sang Kurai sang lalaki nga iya naluyagan anakan sia sini nga mahimo niya himuon nga prinsipe kon sia na ang Reyna. Reyna ukon Hari ang may gahom kon sin-o ang iya papungkuon bilang katapo sang harianon nga puloy-an.

Kontani, indi sia pagpunggan sing madugay sang Prinsesa sang Kurai kay basi kon magreklamo si Daphne, daku ini nga isyu nga pagaawayon sang Talatapan sang Buluhaton Pangluas sang Pilipinas. Ang natabu kay Alex isa ka pribado nga buluhaton sang isa ka banwahanon. Indi dapat madalahig ang pungsod sang Pilipinas diri.

31

SAMTANG si Alex *bilanggu* sa yate sang Prinsesa sang Kurai sa tunga sang kadagatan nga bahin sang Pacific Ocean, sa opisina nga mayor ukon *home office* sang Villamaestre Group of Companies sa Makati, sa Pilipinas si Rodin padayon ang pakadto-pakari sa sulod sang iya kwarto. Nagaisahanon lang ini kay ang iya tiglikom sa kaiping nga hulot ini kag iya ginatawgan lang sa *intercom*.

Nagdoble ang init sang ulo ni Rodin kay waay na nakakontak ang iya salaligan nga si Boy Menor sang silingon sining' iya tawo paagi sa radio nga nakidnap na nila si Alex Vera Cruz. Suno kay Boy Menor, nagapasaka na sila sa yate sa iya pagtawag. Ang maayo nga balita ni Boy Menor waay na masundi sa daku nga kaakig ni Rodin. Daw ginatunto lang sia sang iya anay salaligan. Ayhan matuod nga wala si Vera Cruz sa Australia. Nagbalik man ang eroplano nga ginbayaran niya nga magasugat kanday Vera Cruz sa Mindanao.

"Sigurado ko nga sa Australia nagkadto si Alex Vera Cruz. Pero, ngaa indi sia masalapuan ni Boy Menor?" kulumuron ni Rodin sa kaugalingon. Waay niya nadiparahan nga ang iya *intercom* bukas gali paggwa sa iya opisina.

"Boss, nagapanawag ka bala sa akon?" nag-ulhot sa ganhaan ang iya sekretarya nga may edad na apang amo gid ini ang salaligan sang iya manghod sadto pa. Sa pagtamwa sabg iya sekretarya, daw nagkalma man si Rodin.

"May dugang bala nga *files* ikaw sa kopya sang kasugtanan naton kag sang mga Vera Cruz?"

"Waay na, Sir. Nahatag ko na tanan sa imo," sabat sang tiglikom nga dayon man gwa.

Kahapon lang nabukaran sini ang mga dokumento nga ang kompanya nila nga isa ka import-*export business* nila magka-*partner* gali sa kompanya nanday Vera Cruz didto sa Sydney, Australia sa pagpatigayon ni Swannie. Daw nagsaka sa iya tutonlan ang kasingkasing ni Rodin sa sitwasyon nga mahimo didto si Alex sa iya manghod subong nagpaamulya. Mabudlayan sia sa pagpakidnap sang iya mortal nga kaaway, daku na nga insulto sa iya kapabilidad, madugangan pa gid ang kahuloy-an sa pamilya sang Villamaestre! Nanawag ini sa manghod didto sa Australia.

"Swannie, magtuad ka sa akon sing matuod! Ara bala dira si Alex?" nagakamulug-ot nga pamangkot ni Rodin sa telepono sa manghod nga didto sa Sydney, Australia.

"Manong, magpakatawhay ka lang. Waay si Alex diri sa Australia. Nasayran ko nga may mga tawo ikaw nga ginpadala diri agod tiktikan ako, pero waay nakasaboy diri sa Sydney si Alex, pagkatapos nga napirmahan sang ila gin-awtorisahan nga tawo ang dokumento sang *partnership*," sabat ni Swannie sa nagaalburuto nga magulang.

Sa sina nga tion waay man nahibal-an ni Swannie nga si Alex *bihag* sang isa ka prinsesa sa iya yate sa tunga kadagatan sa tunga nayon sang Australia kag Mindanao.

Nagkalma man si Rodin, kinahanglan makaisip sing husto nga buhaton sa maathag nga pagkapaslawni Boy Menor nga makidnap si Vera Cruz..

Nadumdoman man niya nga indi malipod sa manghod ang nagakatabu sa ila negosyo. Kon may alas si Rodin batok sa manghod, duha ang alas ni Swannie batok sa magulang. Ini tanan magatuga sing dugang kag daku pa gid nga kahuy-anan sa pamilya Villamaestre kon mabulgar kag masayran sang katilingban nga sadto tampok sila sa mga hilikuton sini. Nagaamat-amat na nga nagakadulaan si Rodin sang paglaom nga matib-ong liwat ang kadungganan sang pamilya Villamaestre, una sa iya nabuhat nga kasaypanan kag ang ikaduha amo ang natabu kay Swannie nga gintuga sang kapin nga abilidaran nga lalaki sangsa iya. Abilidaran sangsa iya!

"Indi mahimo nga tubtob kon san-o daugdaugon ako sang hayop nga tawo nga ina!" sa daku nga kaakig ni Rodin nasinggit sini sa telepono sang naghipos man ang manghod. Daw nakibot man si Swannie sa pagsinggit sang iya magulang. Daw nagaamat-amat baris ini. Naisip man ni Swannie nga basi maglain ang ulo sang iya magulang gani kinahanglan niya kalamayon man ini. Pero mamati bala sa iya ang magulang kay manghod lang sia?

"Manong, sin-o nga hayop ang ginatumod mo?" sal-ot ni Swannie sa magulang nga padayon nga nagabukal ang daw ginakalaywan nga dugo.

"Indi ka gani magpinusong dira, Swannie, ha! Ano ka maya agba na bangod sa ginhimo sa imo ni Vera Cruz? Basi ikaw ang malinti-an sa nagakatabu sa pamilya Villamaestre!" pasinggit nga pamahog ni Rodin sa manghod.

"Manong, ginapahog mo bala ako? Tandaan mo nga ako ang nagpadaku sang aton negosyo! Dapat waay ka nagpahilabot subong sa pagpadalagan sini kay masarangan gid namon sang mga manghod mo nga magpabilin ini sa ibabaw!" tambing nga matigdas ni Swannie sa pasingit sang magulang.

Nakum-an man si Rodin. Sia ang nagpangindi sa ila mga ginikanan sadto nga pangulohan ang pagpadalagan sang ila negosyo.

"Kon gintal-usan mo si Papa sa pagpadalagan sang aton negosyo, kontani talahuron ka man nga Don kag patriarka sang pamilya Villamaestre. Kontani mas may abilidad ka pa sangsa tawo nga ginakabig mo nga mortal nga kaaway. Pisu lang sadto ang ila negosyo kon ipaanggid sa Villamaestre Group of Companies. Diin bala ang Vera Cruz Group Companies sadto? Kon indi bangod sa bulig sang mga De Guzman, waay nakabangon ang mga Vera Cruz."

Naisip dayon ni Swannie nga kontani sia ang nagsalbar sa mga Vera Cruz sa pagkabangkarote. Nakabutwas ang mga Vera Cruz sa pagkaputo bangod ginpakasalan ni Alex si Daphne de Guzman. Sia kontani ang ginpakasalan ni Alex kon nasayran ni Swannie ang natabu sa pamilya ni Alex.

Waay nagsabat si Rodin sa manghod. Nadumdoman abi ni Rodin ang pangabuhi nga waay sing daku nga palaligban. Ina paagi sa pagsoldado nga para sa iya may daku kag makalulomay ang kabantugan, labi na gid kon magheneral sia. *General Rodindo Villamaestre*, ina ang daku nga kadunggganan para sa iya kag ayhan sa kabilugan sang pamilya Villamaestre.

Gani, batok sa kagustohan sang mga ginikanan, nagsoldado si Rodin pagkatapos gid niya sang kolehiyo. Ikaduhang Tenyente nga *regular* sia, katulad sang mga gradwado sa Philippine Military Academy, kay 21 lang ang edad kag tapos sa *Advanced ROTC* kag *summer cadre training*. *No.1* pa sia sa pasinawan sa kabilugan sa pagpangalap ukon *procurement* sang bag-o nga opisyal sang Armadong Kusog sang Pilipinas. Kag, na-*waive* ukon waay na gin-aplay sa iya nga dapat magkadete anay sa *Probationary 2nd Lieutenant Training* kag mahatagan *commission* sa pagkakatapo sang *Corps of Officers* sang *Armed Forces of the Philippines*. Gin-*adoptar* si Rodin sang isa ka *PMA Class* bilang *mistah*, ang klase ni Police Senior Superintendent Edgardo Vicente. Gani madasig man nga nataasan sia sang ranggo kadungan sa mga gradwado sang PMA kag iban pa nga nangin *regular officer* man tubtob nangin-*full-fledged colonel* si Rodin.

Apang kapin ang pagkaambisyuso ni Rodin. Sang hatagan sang pwesto nga ikaduha sa *Military Intelligence Group* sang AFP, nagdesinyo sia sang mga *shortcut* sa pagbulig bungkag sang mga *syndicated crimes* ukon mga krimen nga patuga sang grupo ukon sindikato. Bilang *shortcut*, ining mga paagi ni Rodin waay nagasunod sa *chain of command* nga dapat sundon sang tanan nga soldado, labi na gid sang mga opisyal, sa ila sinumpaan nga hilikuton. Sa iya paagi, madamo ang nahalitan sa ila operasyon kag masunson may pila ka *casualty*.

Gintakop ni Rodin ang telepono nga waay sila nagpaalamay sang iya manghod. Indigid maributay si Rodin, kinahanglan madula ang tunok sa iya ginalaktan ang iya kaaway. Kinahanglan madula sa ibabaw sang duta si Alex Vera Cruz! Nagbalik sa iya latok si Rodin sa pagpanawag sa iya mga kampon. Nalugaw-an ang iya ginsugo sa Australia? Kinahanglan ang dugang nga mga tawo sa pagpangita kay pagpatay kay Alex. Ini ang katapusan nga baraha ni Rodin.

SAMTANG, nadumdoman ni Swannie ang panugyan sadto ni Alex nga magpakasal sia kuno abi sa isa ka Pinoy didto sa Australia nga may ngalan man sa negosyo sa isa ka kasugtanan nga pagkatapos nila makasal sang pila ka bulan, magadiborsyo man sila. Ang ila anay empleyado nga nagbalhin sa isa kompanya sa pagbuylog sa asawa sini nga anak sang tag-iya sang kompanya kag subong balo na ang sabat sa problema nga pagmbdos ni Swannie. Si Swannie ang nagbulig diri sa ila empleyado anay nila nga iya ginpadala sa Sydney sa mataas nga katungdanan sa ila negosyo sa Australia. Sang nakapangasawa ini sang anak sang negosyante nga tumandok sang Sydney nagpaalam man ini kay Swannie nga kon may problema ang boss nga si Swannie mabulig gid sia para sa kompanya.

Waay sia sing gin-usik nga tinion kag daku gid ang kalipay ni Swannie sang iya makontak si Adam nga iya anay empleyado kag subong mataas nga puno sang kompanya nga ginbilin sang iya asawa nga namatay sa kanser.

"Ma'am Swannie, ano bala ang mabulig ko sa imo," malipayon nga nabungat sang anay empleyado nga nagakilala gid sang kabalaslan sa nagbulig man sing daku sa iya. "*Name it and you'll have it.*"

"Indi sa nagapanukot ako, Adam. Pero ikaw lang ang makaluwas sa akon sa dakunga problema. Nahibal-an ko nga indi likom sa imo ang nagakatabu sa aton sa Pilipinas sa bahin sang negosyo. Nahibal-an mo man gikan sa imo utod nga babaye nga kaupod pa namon sa kompanya hasta subong. Gani, nahibal-an mo man ang natabu kay 'Nong Rodin, sa akon kag kay Alex Vera Cruz kag ang manog-abot nga pagkabangkarote sa amon kompanya bangod sa magulang ko."

"Indi ka mahimo magbalik sa Pilipinas kay ginamabdos mo ang inyo anak ni Alex, Ma'am Swannie."

"Adam, tawga na lang ako nga Swannie, magulang ka man sa akon kag waay ka naman kaagi nga diretso ka nga napaidalom sa akon. Sang magkaupod kita sa opisina, mataas na ang posisyon mo, gani kinahanglan ipadala ko ikaw diri sa Australia para mataasan ang sweldo mo."

"Ma'am, este, Swannie. Ina ang indi ko gid malimtan nga bulig mo sa akon tubtob sa akon kamatayon. Nabuligan ko ang tanan ko nga mga utod bangod man sang imo kaalwan. Karon, gusto mo magpauli sa Pilipinas agod matadlong ang indi husto nga nagakatabu sa inyo kompanya. Buligan ko ikaw, Ma'am, este Swannie. Indi ko basta-basta nga tawgon ikaw sa imo ngalan.

"Mapakasal kita subong nga daan kag pagkatapos madiborsyo man kita kon tugotan na pagligad sang tinion nga ginapat-od sang kasugoan diri sa Australia. Indi pa ulihi ang tatlo ka bulan, agod masalbar mo ang pagkaputo sang inyo negosyo. Siguro nga buligan ka gid ni Alex kay obligasyon niya ina," pulong ni Adam kay Swannie.

"Subong pa lang, madamo gid nga salamat sa imo, Adam. Kon ari ka lang sa luyo ko mahalukan ko gid ikaw, kay bisan waay ko pa nasugiri ikaw sang problema ko, napaktan mo dayon ang pangayuon ko nga malahalon nga bulig sa imo," balos ni Swannie sa mahinangpanon nga anay empleyado.

"Ginsaligan mo gid ako sadto sa akon mabulig sa Villamaestre Group of Companies, gani ang pagbulig ko subong para gihapon sa kompanya nga napamahal man sa akon,"

dugang ni Adam. "Ihanda mo gilayon ang imo mga dokumento kay bwas sugaton ko ikaw pakadto sa isa ka hukom agod matapos gilayon ang aton *kasal*." Ginhatag ni Adam kay Swannie ang listahan sang mga dokumento nga kinahanglan sa kasal sang mga dumuluong sa pungsod Australia.

Masulhay nga nakaginhawa man si Swannie. May kahigayunan pa sia nga masalbar sa pagkaputo ang ila kompanya kon makapauli sia sa Pilipinas nga nakataas ang agtang. Mapauli si Swannie sa Pilipinas bilang si Ginang Adam Barranca, nga asawa sang isa ka madinalag-on na negosyanteng' Pinoy sa Sydney, Australia.

Kag sa malip-ot nga mga tinaga, natigayon gid ang ginplano sang tawo nga ginbugay man sang Dios.

Indi man nalikom kay Rodin ang pag-abot sang manghod nga si Swannie, kay madasig man ang mga *tabloid* sa pagbantay sa nagakatabu sa komunidad sang Pinoy sa Australia. Pati radyo kag telebisyon nakasagap man sang madugos nga tsismis sa mataas nga katilingban sa bahin sang isa ka Villamaestre. Gani, pinahid man sang naglanog nga tsismis sa madamo lang nga mga pasuni gikan sa mayor nga pasuni nga natabu sa Dakbanwa sang Sydney, Australia.

Ang bunga sang *kasal* nanday Sonya Anita Villamaestre kag Adam Barranca nga gindugokan man sang halos tanan nga Pinoy sa Sydney amo ang pagbaton liwat kay Swannie sa ila katilingban. Ang kapritso sa Pinoy nga katilingban, nagamatuod ang butig, kag ang matuod nagatigbaliw sa butig. Amo ina ang siling nila, nga kon palalaok ka sang alak, *palahubog* ka kon imol ikaw, kon manggaranon, *palainom* ka lang.

MAKALIGAD ang duha ka adlaw, nag-abot si Ginang Adam Barranca ukon Swannie kag nabudlayan ang pulis-NAIA sa pagpugong sang daku nga hubon sang mga mamantala agod makaagi si Swannie paggwa sa *airport*.

Nag-atubangay gilayon ang mag-utod nga sanday Rodin kag ang iya manghod sa ila opisina. Si Rodin daw nagkalma sa iya pirme mainit kag kon kaisa masingki nga pagginawi. Ayhan nag-untat anay sa pagplano sang ginatawag man sini nga pagtimalos sa iya mga kasumpong.

"Manong, kon may mga *investor* nga magduha-doha sa mga transaksyon sang aton kompanya sa idalom mo, sigurado nga mangatubang ikaw sang kaso. Gani, ako anay ang magpadalagan sang aton kumboyahan," sugod nga sugilanon ni Swannie kay Rodin. "Magbakasyon ka anay sa kon diin gusto mo nga kadtoan."

"Maayo kay napanugyan mo ina, Swannie. Kinahanglan ko gid man siguro ang malawig nga bakasyon, sa militar malip-ot lang ang bakasyon nga ginhatag sa amon," matawhay kag malamig ang tingog ni Rodin sa atubang sang manghod.

Sa isip ni Swannie, nagbalik ang balanse sa panulok ni Rodin sang natabu sa ila pamilya. Pero, suno man sa iya nabuy-an nga mga masingki nga tinaga sa mga katapo sang sindikato nga iya ginsakdag, kamatayon lang sang iya mortal nga kaaway ang mahimo makapabalik sang iya matawhay nga pangabuhi.

Kasulhayan sa ila adlaw-adlaw nga pagginawi kag bag-o nga paglaom para sa mga empleyado ang gintuga sang pagbiya ni Rodin sa iya pwesto. Magabalik ang kompanya sa mataas sini nga andana kag ang bunga sini amo ang mahimo nga pagtaas sang sweldo sang mga empleyado sa pagkilala man sang ila naamot sa pagdaku sang negosyo sang mga Villamaestre.

Nagbulig gid sing husto kay Swannie ang mga empleyado sa pagpatigayon sang mga transakyon agod mag-athag ang mga gasto sang ila negosyo sa idalom ni Rodin.

Kag natigayon ini tanan ni Swannie sa tampad nga bulig sang tanan nga mga tanan nga mamumugon sang kompanya. Pagbinuligay sang kapital kag mamumugon ang natabu.

Kag sa una nga miting sang hunta direktiba sa idalom sang pagpamuno ni Swannie, maathag nga nakita sang tanan nga nagakabalaka sa negosyo, nga indi pa tama kadaku ang kapierdihan sang kompanya. Madamo pa sila sang mga ginpahunan sa iban nga negosyo nga waay natublag. Nagtaas man dayon ang bili sang ila mga *stock* sa merkado bangod sa pag-aathag sang tanan nga indi tanto kadaku ang pagapierde sang kompanya. Ginpangako man ni Swannie nga sila nga tag-iya sang daku nga bahin sang negosyo ang magaabaga sa pagbayad sang kapierdihan agod indi mabuhinan ang bahin sang iban nga mga *investor* ukon kapitalista. Ang buot silingon nga ibuhin ang tanan nga nagasto sing indi husto sa bahin sang mag-ulutod sa ganansya.

SA pihak nga bahin ang pagbakasyon ni Rodin, nagpatawhay man sang sitwasyon sang pamilya Vera Cruz. Sa pagbantay man sang CIDG 6, nagnubo ang katalagman nga ginatuga sang sindikato nga ginsakdag ni Rodin sa puod kag dakbanwa sang Iloilo. Sa sini nga tinion, indi pa nahibal-an sang iya Kumpareng' Edvic nga si Alex, upod sang salaligan ni Rodin nga si Boy Menor, bisita sang isa ka prinsesa sa iya sakayan sa tunga sang kadagatan. Ang sakayan nga yate, gwardyado man sang Coast Guard sang diutay nga kaharian sang Kurai sa tunga sang sur nga bahin sang Pacific Ocean. Si Boy Menor nabilin sa sakayan sang Coast Guard samtang si Alex *bilanggu* sang prinsesa sa yate sini.

Sa sini man nga tinion, natapos na tanan ni Swannie ang pagplantsa sang yukot sang ila kompanya, kag handa na sia sa pagbalik sa Australia. Ibilin lang niya ang opisina sa isa ka pinakamataas man puno sang ila organisasyon bilang *officer-in-charge* ukon temporaryo nga katal-os sa iya. Gikan sa Australia tulotawgan lang ang opisina sa Makati ni Swannie. Kon may daku nga transaksyon nga kinahanglanon gid ang iya pirma, ipadala lang sa iya sa Australia agod iya ini mapirmahan kon indi mahimo nga i-tugyan sang hunta direktiba sa *officer-in-charge* ang pagpirma.

Sa waay nagbalik si Swannie sa Australia, tinawgan sini si Daphne sa Lambunao.

"Si Misis Swannie Barranca ini, 'Miga Daphne," malipayon nga nabungat ni Swannie sa babaye nga nagahigugma gid kay Alex, katulad niya pero indi pa nabalusan.

"Abyan Swannie, *congratulations*," tampad nga natusngaw ni Daphne. Nalipay gid sia sa natabu kay Swannie nga kaagaw sa paghiguma ni Alex. Ang bentaha lang ni Daphne nga sa iya kasal si

Alex. Mas may kasigurohan ang iya paghulat nga balusan man ni Alex ang iya paghigugma. Pero may bana man nga nagapalangga sa iya si Swannie. "*So, for us, all's well that ends well.*"

"*If you mean our personal agreement, that's a done deal.* Kon mahimo na ang akon anak makasakay sa eroplano pauli dira sa Iloilo, maabot sia dira sa inyo kaupod sang yaya kag kagastuhanan sa sulod sang tinion tubtob sia magdaku. May separado pa gid nga *trust fund* para sa iya pagbutho. Luyag ko lang magkabuylog ang mga anak ni Alex," pamatod ni Swannie. "Ini ang naisip ko nga maayo gid para sa akon anak. Sa sitwasyon ko indi ko pwede mahatagan gid sang iloynon nga pangalagad ang akon anak. Yaya man gihapon, gani maayo na lang magdaku sia kaupod sang iya mga *sibling*, bisan ako magaantos nga mahamulag sa akon anak."

"Apat dayon ang akon mga anak, duha ka lalaki kag duha man ka babaye," daw bata nga nadugang ni Daphne nga nasamayan man sang bunayag nga balatyagon kag udyak nga ginpikpik man ang iya tiyan. "Duha gid sila nga sing sunod-sunod maga-Reyna sang kapiestahan sang *Our Lady of the Candles* sa Jaro, Iloilo City."

"Sige, Abyan Daphne, nagahulat na si Adam sa akon sa Sydney," paalam ni Swannie kay Daphne.

"*Bye, see you!*" sabat ni Daphne nga daw nagaagda kay Swannie kay nadula na ang iya kaimon diri.

Matapos ang paalam ni Swannie, nadumdoman dayon ni Daphne si Alex. Ikatlo na nga adlaw nga waay nakatawag sa iya si Alex, kay nanawag man ini sang manogpauli sia gikan sa Australia.

"Sa diin na bala ang akon pinalangga?" Sa nabungat sang iloy, nagudyak man si Andre sa iya kuna kay abi sini, sia ang ginapatungdan sang iloy.

"Mommy, ara Daddy, o," nasambit sang bata.

32

GIN-ITIK ni Daphne ang nagatindog nga anak sa kuna kag padayon man ang udyak sini.

"Diin si Daddy mo? Ikaw, Nonoy Andre, ha. Kahibalo ka na maglahog nga katulad ni Daddy mo," Ginhakwat dayon ni Daphne kag ipahamtang sa salog ang anak kag nagtakang-takang man ini nga daw mausdang, pero sige ang himakas sang bata nga makalakat sing tadlong.

Sa sini nga tinion, sa ikatlo ka adlaw sang iya pagpangagda kay Alex sang Prinsesa sang Kurai, naghambal na ang dalaga mahimo na sia makalakat pauli. Nagpasalamat si Alex kay duha lang ka adlaw nga *binilanggo* sia sang Prinsesa sang Kurai. May patimaan na nga nagamabdos na ang prinsesa sang Kurai.

Sa ikatlo nga adlaw si Alex ginpasakay na sang pulis Kurai sa isa ka sakayan dagat nga daw bangka ukon *pumpboat* katulad sang iya sang mga utod naton nga Muslim nga daw nagakihad lang sang malinong nga dagat kon magsibad ini kag may makina ini nga ginatawag man nila *volvo*.

Gindul-ong si Alex sa panghigaron sang baybayon sang Davao. Si Boy Menor ginpauna na sa Davao sa una nga adlaw sang *pagkabilanggu* ni Alex. Nagpa-Manila man dayon ini agod tumanon ang ila nakasugtan ni Alex sa pagsugod panipon sang mabulig sa ila sa pagpukan sang mabangis nga sindikato ni Rodin. Madamo na sang kalakasan nga natuga ang panong ni Rodin, hold-up, *murder*, *kidnapping for ransom*, *blackmail* kag lakip ang *smuggling*. Dapat gid nga madula sila para sa katawhayan kag sa matanlas nga dalagan sang negosyo.

Pantalan nga malapit sa isa ka *beach resort* ang gindalhan kay Alex. Nakakuha man dayon sang isa ka pribado nga salakyan nga ginapaarkilahan si Alex agod magpadul-ong ini sa Dakbanwa sang Davao. Diretso sa *airport* sang Davao ini kag nakakita man sia gilayon sang diutay nga *jet* nga eroplano agod magpadul-ong sia sa Iloilo. Hapon na sang magsampot si Alex sa Iloilo sa kahidlaw sang iya anak nga si Andre kag sang iloy. Anom ka adlaw nga nadula si Alex sa Iloilo.

Pagkaaga, si Alex gilayon nga nanawag sa iya 'Pare Edvic.

"Grabe ang imo inagihan sa Australia, 'Pare Alex," pamuno ni 'Pare Edvic ni Alex. "Kamusta ang Prinsesa sang Kurai?"

"'Pare Edvic, paano mo mahibal-an ina? Daw isa man lang ka tawo ang nakahibalo sa natabu sa akon," sabat ni Alex sa iya kumpare.

"Daw bag-uhanon ka pa sa trabaho sang *intel*, may tsismis man kon kaisa nga madasig maglapnag. Isa man lang ka tawo pirme ang ginahalinan sang tsismis, indi bala, 'Pare Alex? Si Tyo Enyong ang nanawag sa akon kay abyan ko man ini. Ginsugid niya sa akon nga nagkasugtanay kamo nga buligan sia. Ginpalapitan kuno sia ni Boy Menor sa sugo mo. Ginklaro lang ni Tyo Enyong sa akon kon ano ang salabton sini sa kasugoan sa pagbulig sa imo pundar sang sindikato nga ibunggo mo kay Rodin."

"Ano pa gid ang nahinambitan ni Tyo Enyong, 'Pare Edvic?"

"Madamo na sila kuno nga natipon ni Boy Menor nga mga tawo nga luyag man mabag-o ang pangabuhi kon may kahigayunan sila kag ikaw, 'Pare Alex ang nangako nga mahatag sa ila sina."

"Nangako ako kay Boy Menor nga pasudlon ko sila sa amon kompanya kon amon mapauntat si Rodin sa iya ginatuga nga kalakasan nga daw waay patubaling sa kon sin-o man ang madalasa sang malain sini nga buluhaton, labi na gid ang negosyo, 'Pare Edvic. Madamo ang kaupod ko nga negosyante nga mabulig sa amon sa pagdula sang kalakasan nga ginatuga ni Rodin nga apektado gid ang negosyo diri sa aton pungsod. Pati turismo, nabuhinan man ang pagkadto diri sang mga dumuluong kay madamo nga *kidnapping for ransom* ang ginatuga sang hubon ni Rodin. Daog pa nila ang mga ginabuhat sang militante kag terorista nga mga utod naton sa Mindanao."

"Hulat anay, 'Pare Alex, daw indi maayo ang nagsulod nga mensahe diri sa amon," sal-ot ni Edvic sa panaysayon ni Alex, samtang ginahimutaran sini ang napagkit sa *printout* sang *computer* nga ginhatag sa iya sang isa ka babaye nga upod.

"Tan-awa lang ang kumpirmasyon sina sa imo *computer,* Sir," pulong sang kaupod   nga babaye sa CIDG 6 sa Iloilo.

Ginpaimprenta man dayon ni Edvic sa iya *computer* ang mensahe gikan sa ila *headquarters* sa Manila.

"'Pare Alex, kumpirmado nga may lima ka tawo nga mga *sharpshooter* nga maabot diri sa pag-agaw kay Boy Menor kag pagkidnap man sa imo. Kag ari pa ang tatlo ka babaye kay waay na nakupirma ang kamatuoran sang ila paglinuthanganay kag pagkamatay nga tatlo. Basi pasuni lang nila ato agod magrelaks kami sa pagpaniktik man sang ila buluhaton diri sa Dakbanwa sang Iloilo."

"Kon amo dapat maghanda kami diri tanan sa buluthoan, 'Pare Edvic?"

"Dapat amo gid ina ang inyo himuon kay indi kamo mahimo nga malagyo gikan dira sa inyo sing madugay, gani nagsugot man ako nga aton pangapinan ang katarungan paagi sa inyo pagbato sa sindikato ni Rodin. Nahanas naman naton sa pag-away ang mga gwardya mo, may *sandbags* nga napahamtang sa *main gate* sang inyo buluthoan, kag waay naman sing mga bumulutho subong luas sa pila nga nagakuha sang *graduate courses*. Mabulig man sa inyo ang pila ka tawo ko kag mga tawo ni Tsip Mar Compas sang Lambunao Municipal Police Office dira sa imo. Maapas lang ako dira kay may hubon sang operatiba sang Iloilo City Police Office nga nagapabulig sa amon imbestigar sang isa ka misteryuso nga *hold-up* kag *murder* diri."

"Salamat gid, 'Pare Edvic."

NAGGWA si Alex sa iya opisina kag amo man ang pag-abot ni Boy Menor nga ginarekisa sang mga bantay sa *main gate*.

Nagpalapit gilayon sa mga gwardya si Alex.

"Pasudlon ninyo, abyan naton ini si Boy Menor," sambit ni Alex sa iya mga gwardya.

"Boss Alex, medyo naatraso ako kay gin-*verify* pa sang Avsecom ang akon *permit to carry firearm* sa Camp Crame. May rekord abi sa ila kompyuter nga nadalahig ako sa *murder* sang tion nga soldado pa kami ni Rodin, pero nabuy-an man kay kulang ang ebidensya batok sa akon," paathag ni Boy Menor kon ngaa nahapunan sia pagkadto sa Lambunao. Gindul-ong anay nila ang kagamitan ni Boy sa puloy-an nanday Alex.

"Nakapangape ka na bala, Boy?" pakiana ni Alex.

"Nagpangape ako sa *airport* sa Iloilo kay alas tres na kag matapos ang pag-usisa sang mga pulis sa akon," sabat ni Boy Menor. "Pwede nga malibot anay kita agod matun-an ko sing matul-id ang sitwasyon diri sa Vera Cruz University."

Naglakat ang duha pakadto sa opisina ni Alex sa panugod sang ila paglibot sa *campus* sang VCU. Nasugata sang duha sanday Daphne kag isa ka babaye nga sa panulok ni Alex nagadala na sang sobra tatlo ka bulan.

"Ari ka man, Stella?" madasig man nga napalapitan ni Boy Menor sanday Daphne kag ang gintawag niya nga si Stella.

"Ari ka man, gani ari man ako, "Ga," sabat nga may lahog ni Stella. "Waay ka bala nahidlaw sa akon nga waay mo man lang ako ginhalukan?"

"Nahidlaw? Sobra pa dira ang nabatyagan ko, mabal-an mo ina karon sa gab-i,"

lahog man ni Boy Menor sa babaye kag hinalukan man si Stella sing makaisa.

"Boss, Alex, nobya ko ini si Stella nga ginsiling ko sa imo sa Australia," paathag ni Boy Menor kay Alex. Dayon nagbalikid man sia kay Stella nga padayon ang yuhom sang babaye.

"Stella, waay mo ginsabat ang pamangkot nga ari ka," patungod ni Boy kay Stella.

"Nalimtan mo na bala nga taga-puod sang Iloilo ako? Taga-Lambunao nga may *first class ticket* man?" daw indi mag-ugdaw ang kasadya ni Stella.

"Ang *ticket* nadumdoman ko, pero ang banwa mo daw nalipatan ko."

"Boy, tatlo na ka bulan ang tiyan ko," nagseryuso si Stella.

"Stella, indi ka magkahadlok. Pakasalan ko man ikaw, kon matapos na ang hilikuton namon ni Boss Alex," pasiguro ni Boy kay Stella.

"Ako ang mahibalo sa inyo kasal ni Boy, Stella, bisan karon nga daan," tugda ni Alex sa sabtanay sang magnobya.

Nagyuhom liwat si Stella kag hinakos liwat si Boy.

"Salamat gid sa kaalwan ninyo ni Ma'am Daphne, Sir Alex," may daku nga kalipay nga napabutyag sang nagamabdos nga dalaga. "*Professor* ko ini si Ma'am Daphne kay diri man ako nagtapos sang kolehiyo sa VCU, Sir Alex. Kon nabal-an ko nga ikaw ang Sir Alex nga kidnapon ni Boy waay ako nagsugot. Nangaku abi si Boy sa akon nga ini na ang katapusan niya nga pagkidnap kag mabag-o na sia kon indi madakpan."

"Katapusan nga trabaho ni Boy sa akon ang amon pagkidnap kay Rodin. Pagkatapos, ipakasal ko kamo kag hatagan sang trabaho si Boy padulong sa inyo matadlong nga pangabuhi," napulong ni Alex.

"Ano luyag mo man mag-*kidnapper*, 'Ga? Kon madakpan ka ukon mapatay sang mga tinawo ni Rodin, paano na lang kami sang imo mga anak?" nakanganga man si Daphne sa plano ni Alex kag ni Boy Menor.

"Kondi madulaan ka sang problema kon wala na ako," lahog ni Alex kay Daphne.

"Masakit ina nga lahog, 'Ga, nga indi ko gid mabaton."

"Daphne, indi ako luyag nga may mabuhis nga kabuhi sa aton, gani nagapanghanda kita. Kabulig ko si Boy Menor kag mga kaupod niya nga magapasabat kay Rodin sang iya kasal-anan indi lang sa katilingban kondi sa bahin man sang negosyo. Katungdanan ko pangapinan tubtob sa akon masarangan ang grupo sang mga negosyante nga ginaperwisyo ni Rodin kaupod sang iya sindikato paagi sa pag-*blackmail, kidnap for ransom,* kag *hold-up* nga nagaapekto sing malubha sa turismo sang pungsod."

Dungan sang pagsulod nila nga apat sa opisina ni Alex, ang isa sa duha ka telepono sa latok ni Alex nagring sing daw indi mag-untat. Dinalagan ini ni Alex kag sabton.

"'Pare Alex, si 'Pare Edvic mo ini, maghanda na kamo kay maabot sini nga hapon ang lima ka *sharpshooter* nga manogpatay tawo ni Rodin diri sa Iloilo. Kamo dira sa VCU ang *target* labi na gid ang pagkuha kay Boy Menor kag sa imo. Mapadala ako sang lima ka tawo ko dira sa pagbulig sa inyo." Nagtindog kag gintakop man dayon ni Edvic ang telepono nga waay nasabat ang pamangkot ni Alex.

Tumawag si Alex sa Hepe sang Pulis sa Lambunao nga iya man kumpare nga si Police Chief Inspector Gemarino Compas.

"Dugay-dogay ara na kami,'Pare Alex. Kumpirmado ang pag-abot sang lima ka tawo ni Rodin. Sa sini nga tinion, didto man si 'Pare Edvic mo sa Iloilo International Airport sa Cabatuan, agod basi malambatan nila ang lima. Sige, 'Pare Alex, pakadto na kami dira sa inyo."

"Salamat gid, 'Pare Mar."

"Stella, magpauli ka anay sa inyo kay delikado ka diri," ginbalikid ni Alex ang tatlo.

"Mabuylog na ako kay Inday Daphne kon diin sila managu, Toto Alex," nasabat ni Stella nga gintangutangoan man ni Daphne. Si Daphne ang luyag nga tawgon nga Inday kag Toto sila nga duha ni Alex.

"Indi ako tanto nga mahadlukan kon maupod si Stella sa amon, "Ga," buylog ni Daphne sa nasambit ni Stella.

"Maayo gid kay indi kamo nga duha kapin nga kulbaan kag mataranta," pasugot ni Alex. "Stella, kahibalo ka bala mag-uyat sang armas luthang?"

"Ginhanas man ako sang grupo ni Boy sa pagtarget kag pasado man kuno ako," sabat ni Stella.

"Maayo kon amo. Daphne, may extra kita nga .45 sa sulod sang sekreto nga *drawer* sa *shelter* kon kinahanglan gamiton ninyo ni Stella."

Nagring liwat ang telepono ni Alex. Si 'Pare Edvic sini ang nagatawag, maathag nga nagahapu-hapo sa kakunyag.

"Maayo nga balita, 'Pare Alex! Nalambatan sang *Maritime Police* ang *speedboat* sa dagat sang banwa sang Oton, Iloilo nga may dala nga mga armas sang lima sang buot na ini idungka sang mga kaupod ni Rodin. Sa subong, nadakpan man sang *Avsecom* sa Iloilo Airport ang lima bangod sa duha ka idu sang K-9. Ginpasimhot sa duha ka idu ang isa ka dyaket sang lider sang lima ka *sharpshooter* nga kinawat man sang upod sang lima nga nagsugot mag-upod sa inyo ni Boy Menor," nagahapu-hapo gid pero malipayon nga pagpanugiron ni 'Pare Edvic ni Alex sa iya.

"Daku ina nga kadalag-an para sa mga banwahanon nga luyag sang kalinong kag kasulhayan sa pangabuhi ang tilingob nga naagom sang kapulisan diri sa Rehiyon 6.

May kasigurohan na ang paghugpa sang duha ka bituon sa magtimbang mo nga abaga, 'Pare Edvic."

"Ari pa gid ang ayhan kalubaran sang aton problema sa bahin mo kag kay Boy Menor, 'Pare Alex. Nakuha man sa lima ang instruksyon kon diin gintago ang *high powered* nga armas sang tatlo ka namatay na nga babaye. Ang tatlo ka babaye waay nabal-an sang amon *intel* kon diin ginpanglubong ang mga bangkay. Ginapisa-pisa pa sang taga-*Avsecom* ang lima sang paghalin ko sa *airport* agod amon naman tipunon ang mga ebidensya nga nakuha sa baybayon sang Oton," daw waay nagabuhin ang kakunyag ni 'Pare Edvic ni Alex sa kabilugan nga kadalag-an sang pulis batok sa sindikato ni Rodin.

"Ano sa banta mo, 'Pare Edvic, waay na bala sang katalagman nga daku nga magahalin kay Rodin para sa amon diri?"

"Indi pa naton masiguro nga wala na sang katalagman gikan kay Rodin. Maisog ang *mistah* ko, kag waay ini sia dayon nagakadulaan sang paglaom bangod sa kapaslawan. Nagapati sia nga sa iban nga paagi magamadinalag-on man sia. Gani madamo lang ini sang naisipan nga padihot. Pero, diin gid ina sia makadto nga indi malambot sang malaba nga kamot sang kasugoan," sabat ni Edvic kay Alex. "Sige, 'Pare Alex, magrelaks lang anay kamo dira kay waay man nagauntat ang mga kaupod namon sa pagpangita kay Rodin."

Sang sumunod nga pagsugod sang semana, natipon tanan ang ebidensya batok sa mga katapo ni Rodin kag napasakaan man sang akusasyon sa hukmanan sang pulis. Gin-usisa sang piskalya ang tanan kag napamatud-an nga tunay kag suno sa *rules of engagement* ang tanan nga ginbuhat sang kapulisan batok sa mga katapo sang sindikato nga naaresto.

Pero, ang kapulisan waay nahibal-an ang palanaguan ni Rodin. Madamo lang ang duog nga ginhingadlan sang iya mga tawo, apang sang tikmaon si Rodin sang pulis indi sia nakita sa tatlo ka duog nga ila *safehouse* suno sa mga nadakpan niya nga mga tawo. Ginagamit gid ni Rodin ang iya kahanasan bilang militar nga nag-uyat man sang pwesto nga ikaduha sa *Military Intelligence Group* ukon MIG sang Armadong Kusog sang Pilipinas.

"Boy, italana na ninyo ni Stella ang inyo kasal," napulong ni Alex kay Boy samtang nagabulig ini sa pagtipon sang mga *sandbags* agod dalhon sa higad sang kudal malapit sa puloy-an nanday Alex. Plano ni Alex nga patindogan na sang malapad gawa nga *guardhouse* sa mga *gate* nga pwede panaguan sang mga gwardya kon may delikado sa ila gikan sa mga nagasulod sa VCU kag kon nagaulan. Madamol nga kongkreta ang dingding batok sa *high-powered* nga armas.

"Human na ang amon plano sa simple nga kasal sa simbahan samtang indi pa mamay-uman ang tiyan ni Stella, Toto Alex," sabat ni Boy.

"Ipaskedyul na ninyo sa simbahan sini nga semana kay waay pa sing malain nga balita gikan sa CIDG sa mga plano ni Rodin batok sa aton."

"Subong nga daan makadto ako kanday Stella, agod amon mahambalan ang amon kasal, Toto Alex." Kag dali-dali nga naglakat si Boy Menor kay malapit lang gali sa VCU ang ila balay sa higad man sang *highway* pakadto sa Calinog.

SA pag-abot sang ugangan ni Alex gikan sa Manila, wala na ang daw *garrison* hitsura sang main gate sang VCU.

"Alex, maayo kay ari ka na sa pagpangapin sang imo pamilya, kay daw nagpa-*press conference* lang kuno si Rodin sa pagpahayag sang *all-out operation* sini batok sa imo," panugid sang ugangan ni Alex sa iya pag-abot gikan sa Manila.

"Paano mo nahibal-an nga ari na ako sa Lambunao kay ang pagkahibalo mo sa Australia ako, Mommy?" pakiana ni Alex sa ugangan nga babaye.

"Suod ko nga abyan si Engineer Wanda Granja ang Hepe sang Civil Aviation Authority of the Philippines sa Davao nga nagadumala sang Francisco Bangoy International Airport sa Davao City. Sang tawgan ko sia, ginpat-od sini sa akon nga may diutay nga eroplano nga *jet* ang nagsumite sang *special flight plan* nga ikaw ang pasahero," paathag ni Doña Criselda sa umagad nga si Alex.

"Belib ako sa imo, Mommy. Maayo ka siguro nga detektib kon pulis ikaw," nabungat ni Alex sa iya ugangan. "Ano bala ang ginhanasan mo sa kolehiyo?"

"*Engineering* ang kurso nga ginkuha ko sang nagsayop ako nga nagpadala sa akon balatyagon sa amay ni Daphne. Sa indi hungod, sang nahubog kami sa amon hayskol reyunyon waay kami nagpauli sa balay pagkatapos sang okasyon. Sa otel kami nga duha natulogan kay waay ko napamatukan ang akon pinalangga. Bangod kay dise-otso pa lang ang nobyo ko kag disesyete ako kag sa una nga halintang sa kolehiyo, waay nagpasugot nga magpakasal kami ang mga ginikanan sang nobyo ko nga mga negosyante man. Ang asawa mo ang resulta sang akon kasaypanan. Ang masubo, namatay sa Amerika ang akon anay nobyo nga waay asawa sa rason nga ako lang kuno ang babaye para sa iya. Ti, kapalaran man niya ina siguro."

"Kon amo, Mommy, singkwenta pa lang ikaw subong, mahimo ka pa mamana liwat," lahog ni Alex sa ugangan. "May tiya ako nga nabalo kag namana liwat sa edad nga kwarenta kag nag-anak pa sang duha."

"Daw waay na ako nagahandom sina, kay tan-awa bala nga walo ang akon mga anak, lakip ang asawa mo."

Nautod ang sugilanon sang mag-ugangan sang magring ang telepono sa kadak-an nga malapit sa ila ginapungkoan. Pati ang magnobya nga sanday Boy Menor kag Stella nga nagasugilanon sa balkon sang puloy-an naurongan man sa kuliling sang telepono. Nagpalapit man dayon si Daphne kay Alex samtang nagasabat sang telepono.

"Ano bala ang nagakatabu dira sa inyo, 'Pare Alex? *Battle-ready* pa gid bala kamo sa gihapon?" lahug-lahog ni 'Pare Edvic ni Alex. "Pwede ka na i-*promote* nga *Eagle Scout* sang Boy Scout naton, Laging Handa."

33

WAAY ginsabat ni Alex gilayon ang pamangkot sang iya 'Pare Edvic sa telepono kay indi niya nasiguro kon lahog ini.

"Lahog bala ang hinambal mo bag-o lang, 'Pare Edvic, ukon paandam sang magaabot pa nga katalagman? Indi ko ikaw nahangpan."

"Hulat-hulaton lang ninyo kay makadto ako dira, 'Pare Alex. Gani, relaks na kamo pagkatapos manyaga. Pat-od nga lahog lang ang una nga napulong ko."

"Hulat anay, 'Pare Edvic. Indi ko ikaw mahangpan sing husto. Wala na bala sang katalagman sang daw bakunawa nga nagahulat nga magtukob sa amon diri?"

"Relaks na, 'Pare Alex, kay waay na sang banog nga madagit kay Menor. Ang *newsflash* sa Manila pabor gid sa aton diri. Si Rodin, nagpinalupok sa iya opisina, kag maayo lang kay nagaisahanon ini. Ang duha ka sekyu sa gwa nagtawag sang pulis ang isa. Samtang ang isa ka tulotigulang na sa National Center for Mental Health nanawag. Dungan nga nag-alabot ang mga gintawgan, naabtan pa nila ang linupok sa opisina sang General Manager kag ginhulat anay nila nga maubosan sang bala sang .45 si Rodin kag ila ginsulod ang opisina sini. Pagkatapos sang tatlo ka magasin nga nabakante, nag-ampo man si Rodin sa mga awtoridad, pero bangod indi nagsinantu ang iya panabat sa pulis, nagpamat-od sila nga dalhon sa *National Center for Mental Health* sa Dakbanwa sang Mandaluyong ang abyan naton. OK ka na bala, 'Pare Alex?"

"Paano nga OK? Sitenta porsiento lang ang grado sang report mo sa akon, 'Pare Edvic."

"Madali lang kay daw ginatagaliog ka pa abi, 'Pare Alex. Ari na nauyatan ko ang kumpirmasyon sang pamuno nga report para mga natungdan nga *suboffice* sang CIDG nga may kahilabtanan sa nagakatabu sa mayor nga opisina sang Villamaestre Group of Companies sa Makati. Ang pagka-aresto sang lima niya ka hangkilan nga manogpatay tawo nga ginpadala para sa inyo nga duha ni Menor, amo ang kabangdanan nga daw naglain ang ulo ni Rodin. Sa pagkabaton sang impormasyon gikan sa iya mga tawo sa Iloilo dayon nagsinggitan ini samtang isahanon sa opisina sang masayran pa sa isa ka ginsaligan nga waay na sing nagsugot nga mga *killer* sa iya pagpadayon sang iya katuyoan sa inyo panong ni Menor, dayon nagpinalupok man ini sa pag-abot sang udto nga nakapauli na ang ila mga empleyado."

"Otsenta y singko na ang grado mo, 'Pare Edvic."

"Pwede bala nga ang kinse porsiento dira na naton hambalan. Luyag ko gid masikop ang iban pa nga mga kamoy ni Rodin diri sa Visayas. Ang mga katapo sang iya ginsakdag nga sindikato pati ang mga tawo sa *AIPO videoke bar* sa Arevalo, daku ang utang sa aton katilingban. Nakuha na sang amon kaupod ang tatlo ka *high powered* nga armas sang tatlo ka babaye nga hinali lang nadula diri sa Dakbanwa sang Iloilo kag nareport nga namatay sa ila paglinuthanganay nga tatlo kuno. Kinahanglan amon nga matukiban pa gid ang mga tawo nga nagabulig sa grupo ni Rodin, makuhaan gid sila sang ila mga bangkil, 'Pare Alex."

"Kon mahimo mo ina, pwede gid nga hugpaan sang bituon ang magtimbang mo nga

abaga, 'Pare Edvic. Ina kon mabungkag mo ang organisasyon nga may tatlo ka pamusod diri sa Guimaras, Panay kag Negros, mga *police scalawag, prohibited drug dealer* kag KFR nga nagalakip man sang mga elemento sang makawala sa bukid," pasuyon ni Alex sa kumpare.

Waay anay ginsugiran ni Alex sanday Daphne ukon sin-o man nga ara sa puloy-an

sang ginhambalan nila nga magkumpare. Pero si Daphne ang indi gid mahim-os kay nabalaka gid ini sa bana, ginpasikto ang bana kon ano ang natabu sa ila ginahulat nga mga tawo ni Rodin.

"Nagbakasyon anay sila," pahutik nga tiaw-tiaw ni Alex sa asawa. "Sa bilanggoan."

"Masunson mo lang ako nga ginauligyat, um," likom nga pinasulipan ni Daphne si Alex sa iya hita.

"Indi dira kay basi madisgrasya, madulaan ka sang kalingawan," padayon ang yuhom ni Alex sa pagkusmod man sang asawa.

"Mommy, Daddy, tan-aw bala akon *police car*," pulong ni Andre sa mag-asawa nga ginapaliku-liko ang halampangan. Ginasunod man ining bata sang iya yaya. Nagpungko man si Daphne sa salog, ginpaliko ni Andre ang *toy car* nga ginpabunggo sa paa sang iloy. "Dakop ikaw, Mommy. Priso," napulong sang bata kag nagkinadlaw man sila nga apat.

Matiun-tion pa naggwa si Lola Dangdang ni Andre kag nakasuksok na ini sang pangbalay. Dayon palapit sa apat.

"Alex, masadya na kamo sang akon apo. Ano bala atong tawag nga nabaton mo sa bahin ni Rodin?"

"Detektib ka gid, Mommy. Paano mo nabal-an nga si Rodin ang amon topiko?"

"*Common and woman sense* lang, Alex. Si Rodin ang mapadala sang tawo nga pakigbatoan ninyo. Kaina pa masaku ang telepono bangod dira. Kag waay pa natapos ang inyo problema kay Rodin."

"Husto ka, Mommy. Si 'Pare Edvic ko ang nagtawag. May himata kamo sa pamilya Vicente indi, bala? Si 'Pare Edvic na subong ang Hepe sang CIDG 6 diri sa Western Visayas nga ang *headquarters* sa Iloilo City."

"Makasalig kita sang bulig nga husto sang CIDG kon amo."

"Dugay-dogay maabot si 'Pare Edvic diri kay planuhon namon ang pagsikop sang iban pa nga mga tinawo ni Rodin. Si Rodin ara sa National Center for Mental Health sa Mandaluyong City, Mommy," pabutyag ni Alex sa ugangan.

"Sa Mental Hospital si Rodin? Naglain bala ang iya ulo?"

"Mommy, ayhan indi man naglain ang ulo ni Rodin. Nagpinalupok sia sa ila opisina sang nabaton ang report nga nadakpan sang kapulisan ang lima ka manogpatay tawo nga iya ginpadala diri sa pagkidnap sa akon kag sa pagbawi kay Boy Menor. Nadakpan man ang nagdala sang armas sang lima paagi sa *speedboat*. Nagtawag sang pulis kag taga-Mental ang duha ka gwardya sa ila opisina. Gindala si Rodin sang taga-Mental bangod sa iya pagpinalupok sa opisina nila nga indi sini mapaathag. Natingala gid ang mga empleyado sang ila kompanya, kay sa bakasyon ini sia kag waay na labot sa pagpadalagan sang ila kompanya suno man sa kasugtanan nila sang iya manghod nga si Swannie."

Nag-abot si 'Pare Edvic ni Rodin sang mag-udto na. Bag-o lang natapos nanday Alex kag sang magnobya Boy Menor kag Stella ila paghinun-anon. Ang kasal sang duha hiwaton sa simbahan sang Lambunao sa maabot nga Domingo. Si Alex kag Daphne ang mayor nga *sponsor* sa kasal sang duha.

"'Pare Alex maswerte ini si Boy Menor kay nakadangop sa imo. Ginhingadlan sia sang iya mga upod sa imbestigasyon nga may kahilabtanan sia sa nagakatabu sa grupo ni Rodin pero waay kami sang bastante nga pamatuod batok sa iya, gani indi namon sia pag-agdahon sa imbestigasyon."

"Salamat gid, Sir," sal-ot ni Boy.

"Kay Sir Alex mo ikaw magpasalamat. Kon waay ka nagpaamulya diri sa iya hubon kontani *good-by Stella* ka man kay matulog sa bilanggoan," daw lahog ni 'Pare Edvic ni Alex sa duha sang nahibal-an sini nga ipakasal sila ni Alex. Nagyuhom-yuhom lang si Stella nga sige lang pamati sa hambalanay sang tatlo.

"Ngaa, Alex, ano bala ini si Boy Menor?" natugda sang ugangan ni Alex.

"Mommy, si Boy isa sa mga ginsaligan ni Rodin nga manogpatay tawo. Sa madamo nga sitwasyon nakaupod sia sa mga madinalag-on nga hilikuton sang grupo ni Rodin, pero waay sing husto nga ebidensya batok sa iya gani waay sing kasal-anan nga napagkit sa iya rekord sa pulis. Sia ang ginsugo ni Rodin nga magkidnap sa akon sa Australia."

"Ano kinidnap ka ni Boy sa Australia?" nakanganga ang iloy sang asawa ni Alex nga si Daphne. "Pero, ari sia karon sa imo pag-inakop? Ipaathag mo gani sa amon, Alex, kon ano ang natabu sa Australia."

"Mommy, ginkidnap ako sang apat ka tawo sa Australia sa pagpamuno ni Boy. Pero, sang nagsakay na kami sa yate padulong sa Pilipinas, ginlagas kami sang kapulisan sang Australia. Sang malapit na lang sa amon ang Coast Guard kag pila ka pulis Australia, inagaw ko ang armas ni Boy nga .45 kag luthangon ang prowa ukon ulo sang *speedboat* nga naglagas sa amon. Delikado ang *speedboat* nga matugdang gani nagbalik ang kapulisan sang Australia samtang ginbuligan nila ang bomba sa tubig sa pagsag-a sang tubig nga madasig nga nagsulod sa guhak sang prowa sang *speedboat*.

"Nagsugot man dayon sa tanyag ko si Boy Menor nga mabulig sa akon sa pagpukan sang sindikato ni Rodin. Kag samtang sa yate pa kami, may duha ka *speedboat* nga nagpundo sa magtimbang nga kilid sang yate. Ang duha ka *speedboat* may tagtatlo ka tawo ni Rodin. Gikan sa duha ka *speedboat*, nagsaka ang duha nga mga lider kag ginhambalan si Boy nga ginpaapas sila ni Rodin sa pagbulig *kidnap* sa akon. Akon dayon ginhambalan sila nga indi sila mag-inagaway sa *ransom* ukon kwarta nga bilang gawad sa akon. Nagsabat ang lider nga waay ako labot sa kon paano nila bahin-bahinon ang *ransom* kay indi interesado si Rodin diri.

"Sa akon mahalin ang kwarta nga igawad sa akon, siling ko, gani may labot ako. Naisip ayhan sang lider nga may dala ako nga isa ka milyon, gani kon mapatay niya kami ni Boy makuha niya ang isa milyon. Naggunot ini sang armas, apang naunahan ko sang bala sa ulo kag nahulog ini sa tubig. Sumunod man ang isa pa sa pagtiro sa akon, pero sa abaga ko sia naunahan kag waay na nakalupok ang armas nga nahulog man sia sa dagat. Samtang si Boy nga nagkuha pa sang Uzi nagpulopaipli nga nagpalapit sa duha sa *speedboat* sa wala sang yate. Sang makita sang duha si Boy pinasibad man nila ang ila sakayan. Sumunod ang sa tuo, ayhan matapos malulan ang naigo nila nga duha ka upod.

"Amo man ang pag-abot sang nga magainspeksyon sa amon nga *boarding party* sang *Coast Guard* sang isa ka diutay nga pungsod sa bahin sang Pasipiko nga malapit sa Australia kag New Zealand.

"Samtang gina-inspekyon ang yate, halos nagtupad ang isa ka yate sa amon nga may ngalan man sang Kurai Coast Guard. May nagapamaypay nga dalaga sa yate. Sa sinyas sang isa ka tripulante, naghambal ang Pinoy nga katapo sang Kurai Coast Guard nga ginaagda ako sang babaye sa iya yate." Sa pagkabati ni Daphne sa hinambal ni Alex nagtindog ini sa pagpalapit sa bana.

"Ano dayon ang ginhimo mo? Naglukso sa tubig kag naglangoy pakadto sa babaye, ano?" tugda sang nagapangimon nga si Daphne.

"Daphne, patapuson mo si Alex, waay gid rason ang imo pagpangimon," sablaw sang iloy.

"Ginpaathag sang Pinoy nga kaugalian sa Kurai nga isa ka diutay nga ginharian sa Pasipiko nga ang waay asawa nga prinsipe ukon waay bana nga prinsesa nga nakatalana sa pagbulos nga Hari ukon Hara may kinamatarong nga magpili sang magabulos man sa iya. Kag pwede ini sang prinsipe himuon sa pag-imbita sang isa ka babaye nga hatagan sia sing anak. Ang prinsesa naman mahimo mag-agda sang lalaki nga maluyagan nga anakan sia. Gani, waay ako sing mahimo nga pamatukan ang Prinsesa sang Kurai kay indi man niya kami pagpahanugotan nga maglayag. Mahimo nila kami kasuhan sa pagsulod sa ila teritoryo nga waay sang pahanugot."

"Kay luyag mo man nga magdulog sa prinsesa agod mangin-amay sang isa ka prinsipe ukon prinsesa," pangimon ni Daphne nga dayon sulod sa ila hulot ni Alex.

"Daphne, siling ko waay ka gid rason sa pagpangimon kay Alex," palagas sang iloy sa iya anak nga nagaalburuto sa kaimon.

"Dinul-ong dayon nila si Boy sakay sang isa ka bangka nga kumpit kon tawgon sa Pilipinas sang utod naton nga mga Muslim nga may makina nga *volvo*. Ining kumpit daw nagakihad lang sang dagat sa pagsibad. Sa ikatlo ka adlaw sang akon *pagkabilanggo*, pagkatapos sang *hokus pokus* sang isa ka babaylan kon diri sa aton, ginpadul-ong man ako sang prinsesa sa panghigaron sang baybayon sang Davao. Nagrenta dayon ako sang eroplano pauli diri sa Iloilo gikan sa Davao kay abi ko ari na ang hubon ni Boy Menor."

"Kaswerte mo gid, 'Pare Alex. Hamak mo ina nga mangin-amay ka sang manunobli sang Korona sang Hari sang Kurai," lahog ni 'Pare Edvic ni Alex nga waay na nabatian ni 'Mare Daphne sini.

Ginsunod sang ila anak si Daphne sa ila kwarto nga padayon nga ginapadalagan ang iya halampangan nga *remote controlled* nga *police car*.

"Hibi ikaw, Mommy? Dakop ikaw pulis," hat-on nga hambal ni Andre sa iloy. Si Daphne nakakadlaw man sa ginhambal sang anak kag naggwa ini nga ginasunod man ni Andre kag sang yaya.

"Kabalo na si Nonoy Andre sa pagpadalagan sang *remote controlled* nga *toy police car*? 'Pare Alex kag 'Mare Daphne, *bright* gid gali ang akon ihado nga nag-ugot man sa inyo nga duha," pagdayaw ni Edvic sa ihado nga si Andre sa atubang man sang nagayuhom-yuhom nga Lola

Dangdang ni Nonoy Andre.

Nanyaga sila kag padayon ang ila plano nga pagpangapin batok sa mahimo pa nga pag-atake ni Rodin. Indi ini mag-untat tubtob may madula sa ila ni Alex sa ibabaw sang duta. Sumpa kuno ini ni Rodin nga indi niya malimtan.

Pagkapanyaga, nagpauli sa Dakbanwa sang Iloilo si 'Pare Edvic ni Alex nga may dala nga napulo ka kilo nga tilapia kag pantat gikan pasakaan ni Alex sa kilid sang naubos nga bahin sang buluthoan.

MALAWIG kag bulahan nga kalinong nga nagluntad sa Dakbanwa kag Puod sang Iloilo. Daw waay dinahum-dahom nga pagwaon sang National Center for Mental Health si Rodin kay masunson pa ini ginasumpong, bisan halos tanan na nga binag-o nga bulong ginpadapat na ni Swannie sa magulang. Sa sini nga tinion, walo na ka bulan ang tiyan ni Swannie.

Nagsugod liwat ang klase. Sa Vera Cruz University masaku sanday Alex.

Pagkatapos sang kasal nanday Stella Garbo kag Romeo "Boy" Menor, kinuha ni Alex nga *security-bodyguard* si Boy. Si Stella nagbutho sa gab-i sa pagkuha sang *masteral degree* kay luyag sini magtudlo man. Nagpuyo man sila sa *employee housing project* sa luyo man sang VCU nayon sa naubos sini.

Apang isa ka aga, malubha sa kasubo nga balita ang nabugtawan ni Alex nga amo ang nagbulos sa maayo nga balita sang nagligad nga duha ka bulan gikan sa Canada sang nanganak si Luem sang matibunog nga lalaki; subong, nagtaliwan na sa pagsaylo sa pihak nga kinabuhi ang pinalangga ni Alex nga si Luisa Mathea Liberias ukon Luem sa balatian nga *brain cancer*.

Waay sing nagtulo nga luha sa mga mata ni Alex, apang nagapugok ang kabilugan nga bahin sang iya dughan.

"Daphne, nagsaylo na sa pihak nga kinabuhi ang imo ginpangimunan," daw waay sing namasnahan nga kasubo si Daphne sa sinambit ni Alex. Ayhan amo gid ina ang iya bana, waay ginapakita ang kasulub-on.

"Waay ko na nabatyagan ang pagpangimon matapos kami

naghambalanay ni 'Miga Luem, nga ihatag niya sa aton ang inyo anak. Nagbatyag gid ako sang daku nga awa sa iya," pabutyag ni Daphne kay Alex.

"Maayo kon amo kay palanggaon mo man sing katulad ni Nonoy Andre si Toto Alexander," tambing ni Alex.

"Buhaton ko ina, indi lang pangako," dagmit ni Daphne kay Alex.

Ginpa-*cremate* man gilayon ang bangkay ni Luem suno sa iya pamilin-bilin agod dalhon sa ila puloy-an nga panublion ni Nica nga ila kamanghuran. Sa sini nga tinion, medyo malubha na ang *diabetis* sang ila iloy kag na-*stroke* man ang ila amay. Gani kay sadto buhi pa si Luem ginpapauli sini ang ila mga ginikanan sa Pilipinas, agod indi gid tanto nga mabudlayan si Nica sa pagtatap sa tatlo sa Canada. Ginbilin ni Nica sa iya bana ang pagdumala sang ila negosyo nga ginasuloy-aw man ni Dulce, gani nagpabilin man nga madinalag-on ang napadako ni Luem nga kabuhian nila.

Panugyan sang doktora nga *psychiatrist* kinahanglan nga maghambalanay pirme sanday Alex sang iya asawa nga si Daphne agod mapadasig ang pagpahagan-hagan ang iya kasubo. Gintuman man ni Alex ini kag nagpasalamat sia kag Daphne kay nahangpan gid sini ang ginabatyag niya.

Sang sumunod nga tuig halos dungan namatay ang mga ginikanan nanday Luem.

Una nga namatay sa atake sa kasing-kasing ang iloy nanday Nica nga si Tya Vangie, kag sang sumunod nga adlaw, na-*stroke* liwat ang ila amay nga Tyo Ely. Ginhaya ang duha sa ila puloy-an kag nagtmbong man si Alex tubtob ginlubong sing dungan ang duha ka tigulang sa magkaiping nga pantyon sa ila musoleo nga ara sa Quezon City.

Dala ni Alex pauli sa eroplano ang ila anak ni Luem nga si Toto Alexander Vera Cruz nga mag-anom ka bulan na kag isa ka *Canadian citizen*. Kaupod man nila ang yaya ni Toto Alexander nga taga-Iloilo man. Naabtan ni Alex si Daphne sa ila hulot.

"Duha na gilayon ang akon mga anak," malipayon nga nabungat ni Daphne nga daw binata-bata. "Mangintatlo ini sa pagpadala ni Swannie sang iya lima ka bulan nga anak diri sa aton, 'Ga. Sadto, luyag ko gid magtudlo sa mga bata sa *nursery*. Subong may *mini-nursery* na ako kon mag-apat na sila pagkatapos sang akon pagpanganak sangi kaduha nga anak naton nga babaye." Nagaudyak gid si Daphne sa iya nga kapalaran.

"Magalima sila kon ipadala diri sa aton ang amon anak sang Prinsesa sang Kurai," lahog ni Alex nga sa sini nga tinion nadula na ang iya kasubo sa pagtaliwan ni Luem.

"Sige, batunon ko gid kon ipadala man diri sa Iloilo ang inyo anak sang Prinsesa sang Kurai kag kita ang magpadaku agod kon magdaku na pabalikon man naton sia sa

Kurai agod mangin-Hari sang ila pungsod."

"Indi ka magpangimon kon magkadto diri ang iya iloy?" sunlog ni Alex kay Daphne.

"Indi basta siguruhon mo lang sa akon nga ako lang ang imo hinigugma," si Daphne.

"Masunod ang imo Kamahalan, Reyna Daphne, palangga ko," daw natingala man si Alex sa iya nabungat kay Daphne. Naglinagumba man ang kasing-kasing ni Daphne kay bisan lahog ang iya nabatian waay man niya namay-om ang indi matuod ini suno sa balatyagon ni Alex. Ginpalapitan niya dayon si Alex kag halukan. Ginpugos man sia ni Alex, ginhakwat kag ginplastar sa ila kama. Sang nagring ang telepono sa ila salas.

34

NAURONGAN man ang duha sa ila hulot sa nabatian nga pagragingring sang telepono. Sa ila katingala waay sila nakahulag ukon nakatingog nga duha nga mag-asawa. Malain ayhan ang dala nga balita ukon mga balita sang telepono?

"Toto Alex, ikaw ang gintawgan," mabaskog ang tingog ni Delsa malapit sa hulot sang mag-asawa.

Naggwa gilayon si Alex. Nakaginhawa sing halog si Alex sang nadunggan ang malulo nga tingog ni Swannie. Kag sa katingala ni Alex waay na ang tinaga nga "Ga sa punta sang halambalanon ni Swannie kay Alex. Gani, malipayon gid si Alex kay mabuhinan na ang iya pagpakasala sa mata sang tawo kag sang Tagtuga. Indi na sia pagpanulayon ni Swannie.

"*This is turning over a new leaf,* Alex," may pagyuhom nga masnahon sa tingog ni Swannie, pero waay na sang tuno sang pag-alungay. "Kinahanglan magbag-o gid kita agod masundan ang maayo kag Diosnon nga luyag sang aton Makagagahom, Alex. Nagpamat-od na ako nga tun-an ko nga higugmaon si Adam nga abyan mo man. Nagsugot man sia kag amo man ang iya himuon. Nagsugot na ang ila duha ka anak nga tin-edyer nga may bag-o na sila nga Mommy. Kag Alex, nagamabdos na ako subong sang amon anak ni Adam. Indi na ako masub-an sa pagpadala ko dira sang aton anak. Nagsugot man diri si Adam."

Gikan sa Australia, upod sang yaya nga si Lory, ginpadala ni Swannie ang anak nga si Alesha Suzanne Vera Cruz, hayu Swanshine kay Daphne bilang iya ikatlo nga *anak,* kon edad ang tan-awon. Daku gid ang kalipay ni Daphne sa natabu. Ang iloy ni Daphne waay man nagpamatok sa ginabuhat sang iya pinalangga nga anak.

"Nonoy Andre, manghod man ninyo ni Toto Lexan si Inday Swanshine Vera Cruz," sambit ni Daphne sa panganay nga si Andre.

"Toto Lexan, Inday Swanshine dala tulabong, Mommy?" pamangkot ni Andre sa iloy.

"Huo, Nonoy Andre, mga manghod mo sila nga gindul-ong sang dugwak diri sa aton. Palanggaon mo sila ha?" alungay sang iloy.

"Toto Lexan, Inday Swanshine palangga Nonoy Andre," nasabat sang bata kag padayon na ang tatlo sa paghampang sang madamo lang nila nga mga hampanganan.

Sang manganak si Daphne sang iya ikaduha nga anak sa daku nga pribado nga ospital sa banwa sang Lambunao, gin-upod gid ni Lola Dangdang niya ang paborito nga Nonoy Andre. Siempre ini ang iya tunay nga apo. Pero, ginpapauli gilayon sila sang doktor kay nagalibut-libot man si Andre kada pagpanginbuhi sini sa kamot sang iya yaya nga si Delsa.

"Delsa, ipauli mo na si Nonoy Andre kay basi malatnan sang mga balatian sa iya pagpanglutahit sa mga bukas nga hulot," pulong ni Lola Dangdang ni Nonoy Andre sa yaya sini. Gindul-ong sang ila drayber ang duha kay nagbalik man ang tsuper sa ospital para kay Lola Dangdang ni Andre.

Ang babaye nga anak ni Daphne maputi, tama kaitom sang buhok, matiluong ang ilong kag kamalantang ang malahuy-lahoy nga lawas nga ayhan magataas sang lima ka tapak kag pito ka pulgada sa iya pagdaku nga malabawan pa sing apat ka pulgada si Daphne. Kay Alex magaugot ang iya kataason, naisip ni Daphne.

"Nag-ugot sa akon ang apo ko. Magahara sa kapiestahan sa Jaro ang akon pinalangga nga apo nga si Daphne Alexa," pamat-od ni Lola Dangdang. "Magsitenta na ako sina, pero nagapati ako nga mapagsik pa sa pagsaksi sang kadalag-an sang akon apo, Anak."

"Paano kon luyag mag-artista ang imo apo, Mommy?" pangutana ni Daphne sa iloy.

"Kon diin sia malipayon, didto sia. Katulad mo ginpadaku ko ikaw, ginpabutho kag ginpahanugotan nga magmaestra kay siling mo sa trabaho nga pagtudlo ikaw malipay," pahayag ni Lola Dangdang sang waay pa nabunyagan nga si Daphne Alexa.

Nag-abot man si Alex gikan sa Manila kag diretso ini sa ospital. May importante nga ginlaktan si Alex sa Manila kag abi nila ni Daphne sa masunod nga semana pa sia mabata.

"Kamusta ka kag ang anak naton, Daphne?" pamangkot ni Alex dayon halok may Daphne inuyatan ang tiil sang lapsag. Nag-igong man ang lapsag.

"'Ga, Daphne Alexa ang ipangalan naton sa aton ikaduha nga anak nga babaye, Nene Dexa ang hayu," nga sinugponan dayon sang pagpakilala. "Tan-ta-ra-ran… ang Iya Kamahalan, Queen Daphne Alexa I! Palakpakan naton ang Hara sang Kapistahan ni Nuestra Señora de la Candelaria sang Jaro, Syudad sang Iloilo!"

"Paano kon ang una nga ahaon sang komite sa piesta nga maghara si Inday Alesha Suzanne?" panunlog ni Alex sa asawa. Sumulod sa hulot ang iloy ni Daphne gikan sa pihak nga hulot nga daw *suite* sa otel.

"Alex, ari ka naman, mapauli anay ako kag magbalik lang karon sa pagpakapanyaga ko," paalam sang ugangan ni Alex.

"Sige, Mommy." Si Daphne nagpaalam man sa iloy.

Sang nalumbos na ang iloy ni Daphne…

"Waay mo nasabat ang pamangkot tubtob nagsulod liwat si Mommy," sambit ni Alex sa asawa.

"Kon mauna si Swanshine, waay gid ina diperensya sa akon. Palangga ko man si Inday Swanshine," nasabat ni Daphne. "Kay magulang sia, dapat sia gid ang mauna."

"Matuod, indi bala sa pagpamana ukon pagpangasawa ang dapat nga mauna ang magulang sa manghod?" dugang nga lahog ni Alex. "Aber, kon tislukon ko ang imo ilong indi ka mamisok kon matuod nga palangga mo man si Inday Swanshine?"

"Sige, mapiyong man ako, kondi waay ako nagabutig," lahog man ni Daphne.

Nagtunog ang *ringtone* sang *cellphone* ni Alex. Ginkuot niya ini sa bulsa sang iya dyaket.

"Alex, nagtawag ako sa *landline* ninyo, pero sa ospital kuno kamo nga mag-asawa. Nanganak na bala si 'Miga Daphne?"

"Huo, kaina sang mga alas singko sa aga. Waay gani ako nasakpan samtang naga-*labor* si Daphne kay sa Manila ako. Ikaw, Swannie kamusta na kamo ni Adam?"

"OK man kami ni Adam. Ano ang anak ni Daphne? Waay mo pa ini nasugid sa akon."

"Babaye ang amon anak, may *sibling rival* na si Inday Swanshine. Si Nene Daphne Alexa, ina ang ipangalan namon sa bata. Pero, napiho ko nga maayo ang ila *sibling rivalry*. May duha ka lalaki nga magapakalma man sa duha kon may ara sila nga sunggoranay ukon indi paghangpanay, gani *ayos* lang."

"Sa kay 'Miga Daphne indi problema ina, kay ina ang linya nga ginhanasan sini sing husto. Mahimo ko ma-*congratulate* si 'Miga Daphne?"

"Daphne, si Swannie, hambalon ka kuno." Gintan-ay ni Alex ang *cellphone* kay

Daphne kag ginpataas ang ulohan sang kama.

"'Miga Daphne, si Swannie ini. Panginbulahan sa matawhay mo nga pagbun-ag sang ginasiguro ko nga matahom nga dalaga sa iya pagdaku nga si Daphne Alexa," ang tingog ni Swannie masinadyahon gid.

"Duha gid sanday Alesha Suzanne kag Daphne Alexa Vera Cruz sing sunod-sunod nga koronahan nga hara sa pagsaulog sang Pista ni Nuestra Señora de la Candelaria, makita mo, 'Miga Swannie," pahambog ni Daphne.

"Sige, lauman mo nga matambong gid ako sa paghara sing sunod-sunod sang duha sa kapistahan ni Nuestra Señora de la Candelaria dira sa Jaro, Syudad sang Iloilo, bisan maglangoy pa ako gikan sa Australia," pakadlaw ni Swannie sa ila paghambalanay ni Daphne. Kag nagpaalam na si Swannie.

"'Ga, siling ko kay Swannie nga magahara sing sunod-sunod sa kapistahan sa Jaro ang duha nga anak naton nga mga matahom nga dalaga pag-abot sang adlaw," si Daphne nagaudyak gid sa panugid sa bana.

"Ano ang sabat ni Swannie?"

"Matambong gid kuno sia sa duha ka okasyon sang pagkorona sa aton mga anak, bisan maglangoy pa sia gikan sa Australia pakadto diri," nagkadlaw man si Daphne sa iya panugiron kay Alex.

Nagsulod ang isa ka *Ob-Gyne* nga doktora agod kamustahon man si Daphne kay siya ang nagtatap sa pangpaanak sini, luas kay Doctora Gallego, nga *family medicine doctor* nga may kahanasan sa *Ob-Gyne* kay nakaagi Municipal Health Officer sa isa ka

naligwin nga banwa.

Si Alex, tinuyo kay alas tres pa sa kaagahon sia nagpa-*airport* tubtob nakasakay sa eroplano pauli sa Iloilo. Gani nagsulod sia sa pihak nga hulot agod makapisok bisan makadali lang.

"OK ka na, Misis Vera Cruz, nag-untat man dayon ang imo pagdugo. Buas, mahimo ka na magpauli kay may *nurse* ka man nga magatatap sa imo," panugyan sang doktora.

"May yaya pa nga *midwife* nga registrado sa Australia ang akon isa ka anak, gani waay problema," nasabat ni Daphne samtang nagapasulod man si Doctora Gallego sa iya hulot. Naggwa man ang *Ob-Gyne specialist* kay may nanawag sa iya sa *public address* sang ospital.

"Ano ang nabatian ko, 'Mare Daphne, nga may anak ka man nga *midwife* ang yaya?

Sa nahibal-an ko, ikaduha mo pa lang ini nga anak?" nasambit ni Doctora Gallego nga nanginkumadre man nanday Alex kag Daphne kay Nonoy Andre.

"Duha ang anak sang imo kumpare sa duha man ka babaye. Lalaki kag babaye, ngaginhatag man sa amon. Tatlo gid abi kami nga daw dulongan nga nabihag sang imo kumpare, pero maswerte ako kay ako ang ginpakasalan sang imo 'Pare Alex," si Daphne nanuaron sa kumare nga doktora nga si Doctora Gallego nga may bana man. "Ang iloy sang bata nga lalaki, namatay sa *cancer* sa utok kag ang iya sang bata nga babaye, namana sang isa ka balo nga may duha ka anak. Gani, gin-aha sang kumpare mo nga kuhaon ang iya mga anak kay maluyagon gid ako sa mga bata. Kondi apat dayon ang akon anak, may *mini-nursery* na ako, 'Mare Pinky."

Nakadlaw man si Pinky Gallego, nga doktora man ni Daphne. "Ina gali ang rason nga buluthoan ang negosyo ninyo diri sa Lambunao ni

'Pare Alex. Ang balita ko nga ginakulang kamo sang manunudlo sa inyo *preparatory department* bangod sa madamo nga bumulutho sa *kinder school*."

"Husto ina, 'Mare Pinky, mga napulo pa nga manunudlo sa pagtudlo sa *kinder* ang amon kinahanglan kay ginpatuman na sang Deparment of Education (DepEd) ang *K to 12 curriculum*. Nahatagan man kami sang *permit* sa VCU sa paglakip sini sa amon ginatanyag nga mga kurso."

"Mahanas man ako sa pagtudlo sang mga bata agod indi madulaan obra," lahog ni Doctora Gallego.

"Indi ka na magbalhin bilang *Professor* gikan sa *College of Medicine* kay mas madamo ang maalagaran mo diri agod magdamo ang abilidaran nga manogbulong," sabat ni Daphne sa kumare. Gintawgan man sa *public address* si Doctora Gallego, gani nagpaalam man ini kay Daphne.

Namurag-moragan man si Alex kay daw ginutom ini. Matiun-tion pa nagbalik man ang iloy ni Daphne kag si Tya Luding nga yaya ni Daphne. Gindalhan nila sang pagkaon si Alex. Samtang nagakaon si Alex nagsampot man si Delsa kag Nonoy Andre nga nagsulod dayon sa hulot kon diin nagapanyaga ang amay.

"Ngaa nagbalik ka man, Nonoy Andre?" pakiana ni Alex sa anak.

"Hibi ako, Daddy. Waay abi Lola Dangdang," sabat man sang bata.

"Didto man si Toto Lexan kag Inday Swanshine, a," pagkalamay ni Alex kay Nonoy Andre.

"Tulog man sila, Daddy," rason sang bata. Nagsulod man sa pihak nga hulot si Lola Dangdang ni Andre.

"Lola Dangdang, bayaan mo ako?" sukna sang bata sa Lola.

"Nagakatulog ka pa sang paghalin namon ni Luding a."

"Bugtaw ako, wala ka. Hibi ako," panugid ni Nonoy Andre sa Lola.

"Waay gid si Nonoy Andre nagpaulo-ulo sa akon," tugda ni Delsa.

"Lantaw ako beybi," rason man dayon ni Andre. Sang nakatapos na kaon si Alex nagpasabak ini dayon sa amay.

"Ti, ngaa naghibi ka gid sang waay ang imo Lola Dangdang pagbugtaw mo? Kontani naghambal ka lang nga malantaw ikaw sa imo manghod diri sa ospital. Sa liwat indi ka dayon maghibi, ha? Silingon mo anay kon ano ang luyag mo himuon ninyo ni Yayay Delsa, ha?" panugyan ni Alex sa anak.

"Huo, Daddy. Indi na ako hibi. Daddy, hampang ako *toy car*." Kinuha man dayon ni Andre gikan sa diutay nga *backpack* sini ang iya *remote-controlled toy car*. Ginbutang ini sa salog kag gin-*switch on* man ni Delsa ang *battery*.

Belib man si Alex sa anak. Sulusobra lang duha ka tuig kag tunga, kahibalo na magpaliku-liko kag magpaatras sang *remote-controlled toy police car*. Daw waay sini nakaagi si Alex sadto. Pero, iban man ang panahon subong sangsa iya inagihan. Mahimo nga tal-usan sing temprano pa si Alex sa iya trabaho ni Nonoy Andre. Nakayuhom man si Alex nga sa indi magdugay may masaligan na si Alex nga kabulig sa ila negosyo. Ang kapalaran bala ni Nonoy Andre labi na gid sa paghigugma manginkatulad bala sang swerte ni Alex? Magkatuhay ang mga linalang sang Dios, gani magkatuhay man ang ila pangabuhi sa idalom sang kabulahan sang bugay sang Dios.

Ginbutong ni Nonoy Andre ang amay paggwa sa hulot agod magsaylo sa pihak. Indi sini sang bata mapaggwa ang iya hampanganan kay sirado ang ganhaan. Ang buot silingon sang bata nga buksan sang amay ang puerta sang hulot. Binuksan ini ni Alex kag madasig nga napagwa ni Nonoy Andre ang iya hampanganan nga tarak-tarak. Nasiplatan ni Nonoy Andre si Lola Dangdang sini kag pinabunggoan ang sinelas sang iya *police car*.

"Dakop ikaw, Lola Dangdang, bayaan mo Nonoy Andre," nagaudyak nga napulong sang bata sa lola.

Sa katunog sang hambal sang magulang, nag-ingos man ang lapsag nga ang hayu Nene Dexa.

"Mommy, bugtaw, beybi?" pamangkot ni Nonoy Andre sa iloy. Ginhakwat ni Lola Dangdang si Nonoy Andre ginpapungko sa tiilan sa lapsag nga daw ginakisi-kisi sang mga tiil. Gin-uyatan ni Nonoy Andre ang isa ka batiis sang manghod. Nag-ingos man ini.

"Indi luyag si Nene Dexa nga punggan mo ang paghulag sang iya tiil, Nonoy Andre," paathag sang lola sa apo.

"Lakat na beybi?" pamangkot ni Nonoy Andre sa lola.

"Indi pa, Nonoy Andre, nagahulag lang sia para mag-*strong* ang mga tiil," ang lola nabudlayan magpaathag sa *bright* nga apo nga daw telegrama kon maghambal. "Sang ikaw gamay pa parehas kay Nene Dexa, amo man ina ang ginbuhat mo."

Nakanganga sa nabatian si Nonoy Andre. "*Strong* na ako, Lola?"

"Huo, kay makalakat ka na gani," Nagdalus-os man si Nonoy Andre sa pagkauyat sang lola. Naglibot ini sa kama kag nagkadto sa luyo sang iloy. Nagtilaw nga magsaka sa kama pakadto sa nagahigda nga iloy. Ginbuligan sia ni Daphne sa pagsaka.

"*Kiss* anay kay Mommy, Nonoy Andre," pero waay ginsapak sang bata ang hinambal sang iloy. Sa baylo, namangkot ini sa iloy.

"Mommy, *strong* na ako?"

"Huo, Nonoy Andre, makalakat ka na gani kag makahampang sang imo *toys*."

Nagtangu-tango ang bata nga nagtilaw magdalus-os sa kama. Gintapi ang mga kamot ni Delsa, pero indi sini maabot sang duha ka tiil ang salog. Ginhakwat si Nonoy Andre sang yaya kag patindugon sa salog. Gintulok anay ang kilid sang kama kag ugaling kinuha ang *control* sang iya *toy car* gikan sa yaya.

PAGKAAGA, naghimos dayon si Alex sang mga kagamitan nga gindala ni Daphne sa ospital. Sang mga alas otso na matapos pirmahan ang *release order* sang *Ob-Gyne doctor* nga nagtatap sa pagpanganak ni Daphne, ginpauli na ni Alex ang iya mag-iloy sa ila puloy-an. Aga pa nagbangon si Andre kag daw may ginapaabot nga nagtudlo sa yaya nga makadto sa kadak-an sang ila puloy-an. Dala-dala man sini ang hampanganan nga *police car*. Sa kadak-an, naabtan niya ang Lola Dangdang nga nagainom sang kape. Naghalok dayon sa lola ang apo, dayon namangkot man sa lola.

"Lola Dangdang, ara na Mommy?"

"Waay pa, Nonoy Andre. Karon pa sila mapauli dugay-dogay."

"Upod beybi?"

"Huo, Nonoy Andre," pagpat-od sang lola sa apo.

Gintawag sang yaya ang bata. Nagpalapit man sa yaya ang bata kag ginbutang sa sopa ang *remote* sang iya *police car*.

"Nonoy Andre, mag-inom ka anay sang gatas," hambal sang yaya sa bata. Gindaho dayon ni Nonoy Andre ang gatas, ginlab-ok sang katatlo kag ginhatag man sa yaya ang baso nga said na unod.

Matiun-tion pa nag-abot man ang iya iloy kag amay. Ginahuban ni Alex ang anak nga babaye samtang nagasunod man si Daphne nga bitbit ang diutay nga bag sang mga gamit sang babaye nga anak. Ginbutang man sang tsuper nila ang duha ka bag sang mga kagamitan nga gindala ni Daphne sa ospital. Si Nonoy Andre nga nagabantay sa may ganhaan ang una nakabugno sa mga nagsampot.

"Daddy, upod mo beybi?" nagsunod dayon ang bata sa amay kay diretso ini sa hulot sang mga bata.

"Huo, Nonoy Andre, ari na si Nene Dexa, ibutang naton sia sa iya kuna, ha?" Nagbuyot man si Andre sa kilid sang pantalon sang amay pagsunod sini sa kwarto.

Nagsugod sila dayon magplano sa pagbunyag sa bag-o nga katapo sang pamilya Vera Cruz. Halos napulo sang may edad kag bana nga mga *professor* sang VCU mga maninay. Pati si Stella maninay man. Pila lang sa mga pulitiko nga mga abyan sang pamilya ang padrino man sa bunyag ni Nene Daphne Alexa ang inagda ni Alex.

Sabado nga adlaw ang bunyag sang bata sa bag-o nga *chapel* sang VCU nga ang pari eskolar sang pamilya Vera Cruz-De Guzman. Ang *chapel* nga malapit man sa *main gate* sang VCU puno sang sumilimba. Kag natapos ang seremonya sang bunyag.

Sang hinali may daku nga sigabong nga nabatian ang tanan nayon sa *main gate*!

35

SIGABONG sang ayhan kasarangan nga bomba ang nagtublag indi lang sa Vera Cruz University kondi pati man sa bilog nga banwa sang Calinog. Ang kabaskog sang sigabong sang lupok maathag nga nabatian tubtob sa merkado nga nagalayo sang kulang-kolang sa tatlo ka kilometro. May nakatawag sa pulis sang Lambunao. *Patrol truck* sang pulis nga may lulan nga mga 10 ka pulis ang ginpamunoan ni Police Chief Inspector Gemarino Compas ang madasig nga nagsumpit padulong sa VCU. Mga 7 ka kilometro sa gikan pakadto sa VCU sa dulonan sang Calinog kag Lambunao. Ang mga sumilimba ginpaggwa sang mga sekyu sa sur nga *gate* sang VCU pakadto sa suba.

Sa pagsampot sang mga pulis, nauna gikan sa Calinog kag ang ikaduha abng halinn sa Lambunao, napasulod na sa ila *shelter* ang pamilya ni Alex, luas kay Tya Luding nga nagtawo sa ila puloy-an. Ginsugata ni Alex ang iya kumpadre Mar nga Hepe sang Pulis sa Lambunao, samtang ginausisa sang mga imbestigador ang duog kon diin naglupok ang isa ka bomba. Sa kilid ini sang *highway* sa kanal pakadto sa Calinog nga mga 80 metros gikan sa *main gate* sang VCU nayon sa norte nga bahin. Waay man sang kabuhi nga nahalitan.

"'Pare Alex, ano bala ang mabaskog nga bomba nga nabatian namon," bugno ni 'Pare Mar ni Alex sa iya. "Ang buot ko silingon, may nabaton ka bala nga pamahog sining nagliligad na nga mga inadlaw?"

"Waay man,'Pare Mar. Indi ko gani masugoran sa akon painuino kon sin-o ang nagpabutang sang bomba kag kon ano ang katuyoan gid sini," tambing ni Alex sa kumpare nga hepe sang pulis. Kay ara na man ang pulis sang Lambunao, nagpaalam man kay Alex ang pulis sang Calinog kag nagbalik sa banwa sang Calinog.

"Ano ang balita mo kay anay Koronel Villamaestre?" dugang nga pakiana ni 'Pare Mar ni Alex.

"Sa *rehabilitation center* sia bangod sa droga nga daw amo ang kabangdanan nga naglain ang ulo. Ang ulihi nga panugiron sang iya manghod nga may kahigayunan nga magbalik ini sa normal, kay halos tanan nga bag-o nadiskubre nga bulong nahatag man sa iya. Pero, ara sia gihapon sa *rehab center* sa iya kagustohan," saysay ni Alex sa iya kumpare nga pulis.

Daku nga tulugmahon indi lang para kay Alex ang pagpalupok sang bomba malapit sa *main gate* sang VCU, kondi pati man sa mga awtoridad. Gikan sa Dakbanwa sang Iloilo pakadto sa Lambunao, sulusobra lang sa 40 minutos dalaganon sa *highway*, gani nag-abot man dayon si 'Pare Edvic ni Alex agod mahatagan gilayon kalubaran ang tulugmahon nga pagpalupok sang bomba sa kilid sang VCU. Sa sini nga tion, natapos na ang imbestigasyon sang mga *debris* ukon ukon basura nga tuga sang naglupok nga bomba. Sahi sang bomba nga *IED* ukon *improvised explosive device*. Ini ginahimo man sang mga nahanas nga katapo sang mga hubon sang terorista, agod hadlukon ang ila ginabilang nga kaaway sang ila kawsa. Masami man ginagamit sang mga rebelde ang IED batok sa mga salakyan sang militar sa ila pag-ambos diri.

"'Pare Alex, ngaa waay ka nakatawag sa akon sining nagligad nga duha ka semana? May nabaton ka bala nga pamahog?'" pangutana ni 'Pare Edvic ni Alex.

"Waay man, 'Pare Edvic. Masaku ako sugod sang nahunong si Rodin sa *mental hospital*. Sa Manila ako kag nagpauli lang kay nanganak na si 'Mare Daphne mo."

"Ano ang anak ni 'Mare Daphne, lalaki bala ukon babaye?"

"Babaye, 'Pare Edvic. Kag apat na ang mga anak namon ni 'Mare Daphne mo."

"Paano nag-apat ang inyo anak, 'Pare Alex, waay man nganganak si 'Mare Daphne sang kapid, a?" natingala gid si 'Pare Edvic ni Alex sa nahambal sini.

"Ginhatag sa amon ni anhing Luem kag ni Swannie ang mga anak ko sa ila nga duha."

"Kag nagsugot man si 'Mare Daphne, 'Pare Alex?"

"Sia gani nag-aha sa duha nga ihatag dayon sa iya ang anak sang tagsa-tagsa, 'Pare Edvic," pahayag ni Alex sa iya kumpare.

"Dalayawon nga babaye."

"Mahuyugon si 'Mare Daphne mo sa mga bata, gani buluthoan ang amon negosyo diri sa Lambunao kon diin una nagmaestra si 'Mare Daphne mo sa sentral nga elementarya sang Lambunao," dugang nga panugid ni Alex sa iya kumpare.

Natapos man dayon ang imbestigasyon sang magkabuylog nga hubon sang Lambunao Police kag sang mga katapo sang CIDG sa pagpanguna sang nadestino nga katapo sang CIDG sa Lambunao. Isa ang ila pamat-od. Tipo sang IED ukon *improvised explosive device* base sa materyal nga gingamit nga waay nagakatuhay sa ginagamit sang mga rebelde sa binukid sang Lambunao kag Calinog sa Iloilo kag sa San Remigio, Antique.

Ang pamangkot: ano bala ang katuyoan sang pagpalupok sang IED malapit sa isa ka buluthoan nga mahimo madamo ang mga mabuhis nga kabuhi sang waay labot? Maayo lang kay Sabado, waay klase ang hayskol kag elementarya. Pila ka kolehiyo lang ang may ara, gani waay man sang napilasan ukon nasaktan nga estudyante. Luas sa kulba sang ara sa palibot, kanal sang karsada lang ang naguhab sing malapad kag madalom nga nagalapad sang duha ka metros kwadrado kag isa ka metros paidalom.

NADAYON ang dagaya nga bangkite ukon punsyon sang bunyag ni Nene Daphne

Alexa Vera Cruz, kay waay man sing nagpalauli nga bisita nga ginpahukmong ni Alex sa *conference hall* sang VCU nga katambi sang opisina ni Alex. Hubon sang *caterer* sang isa ka daku nga restawran sa Lambunao ang naghanda sang manamit kag sari-sari nga pagkaon para sa tatlo ka libo nga mga tawo. Bangod ayhan pasado, ala una na kag maglinong, waay sing patawad sa linuto nga gindulot sa ila ang mga bisita sang bunyagan. Kinahanglan pa ang dugang nga pagkaon gikan sa restawran nga *caterer* kay naurot gilayon ang una nila nga dala sa VCU.

"*All's well that ends well*, 'Pare Alex kag 'Mare Daphne," napabutyag sang Vice

Mayor sang Lambunao nga amo ang padrino man nga pulitiko sang mag-asawa.

"*Thank you* sa imo pagpasakop sa seremonya sa okasyon sang pagbunyag sa amon anak nga babaye, 'Pare Mike," pasalamat ni Daphne sa bag-o nga kumpare sa pagpaalam sini.

Sang sumunod nga Domingo, nag-untat man dayon ang mga tawo sa ila kata-kata sa natabu nga paglupok sang bomba. Ang suspetsa nga mga rebelde ang nagpalupok sang bomba waay pa napat-od sang magkabuylog nga tawo sang CIDG kag MIG sa mga binukid sang Panay. Waay nakumpirma ang teorya nga may isa ka hubon nga mga samong nga luyag man magsulod sa grupo sang mga terorista kag nagapaathag lang nga mapuslan sila sang mga terorista. Ang mga tawo ni Rodin sa Iloilo waay na sang kapabilidad sa paghikot sining pagsabotahe kay waay na kwarta ining amo nila.

Kag sa *rehabilitation center* man ini sia. Kon ano ang kabuhian sa mga tawo ni Rodin,

halimbawa ang sa Iloilo nga *AIPO videoke bar*, kulang man ang ginakita agod ila

mahikot ang pagpamomba nga nagakinahanglan sang kwarta nga linibo. Gani

nagpabilin sa rekord sang pulis nga waay nalubad ang motibo sang pagpalupok sang bomba kag kon sanday sin-o ang responsable.

KALINONG nga tunay ang nagluntad sa Lambunao kag sa kabilugan sang Iloilo sa pagligad sang kulang-kolang sa anom ka bulan tubtob sang Paskua. Para sa pamilya ni Alex nga may apat ka bata nga magagmay, indi na kinahanglan ang mga torotot ukon ano pa nga paggahod sa pagsaulog sang Paskua kag Bag-ong Tuig. Sa kagahod lang sang paghinibi sang apat malipayon gid si Daphne. Kag kon bug-os na gid ang pagpalangga sa iya ni Alex, ayhan waay na sing pangayuon pa si Daphne sa Tagtuga.

"Mommy, waay kita sang kinahanglan sang mga torotot ukon ano nga sahi sang paggahod sa pagsaulog naton sang Paskua kag Bag-ong Tuig. Paggahuron lang naton ang mga bata, bastante na," nagakadlaw nga nabungat ni Alex sa ugangan.

"Huo man, kon mabatian ko ang mga bata sa ila paghinibi daw waay man ako kasubo. Labi na gid kon naga-inudyak kag nagasiniyagit man sila, daw bata ako gihapon sa akon pamatyag."

Si Alex naman, nalipay gid sang nabalitaan nga maayo man ang ila *partnership* sa negosyo sa Australia nanday Swannie. Manganak na si Swannie sang anak nila ni Adam Barranca sa bulan sang palaabuton nga Pebrero sa madason nga tuig. Sa bilog nga negosyo nanday Alex, padayon ang mataas nga presyo sang ila *stock* sa merkado. Amat-amat nga nagadamo man ang bumulutho sang Vera Cruz University.

Nagbag-o man ang kapalaran pakadto sa katumanan sang dalamguhanon sang iya suod nga abyan nga si *Police Senior Superintendent Edgardo Vicente*, alyas Edvic. Ginpasumpa na sang Pangulo sang Pilipinas si 'Pare Edvic ni Alex kaupod napulo'g duha pa ka mga opisyal sang militar kag pulis nga ginhatagan sang isa ka bituon sa magtimbang nila nga mga abaga. Ang isa ka *star* ukon bituon nagakahulogan sang ranggo nga *Brigadier General* sa mga opisyal militar ukon AFP kag *Police Chief Superintendent* sa mga opisyal sang pulis. Nakumpirma man gilayon sa Senado ang mga ila mga ranggo.

"'Pare Alex, daw ginlabo sa bato ang panimad-on mo sa akon. Nasiguro ko nga ginpahilabtan sang hubon ninyo ang akon promosyon," pabutyag ni Edvic sa kumpare.

"'Pare Edvic, kon indi maayo ang imo rekord bilang Hepe sang CIDG 6, waay man kami sing mahimo nga pag-impluwensya sa ibabaw. Kon sa inogbulang nga manok nga maayo ang rasa kag pagsagod gindugangan lang namon sang paghimas-himas agod kapin ini nga mangisog. Napamatian gid kami, gani nga ikaw na ang Hepe sang Pulis sa Rehiyon 6. Indi ka anay magpasalamat sa amon. Ang amon pag-alungay para sa amon gid nga katawhayan sa negosyo, indi para sa imo."

Kag sa pagpahilabot sang isa ka Ilonggo nga Senador sa panugyan man sang mga negosyante sa Rehiyon 6, nahingadlan nga hepe sang *Philippine National Police Regional Office 6* ukon PRO 6 si *Police Chief Superintendent* Edgardo Vicente. Daw waay sudlan si 'Pare Edvic ni Alex sang iya kalipay kag daku ang pagpasalamat man ni Edvic kay Alex. Si Alex ang daw pinakamataas nga lider sang negosyo sa bilog nga Pilipinas kon obligasyon kag trabaho para sa grupo sang negosyante ang hambalan bangod sa iya posisyon sini sa ila *think tank*. Ginapamatian gid sang iban nga mga negosyante pati sang mga pulitiko ang mga panugdaon ni Alex sa lakat sang negosyo nga apektado man sang nagakatabu sa bilog nga kalibutan.

Nadumdoman man sang magkumpare Edvic kag Alex si Rodin.

"Kontani may bituon man ining *mistah* mo, 'Pare Edvic, kon waay ini nagtuga sang kalakasan sa pagpadasig sang iya ambisyon nga mangin-heneral."

"Malubha ang pagsayop ni Rodin, gani tugaplak sia gikan sa mataas nga pwesto paidalom sa lamawan," sabat ni 'Pare Edvic ni Alex. "May luyag gani ang amon klase nga ipahayag nga *persona non grata* sang amon klase, *adopted* man lang sia."

"Waay man sing iban nga dapat basulon si Rodin, pero indi ko malikawan nga indi maawa man kay Rodin nga sadto abyan man naton sa *gun club* bilang lahi man sang Ilonggo katulad sang mga Liberias."

PILA pa ka malinong nga tuig ang naglipas sa malipayon nga pangabuhi sang mag-asawa Alex kag Daphne Vera Cruz.

"Mommy, masadya gid ako kay ang buluthoan nga akon gindamgo isa na ka mainuswagon nga unibersidad. Luas sa mga kabataan nga nagkumpleto sang ila paghanas diri para sa paghanda nila sa kaugalingon sa mabudlay nga pasikut-sikot sang pangabuhi, madamo pa sang mga tawo nga nahatagan naton sang trabaho sa aton negosyo," nabungat ni Daphne.

"Malipayon gid pati ako nga iloy mo, Daphne, bangod sa naagom nga bugay sang Dios sang anak ko sa pagkadalaga. Sa inyo nga walo nga mga anak ko, ikaw Daphne ang may dalayawon nga kadalag-an sa pangabuhi kaupod ni Alex. Waay ako naghinulsol bilang iloy sa pagpakasal ko sa imo kay Alex. May duha man ako ka esmarte nga mga apo sa inyo ni Alex nga ginakawilihan gid. Gani waay na ako sIng pangayuon pa sa Dios, luas nga dapat mahangpan ako sang mga manghod mo, Daphne, nga indi sila dapat magsunggod man kon kaisa nga waay ako nagatener sa ila balay kay luyag ko gid nga magpadayon sa akon pagtudlo diri sa VCU, agod indi ako matapikan sang balatian nga Alzheimer's nga daw duna sa aton lahi," sambit sang iloy ni Daphne nga may kasubo.

"Mommy, naglapad man ang dulonggan ko sa nasambit mo," pakadlaw ni Daphne sa daw nagseryuso nga iloy.

"Kon amo tanan nga tsismis kag kata-kata mabatian mo na kay malapad ang duha ka dulonggan mo, Daphne," lahog ni Alex kag pati si Nonoy Andre nga Grade 1 na nakakadlaw man.

"Daddy, Mommy kag Lola Dangdang, matuod bala nga kon malapad ang imo mga dulonggan, magalawig ang imo edad ugaling mamatay?" pamangkot ni Andre sa tatlo.

"Indi matuod ina kay may kilala ako nga malapad ang duha ka dulonggan, pero ini nagbalatian man gilayon sa *cancer* kag namatay nga kwarentahon lang ang edad," sabat ni Lola Dangdang ni Andre.

"Nonoy Andre, nagalawig ang tawo kon husto ang iya *life style* ukon paagi sa pangabuhi, waay nagaabuso ukon nagapakita sang kalakasan sa iya pagpangakig sa tanan nga bagay nga daw indi magsantU sa iya luyag. Dapat ang isa ka tawo masunson managadsad sa iya pagbuhat sang tanan, nagakaigU lang, indi sobra kag indi man kulang. Kon alak ukon ilimnon ang hambalan, dapat kulang lang indi sobra nga may abuso. Likawan gid ang pagpanigarilyo. Kag labi sa tanan magpabulong kon may ginabatyag nga balatian ukon masakit. Bangod sa pagpahilabot sang medisina, madamo na subong nga mga tawo sa kalibutan ang malaba ang kabuhi," paathag ni Alex sa panganay.

"Titser ka man bala, Daddy katulad nanday Mommy kag Lola Dangdang?"

"Abilidaran nga titser ang imo Daddy, Nonoy Andre. Pero waay sia nagatudlo kay waay sing matatap sang aton buluthoan kag iban pa nga negosyo kon sa sulod sang klasehan pirme si Daddy mo," tugda sang iloy kay Nonoy Andre.

"Sundon ko man ang abilidad ni Daddy, Lola Dangdang."

"Pero indi ka lang magnobya sing madamo kag paluhaon ang mga babaye, Nonoy

Andre," sal-ot gilayon ni Daphne sa nahambal sang anak.

"Indi kasal-anan ni Nonoy Andre kon madamo nga babaye ang maluyag sa iya kon abilidaran sia nga gwapo pa," pangapin sang Lola Dangdang ni Nonoy Andre sa iya.

"Si Mommy bala, ginatudloan gid si Nonoy Andre sing indi husto," napabutyag ni Daphne sa ayhan sayop sa iya, bangod si Alex madamo ang nanginnobya.

Naisip ni Daphne, indi man kasal-anan ni Alex ang natabu, isa lang ang babaye para kay Alex. Si Luem. Sila nga duha ni Swannie ang naluyag gid kay Alex. Ini waay man ginpaabot ni Alex kag waay man sia sang tuyo nga hatagan paglaom ang duha. Pero, ayhan para kay Alex, ina ang iya kapalaran. Amo man kanday Daphne kag Swannie.

"Ginapahibalo ko lang kay Nonoy Andre ang mga kamatuoran sa aton pangabuhi. May mga bagay nga luyag gid naton likawan kay batok ini sa maayo nga pagginawi, kag sa kasugoan sang Dios, pero kapalaran man naton ina nga kagustohan man sang aton gamhanan nga Magbubohat. Siling gani nila, sa aton ang pag-alungay sa Dios ang pagbugay. Kag bangod tawo lamang kita, indi naton malikawan ang pagpakasala. Daku ang aton responsabilidad ukon salabton kon ginhungod naton ang pagpakasala," paathag ni Donya Criselda sandig sa iya inagihan.

"Daphne, husto si Mommy," tugda gilayon ni Alex. "Sige lang ang pagpangimon mo sa akon kay Swannie. Sia lang ang may luyag sa akon, katulad mo tampad lang sia sa iya balatyagon nga mabudlayan niya likawan. Bangod sa amon trabaho, masunson nagakrus ang amon dalan. Kag ako man naharian man sang panulay, kay kita tawo lamang. Pero indi ko gintuyo ang pagpakasala."

Waay na nakasabat si Daphne sa pagpulihay sang mag-ugangan batok sa iya.

"Mommy, indi ka na mangakig kay Daddy, ha?" ginhulohapulas man sang anak ang likod sang iloy gani daw naumpawan man si Daphne.

SANG sumunod nga bulan, nakatawag si Swannie kay Daphne agod kamustahon si Inday Alesha Suzanne ukon Inday Swanshine nga anak nila ni Alex.

"Naga-*kinder* na si Inday Swanshine upod ni Toto Lexan, ang ila magulang nga si

Nonoy Andre, Grade 1 na, 'Miga Swannie. Sa madason nga tuig, ma-*kinder* naman si Nene Dexa," malipayon nga panugid ni Daphne sa abyan nga si Swannie.

"Ang akon anak kay Adam nga si Adam, Junior apat ka tuig pa lang ang edad. Upod ko ang amon anak subong ari kami sa Makati. Kon may panahon kami, mabisita kami dira sa inyo, 'Miga Daphne."

"Ara ka lang gali sa Manila? Upod mo man bala ang imo bana? Luyag ko gid magkilitaay kita nga mag-abyan," nabungat man ni Daphne kay Swannie.

"Masaku gid si Adam sa trabaho, basi sa madason nga pagtsek-ap ko diri sang amon negosyo makaupod na sia."

Apang sang nahibal-an ni Rodin nga nag-abot ang iya manghod, likom nga nagpuslot ini sa *mental hospital* sa bulig sang abyan nga gwardya kag iya anay tawo nga napahalin man sa Army. Kag samtang masaku si Swannie sa pagbasa sang mga report gikan sa ila *field offices*, naabtan ni Rodin nga isahanon sa opisina sang General Manager ining manghod.

"Manong, may pahanugot ka bala sa paggwa mo sa ospital?" sa katingala sang manghod napakiana ini sa magulang.

"Ina bala ang dapat nga pagbugno sa imo magulang nga madugay mo nga waay nakita?" sing-al ni Rodin sa manghod.

"Patawaron mo ako, Manong. Pero ang siling sang doktor madali ka na lang kontani mahatagan sang *clean bill of health* kon sige ang pagsunod mo sa mga doktor."

"Maayo na ako. Kay waay man ako sang balatian. Ang kinahanglan ko sa subong indi bulong kondi isa ka milyon ka pesos! Mahatagan mo bala ako sini?" pasikto ni Rodin sa manghod.

"Manong, anhon mo bala ang isa ka milyon? Waay ako sang *cash* nga amo sina kadaku kay indi pa natapos bayaran ang mga utang naton bangod sa imo ginhimo nga pagpalasik sang aton kwarta," sabat ni Swannie sa daw nagaalburoto nga magulang.

"Madamo ka pa sang satsat. Hatagan mo ako sang ginaalungay ko ukon indi!"

36

LUPOK sang diutay nga bomba nga nagpapisik kay Swannie ang singgitan ni Rodin nga magulang nga hatagan sia sang isa ka milyon ka pesos!

"Isa ka milyon ka pesos, Manong? Waay ginapamulot lang sa dalan ang subong kadaku nga kantidad."

Kapin nga naakig si Rodin sa dugang nga satsat sang manghod.

"Naanakan ka lang sang isa ka Alex Vera Cruz, daw sin-o ka na kon magginawi kag maghulohambal. Ano ang luyag mo maluhod ako sa atubang mo agod hatagan mo ako sang akon nga ginapangayu? Basi ikaw ang maukpan sang akon kaakig nga sundol sa langit kay Vera Cruz." Nagaalimbukad ang ulo ni Rodin.

Kinulbaan si Swannie. Pabalik-balik ang ginabatyag sang iya magulang kag isa na ining pag-alburoto subong. Waay sing mga tawo sa opisina kay nagpalauli na kag mabalik lang pag-abot sang ala una. Ang *security guard* malayo sa opisina nga sirado, gani ang singgit sa sulod indi mabatian sa gwa. Kapin pa ang opisina may madamol nga kurtina sa bilog nga dingding palibot nga halin sa kisame paidalom.

Kinapkap ni Swanne ang sulod sang *drawer* sa lamesa nga iya ginahambuyan. Didto ang armas luthang sang magulang nga .45 nga *pistol*. Hanas man si Swannie sa paggamit sini.

Sang pagbalikid niya ara ang magulang nga nagapalanglisik ang mga mata sa kaakig sa iya. Namuypoy ang mga tuhod ni Swannie. Waay ini nakahulag sa pulUngkoan. Binuklas dayon ni Rodin ang kwelyo sang blusa ni Swannie sa liog sa ibabaw sang tuo nga abaga lakip ang bra! Napihak gid ang iya pang-ibabaw nga blusa nga waay pako paidalom sa atubang kag pakadto sa abaga. Paagi sa wala nga kamot nauyatan ni Swannie ang iya *bra* nga nabugras man ang *strap* dala sa pagbuklas ni Rodin sang iya blusa.

Nagdoble ang palanglisik sang mga mata ni Rodin sa pagkakita sang maputi nga natuo nga kilid sang dughan sang manghod. Ayhan indi gid balanse ang isip ni Rodin, nga bangod sa droga daw ginaharian na sia demonyo. Madugay na nga nagbulagay sila sang iya asawa.

"Ginhatag mo kay Vera Cruz ang imo pagkababaye nga daw sa waay lang, karon ako naman ang mahimulos diri!" singgitan ni Rodin.

Binuy-an sang wala nga kamot ni Swannie ang iya *bra*, kinuha ang .45 sa sulod sang hunos-hunos sang lamesa. Paatras nga nagtindog kag ginpatumtom ang .45 kay Rodin sing duha ka kamot nga nagakulurugkurog man. Sa pagkakita sang lalaki sa maputi nga dughan sa iya atubang nagdoble ang pagkulurog sa lawas sini bangod sang handom sa unod. Si Rodin nagtikang sing makaduha palapit kay Swannie.

"Babaye nga matahom, indi ka na magpamatok sa akon, kay dalhon ko ikaw sa langit!" nabungat ni Rodin sa manghod nga pabag-o-bag-o ang isip tuga sang droga.

"Manong, indi ka magpalapit sa akon! Luthangon ko ikaw!" tig-ik ni Swannie.

"Sige, palukpon mo ang ginauyatan mo, kon maigu mo ako, indi man ako madutlan sina!" Abante pa gid ang ginbuhat ni Rodin. Nagahapu-hapo, nagahangos.

Bang! Lumupok ang .45 nga ginauyatan ni Swannie. Sa tuo nga abaga inigu si

Rodin, kag sing pakaya ini nga natumba sa salog. Ginbutang ni Swannie sa salog ang armas kag gin-uba ang gisi nga blusa kag ginsuksok ang likod nga bahin nga waay magisi sa iya atubang. Pinulot dayon ni Swannie ang .45, pero nakahulag si Rodin sa iya pagkaumpaw gikan sa gulpe nga pagtumba sa salog. Kay nagalapitay lang sila sang nakaluhod nga manghod, isa ka gios lang ni Rodin nalab-ot kag naagaw sini ang armas sa kamot ni Swannie. Waay naka-awtomatik ang .45.

Bang! Pinalupok ni Rodin ang luthang, pero bangod sa nagakurog-kurog nga kamot, sa tiyan inigu si Swannie nga humaplak sa luyo ni Rodin. Waay pa nadulaan sang pangalibutan si Swannie gilayon, pero nabatyagan man niya nga tuman ka sakit ang nagadugo nga tiyan. Gintipon ang nagaamat-amat kulabos nga kabaskog kag inagaw ni Swannie ang armas gikan sa magulang nga nagaluya man.

Kag... *bang*! Tiniro sing malapit man ang magulang. Inigu sa liog si Rodin sa idalom sang sag-ang. Nagtig-ab ini nga daw bag-o lang nakaundang sa panyaga. Naglinong man dayon sa sulod sang opisina. Amat-amat man nga nahulog sa salog ang luthang gikan sa kamot nga tuo ni Swannie.

"Ma'am, ano bala ang natabu dira? Palihog buksan mo ang ganhaan," nabungat sang sekyu nga may kahayanghag. Kaina nasayran man sang sekyu nga ang ama nagaisahanon sa opisina. Nakita man niya ang pagsaliputpot ni Rodin sa *gate*, pero iya ginpabayaan ini, kay suno man sa agalon nga si Swannie, maayo na ang iya magulang.

"Nakalakat na siguro ang duha, pero ano ang lupok nga nabatian ko? Sa pagbag-o ayhan sang direksyon sang hangin sa gwa sang bilding, isa ka lupok ang nabatian ko," namuno sang gwardya sa kaugalingon. "Mahimo indi lang isa ang lupok, pero ang iban waay ko nadunggan. Sa malayo nga puno sang kahoy ako nagkaon sang akon balon."

Nagpauli ang iya upod sing makadali, gani nagaisahanon lang ang gwardya sina nga udto. Sang buksan sang sekyu ang ganhaan sang opisina, sirado, naka-*lock* gikan sa sulod. Waay na tinimuk-timok sa sulod, pero, sigurado sang sekyu nga sa sulod naghalin ang lupok sang kwarenta'y singko. Tiniro sang *shotgun* sang sekyu ang ang *doorknob* sang ganhaan agod ma-*release* ang *lock*.

Dugo ang una nga nakita sang sekyu nga nagasanaw sa salog sa pagbukas niya sang opisina. Nayon sa ulo-unhan duha ka tinuga ang ara sa salog. Pinasiga sang sekyu ang tanan nga mga suga. Ang mag-utod nga mga agalon nga sanday Rodin kag Swannie ang ara sa salog. Si Swannie nagakayaon man kag si Rodin amo man, pero pabalagbag ini sa manghod nga malapit man sa lamesa sang manedyer. May armas nga .45 malapit sa kamot sang babaye nga *boss* sang sekyu.

Madasig nga nagtawag ang sekyu sang pulis kag ambulansya sang isa ka ospital.

Pagsampot sang pulis indi maarapalan sang sekyu ang ila pamangkot, gani waay sing matul-id nga nasabat ini. Luas sa waay dayon nabatian ang mga lupok nga suno sa pulis tatlo kay tatlo ka *slug* sang .45 ang ila nakit-an, waay na sang kasayuran nga nakuha ang pulis sa sekyu.

Forensic specialist ang kinahanglan kon paano ang natabu nga luthanganay.

Makabulig man diri ang simple nga *clinical autopsy* sang *medico-legal officer* sang pulis. Duha ang igu sang lalaki, samtang isa lang ang sa babaye, pero mas malapad ang nagsanaw nga dugo sang bangkay sang babaye sangsa naglapta man nga dugo sang lalaki. Gindala man dayon sa ospital ang duha, nga pareho nga ginpahayag sang doktor sa ER ukon *emergency room* nga DOA, ukon *dead on arrival.*

"Mahimo nga babaye ang una nakatiro sa lalaki. Naagaw sang lalaki ang armas kag linuthang man ang babaye. Naagaw liwat sang babaye ang armas kag linuthang liwat ang lalaki nga ginkamatay man sini," pakut-pakot sang isa ka batikan nga imbestigador.

"Sa imo pagpati waay sang *rape* nga natabu?" pakiana sang isa man ka pulis.

"Maathag nga wala, kay husto man ang plastada sang *underwear* sang babaye. Kag ang ginasuksok sang babaye nga pang-ibabaw lang ang nagisi. Ang palda indi man natublag. Kag waay sing indi kinaandan nga pagbag-o sang ginasuksok sang lalaki," paathag sang imbestigador.

"Mahimo nga nagbaisay ang mag-utod," tugda sang isa pa pulis. "May nakuha ang babaye nga armas sa sulod sang bukas nga *drawer* sang lamesa kag linuthang ang nag-alburuto nga utod. Nalagyo lang gikan sa *Mental* ang lalaki, gani posible nga sa kaakig sini sa utod, inatake ini sang iya ginabatyag nga *nervous breakdown* bangod sa droga."

Daku nga balita indi lang sa Metro-Manila kondi sa bilog man nga Pilipinas ang hitabu sa puno nga opisina sang Villamaestre Group of Companies. Duha ka mag-utod nga Villamaestre ang nadulaan sang ila kabuhi. Ginpistahan ini sang *tri-media* sa sulod sang pila ka adlaw. Madamo lang ang mga pasuni ang mga may huyog sa tsismis kon ano ang natabu sa mag-utod.

Para kay Alex nga sa Manila sa amo nga tion, kapalaran man sang duha kon sila namatay sa isa ka kahimtangan nga daw eskandaluso. Waay sang iban nga dapat basulon kondi ang mga biktima mismo. Pero nagbatyag sing daku nga kaawa si Alex kay Swannie. Nangintampad lang si Swannie sa iya balatyagon kay Alex, gani may natabu sa ila kag ara na sa pamilya ni Alex ang ila anak ni Swannie.

Ang report sang mga imbestigador sang magkabuylog nga *team* sang pulis kag National Bureau of Investigation nagsantu man sa *findings* sang *forensic*. Nasiradhan man dayon ang kaso. Nakabulig ang *recording* sang *computer* nga ginpaandar ni Swannie kay kinahanglan sini nga basahon ang isa ka report kag resolusyon sang hunta direktiba nga iya dayon i-*voice message* sa pagpadala sini sa iya opisina sa Australia kay tinamad mag-*type* sang *email* kag may diperensya ang ila *fax machine*.

Pagkaligad sang tatlo ka adlaw nga haya sang duha ka mag-utod, gindul-ong na sila sa ila katapusan nga palahuwayan sa isa ka pribado ng lulobngan ukon *memorial park* sa Dakbanwa sang Marikina. Nagtambong man si Alex sa seremonya sang paglubong nga simple lang kag natapos gilayon sa sulod sang tunga sa oras. Mga himata lang sang pamilya kag suod nga abyan nag-upod sa paghatod sang duha sa ila lulobngan. Nakadalikat man si Adam Barranca sa pagbulig asikaso sang lubong sang asawa kag bayaw. Pagkatapos sang lubong nagbalik man gilayon sa Australia si Adam dala ang apat ka tuig nga anak nila ni Swannie nga lalaki.

Nasiradhan man dayon ang baba sang mga may huyog sa tsismis kay nahadlok sa akusasyon nga mahimo nila atubangon. Pati, ang mga *columnist* sang mga *tabloid* nag-untat sa paglakip sang hitabu sa ila isyu.

SA Lambunao, si Daphne kag ang ila kumpare nga si Edvic sa Dakbanwa sang Iloilo lang ang may matugda sa sa natabu sa mag-utod nga Villamaestre. *Adopted* klasmit ukon *mistah* ni Edvic si Rodin sa Philippine Military Academy kag abyan man nila sang iya 'Pare Alex sa isa ka *national gun* club. Ilonggo sang Bacolod City ang ginhalinan sang mga Villamaestre, katulad ni Edvic. Pero sa iya kasakuon bilang bag-o nga Hepe sang PRO 6, waay nakatambong si Edvic sa lubong sang *mistah* kag abyan. Waay sang *honor escort* ang ginpahanugotan sa paglubong sa isa anay ka koronel sang militar.

Nagpauli si Alex nga huyhoy ang pakpak bangod sa trahedya nga natabu nga sia daw may kahilabtanan man. Ayhan kon padayon niya nga ginlikawan ang pursigido nga si anhing Swannie sa handom sini nga anak gikan sa iya, waay nadisgrasya ang abyan niya nga babaye samtang sa kolehiyo sila. Waay ginapakasala ni Alex si Swannie, nga naglihis sa kagawian sang isa ka babayeng' Pilipina. Ang kasal-anan ni Swannie amo ang pagpangintampad ni Swannie sa iya balatyagon. Ang paghigugma sini kay Alex nga indi sini matambingan ni Alex kay kasal na sia kay Daphne.

Pilit nga ginapanas ni Alex sa iya panumdoman ang natabu nga trahedya sa mag-utod Villamaestre. Liwat niya nga ginapilit ang pagpati sa iya isip nga kapalaran man sang mag-utod ang natabu. Husto bala sia ukon nagapangita lang sia sang rason agod indi sulit-suliton sang iya konsyensya ang iya kahilabtanan, ang paghimo nila ni Swannie sing daku nga sala sa mata sang tawo kag sang Dios?

Pagsampot ni Alex sa ila puloy-an, nagahulat sanday Daphne kag ang iya ugangan sa iya. Luyag gid nga masayran sang duha gikan sa iya kon ano gid ang natabu nga trahedya sa mga Villamaestre.

"Alex, nasayran mo bala kon ano gid ang husto nga natabu sa mag-utod?" gilayon nga pamangkot kay Alex sang ugangan.

"Mommy, Daphne, kon ano ang nabasa ninyo nga resulta sang pagpangusisa sang kapulisan sa trahedya nga nabalhag man sa mga pamantalaan kag naggwa man nga mga balita sa telebisyon, kapin ukon kulang, waay na ako sang madugang pa."

"Kon amo pagkatapos ang malipayon man nga panugiron ni 'Miga Swannie sa bahin sang iya pangabuhi sa Australia sa akon, nasayran dayon ni Rodin ang pag-abot sang manghod," tugda ni Daphne. "Indi bala nahunong ini sa Mental Hospital?"

"Husto ka, Daphne, may mga tawo pa si Rodin nga tampad man sa iya sa ila pagpangalagad. Kag mahimo nga may mabulos sa iya nga lider sang ila hubon agod ipadayon ang pagtimalos ni Rodin sa ila ginakabig nga mga kaaway. Duha ang daku nga rason ni Rodin batok sa akon. Una ang amon ginbuhat nga sayop ni Swannie nga nagtuga sing daku nga kahuloy-an sa pamilya Villamaestre kag ang ikaduha ang pagpangulo ko sang *think tank* sang mga negosyante nga amo ang nag-alerto sa mga kapitalista sang kumboyahan sang Villamaestre sa indi husto nga palakat ni Rodin sa ila negosyo."

"Kon amo si Rodin, nangahas magpuslot sa Mental agod makakuha sang kwarta kay Swannie para sa ila hilikuton?" bulontad nga tanyag sang ugangan ni Alex sang iya panugdaon sa natabu. "Kag nagpaindi ang manghod, kay indi pa lubos nga nag-ayo si Rodin sa iya pagkalugdang sa hatay-hatay sang bisyo."

"Korek ka gid, Mommy. Pwede ka gid magpulis," nagyuhom

man si Alex sa ugangan sa pagtangu-tango man ni Daphne.

"Karon daw ano kadaku kag kalubha sang katalagman sa aton sa mahimo buhaton sang nabilin nga hubon ni Rodin batok sa aton?" sal-ot nga pamangkot ni Daphne.

"Kinahanglan naton diri ang bulig sang panong ni Boy Menor kag ni Tyo Kadoy nga abyan ni Boy nga *labor leader* nga ginahan-an man sang militar nga mataas nga opisyal sang makawala nga grupo sang mga militante. Halos kilala ni Tyo Kadoy ang mga masupog nga mga lider sang sindikato kay nagabuylog man ini sa sa mga hilikuton nga mahimo sila makakwarta. Ang paborito nila nga buligan amo ang katulad sang mga pulitiko nga nagapadalagan sa isa ka pwesto kag luyag nga madula ang mabaskog nga kasumpong. Milyon ang kahulogan sining pagkahimtang."

"Kon amo himuon man ninyo ining sinambit nga paagi?" nahayanghag gid ang ugangan ni Alex.

"Indi, Mommy, ang buot silingon ni Boy nga paaway-awayon namon paagi sa intriga ang mga hubon nga may simpatiya kay anhing Rodin. *Psy-war* ang gamiton namon. May mga sampaton diri sa *psy-war* ang grupo ni Tyo Kadoy nga mga militante. Sa diutay nga kwarta madesinyo sila sang paagi nga mag-ilinaway ang mga sindikato. Kondi indi na maasikaso sang mga ini ang kaso ni anhing Rodin kay sila-sila ang magailinaway kag mahimo mabungkag ang ila grupo. Kumbinsihon naman ni Boy ang mga lider nga may abilidad sa pagsulod sa grupo namon ni Boy. Kon waay sing rekord ang mga ini nga malubha, pangitaan ko sila sang trabaho sa mga kompanya sang pederasyon sang mga negosyante. Dulaon naton ang mga nagasimpatiya kay Rodin."

"Maayo gid nga plano ina, Alex. Pero, indi mo ayhan ginapatad ang imo dungog kay mahuy-an ka kon may malain nga buhaton ang imo ginpatigayon nga mga tawo batok sa ila mga agalon ukon amo?" daw luyag sablawon si Alex sang iya ugangan.

"Mommy, nagapati ako nga ining mga tawo nga daw ginasikway sang katilingban may nabilin pa nga kaayuhan sa ila kabug-osan. Kon kilalahon ina kag buligan sang may ikasarang, makakita sang kahigayunan mga maghimo sang maayo para sa ila kaayuhan, sang ila amo kag sang katilingban."

"Alex, daw may rason ka man," pagkumporme man sang ugangan.

"May awtoridad nga magapahanumdom sa ila kon lapason nila ang kasugoan. Gani, indi na problema ina para sa aton. Tampad nga nagbulig kita sa ila, kon abusohan nila ina sila man ang basulon, indi kita." dugang nga paathag ni Alex.

"Ambot sa imo, "Ga," nasal-ot ni Daphne. "Ikaw ang kapin nga nakahangop sang imo kahimtangan kay ikaw ang may malapad nga pinaniiran sa mga bagay nga ini."

Sang nag-ring ang ila telepono. Si 'Pare Edvic ni Alex.
"'Pare Alex, nagtawag ako sa imo sa Manila kay nagpa-Crame ako. Nakapauli ka na gali? Bag-o man lang ako nag-abot kag dumiretso ako sa Kampo Delgado."

"May apat ka *mistah* ninyo ang nagtambong sa lubong ni Rodin sa ila pribado nga kapasidad. Mga abyan man naton ini sa *gun club* kag may tag-isa man sila ka bituon parehas mo. Tanan sila nagpabutyag man sang pagkanugon kay Rodin. Nagsakripisyo man ini sa iya *ideal* nga makapangalagad sa banwa. Lamang nagsayop sia kag sa militar lapnagon man ang hisa. Kon sin-o ang may mas mataas nga padrino sa ibabaw, madasig gid ang pag-asenso. *One needs to know which string to pull at the right moment to succeed in his career.* Ini dugang sa iya napamatud-an na nga abilidad sa iya linya. Katulad sa pribado nga sektor, indi lang sa pangulohan, kinahanglan man ini sang isa ka trabahador," pahayag ni Alex sa iya kumpare.

"Husto ka gid, 'Pare Alex. Ako, nahimo ko ina, indi bala? Pati ikaw kag ang imo grupo nga mga negosyante, nakabulig man sa akon."

"'Pare Edvic, sa nasiling ko magamadinalag-on lamang ang isa ka tawo kon may abilidad sia. Sa inyo, ang pagkumpleto ninyo sang paghanas sa Philippine Military Academy isa sang mga abilidad nga sandigan sang inyo kadalag-an. Pangpatanlas na lang ang magagikan sa gwa, agod maangkon ninyo ang inyo handom," dugang ni Alex.

"Labay man ang akon, ano na bala ang progreso sang imo ginhatag nga trabaho kay Boy Menor, 'Pare Alex?"

"Isa pa ka lider nga sadto ampin kay anhing Rodin ang waay

nakasugilanon ni Boy. Subong sa bulig man ni Tyo Kadoy, may plano kami nga ang mga naglalapta nga mga katapo sang mga sindikato kay daw *nagkanya-kanya* sila pagkadula sang ila mga lider, amon man inakupon. Ang magbilog liwat sang mga grupo amon man paaway-awayon paagi sa intriga, *psy-war*, siling ni Tyo Kadoy, ang *labor* lider nga ginatahod man sang mga militante nga makawala. May mga *psy-war professional* sa ila hanay. Madesinyo na sila sang paagi agod indi maghilituhog ang bag-o nga mga hubon."

"Madali lang, nagasinyas ang tiglikom ko nga may mensahe sa kompyuter, 'Pare Alex. Ayhan importante ini."

"CIDG 6 to PRO 6 Director: Sir, request warn your friend of the impending arrival in

Villa Beach of some of the late Villamaestre henchmen to execute mission here in Iloilo.

Lambunao Police have been directly warned. CIDG 6 Director."

"Kuno abi may *confidential* nga mensahe diri para sa aton. Ipasa ko man dira sa imo kompyuter. Basahon mo sa imo, dayon konsultahon naton dapat si 'Pare Mar diri, 'Pare Alex." Nagpaalam dayon si Police Chief Superintendent Vicente sa iya kumpare.

"'Pare Mar, nabaton mo ang mensahe sang CIDG 6?" pamangkot ni Alex sa kumpare ng Hepe sang Lambunao Police Office.

"Huo, 'Pare Alex. Nagboluntaryo gani nga maniktik sa Villa Beach ang tawo sang CIDG 6 nga nadestino diri upod sa amon. Kamo dira maghanda lang pirme."

37

"SOBRA pa sa *Boys Scout* nga nakahanda pirme kami diri. Indi lang *laging handa*, kondi katulad sang *military reservist, laging laan ang aming buhay at serbisyo para sa bayan*," may lahog nga sabat ni Alex sa iya kumpadre. "Sa bulig mo, daw soldado na kami, preparado kami sa ano man nga emerhensya, 'Pare Edvic."

"Maayo kon amo. 'Pare Alex, indi pa dapat magpabuyan-boyan sa aton pagbantay, pag-uloaligmat sa nagakatabu sa aton palibot. Madamo pa ang mga problema sa aton nga nagatublag sa kalinong kag katawhayan sang tanan. Ikaw man ang nagsiling nga tatlo ka pamusod ang ginahalinan sang gamo sa aton katilingban diri sa Western Visayas. Sa bahin mo, si Rodin lang ang nadula. Pero ara pa gihapon ang mga katapo sang nasari-sari nga sindikato nga nagahulat sang suporta sang may ikasarang nga sektor sang aton katilingban nga may malain nga buko kag plano batok sa ila mga nagakontra sa ila kagustohan, labi na gid ang mga gahaman nga pulitiko. Pamahog man sa aton tanan ang mga nagatulod sang makahalalit nga droga kag ang mga makawala nga elemento sa aton pungsod. Lakip man diri ang mga *police scalawag* kag ang ila mga amo nga may huyog sa pagpangawarta sa pangulohan paagi sa *scam* kag ano pa nga *shenanigan*. Tsampyon sa pagluto sang katuntohan ang sindikato."

"Amo man ina ang talan-awon nga amon natingob sa amon paghinun-anon sa amon grupo sang mga negosyante. Pangkabilugan ukon *macro-assessment* ang amon panan-awan bangod ang amon negosyo talaptap man sa bilog nga kalibutan. Sa amon diri ang katalagman mahimo magahalin sa elemento nga makawala kag ang nagalikos ukon nagalakip man ini sang mga samong nga nagatuga sang *kidnap, hold-up, smuggling, gun-running, blackmail* kag *drug-pushing*. 'Pare Edvic, ang imo problema ari lang sa Western Visayas, pero kon magpabilin nga panalagsahon lang ang mga krimen nga ginatawag man ninyo nga *isolated* nga nagakatabu, basi maka-*star* ka pa liwat sa waay pa magretiro," tugda ni Alex sa iya kumpare nga Hepe sang PNP Regional Office 6. "Police Director Edgardo Vicente (MNSA / CESO II) PNP (Ret), ini ang makita sa imo lamesa sa imo *study den*. "Ibutang pa gid sa idalom: Professor and Chief of School Safety / Security VCU."

SANG sumunod nga Lunes, ginsorpresa ang magkumpare Alex kag Edvic. Isa ka mensahe gikan sa ila abyan sa Malacañang nga nagpat-od nga napirmahan na sang *Senate Commission on Appointments* ang *commission* ni Alex bilang *full-fledged* nga *Colonel* sa Armed Forces of the Philippines sa sanga nga Army. Pagkatapos ni Alex atubang sa mga katapo sang Commission sang nagligad nga anom ka bulan nalimtan niya kag waay ginaabot nga maaprubahan ining iya hingyo bangod sa madamo lang nga problema nga nag-agi sa iya kabuhi.

Kon kinahanglan sang pangulohan ang serbisyo ni Alex sa militar, Koronel dayon sia nga magapangulo sang iya linibo nga mga tawo sa Vera Cruz Group of Companies bilang mga *military reservist* man. Gilayon man ginpahimoan ni 'Pare Edvic niya sang karatula sa lamesa: Colonel Alex C Vera Cruz, PAR (Ph.D.). *Philippine Army Reserve* ang kahulogan sang PAR. Sang mag-abot ang *order* sang *approval* sang *reserve commission* ni Alex gikan sa Camp Aguinaldo may upod nga kumpleto nga *BDA camouflage uniform, combat boots* kag *rank insignia* nga may tatlo ka simbolo sang adlaw. Ang iya kumpare nga si Lieutenant Colonel Eric Sampera sang Philippine Air Force nga isa ka *helicopter pilot* nga nabase sa Camp Hernandez sa Dingle, Iloilo ang naghapit sa iya sang *order of commission* kag uniporme sa Vera Cruz University sa Maribong, Lambunao, Iloilo.

"*Congrats*, Pare Alex, masaludo na ako sa imo subong, kay *outranked* mo na ako." muno kay Alex sang iya kumpare nga si Lt. Col. Eric Sampera.

"Indi man ako *active*, Pare Eric. Salamat sa pag-ulayhon mo sang akon uniporme kag *Special Order*."

Ginsuksok dayon ni Alex ang uniporme kon husto sa iya. Nasudlan sia sang anak sa kwarto sang mag-asawa. Sa buluthoan si Daphne sa amo nga tinion.

"Daddy, soldado ka na gali," nalipay man nga tugda sang anak nga si Andre.

Nagsaludo dayon ini sa Daddy nga saludo sang napanilagan niya sa Boys Scout.

"Kon magsaludo bilang soldado, tadlong lang ang lima mo ka tudlo," dayon muestra ni Alex sang pagsaludo. "Halimbawa, ginpatawag ka sang inyo mas mataas nga opisyal: *"Bring your feet together with a click of your boots and salute like this. Say, Colonel Vera Cruz reporting, Sir."*

"A, bal-an ko na, Daddy," pero waay nag-*click* ang mga tiil sang bata kay goma ang sinelas sini. "*Your Excellency the President, General Andre Vera Cruz reporting, Sir.*"

Nakakadlaw man si Alex sa nabungat sang anak nga sa Pangulo pa sang Pilipinas nagreport kay kuno Heneral na sia.

"Nonoy Andre, sin-o ang nagtudlo sa imo sinang hinambal mo?"

"Daddy, nabasa ko lang nga panawag sa Presidente, *Your Excellency*," dayon nguri-ngori man ni Andre. "San-o na ikaw makadto sa kampo kay maupod ako," pamangkot sang anak.

"Nonoy Andre, makadto lang ako sa kampo kon may kinahanglan ang militar sang akon serbisyo, katulad kon may dumuluong nga maggubat sa aton. Sa subong kay wala man, indi ako soldado."

"A, katulad ka gali sang reserba nga goma sang aton kotse."

Nagkadlaw man liwat si Alex sa pagpaanggid sa iya sa rueda sang salakyan sang anak nga maalam man katulad niya.

"Pagdaku ko masoldado man ako parehas mo. General Andre Vera Cruz, AFP, ina ang ila itawag sa akon," pahayag sang anak nga dayon ginpulo-pulo man ni Alex ang ibabaw sang ulo. Nagkadlaw man sila nga duha, samtang pasulod na sa ila hulot ang iloy ni Andre. Kaupod man ni Lola Dangdang ni Andre sang iloy.

"Ano bala, "Ga Alex, soldado ka na bala? Ngaa nakauniporme ka?" pamangkot sang asawa ni Alex nga si Daphne.

"Nakita mo nga nakauniporme ako, kondi soldado," sunlog ni Alex kay Daphne nga daw parehas sadto sang tin-edyer pa sila nga duha. Naggwa si Alex sa kadak-an nga nagasunod man nga nagamartsa si Andre. Amo man ang pag-abot sang tatlo ka *kinder* sang mag-asawa kaupod sang ila tagsa ka yaya.

"Si Daddy, si Daddy soldado na!" nabungat ni Lexan nga anak ni anhing Luem kay Alex. Ang duha ka babaye nga sanday Swanshine kag Dexa nagmurahag man ang mga mata nga nakanganga pa sa katingala sa ila nakita. Bisan luyag na sila nga tatlo ilisan sang mga yaya, indi pa maghalin ang tatlo sa pagtan-aw sa ila daddy nga suksok ang uniporme nga ginatawag nga BDA *camouflage* ukon *battle dress uniform*.

"Toto Lexan, Inday Swanshine kag Nene Dexa, si Daddy indi pa soldado, reserba pa lang sia, katulad sang goma sang aton kotse," may lahog ang ila magulang sa nabungat sini sa tatlo ka manghod.

"Reserba sang kotse?" halos dulongan ang tatlo sa paghambal.

"Indi ninyo ako naintindihan. Si Daddy reserba nga koronel sa Army. Kon may kaaway gikan sa gwa nga maggubat sa aton, tawgon sia nga soldado upod sang iya mga tinawo sa negosyo sang pamilya naton. Pero, karon waay man sang inaway kondi, sibilyan man sia gihapon," paathag ni Andre sa mga manghod kag sa iloy nga nagatabungaw man sa ila. Naggwa man sa iya hulot si Lola Dangdang sang mga bata.

Nagatilipon ang mga bata sa ila amay nga nakauniporme.

"Lola Dangdang, si Daddy soldado," si Dexa ang una nakatikab sa pagbalita sa lola.

"Nene Dexa, si Daddy indi subong soldado, kondi reserba lang sia, dugang nga soldado kon maggera diri sa aton," paathag dugang ni Andre.

Nagtangu-tango man si Dexa. Kag gindapit na sila sang ila mga yaya sa kwarto sang mga bata agod ilisan ang tatlo.

"Nagpa-*commission* ka gali, Alex," muno sang ugangan kay Alex. "Gin-imbitahan man nila ako sadto kaupod sang isa naton ka senador nga babaye, pero siling ko ginatamad na ako magpamati sang mga *lecture*. Pakuhaon pa abi kami sang *Master in National Security Administration ukon* MNSA sa National Defense College."

"Waay na nila ako ginpakuha sang MNSA. Naimbitahan pa gani ako sa pag-*lecture* sa nagakuha sang kurso bangod sa akon trabaho bilang puno sang *think tank* sang hubon naton nga negosyante. Mas malapad pa ang gintaipan sang akon trabaho sangsa *national security*. Bilog nga kalibutan sang negosyo ang amon ginabantayan ang mga *development*. Ang *food security* nagalakip man sa seguridad sang mga pungsod, labi na gid ang epekto sang mga *liberation movement* sa tanan nga negosyo. Nasakupan sini ang mga pamahog sang mga *social democrat* sa mga pungsod sa palibot sang kalibutan indi lang sa Pilipinas. Sa *social democrat,* palareho ang estado sang mga banwahanon, sa aktwal nga nagakatabu ang mga lider mga *elitist* ukon mga manggaranon, ang mga sa idalom lang ang daw tulupong ang estado sang kabuhi."

ISA ka adlaw, ginpamat-od sang iloy ni Daphne nga ihatag sa pito ka mga anak ang pagpadalagan sang ila negosyo. Daw nagasalig lang ang pito sa ila iloy. Duha abi ka babaye ang nagasunod kay Daphne nga sanday Ritzy kag Myra. Sa sini nga tinion may anak na ang duha kag ang ila bana may kaugalingon man nga negosyo kag duha lang ka magutod nga ila bana ang nanubli sang negosyo gikan sa namatay na nga mga ginikanan. Kanday Ritzy, lima ka mga lalaki ang sumunod, pero ang kamanghuran lang nga si Perry ang kapin nga nagasimpatiya sa ila iloy nga ihatag na sa ila nga lima ang dumalahan sang ila negosyo. Pero ang lima ka lalaki daw naanad sa matawhay nga trabaho bilang mga pinuno lang sang mga departamento sa ila negosyo.

"Aton bag-uhon, i-*amend* ang *certificate of incorporation* sang aton korporasyon. Sin-o sa inyo luyag magpangulo, kay indi man sanday Ritzy, Myra ukon Renzo, ikaw Gerry? Ang General Manager?" pamangkot sang ila iloy. Si Perry ang presidente."

"Ako ang presidente kag *general manager*," si Lyndon ang nagtanyag sang kaugalingon para mabutang sa husto ang tanan agod indi mabudlayan pa ang ila iloy nga nawili sa pagtudlo sa kolehiyo. Ika-7 si Lyndon nga anak ni Donya Criselda.

"Ang iban mapabilin sa ila daan nga pwesto," paghingapos sang ila iloy. Naareglo man ang tanan, waay na palaligban ang iloy ni Daphne sa negosyo sang ila pamilya.

SA bahin ni Alex, may nanugyan nga ila *investor* nga masulod sila sa sektor sang pangisda kag pagdelata sang mga isda.

"Luas sa mga sakayan-pangisda nga aton baklon, kinahanglan man naton ang isa ka *cannery ship*, agod sa dagat pa lang makadelata na kita para sa pagpanagtag sini gilayon sa mga *trader*. Ang hulik sang mga sakayan nga indi madelata sa tubig pa lang, sa duta nga pabrika na idelata," panugyan sang *stockholder* nga taga-Mindanao.

"Sa diin bala sa pamatyag ninyo ang maayo nga mga duog diri sa aton kita mahimo mapatindog sang planta sa pagdelata sang isda?" pamangkot ni Alex sa mga katapo sang hunta direktiba.

"Sa Zamboanga kag sa General Santos kita mabutang sing tig-isa ka planta sang *canning*. Sa norte, sa puod sang La Union kita mabutang man sang pila ka sakayan pangisda nga manghulik sang mga isda sa manggaranon man sa *marine resources* nga kadagatan sang Luzon. Isa man ka *canning plant* ang ipatindog naton sa La Union."

Sa pag-umwad sang negosyo sang Vera Cruz Group of Companies, kinahanglan nga libuton ni Alex ang ila mga establisimento sa pagbulig sa paglubad sang mga problema kon may magtuhaw.

"Agod madali ang akon hilikuton kon may problema nga emerhensya, ginpanugyan ko nga mabakal ang kompanya sang 6-*seater* nga eroplano nga duha ang makina," panugyan ni Alex. "Ang aton *helicopter* apat lang ang makasakay kag magamit lang ini sa mga apurado naton nga pagtipon sang mga opisyal nga malayo sa duog salapulan."

Napasugtan man si Alex sang hunta direktiba sang ila iloy nga kompanya, gani kinahanglan man ni Alex mahibal-an pagpalupad sini. Nagbutho si Alex sa ka *flying school* sa Cebu, kag sang makompleto niya ang ginakinahanglan nga oras, sa *single engine*, ginhatagan sia sang *wings* bilang piloto sang isa lang ang makina nga eroplano. Naghanas pa gid si Alex sa pagpalupad sang eroplano nga duha ang makina kag nalusotan man ini ni Alex. Lisensyado na sia sa pagpalupad sang eroplano nga isa kag duha ang makina. Piloto na sia nga mahimo man magpangalagad sa Philippine Air Force kon may emerhensya.

Duha ka piloto ang gin-empleyo sang kompanya luas sa duha ka piloto sang ila *helicopter*. Kon si Alex ang maglupad ang eroplano, kinahanglan niya ang *co-pilot*.

Pero dapat may kaugalingon nga hulogpaan sang magamay nga eroplano si Alex malapit sa VCU. Sa pagbakal nanday sang patindugan sang buluthoan may *airstrip* ukon hulogpaan sang diutay nga eroplano na ang sentral sang kalamay sadto, kag nadala man ini sa kabilugan nga lote sang sentral nga nabakal nanday Alex.

Pinakaayo dayon ni Alex ang *runway* sa isa ka kontraktor nga kilala man ni Tyo Sidring nga taga-Passi.

"Waay na kita problema sa hulogpaan sang eroplano kay may ara na nga daan," nabungat ni Alex sa asawa.

"Daddy, tudloan mo ako magpalupad sang eroplano, ha?" pag-aha sang bata nga si Andre sa amay.

"Pagdaku mo mabutho ka sa *flying school*. Kamo ni Toto Lexan nga duha dapat piloto man kay kamo ang mapadalagan sa aton negosyo kon tigulang na kami ni

Mommy ninyo, Nonoy Andre."

"Toto Lexan, pagdaku naton mapiloto kita sang eroplano ni Daddy," singgit ni Andre sa manghod nga si Alex Zander.

"Gani, magtuon kamo sing husto sang inyo leksyon sa buluthoan, labi na gid ikaw, Nonoy Andre. Ikaw ang magulang, dapat ikaw ang mamuno sa inyo negosyo kon tigulang na sanday Daddy kag Mommy ninyo," payo sang Lola Dangdang nila sa duha ka lalaki nga bata.

"*Okay*, kami, Lola Dangdang, sundon ko ang inagihan ni Daddy. Ma-*General* ako agod mataas pa ako kay Daddy nga *Colonel* lang," sabat ni Andre sa lola.

"Indi bala pwede man mag-*General* si Daddy kon taasan sia sang ranggo, Nonoy Andre," tugda ni Lexan.

"Ina mahimo kon hatagan sang bakante nga pwesto ukon *slot* ang isa ka *Brigadier General* ang mga *reservist*. Sa kasugoan, Citizen Armed Force Geographical Unit ukon CAFGU ang nagatingob sang mga *reservist* nga naghanas sa ROTC ukon *Reserve Officer Training Course* sa kolehiyo," panadlong ni Alex sa ginapinsar sang duha ka lalaki nga anak.

PADAYON nga nagluntad ang katawhayan kag kalinong sing malapit isa ka tuig indi lang sa Maribong, Lambunao kon sa diin nahamtang ang Vera Cruz University, kondi sa bilog nga puod sang Iloilo. Ang *highway* gikan sa Antique nga naglusot sa Lambunao, nagalihid sa Inca nga yara ang *West Visayas State University - College of Agriculture and Forestry* (WVSU - CAF) kag ginpadayon ini nga nagsubay man sang yab-ukon nga karsada gikan sa Lambunao tubtob sa Pototan kag Anilao. Gikan sa Anilao, ang mga nagapanglakaton mahapos na lang madangat ang norte sang puod sang Iloilo.

Padayon man nga nagdamo ang mga bumulutho sang VCU. Para sa iya *College of Nursing and Medicine*, ang VCU may kasugtanan man bilang *training hospital* ang isa ka daku nga ospital nga ginpatindog sang isa ka Australiano-Filipino nga pamilya sa duog nga ginasakupan sang mga Barangay sang Tranghauan kag Pandan nga mga duha lang ka kilometro gikan sa poblasyon sang Lambunao. May negosyante man nga nagbuko nga mapatindog sang *shopping mall* sa tunga-tonga sang mga banwa sang Lambunao kag Calinog. Basi may kahigayunan man nga mangin-dakbanwa ang *first class* nga banwa sang Lambunao.

SANG sumunod nga adlaw, si Boy Menor aga pa nakigkita kay Alex.

"Toto Alex, tinawgan ako ni Tyo Kadoy kay ari sa Iloilo ang pila ka lider ni Rodin sadto sa AIPO *videoke club* kag ayhan ini nakumpirma sang mga *agents* sa Iloilo sang CIDG 6. Tatlo ka mga lider ni anhing Rodin ang ang ari diri," pagbalita ni Boy.

"Kag ano kuno ang ila ginkadto diri?" nakibot man si Alex.

"Ang plano nila nga kidnapon ikaw kag pangayuan sing daku nga *ransom*. Pagkatapos kuno masugot na sila suno kay Tyo Kadoy sa pagsaylo sa aton grupo kon indi masayran kag madakpan sila sa ila himuon. Pero, ara ang nahuman nga plano sang mga bata ni Tyo Kadoy kon paano sila paaway-awayon pagkatapos nga ila makuha ang kwarta nga igawad sa imo."

"Nasugilanon mo si Tyo Kadoy?" pamangkot ni Alex.

"Gindala ko sia didto sa balay nanday Stella sa Cubay gikan sa Arevalo, luyag niya tani mahambal gid ikaw, pero siling ko sa Manila ka. Indi maayo nga makilala ka ni Tyo Kadoy subong. Daw may ambisyon man ini nga magdalagan konsehal sa ila banwa sang Gapan sa Nueva Ecija. Basi kaupod man sia sa pagkidnap sa imo, agod may gastuhon sia sa maabot nga eleksyon," panugid ni Boy kay Alex.

"Gines ang kaiping nga barangay sang Cubay kag Maribong dayon, indi bala? Indi kinahanglan ni Tyo Kadoy nga makita ako, husto na nga nahibal-an niya kon daw ano kalapit sa Syudad sang Iloilo ang Barangay Maribong sa Banwa sang Lambunao.

Kaupod si Tyo Kadoy sa pagkidnap sa akon, bantaon naton mga duha ka milyon ukon sobra pa ang ila pangayuon kon makidnap ako."

"Ginakasubo ko gid, Toto Alex, indi ko naisip ina. Gani, gin-upod ko sia diri kay luyag niya hambalan namon ang tanyag mo." Nakum-an man si Boy Menor.

"Indi ka anay maglakat kon ari pa sa Iloilo si Tyo Kadoy. Itawag ko anay sa akon kumpare kon ano ang maayo nga himuon agod madakop sila nga apat."

Nag-abot man dayon ang empleyado ni Alex nga daw sia gid ang pamayhon kag hitsura sa malayo. "Waay sang nagsunod nga tawo sa imo gikan sa Kalibo *airport*?"

"Waay ako sang tawo nga namay-uman," sabat sang empleyado.

"Buas mabalik ka anay sa Manila kag magpa-Iloilo naman sa masunod nga aga."

Nagkadlaw na lang ang empleyado ni Alex sa ila ginahimo, pero para ini sa iya boss.

Isa ka tawo ang nagsampot sa *main gate* sang VCU, kag naabutan man ni Alex nga nag-uyogay sila sang kamot sang gwardya kag nagkadlawanay man. Si Tyo Enyong.

"'Nong Enyong, ari ka man?" dayon man ni Alex palapit sa abyan kag sila nga duha nagkamustahanay man.

"Nalimtan mo nga taga-Calinog ako. Alex, ari si Kadoy kay kidnapon nila ikaw!"

38

"ALEX, si Kadoy gid ang nagpamat-od nga kidnapon ka sang ila grupo! Madalagan nga konsehal sa ila banwa sa maabot nga eleksyon, gani kinahanglan kuno nga maamot sia sa partido sang isa ka milyon para malakip sia sa tiket sa pagkakonsehal," paathag ni Tyo Enyong kay Alex. "Ayhan indi magnubo sa tatlo ka milyon ang *ransom* nga pangayuon nila gikan sa imo pamilya."

"Tuhay ang pagpati ni Boy Menor nga pakalmahon sang grupo ni Tyo Kadoy ang mga tawo ni Rodin paagi sa pagpaaway-away sa ila nga tatlo ka hubon. Mahimo kuno sang paagi si Tyo Kadoy kaupod sang iya militante nga kabataan nga ang iban ara pa nagabutho sa kolehiyo, sa pagsabwag sang intriga sa mga tinawo ni Rodin nga tunaan sang indi paghinangpanay kag pag-away-away sang tatlo ka grupo nga sadto tampad gid sa ila agalon nga si Rodin," sabat ni Alex kay Tyo Enyong.

"Ang balita ko nga nagbag-o si Kadoy sang ila plano kag kidnapon ka anay nila agod may kwarta si Kadoy para sa pulitika. Pagkatapos kon indi sila madakpan kag ugaling na nga sapulon nila si Boy Menor agod magbuylog sa inyo grupo. Pero, duda ako nga kon magmadinalag-on sila sa pagkidnap sa imo, mangin tampad sila sa imo bilang imo mga tinawo," panat-umon ni Tyo Enyong sa mahimo matabu sa ulihi. "Si Boy Menor, maayo ina nga soldado, nag-intra sia sa hubon bangod sa daku nga problema. Sang nasikop ang grupo ni Rodin, nalakip sia pero wala sing mapag-on nga ebidensya nga nagtum-ok sa iya, gani indi nabilanggo. Ugaling kay napahalin man sia sa serbisyo, waay man sia sing iban nga kadtoan kondi si Rodin man gihapon."

"Ano ang panugyan mo nga himuon sang amon hubon ni Boy?" pakiana ni Alex.

"Diin si Boy? Dapat upod kami sa pagplano kay basi may mapanugyan man kami sa imo kon ano ang inyo dapat himuon," sabat ni Tyo Enyong.

Pinatawag ni Alex si Boy Menor gikan sa *housing* sang mga empleyado.

"'Nong Enyong, diri ka na sa Calinog mapirme subong?" napangutana ni Alex sa isa ka masupog sadto nga lider sang mga trabahador sa Manila.

"Nakapoy na ako, gani nagretiro na ako agod manguma na lang. Nakabakal ako sang talamnan sang palay sa kwarta nga ginhatag sa akon sang kompanya sa pagretiro ko. May diutay man ako nga pensyon gikan sa SSS. May trabaho ang amon duha kaanak sa Manila sa kompanya nga ginretiruhan ko."

"Bataon ka pa, "Nong Enyong, pwede ka mag-empleyo liwat."

"Mag-63 pa lang ako, Alex, daw nauyonan ko man ang panguma. Ginapaarado ko man ang akon uma. Kag kon daw maayo ang tiempo, nagabulig man ako sa paghalbot sang hilamon. Daw kapin nga nawili ako subong sangsa akon mapiot nga sitwasyon sadto bilang puno sang mga mamumugon."

"Kon luyag mo magtudlo diri sa amon sang *part-time*, maluyagan gid sang mga estudyante nga mahibal-an ang imo inagihan bilang lider sang mamumugon diri sa aton pungsod."

"*Commerce* lang ugaling ang natapusan ko. Kag basi mapigado ako sa *English*."

"'Nong Enyong, madali lang matadlong ang imo *English* kay sa inyo *arbitration* ukon negosasyon *English* man ang gingamit ninyo, bisan mahimo nga naimpunan ini sang Tagalog. Mapasensya sang mga bumulutho ang Taglish kay sila subong amo man ang ginagamit. Indi man *language* ukon *grammar* ang itudlo mo," pagkalamay ni Alex sa abyan nga daku ang mabulig sa iya paglikaw sa katalagman.

"Tun-an ko ina, Alex. Pero, kon ginaagda mo lang ako sa bagay nga ina para matawgan mo ako dayon agod basi mapangayoan sang bulig, sa Barangay Dalid lang ako, magkaingod man kita. Tawgan mo lang ako sa imo *mobile* ara na dayon ako," pasiguro ni Tyo Enyong kay Alex.

Agod makaabot sa poblasyon sang Calinog gikan sa Barangay Dalid, Calinog magi ka sa Barangay Simsiman sa pukatod kon diin may kolehiyo man ang pangulohan kag malambot mo ang taytay sa Jalaur nga sa pihak sang sini ang poblasyon sang Calinog. *Provincial road* sadto ang karsada gikan sa Barangay Carvasana nga maagi sa Barangay Cabudian, Dueñas pakadto sa Banwa sang Dueñas nga naga-*cross* sang karsada pakadto sa Calinog nga sadto ginatawag nga Iloilo-Capiz Road.

Ang VCU nagaatubang sa sidlangan kag sa sining karsada. Sa pihak ang kaiping sang Maribong amo ang Barangay Cabudian, Dueñas, Iloilo. Nayon sa aminhan sa wala sang VCU sa pihak sang karsada nga *feeder road* nga nagaangot karsada sa Barangay Carvasana, Calinog. Sa sugbohan sa likod sang VCU ang bahin sang Barangay Maribong kag ang *airstrip* ukon hulogpaan sang eroplano. Sa bagatnan ang suba sang Ulian nga may tulay padulong sa banwa sang Lambunao. Kon subayon pasugbohan ang karsada gikan sa Carvasana, makaabot ini sa Barangay Alugmawa, Lambunao kag sa tuo maagyan mo man ang Barangay Badu, Calinog kag pabalik na Calinog nga maagyan man ang mga Barangay sa Alibunan kag Badlan.

May *district hospital* man sang pangulohan sa Barangay Dalid, Calinog, Iloilo. Kag sa ibabaw nayon sini pakadto sa banwa, ara man West Visayas State University Calinog Campus sa Barangay Simsiman.

Sang hapon, tumawag man ang kumpare nga Hepe sang PRO 6 gikan sa Kampo Delgado sa Dakbanwa sang Iloilo.

"Ano ang nagakatabu dira sa inyo, 'Pare Alex? Gikan diri sa amon matawhay ang ang unod sang mga *field reports* sa bilog nga Western Visayas luas sa *isolated* nga mga kaso sang paghold-up kag kawatay nga ginagmay lang."

"Napat-od bala sang CIDG 6 nga mga rebelde ang nagbutang sang bomba sa bahin sang Old Iloilo-Capiz Road sa atubang nayon sang VCU? Nabalahuba diri sa Calinog nga may sulat ang kumander sang isa ka hubon sang rebelde sa bukid sang Calinog nga ginpadala sa alkalde sang banwa kag nakuha sang pulis-Calinog sa tawo nga nagdala sini nga isa ka tumandok. Waay man nahibal-an kuno sang tumandok kay waay man niya nakilala ang tagpadala nga naglihog sang nagligad nga Martes nga adlaw sang tinda sa Calinog. Waay na gani ginhunong sang pulis ang nagdala sang sulat kay nangako man ang kapitan sa barangay sa Toyungan, Calinog nga kon may maayo nga balita nga may kaangtanan sa makawala ang tumandok, sia mismo ang magpasurender sini sa munisipyo," panugid ni Alex sa iya 'Pare Edvic.

"Waay sing report ang CIDG 6 sa sina nga bagay. Nahibal-an mo bala ang unod sang sulat? Gin-ako bala sang mga rebelde nga sila ang nagbutang sang bomba dira nayon sa inyo, 'Pare Alex?"

"Sa ila pag-inakop kuno ang tawo nga nagbutang sang bomba. Ang pila ka katapo sang hubon sang anay nabungkag na nga sindikato ini sila nga luyag man nga bilangon sila sang mga rebelde nga katapo sang hublag, 'Pare Edvic. Husto ang una nga pakut-pakot naton."

"Hulaton naton ang kumpirmasyon sang CIDG 6 kag MIG sa Calinog sa sina nga bahin, 'Pare Alex. Sa subong magpatawhay ka lang anay dira."

"Daw indi ko mahimo ang ginasiling mo, 'Pare Edvic. Ari diri si Tyo Enyong nga isa na ka retirado nga lider sang mga mamumugon. Kilala mo na ini sia sang sa Metro-Discom ka pa lang, indi bala? Ginhambal sa akon ni Tyo Enyong nga ari man diri si Tyo Kadoy kaupod sang tatlo ka lider sang mga sindikato anay ni Rodin. Sila nga apat kuno ang mangamot sang pagkidnap sa akon kag ipa-*ransom* sa kantidad nga tatlo ka milyon ukon mataas pa. Makandidato kuno ini si Tyo Kadoy sa pagka-konsehal sa ila banwa kag isa ka milyon ang i-amot sa partido agod malakip sia tiket sa masunod nga eleksyon."

"Sa diin kuno nagahukmong si Tyo Kadoy?"

"Suno kay Boy Menor sa *AIPO videoke bar* sila nagkita kag gindala ini ni Boy sa puloy-an nanday Stella sa Barangay Cubay, Lambunao. Isa ka barangay pa sang Gines pakadto sa Calinog, Barangay Maribong na. Mahimo, ginsiguro ni Tyo Kadoy kon ano ka kalayu gikan sa Dakbanwa sang Iloilo ang Barangay Maribong, 'Pare Edvic."

"Waay ka gid magsayop, 'Pare Alex. Siling ko mag-andam ka kay Boy Menor. Indi pa ini lubos mo nga nakumbinsi. Kontani ginkonsulta ka niya anay sa waay niya madala sa Lambunao si Tyo Kadoy."

"Luyag kuno kontani nga mahambal ako, pero ginbalibaran ini ni Boy nga sa Manila ako. Pero, nabatian man sang abyan ni Boy Menor sa AIPO nga ang pagkidnap sa akon amo ang ila tuyo. Basi luyag man ni Boy nga kuntakon sia sang *agent* sa CIDG nga abyan sini. Pero masaku sa binukid ang grupo sini, gani waay ni Boy nahambal ining abyan."

"Ipasa ko sa Hepe sang CIDG 6 ining ginhutik mo sa akon, 'Pare Alex. Sa subong padalhan ko ikaw sang duha ko ka ginasaligan diri agod mabalay ninyo ang maayo nga pagdepensa ninyo dira kon tikaon kamo sang mga tawo ni Rodin."

Luyag sang duha ka tawo ni 'Pare Edvic ni Alex nga dakpon nila ang apat nga makidnap kay Alex.

"Pwede naton madakop ang makidnap sa imo, Dr. Vera Cruz, kay madamo man kamo diri nga nahanas na sang mga upod namon. Patod nga buligan man kita sang pulis diri sa inyo banwa," panugyan sang isa sa sa duha nga pinadala ni 'Pare Edvic sini.

"'Nong Alex lang ang itawag ninyo sa akon," pahanumdom ni Alex sa duha ka pulis nga nagkadto man sa VCU sadto.

"Pakadtuon nimo ang ang imo *double* nga empleyado diri sa Iloilo agod basi sundan sang mga tawo ni Rodin," panugyan sang ikaduha nga pulis.

Sa maayo nga palad, nakasakay man ining *double* ni Alex sadto sa eroplano pa-Iloilo. Ginhulat sang eroplano ni Alex sa *airport* sa Cabatuan, Iloilo ang *double* ni Alex. Apat ka tawo ang ginpabantay sang CIDG 6, sa pag-abot sang eroplano nga sinakyan sang kuno abi si Alex gikan sa Metro-Manila. Bangod apat ang taga-CIDG 6, nagpabilin ang isa sa pagsakay na lang sa ila salakyan pa-Lambunao. Ang tatlo nagupod sa eroplano pa-VCU sa Maribong, Lambunao. Pag-abot sang eroplano sa VCU, didto na ang apat ka tawo kaupod si Tyo Kadoy. Anom ka tawo ang nagsulod sa VCU kag ang duha ka tawo ni 'Pare Edvic ni Alex, nakilala man ang tatlo ka taga-CIDG, lima na sila. Matiun-tion pa nag-abot man ang isa ka taga-CIDG nga nagkotse lang pa-Lambunao.

"Ang aton *strategy* amo ini," pahayag sang isa sa duha ka tawo sang PRO 6.

Pasudlon naton ang mga *kidnapper* nga apat nga nagabantay si Boy Menor sa *gate* sa pagkilala sa ila. Samtang ang mga pulis nagbantay sila sa palibot sang mga salakyan sa atubang sang balay ni Dr. Vera Cruz."

Samtang, nalipay si Tyo Kadoy kay abi sini sa ila nagkampi si Boy Menor kay ara sia *gate*. Ang tuyo ni Tyo Kadoy nga hambalon anay nila si Alex sa iya gintanyag sa mga tawo ni anhing Rodin.

"Kon lubos na makuha naton ang simpatya ni Alex kag ugaling butkunon ini sang duha sa aton nga ginatayaan man sing likom si Alex sa iya kilid pakadto sa iya salakyan. Ang salakyan ni Alex ang himuon naton nga *get-away* nga salakyan padulong sa Dakbanwa sang Iloilo sa nagahulat nga madasig nga sakayan dagat sa baybayon sang distrito sang Arevalo."

Natigayon nga nahambal nanday Tyo Kadoy ang ka-*doule* ni Alex sa bahin sang ginatanyag sini nga bulig sa pagbag-o sang pangabuhi sang tatlo ka tawo agod mangin maayo nga banwahanon. Pagkatapos nila sugilanon sang ka-*double* ni Alex, nagkadto anay sa CR ini. Matiun-tion pa nagbalik ini kanday Tyo Kadoy. Waay hulohambal nga ginbutkon sang duha ka katapo sang sindikato ang nagbalik nga abi nila si Alex. Sing palikom nga gindut-an man sang duha sang ila .45 ang magtimbang nga kilid ni "Alex" kag naghambal si Tyo Kadoy nga magsunod ang tatlo sa ila paggwa.

Naggwa ang lima, nga kaupod ang ka-*double* ni Alex pakadto sa salakyan ni Alex sa atubang sang ila puloy-an sa likod sang VCU. May mga nagabantay man nga gwardya sang VCU, pero waay sing naghulag sa ila.

"Pasakyon sia gilayon sa salakyan," siling ni Tyo Kadoy kag ginbuksan sini ang salakyan ni Daphne ang waay nakuha ang yabe. "Ari ang salakyan nga may yabe."

Gin-uyatan ni Tyo Kadoy sa ulo ang mataas nga si *Alex*, tinum-ok ini sa pagpasulod sa salakyan.

Kag sa kakibot sang apat ka *kidnapper* nga sa ila kilidnapon ang atensyon, sang makapungko na biktima sa sulod sang salakyan, anom ka pulis nga ginasuporta man sang pila ka sekyu sang VCU ang gilayon madasig nga nagpalibot sa ila. Waay mahimo ang apat, napilitan sila sa pag-ampo. Si Tyo Kadoy ang una naposasan kay waay ini nakagabot sang iya armas.

Sang magpalapit si Tyo Enyong sa grupo kaupod sang pulis sang Lambunao, nakibot man si Tyo Kadoy.

"Enyong, ari ka man?" nabungat ni Tyo Kadoy kay daw waay man sia sing naisipan nga silingon sa tunga sang kalutosan nga iya subong naagom.

"Kadoy, ari ka gani nga taga-Nueva Ecija ka, ako pa nga taga-Calinog, Iloilo?" lahog ni Tyo Enyong kay Tyo Kadoy. "Abi ko nagkadto ka diri kag ginmapa mo ang agihan ninyo palagyo. Magkaiping man ang Calinog kag Lambunao."

Waay na nagsabat si Tyo Kadoy kay ginpasakay na sila sang pulis sang Lambunao agod dalhon sa Iloilo Provincial Police Office. May espesyal *joint task force* sang Iloilo City Police Office kag Iloilo Provincial Office kaupod sang CIDG 6 kag *anti-Kidnapping For Ransom team* ang ginhimo ang *director* sang PRO 6. Nagtambong gid si Police Chief Superintendent Edgardo Vicente sang PRO 6 kag ang IPPO *police director* sa imbestigasyon.

"'Pare Alex, sa banta mo ano pa ang posible nga halinan sang imo problema sa VCU?" napamangkot ni 'Pare Edvic ni Alex.

"Ang hubon nga nagtanom sang bomba sa karsada sa atubang namon ang mahimo nga magtuga liwat sang gamo sa amon, 'Pare Edvic," sabat ni Alex sa kumpare.

"Koronel Rimas, ano gali ang *latest* sa inyo pagpaniktik sa mga tawo nga nagtanom bomba malapit didto sa dulonan sang Calinog kag Lambunao?" pakiana sang Hepe sang PRO 6 sa Provincial Director.

"Ginabaisan pa sang taga-hublag kon pasudlon ang grupo nga batid sa paghimo sang IED ukon bomba sa ila hubon sang NPA. Ginapapat-od man ini sang MIG didto sa Calinog, Sir," sabat sang *provincial director* sang pulis sa puod sang Iloilo.

Pati ang *AIPO videoke bar* sa Arevalo, ginpasiraduhan sang City Police kay waay ini nakatigayon nga magkuha sang bag-o nga lisensya. Nakumpirma nga ang manedyer tawo ni Rodin sa isa ka sindikato pagkatapos gindalahig man ini sang nadakpan nga hubon ni Tyo Kadoy.

Daw matawhay na matuod ang bahin sang mga tinawo anay ni anhing Rodin kay waay na sang kamalamalahan nga nga nasiplatan sa Arevalo sa diutay nga otel sang mga Villamaestre. Sang sumunod nga adlaw, nasayran na lang ni Alex nga nabakal ini sang iya abyan nga Chinese-Filipino nga negosyante sa Iloilo City.

BALIK sa kinaandan ang pangabuhi sang pamilya Vera Cruz sa Maribong. Si Lola Dangdang gid ni Nonoy Andre kag Nene Dexa ang malipayon, kay upod sang duha pa mga anak ni Alex magahod lang pirme ang ila panimalay, kon waay klase ang mga bata. Ang ugangan ni

Alex waay na gin-atake liwat kag nawili gid ini sa pagtudlo sang tatlo ka *subject* sa mga estudyante sa College of Commerce sang VCU.

Sang sumunod nga tuig, nahuman ang isa ka *shopping mall* sa Lambunao sa nasakupan sang Barangay Maite Grande. Gikan sa Maribong, sulosobra lang baynte minutos makadangat ka sa sining *shopping mall* nga malapit man sa daku nga pribado nga ospital. Gani, pirme ang mga bata kaupod sang ila iloy kag lola sa *mall*. Kag nagakalipay gid ang mga bata nga nagakakunyag sa mga *rides* nga ara man sa *mall* katulad sang *bump cars*, magagmay nga tren, *slides*, bangka nga nagalibut-libot, *ferris wheel, merry-go-round, horror boat rides* kag iban pa.

"Mommy, Daphne, kamo na ang makahibalo diri sa aton kay suyawon ko ang aton negosyo sa Zamboanga, pagkatapos mapa-Manila man dayon ako," bilin ni Alex sa ugangan kag sa asawa. "Na-endorso ko na ang pagdumala sa VCU kay 'Pare Mel.'"

"Sa masunod nga Sabado, makadto ang mga CWL sa Boracay, Alex, maupod sa napulo kag tawo nga mapahangin-hangin sa otel naton didto. Pagkatapos sang klase ko sa Biernes, maapas ako didto sa Caticlan, kag diretso man sa Boracay."

"Mommy, gamiton mo ang aton eroplano, pakadto sa Caticlan. Ari man ang mga piloto, kay ma-*commute* lang ako pa-Zamboanga kag dayon mapa-Manila," panugyan ni Alex sa ugangan.

"Waay pa matuod ako nakasakay sa eroplano mo," sabat sang ugangan.

"Eroplano naton, Mommy, ginbakal ina para sa VCU kag akon man ginabayaran sang utay-otay gikan sa pundo sang VCU sa iloy nga kompanya sang Vera Cruz-De Guzman Group of Companies."

"Mommy, mga taga-Lambunao nga mga ginang ang imo mga kaupod sa CWL nga mapa-Boracay?" sal-ot ni Daphne.

"Huo, ang asawa ni Vice Mayor ang nanugyan sini. Daw luyag nga may espesyal nga grupo sa CWL nga mabulig sa ila sa kampanya kon magpadalagan nga Mayor ang imo Kumpare nga Vice Mayor subong, Alex. Ano mabulig bala kita sa iya kandidatura, Alex?" pamangkot sang ugangan kay Alex.

"Hulaton na lang naton, Mommy, ang pag-alungay sang akon kumpare nga Vice Mayor. Ang bati ko nga maretiro si Hepe Gemarino Compas agod maghaboy man sang iya kalo sa pulitika. Mayor man kuno ang gina-*target* sini. Kon matabu, dapat *neutral* lang ako, waay sang kampihan kay pareho ko sila nga kumpare."

Sang hapon, naglupad si Alex pa-Zamboanga gikan sa Iloilo. Pag-abot sang Biernes sing hapon, nagpaalam man ang lola sa iya mga apo. Ang bilin ni Nene Dexa sa lola, baklan sia sang daku nga butete nga iya nakita sa *mall*.

Sakay sa eroplano sang pamilya Vera Cruz-De Guzman, nag-abot si Doña Criselda sa Barangay Caticlan, Malay, Aklan. Bag-o lang nalumbos ang ila grupo suno sa bilin nila kabulig sang manedyer sang *jetty port*. Nagsakay man dayon ini sa isa ka sakayan nga nagapamasahero sa pag-apas sa iya mga upod.

Gikan sa *landing* nga pakadto sa malapit nga otel nanday Alex, nanaog si Doña Criselda kag nagpadul-ong sa isa ka *porter* sa otel nga makita man halin sa nahamtangan nila. Pag-abot nila sa *entrance* sang otel, daku-dako nga *tip* ang ginhatag sini sa *porter*.

"Doña Criselda, mag-upod ka sa akon sing matawhay kag malinong! *Kidnap* ini!

39

NAGPALAMUNGOL ang duha gid ka dulonggan ni Doña Criselda sa mga tinaga nga *Kidnap* ini! sang *porter*. Sang marasmasan niya ang kamatuoran, daku ang kulba nga nagdapo sa iya dughan. Pero, balanse gihapon ang iya huna-hona. Indi matuod sia dapat mag-*panic*.

"Kilala mo si Doña Criselda?" pamangkot sang donya sa lalaki. Daw nakibot ang lalaki, binuklas ang bag nga ginauyatan sang donya, nakausdang ang babaye sa balas sa kilid sang *pathway*. Nag-alaplaag ang magagmay nga mga unod sang bag sa iya sabak kay nahawiran sini ang isa sang uloyatan nga nagtabuli man ini. Maswerte, kay sing pakulob nga nagtupa sa balas ang nagaisahanon nga ID sang donya kag nagbika ini sing diutay sa iya pagkalumpagi agod madasig nga matabunan sang sidsid sang *shorts* ining importante nga dokumento.

Pinulot sang lalaki ang pila ka ginatos nga papelon nga kwarta sa sabak sang donya Natandog sang lalaki ang iya paa.

"Ay, pantat nga naglukso ginus-ab ang paa ko," nakutib sini nga daw mali-mali. Iya ginsukay ang pila ka limahon ka gatos nga papelon kag gintan-ay sa lalaki. Madasig man ini nga nabulsa sang lalaki nga *porter*.

Dugay-dogay nagdamo na ang mga usisero, gani hinay-hinay man nga nag-atras ang *porter*. Sang ulihi, duha ka pulis-Boracay na gid ang nagpalapit.

"Ma'am, gin-*hold-up* bala ikaw? samtang ginapamulot sang donya ang naglalapta nga unod sang iya *bag*.

"Dakpon ninyo ang *porter no.* 5 kay ginsilingan niya ako nga magsunod sa iya sing matawhay kag malinong kay gina-*kidnap* niya ako kuno. Nagbutongay dayon kami sang akon bag. Basi matuod kag madamo sia sang kaupod," hambal sang donya sa pulis.

Nagdalagan ang isa ka pulis agod pangitaon ang bag-o lang nalumbos nga *porter* numero 5. Pagliku sang pulis naabutan niya ang *porter* nga nakabalikid man dayon, naggabot sang armas kag pinalukpan ang pulis.

Nagbalos ang pulis samtang sa iya likuran ara nagdalagan man ang isa pa ka pulis sa pagbulig sa kaupod nga ayhan ginpalukpan sang *porter*. Pagtika sang ikaduha nga pulis sa kilid sang sang bilding, nasiplatan man sini ang *porter* nga daw nagahapa.

"Sarge, inigu ko siguro sa dughan ang *porter* pagkatapos niya ako inigu sa batiis." Nagasandig sa dingding sang bilding ang naigu nga pulis. Pinalapitan sang sarhento ang nakahapa nga *porter*, pinulot ang kwarenta'y singko kag sinipa sang pulis ang tuhod sang *porter* nga waay naghulag. Patay na siguro ini.

Sang hingalagan isa ka bala ang daw nagsagirit malapit sa iya dulonggan. Humapa ang pulis kag nagbalos palupok.

Tatlo ka pulis ang daw kabayo nga nagadinalagan sa sementado bisan makitid nga

dalan sang pulo.

"Kamo nga duha," mando sang may tatlo ka guhit sa duha ka kaupod nga may tigduha ka guhit, "maglibot sa pihak pasugata sa akon…"

Waay natapos ang halambalanon sang sarhento sang may tumopa nga bala sa balas sa ginapakadtoan sini, nagsulip man sia dayon sa kilid sang bilding sa balas.

"Mga upod naton siguro nagpabarak ang isa ka Armalite." Nagtindog ang duha ka sarhento pakadto duog nga may pagbarak sang pusil, nagdalagan, naabtan nila ang tatlo ka tawo nga ang abaga sang isa may daku nga pilas. Nagpalapit dayon ang tatlo, duha ka sarhento kag ang napilasan sa batiis nagkiang-kiang man palapit sa tatlo ka tawo nga nagbakyaw man sang ila kamot sa pag-ampo.

"Posasan ninyo sila samtang ginatayaan namon sila nga tatlo ka tawo lakip ang may pilas." Pinosasan sang duha ka pulis ang duha ka tawo nga waay napilasan. Waay sing posas para sa napilasan, kay waay pa nag-abot ang mga posas nga gin-*requisition* nila.

Nag-abot ang isa ka ambulansya. Ang pulis nga halin sa ambulansya may posas gani sia ang nagposas sa napilasan sa abaga. Gilayon man nga nagsakay ang pulis nga napilasan sa batiis sa ambulansya. Pati ang patay na nga *porter* ila man kinarga sa ambulansya agod dalhon sa ospital. Gindeklarar nga DOA ang *porter*, gani kinuha ini sang tinawo sang isa ka punerarya.

Ginbuligan man sang mga empleyado sang otel ang ugangan sang isa sa mga tag-iya sang otel sa pagkadto sa iya hulot. Ang mga CWL nga kaupod pero nauna kay Doña Criselda sa pulo, nakatugpa man sang ulihi samtang ginausisa sang duha ka pulis ang naulihi nila katapo nga si Doña Criselda. May mga *reporter* sa radyo-telebisyon man nga nagtugpa. Sang ulihi pati ang tanan nga katapo sang CWL ginkuhaan man sang *footage* sang telebisyon.

Napasa man sang TV sa Boracay ang balita sa Iloilo gani nagsiniyagit man ang mga bata sa balay nanday Alex sa pagkakita nila sang ila lola. Si Daphne naghibi dayon sa nanginkapalaran sang iloy.

"Mommy, mommy! Si Lola Dangdang bida sa TV," si Nene Dexa gid ang nagtawag sang igtalupangod ni Daphne, nagatululamos lang ang luha sang iloy, gani ginbayaan na sia sang bata kag nagbuylog ini sa iya mga utod sa atubang sang TV.

Pagkaaga, may *feed* man ang TV sa Metro-Manila sa natabu sa Boracay nga pagpangidnap sa isa ka manggaranon nga tulotigulang na nga babaye. Suno sa CIDG Manila, mga salin sang hubon sang isa ka Villamaestre nga nagtaliwan na ang nagpang-*kidnap* kontani sa Boracay. Pero, arestado man sila nga tatlo kag patay ang ika-apat nga nag-*porter* anay sa isa ka *Station* nga ginadungkaan sang mga magamay ng sakayan ukon *ferry boat* sa Boracay.

SANG pagkasayod ni Alex sang natabu sa ugangan, tumawag gilayon sia sa iya kumpare nga Hepe sang PRO 6.

"'Para Edvic, napat-od na bala nga daw salin nga mga tawo ni anhing Rodin ang apat," pangutana ni Alex sa kumpare.

"Sila ang katapusan sang Ilonggo *connection* ni anhing Rodin, 'Pare Alex."

"Paano kon ang mga gin-inakop sang mga makawala nga nagtanom bomba diri sa luyo namon ang magbulos, 'Pare Edvic."

"Waay pa sing nagasakdag sina nga anggulo sa mga *intel* naton. Hulaton naton ang nakalap nila nga sugilanon sa bukid sa lugar sang mga Tumandok. Una ang mga Suludnon, makatipon sang ulo-estorya kay ginagamit man ang mga ini sang mga makawala. Sa sulod sang duha ukon tatlo ka semana, may resulta na seguro ang *intel* sa kabukiran.

"Kon may nabilin pa si anhing Rodin nga mga kamoy ukon galamay, indi na maayo ang pagplano nila gani mapalpak man sila. Sa matawo sila nga lugar nagahikot sang ila pagkidnap bisan pila lang sila ka persona, gani kay kulang sa koordinasyon, palpak man pirme sila," hingapos ni Edvic.

"Mapauli man ako dira sa Iloilo, buas matawag lang ako liwat, 'Pare Edvic," paalam man ni Alex sa kumpare.

Domingo sang pag-abot ni Alex sing hapon na. Ginsugat sia sang eroplano gikan sa Iloilo Airport sa Cabatuan. Matapos palartihon sang apat ang mga regalo kag sari-sari nga tinapay nga dala ni Alex, nagpauna-ona na ang apat sa pagsugid kay Alex sa pagbida sang ila Lola Dangdang sa TV. Agod tayuyon ang pagbura sang mga bata kay Alex, waay naggwa sa hulot ang ila lola.

"Daddy, si Mommy, naghibi naman sa pagbida ni Lola Dangdang sa TV. Indi ko gani maintiendihan si Mommy," sumbong ni Nonoy Andre.

"Daddy, palahibi gid man bala si Mommy sang gamay pa sia?" pamangkot sang maalam man si Nene Dexa sa amay. Ang duha nga sanday Toto Lexan kag Inday Swanshine waay nagtugda kondi nagpamati lang sa bura sang duha ka utod.

"Huo, Nene Dexa, sang gagmay pa kami pirme kami ni Mommy mo sa paghampang kay magkatupad ang amon balay. Kon kadtan ko gani ang iya nga *lollipop* kendi, sia dayon nagalumpagi sa duta kag magkisi-kisi sang iya mga tiil, kay dapat mangayu ako kuno sa iya, indi nga kawaton ko," paathag ni Alex sa kamanghuran nga anak.

"Ti, Daddy, paano mo gin-ulo-ulohan si Mommy."

"Ano, kondi ginkisan ko man sia kag nag-untat man ang paghibi kag ginpabulos man niya ako kagat sang kendi niya."

"*How sweet* kamo ni Mommy, a. Pagdaku ko himuon ko man ina sa nobyo ko."

"Abaw, ang apo nga *kinder* pa lang, pa-*sweet sweet* na. Ngaa may nobyo ka na?" lahog sang lola sa apo.

"Waay pa gani, Lola. Mga bingit ang *boys* sa amon klase, ano abi," sabat sang bata. Kag nagkadlaw man ang lola sa daw inosente pero *smart* nga apo.

"Tapuson mo anay ang imo kurso kag magnobyo, agod kon may trabaho kamo sang imo nobyo, mapakasal na kamo," nabungat nga payo sang lola sa apo.

"Ina ang himuon ko, katulad sang nakita ko sa TV, may kotse dayon ang nobyo sang babaye kay may trabaho ini. Matrabaho man ako nga daku ang sweldo."

"*Very good*," ginhalukan man ni Alex si Nene Dexa. Amo man ang paggwa ni Daphne gikan sa hulot sang mag-asawa.

"Ara si Mommy, Daddy. Samtang nagainudyak kami kahapon kay Lola sa TV, si Mommy naghibi," panugid sang anak.

"Si Mommy ninyo, *crybaby* gid man ina," tambing ni Alex sa anak nga nagayuhom-yuhom man sa asawa. Hinampak man sing hinay ni Daphne ang abaga ni Alex. Si Nene Dexa nagkadlaw man sa nakita.

"Mga bata, mag-ilis na kamo kay masimba kita sa alas singko nga misa sa *chapel*," kag madasig nga nagsululod sa ila hulot ang mga bata agod ilisan sang ila yaya.

Bangod waay si Tya Luding kay nagpauli ini sing makadali, kuring lang ang mabilin sa balay. Pinagwa ni Alex ang kuring kag siniradhan ang sa likod kag ang mayor nga ganhaan. Makita man gikan sa *guardhouse* sa *main gate* ang kabilugan sang ila balay.

Paggwa sang apat ka kabataan, naglinya sila sa likod ni Lola Dangdang nila, ginpalayo ang mga yaya nila kag daw soldado nga nagmartsa pakadto sa *chapel* nga malapit lang sa ila puloy-an. Nagkadlaw man si Lola Dangdang nila kag pati ang mga pumuluyo nga masimba man. Nagakalipay gid ang tigulang sa mga pagpakadlaw sa iya sang mga apo. Madamo man ang mga pumuluyo sa palibot nga nagasimba diri *chapel* sang VCU. Daw kaugalingon sang VCU ang pari kay *scholar* ini sang buluthoan, may duha pa ka *scholar* ang VCU nga malapit na lang magpari. Sa sur nga bahin sang VCU may *gate* nga ginapaagyan sang mga pumuluyo kay diri malapit sa suba ang madamo nga pamalay.

Sang matapos ang misa, nagpangayu ang mga bata sang pahanugot sang ila amay nga mahampang anay sa bag-o naplastar nga *playground* sang kabataan malapit sa *kinder school*. May *swing, seesaw, slide,* mga bilog nga kongkreta nga mga *culvert* ukon tamburong nga suluhotan sang kabataan, hagdan-hagdan nga mahimo sakaan sang bata, mga hayop sa *zoo* nga himo man sa kongkreta katulad sang elepante, karabaw, kabayo, *zebra, giraffee,* baka kag iban pa nga pwede sakyan sang mga bata.

Sang malapit na lang magdulom, naglinagsanay ang mga bata pasulod sa pasilyo sang ila buluthoan. Kay sirado ang mga kwarto diretso man nga nagsaka sa una nga hagdan pakadto sa ikaduha nga panalgan ang apat. Sige man ang lagas sang ila mga yaya. Pag-abot sa sa punta sang pasilyo, nagsaka pa gid ang apat sa ikatlo nga panalgan kag nanagu sa likod sang dalagku nga daw kahon nga may tanom nga mga *ornamental.*

"Nabal-an namon nga ara lang kamo sa likod sang mga bulak," hambal sang sang yaya ni Inday Swanshine nga *midwife*. "Basi, alawon kamo sa mga iras dira."

Waay man sang iras ukon ulod nga nakita si Nene Dexa sa dahon sang mga tanom.

Waay sing nagtingog sa mga bata. Hinay-hinay nga nagpalapit man ang apat sa kabataan.

Hinay-hinay ang mga bata nga nangalihid sa dingding sa tuyo mga manaog sa pasilyo sa punta sang bilding. Sang hinali nagsiga man ang mga suga sa tagsa ka hagdanan. Nagkilinadlaw ang mga bata kay nakita sila ni Lola Dangdang nila nga nagsunod man sa pagpangita sang iya mga apo.

"Dakop kita ni Lola Dangdang, ha-ha-ha-ha!" singgit ni Nene Dexa. Nagpalauli man ang siyam kag sa pagsampot nila sa balay naabtan nila ang Yayay Luding sang ila mommy.

"Mga bata, may dala ako nga pinya gikan sa Calinog, kauyon bala kamo sini?" pamangkot sang tigulang nga manogluto na ang trabaho subong.

"Huo, Yayay Luding, may *vitamin C* ang pinya," maabtik sa pagsabat si Nene Dexa. Ang pinya nga dala ni Tya Luding patubas sang banwa sang Passi nga kaiping man sang Calinog.

Ginpanitan dayon sang nars ang duha ka pinya.

"Manang Josie, ngaa madamo sang mga mata ang pinya?" Matiun-tion pa nagpalapit man si Lola Dangdang ni Nene Dexa sa ila.

"Apo ko, luyag mo bala mabatian ang sugilanon kon ngaa madamo ang mga mata sang pinya?"

"Huo, Lola Dangdang, mamati kami nga apat nga imo mga apo." Tinawag sang ila kamanghuran ang tatlo nga dayon naman palibot sa lola nga nagalumpagi sa salog sila nga apat. "Ari, sugoran ko ang sugilanon sa pinya nga madamo sang mata. Sa sulod sang kinse minutos matapos ini agod gilayon ng makapanyapon man kita.

"Sang una nga panahon, mga ginharian ang mga pungsod sa palibot naton. May isa ka ginharian sa sidlangan nga bahin sang Mindanao nga bantog sa katahom ang ila prinsesa. Madamo nga mga ulitawo sa palibot nga mga ginharian man ang naghandom nga mapangasawa ining matahom nga prinsesa. Sanglit matahom ang Prinsesa nga si Lupinya, nagakahangawa ang hari nga agawon ini sa iya bana kon Reyna na sia. Gani, ang kinahanglan nga mangasawa sa prinsesa isa ka maisog kag sampaton nga hangaway sa paggamit sang nanuhay-tohay nga sahi sang armas sa pagpangapin sa kaugalingon kag sa Reyna nga asawa.

"Nagmando ang hari nga dapat ipaabiso sa bilog nga ginharian nga ipakasal nila ang prinsesa sa sin-o man nga hangaway, may dugo nga asul man ukon kinaandan

lang nga lalaki nga mangin madinalag-on sa isa ka torneo sa paggamit sang sumbiling ukon *lance* nga nagasakay sa kabayo ang nagakontrahanay nga mga hangaway. *Jousting tournament* ang panawag sini sa *English*. Ang *jousting tournament* ang pinakatampok nga paindis-indis sang mga hangaway. Ini ang magatapos sang panindisi-indis. Una anay, dapat maayo sila paggamit sang espada, pagpana, kadena kag bola nga may tunok kag iban nga armas ginagamit sang soldado sang amo nga panahon.

"Daw pista lang ang okasyon sa una nga adlaw sini, kay indi lang gikan sa ginharian naghalalin ang mga hangaway, kondi ang iban naghalin sa kaiping nga mga ginharian.

"Kadamo sang mga mabukod nga mga soltero ang luyag magpasakop sa torneo. Gani nagpamat-od ang mga opisyal sang palasyo nga isa ka gatos gid ang mapasakop sa torneo sang mga hangaway nga nagasakay sa kabayo kag may armas nga daku nga sumbiling ukon bangkaw.

"Ang malain sadto uso na ang pustahan nga daw katulad sang bulang sang mga sulog nga manok. Sa una nga pila ka sambuwa, madamo ang mga tumalan-aw nga nagdaog, pero kapin nga madamo ang nalutos ukon napierde kay ultimo inogbakal bugas kag sud-an nadula. Madamo man nga imol nga tawo sang una.

"Napulo ka hangaway sa mga nagdalaog sandig sa puntos nga natipon ang ginpili sang hari agod mapadayon ang torneo sa kabayo kag bangkaw.

"Ang siste sa kadamo sang mga maambong nga pumalasakop waay sing napilian ang prinsesa sa napulo kag abilidaran nga hangaway. Luyag sang prinsesa ang tanan nga napulo ka mga hangaway nga nagdalaog. Bangod sa natabu inatake sa korason ang hari kag namatay ini. Naakig man ang ila dyosa sang anihan, bangod sa madamo nga namatay nga mga hangaway sa paindis-indis bangod lang sa bisyo sang prinsesa.

"Nadula dayon ang prinsesa. Kag ang iya iloy ang ginkoronahan nga temporaryo nga Reyna, tubtob nga makita ang prinsesa. Isa ka duog ang ginapirmihan sadto sang prinsesa sa isa ka bulubakulod nga may tuboran sa kilid. Sang pamasyaran sang iloy nga Reyna ang duog, may nakita sia nga tanom nga may malaba apang magamay nga mga dahon. Sang sumunod nga adlaw nagbulak ini, ukon nagbunga sang daw pitsel nga madamo sing mga mata. Daw may korona man. Sugod sadto ginatawag sang Reyna nga Pinya ini kay amo man panawag sini nadula nga si Prinsesa Lupinya. Madamo sang mga mata, indi ini kuntento sa isa ka tinuga bilang bana.

"Ti, mga bata, tapos ang aton sugilanon kon diin naghalin ang pinya nga matam-is apang naandan man naton bilangon nga madamo sang mata."

"Mga bata, kay tapos na ang sugilanon ni Lola ninyo, manyapon na kita," napulong ni Daphne. Dayon pwesto sang mga bata sa ila pulungkoan pagkatapos hugas nila sang ila mga kamot.

SAMTANG, nagkuliling man telepono sa salas. Si 'Pare Edvic ni Alex.

"Dr. Vera Cruz, Sir, luyag ka hambalon ni Police Chief Superintendent Edgardo Vicente gikan dira sa Calinog. Indi sia makatawag diretso dira sa inyo kon indi mag-agi ang tawag ang ila *special radiophone* sa amon."

"Sige, pasudlon mo," tambing ni Alex.

"'Pare Alex, sugod subong, ihanda mo ang *security net*. Napat-od na sang duha ka team sang CIDG 6 kag MIG Iloilo nga kamo ang sunod nga *project* sang mga makawala nga kuhaan *revolutionary tax* kag mga armas. Nagkalma ang mga sindikato, gani mabulos kuno sila. Ginasiguro pa sang aton maniktik diri kon san-o sila masugod sa *blackmail* sa inyo agod maghatag kamo sang buhis sa hublag."

"*Kidnapping*, indi nila paghimuon ini sa amon, 'Pare Edvic?"

"*Last step* na ina kon indi kamo madala sa *blackmail*,'Pare Alex."

Tinawgan dayon ni Alex si Police Superintendent Gemarino Compas ang Hepe sang Police sa Lambunao. Bag-o lang nataasan sa ranggo ang hepe sang Lambunao.

"'Pare Mar, may bag-o kita nga palaligban diri sa Lambunao, waay na ang mga sindikato pero ara naman ang hubon nga luyag makakwarta paagi sa paggamit sang bangis kag pwersa agod makatipon sang kwarta para sa hublag. Nadumdoman mo ang nagpalupok diri sa kilid sang VCU? Sila kuno ang mangamot sa pag-*harass* sa amon kabaylo sang milyon pesos nga *revolutionary tax*.

"Kahigayunan mo ini, 'Pare Mar, nga magretiro nga *Police Senior Superintendent*."

40

"'PARE Alex, naghingyo na ako sang *transfer* kay *overstaying* na ako diri. Kapin pa nga *superintendent* na ako, paibabaw dapat ang *development* ko," nabungat ni 'Pare Mar ni Alex sa iya.

"Husto ina, 'Pare Mar. *There's no other path for you to go but up.* Pero diri sa Lambunao subong, ang aton gumontang nagdangat na sa igtalupangod sang aton Presidente sang pungsod. *Maximum security threat* ini sa populasyon. Indi lang para sa bumulutho sa VCU kag pumuluyo sang Lambunao, kondi para sa bilog nga pumuluyo sang kabanwahanan lakip ang sur nga bahin puod sang Iloilo.

"Napatawag na sang Pangulo ang *National Security Council* sa isa ka sinapol. Naisa-isa ang dalagku nga mga palaligban amo ang pagsabwag sang kahadlok sa tawo, paggamit sang pwesa sa bayolente nga paagi agod magpati sila nga mabaskog kag madinalag-on pa gihapon ang rebelyon. Pagpamomba sa matawo nga duog katulad sang simbahan, plasa, buluthoan, merkado kag kon diin may madamo nga nagatinipuntipon nga mga tawo kon pista. Malapnagon man nga pagtanom sang mina ukon *improvised explosive device* (IED) agod maglupok kag maguba ang salakyan sang pangulohan, labi na gid sang iya sang militar. Pagsabotahe sa mga pabrika ang *export-oriented* ukon kompanya nga nagahatag sing tama ka mapuslanon nga bulig sa gobierno, katulad sang kompanya sa telepono, mga kompanya sa transportasyon. kuryente kag kon ano nga serbisyo, lakip na diri ang mga buluthoan. Daku nga kalamidad ini kon matabu.

"Ginsapol na man dayon sang National Security Council ang mga *top brass* sang

Armed Forces of the Philippines kag Philippine National Police, nga magdesinyo sang kalubaran sa problema nga gamiton ang *local resources*. Ang mga *reservist force* nga gina-*mobilized* kon may kalamidad. Gani, *all-out war* ini batok sa mga rebelde diri sa Panay.

"'Pare Mar, may *order* na ako nga CAD (*call to active duty*), kaupod sang mga tawo sa amon negosyo. Ikaw, 'Pare Mar, indi pa pwede magbiya diri sa Lambunao kay tama ka gid ka mapuslanon sa pagbulig mo paluntad sang kalinong kag katawhayan indi lang diri sa aton banwa kondi sa mga banwa nga apektado sang operasyon sang mga rebelde. Ina ang opinyon sang Police Director General. Buligan mo kami anay nga matapos ang tanan nga pamahog sa kaluwasan sang kabuhi diri sa aton. Kon kita magmadinalag-on, irekomendar ka namon dayon ni 'Pare Edvic para sa tatlo ka daw bilog nga bulak sang ranggo sang Police Senior Superintendent. Ginpasalig man kami ni Senador sina, nga himuon man niya ang iya mabulig sa aton," natikab ni Alex nga *full-fledged Colonel* sa PAR ukon Philippine Army Reserve.

"*I'm a foot soldier*, 'Pare Alex, tumanon ko ang akon sinumpaan bilang pulis diin man nga hilit-hilit sang aton pungsod."

"Buas mapa-Manila ako, 'Pare Mar. Pilion ko sa akon sa mga tawo ang may inagihan sa iya trabaho diri, ukon tagadiri sia, labi na gid ang nakaagi soldado. Pati pulis nga luyag man magbulig sa ila himata diri. Suno sa akon nadesignar nga *First Sergeant* may 300 kami nga kaupod nga mga Ilonggo sa amon negosyo. Dugangan ini sang mga CAFGU diri sa Iloilo, daku nga *force multiplier* ang amon hubon para sa tropa sang pangulohan.

"*The order is: we police our own yard. That is your order, too. We operate within the 20-kilometer radius. Beyond that, it's the regular AFP, assisted by specially trained police, like SWAT and special police forces trained in closed order combat.* Kinse kilometros lang kalayu nga kita maka-*hot pursuit* ukon makalagas sa kaaway. Paagi sini makalikaw kita sa *mistake encounter*. Kon may delikado sang *mis-encounter*, maradyo anay kita sa *main control*."

MADULOM pa naglakat si Alex pakadto sa Manila sakay sa iya 6-*seater* Cessna nga duha ang makina. Sa pagbugtaw sang kabataan, waay na ang ila *daddy*.

"Mommy, naglakat bala si Daddy?" Si Nene Dexa ang una nakapamangkot.

"Waay na sia diri, kondi naglakat," pasapayan nga sabat sang ila iloy.

"Si Mommy bala, *guess, you woke up on the wrong side of the bed*."

"*No, I woke up on the floor*."

"Abaw, ang apo kon ano na ang nahibal-an? Sa diin mo nabatian ang bag-o mo lang hinambal kay Mommy mo?" nabungat sang Lola Dangdang ni Nene Dexa.

"Sa TV, Lola. Nagakusmod abi ang babaye sa iya *sweetheart*. Gani siling sang lalaki, *maybe you woke up on the wrong side of the bed*."

"Ano dayon ang sabat sang babaye?" pamangkot sang lola.

"*No, I woke up in the bath tub*. Nahubog ang babaye kag nagtulog sa *bath tub* kay nagsunggod sa lalaki."

"Nabatian mo man ang ulihi mo nga hinambal?" usisa pa gid sang lola.

"Lola Dangdang, naisip ko lang nga kon nakatulog sa *bath tub* ang babaye, hubog sia kag may kalain sang buot."

Sa isip ni Lola Dangdang sang bata, *bright* gid ining iya apo. Kontani, palaron sia nga mabuhi tubtob magdinalaga ini para iya makita kon maayo gid ang paggamit sini sang iya kaisipan. Indi katulad niya.

Gulpe nga nagginahod sang maggwa ang tatlo ka bata gikan sa ila kwarto.

"Naunahan gali kita ni Nene Dexa kay Mommy. Mommy, diin bala si Daddy?" pakiana ni Nonoy Andre.

"Nagsoldado si Daddy ninyo," si Lola Dangdang nila ang nagsabat.

"Si Daddy nagsoldado?" nag-*chorus* pa ang apat ka kabataan. Nagdinalagan man ang apat pakadto sa *rooftop terrace* agod hisayran kon ara pa ang eroplano sang ila daddy. Gikan sa *terrace*, makita nila ang *runway*, ang *wind bag* nga nagapakita sang direksyon sang hangin. Waay ang eroplano sa iya *hangar* nga ara sa kilid sang *airstrip*. Pero ara ang mekaniko nga si Tyo Itong.

"Sa Manila si Daddy sigurado," pamat-od ni Nonoy Andre. "Nagreport ini sa Presidente."

PAGKAHAPON, mga singkwenta ka nakauniporme nga mga soldado ang nag-abot sa VCU. Ini tanan mga Ilonggo nga empleyado sa Vera Cruz Group of Companies. Ginpangunahan ini sang soldado nga hepe sang sekyu sa VCU.

"Tsip, abi namon nagpauli ka lang sa INCA, sa imo mga ginikanan.

Gali imo kay soldado ka na."

"Ginpalakat ako ni Boss kahapon agod matudlo ang akon mga kakilala nga employado ni Don Virgilio sadto, sang indi pa ako ginhimo nga Hepe sang Sekyu sa VCU. *Master Sergeant* ang akon ranggo nga amo ang luyag ni Boss Alex. Hulaton naton kay pag-abot ni Boss, kamo tanan hatagan niya sing ranggo kag kumpleto nga uniporme nga BDA. Ginhulat pa niya ang ginaobra kay dapat tigduha ka *set* ang aton uniporme. Nagahulat man sia sang dugang nga *armalite* gikan sa Bataan kag mga bala." Nagpaalam anay ang sitenta ka tawo nga madalikat anay sa *pagbisita* man sa ila mga himata nga ara lang sa Calinog kag Lambunao.

"Soldado gali kita tanan?"

"Mga *reservist* lang nga mabulig sa kampanya sang militar batok sa mga rebelde nga ayhan magadugay sing anom ka bulan. Pero may sweldo kita nga katulad sang *regular* nga soldado. Mabalik man kita sa aton normal nga obra bilang *security* sang

VCU, pagkatapos nga naglinong na. Sa subong, soldado kita nga mabantay man sa VCU. Kag ang aton sweldo samtang sa *active duty* kita, ihatag man ni Boss sing tingob."

"Kaayo gid nga tawo ang aton amo."

"Ina kay maayo man kita sa iya. Gani, indi ninyo paggub-on ang inyo ngalan agod puno pirme ang aton latok sang grasya sang Dios."

"Paano ang aton *training*? Sin-o ang maggwardya?" pangutana sang bag-o nag-abot nga gwardya.

"Mga isa ka semana lang ang aton paghanas. Pero kada aga may *jogging* kita agod madula ang tinipon ninyo nga mantika sa inyo tiyan. Una sa pagpalupok sang mga armas nga waay pa naton nagamit. Waay naman sang isa sa aton nga waay nakagamit sang *Armalite*. Indi man kita maggamit sang masinggan. Kon may ara gid man, madali man naton ini tun-an. Pati ang *MAC-10 Ingram, Galil submachinegun* kag *Uzi pistol*."

"Ako, Tsip, waay pa nakagamit sang *Armalite*. Ang nagamit ko lang, *baby*..."

"Bal-an ko na ang padulong sang halambalanon mo, Casto. Luyag mo lang pasadyahon ang grupo."

"Seryuso gid abi kamo nga soldado na kamo. Ako anom ka tuig nga soldado. Pero,

kay indi seryuso, naghalin ako. Nagsekyu na lang, ano abi kay may asawa na ako. Nagapasalamat gid ako sa aton amo kay ginbaton niya ako. Kondi magkaupod kita. Kag may grasya man nga dala pirme sa akon pamilya." Si Casto Ciubal taga-Calinog.

"Ang *lecture* lang naton siguro amo ang sa bahin sang *military discipline and courtesy*. Isa ka aga lang ini. Tanan kita nakaagi man sa *basic ROTC*, ang iban gani sa inyo katulad ko naka-*advanced ROTC* pa."

Nagtunog ang *monitor* sa radyo sang eroplano ni Alex sa *main guard house*. Namati ang tanan.

"Ma-*landing* na kami kon maayo na ang kondisyon sang *runway*."

"*Okay, Runway clear, Sir. Check gear down. Cleared to land*," pulong sang *chief mechanic* nga amo man naga-*control* sang *runway*.

"Si Boss naton ang piloto, ma-*landing* na sila," natikab sang Master Sergeant.

Gikan sa ila hulogpaan nagsakay gilayon si Alex sa isa *golf cart* sa pakadto sa iya mga tawo. Madugay-dogay pa ara na ang iya apat ka anak niya sa iya kilid. Daw mga *cub scout* lang ini nga nagsaludo sa iya.

"Ara ang inyo tsokolate sa akon magtimbang nga bulsa nayon sa batiis sang pantalon. Madasig ang duha ka lalaki sa pagbukas sang bulsa sang ila *daddy*. Pagkakuha tanan sang tsokolate, nag-atras ang apat nayon sa opisina sang ila amay. Gintulonga ang mga tsokolate. Kag ginsugoran na nila kaon ang tsokolate.

"Abaw, ang mga anak ko, malinong kay nagaudak na gali sang tsokolate. Waay man lang sing may naghatag sa ila Mommy." Nagpalapit ang ila mommy sa daddy kag dayon naghalok.

"Si Mommy, ay. Dapat nagsaludo ka anay kay Daddy kag naghalok." Si Nene Dexa ang naghambal. Nagkilinadlaw man ang bilog nga grupo.

"Alas tres na. Pag-agi namon sa *airport* sa Cabatuan, nagalanding na ang *C-130 cargo* nga eroplano sang Philippine Air Force dala ang ang inyo mga uniporme, mga Armalite kag mga bala. Ang *off-duty* indi anay magpauli. Hulaton ang inyo uniporme, kay basi ang iya sang iban indi mag-igu. Masako lang abi sa pabrika nga nagkontrata sa pagtahi sang uniporme."

Madugay-dogay pa ara na nagpundo ang isa ka 6 x 6 *truck* sa *gate* sang VCU. Si Alex nagpalapit sa ulo sang trak. Ang piloto sang *helicopter* nga *Major* kag abyan man ni Alex nga nanaog gikan sa *front seat*. Si 'Pare Ben ini ni Alex.

"Ang *helicopter* naton didto sa *major checkup* tanan sa Clark, 'Pare Alex. Gani ginbaton ko na ang pagbulig sa Camp Hernandez nga natukahan sa pagbulig sa *mobilization* sang mga *reservist* diri sa Panay."

"Samtang, ginadiskarga ang amon *supply*, mapalamig ukon mapainit anay kita sa balay,'Pare Ben." Naglakat ang duha pakadto sa balay nanday Alex.

"Kape, ukon malamig, 'Pare Ben?"

"Pinalamig nga kape," sabat sang kumpare nga si Major Ben Sigua nga kag piloto sa Air Force.

"Tama, magamit naton ang akon *ice coffee shaker* nga sa Alaska ko pa nabakal."

Nakayuhom man ang abyan ni Alex. *Ice coffee shaker* gikan sa Alaska?

"Sa banta ko indi magdugay sing anom gid ka bulan ang kampanya diri, aton man ma-*neutralize* ang mga *terrorist*," sambit ni Alex sa abyan nga Major. "Kon daw maipit

ang mga rebelde diri sa binukid sang Panay, himakason naman nila nga makabalhin sa Tabok. *Legal channels* ang gamiton nila, magpakuno-kono nga mga turista. Ang mga armas sa gab-i ang lakat sa biahe pakadto sa Palawan ukon Masbate, Daanbantayan,

Cebu kag pabalik man sa Negros Occidental. Ini ang ginhimo nila sang nagligad."

"Daw masakdag man ako sina nga pagbulobanta. Kooperasyon sang Philippine Coast Guard ang kinahanglan naton. Ina ang wala sa aton sang nagligad."

Natapos na ang pagdiskarga sang mga *supply* para sa Lambunao. Calinog na lang ang waay pa. Nagpaalam ang abyan ni Alex. Gikan sa

Calinog, mapauli sila Dingle paagi sa banwa sang Dueñas.

"Kon may uniporme nga indi kumportable, ibalik ninyo sa akon kay pailisan naton. Sa Dakbanwa sang Iloilo lang kamo magpahimo sang inyo *nametag* kag *patches*, Sarge. Buas, ihanda mo ang *records* sang *supply* naton nga nabaton. Buas mabaton naton ang dugang ninyo nga *CAD order*. Magdala gali kamo sang mga dokumento nga basehan naton sang inyo ranggo. Katulad ni Sarge, Master Sergeant sia kay iya natapos ang *Advanced ROTC*. Kay pwede na ako mag-*issue orders* para sa CAD ninyo. Aprobahan man dayon ini sa ibabaw. Kon may nabaton kamo nga mga pagdayaw sa inyo trabaho dalhon man ninyo. Ikaw, Casto, indi bala nagsoldado ka? Dalhon mo ang papeles mo sa serbisyo agod mahatagan ko ikaw sang ranggo."

"Tama na ang Sarhento para sa akon, Sir," sabat ni Casto.

Naglakat dayon si Alex pauli sa ila puloy-an. Pag-abot sa ila salas ginpahanda na ni Nene Dexa ang kamera sa iya yaya.

"Ano may *shooting*?" pamangkot sang *daddy* sa apat.

"Upod ka sa amon pa-*picture*, Dad, Mom kag Lola. Para pagdaku namon, amon mahanduraw ang amon masadya nga pagkabata," sambit ni Nene Dexa nga amo ang nagsabat para sa grupo. Bata pa lang positibo na ang panan-awan sang ikaduha nga anak ni Alex kay Daphne. *Smart* pa, kon doktor ang pahambalon. Ayhan mas *bright* sia sangsa duha nga sanday Toto Lexan kag Inday Swanshine.

Pagkatapos duha ka *shot* sang kamera nagpaalam si Lola Dangdang nila nga maligo kay nainitan gid ang tigulang sina nga hapon.

Ginbaylo ni Nene Dexa ang posisyon nila nga apat ka anak nanday Alex kag Daphne. Sa wala ni Daphne si Nene Dexa kag Nonoy Andre kag sa tuo naman ni Daddy nila si Toto Lexan kag Inday Swanshine. Sang dumason nga shot, pasunod sa edad halin sa tuo ni Daddy nila pakadto sa wala. Si Nonoy Andre, si Toto Lexan sa tuo ni Alex, sa wala naman ni Daphne, si Inday Swanshine kag si Nene Dexa. Ang madason nga kuha suno sa *direktora* nga si Nene Dexa, matangla sila sa ila Mommy kag Daddy samtang ginahalukan ni Alex si Daphne.

"Ang daya ninyo Mommy kag Daddy, may mag-asawa bala nga naga-*kiss* nga indi *lips-to-lips* sa ila pagkitaay liwat?"

"Kami ni Daddy ninyo, e," sabat ni Daphne sa agot nga magwalo ka tuig.

"Luyag bala ninyo nga sa ulihi silingon sang amon mga *friend,* nga apat na kami, pero nahuya pa ang amon daddy kag mommy mag-*lips-to-lips* sa atubang namon nga mga anak?"

"Liwaton mo nga kuhaan kami," napulong ni Alex sa yaya nga *camera girl.* Ang apat nagayuhom-yuhom nga nagtangla sa ila daddy kag mommy nga naga-*lips-to-lips.*

Nakapahuway man si Alex sa init sang iya uniporme nga BDA. Naghulohigda sia sa kadak-an sa pagbasa sang pamantalaan nga binakal sa Manila, apang waay sang panahon nga basahon. Sa sofa, manipis ang isa ka *throw pillow,* nagsulod si Nene Dexa sa pagkuha sang duha ka ulonan para sa iya daddy.

"Daddy, ari ang ulonan mo." Sa pagbalikid ni Alex, duha gid ka ulonan ang ginaukol ni Nene Dexa. Gindaho ni Alex ang ulonan gikan sa anak kag ginpulo-pulo ang ulo sini.

"*Very good,* Nene Dexa. Buas, maupod kamo nga apat sa akon sa eroplano naton pakadto sa Passi. Kaupod si Mommy mo, ikaw, sabakon ka lang ni Mommy kay kulang ang pulungkoan, ha?"

Nagtumbo-tombo man ang bata, subong makasakay na sia sa eroplano ni Daddy sini. Madugay na nga handom ini sang bata kag ayhan pati sang tatlo ka utod.

Sang sumunod nga adlaw, nag-upod ang apat ka kabataan ni Alex sa lakat agod magpasakop sa hinun-anon sang mga kumander sa Panay sang Army nga natukahan sa pagtapna mga *human rights violation* sang mga rebelde. Pag-abot sa Passi City, waay pa ang ila pinakahepe nga Koronel sa operasyon. Naglibut-libot anay sanday Alex, kaupod sang piloto. Nagsulod sila sa sentral sang abyan ni Alex, samtang ginapaabot pa ang Koronel nga hepe sang hubon sang Army sa hiwaton nga *all out war* sang pangulohan batok sa mga rebelde.

Ang koronel nga ini ginhatagan sang *top brass* sang obligasyon nga kon madinalag-on nga mapauntat ang pag-abuso sang mga rebelde sa Isla sang Panay, mahimo nga mabawi sini ang *order* sang *seniority.* Sadto, si...Colonel Jozef Centroblanco... *is placed two files below* Colonel Regis ... Nag-*General* na ang *two files above* sini, pero si Colonel Centroblanco nagpanaog liwat *two files below*. Sia man ang may kasal-anan diri. Karon ginahatagan sia sang kahigayunan nga mabawi ang onor. Ara sa Dingle ang isa sang *two files above* sini gani luyag niya didto ang mga sektor kumander masinapol.

Ginpapauli ni Alex ang piloto niya sa Maribong upod sang pamilya kay didto na sa

Dingle si Colonel Centroblanco. Siempre ma-*commute* na lang si Alex. Nagpadala man dayon ang Master Sergeant nga hepe sang hubon ni Alex sang anom ka tawo nga mabantay kay Alex kaupod sang drayber sang SUV sa ila pagpauli.

Calinog kag Lambunao ang sektor ni Alex, ang pinakamalapad nga bahin sang bukid. Sa mga sektor kumander, mahimo si Alex ang pinakamanggaranon kag may daku nga impluwensya sa pangulohan bilang pinuno sang *think tank* sa mga asosasyon sang negosyante. Ang pulitiko nga kuno interesado sa kahimtangan sang negosyo sa tunga sang gamo sang rebelyon, ginkuhaan pirme si Alex sang kunseho. Sa baylo nga pakuhaon sang Master in National Security Administration (MNSA), agod ma-*appoint* nga *full-fledged Colonel* si Alex pa ang naghatag sang *lecture* sa ila nga nagalakip sang malapnagon nga *food security concerns* sa bilog nga kalibutan.

Kag subong ari ang isa ka *regular officer* nga daw nahisa sa iya. Ini pa ang *over-all* nga *commander* sang Task Force Pagbag-o sa Panay.

41

NAPAT-OD gilayon ni Alex nga may daku nga problema nga magapatunga sa ila nga duha nanday COLONEL JOZEF Y CENTROBLANCO, PA (GSC) kag COLONEL ALEX C VERA CRUZ, PAR (Ph D). Sa una pa lang nila nga pagsugata, tinulok halin sa ibabaw paidalom si Alex, sa waay pa ginbaslan ang saludo sang manubo sa iya.

Indi maisip ni Alex kon paano nga mahisa si Colonel Centroblanco sa iya. Si Alex isa ka *reservist* Colonel sa Philippine Army Reserve, samtang si Colonel Centroblanco isa ka *regular officer* nga *active* sang Armadong Kusog sang Pilipinas. Indi si Alex kaagaw sa ano man nga dungog nga mahatag kay Colonel Centroblanco. Sia ang *chief* sang ila pag-away batok sa mga rebelde. Kon ano man ang madinalag-on nga mahimo ni Alex para sa kabilugan nga pag-away batok sa rebelde, kadungganan sang bilog nga kusog sang Philippine Army kon diin diutay lang nga bahin si Alex. Bilang hepe sang grupo si Centroblanco ang sab-itan sang mayor nga medalya, indi si Alex.

"May *authority* ka bala sa paggamit sang Ph.D. kaupod sang ngalan mo bilang soldado?" Hinatag ni Alex ang sertipikasyon-sirkular gikan sa General Headquarters Armed Forces of the Philippines (GHQ AFP) nga pirmado sang Chief of Staff, AFP kag sang Pangulo sang Pilipinas. Mahimo nga may mga pamangkot sa bahin nga ini, gani handa ang bag-o nga soldado.

"Indi ka puede mag-*general* kay indi nakatapos sang kurso sa *General Staff College* ukon GSC."

"*Please refer to paragraph 3, page 2 on that matter*, Sir." Matawhay ang tinaga ni Alex sa iya pagmitlang.

"Ano, ang Ph.D. katumbas sang GSC?"

"*Please go on, Sir. Read further*," matawhay pa gihapon ang tingog ni Alex.

"*In case of controversy in considering the effects of academic preparation of the candidate Officer in the AFP for purposes of the candidate's promotion to the next higher rank in the Armed Forces of the Philippines, the degree of Doctor of Philosophy, major in Anthropology, shall include, as part of the whole, the qualifications of GSC and MNSA of Doctor, now,* COLONEL ALEX C VERA CRUZ, PAR (Ph D)." May nabutang sa *memo-circular* nga para lang ini kay Dr. Alex Vera Cruz bangod sa espesyal nga serbisyo sa pag-*update* sang mga kurso nga GSC kag MNSA agod magsanto sa ginakinahanglan suno sa *standard* sang Amerikano.

Ang *team* nga *think tank* ni Alex ang nagdesinyo sang mga buluhaton ukon *action measures* sang Pilipinas batok sa *food security concerns* sa tunga sang mga pagpanggamo sang kuno mga *liberation movement* katulad sang Al-Qaeda kag ang mga ini sa bug-os nga kalibutan nga nagagamit man sang *terror,* kalakasan kag pamahog sa kabuhi sang pungsod ukon *national security.*

"Sinverguenza! Caramba! Animal!" Ginhaboy sing pawaslik ni Colonel Centroblanco ang dokumento nga pinulot naman ni Alex. *Another Rodin in the making?* Daw indi

makapati si Alex sa kadamo sang mga tawo nga interesado sa iya kapahamakan!

Pinakanselar ni Colonel Centroblanco ang una nila nga pagsinapol, sa balibad nga

kapoy sia. Para kay Alex, isa ka bag-o bala ini nga problema si Colonel Centroblanco nga nagsugod sa sini nga adlaw? Kag kon may maayo bala ini nga katapusan para sa iya, daw ano ayhan kalawig ang paghulat ni Alex sining katapusan?

May pila na ka dalagku nga gumontang ang nadula sa listahan sang problema sa kabuhi ni Alex. Tatlo ka dalagku nga personal nga gumontang ang sunod-sunod nga nadula nga waay nahilabtan si Alex. Sa sini nga trahedya sang kabuhi indi daku ang papel ni Alex. NaglutHanganay ang mag-utod Sonya Anita Villamaestre, alyas Swannie kag Rodindo Villamaestre. Ang indi panghangpanay sang mag-utod natabu sa ila man nahimo nga mga kasaypanan. Sa punto sang magulang nga lalaki, bangod sa epekto sang sayop nga ambisyon kag droga. Ang sayop sang babaye amo nga naghigugma ini sing tampad kay Alex, naghandom sa anak sa hinigugma. Kag bangod ara ang duha sa negosyo, indi malikawan ni Alex si Swannie, nga waay man nag-untat tubtob natigayon ang iya tinutuyo. Daku nga kahuloy-an sa pamilya ang gintuga ni Swannie kag napilitan sia manago sa Australia.

Bangod kay Swannie, sing makapila man nabutang sa delikado ang kabuhi Alex.

Ginplano ni Rodin nga ipapatay si Alex. Sinundan ini sang ila problema ni Alex sa isa ka Liberias ukon kay Luem nga hinigugma ni Alex, pero ulihi na ang tanan, kay nakasal na si Alex sa isa ka babaye nga indi niya ginahigugma, bangod sa isa ka waay ginapaabot nga hitabu. Ulihi na nga nagsayran nga sila si Luem kag si Alex ang nagahigugmaanay. Matapos makapanganak, namatay si Luem bangod sa *brain cancer* sa pungsod sang Canada.

Bisan masiling nga armado batok sa sining mga problema sa kabuhi si Alex, waay gid ni Alex ginpaabot ukon naghimo sia sang tikang agod matabu sa iya ang mga bagay nga ginalikawan.

Nagpauli si Alex gikan sa banwa sang Dingle kaupod sang iban nga mga sektor kumander. Kay ang tanan sa ila nga mga sektor kumander opisyal nga *reservist*, bisan disgustado pa sila sa ginawi ni Colonel Centroblanco, indi sila makareklamo. Naga-usik sang oras si Colonel Centroblanco. Pero ang grupo waay sing mahimo kondi ang maghulat sang pagbuot sang ila *boss*. May *chain of command* sila nga dapat sundon.

PAG-ABOT sa puloy-an, tumawag gilayon si Alex sa iya 'Pare Edvic. Matawhay ang iya kumpare sa opisina sang PRO 6.

"'Pare Edvic, kilala mo bala si COLONEL JOZEF Y CENTROBLANCO, PA (GSC)?"

"Sia bala ang inyo Hepe sa kampanya batok sa mga rebelde? Tunay nga *mistah* ko ina indi nga *adopted* lang katulad kay Rodin. Dapat sia ang nag-Rodin indi ang abyan naton," una nga pangpainit ni 'Pare Edvic ni Alex.

"Sa madamo nga kahigayunan sa amon pag-upod diri sa kampanya sigurado nga magabunggoanay gid ang amon prinsipyo, 'Pare Edvic," pahayag ni Alex. "Nauna nga problema. Hisa, indi ko mapaathag kon paano si Centroblanco mahisa sa akon nga isa ka *reserve officer* lang. Magkatuhay ang UMD (*unit manning document*) sang *regular* kag *reserve component*, indi bala? Duha ka dalan nga magkatuhay ang amon ginausoy, bisan pa nga magpa-*CAD* sing sige-sige tubtob magretiro ako kon luyag ko, siling ni Chief of Staff AFP."

"Husto ina, 'Pare Alex."

"'Pare Edvic, ang una nga *issue* sa akon sang imo *mistah*, indi ako kuno ako mag-*General* kay waay GSC ukon MNSA.

"Pero, nabasa mo man ang *special memo-circular* sa paghatag sa akon sang *full-fledged* nga *Colonel* nga ranggo kag sang *qualifications* agod ma-*promote*. Sa akon sia naakig sang ipabasa ko ina sa iya."

"Relaks ka lang, 'Pare Alex, kay ihutik ko ini kay Chief, MIG Panay kag Chief Philippine National Police, Police Director General Granados. Naga-*monitor* man si

Chief, Intelligence Service AFP ukon ISAFP, kag AFP Inspector General, AFP IG."

"Sa akon man gihapon ang balik sina."

"Ipasuni ko nga may *naamoy* si IG sa mga *personal* kag indi opisyal nga pag-abuso naman ni Centroblanco. Magatindog sina ang mga dulonggan ni Centroblanco, pero, ginasiguro ko magduha ini sing isip nga hingabuton ikaw. Ini nga daan ang iya *last chance* sa *star* nga ginadalamguhanon, 'Pare Alex. Isa ka pulitiko sa norte nga indi maayo ang *human rights records* sa Ilocos ang iya padrino. Kon mag-abyan tani kamo, siguro mabuligan mo pa sia."

PAGKAAGA, nagsugod na ang una nga indi maayo nga relasyon sang duha, Alex kag Centroblanco.

"Colonel Vera Cruz, *can't you read military time? We're supposed to begin the flag ceremony at 0830H."*

"*Sir, I was talking to our buddies at 0745H, when you came by. Colonel Pasco, greeted you for us. I'm sorry that it was hard for me turn to greet you as I was perched atop the balustrade.*"

"*Okay, Okay, we'll leave the flag ceremony to the guards. Come in as we need to put our systems on the go ASAP!*" May diutay nga kalamig ang boses ni Centroblanco. Kontani subong na sini kami pirme, naisip ni Alex, agod mahatagan kalubaran ang rebelyon sa Panay. Basi may nakahutik na kay

Centroblanco nga daw nagasugod aslom ang iya *pakulo* ukon *gimmick*. Mapalayo pa ang bituon sa iya.

Waay sing indi maayo nga natabu kondi napaathag sing masanag ni Centroblanco ang ila buluhaton nga ipatuman sa bukid. Waay ini nasayri ni Centroblanco nga kaupod si Alex sa mga *general* sa *war room* nga nagplano sining hilikuton sang Armadong Kusog sang Pilipinas. Si Alex ang ila *resource person* sa kabilogan nga dagway sang bukid. Sang estudyante pa sa kolehiyo si Alex, masunson niya kon bakasyon gin-agda ang iya mga abyan sa ila *gun* kag *mountaineering clubs* sa Batangas agod mag-*hunting* sila sa binukid sang Lambunao, gani mapulong nga saulado ni Aex ang pasaka-panaog sang bukid.

SANG sumunod nga semana nagsugod na ang *deployment* ukon pagdestino sang mga tawo sang Task Force Pagbag-o sa Panay. Kay Tenyente Koronel Felix Pasco nga taga-Calinog ang kabulig ni Alex ang *subsector commander* ang Calinog. Sa Antique kag Aklan, apat ang sektor kumander. Sa Capiz, isa lang kag sakop sini ang pila ka banwa sang Northern Iloilo. Isa ang natoka sa sur sang Iloilo gikan sa Janiuay kag pakadto sa San Joaquin. Sa una nga adlaw, kumpleto ang *air support* gikan sa mga *helicopter* kag *Bronco*. Sa tinaga sang *AFP Vice Chief of Staff for Operations* nga tatlo ang bituon, waay sing rason nga indi manginmadinalag-on ang kampanya batok sa mga rebelde, labi na gid sa mga rebelde nga may huyog sa *terror* paagi sa pagtanom sang mga bomba nga ginatawag nga IED ukon *improvized explosive devices*. Mina man ang panawag nila diri kon kaisa. Kag ini ang sahi sang IED nga ginpalupok sang mga rebelde sa kanal sang *highway* sa kilid sang karsada malapit lang sa kilid sang VCU. Wala sang naigo diri ukon napilasan, tawo ukon hayop.

Nagpalala ini sa nagakatabu sa Tapaz, Capiz kag Calinog, Iloilo nga nagpaalarma man sang Pangulo sang Pilipinas.

Aga pa sanday Alex nagpamahaw kag gikan sa ila temporaryo nga *command post*

sa Barangay Walang. Pagkatapos kaon kay may nasiplatan nga duha ka hubon sang rebelde sa Barangay San Gregorio kag Barangay Buwang. Naglakat gilayon sanday

Alex. Nauna sa *convoy* sang duha *six-by-six* si Alex, *weapons carrier* kag *jeep.*

"Suno sa aton mapa, kon mag-umpisa kita sa Barangay San Gregorio, mahimo agihan naton ang mga Barangay Buwang, Malag-it, Balagiao, Banban, Alugmawa kag Maribong," nasambit ni Alex sa iya mga kaupod.

"Sir, delikado gali ang VCU? Kinahanglan maunahan naton sila," natugda sang Master Sergeant nga hepe sang *security* sag VCU.

"Indi lang VCU ang delikado kondi ang mga Barangay Bangga Central, Carvasana, Dalid kag Simsiman." Pagdangat nanday Alex sa Barangay Alugmawa, may *advance group* si Colonel Pasco gikan sa Calinog nga nagpahibalo nga ang *main force* sang rebelde maatake sa tunga-tonga sang Carvasana kag Dalid. Diretso sila dayon sa

Simsiman diretso na sa Poblacion Calinog.

Mahulat anay sanday Alex, tubtob mag-agi gikan sa barangay Ipil ang *team* sang IED experts sang NPA. IED *experts* ang panawag sang mga rebelde sa ila mga kaupod nga manugtanom sang bomba. Tatlo ka motorsiklo ang salakyan sang pito, tigduha ka tawo sa duha kag tatlo sa isa bilang lider. Sa kadasig kag kaeksperto sa pagmaneho, waay sing naigo ang mga CAFGU sa ila pag-*ambush* sa sumalakay sang tatlo ka motorsiklo. Diretso ang tatlo ka motor sa Dalid pasaka sa Simsiman.

Padulhog pakadto sa taytay sang Calinog sing tuman kadasig, waay nahandaan sang tatlo ka motor ang gulpe nga pag-ulhot sang ulo sang trak sa tuyo nga pag-*overtake* sa nagdulog nga dyep. Ang una nga motor nga may tatlo ka tawo nga sakay, bumonggo sa ulo sang trak, tumompilak kag hinaboy ang tatlo ka pasahero sa paglupad sa hangin. Bangod nakapreno nga alang-alang na, ang duha ka motor nga may tigduha ka sumalakay, dungan nga bumonggo, tumakingking kag nakahigda nga nagpalibut-libot pero katulad sang una malayo man ang inapukan sang apat ka sakay sang duha ka motorsiklo.

"Posible nga patay ang pito," napahayag dayon sang pasahero sang dyep. Pinalakat sang nagresponde nga pulis ang dyep. Gindala sang militar ang pito sa Calinog District Hospital. Tanan DOA bangod waay sing *helmet*. Nakompirmar dayon nga sila ang isa ka hubon sang tatlo ka *teams* sang *IED experts* sang mga rebelde.

Waay nanday Alex, nasaksihan ang kamatayon sang pito nga

mahimo sila ang *team* nga nagtanom sang bomba malapit sa VCU. Hubon sang imbestigador ang magasiguro kon sila ang mga tawo suno sa ila kaupod. Waay man sang madamo nga mga rebelde nga maagi padulong sa banwa Dueñas agod mag-eskapo paagi sa Ajuy ukon Barotac Viejo patabok sa Negros.

Sang mapat-od nga waay sang grupo sang mga rebelde gikan sa Ipil, Calinog, sanday Alex nagpadulong na sa Barangay Gines, tabok liwat sa Ulian River paagi sa taytay sa Pajo, Bontoc, Pasig, Caninguan dayon Walang. Sang malapit na sila sa Caninguan sa Barangay Bayuco, ginpara si Alex sang isa ka tigulang nga lalaki.

"Sir, may gintanom nga bomba ang mga rebelde diri sa palibot nga duog, mahimo sa nasakupan sang Bayuco ukon Caninguan. Pwede man sa Bonbon."

"Mahimo nga sa Bayuco. Nahusay na ang Bonbon kaina, Sir," tugda sang sarhento.

"Masaka kita Bayuco, kon amo," pat-od ni Alex. Pagliko nila kinahanglan nga utdon ang kawayan nga daw bag-o lang gintumba nga kawayan pabalabag sa *feeder road*. Lumukso ang isa soldado nga may ginauyatan nga *jungle bolo* para sa amo nga sitwasyon. Pagtupa sang CAFGU, sinundan ini dayon sang matunog nga Brrooomm! Boom! matingil nga ragaak sang mga metal sang 6x6 nga trak kag sang masaligan nga *weapons carrier*. Una nga pumaibaw nga nagaaso nga bahin sang tangke sang gasolina sang 6x6 kag ang makina sini nagbulag sa man sa lawas sang salakyan. Puno sang dugo nga ginbalutbot ang anom sa ibabaw sang 6x6. Ang trak pagkatapos nga tumakingking nagbalik man sa posisyon nga tadlong, pero wala na ang makina. Pito ang ginbalutbot gikan sa duha ka salakyan, anom ka unipormado nga indi na mabal-an kon ano ang kulor sang dughan sang uniporme.

Isa sa pito nga mga duguon ang ila Colonel kag amo sa VCU nga si Dr. Alex Vera Cruz! Nagtulo gid ang luha sang hepe sang sekyu sa VCU kag Master Sergeant ang ranggo sa *reservist* nga ginhatag man ni Alex. Sa ika-2 nga 6x6 nga nagasunod sa *weapons carrier* nagsakay ang sarhento. Ang pito nga duguon sa ikaduha nga 6x6 dinala sa Lambunao District Hospital. Nasugata na lang nila ang ambulansya sang Task Force Pagbag-o sa Panay nga naghalin pa sa Tapaz, Capiz. Dapat ma-*airlift* kag dalhon sa AFP Medical Center sa Quezon City ang mga pasyente siling ang isa ka AFP *medical officer*. Tatlo ang ginpahayag nga DOA sa Lambunao. Ang apat, lakip ang ila C Koronel nga si Alex sa *critical* nga *condition,* gin-*airlift* gilayon sa duha ka *helicopter.*

Bilang asawa, ginpasugat dayon ni Colonel Centroblanco si Daphne. Klaro nga larawan sang daku kag madulom nga kamingaw ang Vera Cruz University sang malumbos si Daphne, ang ila isa ka bise presidente. Halin sa *text* sang isa kaupod nga gwardya ang nagbalahuba sa natabu. Ang apat ka kabataan waay ginpahibalo sang ila *matron*, sa primero ginputa-pota sila kag ginhambalan ang bilog na klase nga magpalauli. Waay man nangusisa si Nene Dexa kon ngaa papaulion sila tanan.

"May ginkadtoan gid si Mommy nga tama gid ka sekreto," napulong sang bata. Kon magpalapit gani si Nene Dexa sa mga yaya nila kag *maid*, nagatalalikod man ang mga ini. Pati ang nars kag si Yayay Luding. Si Lola Dangdang ni Nene Dexa daw wala man, nagpa-Manila gali ini kahapon. Daw tinak-an man si Nene Dexa. Nagbalik sia sa iya mga utod nga galantaw TV. Wala pa sang balita sa bahin sang paglupok sang IED sa Lambunao nga pito ang mga nasamaran, *critical* pa nga nasamaran kag sa ospital sang militar. Para sa TV, indi maayo ang *medical bulletin* sang pasyente kay mabudlay man ini ipaathag. Gani *interview* ang ginasaligan sang TV. Ayhan may *news blackout* sa TV, agod indi mahatagan *pogi point* ang mga rebelde.

SA AFP Medical Center sa Quezon City, daw madasig nga naglipas ang mga masubo nga inadlaw para kay Daphne. Nag-untat na sa pagtangis ang babaye nga bingit, ayhan said na ang luha. Sa ikaapat nga adlaw sang pagkahunong sa ICU sang ginbalhin si Alex sa *recovery room*. Pero, sa sina nga tion, duha na lang ang ara sa ICU, ang isa nga buhi nabalhin man sa *recovery*. Nahambal na si Alex ni Daphne. Luyag tawgan ni Daphne ang mga bata tungod sa maayo nga balita, pero indi magsugot si Alex.

"Maayo kay nasuksok ko ang akon *bullet proof vest*, sa ulo lang akon *critical* nga pilas kag sa alatrasan. Ang sa ulo madali nga nag-ayo, apang ang sa alatrasan indi pa, maatraso ang kalingawan mo, 'Ga Daphne," lahog ni Alex nga sa sina nga tion daw bag-o pa lang nagtin-edyer kag kahampang niya sa pagpanaka sang *indian mango*.

"'Ga na ang tawag mo sa akon, mahal ko?" pilit nga nasal-ot ni

Daphne kag ang halos nasaid na nga mga luha nagtutulo liwat.

"*Cry-baby* gihapon. Daphne, mahal, indi mo anay ina pag-isal-ot kay sa ulihi may nakaigo nga okasyon kag selebrasyon nga nagakadapat para dira. Indi ka na magluha kay dimalason ang adlaw kon amo ka sina sing masunson. Ang imo himuon subong ang magsimba kamo sang mga asawa sang tatlo ka kaupod naton sa VCU ila man kaluwasan. Makita mo matapos na ining gamo sa aton sa Panay. Tatlo ka dalagku na mga kumander sa sang CPA-NPA ang nag-*surrender*."

Pagkabos ni Daphne, nagtawag sa *cellphone* si Alex sa iya 'Pare Edvic sa Iloilo.

"May aso pa bala sang pulbora dira sa nasakupan mo,' Pare Edvic?" bugno ni Alex.

"Maayo pa gid nga natabu diri, nag-agi diri si *Chief of Staff AFP, all smiles*."

"Diri maayo man ang nagakatabu, may *cessation of hostilities and finally peace*.

Sigurado na ang bituon sang aton abyan. Tatlo pa ang maampo nga NPA kumander. 'Pare Alex, sigurado nga maayo ka na?" malipayon nga pamangkot ni Edvic kay Alex.

"Siento porsiento, 'Pare Edvic. Kadamo sang akon pilas, sa ulo lang kag sa abaga ang grabe. Nasuksok ko ang akon *bullet proof*. Maayo gid man gali ang epekto sini. Ari na ang *TV crew* nga ma-*interview*, 'Pare Edvic."

"Dr. Alex Vera Cruz, napahayag na sang aton Pangulo nga baganihan ikaw sa inyo

Isla sang Panay," nabungat sang isa ka reporter sa isa ka TV *network*.

42

PADAYON ang interbyo kay Alex sang mga reporter sang telebisyon kag radyo.

"Nagagwa nga ang VCU ang nagmitsa sa pagsanlab liwat sang inaway sa tunga sang gobierno kag sang mga luyag magpukan sang pangulohan didto sa Panay," pabutyag ni Alex sa mga reporter.

"Didto ninyo mahibal-an kon paano nagbulig ang mga pumuluyo agod mapadasig ang *all-out war and offer of peace in economic prosperity*. Luyag sang makawala nga buhisan sang isa ka milyon ka pesos kada tuig ang VCU. Waay nagsugot ang mga kapitalista. Pinaagi nila kami sa *terror*, isa bomba nga ginatawag nila nga IED – *improvised explosive device* ang pinalupok nila malapit sa *main gate* sang VCU sa madalom nga bahin sang kanal. Nagapasalamat kami sa Dios nga waay sang kabuhi nga nadula.

"Ang VCU para sa pumuluyo sang probinsya. Taga-probinsya ang hatagan naton sang dapat nga bulig. Kon ang mga tawo indi na maginutok sa syudad kay makuha man nila sa puod ang ila kinahanglan, labi na gid ang edukasyon, magatawhay na ang dakbanwa sa trapiko kag polusyon. Ang mga pabrika mahimo mapatindog sa puod, indi na kinahanglan nga magpasyudad ang mga taga-probinsya agod makaobra para man mabuhi. Ina ang isa ka katuyoan sang VCU nga ginplano ni Ginang Daphne Vera Cruz kag amon ginpasad ini sa banwa sang Lambunao. Kon mabuhinan sang buhis nga isa ka milyon ka pesos ang kita sang VCU, waay sing gamiton ang buluthoan sa pagdayon sang iya tinutuyo sa paghatag edukasyon nga manubo ang balayran apang mataas ang kalidad ukon sahi."

Kag natapos ang interbyu. Nagpauli dayon si Alex sa otel nga ginateniran sang iya pamilya. Magahod nga ginsugat sang iya apat kabataan si Alex.

"Si Daddy isa ka baganihan sang pagbag-o sa Panay," si Nonoy

Andre ang nauna nga naghatag ideya sa natabu kay Daddy nila. "Daw indi ko maintyendihan ina, Daddy."

"Para sa akon si Daddy ko artista na," tugda dayon ni Nene Dexa nga daw nagkitid ang panan-aw sa natabu. "Sa tanan nga TV kag radyo bida sia sa sulod sining tatlo ka adlaw nga nagligad."

"Si Daddy may nahimo nga waay nabuhat sang iban," sal-ot ni Inday Swanshine. "Diutayan lang sia mapatay sang mga rebelde sa iya pagsoldado. Gani kay nagtawhay na diri sa aton, isa si Daddy sa mga tawo nga pasalamatan naton. Ina ang ginahimo sang Pangulo sang Pilipinas, ang padunggan ang mga may nahimo nga kaayuhan para sa pungsod."

"Husto ina," nakasal-ot gid man si Toto Lexan. "Si Daddy, baganihan indi lang sa inaway diri sa Panay, kondi baganihan man sia sa patag sang negosyo. Si Daddy ang pinuno sang hubon sang aton mga negosyante diri sa aton sa paghimo sang tikang para sa proteksyon sang aton kabuhian, sandig sa ila pagpanalawsaw sa bilog nga kalibutan."

"Kari ka, Toto Lexan, sin-o ang nagtudlo sa imo kon ano ang negosyo, ang kabuhian, kag ang panalawsaw?"

"Si Lola Dangdang, Daddy, ang pirme nagasabat sang mga pamangkot ko sa ekonomiya ukon kabuhian. Titser gali si Lola Dangdang sa siling niya nga kabuhianukon *economics*."

"Alex, husto ang sugid sang inyo anak nga si Toto Lexan," tugda gilayon ni Lola

Dangdang sang mga bata. "Masunson ini sia nga nagapamangkot sa akon kon may

nabatian nga waay nahangpan sa mga tinaga parte sa imo ginhimo nga mabatian niyasa TV."

Ginpulopulo ni Alex ang ulo sang anak, kag ang apat nagbalik sa paglantaw sang palagwaon sa TV. Nagpadayon ang mag-ugangan sa pagbayluhanay sang hambalanon sa bahin sang apat ka bata.

"Sa akon paglantaw si Toto Lexan ang masunod sa imo sa patag sang panalawsaw. Si Nonoy Andre, mas kampante sia bilang lider sa pagpadalagan sang negosyo, *more of a management expert*. Ang duha ka babaye may huyog sa *arts* indi sa negosyo, pero kon makita nila nga daku nga *art* man ang negosyo, mawili ina sila sa negosyo. Pero, indi pa naton mapat-od ina, *some influence in their growth can still affect them.* Si Nene Dexa katulad sang ila iloy, *silent type*, pero sigurista. Si Daphne iduso lang niya sa amon ang iya ideya kon pat-od niya nga hatagan ini sang maayo nga reaksyon. Sa kabataan naman sa ila lamharon nga edad nga anom kag pito ka tuig, mga *spurt* of *perception* ini sang ila *knowledge gathering at an early age* ang ila napahayag."

"Kumporme ako dira sa opinyon mo, Mommy," sabat ni Alex sa iya ugangan.

Nagsinyas ang ugangan nga masulod sa *bathroom.*

SANG may rumagingring ang telepono nga daw nagpakibot kay Alex... Si Edvic nga kumpare ni Alex ang sa *landline* nga telepono.

"Maayo kay ara ka na sa otel. Nasundan ko ikaw sa TV bag-o lang sa imo interbyu, 'Pare Alex. Egsaktong-egsakto, may duha ka maayo kag malain nga balita ako sa bahin sang aton abyan nga si Centroblanco. Napulitika sia kag takilid ang iya *star.* Isa ka senador nga kontra sa pulitika sang iya padrino ang indi sugot nga indi kamo nga mga *sub-commander* sa kampanya sang Task Force Pagbag-o sa Panay pagkuhaan sang "endorsement" nga indi magnubo sa tatlo ka parapo, sa imo indi limitado sa kalabaon. Interesado ang senador kon nagbag-o na si Coronel Centroblanco sa iya daw 'Katsila' nga ugali."

"Sa diin ka subong, 'Pare Edvic nga daw mabaskog ang huyop sang hangin sa telepono?" napamangkot ni Alex sa iya 'Pare Edvic.

"Ari ako sa *airport* pauli sa Iloilo. Ginsapol kami nga mga *Police Regional Office Chief* sang amon *Philippine National Police Chief* ukon *Police Director General* kag ginkuhaan sang personal nga paglantaw sa mga bagay kon paano namon padakuon ukon palaparon ang amon operasyon katulad sa natabu sa aton sa bulig sang magkaupod nga mga *reservist* sa *Armed Forces of the Philippines.*

"Maka-*star* ang abyan naton, 'Pare Edvic kon sa amon magagikan ang oposisyon sa iya promosyon. Napamangkot na ini ni Pangulo sang duawon niya ako sa ospital. Kag nagsugot man sia kon palutson sang *Commission on Appointments* sang *Senate,* lusot na sia kay ako ang makalamay sa iban namon nga upod sa Task Force Pagbag-o sa

Panay, agod hatagan si Centroblanco sang *thumbs up*," sabat ni Alex sa 'Pareng Edvic.

"Kag, 'Pare Alex, naghambal kuno ang Pangulo sa imo nga kon may kandidato sa *star* nga mahina ang *background* kag may tsansa nga ma-*promote* sa madason pa, ina sa waay pa mapasa ang pinal nga mga *nominee*, ihatag kuno nila anay sa *reservist* ang isa agod maka-*star* ka,'Pare Alex. May *star* ka bilang Brigadier General sa sulod sang 5 ka tuig nga serbisyo militar, apat ka tuig bilang Tenyente Koronel kag mag-isa ka tuig nga Colonel. Mga 10 ka tuig nga *lecturer* ka sa National Defense College sa *national and food security threats*. Sa sini nga tinion aprobado na ang imo ranggo nga Tenyente Koronel nga waay mo matatap nga ara sa imo *201-file* nga ginhimos sang imo tiglikom. Sa imo pag-*lecture* nasandig lang sa Ph.D. ang imo *qualification*. Mahimo nga waay sing nakaisip nga mag-uniporme ka kay kapin nga prestihiyuso ang imo posisyon bilang sibilyan nga may Ph.D. sangsa opisyal sang militar nga Tenyente Koronel lang. Madamo abi sang *full-fledged Colonel* nga nag-*attend* sang imo mga *lectures*."

"Kadasig sang radyo puwak kag daku nga dulonggan ang dingding. Tatlo lang kami sang aton Senador nga taga-Rehiyon 6 sang ihutik sa akon sang Pangulo ina. Pero, ara man ang mga sensitibo nga mikropono sa mga bulsa sang mga *reporter*, mahimo nga ara man ini sa mga plorera. Sa akon nga bahin, kontrobersya ang tugahon sang aton Pangulo sa iya himuon nga paghatag sa akon sang espesyal nga promosyon, *reservist* nga bag-o lang nahatagan sang ranggo nga Koronel, himuon dayon nga Heneral nga may isa ka *star*," sabat ni Alex sa iya kumpare.

"Ang nabatian ko nga ikaw ang mahatag sang daku kag importante nga mga rason kon ngaa nabagay ka hatagan sang isa ka *star* nga ranggo sa kampanya sang Task Force Pagbag-o sa Panay, 'Pare Alex. Pati ako bilang Hepe sang Police Regional Office 6, mahimo man sang rekomendasyon luas nga kabahin kami sang operasyon. Ang tanan nga *officers* sa idalom sang abyan naton nga si Colonel Jozef Centroblanco magahatag tanan sang ila obserbasyon kag rekomendasyon man sa bahin mo."

"'Pare Edvic, kinahanglan ko gali diri ang *professional public relations man*."

"Para sa akon, 'Pare Alex, waay ka sing daku nga problema diri. Ano ang ginahimo sang VCU College of Mass Communications? Indi bala kada departamento sa VCU may mga Ph.D. kag M.A. nga *whiz kid* ukon nga mga *expert* sa *mass information*? Pati siguro pagpalapta sang *mass hysteria* may ikasarang ang imo mga *professor*."

"Huo, 'Pare Edvic, daw nalimtan ko ina. Waay gali ako sang problema. Bal-an mo man nga daw waay sa akon ang abilidad sa pag-udot-odot.

"Sige, 'Pare Alex, pahibal-on ko ikaw dayon sang mga tsismis nga mapilak sa amon gikan sa Crame kag sa Aguinaldo," paalam ni Edvic.

Nagring liwat ang telepono nga bag-o lang nabutang ni Alex. Isa ka empleyado sang *Department of Foreign Affairs* ang nagapangita kay Alex. Ini tumawag sa opisina nanday Alex kag gintudlo sia sa isa ka otel.

"*Good morning, Dr. or shall I say General* Alex C. Vera Cruz, Sir?" pasakalye sang isa ka *foreign affairs officer* kay Alex.

"Ikaw ina, Darwin? Abi ko *ambassador* ka na sa Papua New Guinea?" Natandaan pa ni Alex nga ipadala tani niya si Darwin sa Canberra sa ila sanga nga kompanya. Apang dinaog si Darwin sang magneto sang serbisyo sa *foreign affairs* sang makalusot ini sa pasinawan.

"Sa Kurai na siguro, Sir," nagkadlaw si Darwin. "Sa akon pirme ni Boss ginahatag ang *project* sang Kaharian sang Kurai. Kag ari ang balita para sa imo nga ginabilang namon diri sa DFA nga *sensitibo*. Luyag sang Reyna sang Kurai nga maghatag sang *grant* nga *50 million pounds* para sa mga buluhaton sang *peace process* kag *livelihood development* sa Panay kag *50 million pounds* man para sa edukasyon sang mga tumandok kag iban pa nga *indigenous people* sa Panay paagi sa Vera Cruz University. Luyag sang Reyna sang Kurai nga sa Vera Cruz University hiwaton ang seremonya sa paghatag sang duha ka *grants* sa Pilipinas, sa adlaw mismo nga maagi ang Pangulo sang Pilipinas dira sa pag-*pin* sa imo sang imo *star* bilang Brigadier General sa Armed Forces of the Philippines, Sir."

"Sensitibo matuod nga problema kay waay nahibal-an ni Pangulo ini. Dapat may

nagakaigo nga *protocol* nga nahatag sa grupo sang Pangulo."

"Sir, luyag sang Reyna sang Kurai nga pribado nga seremonya ang hiwaton sa Vera Cruz University, ipublika man sa mga pamantalaan nasyonal diri. Ang paghatag ukon pagdonar sang kwarta sang isa isa ka pungsod sa isa ka abyan nga pungsod isa ka nasyonal nga aksyon nga dapat may pagsulondan ang seremonya, may protokol. Pero, ang Reyna sang Kurai daw waay nagahatag sang kabilihanan nga daku sa mga seremonya, luas sa kaugalingon nga mga kinaradto pa nga ila tulomanon sa ila tribu."

"Sige, Darwin, sumunod ka na sa Iloilo, dugay-dogay didto na kami sakay sa isa kaukopado nga eroplano."

SA maayo nga palad, waay nadayon ang seremonya sa paghatag sang Pangulo sang ranggo nga Brigadier General kay Dr. Alex C. Vera Cruz bilang baganihan sang Task Force Pagbag-o sa Panay. Bangod sa mga bisita sang Presidente sang Pilipinas nga mga mataas nga pinuno sang nga nagapatigayon sang *economic summit* sang mga Pangulo kag iban pa nga mga Pinuno sang mga Pungsod nga katapo sang APEC ukon *Asia Pacific Economic Cooperation.* Luyag sang mga katapo nga Pungsod sang APEC nga sa Pilipinas ang *summit.*

Nasayran man sang hubon ni Reyna Kiresca sang Ginharian sang Kurai ang hitabu nga waay nadayon ang pagpadungog sang Pangulo kay Alex. Sang nasayran pa gid sang Reyna nga nakalupad na pa-Iloilo ang pamilya ni Alex, nagmando ang Reyna sang Kurai sa gilayon nila nga paglupad pa-Iloilo sa ila kaugalingon nga eroplano nga *jet.*

Nagkinarankaran ang mga awtoridad nga ang trabaho kaluwasan sang bisita sang pungsod, bisan ang pagbisita indi opisyal, bisan turista ukon bakasyonista. Nakalupad na sang temprano pa ang *advance party* para sa seguridad sang mga taga-Kurai. Nahanda na ang duog nga hiwatan sang palatuntonan sa pagsaylo sang mga papeles sang *grants* ukon amot sang Ginharian sang Kurai sa Pungsod sang Pilipinas. Bangod sa problema sa kaluwasan, ginsugat sang diutay nga eroplano ni Alex sa Iloilo Airport ang Reyna sang Kurai kag ang iya anak. Gani nag-abot ang Reyna sang Kurai kag ang iya anak sa *conference* sang Vera Cruz University nga nauna sa ila hubon sang kaugalingon nga *security* gikan sa ila pungsod.

Sa primero, waay sing ginpahanugotan nga bisita sa salapulan sang VCU. Sang ulihi, ang mga *professor* nga waay klase ginpasulod sang mga sekyu kay namangkot ang Reyna sa sini nga bahin. Kaupod ang lokal pulis sa pagbantay sa VCU agod masiguro ang kaluwasan sang mga bisita.

Sang nagtipon na ang *security* sang Kurai, ginpasugoran na ang malip-ot nga programa sa pagbalhin sang mga dokumento sang donasyon sa benepisyaryo nga VCU kag sang Task Force Pagbag-o sa Panay, nga si Alex man ang nagadumala sang sibilyan nga bahin nga amo ang proyekto sa paghatag sang kabuhian sa mga nag-ampo nga mga rebelde. Pagkatapos daho ni Alex sang mga dokumento, naghatag sang malip-ot nga pamilinbilin ang Reyna sang Kurai sa mga tumalambong. Tinawag ang anak nga prinsipe sa pagpalapit sa iya sa sa tunga sang entablado.

"Mga abyan, ginapakilala ko sa inyo ang palaabuton nga Hari sang amon pungsod sang Kurai, si Prinsipe Alex Vera Cruz. Ang amay sang amon prinsipe amo si Brigadier General Alex C Vera Cruz sang AFP. Ayhan matingala kamo, pero sa amon sa Kurai, may tradisyon nga ginasunod ang amon tribu. Kon ang prinsesa nga manunobli sang korona daw waay kahigayunan nga makapamana agod may prinsipe ukon prinsesa nga manunobli sa korona, ginahatagan ang prinsesa nga manunobli sa korona sang kunseho sang mga tigulang nga makapamili sang lalaki nga iya makilala agod anakan sia sining lalaki. Ina ang natabu sa amon ni General Vera Cruz, dose anyos na ang nagligad."

Sang naghingyo sang isa ka halok ang Reyna gikan sa General, nadula si Daphne sa *conference room*. Bangod sa problema sa *security*, nagpauli gilayon ang mga taga-Kurai. Nagpauli man dayon sanday Alex sa ila puloy-an para sa panyaga.

Nag-ulhot si Daphne gikan sa ila kwarto ni Alex, samtang nagkadto sa latok ang iloy.

"Ari ka na gali, 'Ga. Nawili kamo ni Mommy libak sa akon siguro, ano?"

"Libak sa imo…? Ang babaye nga ini. A, huo, kay lilibakon ka man siling mo, indi bala?" si Alex nagngisi kay Daphne.

"Kita mo, kita mo na, kondi matuod."

"Indi ina ang matuod, ini ang matuod. *Remember the indian mango…? Mag-andam ka kay karon dugay-dogay magaimpunanay ang panit sa pinanitan,"* dugang nga lahog ni Alex sa asawa.

"'Ga, ano'ng magaimpunanay? May *gangland war* bala diri sa aton?" Pinaypay ni Alex si Daphne nga magpalapit sa iya kay may ihutik siya.

"'Ga, may ara... pero waay ang *gang* nga naisip mo kondi ..." Kon may inoghampas lang si Daphne nga silhig, nahampak kontani ni Daphne ang bana... Pero anay ka, ngaa hampason niya ang iya hinigugma? Bangod sa lahog lang sang tawo nga madugay na niya ginapalangga mangakig sia? Indi bala madugay kag maluhaon, bisan indi husto nga may pagkagha *ang paghulat* nga iya nahimo sa sulod sang malawig-lawig naman nga tinion agod mabatian gikan kay Alex nga sia si Daphne palangga gid ni Alex? Katulad sang una, dapat malipay sia sa lahog sang hinigugma kay ang lahog panakot sang paghigugma.

Nagbalik sa isip ni Daphne nga sa ila paggulang nga magkaupod ni Alex, ayhan lumpokon pa sila nga nagsugod na si Daphne sa paghigugma kay Alex. Waay ini nasayri ni Alex tungod sa iya kasakuon sa patag sang negosyo nga nasudlan ni Alex kay may huyog gid si Alex sa pagtukib sang tanan nga aspeto sang pangabuhi nga iya masarangan tukibon. Bangod diri sini nga sahi sang pagtuon, nahatagan si Alex sang *degree* nga *doctorate, Doctor of Philosophy,* (Ph. D.) *in Cultural Anthropology.* *Doctor* man si Alex kon tawgon apang waay nagapamulong sang balatian sang tawo. Si Alex amo ang nagatuon sa problema sang tawo kag magdihon sang dapat buhaton sang tawo agod mahatagan kalubaran ang problema sa kabuhian sang katawuhan.

Sa bahin ni Alex kag sa iya kasakuon sa pagtukib sang maayo nga mga buluhaton para sa pagpaumwad sang iya kabuhian, nalimtan ukon daw waay nagsulod sa isip ni Alex ang ginatawag nga pitik-mingaw. Sang nagkuha na gani si Luem sang *masteral* nga sing masunson man nagkrus ang ila dalan kabuylog ni Swannie, amo kag daw tinuboan sia sang daku nga interes kay Luem. Ang babaye naman daw naglikaw sa iya, gani kon may panahon si Alex, si Swannie nga may daku nga interes sa iya ang kaupod sini sa pagpanglingaw-lingaw.

Tubtob, umabot ang daku nga gumontang sang pamilya Vera Cruz. Kag nagsandign kay Alex ang kalubaran sang daku nga palaligban indi lang sa negosyo sang pamilya Vera Cruz, kondi sa dungog sang pamilya bilang madinalag-on nga negosyante kag nabangkarote bangod sa daku nga kautangan sa mga De Guzman. Ang kasal ni Alex kay Daphne De

Guzman magadula sang kautangan sang mga Vera Cruz. Pero ang kabaylo, *ang paghulat* nga mangintunay lang sila nga mag-asawa nga duha kon nagahigugma sila sa isa kag isa. Ini sekreto sa mga himata ni Daphne.

Gin-antos ni Daphne ang iya kahimtangan, pinalaba ang iya pasensya. Kay Alex madamo nga katalagman ang nagdapo sa kabuhi. Pero may katumbas nga padya *ang paghulat* nga ila ginhimo. Malawig ang tinion nga ila gin-antos, tubtob nga *ang paghulat* nagpatuhaw man sa tunga nila sang tunay nga paghigugma sa isa kag isa. *Sa tatlo ka nga babaye sa kabuhi ni Alex, sanday Luem, Swannie kag Daphne, si Daphne gid man ang nanginmadinalag-on sang ulihi sa paghigugma ni Alex.*

KATAPUSAN

About the Author

Ernesto L. Lasafin

Nagpahuway na nga manunudlo anay sa mataas nga buluthoan publiko si Ernesto L. Lasafin. Nagsoldado anay kag ugaling naisipan nga magtudlo bilang sibilyan. Gani, sa idalom sang isa ka kasugoan beterano man sia nga soldado.

(Ernesto L. Lasafin is a retired public High School teacher. A former military personnel who decided to become an educator, that's why under a certain law, he is also a veteran soldier.)